中国社会科学院创新工程学术出版资助项目

博弈：女性文学与生态

——20世纪80年代以来女作家生态写作

田泥 著

中国社会科学出版社

图书在版编目（CIP）数据

博弈:女性文学与生态:20世纪80年代以来女作家生态写作/田泥
著. —北京：中国社会科学出版社，2017.5
ISBN 978-7-5203-0548-8

Ⅰ.①博… Ⅱ.①田… Ⅲ.①中国文学—当代文学—妇女文学—
文学研究 Ⅳ.①I206.7

中国版本图书馆 CIP 数据核字（2017）第 114079 号

出 版 人　赵剑英
责任编辑　郭晓鸿
特约编辑　席建海
责任校对　韩海超
责任印制　戴　宽

出　　版　中国社会科学出版社
社　　址　北京鼓楼西大街甲 158 号
邮　　编　100720
网　　址　http://www.csspw.cn
发 行 部　010-84083685
门 市 部　010-84029450
经　　销　新华书店及其他书店

印　　刷　北京明恒达印务有限公司
装　　订　廊坊市广阳区广增装订厂
版　　次　2017 年 5 月第 1 版
印　　次　2017 年 5 月第 1 次印刷

开　　本　710×1000　1/16
印　　张　23.5
插　　页　2
字　　数　339 千字
定　　价　98.00 元

目　录

绪论　中国本土生态女性主义及生态美学理论的建构……………（1）

　　一　一个内在博弈和动态发展的过程………………………（1）

　　二　西方生态女性主义的缘起………………………………（7）

　　三　生态女性主义在中国的接受和传播……………………（9）

　　四　进入中国本土生态女性写作研究的视角与途径………（13）

第一章　女性生态写作的背景与资源………………………（19）

　　一　现代性置女性于反思与批判处境………………………（20）

　　二　现代文化背景下欧美生态理论及其影响………………（22）

　　三　本土化资源与诉求:传统文化、民间文化与宗教信仰……（33）

　　四　当代生态女性写作的精神资源…………………………（56）

第二章　女性生态写作的现状与发展趋势…………………（74）

　　一　向现实主义回归的女性生态写作………………………（75）

　　二　审美生态书写趋向:多元、混沌与模糊………………（82）

　　三　女性文学思想的局限性:无序性………………………（88）

第三章　生态文明中女性写作的中国元素…………………（104）

　　一　西方生态女性写作:为了女人"诗意地栖居"…………（106）

二 中国女性生态写作:为了人类"诗意地栖居" ………… (116)

第四章 女性生态写作的形态与内在切换 ……………… (137)

一 走出困境之后的繁华 …………………………… (138)

二 审美生态追求的多样化展示 …………………… (143)

三 生态切换:在城市与乡野之间 ………………… (155)

四 乡村原生态模式的呈现 ………………………… (166)

五 城市女性写作中的生态考量 …………………… (177)

第五章 女性生态写作的主体姿态 ………………… (196)

一 激进的生态意识女作家群 ……………………… (196)

二 温和的生态意识女作家群 ……………………… (238)

三 原生态女作家群 ………………………………… (280)

第六章 生态与资本博弈:女性生态美学及经典的建构与流变

………………………………………………… (332)

一 建构与流变:女性书写阵营 …………………… (334)

二 女性生态秩序与消费资本的博弈 ……………… (347)

三 女性生态美学建构与悖论 ……………………… (351)

结语 女性生态写作的路标 ……………………… (357)

参考文献 ……………………………………………… (362)

后记 秘密的边界 ………………………………… (371)

绪 论

中国本土生态女性主义及生态
美学理论的建构

当女性文学以生态为中心进行生态学转向，审视有关人与自然、性别关系、信仰、伦理及审美生存的诗学，相应地，女性生态书写及发展与其文化处境之悖论出现：女性写作介入的有效性，以及作家自身的认知能力与知识体系，呈现出一个内在博弈和动态发展的过程。事实上，西方生态女性主义的缘起以及在中国的传播，并未被有效地接受，却激发了中国本土生态女性主义/美学理论的建构，也促动了中国女作家的生态自觉，不仅对现代意义上的科技理性进行反思和批判，更包含着对人与自然之关系，尤其是对文学再现人与自然之关系的审视，以及对女性自我的反思。但中国女作家以生态审美，介入社会现实、女性现实的激情和意志，蕴含了女性—生态视界的秘密，先验地承纳了本土的生态资源与精神资源，体现了中国女性本土生态自足的构筑精神。

一 一个内在博弈和动态发展的过程

当人类向自然迈出了坚实的一步后，长驱直入，似乎便没有回头之路，这是人类的宿命，还是对人类的考验？当人类以自己的智慧整合了文化资源、自然资源与社会资源，倾心构筑了现代文明之后，却不可避免地遭受了来自大自然的疯狂报复，这似乎验证了马克思在19世纪的预言："我们的一切发现和进步，似乎结果是使物质力量具有理智生命,而人的生命则化为愚钝的物质力量。"① 于是,所有的一切都指向另一个维度,人类学会了放下"本位主体性",试图寻找与自然和解之路。随之,生态思想开始成为 20 世纪的主潮进入我们的视界。而基于不同时代、地域与需求,生态美学伦理精神的内涵体现出不同的色泽与形态,随着社会结构的转型、文化类型的变迁、伦理关系等变量而发生变化。先觉者拓展生态视野,从自然生态导入到社会生态、精神生态界面,依托现代,回到原始、回到传统,寻找当代生态的原动力。进一步走向和谐、正义、发展的生态之境,取决于人对自然的态度与信仰,这已经基本形成一个共识。

女性也在这股潮流中奉献了属于自己的智慧:

1962 年,蕾切尔·卡逊的《寂静的春天》生动地描述了农药灭杀各种生灵,把一个有声有色的春天变成了荒凉死寂的人间地狱的故事,为人类开启了生态主义之先河;

1974 年,由法国女性主义者奥波尼(F. d'Eaubonne)率先提出生态女性主义,目的在于挖掘妇女在生态革命中的潜力,号召妇女起来领导一场生态革命,并预言这场革命将形成人与自然的新关系,以及男女之间的新关系;

……

几十年后,中国女性也参与其中,以自己的视角开始了生态之旅,并以"多元—混沌—朦胧"的生态倾向,表达了女性对自然对世界的言说。

但事实上,自 20 世纪 80 年代以来,女性文学与生态之间存在着博弈。"生态"(Oikologie)一词源于古希腊语,原意为住所或栖息地,19 世纪中叶以后逐渐被广泛用于自然科学并逐渐发展为"生态学"②这门学科,主要意指生物之间的生存关系与存在方式。"生态"自 20

---

① 马克思:《马克思恩格斯全集》第 12 卷,人民出版社 1962 年版,第 4 页。
② 最早由勒特(Reiter)于 1865 年将两个希腊词:oikos(家园或家);logos(研究)组合而成。1866 年,德国生物学家海克尔(E. H. Haeckel),首次将生态学定义为研究生物与环境条件相互关系的科学。

世纪 60 年代从生物学蔓延、扩展到人与自然、文明发展的脉络上。生态已是一个集合概念，是秩序的概念所指，体现为整体性，即自然、人、社会等是彼此互为存在的。其实，按此说法，生态早已存续在中国传统本土文化脉络中，古老中国哲学认为万物以及包括人在内的所有的生命都是在道的循环演化过程中产生出来的，循环演化是生态系统的和谐之本、秩序之源。生态文明构建也是当代中国人的关键词，关乎自然、历史、现实、民生、人性、男性、女性、性别等，也关乎现代化意义上的中国文化、制度、伦理、道德等的构建。女性本身是从女儿性、妻性、母性中承继而来，也携带着从自然—社会性、传统—现代性演进而来的质素，因而女性具有丰富的性别内涵存在，是女神、巫性、奴性等的复杂合体。女性精神实质上趋于自由的性灵伸张，因此，生态与女性之间存在背离与贴近。"在文学与生态之间，如果缺少行为，能量管道就若隐若现，生命的循环在文字与行动之间、在想象与行动之间、在文字王国与非文字王国之间、在文学与生物圈之间就是断裂的。"① 鲁艾科特在《文学与生态——生态批评的实验》中做出这样的论断，先验地预感到在文学与生态之间，隐藏着巨大的沟壑与不可逾越性。因此，女性文学与生态之间存在的间离、背离，需要检视并跨越。女性的生态自性与智性体现在能够以理性甄别生态资源、经验里的容纳与存留。

首先，女性文学的生态书写及本土生态秩序建构是基于社会现实与女性现实的需求而做出的内在调适。女性写作的生态表达应有其自在的逻辑起点与发展轨迹，并呈现出自我发展特点与本土建构性；同时，其所体现出的女性自我生态美学精神的建构，与整个生态文明的构建，在精神上是趋同一致的。但女性写作的生态秩序建构存在着悖论，即一方面有本土建构的需求，另一方面又受制于女性生态美学建构标准与目标的限制，致使建构存在着盲区、不可行与非理性成分。是故，女性文学的生态美学建构本身需要厘清几个文化事实：

---

① Cheryll Glotfelty & Harold Fromm, ed. *The Ecocriticism Reader*: *Landmarks in Literary Ecology*, The University of Georgia Press, 1996, p. 12.

　　第一，从传统本土生态哲学文化中，剔除中国人伦秩序对女性不合理的压制与规约，以一种生态智性，辨识传统生态秩序里两个脉象：一是古代传统哲学文化里蕴含着生态因子，强调"天人合一"，强调自然与人的共栖、共生，体现了整体性的生态思维；二是中国古代生态哲学理念存在封建礼教的道德准则与规约。《易经》由太极阴阳图和八卦及六十四卦构成，是中华文化之源、哲学之根。道家的"道法自然"和儒家的"中庸之道"都根源于此。《周易·蒙卦第四》中《爻辞》六三说："勿用取女，见金夫，不有躬，无攸利。"指女子见多金者，不能固守贞信，非礼而动，会带来不利，勿娶。《周易·家人卦第三十七》中《爻辞》九三又说："妇子嘻嘻，终吝。"《象辞》解释说："妇子嘻嘻，失家节也。"不认可男人与妻子、孩子随便嬉笑取闹的。汉代班昭《女诫·敬慎第三》也告诫女子谨守夫妻关系的界限："房室周旋，遂生媟黩。媟黩既生，语言过矣。"夫妻之间过于亲密、随便，会导致妻子失去对丈夫应有的恭敬。事实上，"三从四德"规约了女性。"三纲五常"成为中国儒家伦理文化中的架构，还有"九礼"等都强调女性是依附男权、夫权、父权的。如"三纲五常"从宋代开始联用，起源于孔子和汉代董仲舒，贯穿在中国历史中，并影响至今。显然，这种对女性的压制是反生态的。

　　第二，要清理现代消费主义逻辑与粗鄙化影视对女性书写本身的改写。女作家把女性、生态、男性、性别、社会、自然等置放在一个生态系统进行考察，并把文本视为承载生态观念的历史载体，展演女性生态探索的可能性及其演化的角度，是契合于时代的诉求，也是契合于女性生态美学秩序建构的，但建构过程却遭遇到消费暴力、视觉化逻辑等的影响。

　　第三，杜绝男性理性主义文化霸权与消费暴力的结盟，对生态、女性、自然的异化；也就是杜绝男性机械性地构成世界化图谱，对自然、女性进行双重消费。本杰明认为，"当纯粹的自我专断原则成为男人世界处事的统一原则时，人类的作用就会丧失而成为其产品的奴隶，人类就会被剥夺个人的主权和作为主体必不可少的反应能力，丰

富的生命就要从属于公共事务的工具原则"。① 男性理性主义文化霸权
不仅异化了自然秩序、性别生态秩序，也击碎了性别的生态关系和社
会关系。

第四，生态反思与女性生态构建的幻象并存。女性生态书写一方
面在现代性的逻辑上，追随现代化的节奏，追随性别伦理、生态伦理
等方面的构建，同时也试图营造一种自然的田园、原乡生态理想的建
构，但现实的生态是一种不可逆的发展，回归传统、退避城市、崇尚
精神而贬低物质的浪漫主义指向，在现代性的文明维度上，是田园乌
托邦式的想象，本身就是反生态思维。于是，精神生态的原乡精神就
成为一种出路，在女作家文本中，反复被吟唱。

其次，女性文学与生态之间存在张力，也就是说自 20 世纪 80 年
代开始，女性写作中有生态因子的表达，女性文学生态主体的姿态呈
现多元化，有激进的、原生态的、温和的生态群，蕴含着多元、混沌
与模糊的生态现状与趋势，将自然、社会、人性、男性、女性、性别
等置放在一个系统中进行考察，并未有完全清晰的理性主张与声势，
而一些先觉的女作家 20 世纪 90 年代才真正开始具有生态意识与理性，
从生态视角去切入现实，发掘现实里反生态的现象，诸如对自然生态
环境的破坏，乃至对社会生态与精神生态的考量与思考。可以说，到
了 21 世纪，中国生态女性书写才渐入佳境。

再次，女性文学的生态表达基于本土哲学生态经验、民间文化、
宗教信仰，也就是女性写作的生态表达，其精神资源来自本土的经验
与智性，是女作家凭借精神构想与想象，在自然、民间、生活场景、
经验中汲取，而不是单纯依靠西方生态女性主义、欧美生态主义等理
论。而西方生态女性主义作为一种理性资源，未能够在整体上对女性
写作构成一种声援，也未能够转化成中国本土文化给养，但也不能够
完全忽视来自这种理论资源的导入。相反，一个有趣的现象是，西方
生态理论及西方生态女性主义，对本土女性生态建构的确是强势导入，

① Karl Kroeber, *Ecological Literary Criticism: Romantic Imagining and the Biology of Mind*, Columbia University Press, 1994, p. 6.

波及理论界面,影响到本土女性主义理论的走向;同时与本土女性写作的生态经验存在间隙与割裂,无法囊括、对接这种女性生态书写事实的存在。当然,一个不可忽视的事实,就是本土生态女性主义的建构理论,滞后于女性丰富多样的生态经验书写。诸如女性生态书写结构,按照女性本体书写对象,有女性个体、群体、群落及生态系统;按照类别又延伸有环境生态、精神生态、家庭生态、两性生态、民族生态等泛化意义上的写作;按照区域又可分为女性原生态、城市生态与乡村生态的女性写作。对于这些女性生态书写现象及史实,本土生态女性理论未能够做出全面客观的跟踪描述与理性高度的梳理。

最后,女性文学的书写形态与主题、场域等的内在切换,是基于生命本体对城市生态、乡村生态、原生态的呈现,并未能在哲学与美学的高度去审视,女性之于生态的本源性、合一性与精神性上的共振,也没有以批判、反思的姿态进入生态维度的纵深处,探及女性与生态之间的复杂性、间离性,以及立体化呈现女性与生态的多样的可能性与关联性。

在此意义上,20世纪80年代以来,中国女性文学与生态仍然是一个内在博弈的过程,是一个动态发展的过程,是在中西、传统与现代生态文化的移动、融合与固化中,获得自我生长空间与自我释放的过程。进一步的女性生态书写的探索,需要在哲学、美学的高度,持有自然性、生态美学及整体观,还需要体现女性生态美学精神,而环境伦理、道德伦理、女性伦理理应是一种叠合,彼此滋生、融合。女性现代生态伦理是基于女性自身的,是女性—生态的受益者,也是其构建者。在女性、伦理、生态共置的系统中,如何确立女性与群体或外环境的自然、社会、男性等的共享、共生,同时与自我个体或本体内环境角色中的母性、女儿性、妻性和谐,体现为自我精神生态与性别的和谐,具有良性的生存姿态与价值取向,承担对女性伦理精神的发掘与深化,剥离中国传统伦理"人伦秩序"对女性的控制,同时要有现代化意义上的反思性、现实性、批判性与建构性。中国本土生态女性主义要从西方生态女性经验中借鉴,更要从中国本土生态智慧、精神资源中有效获取，承续和谐、整体、正义、发展的生态伦理的特质，建构女性生态美学伦理精神，形成具有反思、批判与实践性的新女性现实主义精神。

二 西方生态女性主义的缘起

20世纪60年代以来，随着人类与自然之间的矛盾日益加剧，环境伦理学、深层生态学、生态女性主义等，应运而生，生态女性主义（Ecofeminism）是1974年法国女性主义学者F.奥波尼将生态思想和女性思想结合，在《女人或死亡》中率先提出："对妇女的压迫与自然的压迫有着直接的天然的联系。"此后生态女性主义作为一种充满生机与活力的哲学思潮在西方逐渐传播蔓延，并随着环境保护运动的壮大和绿色革命的兴起而日益发展。1980年，美国加州大学伯克利分校环境哲学与环境伦理学教授卡洛林·麦茜特（Garolyn Merchant）出版《自然之死——妇女、生态和科学革命》（以下简称为《自然之死》）一书，试图从妇女与生态的双重视角来评介科学革命，成为生态女性主义的重要著作之一。在奥波尼创造生态女性主义这一术语大约十年后，卡林·沃伦进一步详细阐述了生态女性主义的核心假设，她指出："（1）对妇女的压迫与对自然的压迫有着重要的联系；（2）理解这些联系的本质对于充分理解妇女和自然所遭受的压迫是十分必要的；（3）女性主义的理论和实践必须包含生态学的视角；以及（4）生态问题的解决必须包含女性主义的视角。"[1] 生态女性主义主张自然与女性主义思想相结合，因此它"既是一种女性主义理论，又是一种生态理论，同时也是一种多元的文化视角"[2]。生态女性主义者意识到生态圈中人类与自然以及人与人之间是相互依存、有机结合的。人类离不开自然，需要自然为它提供物质资料和精神养料。人类在破坏自然的同时就是在毁灭自身。生态女性主义者试图把自然哲学观念运用到人类如

---

① ［美］罗斯玛丽·帕特南·童：《女性主义思潮导论》，艾晓明、朱坤领等译，华中师范大学出版社2002年版。

② 肖巍：《女性主义伦理学》，四川人民出版社2000年版，第83页。

何看待环境以及与环境发生互动的实践中去,以克服自然与社会的二元对立。

生态女性主义认同女人与自然有生态意义上的亲近性,把自然与女性受压迫的遭遇相提并论,把解放女性和解决生态危机、反对压迫,一并当作自己的奋斗目标。一般认为,生态女性主义是女性主义与生态文化思潮相结合的产物。女性主义大致有三个阶段:第一阶段以自由女性主义为代表,主张在现实社会领域争取同男性平等的政治、经济、教育等方面权利;第二阶段以激进女性主义为代表,强调女性与男性的差异,要求重新评价女性的存在方式及其精神特性,力图使其成为文化的主导因素;第三阶段便是生态女性主义,它是生态文化思潮与女性主义的合一,也因理论依据不同,滋生出文化生态女性主义、社会生态女性主义和哲学生态女性主义等多元文化架构。生态女性主义认同女人与自然有生态意义上的亲近性,以"女性美德"和"生态原则"作为衡量文学价值的新标准,把解放女性与解决生态危机、反对压迫,一并当作自己的使命,探讨文学中双重统治的联系,深化对父权制文本的批判。

经过 20 世纪 80 年代的准备,特别是生态女性主义者的理论阐发,生态女性主义最终在 90 年代于文学研究领域确立了自身的存在。在生态女性主义之后,出现了生态女性主义文学批评。1996 年,美国生态批评家切瑞尔·格罗特费尔蒂在她主编的第一本《生态批评读本》的前言中概括了女性生态批评发展的三阶段:第一阶段,发掘女性主义文学的主题与作品;第二阶段,追溯女性主义文学传统,发掘其内涵;第三阶段,考察包括经典文本在内的生态女性文学的内在结构。[①] 不同领域的一些批评家把目光投在了生态女性主义文学批评上。

生态女性主义批评涉及文学、伦理学、生态学、人类学等诸多学科,研究主体来自各不同的领域,因此,生态女性主义批评也呈现出"间性智慧":

---

① [美] 切瑞尔·格罗特费尔蒂:《前言:环境危机时代的文学研究》,《生态批评读本》,美国佐治亚大学出版社 1996 年版,第 215 页。

美国印第安纳大学教授墨菲是生态文学批评的开拓者，其代表作有《文学、自然、他者：生态女性主义批评》以及与生态女性主义者格里塔·加德合著的《生态女性主义文学批评：理论、文本阐释和教学》。后一部作品最大长处不在于理论的表述，而是将这些理论运用到文本中，通过生态女性主义的视角来关注妇女、少数种族和非人类的生物。作者强调这些生物具有完全的主体性，反对等级制、二元论和机械地理解自然界。墨菲认为文学和文艺乃是生态女性主义活动不可或缺的一环。90 年代生态批评终于作为一场颇有声势的运动在学术界兴起。生态批评家切瑞尔·格罗特费尔蒂在她和哈罗德·弗洛姆主编的《生态批评读本——文学生态学的里程碑》的序言部分，给生态批评下了一个简单明了的定义：对文学与自然环境关系的研究。她指出文学理论已经不能脱离它赖以生存的世界，而以往文学理论大多将"世界"同义为社会，而生态批评的"世界"则包含了整个生态圈。这无疑是正确的。内奥米·古特曼认为生态女性主义批评一般都具有以下目标："从文学作品尤其是自然写作中发掘出生态女性主义观点；从生态女性主义视角阅读文学作品——主要是女性主义文学作品；把自然写作作为边缘化的、女性化的文学体裁来进行审视，通过运用生态女性主义文学理论，使自然写作跻身传统文学经典的行列；参照女性主义批评，逐步建立一种生态女性主义批评。"① 由于生态主义、女性主义都强调多元性、他异性，因此，女性主义视角必然引起生态批评的注意。生态女性主义被认为是生态批评领域的一个重要类型，一种最具潜力的批评。生态观点与此同时也受到了女性批评的重视。

三　生态女性主义在中国的接受和传播

较之于西方生态女性主义文学批评，我国生态女性主义文学批评相对滞后，直到 20 世纪末才引起诸多人的关注。1996 年，关春玲的《西方生态女权主义研究综述》是国内最早一篇关于西方生态女性主义

---

① Guttman, Naomi. "Ecofeminism in Litemry studies", *The Environmental Tradition in English Literature*, Burlington：Ashgate Publishing Ltd., 2002.

研究的综述性文章，简要介绍生态女性主义研究出现的新特点，论述生态女性主义的主要流派及观点。① 而后，国内许多专家学者纷纷撰文探讨女性和环境的关系，从多个角度介绍与研究生态女性主义。我国生态女性主义早期研究成果主要集中在哲学、伦理学、宗教等领域。1996 年，曹南燕和刘兵合作发表《生态女性主义及其意义》，较为详细地评述了生态女性主义对传统哲学的批判，分析其提出的新的价值观、伦理学及其意义。② 陈喜荣在《生态女权主义述评》中把生态女性主义归为后现代主义的一个分支，陈述生态女性主义本体论的建设性贡献，指出"非二元论是生态女性主义认识论根据"。③ 李慧利认为"承认了人与自然的关系，并不等于支持了某一种环境伦理"④。二元论究竟是不是对女性和自然双重压迫的根源？这个问题仍将延续。李建珊和赵媛媛指出，中国传统文化中的有机整体观、"天人合一"思想和仁爱观念，有助于生态女性主义思想的深化和发展。⑤ 2000 年，肖巍的《生态女性主义及其伦理文化》，是典型的从伦理学角度研究生态女性主义的论文。⑥ 叶舒宪《略论当代"女神文明"的复兴》（《江苏行政学院学报》（南京）2005 年第 1 期）指出，20 世纪西方文化寻根在思想和学术领域产生了引人注目的"女神复兴"现象，可以理解为"一种以生态伦理为基础的宇宙论"代替过去那种人类中心主义的宇宙论。2007 年，香港树仁大学王建元尝试从中国古代神话（特别是女神）中发掘生态女性主义的论点，以期提炼出中国古典文化中的生态伦理。⑦ 陈霞的《道教贵柔守雌女性观与生态女权思想》是国内第一篇将生态女性主义与宗教结合起来的学术论文，指出柔弱不是一种结果，而是一种策略，这是雌性反应的方式。⑧ 陈俊华《来自女性和自然

---

① 关春玲：《西方生态女权主义研究综述》，《国外社会科学》1996 年第 2 期。
② 曹南燕、刘兵：《生态女性主义及其意义》，《哲学研究》1996 年第 5 期。
③ 陈喜荣：《生态女权主义述评》，《武汉大学学报》2002 年第 5 期。
④ 李慧利：《儒学与生态女性主义》，《世界哲学》2004 年第 1 期。
⑤ 李建珊、赵媛媛：《生态女性主义与中国传统文化》，《自然辩证法通讯》2008 年第 2 期。
⑥ 肖巍：《生态女性主义及其伦理文化》，《妇女研究论丛》2000 年第 4 期。
⑦ 王建元：《生态伦理与中国神话》，《江苏大学学报》2007 年第 1 期。
⑧ 陈霞：《道教贵柔守雌女性观与生态女权思想》，《西南民族学院学报》2000 年第 8 期。

的呼唤——评生态女性主义文学批评》（《湖北大学学报》2007 年第 5
期），指出了中国生态女性主义文学批评为我们阐释文学作品提供以别
样的价值观，对女性创作亦不失为一种审美导向，但理论上，它是对
传统文学批评理论的继承和超越。2010 年，李瑞虹对美国女神学家鲁
塞尔的生态女性主义思想进行了深入分析和评述。① 曾繁仁在《生态女
性主义与生态女性文学批评》（《艺术百家》2009 年第 5 期）中，对美
国加州大学伯克利分校环境哲学与环境伦理学教授卡洛林·麦茜特
（Garolyn Merchant）的《自然之死——妇女、生态和科学革命》做出
了回应性的解读②。

　　生态女性主义作为一种理论，已经在这些年正式进入文学研究领
域。而从文学视角对生态女性主义的研究，呈现了多维度局面，涉及
批评理论研究、文本研究以及对生态女性主义文学研究的研究等。
2002 年，韦清琦在《方兴未艾的绿色文学研究——生态批评》中指
出，生态女性主义"是生态批评发展到第三阶段的产物，研究的前景
相当乐观"。③ 陈晓兰则把生态女性主义看作"生态批评"的一个重要
类型。自 2004 年以来，一批从生态女性主义视角阐析作品的论文涌现
出来，如左金梅的《〈千亩农庄〉的生态女权主义思想》（《外国文学
评论》2004 年第 3 期），戴桂玉的《从〈丧钟为谁而鸣〉管窥海明威
的生态女性主义意识》，吴琳的《生态女性主义在中国的接受和传播述
评》（《外国文学研究》2005 年第 2 期），王文惠的《从生态女权主义
视角对〈简·爱〉的重新读解》（《外国文学研究》2008 年第 1 期），
张燕的《寻归自然，呼唤和谐人性——艾丽斯·沃克小说的生态女性
主义思想刍议》（《当代外国文学》2009 年第 3 期），吴琳的《单乳女
性家族回忆录——〈避风港〉的生态女性主义思想解读》（《当代外国
文学》2010 年第 2 期），邹璐的《张抗抗的〈作女〉中所透视的生态

----

① 李瑞虹：《绿色神学：女性主义神学家鲁塞尔的生态思想探究》，《世界宗教研究》2010
年第 3 期。
② 曾繁仁：《生态女性主义与生态女性文学批评》，《艺术百家》2009 年第 5 期。
③ 韦清琦：《方兴未艾的绿色文学研究——生态批评》，《外国文学》2002 年第 3 期。

女性主义》（《现代语文（学术综合）》2011 年第 7 期）也都从生态女
性主义视角对女性文学做出解读。此外，一些生态批评与研究的诸多
著作相继问世，为女性生态书写提供了理论基础与准备，如汪树东
《生态意识与中国当代文学》（中国社会科学出版社 2008 年版），专门
章节对女作家迟子建、叶广芩做了专题研究。王诺的《欧美生态文学》
（北京大学出版社 2003 年版）则是国内第一部欧美生态文学研究专著，
此书以时间为序同时分国别考察和评价了欧美生态文学和西方生态思
想的发展及其主要成就，介绍了西方生态女作家的写作概况，并在此
基础上，对生态文学的定义和特征进行了深入论述，对生态文学的思
想内涵进行了系统研究。这为中国女性生态文学的发展提供了一个很
好的参照。2010 年曾繁仁的《生态美学导论》（商务印书馆 2010 年
版）是一部对"中国生态美学"系统阐释的专门著作。与西方的生态
美学相对于环境美学而言居于边缘的地位不同，生态美学是当代中国
美学界的显学。书中有专门对迟子建的研究，"回望家园：《额尔古纳
河右岸》的生态美学解读"，阐述了现代化社会的浪潮中，不断回望家
园是人类应有的态度。

　　中国生态女性主义文学批评为我们阐释文学作品提供以别样的价
值立场、话语方式、思维方式，对女性创作亦不失为一种审美导向。
理论上，它是对传统文学批评理论的继承和超越，具有自然性、开放
性、交融性与整体性，容纳各批评之长，扩充和发展了女性主义文学
批评，引导人们从环境和性别的双重视角进行文学研究，号召人们关
爱女性与自然，最终使自然环境、男性和女性和谐相处、协调发展。
但生态女性主义是一种生成中的前沿性的理论思潮，生态女性主义文
学批评思想理论发展也尚欠成熟，未从文化领域切入到文学领域。而
作为新型的学科研究，中国生态女性主义并没有构建起立足于本土的
研究与批评范式，更没有在理论思想上成熟。原因有许多方面。究其
内因是来自女作家本身：女作家的文本写作只按照西方生态女性主义
理论的框架出牌，而没有真正在自我文化谱系上生发一种生态之思；
一些有激进生态意识的女作家的文本又只是一种概念化的书写，难以

穿透历史、现实界面，表达出消费时代的女性自我深层次的矛盾纠葛。女性评论家自身则因缺失对西方生态思想的准确把握，没有中国传统天人法则与人文精神资源的支撑，难以站在宏大视域上寻找出突破女性评论低谷的路径；缺少系统整体地对生态思想资源，包含西方生态思想与我国本土生态思想的全面考察，在建构具有原创性的生态女性主义文学批评理论框架时缺少理论基石，致使生态女性主义文学创作与批评的核心概念的界定仍然没有形成；文本阅读量不够，也很难全面了解女性生态写作的真实现实；淹没在西方生态女性主义的成说之中，并把其用作判定中国本土女性写作的标准，以理论这把剪刀切割女性文学，很难以生态视角挖掘出文本中蕴含的生态思想或生态女性意识来。

正因为如此，为了中国本土生态女性文学批评的体系的建立，也为了客观地科学地归纳出中国女性生态书写的现实、发展趋势，中国女性生态书写的中国元素，女性写作的多样化等，笔者以"博弈：女性文学与生态"为主题，试图作一个尝试性的拓展。

四　进入中国本土生态女性写作研究的视角与途径

看来，需要对中国女性生态写作的概念予以认定。而这个概念是基于中国女性生态书写的本土现实，是否要回应西方生态学的理论阐述，是否要接续中国传统生态思想的文脉，笔者不想做简单的概念模仿，只想切合笔者的文本考察与解读，做出自己的理论表述。

当然，笔者要做的首先是深入地了解女性文本，以能够从个案研究的微观研究开始，依次渐入宏观视野中。笔者着力从生态视角进入20世纪80年代以来女作家有影响力的文本，还有那些由于历史、文学制度、史料等影响而不被重视的女作家文本，这样能够获得包含有生态价值判断的女性文学史实。

在这里，首先必须承认这样的事实存在，即西方生态理论本身仍然是一个小于女性文本的存在，有关西方生态女性主义本身的生态诉求，还存在异议。

　　一类以王诺为代表的学者，认为生态女性主义是一个摇摆的概念，甚至有附庸风雅之嫌，"揭示生态批评与文化批评、社会批评、历史批评、女性主义批评的思想关联，目的究竟是为了丰富发展以前的批评，还是为了强化壮大新生的生态批评？虽然无论出于哪一种目的都有其推动整个文学批评发展的价值；但也应当看到，基本目的和主要诉求上的辨析，是将特定的批评进行学理性归类的必需。比如，有不少女性主义批评家转而倡导生态女性主义，提出了各式各样的观点，其中有许多观点是与生态主义的基本精神相悖逆的。这就需要我们仔细分析所谓生态女性主义的目的，不能仅仅因为她们自称'生态'、涉及生态就简单地将她们的研究归类于生态批评。我们需要辨析：她们如此热衷地研究所谓生态女性主义的目的是什么？是从女性的角度探讨导致生态危机的社会原因、思想文化根源，从而丰富强化生态视角的文学研究，推动生态批评的发展，进而为缓解人与自然的对立、消除生态危机、建设生态文明做出贡献呢；还是为了从更广的范围、更新的角度，结合人与自然关系的恶化和生态危机，来进一步探讨人类社会压抑女性的思想、文化、传统、制度，从而更加确立女性主义，更好地弘扬女性意识，更有效地凸显女性主义批评的价值呢？如果是前者，我们可以说那是一种生态批评，具有女性主义特色的生态批评（简称女性主义的生态批评，中心词是生态批评）；如果是后者，我们则要说那仍然是一种女性主义批评，结合了生态批评某些观念的女性主义批评（简称生态的女性主义批评，中心词是女性主义批评）。"①

　　另一类以鲁枢元为代表，继 1996 年关春玲在《国外社会科学》中率先介绍了西方生态女性主义思潮的各个流派之后，极力主张打造中国的女性生态主义理论。他在其 2000 年出版的《生态文艺学》中辟专节论述了女性、自然和艺术的关系。他在分析了马克斯·舍勒的女性主义观点后不无正确地说："现代文明中的一切偏颇，一切过错，一切邪恶，都是由于女人天性的严重流丧、男人意志的恶性膨胀造成的结

果。"同年出版的《西方当代文学批评在中国》一书，也抓住了生态女性主义的核心策略，指出其"把建构女性文化作为解决生态危机的根本途径，尊重差异，倡导多样性，强调人与自然的联系和同一，解构男人／女人、文化／自然、精神／肉体、理智／情感等传统文化中的二元对立思维方式，确立非二元思维方式和非等级观念"。

　　王克俭指出："在生态文学研究方面，我们当前的眼界似乎也狭窄了些，尤其是我们在很多地方已把'生态文学'命名为'环境文学'，这就使这种文学的题材局限于人与自然的关系。实际上，表现人与自然的关系如果不深入到人的精神之中，这样的关系还是比较肤浅的。而当把这种文学命名为'生态文学'之时，我们的视野就可以提升到自然文学与精神生态的高度，注视一切生命的自然状态与精神状态，在自然生态与精神生态的高度作出审美观照。"① 而生态女性主义批评家自身则强调对自然的占有和对女性的占有之间存在着重要的关联，即人类对自然的统治来自一种父权制的世界观，也正是这样的世界观确立了其统治妇女的合法地位。胡志红认为："生态女性主义批评是发展中的批评理论，它借鉴、超越了后现代主义的批评策略，以生态女性主义思想为思想基础，探讨文学与自然、阶级、性别及种族四个范畴之间的相互关系，是一种开放式、包容性的文学批评，正在向国际多元文化的趋势发展。它试图揭示人对自然的统治与人对妇女的统治之间的一致性，同时也致力于探讨二者获得解放的策略与途径，凸显自然解放与妇女解放的关联性和复杂性。"②

　　显然，由于持不同立场的派别丛生，引起了学界一些争议。而生态批评界也逐渐认同了女性参与自然危机、人的精神危机乃至社会危机等的主观倾向与价值认同，因为在人类发展意义的高度来看，男女并不存在绝对意义上的生态差异，彼此又同在生态系统的链条上。

　　即便我们承认西方生态主义思潮在中国得到了强势传播，但在面对中国女性写作现实的时候，有一种现象还是发生了：削足适履的嫌

---

① 王克俭：《生态文艺学：现代性与前瞻性》，《文艺报》2000 年 4 月 25 日。
② 胡志红：《西方生态批评研究》，中国社会科学出版社 2006 年版，第 146 页。

疑。因为，生态批评思潮相对于女性写作依然是滞后的，依然不能够穷尽我们中国本土女作家的生态书写事实，因为这是在中国。

所以，笔者不想用西方生态女性主义的理论裁剪中国当代女性写作，因为理论本身由于历史、文化、现实等存在异质性，同时移植的过程中也多有歧义，更因为两者本来就不是同一的话语系统中的生成物。事实上，按照西方生态女性主义的理论，也囊括不了西方女性本土生态写作的全部。理论本身是后于写作的，存在先天的局限性。同时，为避免庸俗的社会学之嫌，笔者对女性生态书写是基于两点来考察的，尽可能在生态文化视域下考察女作家的写作：一个是纯粹意义上的自然生态书写，一是宽泛意义上的社会、精神生态层面上的亚生态叙事。基于生态学的严格意义，笔者提出一个设想，认为社会生态与精神生态书写是介于生态学与社会学、精神学意义之间的一种侧重对女性本体价值观立场、生命形态与精神形态予以表达的话语方式、叙事方式，以体现多种学科交融之后的共生。自然，进入生态叙事的女作家文本有别：一是贴切的女性生态文本，一是泛化的生态女性文本。按照这种延伸，可把中国本土的女性生态书写划分为：自然性的生态写作与社会、精神性的生态写作。而女性生态书写，就是指女作家以生态视角，对自然、社会与精神界面的价值判定与表达，强调女性追求个性发展，也恪守与男性、社会还有自然和谐的生态美学原则。

其实，这两个界面，存在有本质的同一。原因在于自然—人或自然—女人，把人与自然当作两个世界的交锋与和谐，按照中国传统"易经"将宇宙万物归结为"阴阳相生"、佛学中"众生平等"的思想以及深层生态学的观点，自然与人一样有存在的理由与利益，而人的阴阳相生与万物的阴阳相生有内在的一致性。如果把人作为一种自然属性来考察的话，男女的性别也便是自然的存在，只是由于社会性的原因，才有了社会性别之说。女儿性、妻性与母性，在生态意义上，是没有性别的；而在政治与现实中，则有男性与女性的异同。

依此来看，当今活跃于文坛的蒋子丹、迟子建、方敏、叶广芩、萨娜等就是典型的女性生态作家，而张洁、铁凝、王安忆等的书写，也不失为在社会生态（含有性别生态）或精神生态界面上展开的追踪。但倘若从严格的生态学理上去追究的话，那就另当别论了。事实上，生态书写是一种融合了宗教、文化、自然、社会、人类意义上的"间性智慧"的表达，有时候概念本身也存在着审美的模糊性、游离性与外延性。

倘若从生态文明的高度来看，不管是基于何种立场与表述，只要是站在人类发展高度，为消除人类面临的种种危机竭尽所能的所有跨文化的间性智慧，都是有益的。生态文明应是人类文明的一种新的形态，它反映的是建立在人与人利益关系协调发展基础上的人与自然和谐共荣、协调共生关系。自然生态是生态文明的外在基质，精神生态是生态文明的内在价值追求，社会生态则是生态文明的制度本源。在笔者理解中，自然、社会与精神只是生态文明的三个维度，因为前瞻性的生态文明，是一个颠覆原生态文明、前现代化文明的崭新的文明形态，它容纳有新的质素，也是一个动态的系统。

被称为生态鼻祖的蕾切尔·卡逊在《感悟奇迹》一书里写道："孩子的世界是新鲜而美丽的，充满着好奇与激动。不幸的是，我们大多数人还没到成年就失去了清澈明亮的眼神……真正的天性衰退甚至丧失了。假如我能够感动据说会保佑所有孩子的善良仙女，我将请求她送给世上每一个孩子一份礼物，那就是永不泯灭的、持续一生的好奇，作为一种持续不断的免疫力，用以抵抗未来岁月里的乏味、祛魅，抵抗那些虚假而枯燥的先入之见，抵抗背离我们力量本源的异化。"[1] 蕾切尔·卡逊也认为，人的力量本源是与自然和谐相处，充满友善与爱，而当代人也只有真正地消除反生态的文明对人的异化，才可能重建新世纪的生态文明。在这个意义上，人类的确应该回到智慧的童年，回到生命原初精神，来反思、审视我们的生存现实及内心世界。

正是基于如此的哲思，确认了生态女性写作的本身内涵与外延皆是宽泛的，在梳理了西方生态女性理论起源、发展以及在中国的接受

---

[1]　Paul Brooks, *The House of Life*；*Rachel Carson at Work*, Boston：Houghton Mifflin, 1972, pp. 201 – 202.

和传播，阐明了本土生态女性写作研究的意义、视角与途径的基础上，本书力求从多个视角、视域、立场来看待中国当代生态女性写作，从中国生态女性写作的背景与资源做出了阐释，认为从 20 世纪 80 年代后期，随着中国现代化的崛起，到 90 年代后期乃至到 21 世纪，中国逐渐进入了消费时代，女性文学与生态之间存在博弈。跟踪女性生态写作的现状与发展趋势，指出女性文学的悄然转变，即由激进走向了缓和，由个体走向了群体，由西化走向了本土。同时，发现由于基点不同、对象不同、时间不同以及价值立场、话语方式与叙事的不同，中、西方女性生态写作存在着本质的差异。中国女性生态写作的美学形态与内在切换，体现为原始生命形态的寻找：自我生命本体与原乡自然生命形态的容纳与契合；女性自然性征的强调：作为性与生育的工具；女性寓言：母性生命形态与女神的原始精神追随；日常生活场景展示：女神形象与女性母性的有机结合。随之，女性生态写作的主体姿态有：激进的生态意识女作家群，温和的生态意识女作家群与原生态女作家群。在新媒体时代，女性写作面对多重资本与媒介的侵入，存在生态与资本博弈，导致本土女性生态美学的建构或流变，被拆分三个板块：自由书写模式、摇摆于市场性和介入性之间的"写作模式"、作为自我消费符号书写。由此，本书指出女性生态写作的路标：女作家从生态学视角，立足本土，秉承中国天人合一的文化精髓，突破本土的视野走向世界，恪守与男性、社会还有自然和谐的生态美学原则，体现审美生态追求的多样化，旨在探寻和揭示导致生态危机的思想与文化根源，也在寻找着女性在自然、社会中的重新定位，并从中发掘中国女性文化本土建构的特质，以及中国女性文学乃至中国本土文化的生长点，捕获女性生长与中华文化文明一脉相承的精神因子。说到底，女性孕育了人类，也孕育了历史，更构建了文明世界。这一切，都将变得有价值和意义，并且切实可行。

第一章

女性生态写作的背景与资源

从 20 世纪 80 年代后期，随着中国现代化的崛起，到 90 年代后期乃至到 21 世纪，中国逐渐进入了消费时代。消费时代的享乐中心主义与当代生态文明价值观之间的冲撞，渐次构成了整个社会的潜在矛盾。现代性在其中扮演了导演的角色，而这恰恰是人类共同缔造的结果。斯普瑞特奈克曾说："现代世界观强行造成了人与周围自然界、自我与他人、心灵与身体之间的破坏性断裂。"① 这种断裂的弥合却需要人类付出更大的代价。"从现代文明的器物层面上看，它是如此处理人与大自然的关系的：首先把大自然还原为机械装置和满足人类需要的资源库，然后尽其所能地掌握大自然的客观规律，充分利用现代科学技术制造出的各种现代工具，征服和利用大自然。在现代文明的制度层面上，它在经济上明显地倾向于以市场配置资源的市场经济，在政治上则倾向于强调民众参与的民主制度。在精神层面上，现代文明无限制地主张个人主义，主张完全的理性化。现代社会以工业化、城市化、世俗化为基本特征，居于其核心地位的是现代科技的无限发展，是经济水平的无限发展。……导致当代生态危机最根本的原因是三种观念，即现代自然观、现代人类中心主义和现代文明的世俗化方向。"② 野蛮

---

① ［美］查伦·斯普瑞特奈克：《真实之复兴》，张妮妮译，中央编译出版社 2001 年版，第 6 页。

② 汪树东：《生态意识与中国当代文学》，中国社会科学出版社 2008 年版，第 2—4 页。

主义不是前现代的遗迹和"黑暗时代"的残余,而是现代性的内在品质,体现了现代性的阴暗面。现代性不仅预示了形形色色宏伟的解放景观,不仅带有不断自我纠正和扩张的伟大许诺,而且还包含着各种毁灭的可能性:暴力、侵略、战争和种族灭绝。①

女性似乎面临两种选择:一是走进消费文化中,让自己尽情释放;一是保持清醒的生存理性。但事实上,在这种氛围中,似乎在劫难逃。在幻象仿真的年代,导致女性现实感在场的缺失,存在着自我迷失、性别迷失、尊严迷失,等等。社会生产欲望、满足欲望成了生活主流。后个人主义时代,是个体极力表达与实现的时代,尽管身处多元文化背景与多重价值观之下,但显著的一点就是把自我实现同物质享受绑定在一起,结果是:一方面人们挣扎于享受物欲、精神欲和权力欲;另一方面精神匮乏、被掏空。与此同时,混沌的相对多元化时代,文化社会现实意义上的几重矛盾交织在一起,共同对女性的生存产生作用。市场经济下的大众—消费文化,已经置换了20世纪六七十年代的主流意识形态,并使其边缘化,也潜在影响着女性文化生成,思维与话语层面的觉醒中止于行为实践之中,因而精神实质上是纵欲的、反审美的。事实上个人主义时代,并无真正意义上的个体,也没有充满创造性的个体,出现了崇拜偶像、追逐明星、道德下滑、心灵空虚的女性群体、群落。

一   现代性置女性于反思与批判处境

在上述背景下,女作家从女性视角与生态文明高度来反思与批判现代性文化,也重新反思原始生态文明。迈克尔·伍德在《沉默之子》中对当代小说的看法是:"小说成了一种忧伤但慷慨的模式:关于丧失它教给了我们许多。"女作家将目光投向了更为广阔的境地,从根本上思索女性精神旨归的问题,继续80年代的女性生存处境的思考,但显然又有本质的差异。新世纪的女性,开始回归传统,结果是一些女性

---

① [以色列] 艾森斯塔特:《反思现代性》,旷新年等译,生活·读书·新知三联书店2006年版,第67页。

能够找回，一些却在迷失。表现在写作上，一些女作家固守着原来的守望与徘徊，一些女作家则竭尽所能在本土化路向上发掘传统文化、民间文化与宗教思想，从中汲取有效养分，以生态写作实践呼应着西方生态理论，呈现为女性生态书写的多重可能性与写作限度的并存。从 20 世纪 80 年代开始，张洁、铁凝、王安忆、张抗抗、迟子建等，就在勘探着女性写作的新路径；而张曼菱的《有一个美丽的地方》，竹林的《生活之路》，遇罗锦的《冬天的童话》，乔雪竹的《郝依拉宝格达山的传说》《北国红豆也相思》等，却以历史的偶然，撞击到了生态书写，传达出对乡土生活的眷恋。曹文轩在《中国八十年代文学现象研究》中曾指出："20 世纪 80 年代，中国文学出现了 1919 年以来的新文学史上从未有过的大自然崇拜。"而 90 年代乃至新世纪，涌现出了诸如素素、白玉芳（满族）、空特乐（鄂伦春族）、萨娜（达斡尔族）、梅卓（藏族）、叶广芩（满族）等女作家，生态书写越来越成为众多女作家的尝试，以自己的方式在誊写着有关女性生态的故事。

一些生态文本带给我们以一种清新，一种视野，一种智慧，一种忧伤。

张抗抗的中篇小说《沙暴》是较早从人与动物的生态关系来进行动物叙事的。故事讲述了 20 世纪 60 年代知识青年到内蒙古草原插队时大肆捕猎老鹰，结果导致老鼠猖獗成灾，毁了整个大草原。到了 1980 年，在市场利益的诱惑下，他们中又有人到草原上去猎鹰，最终导致沙化严重，给北京带来了严重的沙尘暴。方敏的三部中篇小说《大迁徙》《大拼搏》《大毁灭》展示了红蟹、褐马鸡、旅鼠等卑微弱小生命的自在状态。《大迁徙》写的是印度洋的一个蟹岛上，有成万上亿的小红蟹，每到雨季就组成浩浩荡荡的大军，来一次大迁徙。《大拼搏》写的是濒临灭绝的褐马鸡，为了生存与各种自然灾害和天敌顽强拼搏的悲壮故事。《大毁灭》则写北极圈中的旅鼠由于繁殖力极强，在短短的几十天中，即能由六只繁衍到一万只，因而无法觅食生存，到了一定的时候，它们便只能成亿成亿地集体朝向大海，走向死亡。而她的长篇小说《大绝唱》，讲述了生存在天山脚下的九曲河湾河狸的种群,过着自在的生活,但是男人长腿和女人胖子带着他们的一个女儿和儿子,找到了这片未开垦的处女地。接着更多的人来到这里,使得河狸丧失了较好的栖息地,并在最后遭受到生命的屠戮。还有方敏的《熊猫史诗》,唐敏的《心中的鹰》,叶广芩的小说《老虎大福》叙写一个地区的某一个物种被人类灭绝的悲剧。叶广芩在《黑鱼千岁》中,讲述了人与自然对抗的故事,显示了人在自然面前的无力。蒋子丹从先锋的荒诞到写实的动物书写,以《动物档案》和《一只蚂蚁领着我走》逼近自然与人类纠葛,围绕人与动物的关系展开的有关人类社会生态文明、动物伦理等问题的深入思考,明显具有社会学、伦理学等人文学科的学术色彩。

值得注意的是,一些女作家的书写由物及人,由自然及社会,由生命及精神。黄蓓佳《所有的》,横跨几个大的历史时段——"文革"、新时期、改革开放以及当下经济大潮,作家在一个大的时间跨度上对女性生命状态与人性本质进行双重解读,有关爱情、权利、生命禁忌等也都在作家考察范围之内,将圣洁的生命理想带到凡尘,以智慧之光投射世俗人生,获得生命沉落的缘由,并试图予以拯救。素素散文集《独语东北》以大气磅礴的气势去寻觅属于原乡记忆中的东北沃土上曾经有过的历史痕迹与脉动,开始了具有原始真味的寻找,从都市向乡野推进,从历史到现实,对东北多民族生息迁移与文化精神理性进行了有意味的追索。

应该说,女性写作并不乏可供生态批评审视的作品,女作家从生态学视角,而不只是拘泥生态学科领域的理论视角,立足本土,秉承中国的天人合一的文化精髓,突破本土的视野走向世界。反思人类与自然在整体生态系统中的信仰、伦理和审美生存的诗学特征,最终建构人、人类文化与自然、自然环境和谐关系的新人文精神,最终目的是探寻和揭示导致生态危机的思想与文化根源。

二 现代文化背景下欧美生态理论及其影响

不能忽视,西方文化和生态思想是中国女性作家确立生态意识的一个重要思想资源。而在西方 100 多年前，马克思、恩格斯就对当时的生态问题予以高度的关注，其生态思想主要散布在《资本论》《英国工人阶级状况》《自然辩证法》《反杜林论》和《路德维希·费尔巴哈和德国古典哲学的终结》等著作中。詹恩·司麦兹（Jan Smuts）在他的专著《整体主义与进化论》（1926）中强调整体主义思想，这也是生态学自身的原则。文化生态的提法则出自美国文化人类学家斯图尔德，在 20 世纪 50 年代出版的《文化变迁理论》中，他提出从文化生态变迁的角度来研究人类适应环境的过程。但生态批评形成于 20 世纪 90 年代中期的美国，进而又在许多国家出现。我国学者在 80 年代开始关注生态思潮，陆续翻译了一批生态哲学、生态伦理学、生态神学、生态马克思主义、生态社会主义、生态政治学、生态美学、生态史学、生态女性主义、生态社会学、生态经济学著作，并出版了一批研究专著。诸如汤因比和池田大作的《展望二十一世纪》，阿尔文·托夫勒的《第三次浪潮》，戴维·埃伦费尔德的《人道主义的僭妄》，汉斯·萨克塞的《生态哲学》，艾伦·杜宁的《多少算够——消费社会与地球的未来》，芭芭拉·沃德和勒内·杜博斯的《只有一个地球》，蕾切尔·卡逊的《寂静的春天》，罗马俱乐部的《增长的极限》，奥尔多·利奥波德的《沙乡年鉴》，大卫·雷·格里芬主编的《后现代精神》和《后现代科学》，阿尔贝特·史怀泽的《敬畏生命》，阿尔·戈尔的《濒临失衡的地球——生态与人类精神》，霍尔姆斯·罗尔斯顿的《环境伦理学》和《哲学走向荒野》等。这些学术著作极大拓展了国人的生态视野，对我们确立生态意识具有巨大的启示作用。

我们在这里不妨先梳理一下有关生态学思想的演进。生态学是现代西方环境运动的产物。生态学（ecology）一词最早由德国动物学家 E. 海克尔所创用[1]，是研究有机体彼此之间以及整体与其环境之间交互关系的一门科学，关注的就是"共同体"（Community）、"生态系统"（Ecosystem）和"整体"（Holism）。由于这种整体主义特点，生

---

[1] 也有论者认为生态概念由德国动物学家 E. 海克尔 1866 年所创用，但是生态的提法及存在却由来已久。

态学成为环境伦理学的科学认识的基础。生态学家研究发现，作为整体的大自然是一个互相影响、互相依赖的共同体，而自然世界的利益与人类自己的最重要的利益是一致的。

从 20 世纪中叶起，随着西方社会经济、技术日益发展，暴露出一个特出的矛盾：人与自然关系的恶化。如 50—60 年代发生的美国和英国的污染事件，日本出现的水俣病等著名"八大环境公害"，引起公众对环境保护的强烈关注。1962 年美国研究自然史的女作家蕾切尔·卡逊出版了《寂静的春天》一书，分析了杀虫剂对整个生态系统的破坏和对人类健康的影响，警觉地提出一个无鸟鸣唱的"寂静的春天"就会来临，这应该说是开拓西方环境运动与生态学的标志。1969 年，环境保护者组织"绿色和平"（Greenpeace）成立。同年，美国迫于各种压力，通过了《国家环境政策法》。1970 年欧美开展了第一个"地球日"活动。1972 年，联合国在斯德哥尔摩召开"人类环境会议"，英国经济学家 B. 沃德和美国微生物学家 R. 杜博斯为大会提供的背景资料《只有一个地球》指出："人类生活的两个世界——他所继承的生物圈和他所创造的技术圈——业已失去平衡。"至此，环境问题成为西方生态理性反思的一个中心话题。从 20 世纪 70 年代到 80 年代，西方人为改善环境做出了自己的努力，同时关注度投射到了与环境相关的政治、经济、社会、伦理因素。深层生态学的创始人纳斯指出：我们对那些别人未曾探究过的方面提出为什么和怎么办。比如，生态学作为一门科学，未曾探究过怎样一个社会将保持一个特定的生态系统是最佳的。这是一个涉及价值理论、政治学、伦理学的问题。

应该说，西方生态学家开始理性地对西方文化中人与自然的关系做出了深刻反思。传统中宣扬"人类中心论"（Anthropocentrism），即大自然的唯一价值是工具性和功利性的基督教在《创世记》中确立了人与自然的定位，人类能够统治和无节制地掠夺大自然的权利。笛卡儿认为人类是"大自然的主人和拥有者"。但是，随着西方现代性的发展，人与自然关系的恶化，这种价值观遭到极度的怀疑。1967 年，美国著名历史学家林恩·怀特（Lynn White）发表了著名的《我们生态危机的历史根源》一文。他认为，《圣经》是人类中心主义的根源。他指出："更多的科学和更多的技术将无法使我们摆脱现在所面临的环境危机，除非我们能找到一种新的信仰。"① 现代西方环境伦理思想正是在对传统的"人类中心论"进行批判的基础上产生的。"现代西方环境伦理思想，经过了大致肯定人类的价值高于自然的价值、部分承认自然的内在价值的现代'人类中心论'，和充分肯定自然具有'内在价值'、强调人与自然价值平等的'非人类中心论'（Anti-Anthropocentric）。后者包括'生物中心论'（Biocentrism）和'生态中心论'（Ecocentrism）。"② "人类中心论"的代表美国植物学家墨迪（William H. Murdy）认为："一种对待自然界的人类中心主义态度，并不需要把人看成是价值的源泉，更不排除自然界的事物有内在价值的信念。"③ 现代人类中心论者强调了自然环境对人类的意义与价值，也重申了人类从自我利益出发，必然要保护自然环境。而"非人类中心论"的环境伦理学认为，大自然拥有内在价值与权利，应当享有人类伦理一般的待遇。大自然和整个生态系统是人们应该关注的范围。法国哲学家阿尔伯特·施韦兹（Albert Schweitzer）是"生物中心论"伦理学的创始人，他在1923年发表的《文明与伦理》中，第一次明确提出了"敬畏生命"（Reverence for Life）④ 之说。阿尔伯特·施韦兹认为，自然界每一个有生命的或者具有潜在生命的物体都具有某种神圣的内在价值，应当受到尊重。之后，美国哲学家保罗·泰勒（Paul Taylor）发展了施韦兹的生物中心论思想。泰勒坚持平等主义，强调生态中心论的伦理学是"整体主义的"（holistic），整个生物圈是一个整体，包括物种、人类、大地和生态系统。有学者认为，现代西方生态中心主义运动的最早思想来源，是美国环境主义者利奥波德（Aldo Leopold）的著作

① White, Lynn, "The Historical Roots of Our Ecological Crisis", *Science*, Vol. 155, （March, 1967）, p. 1207.

② 参见王正平《深生态学：一种新的环境价值理念》，《上海师范大学学报》2000年第4期。

③ Murdy, William H., "Anthropocentrism: A Modem Version", *Science*, Vol. 187 （October, 1975）, pp. 1168 – 1175.

④ Schweitzer, Albert, *Civilization and Ethics* （London: Black, 1923）.

《沙乡年鉴》（1949）。利奥波德认为，自然环境不能够被仅仅看作供人类享用的资源，而应当把它看作价值的中心，生态中心论伦理学的基本原则在于："当一件事情有益于保护生命共同体的完整、稳定和美丽时，它是正确的；当它趋向于相反结果时，它就是错误的。"① 利奥波德声称："所有的伦理学都建立在一个共同的前提之上：个体是一个与其余部分相互依赖的共同体的一个成员。"② 美国当代哲学家贝阿德·卡利柯特（Baird Callicott）进一步指出，坚持生态中心主义的大地伦理是我们人类道德良心的扩展，不是取消我们对其它人类的道德义务，而是把道德义务置于更为广阔的生态系统之中。③ 深生态学的创始人纳斯公开承认："生态学知识和生态领域工作者的生活方式提示、鼓励和增强了深生态学运动的观点。"④ 1985 年纳斯发表了《生态智慧：深层和浅层生态学》一文，对十多年来的深生态学运动做了总结，阐述了深生态学的哲学暗示，分析了浅生态运动和深生态运动的区别。纳斯用列表比较两者典型口号的方式，来粗略说明浅生态学和深生态学运动的根本区别。⑤ 纳斯认为浅生态学运动与深生态学运动的本质分野在于是否承认人在自然界的平等位置、自然界的内在价值和权利、保护自然的目的、资源利用的方式等许多重要方面，两者的本质差异在于世界观与价值观的不同。深层生态学运动则认为，人类面临的生态危机，本质上是文化危机，其根源在于我们旧有的价值观念、行为方式、社会政治、经济和文化机制的不合理方面，人类必须确立保证人与自然和谐相处的新的文化价值观念、消费模式、生活方式和社会

① Leopold, Aldo, A *Sand County Almanac* (Oxford University Press, Inc. , 1981), pp. 224 – 225.

② Leopold, Aldo. "The Land Ethic", A Sand County Almanac, Oxford University Press, Inc. , 1981.

③ Callicott, J. Baird. "The Conceptual Foundations of the Land Ethic", *Companion to a Sand County Almanac* (Madison, WI: University of Wisconsin Press, 1987).

④ Naess, Ame. "The Shallow and the Deep, Long-Range Ecological Movement", *Inquiry*, 16 (Spring 1973).

⑤ Naess, Ame. "Ecosophy T: Deep Versus Shallow Ecology", *Deep Ecology Edited by Michael Tobias* (Santa Monica, C. A. : IMT Productions, 1985).

政治机制，才能从根本上克服生态危机。维护所有国家、群体、物种和整个生物圈的利益，追求个体与整体利益的"自我实现"，是深层生态学的最高规范与基本原则。应该说，深层生态学超越了一般对环境问题的有限的、零星的、浅层的探讨，试图勾勒出一个综合的有益于人类从根本上克服生态环境危机的哲学的或宗教的世界观。纳斯指出，人类自我意识的觉醒，经历了从本能的自我（Ego）到社会的自我（Self），再从社会的自我，到形而上的"大自我"（Self）即"生态的自我"（Ecological Self）的过程。这种"大自我"或"生态的自我"，才是人类真正的自我。这种自我是在人与生态环境的交互关系中实现的。[①] 深层生态学家认为，环境伦理学作为一种文化创造，它能够约束人类过度侵害生态环境的行为。其实，深层生态是对中国古典哲学的回应，容纳了中国的"天人合一"的生态思维。但在生态女性主义者看来，深层生态主义与生态女性主义存在有不可调和的冲突与间离，"生态女性主义各种流派的主张中较不受争议的，就是强调性别压迫与父权社会中其他各种形式的压迫是相互关联的，生态女性主义的首要任务就是铲除所有相关的宰制系统，而这种宰制系统的根源就是现存社会的父权体制，因此，唯有颠覆父权中心思想才能解除所有不公的压迫行为。这也是生态主义与一般深度生态学不同之处，深度生态学者在从事生态保育工作时，并没有思考到父权中心论才是生态危机的根本原因，有些保育工作者仍然存有内化的父权意识形态，喜欢用'强暴'作为破坏自然的比喻，或以'处女地'形容未遭人类侵入的森林或土地，这些比喻仍充斥着权力宰制的关系。此外，深度生态学者在处理环境议题时，也往往忽视最佳展现男性权力的军国主义对自然的严重破坏，然而帝国主义的侵略行为却深为生态女性主义所痛斥"[②]。显然，深层生态主义所持立场，仍然是含混与暧昧的。

　　纵观当今全球生态情势，环境保护的实践，迫切需要全人类构建

---

　　① 参见王正平《深生态学：一种新的环境价值理念》，《上海师范大学学报》2000 年第 4 期。
　　② 张雅兰：《生态女性主义》，蔡振兴主编《生态文学概论》，书林出版有限公司 2013 年版，第 89—90 页。

不同于以往的、全新的环境价值理念和环境伦理准则。美国当代著名
生态哲学家莱斯特·布朗说："假如没有一个环境伦理来保护社会的生
物基础，那么，文明就会崩溃。"① "自愿的简单化或许比其他任何伦
理，更能协调个人、社会、经济以及环境和各种需求。"② 巴巴拉·沃
德和勒内·杜博斯指出："保证各种重要生态系统所需要的多种变化的
功能，才能使世界丰富多彩"，"人类的生存有赖于整个体系的平衡和
健全"。③ 深生态学倡导的生态"大自我"的整体主义价值观念，是人
类面对生态环境恶化挑战的重要"生存智慧"。生态学是一种深刻而复
杂的生态哲学理论体系，它所揭示的许多合理的环境价值观念，是对
人类生态智慧的概括和发展。

多样性生态思想汇成风起云涌的生态主潮，已介入政治。1992 年
通过的《联合国生物多样性公约》开宗明义地指出："缔约国意识到生
物多样性的内在价值，和生物多样性及其组成部分的生态、遗传、社
会、经济、科学、教育、文化、娱乐和美学价值，还意识到生物多样
性对进化和保持生物圈的生命维持系统的重要性，确认生物多样性的
保护是全人类的共同关切事项。"④ 至此，对人类生态危机的政治干预，
就有了坚实的后盾。

在此意义上，演进中的欧美生态批评应该是蕴含着鲜明的生态思
想主张的。王诺就认为以欧美为主的西方生态批评基本是执行了西方
生态思想的诉求，但也有所拓展，"欧美生态批评为文学批评、美学研
究、文学理论研究提供了新视角、开拓了新领域、提供了新课题、输
入了新的发展动力。从文学研究的知识谱系来看，生态批评开拓新领
域的意义十分重大。文学研究发展到今天，人们逐渐认识到它的较为

---

①　［美］莱斯特·R. 布朗：《建设一个持续发展的社会》，科学技术文献出版社 1984 年版，
第 281 页。

②　同上书，第 284 页。

③　［美］巴巴拉·沃德、勒内·杜博斯：《只有一个地球》，石油工业出版社 1981 年版，第
275 页。

④　《联合国生物多样性公约》，见《迈向 21 世纪——联合国环境与发展大会文献汇编》，中
国环境科学出版社 1992 年版。

完备的知识系统应该包括纵横两大体系。我们可以从纵横两个维度来这样概括（括号外的为纵向，括号内的是横向）：这一知识系统包含作家研究（包括作家的思想、人格、心态、审美经验、艺术特质、创作过程与作品的关系、与社会的关系、与自然的关系）、作品文本研究（包括文本内部研究、文本与社会的关系、文本与自然的关系）、作品接受研究（包括接受者的思想、人格、心态、审美经验、艺术特质、接受过程与作品文本的关系、与社会的关系、与自然的关系）。无论是对具体作家作品的研究，还是探索文学发展规律的文学史研究、探索审美规律的美学研究以及探索文学规律的文艺理论研究，都离不开对这个纵横交叉的知识系统的研究。从这个知识系统我们可以发现，无论是在哪一个纵向环节，文学研究都离不开对文学与自然关系的研究，而且，从理论上说，无论在哪一个纵向环节，对文学与自然关系的研究，数量上都至少应该占到整个文学研究的 1/3 的份额，更何况社会与自然本身就有着密不可分的联系，即使是研究作者、文本、读者与社会的关系，也一定会涉及自然。然而，十分明显地，文学研究发展了数千年，但在文学与自然关系研究方面严重不足，从而导致整个文学研究知识系统的畸形与失衡。生态批评的崛起，推动了文学与自然关系的研究，弥补了以往文学研究在这个方面的严重缺失，有助于文学研究的发展更为系统、更加平衡"①。当然，生态批评维度上存在有限度，在这里不做很深的跟踪。

　而西方文学中具有生态意识的许多代表作被译介到中国本土，也产生了巨大影响。美国梭罗的随笔《瓦尔登湖》，杰克·伦敦的动物小说《雪虎》和《荒野的呼唤》，库伯的西部小说《猎鹿人》和《拓荒者》，福克纳的小说《去吧，摩西》，玛·金·罗琳斯的小说《一岁的小鹿》（又名《鹿苑长春》），爱德华·艾比的随笔集《孤独的沙漠》等。英国玛丽·雪莱的小说《弗兰肯斯坦》，刘易斯的散文《人之废》等，法国勒克莱齐奥的小说《诉讼笔录》，加里的小说《天根》，图尼

---

① 王诺：《生态批评：界定与任务》，《文学评论》2009 年第 1 期。

埃的小说《礼拜五,或太平洋上的虚无境》等,德国君特·格拉斯的散文《人类的毁灭已经开始》《访谈录:创作与生活》和小说《母老鼠》等。加拿大阿特伍德的文学史专著《生存——加拿大文学主题指南》,莫厄特的小说《鹿之民》和《屠海》等,俄罗斯屠格涅夫的小说《木木》,托尔斯泰的小说《一匹马的故事》,加夫里尔·特罗耶波夫斯基的小说《白比姆黑耳朵》,列昂诺夫的长篇小说《俄罗斯森林》,拉斯普京的小说《告别马焦拉》和《火灾》,艾特玛托夫的小说《白轮船》《花狗崖》和《死刑台》,阿斯塔菲耶夫的小说《鱼王》,瓦西里耶夫的小说《不要射击白天鹅》,还有普里什文的随笔《大自然的日历》等,尤其是一些生态女作家的作品,如美国的蕾切尔·卡逊《寂静的春天》、琳达·霍根的《北极光》、薇拉·凯瑟的《啊,拓荒者》和《我的安东尼亚》,英国的多丽丝·莱辛的《玛拉和丹恩历险记》,加拿大的玛格丽特·阿特伍德的《浮现》《"羚羊"与"秧鸡"》,俄罗斯的达吉亚娜·托尔斯泰娅《斯莱尼克斯》,等等,这些作品已经通过译介深深影响到了中国本土。

　　西方生态理论思想在中国得到了传播与发展,几乎可以说是与西方同步发展。1994 年前后,我国学者提出生态文艺学、生态美学命题,并先后组织多次学术讨论。近十多年来,我国的生态文艺学(生态美学)研究得到了长足的发展,如鲁枢元的《生态文艺学》和《生态批评的空间》、曾永成的《文艺的绿色之思》、徐恒醇的《生态美学》、姜澄清的《艺术生态论纲》、曾繁仁的《生态美学导论》,等等。这些著作标志着生态文艺学(生态美学)不仅引起学术界更加广泛的关注,而且开始进行更加深入系统的理论探讨。在我国,生态批评研究出现可喜的势头。在理论界,先后出现了生态美学、生态文艺学、生态哲学等将自身的学科与生态现实结合的研究。鲁枢元、曾繁仁、蒙培元、余谋昌、王诺等学者纷纷对中国古代如老庄哲学中的生态资源以及西方哲学与文学的生态资源进行研究,取得了丰硕的成果。应该说,中国已将生态学导入了社会与精神界面。鲁枢元在其 2000 年出版的《生态文艺学》中提出了生态学的三分法:自然生态、社会生态与精神生态，并界定了精神生态的概念本身，"这是一门研究作为精神性存在主体（主要是人）与其生存的环境（包括自然环境、社会环境、文化环境）之间相互关系的学科。它一方面关涉到精神主体的健康成长，一方面关涉到一个生态系统在精神变量协调下的平衡、稳定和演进"①。王诺的《欧美生态文学》（北京大学出版社 2003 年版）则是国内第一部欧美生态文学研究专著。本书以时间为序同时也分国别考察和评价了欧美生态文学和西方生态思想的发展及其主要成就，其中介绍了西方生态女作家的写作概况，并在此基础上，对生态文学的定义和特征进行了深入论述，对生态文学的思想内涵进行了系统研究。作者在导论中给国外的生态文学下定义道："生态文学是以生态整体主义为思想基础、以生态系统整体利益为最高价值的考察和表现自然与人之关系和探寻生态危机之社会根源的文学。生态责任、文明批判、生态理想和生态预警是其突出特点。"这一定义的确立，至少为中国女性生态文学的发展提供了一个很好的参照。2010 年曾繁仁的《生态美学导论》（商务印书馆 2010 年版）则是一部对"中国生态美学"系统阐释的著作。

与西方的生态美学相对于环境美学而言居于边缘的地位不同，生态美学是当代中国美学界的显学。应该说，生态学在中国得到了长足的发展，因为它之于中国哲学思想、文化思想、人文思想等是一次深层次的激活的媒介，事实上，就连西方深层次的生态学者，也惊羡中国本土的生态资源的厚重与民主。某种程度上说，中国本土的生态文艺学等，是借西方生态之水，浇灌了中国本土的生态土壤，于是结出了属于中国本土气息的灵动之果。

这期间，一个诡异的事实却在此时出现了，那就是西方生态女性主义理论进入了中国，但在中国学术界与其对接的时候，并没有形成一种潮流，从现有的资料来看，大多仍然集中在对西方生态女性主义理论的导入与概念厘清上，对中国女作家的生态写作也是一种散点透

---

① 鲁枢元：《生态文艺学》，陕西人民出版社 2000 年版，第 148 页。

视，女性批评界并没有形成整体强劲的态势，也无系统的理论体系构
成。（绪论中有专门介绍西方生态女性主义在中国的传播与发展，这里
不再赘述）辩证地看，生态女性主义在中国的声音尽管仍然十分微弱，
但中国的生态女性主义批评却存在着很大的发展空间。中国女性背负
着历史的负荷和现实的环境压力，生态和女性运动的结合，无疑成为
中国妇女解放的合理选择。生态女性主义对当代女性文学的发展具有
启发性意义，为走出当前女性文学发展的单一局面，提供了另外的境
地。台湾华梵大学外文系的张雅兰认为，"随着在 1970 年兴盛的环境
运动，全球女性生态行动主义者开始努力保护环境和积极参与环境运
动。生态女性主义反对父权世界观和阶级化二元对立，反对性别歧视、
种族歧视、阶级歧视、自然歧视（对自然不公义的宰制）及物种歧视。
简言之，今日生态女性主义是一个在世界各地跨领域的运动，提出反
思自然、性别、阶级、精神性和政治的替代方案，并支持在以人类、
自然环境和'地球他者'（Karen J. Warren 的词汇）互动中新的以生态
为基础的关系。生态女性主义述及在我们这个时代从生殖科技到第三
世界发展的多元议题以及从毒物化学到对经济和政治的另类视野。生
态女性作家，如卡森、多芃和史坦格伯都企图提升群众的生态意识、
刺激草根性运动"①。应该说，生态女性主义蕴含着多重内涵与多元声
音，体现了女性面向自然、社会、本体等的多元生态正义的诉求。

　　事实上，自 20 世纪 80 年代以来，在整个社会的现代性进程中，
在道德、伦理价值体系重新确立的过程中，各种现代性思潮，包括西
方女性主义，都对其产生了积极的影响；但另一方面由于女性缺少自
我本土意义上的理性思维与价值观，女性文学却处于迷失的状态中，
女性文学是人、自然、社会和生命的意义构成，理应具有生态审美与
社会价值。而西方生态思想已经为中国女性文学的发展另辟蹊径，也
为中国文学研究与世界接轨和平等对话提供了广阔的契机，提供了一
种视角。中国本土女性生态理论先行者清醒地看到，在后殖民过程中，

① 张雅兰:《生态女性主义》，蔡振兴主编《生态文学概论》，书林出版有限公司 2013 年版，第 74—75 页。

女性的身体、生育、日常生活等越来越多地受到西方化和现代性进程的影响，她们不但关注女性身体和心灵被父权制文化扭曲的历史镜像，而且对现实社会中存在的父权制文化进行激烈的批判。这对女性生态写作，在某种程度上有一定的导向性，同时也有制约性。

三　本土化资源与诉求：传统文化、民间文化与宗教信仰

有人说，当下中国书写存在着经验困乏，其实这是一种过度的焦虑，中国文化经验的丰富与历史、现实生活的厚重，足以让中国人从容以对，更何况当下的中国现实里本来就容纳着多种胶合与繁杂，只是，缺少发现经验的心与眼光。尤其是生态哲学经验、民间经验与宗教思想，这三种精神力量基本成为女性生态写作的基石。而当代生态女性写作的精神资源也是有迹可寻的。

（一）生态哲学经验

如果从宏观意义上去做考察的话，从中国古代的生态文化中，便可寻找到注重文化生态的资源。中国人的"天地"观就是一种博大的生态观，天地人同源同构的生态有机世界观与内在关系存在论，其中包含自然生态、精神生态、文化生态多重意义。生态世界本身就是多元的思想。如古老的《周易》说："天行健，君子以自强不息。""地势坤，君子以厚德载物。"儒家的《荀子·王制》上讲道："春耕夏耘秋收冬藏，四者不失时，故五谷不绝，而百姓有余食也；污池渊沼川泽，谨其时禁，故龟鳖优多而百姓有余用也；斩伐养长不失其时，故山林不童而百姓有余材也。圣王之用也：上察于天，下错于地，塞备天地之间，加施万物之上。"儒家六经之一的《诗经·大雅生民》中也到描述"诞降嘉种，维秬维秠，维穈维芑。恒之秬秠，是获是亩。恒之穈芑，是任是负，以归肇祀"。这歌颂后稷善于利用自然条件，精通耕种技术，并推广良种，使种植的农作物喜获丰收。"诞祀如何？或春或揄、或簸或蹂。释之叟叟，蒸之浮浮。载谋载惟，取萧祭脂，取羝以軷，载燔载烈，以兴嗣岁"，这既反映了人们开发利用自然资源、发展农业生产、满足生活需要的自豪和快乐的心情，充满了对大自然厚赐

予人的感激之情，是一幅其乐融融的农家乐图画。《礼记·中庸》推崇"赞天地之化育"。老子提出过"三生万物"的观点。老子认为"道生之、德畜之"。《庄子·秋水》篇说："以道观之，物无贵贱。"《文心雕龙》第一篇《原道》首句所言："文之为德也大矣，与天地并生者何哉！"唐代道士王玄览在《玄珠录》说："道能遍物，即物是道。"《道门经法相承次序》载道士潘师正对唐高宗说："一切有形，皆含道性。"唐代道士孟安排《道教义枢》亦称："一切含识乃至畜生、果木石者，皆有道性也。"因为万物皆有道性，所以万物平等，人类并无凌驾于万物之上的特权，并非宇宙的中心，并非一切价值的源泉。而宋儒张载也说："故天地之塞，吾其体；天地之帅，吾其性。民吾同胞，物吾与也。"①

应该说，我国古代"天人合一"的文化精神里蕴含有朴素的生态理念，与生态哲学高度契合。

（1）天人合一：天地人同源同构的生态有机世界观与内在关系存在论。中华道学认为，人与天地不仅同源同禀，而且同构同律，因而有"人身即是小天地，天地即是大人身"的说法。老子早就说过"人法地，地法天，天法道，道法自然"，因而天地人形成有机统一的生态复合结构系统，"域中有四大，道大，地大，天大，人亦大，域中有四大，而人居一焉"。自然生态系统是由天、地、人和道四大要素组成的有机复合系统，其中"道"是这一系统的自组织机制，是无目的之合目的性，道生天地人，"生而不有，为而不恃，长而不宰"，虽然未显示出强烈的主宰性、目的性，但"夫物芸芸，各归其根"，如水之就下，万流归海，逃不脱"道"的系统控制，这实际上是一种灵动的生态智慧，人作为天—地—道—人有机复合生态系统的要素之一，其行为应该符合效法宇宙的自组织的自然法则或有机生态规律，参与天地造化。正如道教的《阴符经》所说，人若能使自己的行为符合宇宙的律动，则可以"天人合发，万变定基"，达到人与自然和谐之大美。

---

① 张载：《西铭》。

"中国传统'易文化'将宇宙万物的创生归结为'阴阳相生',在这种文化观念中,万物的阴阳相生与人的阴阳相生便具有了内在的一致性。"① 据《周礼·地官·司徒·媒氏》记载:"中春之月,令会男女,于是时也,奔者不禁。"《诗·鄘风·桑中》"期我乎桑中,要我乎上宫,送我乎淇之上矣",从事采集的男子,回忆自己曾经为情人所密约而幽会的情景。诗以反复咏唱的句式,强调了那种耿耿于怀、切切在念的相思之情。郭沫若在《甲骨文研究》一文中说:"桑中即桑林所在之地,上宫即祀桑林之祠,士女于此合欢。"可见,自然界中桑林的神秘性与人的自然性存在耦合。

（2）道在万物:自然生态价值观。《周易》认为冬至是"一阳生",十二月是"二阳生",正月则是"三阳开泰"。"三阳"表示阴气渐去阳气始生,冬去春来,万物复苏。"开泰"则表示吉祥亨通,有好运即将降临之意。人体的阳气升发也有类似的渐变过程,称其为人体健康的"三阳开泰",即动则升阳、善能升阳、喜能升阳。泰卦由三个阳爻生发出来,代表着和泰初始的正月,古雅吉祥,又合时宜。再如,正月初一原名"元旦","元"的本意为"头",后引申为"开始"。这一天既是一年的头一天,也是春季的头一天,正月的头一天,所以称为"三元";同时这一天还是岁之朝,月之朝,日之朝,所以又称"三朝";又因为它是第一个朔日,所以又称"元朔",正月初一还有上日、正朝、三朔、三始等别称,意即年、月、日三者的开始。② 而元亨利贞是《易经》"乾卦"的经文。乾卦是六十四卦的第一卦,元也代表开始,亨利贞分别是亨通、吉利、贞正。意味着只要我们遵循这个开始,"驯致其道",就是吉利的。老子认为"道生之、德畜之",万物自有其道,与此一脉相承。唐代道士王玄览在《玄珠录》说:"道能遍物,即物是道。"《道门经法相承次序》载道士潘师正对唐高宗说:"一切有形,皆含道性。"唐代道士孟安排《道教义枢》亦称:"一切含识乃至畜生、果木石者,皆有道性也。"因为万物皆有道性,所以万物平

---

① 曾繁仁:《生态美学导论》,商务印书馆 2010 年版,第 381 页。
② 参见《"三元"三朝拜大年》,《北京晚报》2011 年 2 月 3 日。

等，人类并无凌驾于万物之上的特权，并非宇宙的中心，并非一切价值的源泉。《庄子·秋水》篇说："以道观之，物无贵贱。"即从道的高度来看，人与万物之间不存在贵贱关系。唐代道士成玄英在疏释《庄子》时指出："夫大道自然，造物均等。"《西升经》明确宣称，"道非独在我，万物皆有之"。由于"一切有形，皆含道性"，故而确认人与万物皆含道性，"人能弘道"，"非道弘人"，人是天地生态系统的守护与调控者，与万物共生。

总之，"道"是中国传统生态世界观的逻辑起点和核心概念，它既是宇宙发生的"原初混沌虚无状态"，又是世界的"所以然"的存在的本体根据，也是自然生态系统的自组织的普适"天理"，万物生生不息，阴阳有序，天人合一，形成了有机的统一的整体生态复合系统。中国传统儒、释、道、易虽然具体学说不同，但皆尊道而贵德，形成了中国传统生态思想体系，兼具宗教、哲学、科学之长，又无三者之偏失，中国古老的生态智慧也成为生态世界中的瑰宝与资源，甚至成为一种足以使人们敬畏的精神力量。

（二）民间文化：生态女性文学表达的民间资源

中国当代的女性文学表达，不仅是基于当代女性文化、文学的叙事，而且在历史某一个特定的情境下，表现出与最原始的文化元素惊奇地一致，追究原因，其实就是两个源头：一个是书面的女性文学源头，一个是民间文化资源的影响。其实，美术、雕塑与绘画等，也一直存在这样的生态因子，甚至中国的一些民间节日也渗透着生态文化内容。

1. 民间日常生活经验成为生态因子

其一，充满对时间的尊重。中国古代历法早已将时间—生命秩序的对应，对接到世俗的日常生活里，体现了时间—生命节奏的同一性，比如春节、冬至等都体现了古老的生态智慧。节日定制体现了先人对时间的尊重，也是生命的一种休憩与劳作方式。比如国人最大的节日春节，隐含着人们对时间秩序的规定。追溯起来，在古代，每年以哪个月为第一个月，各朝代都不同。夏朝以一月为第一个月，商朝以十二月为第一个月，周朝又以十一月为第一个月。这些朝代每改正一次月份的次序，就把改正后的一月称为"正月"。此外，古代的帝王大都在一月接受文武百官的朝拜，为了表示庄重独尊，便将一月改为了"正月"。而到了秦代，因秦始皇出生在正月，取名嬴政，为了避他的名讳，强行规定要把正字读作征。正（征）月的叫法，就此传了下来。古代正月初一这天叫元日，或元朔、元正、正旦、端日、岁首、新年、元春，等等。正月初一又叫春节。中国人过春节已有 4000 多年的历史。公元前 2000 多年舜接天子位的那天，率众祭拜天地。此后，人们就把这一天当作岁首。据说这就是农历新年的由来，后来叫春节。

时间是一种秩序，时间里容纳了人们对生命素朴的寄予与尊重，而这一切也体现了天时—地利—人和的一种朴素的哲学体悟。

其二，对自然生命的尊重。节日是一个期盼，也是生命的一种节点，对于中国人来说，节日繁多，有春节、中秋、七夕、花朝节、木脑纵歌节、阔时节、观莲节等，比如农历二月十二日为"花朝节"，这是纪念百花的生日，因古时有"花王掌管人间生育"之说，所以又是生殖崇拜的节日；"观莲节"是汉族先民创造出来的，在农历六月二十四举行，或六月初六过节。宋代已有此节，明代俗称"荷花生日"。这一天会举行划船、观莲等活动。凡有池塘种荷花人们就用纸做灯，内放蜡烛，点亮后放在水面，任其漂去，以示庆祝。

广泛流传的版本是这样的：在唐朝大历年间江南吴郡有个才女，名叫晁采，在二十四日这天，与她的丈夫，各以莲子互相馈赠。有人问晁采，此举为何由？她引诗以答："闲说芙蕖初度日，不知降种在何年？"荷花在华夏文化中，是兼具世俗与神性的象征，花、叶、香为一体，有爱情和繁衍后代之意，莲花也是佛教的象征物，喻佛法的清净无染。李白赞之，"清水出芙蓉，天然去雕饰"；杨万里称之为，"接天莲叶无穷碧，映日荷花别样红"；苏东坡咏之，"荷背风翻白，莲腮雨褪红"。"出淤泥而不染，濯清涟而不妖"，"莲，花之君子者也"。江南夏日，荷花盛开，赏荷、采莲成为自然的民俗活动。

"阔时节"，亦作"盍什节"。"阔时"是傈僳语音译，"岁首"

"新年"之意,是傈僳族最隆重的传统节日。景颇族在每年农历正月十五日一定要举行盛大的"木脑纵歌"活动,木脑纵歌节要全体族人祭祀祖先,是融礼仪、歌舞、各类民俗表演于一体的民族活动。"木脑纵歌"的名称,取自景颇族四个语言支系中景颇语支的"木脑"和载瓦语支的"纵歌"两种语音的组合,意为"聚会歌舞"。民间对"木脑纵歌"的来历也流传着美丽的传说:据说在远古时代,只有天上太阳神的子女才会歌舞,而大地上的人们却不会。一次,太阳神邀请所有的鸟类到天宫参加盛大的"木脑纵歌",鸟类学会了所有歌舞。飞鸟们返回大地途中,在一片森林栖息时,演绎了天宫美妙的歌舞,被正巧进山砍柴伐木的一对景颇族男女青年看到,从此"木脑纵歌"活动便被带到了景颇族民间,流传至今。

与自然对接的民间节日里蕴含着先民朴质的生态理想与生存理性。节日狂欢的理由或是庆祝的借口或是禁忌的暗示,节日的繁杂与花样齐全,似乎成了影响人们行为方式的一个缘由。尽管这种形式大于内容的节日喧闹,有的日渐偏离了最初对节日的命名与宗旨,并没有增添更多的精神色泽,反而是抽离了节日的内涵与要义。

中国的节日以一种夸张姿势进入了民间,并且在民间成了气候,可以说,浓郁的节日样式是国人民间、精神文化的滋生与体现,也充满了对自然—人类和谐共生的尊重。

2. 神话、传说中的生态女性

德国著名哲学家恩斯特·卡西尔说:"神话的世界乃是一个戏剧般的世界,一个关于各种活动、人物、冲突力量的世界。在每一种自然现象中它都看见这些力量的冲突。"[1] 德国哲学家尼采曾说:"没有神话,一切文化都会丧失其健康的天然创造力。"[2] 女神拯救的神话故事,早已出现在中国的文字记载中。在中国远古神话中,位居"三皇"之列的女娲,被视为天地开辟神和人类始祖神。女娲的功绩,主要有"造人""补天""置婚姻""作笙簧"之说,"女娲"这一母神原型广

---

① [德]恩斯特·卡西尔:《人论》,上海译文出版社 1985 年版,第 98 页。
② [德]尼采:《悲剧的诞生》,周国平译,生活·读书·新知三联书店 1987 年版,第 100 页。

为流传，是人对自然的生态意识表达。

在中国原始神话中，女娲是一个神通广大的女神，她不仅"抟黄土作人"，而且"炼五色石以补苍天"，是一个征服、战胜自然的女神。与生殖崇拜有关的女娲神话在先秦典籍中早已出现，女娲处于始祖母的位置，是人类起源的秘密，满足了人们对神话的心理需求，而女娲补天这一历史悠久的创世神话，目前可考文献资料，最早见于西汉刘安及其门客集体撰写的《淮南子·览冥训》：

> 往古之时，四极废，九州岛裂，天不兼覆，地不周载，火爁炎而不灭，水浩洋而不息；猛兽食颛民，鸷鸟攫老弱，于是女娲炼五色石以补苍天，断鳌足以立四极。杀黑龙以济冀州，积芦灰以止淫水。苍天补，四极正，淫水涸，冀州平，狡虫死，颛民生。

由西汉人整理、现存八篇的《列子》，对补天事件的记载为："然则天地亦物也，物有不足，故昔者女娲氏炼五色石以补其阙；断鳌之足以立四极。其后共工氏与颛顼争为帝，怒而触不周之山……"

《列子》中紧跟补天之后所提的共工怒触不周山的故事，刘安将其收编在《淮南子·天文训》中，从先后顺序看，仍是先有女娲炼石补天，后有共工破坏。远古时代，混沌初开，天地由于自身缺陷而引发灾难非人力所致。于是，为了子孙更好地生存，也为了使天地回归自然之道，母系社会缔造起来的大神女娲炼石补天，使生灵免遭涂炭，万物得以继续繁衍。发展到后来，东汉王充《论衡·谈天》中记载："共工与颛顼争为天子不胜，怒而触不周之山，使天柱折，地维绝。女娲销炼五色石以补苍天，断鳌足以立四极。"记载中的补天故事就与先前发生了矛盾。

学界认为，女娲氏族生活的新石器时代社会，尽管保持着采集渔猎的生活方式，但是原始农业也已经起源。而从冶炼和煅烧的角度来分析，炼五色石神话是女娲氏族时期制陶或冶炼情况的反映。学者大多认为，伏羲、女娲氏族部落存在于距今7800—4900年的仰韶文化中后期，陕西东部、甘南、晋南、豫西及以东等大范围地区是这两个氏族活动的大致范围。

同时，在藏族人民口头流传的女娲补天神话中也可以得到佐证："女娲顶天稳，又往大山、大海觅五彩石无数，经熔炼后，以之补天，光滑美观，常具五色。"①

3. 艺术形式中的生态描绘

我国从古代到现代的艺术形态里，出现了诸多生态场景与思想的描绘：

一是对自然中的植物、动物在人类生活中的功能，做出了阐释：如《诗经·栻朴》曰："芃芃栻朴，薪之槱之。"栻、朴是两种木本植物，燃烧后发出芬芳的气味，故古人用以燎祭。萧也常用作燎祭，如《诗经·大雅·生民》曰："取萧祭脂，取羝以軷，载燔载烈，以兴嗣岁。"《周礼·天官》也有"祭祀共萧茅"的说法，这里的萧是一种香草，郑玄以为《诗经》中"取萧祭脂"所言即此。《礼记·郊特牲》曰："萧合黍稷，臭阳达于墙屋。故既奠，然后焫萧合膻芗。"郑玄注云："萧、芗，蒿也，染以脂，合稷烧之。"《诗经·国风·采葛》曰："彼采萧兮，一日不见，如三秋兮。"毛传云："萧所以共祭祀。"可见，周人采萧乃用其馨香之气以飨神灵。而在女娲神话中"杀黑龙以济冀州"情节则明显是秦汉时期降妖除魔等神话的翻版。同样，在艺术表达里蕴含了生态因子，其精神资源携带着文化质素，如由汤显祖的《牡丹亭》改编的昆曲戏曲资源里蕴含有生态思维，《牡丹亭》里的杜丽娘与柳梦梅的曲折故事里，花仙与蝴蝶莺充当了重要角色，来营造人、鬼爱情，并借力石道姑、花判，得以还魂。

一是神话与世俗人生的糅合：中国文学作品虚幻想象与现实世俗的有机融合，清代的曹雪芹所著的《红楼梦》最为典型，《红楼梦》的开篇，是一个在中国广为流传的"女娲补天"的神话：

---

① 袁珂编：《中国神话大词典》，四川辞书出版社 1998 年版，第 699 页。

　　原来女娲氏炼石补天之时，于大荒山无稽崖炼成高经十二丈、方经二十四丈顽石三万六千五百零一块。娲皇氏只用了三万六千五百块，只单单剩了一块未用便弃在此山青埂峰下。谁知此石自经锻炼之后，灵性已通，因见众石俱得补天，独自己无才不堪入选，遂自怨自叹，日夜悲号惭愧。（第一回）①

　　此后，顽石被一僧一道携入凡尘，到了那"花柳繁华地，温柔富贵乡"，导入了世俗人生镜像中，用"高十二丈，见方二十四丈大的顽石三万六千五百零一块"，显示女娲补天的神奇力量与卓越创造。而补天剩下那块未用的顽石，"灵性已通"，成为"通灵宝玉"，又演化、延伸到世俗里的贾宝玉的身体。贾宝玉出生的时候，"一落胎胞，嘴里便衔下一块五彩晶莹的玉来，上面还有许多字迹，就取名叫作宝玉"（第二回），宝玉所衔之通灵宝玉，原本是大荒山顽石。在第八回"比通灵金莺微露意"中，作者借宝钗之眼写了这块玉，并写道："这就是大荒山中青埂峰下的那块顽石的幻相。"

　　曹雪芹"改编"女娲补天神话，为顽石幻化的宝玉"枉入红尘"后"风尘碌碌，一事无成"而叹惋。《红楼梦》的神话系统由女娲补天（包括顽石通灵）的神话、太虚幻境的神话和木石前盟的"还泪"神话三部分组成。小说里蕴含着女性崇拜意识，对男权时代父权文化的厌倦与对母性文化精神的皈依与女性文化复归的渴望和足够尊重。小说呈现了一系列才智双全谈吐不凡的女性形象如凤姐、探春、黛玉、宝钗等，与早已蜕化堕落为"渣滓浊沫"的须眉男子不同，"水"一般的她们还葆有"清净洁白"。第二回里贾宝玉说："女儿是水做的骨肉，男子是泥做的骨肉，我见了女儿便清爽，见了男子便觉浊臭逼人！""谁知这样钟鸣鼎食之家，翰墨诗书之族，如今的儿孙，竟一代不如一代了"（第二回），也证明了作者在开篇第一回所云的："今风尘碌碌，一事无成，忽念及当日所有之女子，一一细考校去，觉其行

　　① （清）曹雪芹、高鹗：《红楼梦》，人民文学出版社1982年版。

止见识，皆出于我之上。何我堂堂须眉，诚不若彼裙钗哉？我实愧则有余，悔又无益，大无可如何之日也！"《红楼梦》是女性的歌谣，反衬与反讽着父权社会"男尊女卑"的伦理主张与秩序，与女娲神话及其所隐喻的女性中心意识和神奇创造力存在精神上的一脉性与承接性。这种批判思维延续在中国现代小说的表述中，鲁迅在《中国小说史略》第二篇"神话与传说"一章，就"天地开辟之说"援引了三国吴人徐整《三五历记》《列子·汤问》中关于女娲的传说。后者原文如下：

> 天地，亦物也。物有不足，故昔者女娲氏炼五色石以补其阙，断鳌之足以立四极。其后共工氏与颛顼争为帝，怒而触不周之山，折天柱，绝地维，故天倾西北，日月星辰就焉，地不满东南，故百川水潦归焉。①

如果说鲁迅的《故事新编》中《补天》寄寓了鲁迅对中国传统文化的深刻批判，揭露了与自然分离的中国传统文化走向瓦解的过程，郭沫若则通过《女神》表达了另外的诉求，郭沫若在《女神之再生》中对女娲神话的叙写重在"作笙簧"与"炼石补天"，强调女娲对人类的教化与拯救。只是这里把"女娲"泛称为"女神们"，这篇诗剧把天地破坏之根由也指向了共工、颛顼的战争，对传统父权制文化进行了彻底的批判，并把拯救未来的希望投向女神女娲母神原型，暗合着生态女性主义理性。

4. 原生态的展演

民族民间传统文化，人们常常会联系到"原生态"。原生态文化一般是指由民众创造并拥有的，在民众中自然传衍着的文化形态。各民族传说、民间故事、习俗等带有原生态文化，在特色地域中生成发展，具有深厚的民族文化底蕴。它生于民间，长于民间，将民间文化置放在一个优化的生态环境中，是有效保护与传承的方式，也是体现我们

---

① 《鲁迅全集》第 9 卷，人民文学出版社 2005 年版，第 20 页。

中华民族特色的最好元素。我国少数民族的口承说唱等形式，也是宝贵的文化资源，如柯尔克孜族的《玛纳斯》、藏族的《格萨尔》、蒙古族的《江格尔》被誉为"中国三大史诗"，还有维吾尔族民间叙事长诗《塔依尔与祖赫拉》，这些优秀的口头文学传统在各民族的发展中起着举足轻重的作用，是民族的词典。

民间文化中有许多被现世遮蔽了的东西，比如闪烁着人文主义思想光辉的独特创造，是以迷信的方式被演绎下来的。在山西乡村人们对大自然充满了敬畏，闪电被认为是天神"雷公爷"，河流中有"河神爷"，大地上会有"土地爷"，厨房有"灶君爷"等，这其中隐藏着古老的民间生态智慧，河流、土地、粮食等都不能够随便践踏。此外，巫术活动也常常被我们简单地理解为封建迷信，嗤之以鼻，但各民族的巫师，萨满、神婆、神汉、毕摩、东巴等，是民间文化的传承人，也是精神心理医生。这些被遮蔽的文化，恰恰是我们理解一个民族或一方水土人性的根源。实际上，中国基本是一个乡土国度，有着丰富的生动的民间故事，如何激活民间话语，并加以创造，这也是一个新的领域。

藏族女作家梅卓著有长篇小说《太阳部落》《月亮营地》，小说集《人在高处》《麝香之爱》，散文集《藏地芬芳》《吉祥玉树》《走马安多》，诗集《梅卓散文诗选》等文学作品，都是藏族原生态的表达，梅卓善于将民间叙事话语与女性叙事联结在一起，这样女性生存的现实与神话就联结在一起，凸显了女性心理的复杂，也显示了女性生存的历史与现实的承接性。"从叙事的主体来看，叙事可分为民间叙事和文人叙事两大类。民间叙事的叙述者是广大民众，基本上用口耳相传的方式进行传播；文人叙事的叙述者是各类知识分子，其传播方式主要是书面的、文字的传播。……民间叙事，一是指民众的日常叙事，一是指民众的艺术叙事。民众在日常生活中，出于生存需要、安全需要，个人在群体中，出于交往的需要，都离不了叙事这一行为方式。"[①] 在

---

① 程蔷：《民间叙事模式与古代戏剧》，《文学遗产》2000 年第 5 期。

《太阳部落》中，作家梅卓引用了《格萨尔》中的演唱，将女性心理
与唱词妥帖地交织在一起，在对民间叙事话语的承接中，比照了在现
实中生存的女性。再如尕金与丹增才巴偷情沉醉在美梦的想象的时候，
艺人的演唱，在尕金看来，就完全是献给她的，尕金的金钱、权力、
地位等欲望就在古老的歌谣中摆动，既鲜活，又具有讽刺意味。

> ……
>
> 　　心里话，时候到了总要说，
> 　　称心事，时机到了自然成。
> 　　我从远方来，
> 　　羽翼沾着路途的风尘，
> 　　给你带来心醉的佳音。
> 　　你令人倾倒的形象，
> 　　随着我的脚步将走向华贵，
> 　　你得到的是身为王后的高位，
> 　　你将登上松石宝座，
> 　　给拉如王子做继母，
> 　　给辛巴众臣做主母，
> 　　给霍尔江山做主妇，
> 　　在瞻仰与崇拜的目光中，
> 　　显示你至高的权力吧!

　　再如，完德扎西的妻子措毛喜欢吟唱的古老歌谣，印证了她内心
的孤寂，以及对丈夫的不贞的怨愤与忧伤，这一方面是女性命运无常
与不幸的现实写照，另一方面也是女性对生存现实的艰难发出的呐喊。

> 　　我从遥远的地方来
> 　　脚下是陌生的土地
> 　　耳边是陌生的声音

没有一张熟悉的面孔

呵　我没有一个朋友……

　　疯狂的雪玛，唱的是拉伊情歌，藏人称为山歌，在家中在长辈面前是不能唱的，可是她却在父亲面前唱得肆无忌惮。反差行为的描写，将一个因为爱情失意与绝望的女性的神态刻画得逼真。

你就是那朵鲜花呵

我是绕你而飞的蜜蜂

可是我要走哩

摘下你时我就摘

摘不下我绕你飞三圈

好比我已摘到了手

　　女性叙事话语对民间叙事的承接，也是超越的，体现在女性叙事要关注的是女性的现实处境、灵魂皈依以及女性历史经验的现实展现等问题。民间文化因其原始的素朴性与鲜活性，正逐渐成为女作家们有效利用的资源。事实证明，这是一条行之有效的探索之路。

　　（三）宗教信仰

　　中国有着广泛的多民族多宗教的文化信仰，对世俗人生乃至女作家的影响，自然具有普及性。中国本土有儒、释、道、易的共济形成，尤其是佛教因果母题作为人类集体无意识的精神文化现象与智慧体现，在中国文学史上不断被重复地演绎，折射了中国人对善与恶的标准。寄托着深刻人生哲理的因果母题叙事，从佛教义理逐渐渗透到世俗的人类生活中，从宗教伦理走向世俗的伦理之维，体现了宗教伦理与现世人生的心理契合与反拨，应该说，糅合了作家对生活冷静辨析之后的思索与追究，还有的是哲学高度上的对生命本体的看待。在生存的历史与现实里，因果链始终存在，作家以之为生命视点窥出现世人生与市井的具相、实相，触摸到生活的真实，也探究了人性里最深层次的理性规约，揭示了人内心强调善恶报应，是基于人类共同的对自然和社会的有序性心理期待的一种非常普遍的宗教伦理观念，当然也是宿命的追索与无奈的选择。

应该说，佛学渐渐成为一种普世价值观的理论支撑，有着西方深层生态学追求的生存方式、价值观念、伦理态度等，佛教时空无限的自然观是对深层生态理论的补充。佛教经典《楞严经·卷四》云："世为迁流，界为方位。汝今当知，东西南北，东南西北。上下为界；过去、未来、现在为世。"① 佛教之时空无限的自然观阐释了对自然与宇宙的认识。华严宗在《华严经》中以"因陀罗网"为喻，说明万物因因相惜，重重无尽，人和自然是全息性的统一体，世界是由组成它的事物和事件相互渗透的整体。"依正不二无情有性"，将正报和依报合二为一，认为天地万物不论有无情识，皆有佛性、尊严，蕴含了人类与自然万物共生、共存的思想，拒斥了人类中心主义的狭隘的自然观，恰恰与西方深层生态学理论的理念存在一致性。深受佛教影响的生态学家斯尼德（Gary Snyder）认为："表现一种最终极的民主已经实现，它把所有植物和动物都视同人类……因而都应在人类政治权利的讨论中，有一席之地和声音代表。"② 这是对佛教所倡"万物平等"的再阐扬。正所谓"天地与我同根，万物与我一体。"马克思也说："人同自然界的完成了的本质的统一，是自然界的真正复活。"③

佛教无疑启发了西方对深层生态学的理论构建，也成为其重要的实践资源。"宗教是生活的模式。"④ 在佛教中精神生活是建立在修佛、成佛的基础上的，带有宗教的神秘主义色彩，被世俗人认为是精神幻想，但佛理明证了精神介质的存在。如《心经》中："观自在菩萨，行深般若波罗蜜多时，照见五蕴皆空，度一切苦厄。舍利子，色不异空，

---

① 《大佛顶如来密因修证了义诸菩萨万行首楞严经：卷四》，般剌蜜帝译，《大正藏》，密教部类，No. 0945。

② R. Wash, *The Right of Nature*, The Niversity of Wiscosin Press, 1989, p. 73.

③ 《马克思恩格斯全集》第 42 卷，人民出版社 1979 年版，第 122 页。

④ ［美］休斯顿·斯密斯：《人的宗教》，刘安云译，海南出版社 2001 年版，第 10 页。

空不异色，色即是空，空即是色，受想行识，亦复如是。舍利子，是
诸法空相，不生不灭，不垢不净，不增不减。是故空中无色，无受想
行识，无眼耳鼻舌身意，无色声香味触法，无眼界，乃至无意识界。
无无明，亦无无明尽，乃至无老死，亦无老死尽。无苦集灭道，无智
亦无得……"就指出了真正的自然法则是永恒的，生命真实的终极意
义，也不会因为物质条件、际遇、视野等有变化。《心经》蕴含哲理的
人生觉醒智慧，具有普世价值。纳什曾经提出，那近乎普世的生态问
题，其危机的根源不在神学的信念，而是人类本身的性格。佛教是灵
修与世俗的结合，所秉持的因果持报的理念，与当代人在消费社会的
纵欲，不断满足欲望需求的消费观、占有观是截然不同的。

　　中国自古代以来的因果母题是对佛教因果理念的一个暗合与承接，
文化里的根性决定了东方人的思维方式，就是一个轮回性质的，生存
禁忌里有着因果链条的预设与恐慌，甚至可以说是一种道德的理念在
作怪。事实上，即便是西方国家，崇尚科学理性的国家也有着人生因
果逻辑的表达，著名的生物学家达尔文曾经这样说：我观察这个世界，
尤其是人类的特质，我不赞成"世界是由任无目的的力量来支配"这
种武断的观点。笔者认为这个世界对于善和恶，必然有一个无所不在、
巨细靡遗、遍及宇宙的定则存在其间。生命伦理学的创立者阿尔贝
特·史怀泽提出，不仅对人的生命，而且对一切生物的生命都必须保
持敬畏的态度，并以促进生命还是毁灭生命来定义善和恶。

　　作为因果母题的生成不仅仅是一种文化现象的呈现，更是生活在
世俗的人们对中国母体文化的追随，换句话说，具有原型意味的以小
说为主的"因果报应"的中国叙事文学原型不同于抒情系统，也有别
于西方叙事文学，它虽受神话的影响而催生，或者说源于神话，但是，
从小说的萌芽、志异志怪的出现起，中国的小说就直接受到历史化的
神话，史传传统，儒、道、释思想，伦理道德观念等的浸渍，形成了
诸如"忠孝不能两全""痴心女子负心汉""才子佳人""官逼民反"
等叙事模式和母题，其背后则是"因果报应""轮回转世""自然法
则"等观念模式。就是说，中国叙事文学的原型直接源自神话原型者

不多，主要的是以食色为本性的"人"本身情境的展示，是人的现世
生活和对来世的期望为内容的情感体验和心理欲求，说到底它以现实
的社会世相/事象为原型始点，积淀着社会文化意识和人的心理情感。

按说，因缘果报（相依缘起）是佛教的基本思想和核心问题之一，
其经典说法是"此有故彼有，此生故彼生"。作为佛教哲学的缘起论，
它主要解释宇宙生成演化和说明诸法性空的本质。就因果母题原型的
形成所受的文化影响来说，中国的儒、道、释对它都产生过影响。儒
家的礼乐仁学，道家的自然天籁观念和自由意识，佛教的超脱、轮回、
报应等教义，表现在抒情文学（主要是诗词）方面，对人格的提升，
个体精神的张扬和顿悟、体验等思维方式的形成等产生了重要的影响；
而在叙事文学方面，儒家的伦理道德和善恶标准，道家的"天"的观
念、"自然法则"以及"仙道"思想，释的轮回、报应等观念，对于
叙事文学的原型母题产生直接影响。中国最早的小说"志怪"和"传
奇"，虽然写的是怪事、奇人，但是其中表现的主题却是充满现实性的
社会思想和伦理观念。在此基础上不断积淀和置换的原型，也大致都
在这个层次和角度演变。叙事系统原型所负载的集体无意识，曲折地
表达被压抑的欲望和由现实所凝聚的激情，呈现个体面对社会的复杂
心理与思维方式。

1. "因果报应"主题与中国道德、文化思维的合拍

追溯起来，"因果报应"说是佛教的基本理论。但在中国，这种思
想却不仅出自佛教。我国的传统观念里就有类似的思想。"报"和"报
应"的思想最迟在先秦就已经出现了。《易传》"文言"中就有"积善
之家，必有余庆；积不善之家，必有余殃"的话。在中国传统文化里，
向来把善恶因果报应这一真理当作警示民众、昭示君臣的有效方法。
如《三字经》《增广贤文》《朱子家训》等教科书、县志、民俗、家训
族谱到官方颁行的典册中无不涉及因果报应的事例与语句。这对世道
人心的教化、社会道德的提升有着潜移默化的作用，可以说因果报应
已经从信仰向教化的世俗倾斜。弘一大师在《南闽十年的梦影》一文
中告诉养正院学僧们牢记："相信善恶因果报应，和诸佛灵感不爽的道

理。就我个人而论，已经将近六十的人了，出家已有二十年，但我依旧喜欢看这类书——记载善恶因果报应和佛菩萨灵感的"，"我要常常研究这类书，希望我的品行道德一天高尚一天，希望能够改过迁善做一个好人。又因为我想做一个好人，同时我也希望诸位都做好人……"

东汉初年佛教传入中国。"因果报应"作为一种宗教思想开始在我国社会上广泛传播。在印度佛教理论中，"认为人们在现世的善恶作业，决定了来生的善恶果报；今生的伦理境遇取决于前世的善恶修行。人要摆脱六道轮回中升降浮沉的处境，必须尽心佛道，勤修善业，以便证得善果，避除恶报"①。在这里的"业"，梵文为 karma，意思是行为（造作），"业"通常分身、口、意三方面，故称三业。佛经中曾这样论及善恶动机与善业恶业的关系：心为法本，心尊心使，心之念恶，即行即施……心为法本，心尊心使，中心念善，即行即为……②

在佛教看来，由于主体善恶业力的作用，众生在三界（欲界、色界、无色界）不断流转、转生于六道（六趋），这六种转生的趋向是：天、人、畜生、饿鬼、地狱、阿修罗，如此生死相继、因果相依，如车轮运转，便形成业报轮回。业报轮回思想给人以这样的伦理承诺：今生修善德，可来生至天界，今生造恶行，来生堕入地狱。止恶行善是出离三界、摆脱轮回的必由之径。以伦理学的眼光看，因果律是以业力为中心，强调道德行为的主体与道德存在主体的一致性。佛教伦理意义的因果律，与哲学意义上的因果辩证法不同，它不是陈述"凡果必有其因"，而是陈述"相同的原因造成相同的结果"，这一命题看似不具科学性，但在宗教伦理意义上，它是一种信仰的规则，决定着宗教生活中的道德选择和道德评价。如《中阿含经·思经第五》言："尔时，世尊告诸比丘：若有故作业，我说彼必受报，或现世受、或后世受。若不故作业，我说此不必受报。"《瑜伽师地论》亦言："已作不失，未作不得。"等等。

东晋名僧慧远更结合我国上述的传统观念，写出了《三报论》《明

---

① 王月清：《中国佛教善恶报应论初探》，《南京大学学报》1998 年第 1 期。
② 见《增壹阿含经》卷五一，《大正藏》卷二，第 827 页。

报应论》等著作，完整、系统地阐发了佛教"因果报应"理论，进一步扩大了这种思想的影响。慧远的"因果报应"说把主宰因果报应的力量归于个人行为的善恶。一方面他说现实生活中的一切都有"定数"，今世之报是前世作业的结果。实质是论证了现实存在的合理性，对统治者有利，当然受到统治者的欢迎；而另一方面，社会下层的老百姓受现实社会迫害甚深，没有出路，对现实怀有恐惧，便对"来世"寄托以幸福的希望，因此这一观念便极易深入人心。

佛教的因果理论与中国先秦以来的向善文化心理的结合，便成为了中国本土的伦理文化接穗。以善为本，美善相兼，更是我国文艺思想的主要特征之一。孔子评《韶》说："尽善尽美也。"而评《武》则云："尽美矣，未尽善也。"（《八佾》）这种思想，作为我国文艺的正统思想，必然要给小说以巨大的影响。从某种程度上说，话本小说中充斥着的"因果报应"观念，就是佛教经义的世俗化。鲁迅在谈到话本的产生时说："俗文之兴，当由二端：一为娱心，一为劝善，而尤以劝善为大宗。"① 可以说宋元话本的主旨便是"因果报应"的劝诫，即所谓"劝善"。在人类尚不能完全认识自己的时候，这种观念就会是社会的一种存在，也就势必会表现在反映人类社会生活的文艺作品，尤其是小说中来。如早至宋元的讲史话本《三国志平话》，到明清的长篇小说《金瓶梅》《醒世姻缘传》《隋唐演义》等，就都是以"果报"观念为其构思的框架，可见对文学作品的重要性。中国话本小说中既有因果报应的劝诫，也有诸如三纲五常、忠孝节义之类封建伦理道德的说教。两者虽然有时也相互联系，但并不完全相同，应该加以区别。

"因果报应"作为一种观念的存在。在我国至迟唐宋以后就已不只是一种宗教的教义，一种传统的思想，或是我国文艺崇尚教化的一种表现了。在众多人的心目中，它已经成为对自己命运认识的一种思想观念。可以断定，在中国古代文化里，因果之说已经日渐成为中国道德文化的主要支撑"实理"与"根要"，并日益主宰了人们的精神世

---

① 鲁迅：《中国小说史略》，上海古籍出版社 1998 年版，第 71 页。

界观。

这种理念也影响到当下女作家的创作，如蒋濮的小说《东京没有爱情》中的安妮是中国的硕士研究生，为了和同样是教授的丈夫能够在日本有一席之地，她听从丈夫的安排，一个人在东京苦苦坚守，而拒绝她到长岛的丈夫已经和一个日本女性有了秘密的同居，在面对突变的状况下，她采取了忍受、妥协，只求丈夫能够回心转意，但丈夫在一次醉酒中以刀相向。她极度失望与失落，在冷静与疯狂中，她意识到在东京的土地上是没有爱情的，但因为痴爱，无法自拔。她知道丈夫的人生已经深深地决定了她的人生走向。

2. 因果之说在文化里的变异

作为佛教伦理理论基础的善恶果报说，一经传入中土便与中土的"积善余庆""积恶余殃"思想相合拍。其业报轮回观念，使善恶果报理论更能自圆其说，更能加强对民众道德生活的约束，从而丰富了中土的善恶报应思想，也形成了中国特色的佛门善恶报应论。"积善余庆""积恶余殃"的思想在中土自古有之，除《易传》中言"积善之家必有余庆，积不善之家必有余殃"外，这一思想还散见于中国文化的许多典籍中，如《尚书·商书·伊训篇》云："惟上帝无常，作善降之百祥，作不善降之百殃。"《国语·周语》云："天道赏善而罚淫。"《老子·七十九章》言："天道无亲，常与善人。"《韩非子·安危》言："祸福随善恶。"如此等等，深深影响了中土民众的善恶选择和善恶行为，并形成中土根深蒂固的伦理传统。当我国最早的佛经翻译家之一安世高将《十八泥犁经》《阿难问事佛吉凶经》《罪业应报教化地狱经》等包含因果报应的佛经译介到中土时，面临的就是这样的伦理传统。

佛教的善恶报应思想一介入中土，就与中土伦理产生相互作用。人们既以传统的视界去理解佛教的善恶果报，佛教伦理同时又启发中土善恶报应观的新思路。在《三报论》中，慧远引佛经宣称："业有三报，一曰现报，二曰生报，三曰后报。现报者，善恶始于此身，即此身受。生报者，来生便受。后报者，或经二生、三生、百生、千生，然后乃受。"与中土传统报应论相比,慧远阐扬的佛教善恶报应论,其善恶报应的主体成为人自身及其不灭的精神,这就强调了当下自我的善恶选择的责任,也强化了中土佛教"自心自性自觉"的特征,排除了"承负说"的传统观念。

尽管,因果之说也曾经遭受到了中国文化界学者的抵抗与质疑,比如,西汉司马迁就伯夷、叔齐饿死和颜回早夭的事例在《史记》卷61《伯夷列传》中质问:"'天道无亲,常与善人。'若伯夷、叔齐,可谓善人者非邪?积仁絜行如此而饿死!……然回也屡空,糟糠不厌,而卒蚤夭。天之报施善人,其何如哉?"① 南朝梁释编的《弘明集》怀疑佛经义理,同时怀疑佛教神不灭论和因果报应之说。史载,东晋以来的何承天、范缜、刘峻、韩愈、欧阳修、程颐、朱熹等人,都先后著文抨击因果报应论。主要强调人的生死乃是自然的生命周期的结果,历史人物的德行与命运的关系因果报应无法给出解释。但是,佛教善恶果报论的扶世助化作用是不可替代的,其对儒家伦理的补充作用是不可或缺的。北齐的颜之推也因此对佛教"三世二重因果"的善恶报应论确信不疑:"三世之事,信而有征,家世归心,勿轻慢也。……今人贫贱疾苦,莫不怨尤前世不修功业,以此论之,安可不为之作地乎?"② 佛教善恶报应论渗透在社会伦理生活中,唤起了更多人的道德自觉和自律,使人们认识到"善恶报应也,悉我自业焉"③,并认识到"思前因与后果,必修德而行仁"。④ 直至近代,它都是佛门教化民众的首要的宗教伦理工具,正如印光大师所言:"当今之计,当以提倡因果报应,生死轮回,及改恶修善,信愿往生,为挽回劫运、救国救民之第一著。谈玄说妙,尚在其次。"⑤

总之,"因果报应"在中国迎合与反对的声浪中得到了长足的发展,原因在于因果报应之说在中国与神话、传说相比附,增加了诸多

---

① (汉)司马迁:《史记》第 7 册,中华书局 1959 年版,第 2124—2125 页。
② 《颜氏家训·归心》。
③ 智圆:《闲居编·四十二章经序》。
④ 《印光集》,中国社会科学出版社 1996 年版,第 20 页。
⑤ 同上书,第 96 页。

的例证；自元代以来，逐渐被认同为与人的天命相贯通；与中国本土的崇拜相胶合；与儒家的心性理论相吻合，突出了以心性论为教义的重心，并以心性理论诠释因果报应论。"观佛教传入及立足中国两千年史，番僧不断东来，而汉僧逆向往佛教发源地求经朝圣者，仅唐代有玄奘、义净等 60 余位，以后竟绝迹。此一现象充分说明，中国人之于佛教，不重本原的溯求与归应，而专执于与本土文化的互证互融，且修身成分多于虔信成分，致其伦理意义大于信仰意义，这也大大迥乎一般的宗教态度。……中国人的精神危机，并非其文化上先天匮乏宗教所致，更非走向恒河、耶路撒冷、麦加所能替代地解决。中国人的希望在于，能够回到自己固有的精神家园，简单地说，就是重新认同、肯定自己的历史、伦理和价值观，舍此别无他途。"①

宗教的世俗化过程，就是宗教的民间化过程，世俗生活里容纳的生态仪式，从祈祷词、巫术、咒语到神话和诗歌，甚至直到戏剧、小说、散文等，都能够找到生态表达。在中国文学中，例如《红楼梦》的木石宝黛姻缘线索，林黛玉"葬花"，对落花的命运的慨叹，与自我的联想；《西游记》的自然人与神魔故事；《聊斋志异》明确地为妖异代言，既有婴宁这样的幽居空谷天真的道家女儿，又有阿绣这样的以德报怨儒家美德的淑女；《封神演义》从神力走向神圣；等等。此外，民间的信仰诸多，既有规整的宗教信仰，也有民间对"神"的信仰，大多有禁忌与规约，比如山西有的乡下每年夏天，既是庙会，也为祈祷风调雨顺，要为"雷公爷"唱戏，这实际上也是直抵民众内心世界的信仰。再如佛教里的因果报应之理论虽不具有逻辑性，但却有历史的绵长性，但随着社会的发展，它已经逐渐被衍化成为一种道德的伦理渗透在人们的日常与精神生活里，也就是因果之说从神性的位置已经逐渐被世俗化，并消解在人们的现实生活中；反观人的世态行为，也便大致看出了世俗人生的追索与生存原则和道德底线。

严歌苓的《花儿与少年》具有很深的因果报应痕迹，事实上，深

---

① 李洁非：《为何去印度——对虹影〈阿难〉的感思》，《南方文坛》2002 年第 6 期。

层之处还是对于人性共性的条分缕析。故事不存在《雷雨》那样对于
神秘的不可知的命运的敬畏，也避开了西方哲学中对于命运的追问与
深邃思索，是对人生命运因果轮回的慨叹与追索。在这里，我们可以
厘清故事里女主人公晚江与几个人的几个因果关系：晚江瀚夫瑞的情
感纠葛（金钱与地位的符号）、继子路易的性诱惑（对女儿母性的保护
与性欲望的满足）、前夫洪敏的暗度陈仓（记忆中感情的延续），作为
一个有着姿色的女人，她知道自己该索要自己需要的任何东西，但由
此导致的结果的承受也是必然的，她不得不违心地与 70 岁的瀚夫瑞生
活在一起，为了自己和女儿能够有高贵的生活，她放弃了属于自己的
爱情，遭受着爱与性的分离，也承受着内心的痛苦。晚江的儿子九华，
唯一的无辜的大男孩，因为父母的选择，他承担了这种分离的一切恶
果。他屈从于命运，唯一想要的就是和父母、妹妹在一起，过一家人
的生活。事实上，他不能够得到他期待的生活，原因在于上一辈人的
导演，让这个无辜的人承受着分离之痛的后果。同样，前夫洪敏也遭
受了剥离感情、亲情的痛苦。这一切的因果关系，并不具有哲学意义
上的逻辑性，但却又是具有生活逻辑的。可见，在时间维度上，特定
的因果关系由两个前后相继的物象或事件组成，不是相互孤立，而是
彼此滋生。故事里的人物的遭际原本就是一个与另一个因果的滋生。
那么，因果之说能不能成为一个人生命哲学的依据呢？事实上，因果
律成为生命哲学的可能，但也有其限度，从因果律看出世态人生的镜
像的复杂与多异。

　　此外，还有一些女作家在书写中糅合了伊斯兰教、基督教等的宗
教文化影响。霍达是一位回族女性，又深受汉文化的影响，但也因为
如此，她对本民族文化有根深蒂固的贴近，这也成了她对回民族的真
实体认的动力。严格地说，独特的回族民族自觉与认同心理决定了作
家创作的心理定式，即作家的内心世界与社会进行对接与回应。当然，
有一个基点，那就是作家能够理性、辩证地看待回民族、穆斯林文化。
她说："我无意在作品中渲染民族色彩，只是因为故事发生在一个特定
的民族之中，它就必然带有自己的色彩。我无意在作品中铺陈某一职

业的特点，只是因为主人公从事那样的职业，它就必然顽强地展示那些特点。我无意借宗教来搞一点儿'魔幻'或'神秘'气氛，只是因为我们这个民族和宗教有着久远的历史渊源和密切的现实联系，它时时笼罩在某种气氛之中。我无意在作品中阐发什么主题，只是把心中要说的话说出来，别人怎么理解都可以。我无意在作品中刻意雕琢、精心编织'悬念'之类，只是因为这些人物一旦活起来，我就身不由己，我不能干涉他们，只能按照他们运行的轨道前进。是他们主宰了我，而不是相反。必须真正理解'历史无情'这四个字。谁也不能改变历史、伪造历史。"① 霍达对回民族是充满感情的，但又是理性的，正因为如此，她想寻找到属于自己民族文化的存在优势与文化痼疾的所在，也许唯有如此，才会被看作一个能够承担生活的人。这既是真实生活，又契合于文学的品质。

霍达通过《穆斯林的葬礼》描写了几位穆斯林女性的生存状态与心理追求，展现了一个穆斯林玉人之家三代人的悲欢际遇与精神追求。《穆斯林的葬礼》是具有浓郁的回族生活气息与心理欲望的文学作品，宏观地回顾了中国穆斯林漫长而艰难的足迹，揭示了回族穆斯林在华夏文化与伊斯兰文化的撞击和融合中独特的心理结构，展现北京回族的穆斯林传统文化、经济、宗教、风俗、人情世故等，反映了回族人民在人生道路中的追求与困惑，是一部成功地表现回族人民历史和现实生活的作品。事实上，霍达是通过几位女性命运的书写，客观地揭示了伊斯兰对回族民族精神与心理的形成所起着的巨大的作用。在霍达看来，女性不仅在社会和民族文化系统中吸收营养，同时也受到它的限制和束缚。

铁凝则通过与基督教文化的耦合，触动了她探索人性的深度。铁凝的《玫瑰门》里的司猗纹曾在教会学校上学，姑爸屋中仅有的书就是《圣经》；《无雨之城》里普运哲的姑姑是一位虔诚的基督徒；《大浴女》中的方兢口中回旋着上帝；《笨花》中的西贝梅阁是一个虔诚的

① 霍达：《穆斯林的葬礼·后记》，北京十月文艺出版社1988年版。

基督徒，坚信上帝对人类的拯救，一心一意等待上帝国度的降临。《笨花》中对《圣经》经文的直接引用，"哀恸的人有福了，因为他们必得安慰。清心的人有福了，因为他们必得见神。——《新约全书》马太福音第一章第五节"。在日本侵略的水深火热之时，人民渴望来自神佐佑的心声。铁凝在散文《正定三日》中写到正定既有基督教堂，又有佛庙寺院，二者和谐共处。

综上所述，中国本土具有丰厚的生态资源，诸如中国文化里有自然意识、生命意识、生态整体意识等生态精神因子。事实上，中国自古具有生态意蕴，中华五千年文明史，政治、经济、社会、文化、艺术、习俗等都蕴藏着生态智慧，尤其是儒、道、佛、易思想与西方古典思想、当代深度生态哲学都有共契之处。而西方的深层生态学及文学中的生态主义，恰恰具有东方传统的哲学意味和审美范式。

女作家们从西方的生态思想与生态作品中吸收着有效的滋养，同时在中国本土化资源中发掘，以期能够接续来自传统文化、民间文化与宗教信仰中的有机养分，成就自己的生态书写。

四　当代生态女性写作的精神资源

自 20 世纪 80 年代以来，延续到当下，大体来看，女作家在表述的时候循着三个精神资源脉络：一个是女性主义理论；一个是从民间文化、经验中发掘；一个是从个人精神的虚构与想象中获得。精神资源根据国别可分为西方的与本土的，比如来自西方的有人文主义、启蒙主义和理性精神，以及西方现代主义、后现代主义思潮，中国有儒、释、道等传统文化精神资源。精神资源是一个宽泛的概念，既是自然地域、精神想象、经典作品等，也可是主体的经验与生命体验，精神资源随着时代更迭、历史语境的选择而发生改变，更可以从古代绵延下来，在整体文化脉络和思潮来考量精神资源问题。精神资源与女性生态书写理应是互文性、共生的，彼此协同存在。

在这里，先就女性主义能否成为女性写作精神资源做一个陈述。其实，有关这种认同的质疑声音，始终存在。确实，有一点不可忽视，理论要转换为精神资源，需要有思想与行为的对接。杨伟就指出，"要想理论变为精神资源，这中间需要一个转化。只有当'主义'背后隐含的思想与作家产生共鸣，并被作家吸收而形成精神性的东西时，才可以叫作精神资源。"① 而在一些中国本土女性理论者看来，女性主义不仅成了社会变革的重要理论资源，也是女性主体自我精神成长的理论支撑与精神资源，并且是女性行动的重要的标杆。畅引婷认为："女性主义不只是一种理论构想，同时也是一场深刻的社会实践活动。也就是说，女性主义学术和妇女运动是紧密地联系在一起的，不论是天然的女性主义者，还是后天受女性主义熏陶而被建构起来的女性主义者，她们在广泛而深入的社会参与过程中，不仅对存在于各种不同场合的性别歧视现象极其敏感，而且试图以社会主体人的身份对其进行改造与重建，同时对女性主义理论在指导妇女运动实践中的利弊得失进行深刻反思，进而使理论的建构与社会的改造更加自觉、自信。……女性主义主要面对或针对的是现实生活中的性别歧视现象，并试图在颠覆'男权制'或'父权制'的过程中逐步实现性别平等。"②

　　但针对此，一些本土实践为主的女作家是持有怀疑态度的，尤其是以张抗抗、迟子建为代表的女作家，她们向来拒绝将她们的书写贴有女性主义标签，甚至反感将女作家称谓过分强调。而声援这些女作家的学者也认为，女性主义生态理论作为一种理性思想资源，是一种显在的影响力量，但中国本土女性生态叙事的直接精神资源，却源自自然、民间、生命经验等。对于以乡土叙事为主体表达的女作家来说，其精神资源的立足点是自然万物，而不是理论，她们从自然、原乡、民间、生活场景获取书写资源，而艺术直觉与情感也都从生活本身获得。就如同法国古典主义画派的最后代表人物安格尔，强调与自然的资源互动，在自然中寻找生命的对接与脉动，不是主观去发觉、寻找物象，而是以自然为背景为生命的场域，来进行比照、凸显，艺术家

---

① 贺仲明、张吉山、巩晓悦、杨伟等：《当前中国作家的精神资源与文学创作问题》，《百家评论》2015 年第 6 期。

② 畅引婷：《女性主义不等于"女性的"主义》，《光明日报》2015 年 7 月 1 日。

不管凭什么气质和才能去表现大自然，都应该再现看到的物象。画家是借助素描和色彩的手段，将情感与观念物化成具体的形式。文学作品是以抽象方式，尽可能地做出符合乡土生活的逻辑、社会的逻辑，从不同角度、立场，叙述表达生活，但作者与人物的距离是适度的，自己置身其间，在场与虚构中，进行双重表达、再现生活，自我与笔下人物交融共生，推动了故事演进。同样，女作家不是恪守极端的理论导向，而是体现自我精神资源的获取与表达：自然生命本性的原生力量；从民间经验与虚构的容纳中发掘民本性；从世俗中发掘精神原乡的动力；女性叙事、母性神话与民族原生态文化元素的糅合。

（一）　自然生命本性的原生力量

自然生命本体的原生力量，体现为人的自然性与原始性，也就是说没有被社会压制的原初本性。灰娃的诗歌一直是在精神的维度上，寻找生命的自在与自由。追溯到最初开始诗歌写作的时间是 1972 年，写于"文革"时期的《路》《墓铭》《我额头青枝绿叶》《带电的孩子》等，它直接肇始于"文革"时期的意识形态话语暴力，是生命与无所不在的意识形态话语暴力做拼死的抵抗。灰娃尽可能地保持日常生活伦理与人的生活逻辑，她的诗歌体现了"人性的文化选择"，也完成了生命与自然、神灵的对接。

灰娃 12 岁就奔赴延安、参加革命，在充满浪漫理想情怀的革命氛围中成长，从延安移居到北京，灰娃生活周围的环境和人都发生了巨大的变化，遭遇到历次思想文化运动，总是受到批判恐惧、害怕，使其患上精神分裂症。"社会氛围要求人的是，曲解马克思，盛行庸俗社会学，人们急于表现粗鄙化。这与我从小受的革命教育背道而驰。我对这一切太不理解……"① 现实与灰娃的理想模式发生了冲撞，在灰娃《我额头青枝绿叶——灰娃自述》里有这样的表述：

我是无意中走到诗的森林、诗的园子里来的，事先并没有做

---

①　王伟明：《记忆敲响那命运底铜环——访灰娃》，《诗网络》2002 年第 2 期。

一名诗人的愿望。是诗神先从我心里显现，心中起了节奏和旋律，于是不知不觉地和着那音乐律动……

我体会，诗是主动的，我乃被动者。是诗从心中催促我把它表述出来，写出的文字是我心灵的载体。这感受是幸福的、奇妙的、迷人的，是我在这人世间的最高的享受……

人生和世事馈赠我以诗。它让我的心摆脱了现实对我的折磨，超越于平庸繁琐的日常。

灰娃在《我额头青枝绿叶——灰娃自述》有这样一段话："当天地间阴霾充塞，空气压抑，蓝色的雾霭严实地弥漫了山谷。忙碌于各项事务的我，猛一抬头，突然有些害怕担忧。似乎我们处于永走不出的密林，一种被困的无望的感觉控制了我。虽然知道天终会晴，浓雾会散，而这情形有如一场大雨的前兆。"在极度的恐慌中，灰娃开始追随一种"自然秩序下形成的人民的生活"，"那生活是千万年心智的成果、文化的积淀。比起权力者为人民指定的生活样式，那种自然秩序积淀的生活样式总是富有魅力的，那是人性的文化的选择"。于是，与当下保持适当的距离，从而营造一个自足的精神世界，给养自己的生命与诗歌创作。

这种心性追求，体现在灰娃的诗歌中，有自然生命本性的原生力量在积蕴，蕴含着乌托邦精神与想象。灰娃的《野土》组诗因其生态美学文化与资源的会通，呈现出别样的色泽。灰娃的诗歌一方面保持有未遭摧残的自然生命的本性，就是原生力量的迸发呈现。如诗歌《故土》还原故乡的本色：

腊月把你铺成雪原/你的树林披挂起银色华彩/秋风流动驱赶你蓝色的雾/金叶铜叶旋风里飞转/车水为你汩汩流注/绿满田野布谷声掠空/童话里雨后冒出大蘑菇/转眼场上又立起一个个麦秸垛

诗歌少有婉约绮丽，有的是黄土高原般的浑厚和厚重，洋溢着刚韧之气和北国的乡土文化的气韵。灰娃凭借对故乡的想象,回到了精神原乡,超越了政治对自我心灵的控制。并且诠释了对故土的挚爱和对生命的悲怆与呐喊,在《大地的母亲》中:

> 大地啊,山河/哪个年代我们祖先凿出了第一口水井/什么岁月我们祖先搭起第一所房屋/我们打过多少仗织了多少布/经过多少回的天灾祸患/我们祖祖辈辈为你洒下多少血和汗/我们编了多少动人心弦的故事和诗篇/我们在黑夜里透视出你哭泣的面容/我们魂梦萦绕你衣衫褴褛遍体鳞伤的形影/我们亲手扭断套在你呻吟的颈上的绞索/我们心坎回荡着你挣脱锁链的怒吼/我们为你倾注了多少虔敬多么严正的深意/我们精神充满对你难以言状的爱情/我们神清气宁情志高远的气质与心灵/……/……/祖国,没有我们/你还成其为你么!

另一方面,灰娃用生命完成与神灵对接,诗歌充满内在生命节奏与韵律,显示了对超越俗世力量的生灵的敬畏。《路》里有着灵魂的煎熬与守卫:

> 我们的灵魂/毒火烧焦/烟云奇幻/膝行前往/终于/连苦笑也/厌弃了//哦默默不语的灵魂/在以往/我们曾/手牵手面对面地痛哭过/还相互按着彼此创伤/以暗灰的幕布将/凄情笼革//……命运的风波怪异的痛楚/将我们推向埋葬身心的漩涡/以哭泣呻吟压韵和歌/我们的手臂人说是钟情热切/我们蹒跚人间紧拥磨难/过路者都把这浩大悲壮/把这隐痛轻笑闲谈

> ——《路》

> 清风扬起琴声里/我俯瞰下界/血色背景一排排刑具依然挂在墙上/看看我这伤痕密布的心吧/满足过你们的窃喜愚昧/年复一年我生命屈辱无望/装饰了你们的心思,成为/你们鸿运醒目的标题//然后发迹,陶醉/你们的心机关扣着机关/齿轮咬住齿轮……/……//再

也不能折磨我/令你们得到些许欢乐/我虽然带着往日的创痛/可现在你们还怎么启动//你们反逻辑的锯齿/倒刮我的神经还怎么再/捅一块烧红的铁往我心里/这一切行将结束

——《我额头青枝绿叶》

灰娃在与神明对接中，仍然不忘初心，检视当下现实的驳杂与思想混乱，"我不仅对人如此恐惧，对一切一切自然现象同样恐惧。我唯有对人类绝望。自然的常常想起鲁迅的书，不由人时时想起往昔民众过着严峻艰险、战乱不止的日子，然而在自然秩序下数千年积淀的生活文化，充满深意，充满人情，充满人文精神，权力拥有者为什么要全面彻底毁掉这一切呢？革命的目的究竟是什么？"① 她依然在发出不断的追问，而在追问中，也让自己渐渐明晰。

总是和谐自然与大地、星空交融

成为宇宙的节奏

浓郁强烈——太阳在心中放封，心灵充实扩展

柔和沉着——微茫难言深远幽香的领悟

——《野土九章·神奇的打扮》

追问在静寂中获得了灵魂的宁静，也在这种困顿中发现生命秩序的本源性；原生生命力量的勃发，也释放了困惑自己生命的撕裂疼痛感。"那只是一些密码，是一个人深心情思意绪波动的简约记录，既空灵又真切，纯粹为了内心感发而以符号简约记下来。"② 在诗歌《寂静何其深沉》里，"昨夜/寂静何其深沉/声息何其奇异/宇宙一样永恒/参与了鬼神的秘密//那只南来的黑燕/在我耳边低声絮语/诉说上帝安顿我灵魂的/一番苦心。"③ 灰娃的这种探索，是有效的。在自然秩序中，

① 王伟明：《记忆敲响那命运底铜环——访灰娃》，《诗网络》2002 年第 2 期。
② 灰娃：《我与诗》，收入诗集《野土》，陕西人民教育出版社 1989 年版，第 3 页。
③ 灰娃：《我额头青枝绿叶——灰娃自述》，人民文学出版社 2010 年版。

发掘自然生命本性的原生力量；在与神灵对接中，灰娃的灵魂获得了沉静，具有静默的力量。

（二）从民间经验与虚构的容纳中发掘民本性

张大明认为，"好的乡土文学，实即要写出某一种特定地区的自然风貌，又要揭示出它的文化背景，历史内涵，人的精神世界，情感方式"①。如果按照这个逻辑来厘清的话，能够将民间与虚构两者融合的书写，莫过于迟子建的书写，王蒙说："感觉是作家对人生经验、情感经验、社会经验、生活经验等各种经验合起来之后浮动在一般理性层次、经验层次之上的一种情绪、灵气和悟性。"② 它"有时候是一种本能"③，对人们生活的现实、社会问题的思考融入了文学表达中，而精神上的乡土始终是她所秉持的。迟子建从乡村日常中汲取生命经验，也是从民间资源中寻找自己的精神原乡与生命动力，充满原始北国意味的风景里的山川、河流、草木、动物，构成了世俗里的生态图，"她和自然进行着种种神性的交流，在交流中使自己的精神本质与自然达到一种和谐"④。小说里的人物塑造携带着泥土的芳香与色泽，在乡村土地上寻找生命的精髓，人性中的不完美也在自我展演中，得到反省、修复，并传达出朴素的温情与善。《白银那》中的马占军夫妇，为了报复当年乡邻没有借钱给自己看病，利用鱼汛来临，掐断了与鱼贩子联系的电话线，并把腌鱼的盐从八毛一斤提升到三块一斤。后因村长妻子卡佳拒买高价盐，上山挖冰冻鱼遭熊袭击而死又痛悔不已，并在天明时悄悄给每家每户送了六袋盐。《香坊》中做香的池风臣，教书的邵明伦，接生婆王三婆，商人马六甲，他们善举里夹杂着私欲、功利。在《清水洗尘》中，过年时全家老少通过洗澡表现出了动人的和谐与温馨。《雾月牛栏》里，继父失手将宝坠撞在牛栏上造成脑震荡，因愧疚而失去了性能力郁郁而终。《逝川》中孤独一生的吉喜老人的爱与

---

① 张大明：《中国左翼文学厄言》，社会科学文献出版社 2016 年版，第 179 页。

② 王蒙、王干：《感觉与境界》，《光明日报》1989 年 5 月 16 日。

③ 同上。

④ 艾云：《灵魂的还乡》，《中国现代、当代文学研究·人大复印资料》1992 年第 10 期。

真,《白雪的墓园》中温暖母亲的形象,《重温草莓》中母亲对父亲的追思,这些人物携带的是中国传统乡土里最为本真的人性,体现了中国本土的审美特质。"不在于温情本身,而在于我表达温情时有时力量过弱,还没达到化绚烂为平淡的那种精神境界。"①《踏着月光的行板》中迟子建将底层人的生活引入了另外的温情景致,进入城市的农民工林秀珊与丈夫艰难中的温情脉脉,为生活平添了诗意;《跳舞》中的下岗女工留香,在跳舞、养鹰和做小买卖中,体现自我价值。

迟子建善于将历史经验、间接经验导入到日常生活。她的作品大多切近现实,即便是书写历史的小说,也是以一种民间的立场建构历史讲述。《伪满洲国》就是在历史的脉络里穿插了日常生活经验,在迟子建的理解中,历史就是由寻常百姓构成的,他们的生与死都镶嵌在历史里。"我觉得历史是日常的,以前我们所了解的历史往往都是来源于教科书,比如说陈胜吴广起义、鸦片战争等等。这些历史都是英雄式的历史,它是一个个事件,是结论性的东西,而缺少一种具体的过程。国家的条例每时每刻都在颁布,但承受历史的还是老百姓,而不是制定这些条例的权力机构,那么还原满洲国的历史就要从底层的日常生活写起。《伪满洲国》的资料准备陆续用了近十年,我一直在图书馆资料室留意这方面的资料,我感觉到一头雾水,我发现所有资料都是比较相似,都是结论性的东西,例如写抗联战士如何艰苦卓绝,老百姓如何痛苦不堪等等。我认为把满洲国还原到历史状态,其实就是柴米油盐婚丧嫁娶,当然在特定的历史时期也有民族仇恨,而它是隐藏在日常生活中的,是漫不经心的。我觉得写悲痛和屈辱用看似平淡的日常途径作为切入点更有深度,因为一个小说家不可能对一段历史作价值判断。……其实支撑《伪满洲国》的还是虚构的力量。即使写皇宫生活也是侧重于人与人之间的日常关系,写溥仪就是围绕着他与几个妃子和大臣之间的交往展开的。在这些资料的准备过程中,对这段历史有了感情的积淀和直觉的把握,笔下的人物活动也有了根基,

---

① 文能、迟子建:《畅饮"天河之水"——迟子建访谈录》(代序),人民出版社 2000 年版。

因而这些虚构和想象就不会成为无源之水。我在写作的时候，感觉到激情奔放，有一种涣然冰释的感觉，思绪驰骋在丰富的想象空间里，这是小说家的幸运。有的作家喜欢写刚刚经历的或私人生活的东西，但一个作家也不应该轻易放弃对文学的思考：虚构和想象。否则，作家就只能是一个高级摄影师，复制一些貌似美奂美仑的东西，其意义价值并不太大。对我来说，作为东北作家写《伪满洲国》是义不容辞的责任。这段历史已经过去了半个世纪，还很少有人把它写进小说里。我对东北土地有深厚的感情，我用民间立场书写历史，没有那种嘲讽调侃的意味。"① 在迟子建看来，历史就是民众的日常经验构成，散发着人间的气息与民本性。

迟子建北中国的生命经验，成为她以后创作重要的素材和来源。正如迟子建所言："人类文明的进程，总是以一些原始生活的永久消失和民间艺术的流失做代价的。……我其实想借助那片广袤的山林和游猎在山林中的这支以饲养驯鹿为生的部落，写出人类文明进程中所遇到的尴尬、悲哀和无奈。"② 《额尔古纳河右岸》近似一个民族的预言，也诠释了女性与民族的关联性，女性是孕育历史、民族的原动力，表征着一个民族的兴衰，同时完成着对民族的拯救与救赎。小说中塑造的人物有林克与达玛拉、哈谢与玛利亚、伊万与娜杰什卡、鲁尼与浩妮，氏族男女之间和谐存在，共同面对这自然的挑战、人为的灾难与文明的衰退。而最具典型的是浩妮，她是鄂温克族民族传统、民族血脉、民族精神坚实的捍卫和守护者。抗日战争期间，鄂温克族遭受日本殖民统治，男人们被送到"关东军栖林训练营"接受集训，生死难卜，留守的女人们先后度过了"打猎""迁移""白灾"等，举行了"哭声和歌声相融合的晚会"，展现出女性的坚韧与乐观。1998 年初春，山中发生了大火，浩妮利用民族特有的萨满文化施巫术、祈甘霖，最终换来了额尔古纳河岸边一场神奇的大雨，让鄂温克的土地转危为

---

① 迟子建、闫秋红：《我只想写自己的东西》，《小说评论》2002 年第 2 期。
② 迟子建、胡殷红：《人类文明进程的尴尬、悲哀与无奈——与迟子建谈长篇新作〈额尔古纳河右岸〉》，《艺术广角》2006 年第 2 期。

安。而她自己却在女人特有的优美舞姿中，"唱起了她生命中的最后一支神歌"。最后，"山火熄灭了，浩妮走了"。"回归一个原始的或是真正的女性特质，是一种乡愁式的、视野局限的理想，它回绝了提出一套论述、视性别为一种复杂的文化建构的当代要求。"① 迟子建以一个精神构想的虚幻故事，回溯到原始生命形态中，去展示生命与自然的共栖，体现了一种美好的生态指向。

而众多女作家也汇入了这种表达，如北北在《寻找妻子古菜花》中，古菜花虽然与人私奔，但却内心充满浪漫，奈月痴迷李富贵，是因为他有着整洁的外表与一身漂亮肌肉。可当她发现李富贵的一身肉那么难看时，便毅然离开了她用整个青春岁月苦苦等待的李富贵。须一瓜的《穿过欲望的洒水车》，讲述环卫工人心灵的小说，关注的都是底层民生、精神情状。民本性不同于人民性，强调的是底层人物面对社会、困境时的挣扎，而民本性恰恰构筑了大中华的文化精魂。

（三）从世俗中发掘女性精神本体原乡的动力

女作家的乡土书写隐含有生态思维与表达，指涉了一种生命的力量与厚实。作家也在原乡找到精神的栖息地。迟子建小说中的人物，与东北大地上的自然、风物、民俗等，融为一体，而世俗里民众的细水长流田园意识，与自然环境中蕴含的神秘力量也是契合的。小说《逝川》中的吉喜因男权社会的偏见一生未婚、孤独终老，被艰难的生活磨去了青春美貌而成为一棵"粗壮的黑桦树"，但她仍有着博大的胸怀和顽强的生命力，以她的爱心和热情去帮助他人。《日落碗窑》《亲亲土豆》写乡村夫妻间的相濡以沫，对土地的眷恋。

葛水平以自己的方式，在太行山原乡里，展示了原乡人的精神生命力。《裸地》中的女女以自己的方式，挑战了原乡人伦秩序对女人的规定，改变着这种生命的囚徒现状。女女本是大家闺秀，接受过良好的传统文化教育，在天津和父母住在一起。一天夜晚，她和娘出去找爹，在路上，她被黄毛洋人强奸了，娘被洋人踢倒，回来就小产了，

① 〔美〕朱迪斯·巴特勒：《性别麻烦：女性主义与身份的颠覆》，宋素凤译，上海三联书店 2009 年版，第 50 页。

娘后来自杀了。她和爹在回乡的路上遇到蝗灾，女女被父亲丢弃在黄河岸边的古庙里，是农民聂广庆救了她，但又占有了她，爹看聂广庆还有点本事就把她嫁给他。聂广庆带着她来到河蛙谷开荒种地，她的女红很好，经常做些鞋由聂广庆在镇上卖，也能换点油米。日子过得辛苦，但也有穷人家的欢乐。她生了两个儿子，聂大是洋人带给她的耻辱，人们都把他当作怪物，聂二是她和广庆的孩子。偶然盖运昌见到这个容颜美丽的女人，惊为天人，要和她做神仙眷侣，希望跟她生个男孩。他创造种种接近女女的机会。之后，他给聂广庆大烟抽，使他上瘾，然后再写一份典妻条约，要聂广庆签字。条约规定，女女必须到盖家做针娘，聂家两个儿子也到盖家享受荣华富贵，盖运昌的回礼是把家里一个使唤丫头秋棉给聂广庆为妾。而供应聂广庆一生抽大烟膏承诺没写在纸上，那是背后的交易。聂广庆在盖运昌的大烟、驴子、面食等的诱惑下，把女女典当到了盖府。

以血缘为基础的宗法制伦理道德秩序是乡土社会的主要运作机制。作为儒家文化的信徒、暴店镇的掌控者，盖运昌是暴店镇宗法秩序坚定的倡导者、维护者，经过家庭的纷争、战乱和共和国的诞生，他苦苦经营的家族势力在时代的洪流中土崩瓦解，众叛亲离，而女女成了他最后的唯一依靠和精神依托，她信奉"天地生人，有一人应有一人之业；人生在世，生一日当尽一日之勤"，女女身上散发出的不仅是一个女性的生命韧性，更可贵的是对生活现实的体察与态度。当女女向盖运昌提出要回女女谷的时候，盖运昌说："你放得下我，我放不下你。你在盖府里啥不做，就坐着，都是我的一块定心干粮，你出了这个门，我的性子没有约束没有收敛，就不怕我干出啥塌天的事来？"

《裸地》里传达出了这样的线索，即生存在战乱频发、社会动荡、男尊女卑、权力滥用等构成的时代动荡中，或许生死之间，可以称之为本性或良心的东西做了他们的支撑。身兼儿子、丈夫、父亲、乡绅、诸侯、财主六重身份的圆形人物盖运昌，是时代更迭切换的人物符号，尚存有一些为人的善道与良知。破败后的盖运昌，孤立无援，女女没有离开他，除了对他有精神上的依恋，还有她对自然、人世的感情，聂广庆无法欣赏，而盖运昌懂得，更主要的是她内心对盖运昌人格魅力的崇敬。盖运昌经受时代的变革，从大药材商变成了普通的农夫，他病得没有力气了，还要锄地，还要聂二背着他到地里看收成。在土地上，他看到生命的孕育，劳作的意义，灵魂获得了新生。小说结尾处：

> 盖运昌看到玉茭上挂着的青豆角，开着的喇叭花缠绕在玉茭的花上，迎风摇曳着，他笑了……
>
> 土地裸露着，日子过去了。
>
> "深耕概种，立苗欲疏。非其种者，锄而去之。"
>
> 盖运昌小声念着这首前汉的《耕田歌》，念着，突然就断了声。

葛水平也说："天下事原本就是大地由之的，大地上裸露的可谓仪态万千，因天象地貌演变而生息衍进的乡村和她的人和事，便有了趣事，有了趣闻，有了进步的和谐的社会。乡村是整个社会的缩影，整个社会得益于乡村的人和事，而繁荣，而兴盛。乡村也是整个历史苦难最为深重的体现，社会的疲劳和营养不良，体现在乡村，是劳苦大众的虚脱。乡村活起来了，城市也就活了，乡村和城市是多种艺术技法，她可以与城市比喻、联想、对比、夸张，一个广阔伟岸的社会，只有乡村最具象、最多视角、最有声有色地展现在世界面前，并告诉世界这个国家的生机勃勃！由乡村的人和事和物，可以纵观历史，纵观国家。因此，对于乡村，我断不敢敷衍。"① 乡土因有人们的坚守，而获得勃发，而人们也因乡村大地，获得了生长。

葛水平通过两种方式，寻找着原乡生命的原动力，即发掘原乡人—自然—大地的原初生命力，从原乡人生命底蕴中寻找精神质素与动力。

（四）女性叙事、母性神话与民族原生态文化元素的糅合

将女性叙事、母性神话与民族原生态文化元素糅合，从而表达女

---

① 葛水平：《乡村，是我写作的精魂所在》，《文学界》2008 年第 3 期。

性本源性、精神性，这已经成为一种新的叙事方式，如藏族女作家梅卓的《太阳部落》、白玉芳的《秋霄落叶女儿情》《神妻》等，便将这种叙事发挥到极致。这里，以《神妻》为例进行阐述：

满族女作家白玉芳的长篇小说《神妻》是一个有关满族几个部落的争斗与女性的情爱故事。作家在书写中，将女神的圣洁与人性、民族叙事与女性叙事的复杂妥善地结合在一起。这是一个有效的叙事探索，即作家能够讲述出久远满族族众的人心世界的秘密，并且可信。显然，作家的想象是在民族的现代与历史关联中完成的，巧妙地吸纳了民间叙事话语，并能够与女性叙事糅合在一起，将女性生存的现实与神话联结在一起，从而凸显了女性心理的复杂，也显示了女性生存的历史与现实的承接性。并有机地吸纳了神话、神歌、神词、神舞等因素进行民族叙事，展示民族的深层内涵，更为精妙的是作家显然更愿意通过几个女性故事的讲述获得自己完整的叙述，体现民族文化的精髓。而对母性与民族精神性一致性的寻找，是白玉芳所要探寻的，尽管这种探寻并不显得刻意，但是作家却在积极地以女性叙事的故事中，渗透出对满族精魂的一个象征意义上的表达，那就是母性神性的有效揭示与挖掘，尽管作家的表达显得驳杂与急迫，使得沉稳不够，但我们已接近感觉到了她的激情与努力。

应该说，在20世纪的中国，对母亲神性的领悟、崇尚已经是一个常态、永恒的主题。可以说，女性神话在中国现代女作家冰心、萧红与白朗的笔下，是以重建母性神话而出现的。从对母性神性的发掘到对母性妖性的批判书写，女作家有了充分的生存理性，回到女性本身进行全方位的看待，既有审美，也有审丑的一面。自张爱玲开始，就同这股思潮同共鸣、相呼应。张爱玲在《金锁记》展示了母亲与女儿之间无可逃脱的阴影。对"慈母"形象的颠覆性书写是在20世纪80年代后女性写作中才出现的。80年代末90年代初，在铁凝发表长篇《玫瑰门》前后，恶母形象日渐增多。90年代，一些年轻的女作家，对"母亲神话"的颠覆，则几乎成为一种倾向了。女作家重新审视母性意识的含义：一是女性对于母性本能的认知；二是女性对母性角色的认知。在中国，"母性"被看作美德与苦难的象征，尽管其间确实存在某些封建色彩，母亲们遏制着儿女们的自由精神，但母亲仍然是爱与温暖的象征。

毫无疑问，母亲在大家的集体记忆中，是一个与神圣、仁慈、伟大相连的语词，充满了崇敬、赞叹、感恩的色彩。在这里指的是她的角色作用，不是作为称呼而是作为品格和才能之源的"母亲"。夏娃在伊甸园偷尝禁果，上帝惩罚她从此将承受生育之苦，才能成为母亲。显然这作为一种隐喻，也是女性文化遭受艰难的痛苦裂变的象征。女性是生殖女神——生命的象征，她不仅创造了自然世界，也建构了社会。女神时代—女奴时代—女人时代，构成了女性存在的时间之维。而到了男性时代，女神沦为女奴，女奴的生成是男性压抑的历史。但白玉芳却是反其道而行之，形成女奴—女人—女神的转换链条。其主观意图不言自明，作家试图寻找超越女性生存现实的种种可能性。母亲作为宽厚的受难者形象，被世人见证与誉写。母爱的颂扬一方面使女性的母性得以张扬、肯定，另一方面也使女性置于男性文化的阴影与规范中，无处躲避。结果是，正如芭芭拉·约翰逊所言，"为母爱的神话所驱使的母性自我压抑已创造了一种自我否认、愤怒与变异的传统遗传，这使得女儿难以寻得任何感情上的满足，除非达到了那种如果无以达到母亲和女儿都会为之永久惩罚自己的理想的共生状态。"[①]事实上，在母性与女儿性之间，已逐渐形成了一种约定俗成，存在着女儿与母亲的默许，即女儿很轻易地延续母亲的生存方式。女儿性对母性的依赖、依恋是一种必然的存在。

但在《神妻》中，母亲是一个辩证的事实存在，充满了母性的力量。尽管作家笔下的女性充满幽怨，但我们还是看见了光亮，那光亮照亮了我们对满族女性以及满族文化的看待。母亲瑷珲女罕是一个拥有权力的傀儡。女儿莒萝的悲情就在于她成就了权力与婚姻的交易，母亲芍丹与女儿不仅拥有同样的名字，还拥有同样宿命的凌辱、诅咒

---

① ［美］芭芭拉·约翰逊：《我的怪物/我的自我》，引自张京媛主编《当代女性主义文学批评》，北京大学出版社 1992 年版，第 88 页。

与情爱。遭受凌辱的母亲苟丹 16 年的咒语与女儿 16 个月的咒语，她们的反抗似乎只能停留在语言上。茑萝因为是东海窝集国的格格，王位的继承人，只能违心地嫁给了不爱的人，她最终却以死做出了抗争。"一个女人，不能用女人的生命去等待心爱的男人，活着还有什么意思……"曾经美丽的茑萝以终结生命完成了一个苍凉而优美的姿势。即便如此，她仍然能够超越单纯爱意得失，族众的利益超越个体本能的意志。弥留之际她嘱咐儿子纳汉泰，让大家过上顺心的日子。同样，身为母亲后的女儿苟丹在火祭时的月光下轻柔歌唱："我是善良和恶魔所孕，巴衣波罗/我是美丽和丑陋所生，巴衣波罗/我是神鹿和冰雪所养，巴衣波罗……我唤回兄弟姐妹的爱，巴衣波罗/我唤来穆昆的和睦，巴衣波罗。"在秋祭的野合之夜，她知道自己的使命。"纳汉泰，萨满是母鹰的灵魂所变，一生都要把爱献给她的族众。为了虎尔哈，为了尼玛察，为了安车骨，我不能做你的福晋。"秋祭光亮的那一刻，女萨满定格似的成为她心爱男人的心中的"神妻"。那一刻苟丹内心的博大宽厚散发的光芒照耀大地，令天地感佩，也令人心灵震撼。

在所有的女性叙事中，作家试图展现因为女性意识的觉醒而觉醒了的女性，而民族意识使女性意识成了隐伏在女性主人公身后的中心，女性意识与民族意识互为因果，彼此滋长。女性的生存意义与民族的发展有着天然的趋同性。白玉芳以一系列女性形象的精心刻画来寻求与自己民族精神的贴近。以一个中国满族女作家的激情寻找着与民族的贴近，叙述有机地协调了女性叙述与民族叙述，这两者互相陪衬、依存，水乳交融。作家对民族记忆与文化追随贴近，潜心于写着自己心中的故事。这种精神气质也不折不扣地反映在她的笔下，女性形象丰满灵动，散发着鲜活、透明与柔情的光彩。这种故土情结与民族文化的润泽的真正贴近，融合形成丰满的精神贴近，这样，民族文化精神与作家的精神追求又是一种叠合。她立足于本民族的历史文化研究，创造性地以本民族的社会历史及民族文化融于文学创作之中。白玉芳在《后记》中这样说："剥去尘封在萨满身上那层被人云亦云传言是迷信的外衣，让萨满文化里的神话、神歌、神词、神舞，为人们讲述那久远的人类起源，讲述人类社会从氏族到部落的历史，讲述人类黎明之光时期民族英雄的丰功伟绩！"

同样，白玉芳的《中国海洋萨满女神系列丛书》，以其文学的叙述，生命的相传，史实的记载而成书，也是世界部族女性作家寻根文学的典范之作。白玉芳以生态视角，在自然、历史、民族等关键词的交织中寻找着中国文化的根脉，为期 10 年的远赴东北乡村和边地实地田野考察和学习萨满文化，并结合自己的文化想象，将满族浩如烟海的原始传统文献资料整合和归类、选择和诠释，寻找构架满族文化乃至大中华文化的精神因子与多元文化的抢救与重构。

民族图腾包含着族源生命、生产状态、宗教信仰、社会历史诸多要素。

在宇宙万物之中，文化上的表现都离不开自然的因素——水、火、山、石、植物、动物。人类初年，人类也是自然之物，世间的万物为满洲先民所敬畏，人们把天地间的一切都视为神。满族先民创造的原始宗教为萨满教——自然为神，万物有灵。鹰以高飞蓝天，俯瞰大地，而受到人类的崇拜。所以，在萨满文化里，鹰是天母神阿布卡恩嘟哩赫赫的使者，以达拉代敏鹰星的身份，承担人与天地之间沟通信息的重要使命。满族人敬奉鹰为始母神。鹰祭，是满族萨满祭祀里重要的仪式。

满洲先民的始母神为海东青鹰神，其分别来自天宇（鹰星女神、彩鹰女神）、大地（恩切布库女神、珊延安班女神）、山河（呼鲁坤雪鹰女神）。鹰，满语为海东青，是满族萨满文化自然崇拜，满族民族意识的重要组成部分，是形成早期满族民族性格、民族文化的重要来源。[1]

《中国海洋萨满女神系列丛书》展现出在满族原生态文化中，崇拜

---

① 白玉芳：《生命·生命》，上海社会科学院出版社 2016 年版，第 20 页。

万物，供奉众多女神，涉及大自然中的动物、植物等：

> 大自然女神：天母神阿布卡赫赫，星母神卧勒多赫赫，地母神巴那吉地母神赫赫、东海女神德立格赫赫以及石神多喀霍、风神西斯大林、雪神等。
>
> 动物女神：鹰、乌鸦、马、海豹、海鸥、鲸、鱼、虎、豹、熊、鹿、蛇、刺猬、貂、土拨鼠、林蛙以及百兽、百虫等。
>
> 植物：柳、榆、松、花草等。
>
> 对于人类生活，阿布卡恩嘟哩赫赫送来的神是战神、箭神、阿里神、狩猎神、穴居神、舟筏神、育婴神、产孕神、媾交神、驭火神、唤水神、山雪神、乌春神（歌神）、玛克辛（舞蹈神）、说古神，等等。①

叙述中的文学场景与想象是密不可分的，直接关乎一个现实与历史中的现实转换成文学中的现实的问题。文学中的现实是由叙述语言建立起来的，但有时候比历史与现实里的现实更加真实。白玉芳女性叙事因其精致的笔法、丰沛的情感、情绪化的流动语言等特质，具有审美情感性，同时也因为汲取了民间口头、传说等因子，所以，能够将经验叙事与虚构的叙事妥帖地结合，在审美意义上达到了一种基于生活现实却又超越的真实境界。如此，女性叙事并非还原为女性普遍有效的生存经验，而是融合了大胆的想象与虚构。虚构与真实之间原本是对立的，但在有效的叙事空间中，它们却恰如其分地得到了合理的配置，虚构成为真实表达的暗影，凸显真实的叙事灵魂，让生命个体在自然的状态中释放自我色泽与光芒。进一步说，女性经验叙事是从生活实践经验与间接经验等基础上建立起来的，而虚构叙事则是作家依据自身的经验基础，凭借自己对生活的激情与理解，对社会考察，来进行的有效探索。叙事性的虚构本身包含了作家的理性思索，服务

---

① 白玉芳：《生命·生命》，上海社会科学院出版社 2016 年版，第 24 页。

于创作理想或思想，而叙事作品，无论点缀多少通则概论，总是为思想提供更多的信息与资源或是食粮，其叙事意义具有多重性，这正是叙事本身的必然特征。

我们说中国生态女性叙事的导引，源自西方生态女权理论，但又是中国女作家的依次积极的回应，走过了这样的轨迹，即从宏大叙事剥离出来后的一种积极的向自我本体的叙事后，又将女性叙事与民族叙事妥帖地结合起来。民间叙事作品随着时间的推移，逐渐吸收各种不同的材料，获得了新的发展。而作家对民间叙事作品的借鉴也同样获得了虚构叙事的可能与真实。女性叙事话语既是对民间叙事的承接，也是有超越的。体现在女性叙事关注的是女性的现实处境、灵魂皈依以及女性历史经验的现实展现等方面，当然，还有对女性内心的困惑与矛盾心态的分析。强调对民间、民族的关注，标志女性叙事不再是一种浅吟低唱，可以说，从女性主体意识的侧重到对民间、民族叙事的有意识地表达，体现了中国女性生态叙事的逐渐成熟。

第二章

女性生态写作的现状与发展趋势

　　女性生态写作的突出点在于，书写回归现实，接着了地气，在现实的视野中，拓展自己对现实土壤的思考与反思。而这种写作态势实际上就是确立女性真正书写自我的坚决。实际上，进入自20世纪80年代以来，中国女性文学基本上就是在西方女性主义理论引领下完成着属于自己的女性叙事。如果说80年代的中国女性叙事还在寻找着具有中国特色的表达方式的同时，尽力趋同于世界上的女性主义主张，显得生涩与内敛，那么，90年代以来一些女作家，则将自己的写作紧紧地与西方女性写作贴合，从直接或间接的女权立场出发，以女性为欲望主体的"性话语""欲望叙事""私人叙事"及"躯体写作"几乎成为突破女性叙事的最为有效的方式。在经历了女性主义写作的三次高潮后（研究界普遍认为，在20世纪的近百年间，中国女性文化受到现代西方女权思想与女性主义思潮三次大的冲击和洗礼，即20世纪初的"五四"以"人的觉醒"为标志的新文学时期、80年代的"文艺复兴"时期与90年代三次浪潮），进入了消费时代的中国女性主义写作，在迎合了消费时代对其的影响后，表面上的繁华背后却存在更大的焦虑与困境，即出现了"瓶颈"效应，女作家无论在创作视域与叙事方式上，还是理性思索本身，都无法超越女性一己的自我内心分裂与纠缠。其原因错综复杂，而一个重要原因却在于，西方女性主义理论与中国本土女性历史、现实经验主张之间有背离，在尽情解构和击穿男权社会的神话面具后，中国女性写作却无法建构一种双性协作模式或有效范式，更无法寻找到女性叙事生长点。

　　然而，正是在这里，生态写作为女性的集体回归做了一个很好的中介与助力。

一　向现实主义回归的女性生态写作

　　回溯女性书写的现实表达，呈现出自在的轨迹：20 世纪 80 年代后期，以池莉、方方为代表的"新写实小说"初显文坛，池莉《烦恼人生》《不谈爱情》，方方《风景》，在日常化的生活经验中雕刻世俗人生景象，书写平民化人物遭遇社会的困境与羁绊。90 年代，铁凝的长篇新作《大浴女》，从女性视角反观社会变异，虹影《饥饿的女儿》、林白《玻璃虫》、陈染《私人生活》则退隐在社会边缘处，在狭窄的小空间里，书写一己个人遭际。而"70 后"的卫慧《上海宝贝》、棉棉《糖》等，迎合了市场的需求，强调个人化的书写，把"个人化"欲望叙事从内容到形式都推向了极致。对此，白烨给以恰当的解释："文学作为社会与人生的随行物，其创作与欣赏都必然与时代变动和社会演进相联系。从这样一个角度来看，九十年代以来在文学创作中出现的'个人化'写作，决非来自文学创作者单方面的原因，那是社会生活开始重视个体的人和个体的人进而觉醒在文学上的必然折射。改革开放的最大变化是什么，是主体的人的逐步确立和个体的人的不断凸现，这是平等竞争的市场经济对于社会生活的内在调整。对于社会生活的如许变动，女性作家远比男性作家敏感，当许多男性作家还沉溺在'我们'的群体立场摹写社会风云时，许多女性作家却把个体的"我"推向前台，恣意表现出生活到文学的'这一个'。"① 显然，个人化不能够简单归结于女作家的内驱力，有其历史渊源与时代的强调。而 90 年代末新世纪初，女性文学开始了自觉的转向与调整，并呈现出优雅而崭新的姿态。

　　当女性文学在经历了狂热的西化之后，进入 21 世纪，便有意地开

---

　　①　白烨：《女性写作的个人化与多样化》，《北京日报》2002 年第 324 期。

始了回归到自我本土的转换，即向中国的现实主义挺进，与之前的文学尝试相左的是，女性写作已经不仅仅满足于表达女性遭遇社会—家庭的双重挤压所采取的极端的反抗与报复，或是自我沉溺与放纵，而是通过女性所遭遇的种种不平，来反映社会对女性造成的伤害与控制。与此同时，我们发现了女性文学的悄然转变，即由激进走向了缓和，由个体走向了群体，由内转向外，由西化走向了本土。

　　向现实回归的路径有两种：一是通过女性的命运写照来影射社会现实里的驳杂与阴暗面，一是女性文学的主角不再是单一的女性，而是叠合着社会众生的生命样态。如迟子建的中篇小说《泥霞池》，写的就是一群从农村进入城市的底层人生活生命形态与内心的挣扎，以及他们的坚韧内心与乐观向上的生活态度。小暖从乡下嫁入城市生活之后，就开始了冷遇的人生，但命运似乎不仅要让她遭受冷眼，更让她经受了最为悲怆的命运戏弄。丈夫大贵的死，成了她不幸的最大理由，一个由摄影师给她拍的洗衣照片事件，让大贵为之付出了生命代价，也将她的人生放置于谷底，婆婆认为是她轻巧的行为导致了大贵去杀人，而她自己显然也认为穿着暴露的她的确成了导火线，负疚的内心加上婆婆的折磨，让她沉默地承受着。但是还不止这些，小暖的经济、身体、情感已经不属于自己掌控，婆婆为了支撑家庭小旅馆，逼迫她跟有钱有权势的人去交合，她在挣扎中承受着这样的卑贱生活。但是她的内心却是坚守着对单纯情感的追随，与施师傅的情感是她生活的亮光与动力，但是仅仅这一点，也以施师傅的意外之死而终结了。对她充满身体欲望的陈东，她以母性一般的姿态出现，以巧妙的方式拒绝了他，但是陈东却因身体的冲动得不到释放，转向了对自己女朋友的粗暴相向，由此失去了女朋友，最后还因为强奸哺乳女性，被判入狱。当她走进监狱去看望这个 19 岁的年轻人的时候，却以幽默、宽容与女性的温柔温暖了这个年轻人，让他能够安然地期待六年之后的希望能够实现。在一个承受命运不公与社会挤压，进入城市几年连身份证都没有的卑微的女人身上，却体现出了人性的光辉与温暖。小说最后写小暖去探监的一段最为感人。她宽慰地告诉陈东，她有了身份证，照片竟然比她本人漂亮，露出了满足。这不禁不让人心酸。其实，被打动的不仅是陈东，小说在悲悯低沉的气氛中，让人性温情逐渐升起，带给人们以深深的感动。

林白走出了《一个人的战争》的激越，以《妇女聊天录》进入公众视野，乡村妇女传达出的民间世界观，造就了林白在叙述上的革命。而且林白丰富的感性知觉使她在这部小说的叙述中，充分保留了口述实录过程中的汁液，这无疑让读者能品到更丰富的滋味。但沉迷于感性知觉也使得本来可以更明晰的意义变得含混不清。从关心女性本体到关心粮食和蔬菜。在《妇女闲聊录·后记》中，林白说："《妇女闲聊录》是我所有作品中最朴素、最具现实感、最口语、与人世的痛痒最有关联，并且也最有趣味的一部作品，它有着另一种文学伦理和另一种小说观。这样想着，心里是妥帖的，只是觉得好。如果它没有达到我所认为的那样，我仍觉得是好的。……我听到的和写下的，都是真人的声音，是口语，它们粗糙、拖沓、重复、单调，同时也生动朴素，眉飞色舞，是人的声音和神的声音交织在一起，没有受到文人更多的伤害。我是喜欢的，我愿意多向民间语言学习。更愿意多向生活学习。"① 林白把自己从纸上解救出来，还给自己以活泼的生命姿态。

卫慧的《我的禅》与《狗爸爸》也是典型的文本。小说传达出了中国传统伦理生态思想对女性自我精神生态构成的潜在影响，但女性消费化的欲望依然强势，使得女性在超越生存现实的可能上，因缺少坚实的人文关怀及高度的理性支撑，难于摆脱情欲世界里的精神迷失，并一再失落。春树的书写代表了一些"80后"女性的生命纠缠、困惑、挣扎、绝望，"80后"青春挽歌《2条命》从叛逆的青春书写走向了孤独的诘问，故事中有楠楠遇到流浪狗的场面：那只小狗就被她抱在怀里，浅黄色的毛，看上去非常小，可能只有一两个月大。楠楠对动物向来没什么好感，尤其是狗，她从小就怕狗，因为小时候她的表妹曾被家里养的狗咬过一口，从那以后她便对狗敬而远之。但那只小

---

① 林白：《妇女闲聊录·后记》，新星出版社 2008 年版。

狗看上去楚楚可怜，有一双泪眼，仿佛很伤心，让人一看就产生了怜爱之心。楠楠忘了自己说了什么，可能是"愿意，愿意！"她也不知道为什么一下子就同意了，很快狗狗就到了她的怀里。

女性写作向现实回归的另一维度是，女作家开始将笔触伸展到了大视界中，以宏大的叙事取代单一的近乎自恋的私人写作与家族叙事写作。这样的结果是，女性写作能够在宏大的视野中，展示时代发展更迭过程中的人类命运纠葛，以及国家内在的变革与自在逻辑，将女性命运、人生命运叠合在时代背景下进行处理，并演绎其心理走向与人生走向。如此，触及了社会深层与人性的深度结合，把女性写作推到一个积极的层面。不再是一己的浅吟低唱，而是加入了社会的大合唱，随之也进入了真正的主流书写，与男性作家分庭抗礼，与此同时，女作家逐渐挣脱理论的导引，女性叙事发生着内在的悄然转变，即回到中国本土现实与历史叙事中，在大历史的背景下理性地审视，并寻找普通人生的世俗样态与心灵轨迹。如铁凝的《笨花》、徐坤的《八月狂想曲》等，持一种大视域、大跨度的抒写。她们开始了有效的叙事转身，将审美想象构设在历史—现实的界面上展开。超越了单纯的女性叙事，将叙述视角扩大到了全方位，从书写层面深深触及社会的历史与现实的交汇处，挖掘人性的本质与复杂性，以独特的表述确立了个性化的表达与叙述，具有本土文化实践的审美趋向与表达。

徐坤的《八月狂想曲》充满生命激情与艺术感悟，同时具有史诗一般的气势，将体育魂、国人魂、文化魂与心灵魂通纳在一本小说中。小说承载了历史与现实的叙述，把体育精神与人的存在本位思索妥帖地结合起来，使我们获得美感与理性的享受，这也标志着徐坤的写作已经超越了女性文学的内在含义，完成了一个大文学含义上的扛鼎之作。小说充满正气与哲理思辨、情理与温情、虚与实、唯美的情调与理性的语汇，表明了作家驾驭宏大题材的叙事能力，与她之前的长篇小说《春天的二十二个夜晚》《爱你两周半》与《野草根》写作相比较，上到了更高层次。如果说之前徐坤的写作视角，驻留在男女情感交锋与精神想象等界面上，挖掘与呈现人性里的复杂与深邃，那么，小说《八月狂想曲》超越了单纯的女性叙事，用诗性铸就了宏大的经典叙事，但又糅合了之前婉约的情调与抒怀，更加彰显了作家举重若轻的驾驭能力与写作魅力。小说《八月狂想曲》富有历史的深度与现代的质感，并具有史诗般的美感与激情。故事情节设置有七大板块，即风生水起、庙堂之高、雕梁画栋、江湖之远、横槊赋诗、上善若水、沧海碣石，这七个情节构成小说整体，具有浑然一体的效果，且自为一体独立成文，小说主线脉络清晰成为一个网状结构，是政界、商界、文化界、艺术界、思想界的集中交锋与矛盾冲突，这是一个当代中国社会的横切面，也是中国发展的交响曲，而贯穿这个板块的是作家丰沛的激情与热情洋溢的语言。小说围绕淞州奥运分会场主体工程的设计、投标、构建与完成等一系列活动展开，故事起伏跌宕，纵横开阖，扣人心弦，牵扯出来政治、权力、男女、经济、艺术、理念等的碰撞与交汇，充溢着人性深度的魅力与自我内心的矛盾冲突以及时代的文明气息。可以说作家善于把宏大的题材以最轻盈的最艺术的方式托举起来，能够把整个社会文化观念、生活观念更迭的时候，人们内心重大的震荡淋漓尽致地表达出来，将浮游尘土之心的茫然与期待、慌乱、浮躁、投机，和稳健、执着、进取、拓展的精神做了客观的真实写照。同时，也将腾飞中的中国形象以及人物形象真实地展示在世人面前，大胆、真实、客观，规避与超越了新中国成立以后奉行的"高、大、全"的典型化塑造与模式化的长篇叙事。小说人物成功的塑造，也带动了整个史诗般故事的进程。尤其是对两类女性人物的塑造，呈现了立体感与命运感。一拨儿以正型出现，凭借女性内在的力量和才华与现实抗衡，如邵宝娟这样的典型形象，致力于自我发展的独立尊严的女性；一拨儿以反型出现，如王栀惠与孙佩佩，她们往往通过色相与性的诱猎，获得生存的凭借，而她们的成功往往是建立在俘获男人的基础之上，成就自己的梦想。作家将性欲和女性的生存及女性的心理感受结合在一起，更为真实地表现自我生命本体的女性意识。徐坤的小说以诗性的宏大叙事，携带着对男性与女性的生存问题与内心最本质的东西的思考，这也是她对社会问题的思索与写照。

　　如果说徐坤是在现代与历史的交汇中发掘激越的生命时态,铁凝
则是在历史的探究中获得对原乡记忆和生命形态的还原。铁凝独特的
叙事意义,在于叙事中传达朴素的伦理现实与历史。她们的故事都已
超越了单纯的女性叙事,走向一个更为宽广与豪迈的层面。进一步说,
文学故事回到了自身经验的讲述,这种经验是超越自我私人经验之上
的,是属于对群体命运的思索与探究。

　　显然,超越一切性别的限制,变成一个叙事者,回到原乡世俗生
态的写作与经验叙事,是铁凝的方式,这有别于她之前的写作。从最
初的《哦,香雪》《没有钮扣的红衬衫》《孕妇和牛》到《玫瑰门》
《永远有多远》,再到近年的《大浴女》等,都体现了作家刻画女性独
特生命体验的能力与风格特点。新世纪铁凝的乡土生态书写,接续了
她 20 世纪 80 年代的文化精神,没有回避历史,对历史、战争、变革
中的人性做了深邃有力的剖析。《笨花》则将笔触伸向了 20 世纪初期
从清末民初直至抗战胜利那段跌宕起伏、变幻莫测的中国历史的变迁
之中。围绕着向喜叙述了抗战前后向喜一家三代连同与向喜一家发生
关系的冀中平原人民身上所发生的可歌可泣的故事,是乡野的生命力
量与传奇,更是世俗的风物图。笨花人守护自我原生态的生息,勃发
着素朴的乡村景致,以自己的方式绵延着乡村生态。

　　这里的人管棉花叫花。笨花人带来的是笨花,后来又从外国
传来了洋花,人们管洋花也叫花。笨花三瓣,绒短,不适于纺织,
只适于当絮花,絮在被褥里经蹬踹。洋花四大瓣,绒长,产量也
高,适于纺线织布,雪白的线子染色时也抓色。可大多数笨花人
种洋花时还是不忘种笨花。放弃笨花,就像忘了祖宗。还有一种
笨花叫紫花,也是三大瓣,绒更短。紫花不是紫,是土黄,紫花
纺出的线、织出的布耐磨,颜色也能融入本地的水土,蹭点泥土
也看不出来。紫花织出的布叫紫花布,做出的汗褂叫紫花汗褂,
做出的棉袄叫紫花大袄。紫花布只有男人穿,女人不穿。冬天,
笨花人穿着紫花大袄蹲在墙根晒太阳,从远处看就看不见人;走

近看，先看见几只眼睛在黄土墙根闪烁。

笨花人种花在这一方是出名的。他们拾掇着花，享受着种花的艰辛和乐趣。春天枣树发了新芽，他们站在当街喊：种花呀！夏天，枣树上的青枣有扣子大了，他们站在当街喊：掐花尖打花权呀！处暑节气一过，遍地白花花，他们站在当街喊：摘花呀！霜降节气一过，花叶打了蔫，他们站在当街喊：拾花呀！有拾花的没有？上南岗吧！随着花主的喊声，被招呼出来的人跟在花主后头到花地里去掐花尖、打花权，去摘花拾花。①

这里，几乎囊括了冀中平原农村的所有风物、习俗，暮色中的笨花村，打着滚的牲口，看花人的窝棚，小妮的棉裤，向喜的包袱皮……平凡至极的日常生活琐细，凝聚了原乡人充满质感的精气神，也蕴含了中国人的核心力量。素朴而激越、苍凉而雄浑。铁凝真实地还原了原乡生态文化景观，以平实契合原乡人的简单、质朴与浓烈，塑造了原乡众生群像。笔下的父亲向喜从一个普通的新兵，渐次做到浙江全省警务处长，官至高位，始终有着农民式的生活准则与自觉。面对飞黄腾达的机会时他主动选择了放弃，拒绝与日本人合作，最终解甲归田，选择粪厂终老一生。儿子向文成为人正直，富有创见，和好友甘子明一道与村霸打官司、办乡学，还开办了一个小药房。在抗日战争时期，几乎是破产抗战。《笨花》也塑造了性格鲜明独特的女性形象：同艾在新婚之时就与从戎的丈夫向喜分别，多年后她接受了二太太，又接受了三太太的女儿取灯。在传统文化浸润下，她只能够隐忍与承受；受过新式教育的向取灯，在成人后回到老家笨花村，积极参加了抗战并被残害；而同样受过教育的西贝梅阁，却沉迷于宗教的迷幻中。

在《笨花》里，铁凝有节奏的叙述，蕴藏着节制的情感，她让自己的情感蕴含在历史的定格与讲述中，淡淡的却透着神韵。小说的叙述内容多集中在诸如爱情、诞生、死亡、饮食、年岁等基本的生活事

---

① 铁凝：《笨花》，人民文学出版社 2006 年版，第 70—71 页。

件，沉睡隐忍坚强的原乡人，却因为内忧外患开始了脉动。铁凝的叙事在乡村生态景观里展开，但也延展到中国乃至中国人的生存的历史与现实。当然，铁凝试图以历史的元素进入自己的叙事，也混含了诸多的理性思考，真实地对自适与自足的集体无意识的群体生命形态进行了写照，以及对自足文化宗教心理予以批判，认为他们有着朴素的信仰与操守，充满着对自然神灵的精神期待与企求，兼有"天人合一"的朴素追求。如在四月二十八的火神庙，虔诚的信徒们带上香火向神灵叩拜，以求得火神的庇护，保护小麦的收割。但同时，铁凝也指出，在一个乱世里，当人们依托宗教的信仰来完成身心的拯救，进而成了生活本身与全部，具有盲从性。如对基督教沉迷的西贝梅阁，并没有得到宗教的庇护与拯救，最后惨死在日本人的枪口下。《笨花》在浮躁时代里散发出了静默与浑厚的气息，体现为历史的正义伦理精神，是北中国朴素的风俗图与历史缩影，也是对谱写乡土精神气节与构筑民族魂的群体精神生态的写照。

《八月狂想曲》与《笨花》从社会学、文化学、女性人类学的不同角度，对历史与现实情境中的生命存在、过程与状态重新审视，为突围中国女性写作的困境找到了出路。徐坤与铁凝以自己的写作走出了男女性别对抗的模式，旨在揭示这样的意义：女性写作的生长点除在于自身觉醒外，还有赖于她们拥有能够超越世俗的识力与理性，以及所置身的整体社会环境架构的文化精神与整个社会文化心理的良性发展。

二　审美生态书写趋向：多元、混沌与模糊

女性生态写作对现实的回归是一种理性的自觉，也是对自80年代以来女性文学过分强调女性特质之后的退守与反拨，应该说，这不是女性写作的消极抵抗，而是一种具有积极意义的理性回归。因为，当女性写作在西方女权理论的先导之下，走向单一狭窄与模仿的道路的时候，便逐渐偏离了中国女性文学的内在需求与自身逻辑生长点。中国女性生态写作作为一种叙述策略与方式，生成了女性文学书写的新

景观，尽管不同文化、地域、条件、制度、生产方式、社会环境、表现形式，具有不同内涵，还由于西方理论无序散乱的进入，难成体系，以及对西方文化的修养、思维方式、历史、哲学、文学等无基本了解，就进入理论，导致中国女性生态写作本身纠结于历史、文化、现实的多重结构中，呈现出"模糊—混沌"的状态；再者，中国女性被动或主动地裹挟在大众—消费文化潮流中，非独立研读，一些女作家更是对其概念模糊，以致体现出了审美生态追求的多样化的同时，具有模糊性，更没有在整体上形成严格意义上的生态审美范式。但是，也正因为缺少统一的模式、纲领性的旗帜，反而使中国女性生态书写有其自在的原始生命力、创造性及本土性。

本质上，与西方生态女作家侧重于在现实与未来的指向中寻找生态诉求相比，中国女性生态书写是一种融合了宗教、文化、自然、社会、人类意义上的"间性智慧"的表达，有时候概念本身也存在着审美的模糊性。女作家注重女性与自然的和谐，也更注重对原始生命形态与历史形态的追索，在当代文学被经济大潮逐步边缘化，以及生存环境的边缘化的情境下，采取了对现代化当中反文明的敏感和抵抗。就其本质，一方面承载着对民族悠久文化的传唱，对世界和生命轮回式的古老解说，试图从辽远的原乡记忆中获得找到回归精神家园的途径与方略，拯救迷失的灵魂；另一方面又从女性本体发掘与原始生命形态母性、神性的契合点。因此，女性生态书写体现出了审美生态追求的多样化展示。

但事实上，这种诉求本身存在着模糊性。也就是说，中国生态女性写作在整体上并没有真正成为一个流派和固定的文学表达样式，而是一种多样化的"混搭"，书写趋向混沌—模糊。而有文化自觉与文学自信的女作家，则能锐意薄发，在生态女性写作中洞见非凡，多呈风采，主要表现在以下方面。

（1）强调自然性—精神性的契合，在人类文明高度介入自然与心灵，处理人与自然的关系。

女性介入自然，在人类文明高度，寻找女性—自然—精神的契合性,藏族女作家拥塔拉姆便有着这样的追求,"谁知昨夜落下春雪,大地被覆盖了一层白沙,金黄的日光洒在雪白的树梢上,有梦幻般的光彩,喜鹊在雪枝上的阳光里欢歌笑舞,与它们打过目光的招呼,从白杨下跑向湖边。在白色的世界里唯湖水碧蓝,映着半山上一群雪中的小木屋,映着蓝天上的丝丝白云,湖中还有东边的太阳和西边的月亮,都没有随波流淌。此时的湖水静止得纹丝不动,要不是天鹅和水鸟们的自在游动,真以为自己是画中的人"。对甘孜炉霍县卡萨湖的描写,"天地万物如此亲近,一种大美感染了脉络里的血液","不忍心用镜头剪断这个画面,弄碎整个晨湖的景致,唯有把眼前定格在脑海中,永久保存"①。再把视线转向宗塔草原:"来到红山顶上,映入眼帘的是一个巨大的白底绿边的摇篮似的地面,同行的本地记者说群山围绕的那一大片白色就是宗塔草原。车停下了,我们站在山上注视草原,白色下面几处墨绿的暗圈依稀可见,黑色的牛毛帐篷和牛马星星点点分布在草原上,有人在感叹这简直是天然的聚宝盆。""天哪!那白色竟然是花儿!但不是雪花,而是一朵朵雪白雪白的美丽山花!是它们活脱脱勾画出一片'炎夏飞雪'的草原奇景。白花喧宾夺主地遮掩了绿草,不知道这草场经历了怎样的生存竞争,居然以色彩论了成败。看车道两边白色茫茫,很想感受躲在这厚厚花毯上的滋味,便下车走进草原,刚迈出第一步,就不知第二步放在何处,侧眼相看,客人中有的似影视剧中的演员做高抬腿慢动作,有的和我一样'金鸡独立',埋头细看朵朵白花摇曳中亮光闪闪,耀眼!抬眼远眺簇簇白花齐舞时花浪微漾,炫目!这里无处迈步,也不忍心下脚,在这花的世界里没有我们的立足之地,于是只好沿公路走向草原深处。"② 大自然之美唯有敬畏,不敢亵渎,只有摄魂。神山给以启迪,雪域开拓智力,蓝天放飞心灵,草原滋生审美,天珠带来神缘,民风养成操守;饱汲藏族优秀的传统文化,在宗教仪式中获得慈悲情怀和仁爱心性。

在《一只蚂蚁领着我走》中,蒋子丹结合新闻事件有感而发,对

---

① 拥塔拉姆:《无恙·杭州兄弟》,作家出版社 2009 年版,第 12—13 页。
② 同上书,第 28—29 页。

宠物、家养动物、野生动物、人与自然的关系进行了探讨。蒋子丹以精细的笔法描述的这个人与动物之间的性灵的相通故事，同时也在反思着人关心动物的悖论存在与尴尬。

（2）从原始生态女性写作的悖论与原点出发，处理人与人的关系，使女性写作处于自在状态。

当女性作家开始极力去寻找想象中的原生态文化的景象的时候，原生态文化景致已经正在逸出我们的视野。原生态的感受、经验与意识已经因社会的驳杂与多重价值观的影响、干扰，严格意义上说，并不是传统意义上的原生态书写了。

白玉芳的《神妻》故事围绕着满族东海窝集部的几个部落展开，和着优美的旋律与跳动的画面，在一种激荡、浓烈与欢快中奔涌而至，绚丽、华贵、厚实，富有韵律感、绘画感、历史感。当然，这也是一个具有历史想象的民族生存延续的故事，反映出了民族的沉静与血气方刚，他们的固守、迁徙、争斗、和解与宽容。这是一个崇敬美好的族群，肃慎人远古的传说美丽飘逸，如太阳和月亮的故事。还有虎尔哈部族为了狩猎、祥和的原始祭拜，具有浓烈的宗教气息，春祭，秋祭，祭拜山神、祭火、祭树等历史还原中的原始膜拜等仪式气势宏大，气韵冲天，族源神歌悠远淳厚，体现了自然与人的和谐与人内心对和谐的主张与渴望。所有的一切，让我们感受到了来自部族的神秘力量。

迟子建的小说《额尔古纳河右岸》借助最后一位鄂温克族酋长妻子之口，展现了从清朝末年到 20 世纪 90 年代一百多年中，东北少数民族鄂温克族百年间的兴衰变迁，以四代鄂温克女人为典型，将她们在沧桑的历史变迁中迥然不同的人生经历进行了多侧面的展示，从而描绘出了鄂温克人生活生存的状态。显然，这个游猎民族还处在原始共产的经济状态，生存环境的恶劣，加之周边凶残兽物的窥伺，都使得这些鄂温克人不得不选择一种集体生存的方式，他们在林中饲养驯鹿，并随之逐草逐水而迁移，他们集体围猎大动物，集体参与部落事务。甚至他们的劳动制度、分配制度、伦理制度，都颇带原始生活状态。但这支部落却遭受着从生存到文化本源的侵蚀，人类文明的进程，总是以一些原始生活的永久消失和民间艺术的流失作为代价的。

《额尔古纳河右岸》笔调是悲凉的，涉及了一个人类共性中的主题，原生态文化危机。迟子建触及了大地的神经，在世界主潮的烘托下，她也在追赶着生活在身边的有关故乡山河与花朵的故事。但这一次，她主题鲜明地亮出了自己的底牌。她要以笔来展示与拯救：人类家园的追忆与消退。《额尔古纳河右岸》逸出了消费时代的商品意识，飘动着属于自己精神构想的原乡生态记忆与想象，昭示着对鲜活原始文明的坚守，比疯狂的经济增长更具有现实意义和永恒价值。从万物有灵的多神崇拜、天人合一的生态和谐之美、豁达本真的生死观、万物因缘聚合等多方面体现出了作者的审美价值取向，从而引发读者对人与自然、民族文化与人类文明之间关系的深层思考。更为重要的是，隐藏在作家心底的对生态文化之问题的焦虑，并没有真正在具有原始生命文化形态的载体上充分体现出来，一句话，迟子建触及了生态危机，但精神危机的矛盾性却并没有深层进入。或许这就是以现代文化视角进入原始文化生态的尴尬，因为文化"隔膜"的存在，文本呈现出了模糊—混沌的一面。

（3）在女性—动物中介或自然—男性的关系中，处理女性与男性的纠葛，寻找女性自我定位。

卫慧的机智或许是无奈，她选择禅宗作为自己心灵的拯救，《狗爸爸》里很有禅意的"露风禅"是一个动物伙伴狗，作为她精神空虚里的填充。其实，她对爱与温暖的期待，依然继续，并且更加渴望。"露风禅"就像一尊具有灵性的佛，守护她，指引她朝着佛国的方向前进。狗成为主人魏精神的依恋，也是魏成就爱的中介。女性与动物天然的联结，在这里淋漓尽致地体现了。

鄢然的长篇小说《角色无界》则试图表叙自然、女性—男性之间的潜在关联性，自然作为被征服的对象与女性作为男人控制的同等命运。母亲无力阻挡美丽被践踏，只感受着被侵袭摧残后的悲伤和凄凉，母亲忧心忡忡地望着颤抖的森林，担心倒地的大树砸坏了破土而出的小草，和那些姹紫嫣红的杜鹃。《角色无界》通过一个女性成长的故事，为我们展现了社会的动态变化与人们的内心轨迹及精神的落寞，同时对原生态文化的凋落以及乡土文化与都市文化的冲撞，抱以深层的叹息。作家试图尽可能地在生态视域下，强调生命形式的多样性，体现在对自然生命、人本生命的同等尊重，重视其原始生命形态的自然性、真实性，并试图寻找自然—人生命之间的彼此互动和谐存在。这种生态意识里，有对自然、社会、伦理、女性、男性乃至人类的综合考量，体现了作家对人与自然共同存在的哲学体认与审美关照。

（4）回归传统与文化支撑，既有尴尬又有突围，处理人与历史文化的关系。

在传统的女性寓言中，在人与历史的关系中，完成着母性生命形态与女神的原始精神追随。旅美女作家聂华苓在《桑青与桃红》的"跋"里，讲了帝女雀填海的神话故事，吐露了矢志不渝地要把大海填平的心愿。她写道：

大海吼。"小鸟儿，算了吧！就是千年万年你也休想把我大海填平！"

帝女雀向大海投下一粒小石子。"那怕就是百万年，千万年，万万年，一直到世界末日，我也要把你大海填平！"

东海大笑。"那你就填下去吧，傻鸟儿！"

帝女雀飞回发鸠山，又衔了一粒小石子，又飞到东海，又把小石子投在海里。

直到今天，帝女雀还在那儿来回飞着。①

藏族女作家梅卓散文《玉树的阿斯女神节》展演了玉树藏族自治州结古镇当卡寺的女性护法神阿斯秋吉卓玛的节日盛会场景：

阿斯秋吉卓玛女神的宝幢迎风飞舞，喇嘛高举着的宝瓶中，

---

① 聂华苓：《桑青与桃红·跋·帝女雀填海》，中国青年出版社1980年版。

　　七彩的孔雀翎仿佛已经开放，绽放出神秘的香气，四位喇嘛抬着
两只宏大的香炉缓缓进场，香炉中冒着缕缕青烟，那香味让阿斯
秋吉卓玛披上了一层更加圣洁的气息。

　　　　信徒们已经感染。受到感染的信徒们纷纷上前，为女神献上
纯净的哈达，只一会儿功夫，阿斯秋吉卓玛和随从们的背带上就
挂满了哈达，就像堆上了一座座雪山一样，那是祈祷，也是祝福，
是敬畏，更是一年只有一次的幸运……

　　显然，作家是想在历史文化里寻找到女性生态的精神力量，梅卓
以其华丽惊鸿的笔触，宏大的叙事，为我们描绘出了玉树藏族自治州
结古镇当卡寺举行的非凡女神阿斯秋吉卓玛节日的盛况，展示了传播
爱与温暖的女神阿斯秋吉卓玛的辉煌以及人们对其崇敬的膜拜与向往，
充满了瑰丽的民族色泽与神秘的宗教气息。"在玉树，有多少家庭里的
孩子就是这样在宗教的氛围中长大，熏陶着神舞的气息，敬畏着神灵
的神威，遵循着慈悲的信念，父传子，母传女，一个民族的道德观念
就这样划出了一个完美的底线。"

　　显然，那世俗之爱经由宗教之爱的洗礼，变得更加圣洁、单纯与
祥和，人间的悲喜哀乐也因坚实的信念与信仰，变得从容不迫。或许
梅卓要演绎的不仅仅是一个充满奇幻的神话故事，而是要以此烘托出
我们对生命美好的向往、珍视与尊重，更有对深层中华民族母性文化
精神的探寻与弘扬。

三　女性文学思想的局限性：无序性

　　由于生态之于女作家，是一个混沌—模糊的概念，缺少理性的自
觉的生态意识介入文本叙事，因此，可以说，作为个体的女作家生态
意识并不强烈，而是随着整个社会在发展，裹挟在生态环境下，受各
方面潮流的刺激与影响，自觉地具有了生态倾向，换句话说，一方面
中国女作家集体回归到本土的文学现实、社会现实与女性现实，回归
女性真实心灵，开始了女性精神本质的书写；但另一方面西方生态理

论包括西方生态女性主义对本土女作家的模糊的影响，即女人的权利、女人为中心与向自然挺进的生态指导思想。严格意义上说，中国女性生态书写，是源于中国文化脉象，根植于本土的，但不可否认，基于传统文化意义上的"天人合一"的自然法则的感性，在经欧美生态理论尤其是西方女性生态主义理论的诱导，潜在影响中国女作家开始了从感性到理性的探求。但中国女性生态写作，并不是简单意义上的模仿，其对接、呼应的方式，本质上有别于西方生态主义。更进一步说，中国女性生态写作，并没有真正意义上的生态主义理性主张，只是具有生态主义倾向，而这种倾向，又是模糊—混沌的。尽管女性生态写作出现了多样化的趋向，有其自在的发展逻辑；但从严格意义上说女性文学并不具备独立的体系，只有生态主义倾向与潮流，如果从人类整体高度看女性，她们具有"朦胧性"互动交融、多元多向的特点。这里有必然性原因：社会过渡性、混沌性常给女性思想情感以紊乱；历史文化局限性、模糊性，受女性文学思想的局限性影响；女作家缺失理性与哲学意义上的睿智，接受西方的片面性、无序性；女性写作呈现出无序性：

1. 外部文化意识——社会生态对女性自我的抑制

外部文化意识——社会生态对女性自我的抑制，体现在自然—社会—女性的生态环境的整体链条上，对女性造成困扰。蒋子丹的《动物档案》和《一只蚂蚁领着我走》带领我们进入人与动物共存的真相里，让我们看到了人类的贪婪和暴戾、自私和轻薄、残忍和伦理缺失的精神世界，也指出了在现实生活中人们潜意识里的社会文化中人类中心主义，现实生活中的消费主义，特别是我们身体里与生俱来的生理局限，都会对作家造成障碍和干扰，带来诸多的顾忌，这使得写作过程格外艰难，常常会陷入双重的绝望：一边要面对人类对动物愈演愈烈的利用、剥夺、虐待和残杀；另一边要面对自身根深蒂固甚至是无法超越的物种、基因以及精神的局限性。蒋子丹道出了作家的尴尬："我的真切体会是，当我们真心关注生态，就等于踏上一条绝望的路，这不是一个可以让我们游山玩水的愉悦过程，而是一个痛切反思人类和忏悔自己的过程。如果真的关心大自然关心生态关心人类的前景，面对当下的现状，我们的心必将是沉重的。"① 这种挑战性对一个具有模糊—混沌生态意识的作家来说，是一种心灵考验。反思着人与动物、自然的关系，直面人性深处的道德和情感缺失，在这个意义上，关怀动物何尝不是一种道德和情感的自我救赎？

严歌苓通过长篇小说《一个女人的史诗》《陆犯焉识》表述了一种外部文化意识、社会生态对女性行为的控制。《一个女人的史诗》以新中国成立前后三十多年的社会为背景，具体是在解放军进城、"土改"、"四清"、"反右"、三年自然灾害、"文革"、粉碎"四人帮"等一系列的时代风云中，描绘了田苏菲为追求爱情而与主流社会、男权社会不断抗争、坚守的故事。她崇拜、从属的丈夫欧阳萸，却是一个"除了一个干净模样，哪里都窝里窝囊"的男人，丈夫婚外情不断刺激着她的神经，而欧阳萸在外考察期间，小菲因与剧组的陈益群走近遭受非议。这种性别的不平等，造成了她的愤怒与嫉恨，"小菲觉得受了奇耻大辱。她就只配寂寞，连个陪她调剂调剂感情的异性都不配有"②。"不安全就不安全吧，一个女人孤零零的给宰了，是节烈，如果她因为有异性保护者而安全，这份安全是肮脏的。"③ 她选择了在社会与家庭中屈就，以自己的方式捕获到日常生命的尊严与成就感。在自然灾害期间，田苏菲为了给丈夫补身子，常常一个人晚上跑去捉癞蛤蟆；后又借公债供丈夫肆意挥霍，自己却吃了一年的青菜；"文革"期间因不愿与欧阳萸划清界限而被罚去烧锅炉……"中国女性成为附庸角色的机制特殊之处：这些机制的运作不只透过压迫，而且也透过公开赞扬的方式。"④ 严歌苓公开盛赞中国传统女性的美德，"我最喜欢的是中国农村妇女。我以前的婆婆就是，虽然我接触不多，但是我能看到她们那种宠辱不惊，看上去迟钝但内心藏着一种英明，

---

① 蒋子丹:《双向的沉重》,《天涯》2007 年第 1 期。
② 严歌苓:《一个女人的史诗》,湖南文艺出版社 2006 年版,第 109 页。
③ 同上书,第 110 页。
④ 周蕾:《妇女与中国现代性》,蔡青松译,上海三联书店 2008 年版,第 92 页。

她们不和男人、不和这个世界一般见识，在混沌的境界中有大智慧"①。田苏菲试图以生命的韧性与宽容，结出抵抗社会秩序现实与家庭秩序的抗体，然而却又回到了传统文化对女性塑造的脉络上，恪守妇道、妻道。

在刘索拉的小说《混屯加哩咯楞》和《女贞汤》里，女性是一个复杂的存在。女性是一种写作的视角，即便《女贞汤》写的是那么大的历史场面，但是所有的主角都是不同的女性，从她们的眼睛里看男性世界、看社会现实。"很多人是具备双重人格和双重性别的。别马上想到双性恋，我指的是人性别中的阴阳素质。我觉得这是一种自我认识的幸运，很多人有这种悟性。人没有必要保持绝对女性和绝对男性的状态，那种状态其实很愚蠢。说白了，一个女人非要把自己包在一个娇柔做作的身体里一辈子扭来扭去强调女性，真是如同一个永远不能钻出蛹来的蚕。因为人类自我意识觉醒的一大因素就是认识到自己身体中的双性成分。我喜欢把自己时而放在男人组时而放在女人组来看世界。雌性激素和雄性激素引导人感知自然的双性，并顺其自然的双性。能感受二者的人就是幸运。……我是女人，经历所有女人的经历，用不着在乎作品是否有女人味或无女人味，女人在我的创作里已经不光是自我概念，而是又抽象又具体的，无所不包的题材。比如《女贞汤》里的王母娘娘在挖苦战争英雄继天不懂女人就不懂政治的戏文，就有很强的女性意识色彩。《女贞汤》里到处是女性意识。写的是政治和各种普通女人的关系。我的新歌剧《惊梦》则写的是时代和女性野心的一种悲剧，通过这个剧作，我在揭示社会造成的一种女性心理阴暗面。我写女性意识时不是光强调女权主义和女性优越等等，我倒是更强调女性心理的全面角度，包括女性特有的阴暗，狡诈，软弱，和心理障碍等等。强调女性的平等，必须面对女性的弱点，和有能力自嘲。"② 刘索拉寻找的是社会对女性的压制，以及女性自身存

① 庄园：《女作家严歌苓研究》，汕头大学出版社 2006 年版，第 263—264 页。
② 刘索拉、西云：《刘索拉：我的女性主义和"女性味"——答〈艺术评论〉专问》，《艺术品论》2007 年第 3 期。

在的文化痼疾。王英琦的《失落》散文描写了一位很有才华的女青年，可是农村愚昧势力卷土重来使她成了牺牲品。在生活重压和愚昧包围中，她逐渐变成了麻木、迷信的家庭妇女，失去了对美好生活的追求。

因此，无论是自然环境，还是社会环境，起主导作用的还在于环境里的人们的精神趋向与行为准则，这直接关系到整个生存环境的营造。

2. 精神生态的理性诉求、感性领悟的限制

可以说，20 世纪 80 年代以来女作家表达与城市或乡村的关系大多是写生活层面的镜像关系，或者是与主流意识形态相结合的关系。20 世纪 80 年代以来的女性写作，一个明显的特点就是在与主流意识形态反抗与和解中完成了自己的使命，作家在对传统文化的反抗中又错位地胶合在一起，向现实妥协。这里有两个角度上的延伸：作家本身存在的理性、感性的受限，未能够为所呈现的人物处境做出合理的解释；叙述上缺少理性自觉支撑，致使女性—历史的书写，大多会出现历史虚无主义，呈现的是情绪流动的历史虚像。

王安忆的《小鲍庄》宣扬的"仁义道德"徘徊在乡野的上空，对于从"文革"中释放出来的人性，是一剂充满温馨的精神慰藉，但隐含的"封建色彩"以儒道为轴心的传统文化，作为人伦情感规范，依然在左右人们。向彬的《心祭》则是子女对母亲婚姻的粗暴干涉，酿成悲剧。可见主流意识形态仍然制约、笼罩着代际女性的生活。即便是显示出与传统对抗高昂姿态的张洁、张辛欣等，也显露出无端的困惑。张洁的《方舟》、张辛欣的《在同一地平线上》、张抗抗的《作女》等展现出了自我的退缩与徘徊。其实，女性仍然没有消除人伦秩序中对女性的规定，也阻止了女性自我精神生态的构建。而王安忆《长恨歌》、严歌苓《陆犯焉识》以"日常生活"的经验方式，不动声色地建构了一部由女性主体构成的历史，但因缺乏驾驭大题材的能力与气魄，或是忌惮对政治、历史的触碰，选择了主动规避的策略。严歌苓的《陆犯焉识》表达了"文革"政治与男性双重控制，对女性造成的无法弥补的伤害，呈现给我们的是一个彻底与现实脱节的女性。

"冯婉喻的容貌发生了奇怪的变化。变化是渐渐的，似乎随着她记忆中事物人物的淡去，她的脸干净光洁起来。也有些时候，丹珏在一夜醒来之后，发现婉喻的面容突然年轻了十来岁。她坐在靠着小阳台的椅子上，膝盖上放一个竹筥箩，豆子一颗一颗被她满是心事又漫不经意的手指剥出，落进筥箩，剥豆的动作本身就是回忆和梦想。她的安静和优美在霞光里真的可以入画；她脸上的皮肤是那种膏脂的白皙，皮下灌满琼浆似的。冯婉喻除了永久地无期地等待远方回归的焉识，也等待每天来看望她、似乎陪她等待焉识的那个男子。你无法使她相信，陪她等待的这个人，就是她等待的那个人。有时丹珏也发现陆焉识看婉喻看呆了，他也想不通这个女人的生命怎么会倒流，这种倒流如其怪诞，却是一种很妙的怪诞。"① 冯婉喻以一种精神失忆的方式，阻隔了时代的混乱与恐怖，在自我精神世界里构筑了一种生命的期待，而这种期待的圆满却是将现实与历史彻底隔离，包括她现实里的伴侣。严歌苓认为："文革就是人性到了一个非常激烈、戏剧化的阶段。我在我的所有的小说中对人性有最多的关注，因为人性永远也不能解释，永远都会让你意外，让你意外就是非常丰富。"②

严歌苓将小说放置在中国 20 世纪严苛的政治环境中，将宏大的历史叙事与日常生活经验对接起来，不可否认，严歌苓的丰富想象，是借知识分子的个人际遇，超越性地进行民族与历史的反思。但小说虽然写了政治运动对陆焉识、冯婉喻身体与精神上的伤害，写出了为解救判了死刑的丈夫，冯婉喻在初次见面后的第二天，就做了管司法的市委常委戴同志的情妇，作为交易丈夫获救。而最令陆焉识心疼的是，笃信共产主义理想的婉喻，从来没有意识到人们和事物们对于她的不公，因此她没有被不公变成怨妇。有论者指出严歌苓并不纠结于这些政治运动给国家造成危害、给人们心灵造成创痛的深刻动因与揭示丧失人性与理性的行为，而是更多地探讨自由和爱情。"以边缘人的生存经验和理性思考将大历史具体到独立的个人意识，冲破社会主流意识

---

① 严歌苓：《陆犯焉识》，《当代》2012 年第 1 期。
② 严歌苓：《严歌苓谈人生与写作》，《华文文学》2010 年第 4 期。

的束缚，建构了'局外人'的理性关照。"① "着重从政治与人生碰撞的角度书写历史，政治是作为必要背景去叙写，从而能够在政治的严苛境遇下，去看待人性的变异与坚执，情感的冲动与麻木，人世的悲壮与渺微，写出某种超政治超历史的沉重和深刻。对于身处政治压力下的日常生活和人物内心世界的持续的、精神性的挖掘，使得严歌苓笔下的政治与人生不再具有单义性、明晰性，而是现出了政治、人生、人性、知识、情爱等等的复杂内涵和暧昧多义。"② 由此，判断严歌苓表述疯狂年代政治的态度，是暧昧、模糊的。

　　女性在一个荒诞的年代，遭受到身体、精神双重的损害，却没有还击的能力，是最大的精神压制。但严歌苓戏剧化的情节构设，也阻击了来自冯婉喻的挣扎。尽管严歌苓声称："我的小说基本靠想象力，我很庆幸我的想象力很丰富，小说家应该有举一反'百'的能力，但是作家可以虚构，细节却一定要真实。好的作家，一开始是他创造人物，一段时间之后人物就会有了自己的生命、逻辑和行为，就是人物创造他了。"③ 而小说叙述上有关政治运动的刻意留白，恰恰印证了严歌苓主观上刻意回避政治对人性钳制的表达，还在于她在叙述上的逻辑混乱，更重要的是严歌苓本身缺失高度精神理性的支撑。

　　3. 女性在自然—社会同一性上的欹斜

　　女性生命意识和生存状态成了 20 世纪 80 年代女性文学的一个新视点，不仅女性本能冲动和世俗的欲望引起了女性作家的关注，男女平权意识与作为女性自然性别的人的价值，也同样是关注的焦点。具体体现为：一方面女作家浸润了中国古老哲学"天人合一"的传统社会的自然主义渗透，张曼菱《有一个美丽的地方》充满了自然的野性与女性的野性，完成了人对自然的一种呼唤，抒发了在自然中的青春永恒、傣族自然的美丽与人性自然美丽的叠合。张抗抗《北极光》充

　　① 苗春：《严家有女已长成——老作家萧马谈女儿严歌苓文学、人生之路》，《文学报》2002 年 5 月 9 日。

　　② 龚自强：《"后伤痕"书写的复杂性——论历史与人性深度交织的〈陆犯焉识〉》，《当代作家评论》2013 年第 2 期。

　　③ 严歌苓：《十年一觉美国梦——复旦大学讲座的演讲词》，《华文文学》2005 年第 3 期。

满生命意象的追求。另一方面为人的自然本性唤醒与女性意识的萌动发声，宗璞小说《我是谁》中对人的尊严的呼吁，张抗抗小说《爱的权利》中对人的情感的述说，戴厚英在小说《人啊，人》"后记"里呼喊"人性、人情、人道主义"的复归，以及张辛欣、徐星、刘索拉、残雪等的现代意义上的本体小说，伊蕾《独身女人的卧室》、翟永明《女人》（组诗）、唐亚平《黑色沙漠》等女性诗人的作品，着意抒写女性内在感觉，都是为人的自然本性正名；铁凝《玫瑰门》、池莉《你是一条河》等，有着明显的自审意识；但80年代对于女作家来说，也是在一种传统与现代的悖论中书写的，"80年代的女性文学始终处在一种紧张的冲突之中。这种'紧张'不仅来自女性文学外部思想环境的复杂多变，而且也来自女性知识分子自身在走向'现代'的过程中，由于思想观念和伦理道德观念的变迁所带来的心理上的焦虑与迷惘。……在经历了80年代之后，进入90年代，启蒙主义有关'女性/人'的混同叙述的矛盾渐趋突出。这一方面提示了妇女解放任务的延续性，另一方面，女性知识分子那种试图摆脱政治意识形态话语和男性中心话语的影响，渴望固守内部经验独特性的强烈要求，又预示了90年代女性文学的某些特征"①。90年代众多女作家竹林、张抗抗、张辛欣、王安忆、铁凝、张曼菱、蒋韵、叶辛、陆星儿、范小青、林白等，参与到了90年代的"人文精神大讨论"，掀起了人文高潮，但90年代也开始了分化，即从"女性/人"的模式中，走向"女人"，以至于陈染的《嘴唇里的阳光》《无处告别》，林白的《一个人的战争》等，预示着一些女作家走向了自我检验与体验，更有卫慧、棉棉以感性把握理性，走向身体极致的表达，延至21世纪以张抗抗为代表，索性构建起女性自我神话。

从80年代的《淡淡的晨雾》中的梅玫、《北极光》中的陆芩芩，到90年代的《情爱画廊》中的秦水红、舒丽，再到21世纪《作女》中的陶桃、卓尔，张抗抗笔下的女性颇具前卫性，呈现出不安于现状

---

① 乔以钢：《"人"的主体性启蒙与女性的自我追求——20世纪80年代女性文学创作侧论》，《中山大学学报》2007年第2期。

的内心自我挣扎。《作女》是一个女性对男性、社会颠覆性的文本。与知己陶桃一直渴望结婚，并正在竭尽全力往结婚方向努力不同，卓尔选择了与持有"男尊女卑"观念的丈夫刘博离婚，告别贤妻良母模式向自然母性回归，也挣脱了消费主义逻辑对自我的控制，但卓尔究竟何处去？却依然是一个盲点。张抗抗对卓尔这个人物形象做出这样的解释:"在我看来，如今作女的横空出世，是女性的自我肯定，自我宣泄，自我拯救的别样方式；是现代女性在新的历史条件下，对自己能力的检测与发问，是中国女性解放的标志之一。女性的进一步解放，无法跨越女性个体盲目和狂热的这一历史阶段。""我在卓尔身上给予了我的女性理想，我希望中国女性能够更具独立意识，有一种阳光心态，有足够的力量抵御外界对我们的伤害，假如真实的生活到处都是卓尔这样的女人，我也就不需要写这部小说了。"她的写作目的"是想写出一种中国本土自然的逐渐产生的自由诉写出当代女性自我解放这棵幼苗，究竟是怎么生长起来的"。① 事实上，张抗抗在世俗里完成了一次精神的构想，让卓尔去冲杀一条女性走向自由的路径，展示一种女性获得社会、心灵解放以后的理想生存状态。"作"成为勃发生命的激情与方式，让自己的心灵、精神永远漂泊、永远在寻找。卓尔也发出了这样的感叹，"不。这个城市里没有翡翠鸟"。"翡翠鸟"是具有精神自由意味的象征。而翡翠鸟的意象成了卓尔理想中的生命姿态，就如同翡翠鸟在自然生态图景里的自在，可以确认，女性在自然—社会同一性上的欹斜，是张抗抗蕴含在文本里的表达，现实避不开类似小说里的 G 小姐这样嫉贤妒能，将生存与权力、金钱紧紧挂钩的女人。"进入新世纪的自由经济时代，城市女性的境遇发生了深刻的变化，我发现自己周围的那些女子，越来越多地不安于以往那种传统的生活方式，她们不认命，不知足、不甘心，对生活不再是被动的无奈的接受，而是主动的出击和挑衅，她们更注重个人价值的实现和精神享受，为此不惜一次次碰壁，一次次受伤，直到头破血流、筋疲力尽……我把

---

① 张抗抗:《眼中笔下的"作女"》,《光明日报》2002 年 6 月 6 日。

这样的女人誉为'作女'。"① 卓尔走过了张抗抗早期塑造的女性形象，如《爱的权利》中的舒贝、《淡淡的晨雾》中的梅玫、《北极光》中的芩芩、《隐形伴侣》中的肖潇等，她们充满对男性的仰视，也走出了1992年的《蓝领》中青年女工许栩的粗放，许栩成了精神上的强者，思想开放、有胆有识，成了全体工人的思想领袖，一呼百应，但还没有摆脱对男人的模仿。

而"作女"的产生，有其自在的土壤，是女性摆脱宗法家族社会中对女性的束缚，走向现代意义上的自我的展现。卓尔无疑在经济上、社会上是独立的，但追求精神独立的卓尔也注定要承担挣脱世俗规约的代价，漂泊中的追逐。张抗抗也难辞其咎，她对现代女性的精神认知，仍然停留在性别对抗的模式中。而这种张抗抗模式的女性自我神话的建构，就是女性或女性作家以一种理想或权力来对女性精神引导，制造女性权利——超越社会文化现实、超越男性、自身的一种精神图腾，形成另外的女性主义霸权中心。然而事实上，创造两性和谐生态文化，也是女性追随精神自由的必然之路。

4. 消费文化心理与焦虑

女性在20世纪80年代以来妇女解放时代政治意识形态中获得了解放，但迷失于拜物之中，并未确立女性价值。90年代是一个物欲高涨的消费年代，欲望成了女作家反复表述的一个语词，陈染、林白、海男等的文本中，揭示出现代女性无以凭借，在欲望与绝望中让身体漂泊的精神生态。如林白的《一个人的战争》中的女性，一方面要满足自己解放观念下的种种感官体验欲求，同时又无法摆脱刻在心灵深处的古典规约，因此存在着自我的灵肉分离，陈染在《潜性逸事》中发出了这样的呼喊，"让思想见鬼去吧！让思想见鬼去吧！……让它们随着生命本身的欲望一同从身体里排泄出去！"这是一个做爱中的女人的自我咒骂。但思想与心灵既已生长就毁灭不了，于是，女人们便在躲避与寻找的冲突两端徘徊。在一个物化的时代，现实与历史都可以

---

① 张抗抗：《眼中笔下的"作女"》，《光明日报》2002年6月6日。

用谎言来代替，一切都可以复制，从物质到精神。性自然就成为一个突破点，在这里，"性政治"已经与商业意识形态合谋，产生金钱对性爱的僭越，"原有的性秩序因此出现了两种趋势：一是性行为受到财富机制的支配，出现了金钱婚姻和性交换制度，金钱的动机成为性权利的来源；二是性行为变得相对自由，出现了个人价值的自觉，性观念与自由价值的实现联系起来"①。显然，女性依然没有性的自主意识。

而在"70后"女作家的文本中，传统文化中的腐朽宗法等级与西方时髦的金钱原则畸形地结合，生产出一批"被物化""自物化"和"物化者"的女性角色，卫慧的《上海宝贝》以一个寓言式的故事，描绘了一群精神游戏式的人，他们有着浓厚的"酒吧""旅馆""迪厅"情结，在寄生的生活中自闭、自恋、自虐和自狂。

> 我在爱上小说里的"自己"，因为在小说里我比现实生活中更聪明更能看穿世间万物……这样的艺术品还可以冶炼成一件超级商品，出售给所有愿意在上海花园里寻欢作乐，在世纪末的逆光里醉生梦死的脸蛋漂亮、身体开放、思想前卫的年轻一代。是他们，这些无形地藏匿在城市各角落里的新人类……②

"任何时候都相信内心的冲动，服务灵魂深处的燃烧，对即兴的疯狂不作抵抗，对各种欲望顶礼膜拜。"毫不遮掩地把自己的性经历和感受兜售，为了追求欲望的满足，可以置道德伦理于不顾，表现出精神层面的颓靡与堕落，对理性的绝对否定，对积极向上的社会主流精神的排斥与反叛，以及对欲望的疯狂追求与恣意满足。

> 马克离开的时候我发现了地板上的皮包……我浑身乏力，可还是有兴趣翻一翻，里面有几张 VISA、MASTER 卡，四方俱乐部的贵宾卡，还有一张全家照……我亲了一下马克英俊的脸……顺

---

① 郭洪纪：《颠覆爱欲与文明》，中国社会出版社 2000 年版，第 252 页。
② 卫慧：《上海宝贝》，香港天地图书有限公司 2000 年版，第 76 页。

手从皮包里那厚厚的一叠人民币中掏出几张……反正他不会发觉少了这区区几张钞票，跟老外打交道时间长了，你就会知道大部分时候他们像少年儿童一样简单明快……①

"70后"女作家文本里充斥着消费原则的"小资"符号，表达对自我—上海的日常与"想象"，也展开了享乐主义的人生图景。

> 跳吧跳吧。今夜我是你们的 DJ。没有爱情，没有亲情，没有审美的眼睛哲学的心灵，没有天长地久的幸福，没有随地吐痰像狗一样大小便的自由，没有别出心裁的疾病没有创新出奇的痛苦，没有，没有！有的只是几个臭钱，几个臭窟窿眼儿，只是神经衰弱、卖身求荣、酒精、欺骗、谋杀、电影、快餐、机器的奴隶、不忠不信不仁不义。跳吧。我是你们今夜的 DJ，所有的小公牛和发情的章鱼们。我爱你们就像爱整个腐烂的宇宙。②

但在安妮宝贝的描述中，"城市是一个巨大的容器……它的黑暗无从测量和计算"，"它的寂寞如同深海"③，她以上海为背景的反映都市生活的小说，在文本中建构起一座物质与精神无法协调的都市。在长篇小说《彼岸花》中的乔、《莲花》中的小城女孩苏内河，在都市获得的物质生活越奢华，越在城市陷落。《二三事》中尹莲安换取物质极大丰富的代价是出卖了自己的肉体和自由；《烟火夜》中绢生对爱情与生存极度失望后，纵身从30层楼跃下；《七月和安生》的女主人公毁灭了自我之后因难产而死……安妮宝贝小说中展现了女性对都市充满渴望，表达了她们物质化的想象与挣扎，以及精神上的飘荡。

这种欲望的内在逻辑，导致了女性偏离自我本性，再一次的精神出离。"在20世纪80年代启蒙语境中，曾经作为对抗极'左'思潮扭

---

① 卫慧：《上海宝贝》，香港天地图书有限公司2000年版，第113—114页。
② 卫慧：《神采飞扬》，《像卫慧那样疯狂》，珠海出版社1999年版，第154页。
③ 安妮宝贝：《彼岸花》，南海出版公司2001年版，第68、281页。

曲人性的反叛性生命形式，负载着特定时代的'执着的精神性追询与理性深度的分析与思辨'功能。但是，在90年代骤然而生的消费文化语境中，无论是林白、陈染们的'女性主义'创作，还是棉棉的《糖》、卫慧的《上海宝贝》一类的'都市新人类'作品，以及新近作家李修文的《滴泪痣》、《捆绑上天堂》一类的唯美—颓废主义写作，虽然这些作家所隶属的文学'流派'各异，但在'身体写作'及'欲望表现'方面，却显出惊人的相似性。"① 很显然，消费主义逻辑已经深深植根于当代都市女性的内心，影响到她们与现存世界的对接，并严重制约了她们自由精神的生长。而女作家的书写逻辑，也在消费主义逻辑与大众化合谋中偏离了自我轨道。

5. 回归传统后的尴尬

一些女作家们试图回到传统、回到原生态环境下写作，但是本土—西方文化的混合，要面对西方消费文化主义的冲击，还有来自社会群体的主流意识形态话语抵制，致使有的女作家书写非自流、非自主，而她们的生活态度、追求、思想与行为又存在极度反差。尤其是"70后""80后""90后"们，思想深处传统文化淡薄，在文化意义上处于真空状态。应该说，新生一代拒绝传统很彻底，道德伦理观念也很混乱，情绪驳杂，加之社会变迁与习俗变化也影响到了"80后"与"90后"女作家的生态主张与倾向。

其一，完全回到本源性的传统秩序，几乎是一种想象的芦苇，因为时间、空间等因素，存在着文化的"代际变异"。但同时，我们发现了"70后"女作家的悄然转型。安妮宝贝有意让她笔下的女孩回归到寻常生活，"食物，衣服和健康。日常生活无非是穿着粗布裤和棉恤，牵恩和的手，推着暖熙的推车，带她们去附近市场买蔬菜，大把鲜花。喂她们吃饭。带她们晒太阳，晚上讲故事哄她们睡觉。有时候也会穿雪纺刺绣的衣服，穿细高跟凉鞋外出。那是陪盈年去听音乐会或出席

---

① 李俊国：《日常审美·欲望狂欢·时尚拼贴——消费主义时代的文艺审美特征及其功能悖论》，《华中科技大学学报》（社会科学版）2005年第4期。

公司聚会"①。卫慧的转型书写，从《上海宝贝》的迷惘到《我的禅》中皈依的渴望，再到《狗爸爸》中的向父性文化中"男人"的认同，标志着卫慧的精神回归，即从叛逆、另类的写作向社会规范和文化所认可的写作方式的回归。精神危机实际上一直是卫慧的困惑，2001 年起在欧美的生活给了卫慧巨大的思想空间，她浸润在资本主义消费文化的时空中，但内心依然是空虚的，无论是身在中国本土还是西方旅居，都无法摆脱这种焦虑，于是选择了皈依。这种拯救的精神资源来自中国与中国传统文化，还有古老的佛学智慧。

> 我们力主保护环境与珍贵野生动物、植物，我们天天练瑜伽与冥想，我们阅读大量的宗教哲学书籍，我们把每年收入的相当部分定期捐给贫困地区的女人与孩子……而与此同时，我们热爱华服、美食、豪宅与名车，当然还有像买名画、歌剧一等票这样的高级艺术消费。②

尽管卫慧小说文本《我的禅》与《狗爸爸》传达出了中国传统伦理生态思想，对女性自我精神生态构成潜在的影响，但女性消费化的欲望依然强势，使得女性在超越生存现实的可能上，还不能够完成彻底的拯救。物质女性在精神的皈依中，依然放纵着奢靡的生活方式。而卫慧的宗教元素为充满物欲的叙述披上了一件圣洁的外衣。

其二，从生态文明的高度来看，女性生态写作应该是一种超越原始生态文明，超越消费文化的捆绑，尽可能地尊重大自然和人的共同利益，达到同生共栖的和谐生态环境。但事实上却存在尴尬，"中国当代文学生态意识的来源有点驳杂，但是汇合成生态意识的主旨还颇为一致的，那就是对现代文明无限制地破坏原生态大自然的严厉批判，对人与大自然和谐相处理想的追寻。相对而言，中国当代作家尤为喜欢到前现代文明中去寻找生态意识，例如对中国古代文学和生态思想

---

① 安妮宝贝：《二三事》，南海出版社 2003 年版，第 217 页。
② 卫慧：《狗爸爸》，作家出版社 2007 年版，第 8 页。

以及中国少数民族的宗教文化的倚重,许多作家还具有倒退回前现代文明的祈愿。这是需要我们加以反思的。中国古代的农业社会还有少数民族较为简单原始的生活的确不会出现像现代文明导致的这种大规模的、整体性的生态危机,但是它们的生态意识却往往是不自觉的,甚至是以牺牲人的主体性为代价的,强调的是以天合人。"① 但随着社会的发展,文明有时以丧失自然力为代价。"而现代文明虽说还未达到完全控制和征服大自然的地步,也许人永远也不可能完全控制和征服大自然,其文明指向却是具有牺牲大自然的主体性的鲜明特征,强调的是以人合天,也就是以人的利益为唯一标准来征服和改造大自然。而生态文明既应该超越前现代文明,更应该超越现代文明,尽可能地尊重大自然的主体性和人的主体性两者,使这两者颉颃而起,共趋繁荣"②。马克思曾说:"人们对自然界的狭隘的关系制约着他们之间的狭隘的关系,而他们之间的狭隘的关系又制约着他们对自然界的狭隘的关系。"③

　　不可忽视的是,近年来一批女作家再次选择乡村作为本土实践的场所时,更多与当代的城乡都市化进程和资源移动有关,在内容上往往与主流意识形态形成张力关系,切近了时代发展的脉动,同时暴露出一些局限:把原始生态文明的破坏简单地归咎于现代化的发展,存在把它简单化、概念化的弊病;把自然生态与社会生态对立起来,存在着鲜明的自然主义倾向。但对原乡回切,回到原始生命形态,恪守中国传统文人对世外田园的想象,肆意将生活空间转化为艺术表达的空间,也是一厢情愿的强势进入。《额尔古纳河右岸》以现代文化视角进入原始文化生态,展示原始文化元素、自然与人的和谐共栖,以及文明之镜。迟子建将复杂奔涌的原始生态文化景观倾泻似的进入了叙述,触及了生态危机,但是精神危机的矛盾性却并没有深层进入。应

　　① 汪树东:《生态意识与中国当代文学》,中国社会科学出版社 2008 年版,第 411 页。
　　② 同上。
　　③ 〔德〕马克思:《德意志意识形态》,《马克思恩格斯选集》第 1 卷,人民出版社 1981 年版,第 35 页。

运而生的是遭遇进入原始文化生态的尴尬，由于文化"隔膜"的存在，文本呈现出了模糊—混沌的一面。而像叶广芩的小说《山鬼木客》那样主张人抛弃文明回到自然是不可能有出路的。人与自然的关系不能够简单化去处理。素素的散文集《独语东北》中的《老沟》《追问大荒》《乡愁》《白夜之约》，以生态的眼光看待了东北原乡的流失，生态肆意地被人为践踏。素素的原乡记忆有作家主观上的精神构想与期待，充满着对原始生命形态的渴念与追随，现实里却滋生出诸多的无奈与尴尬。

我们也不得不承认，在时间的维度，自然生态的演变与发展常常让位于人类的生命形态、历史形态的发展。看来，中国当代女作家必须站到生态文明的高地，来重新反思这种前现代文明的生态意识，也需要有足够的精神理性来审视女性自我与世界的联结方式、表叙方式。

第三章

生态文明中女性写作的中国元素

当蕾切尔·卡逊的《寂静的春天》（*Silent Spring*）在 1962 年生动地描述了农药灭杀各种生灵，把一个有声有色的春天变成了荒凉死寂的人间地狱的故事后，人类被带到一个生态危机界面，去思考人与自然之间如何对应，也开始用生态视角的眼光去打量早已存在的文学经典叙事，同时指向了未来。而当 1974 年由法国女性主义者奥波尼（F. d'Eaubonne）率先提出生态女性主义，是妇女解放运动和生态运动相结合的产物，目的在于挖掘妇女在生态革命中的潜力，号召妇女起来领导一场生态革命，并预言这场革命将形成人与自然的新关系，以及男女之间的新关系。伴随着日升月恒般的第三阶段的女性主义——生态女性主义思想的广泛传播，西方相关的文学创作也取得了相应的、令人瞩目的实绩：如加拿大女作家阿特伍德的《"羚羊"与"秧鸡"》，俄罗斯女作家达吉雅娜·托尔斯泰娅的《斯莱妮克斯》，英国女作家多莉丝·莱辛的《玛拉和丹恩》，等等，但事实上，西方女作家的生态书写从 19 世纪初英国的玛丽·雪莱的《弗兰肯斯坦》就开始了，还有 19 世纪上半叶美国的薇拉·凯瑟……

几十年之后的中国作家以实际行动回应了这种理性的倡导。但事实上，中国女作家在对接的时候，并没有采取更为激越的形式，甚至可以说她们是优雅地沿着中国文化脉象的延展，在中国文化根脉上的思索与眷写。一句话，中国女性依然在属于自己的文化经验里寻度。中国女作家的生态情怀，是根植于中国本土文脉上的"天人合一"与

"母性神话"的双重思想基础之上对自然与人的和谐，以及人与人在自然界中的和谐关系的渴望。严格意义上说，中国女作家的生态写作是天然地接着地气的书写，与西方生态写作本质上存在差异，有别于西方对现代、后现代的反思，中国女性生态书写是从传统"道法自然""天人合一"的脉络中延续过来的，尽管由于"文革"前后革命主流意识形态的影响，中断了这种脉络，但是在20世纪80年代后期，至90年代，延及21世纪，这种与自然相对分离之后的重新归位，不仅关系到人与自然的关系，甚至关系到从哲学生态意义上对人精神生态的考察。历史唯物主义认为，"价值这个普遍的概念是从人们对待满足他们需要的外界物的关系中产生的"①。西方女性生态写作与中国女性生态写作基点不同、对象不同、时间不同以及价值立场、话语方式与叙事的不同，存在着本质的差异：

表1　　　　西方女性生态写作与中国女性生态写作的主要区别

内容比较	西方女性生态写作	中国女性生态写作
人与自然的历史关系	人是万物的主宰	人与自然相分离（从传统天人合一到"文革"人定胜天的革命意识，消费时代人对自然的掠夺）
宗教信仰	欧美主要信仰基督，人是上帝的代言，主宰万物	从传统的自然崇拜、山水崇拜、母性崇拜、女神崇拜到"文革"的无神论
与男性的关系	主张与男性平等，受制于男性社会思想文化，有大女子主义倾向	主张超越性别差异与不平等，寻求和谐
时间、空间不同	现代性背景下本土性的纵深处的接洽与回归生命力	从无序中寻找普遍理性，接近社会本质的需要，理性本质
基点不同	现代性、后现代性衍生物，工业之后的反思	"道法自然""天人合一"的文化接续上寻找原始母性精神
对象不同	女性本位主义的理论倡导	在人类精神文化意义上，"天人合一"的理论诉求，本土文化话语体系中开掘出一脉相承的精神源泉
价值立场、话语方式、叙事	在历史、现实与未来维度上，反人类中心主义/男权中心主义	具有现实性，反人类中心主义/男权中心主义，寻找原生态写实寻找母性原动力

---

① 《马克思恩格斯全集》第19卷，人民出版社1971年版，第406页。

　　曾有女性学者指出，尽管"面对男性中心社会和男性话语，我们
有和西方妇女同样的问题：你不得不使用男性中心话语面对（仍然是
由男性主导的）社会说话；同时，面对日益增多的国际交往和学界交
流，我们不得不使用已在世界范围被广泛使用的女权主义理论和话语，
尽管我们的解放和我们的现实生活并不直接受惠于女权主义。……我
们的困境在于：现成的女权主义话语和理论体系中，并没有因为它的
'全球化'而必然包括我们曾经的历史经验，它的现有的内涵中其实非
常缺乏社会主义体制下妇女解放（和妇女生活）的宝贵资源——而这
种资源不仅已经构成了历史的存在，还仍然结构着生活在这片土地上
的我们的现实状态；在'拿来'的时候，不仅确有隔膜和'断层'问
题，也有'后殖民'问题和'被殖民'的困窘"①。西方的生态女性主
义理论是西方女性基于在西方的土壤上的抗争与努力获得的经验，它
包含了西方的信仰、习俗、历史、文化与制度等可变量，尽管人类发
展有着超越地域的文化生成，但是又因地域性造就了文化与历史的差
异，因此，它与中国女性生态书写自身发展的逻辑轨道有着偏离。甚
至可以说，西方生态女性主义理论在中国本土的移植过程中，已经发
生了变异，在改革潮流中裹挟而入，投入中国本土原本空缺的女性理
论市场：一方面，正是因为生态女性主义理论导向，激活了中国当代
女性写作的迁移，使中国女性写作从传统意识形态走出，从女性解放
的男性传统中分离出来；另一方面存在着生态女性主义理论的误读，导
致女性书写的时候，有东施效颦之嫌。但从整体发展趋势来看，中国女
性生态写作却与西方生态女性写作有着截然不同的精神气质与状态。
　　让我们先来追踪一下西方女作家的生态视野与发展脉络。

一　西方生态女性写作：为了女人"诗意地栖居"

1. "女性本体主义"的体认
　　西方女性生态写作是现代性、后现代性衍生物，工业之后的反思。

　　① 李小江：《游离于边缘与主流之间》，荒林、王红旗主编：《中国女性文化》，中国文联出
版社 2000 年版，第 45—46 页。

严格意义上说，西方是滋生宇宙中"人类中心主义"的土壤，西方文化中犹太—基督教传统的深刻影响，已远远超出了教派范畴，在大多数现代人的意识和潜意识中，《圣经》确立的动物地位，是神造的低等动物，属于人的资源，几乎不容置疑。西方女性生态作家与其说是在关心生态自然环境，不如说更倾向于反对"人类中心主义"的男性文化及其对自然与女性的双重掠夺与戕害。应该说，西方女性生态主义是女性解放的一面旗帜，以"女性—自然"指向"男性"文化，从"人—自然"的生态学关怀系统中抽离出来。西方女性生态作家，尤其是进入新世纪以来，作品具有指向未来性的特质，即预警生态小说，也就是乌托邦生态主义小说的写作成了一种发展趋势。而西方女性生态写作的理论支撑，恐怕大多源于西方生态思想与主张，尽管西方生态主义与深层生态主义思想存在有一定的间离与冲突。

2. 西方生态女作家发展阶段与主题表达

由于不同历史时期女性生态写作的价值观有不同的倾向性，也就是女性所处的自然环境、社会环境的影响，波及了思维与文本的话语方式，使其最终有了不同的理性诉求。这里的划分，不以生态批评为限定，而是依照女性生态文本的生成时间，以及依照西方女作家或潜在或显在的生态理想主张，大致可将西方生态女作家划为以下几个阶段。

第一阶段：自然生态的和谐。自然与人的和谐或自然与人的不和谐，女作家的生态意识是一种不自觉的体认。作为20世纪上半叶美国著名的女作家，薇拉·凯瑟（Willa Cather，1873—1947）的代表性的题材是描写美国中西部边疆地区开拓者的现实生活，真实反映了人们在不断创造物质世界的过程中，物质与精神、人与人、人与土地（自然）的关系。《啊，拓荒者》（1913）就属于这部分最具特色的作品。小说描写了女主人公亚历山德拉在父亲病逝，家境败落的困境下，带领一家人含辛茹苦，终于在荒凉的内布拉斯加大草原上与土地共存的故事。亚历山德拉有着对土地虔诚的理解与热爱。她热爱土地上的一切生物以及非生物，做到人与自然的和谐相处，还赢得了"丰收女神"的美誉。她觉得"这片土地太美了，富饶！茁壮！光辉灿烂！""她的眼睛如痴如醉地饱览着这广阔无垠的土地,直到泪水模糊了视线。"同时,亚历山德拉也"被它的美丽与富饶所征服"。父亲约翰·伯格森生前认为土地是神秘的,是一匹人类无法将其驯服的脱缰的野马,面对这一望无际的坚硬土地,人们只有无奈与屈服。相反,亚历山德拉带着爱与不同于她父亲的方式去耕种土地,折射出了凯瑟20年代的生态意识与理性。美国评论家麦克斯威尔·盖斯马称她为:"物质文明中的一位精神美的捍卫者"。薇拉·凯瑟的小说《我的安东尼亚》(1918)生动地描写了人物与大自然融为一体的和谐生态境界。叙述者吉姆·伯登与祖母一起在内布拉斯加州的一个溪谷底部的菜园子做农活。休息时享受大自然的美好。吉姆感到一种难以言传的自在。"我是一样东西,躺在太阳底下,感受它的温暖,就像这些南瓜,而且不想成为任何别的东西。我感到彻底的幸福。或许,当我们死去并成为某一整体的一部分时,我们的感觉就是这样,无论那整体是太阳还是空气,是美德还是知识。无论如何,融入某种完整和崇高之物,那便是幸福。这种幸福降临到一个人身上,就像睡眠的来临一样自然而然。"生态批评家豪沃斯评论道,"这一幕是令人难忘的","在溪谷下,吉姆的思绪有如梦幻,因为这样一个地方——大地上的凹形酒杯——是那么温暖,那么庇护他,给他一种养育性的、重返母亲子宫一般的安全感。所有的自然元素——风、水、土和光都汇聚在一起。"① 玛丽·奥斯汀是最近被重新发现的20世纪早期的美国自然文学女作家,其代表作是《少雨的土地》(*The Land of Little Rain*)。"这本书以男性主义者与女性主义者关于自然写作、自然的性质以及自然写作的传统和将来观点的热烈对话,并以两个活着的男人联合反对一位死去的女人的结构形式而呈现。"② 在奥斯汀的著作中,"土地决定了一个地区的自然风貌,而且能进入故事"。正如奥斯汀自己所言,它是"另一个角色,是情节的另一个推动者"。展现了土地自身的生态系统活动,奥斯汀的叙述里,

---

① 参见于森《试论薇拉凯瑟作品中的生态之美》,《作家》2012年第8期。

② Patrick D. Murphy, *Literature*, *Nature*, *& Other*: *Ecofeminist Critiques*, State University of New York, 1995, p. 37.

土地已经变成了理论意义上的主角。尽管它是一个说话的主体，但这块土地的确已作为一个有意义的主体发生作用，它的意义由奥斯汀阐释与表现。

第二阶段：反思意味的生态主义。时至 20 世纪末，女性生态文学成了西方女性文学中重要的一支。女作家对人与自然关系的特别关注也许是性别使然，须知女性和自然有着天然联盟。因为以男权为中心的世界奉行的是"人类中心主义"，在这个世界里妇女和自然同受其害。应该说，开创女性生态文学之先河者是美国女作家蕾切尔·卡逊（Rachel Carson，1907—1964），她著有"海洋三部曲"，即《海风的下面》（1941）、《我们周围的海洋》（1951）、《海洋的边缘》（1955），探讨海洋秘密，不仅展示了海洋生态的多样史，也展示了海洋生态完整的生态链。1956 年的《惊奇之心》是有关生态教育的散文集，充满了对自然和孩童的爱。视觉之内与视觉之外的惊奇，产生与自然的天然对接。蕾切尔·卡逊发出了这样的感叹："孩子的世界，既新鲜又美丽，充满惊奇与兴奋。很不幸的，纵使我们大部分人都拥有明晰的视力，却无法洞悉对美丽与令人敬畏之物的单纯本能，这本能甚至在我们成年之前便已丧失。"[1] 她的代表作《寂静的春天》（*Silent Spring*）是一本反省人类违反自然生态的作品，描述了农药灭杀各种生灵，把一个有声有色的春天变成了荒凉死寂的人间地狱的故事，试图将人类从危机中唤醒，改善生态环境。卡逊自己也这样表述："在生命的大部分时光里关注地球的美丽和神秘，关注地球上生命的神奇。"她经常伫立在海边、林中，最大限度地开放她的感官，去感受自然。她长时间地站在没膝的海水里，注视着小鱼在她的腿边掠过，那些银色的小生命让她激动得热泪盈眶。她曾经在缅因州冒着严寒长时间地看海鸟，被冻得全身麻木，最后被人背离海边。她常常在深夜里打着手电，小心翼翼地走过盖满藤壶的礁石，把一个个小生灵送回家。带前来拜访的朋友去看海，是卡逊最喜欢的款待朋友方式。她经常与好友

---

[1]　蕾切尔·卡逊：《惊奇之心》，转引自夏光武《美国生态文学》，学林出版社 2009 年版，第 174 页。

多萝西一起，在退潮后钻进海边岩洞探访生命的美丽。甚至在生命垂危之际，她还执着地请求多萝西："你能否帮助我在八月的月光下、潮水最低之际，找一个仙境般的岩洞？我依旧渴望着再试一次，因为那种记忆太珍贵了。"没有这般执着痴迷地融入自然，怎么会有下面这段美丽的文字——

> 那是一个小岛，大约一英里长半英里宽。朝向大陆的这边，耸立着一道深绿色针叶林墙，墙脚是黑色、密实的岩石，墙顶是云杉树尖，在天空划出一道错落有致的曲线。树墙上看不到任何缝隙，没有道路穿过小岛树林的迹象，没有引诱人们进入的豁口。……日落时分，沉寂了一天的小岛开始焕发勃勃生机。林中可见各种黑色的大鸟在翻飞，嘶哑的叫声令人想象到一群原始爬行怪物将泅渡过来……上半夜，小岛笼罩在神秘感之中，令人越发希望进一步探究它，知道那黝黑的云杉墙背后究竟藏着些什么。会不会有一片阳光被锁在林中空地？还是从这边到那边全是密不透风的树木？也许全是树，因为每天晚上传来的小岛之音，都是隐居其中的森林之灵——鸫鸟清晰美妙的歌声。每当暮色朦胧，它们银铃般的、间歇而又有节奏的声音就不可抗拒地飘然跨海而至。那优美而含义幽深的歌声仿佛并非只咏叹现在，还在讴歌超越其自我记忆的远古的落日，穿越时空，抵达其原始祖先知晓此地的蛮荒时代……（《我记忆中的小岛》）

卡逊指出"犹太—基督教教义把人当作自然之中心的观念统治了我们的思想"，于是，"人类将自己视为地球上所有物质的主宰，认为地球上的一切——有生命的和无生命的，动物、植物和矿物——甚至连地球本身——都是专门为人类创造的"。[①] 同时代的还有德国著名的女诗人和小说家，玛丽·露易丝·卡施尼茨（Marie Luise Kaschnitz,

---

① Carol B. Gartner, *Rachel Carson*, New York: Frederick Ungar Publishing, 1983, p.120.

1901—1974），她的作品具有时代气息和体验，注重现实生活的表达，其中的许多诗歌和小说具有生态思想的反思。1951 年创作的《广岛》（Hiroshima）是她的生态诗歌代表作。"那个将死亡投向广岛的家伙/也许已进了修道院，钟声在回响。/那个将死亡投向广岛的家伙/也许从椅子上跳进绳圈已上吊死亡。/那个将死亡投向广岛的家伙/也许已精神失常，跟魔鬼在做抵抗。/尘灰里复活的冤魂/成千上万，也许在黑夜里揪住他不放。/所有这些揣测可没有一样是真相。/因为不久前我刚刚才看到过他。/就在城郊他们家的花园里流荡……"① 对人类疯狂以 "正义" 之名做出的残忍残害的行为，卡施尼茨发出了正义的呼喊，要世人有警醒和反思，杜绝惨绝人寰的悲剧再次发生。

　　第三阶段：生态与反生态混搭的女性小说。生态女性主义作家重新审视反生态主题，对在反生态文明下产生的反生态文学，进行生态、美学意义上的 "审丑" 与对 "人类中心主义" 的批判。追溯到源头，苏格拉底的《泰阿泰德篇》记载了普罗塔戈拉的一句话："人是万物的尺度，是存在物存在的尺度，也是不存在物不存在的尺度。"作为人类中心主义的源头的古希腊文学，鼓励人们以统治者的态度对待自然。而《圣经》有生态与反生态思维，既包含有敬畏与爱护自然万物、保护濒危物种、维护生态平衡等生态思想，可视为重要的生态思想资源，又有着征服、统治自然的人类中心主义观念。而最能够体现生态、反生态的女性文本的代表人物，是加拿大的玛格丽特·阿特伍德（Margaret Atwood，1939—　）著有被文学评论家帕特里克·墨菲（Patrik Murphy）称为第一部生态女性主义小说的《浮现》（1971）。《浮现》讲述的是女主人公在魁北克北部荒原的一次旅行。她自幼生活在一个偏僻的湖区小岛上。少女时曾和已婚老师相爱并怀孕堕胎，后来她离家出走来到城市生活，多年来和家人一直断绝着联系。为了寻找失踪的父亲，她回到离别已久的故乡。这次旅途成为一次她对人生和人类文明的思考和探索。她深刻感受到人类文明发

---

① Marie Luise Kaschnitz, *Gedichete*, Insel Verlag, 2002, S. 185 – 186.

展对赖以生存的大自然的破坏和毁灭，也看透了旅伴身上体现出来的现代人的虚伪和庸俗。于是她决定留在远离文明的故乡，过贴近自然的生活。"湖边的沙地裸露荒凉，沙土一直在流失。……湖岸边的树木渐渐倾倒在湖水里，有几棵我记得是直挺挺的树木现在也倾斜了。红松的树皮正在脱落……树木不会像过去那么高大了，刚刚长成它们就被砍掉。大树有如鲸鱼那样所剩不多了。"① 阿特伍德曾经这样说："我们正处于一个特殊的历史时期。由于许多民族对生物滥杀，一些物种已经灭绝。随之而来的是严重的环境灾害。可悲的是，过去人们对此浑然不觉。但是现在我们已经进入了自觉阶段，对自己的所作所为和后果一清二楚，关键是应该及时悬崖勒马。"② 《浮现》中的女主人公历经了深刻的从不知不觉到自知自觉的反省过程，业已麻木的生态意识逐步复苏，并最终做出了选择。从动物的征服者，成为拯救者，并对反生态行为深恶痛绝。

第四阶段：生态预警——反乌托邦文学。生态预警小说，又叫生态反乌托邦小说，是生态文学的一个重要组成部分。它通过预测和想象未来的生态灾难来向人类发出预警：人类正在向他的大限步步逼近。就反乌托邦文学而言，英国独具其传统，应该追溯到19世纪初玛丽·雪莱的《弗兰肯斯坦》，可谓第一部反乌托邦小说。20世纪出现反政治集权乌托邦小说：奥尔德斯·赫胥黎的《美丽的新世界》（1932）；乔治·奥威尔的《1984》（1949）；威廉·戈尔丁的《蝇王》（1955），并在1983年获诺贝尔文学奖。2007年10月11日瑞典皇家科学院宣布，英国著名女作家多丽丝·莱辛（Doris Lessing，1919—2013）获得本年度的诺贝尔文学奖。88岁的莱辛成为这个奖项年纪最大的获奖者，也是历史上继赛珍珠、托尼·莫里森、耶利内克等后第11位获此殊荣的女性作家。瑞典皇家科学院的颁奖理由是，"这位用质疑的目光，燃烧的激情和幻想的力量表达女性体验的叙事诗人，提供了对文明的另一种观察角度"。《玛拉和丹恩历险记》是一个姐姐带弟弟逃亡的历险

① ［加］阿特伍德：《浮现》，蒋立珠译，南京译林出版社1999年版，第33—47页。
② Cooke, Nathalie, *Margaret Atwood：A Biography*, Toronto：ECW Press, 1998, p.291.

故事，是以洪荒时代影射当下的预言。7 岁的玛拉和 4 岁的丹恩姐弟俩，是南半球大陆莫洪迪部族的公主和王子。但不幸的是莫洪迪人与被统治的石人部族交战时，他们失去了父母，成为孤儿。为了躲避石人部族的追杀，姐弟俩无奈背井离乡，隐姓埋名，被迫踏上逃亡之旅。他们遭遇的困境不仅是种族之间的仇杀，还有自然环境的恶劣——干旱、巨龙、毒蝎，更使他们的周围危机四伏，险象环生。最后，他们凭着执着的求生渴望和真挚的姐弟情，历尽磨难，终于度过险境，来到了水源充足的绿地，开始安居并重建文明。莱辛利用传统历险故事的框架，呈现出人类遭受毁灭性生态灾难的末日情景。可以说，姐带弟逃亡的女性视角及反生态乌托邦，是《玛拉和丹恩历险记》对传统历险故事的超越。莱辛的目的在于唤醒生态乌托邦的世人，"在反乌托邦文学中展示的种种'乌托邦'带来的灾难中，就有生态灾难的影子。……不管乌托邦的缔造者和实施者是否出于故意，自然总是反面'乌托邦'中的受害者，要么被摧残，要么被消灭"①。

2000 年，俄罗斯女作家达吉亚娜·托尔斯泰娅（Tatyana Tolstaya）发表了小说《斯莱尼克斯》（英译本于 2003 年 1 月在美国出版），展现了一个未来核爆炸之后的荒原，令人恐慌。废墟中幸存的人们开始异变，有的长出了鸡冠，有的变成了三条腿，还有长尾巴的、一只眼的，另一些退化成狗的模样。老人居然再也不衰老了，所有的东西都变了，人们吃的是老鼠，还将老鼠作为货币进行商品交换。已经发黑的干兔子肉好好泡一泡，然后煮 7 次，再放到太阳下晒一两个星期，最后蒸一下，吃了人就不会死。还有一种叫斯莱尼克斯（Slynx）的可怕生物，会用锋利的牙齿咬住人的脊骨，并用尖爪挑出人最大的血管把它扯断。作家预警人们，生活始终处于灾难之中。

2003 年加拿大著名女作家阿特伍德（Margaret Atwood）发表了她的最新生态小说《"羚羊"与"秧鸡"》（两种濒临灭绝的物种），在未来的一片荒原上，叙述者"雪人"（Snowman）是人类唯一的幸存者，

---

①　周湘鲁：《俄罗斯生态文学》，学林出版社 2009 年版，第 10 页。

原来他的名字叫吉米，从小生活在一个研究基因的氛围中，他的母亲是一位微生物学家，父亲也是科学家。他是未来世界的鲁滨孙，而整个地球则是一个荒岛。全球生态系统彻底崩溃了，纽约没有了，那个地方变成了一座巨大的蚂蚁山，他所遇到的生物都是生物工程的产品：为器官移植而饲养的生物猪、合成了狗之聪明和狼之暴烈的生物狼，以及具有人的某些特性的、天真轻信、美丽驯服且对疾病有免疫力的"秧鸡"。"雪人"吉米遇到了他崇拜的20世纪的科学天才"秧鸡"，还有来自亚洲的影星"羚羊"，他甚至还爱上了这个做过雏妓和恋童癖的女人。"秧鸡"负责一项最高机密的"伊甸园项目"计划，包括克隆、胚胎组织和基因研究、生物工程的大项目。"羚羊"沦为"秧鸡"毁灭文明的工具。"秧鸡"在"羚羊"的帮助下，期待人类的青春永驻，并把美丽和健康变成商品出售，然而由于人类在贪欲和妄想的驱动下使科技畸形发展陷入了深重的灾难中，直到人类毁灭，"雪人"吉米陷入了无尽的哀伤与自责中。

从玛丽·雪莱的《弗兰肯斯坦》（1818）到莱辛的《玛拉和丹恩历险记》（1999），达吉亚娜·托尔斯泰娅的《斯莱尼克斯》（2000）、玛格丽特·阿特伍德的《"羚羊"与"秧鸡"》（2003），在当代社会政治、权利和信仰的一片喧嚣之中，女作家们以未来的灾难警醒人类，以实际的书写行为，表达了对文明生态的终极关怀。

第五阶段：原生态乡野文化的想象与勾勒。琳达·霍根（Linda Hogan，1959—　）是美国印第安文艺复兴后期兴起的作家，她的《北极光》讲述了一个叫安吉拉的女孩，因为社工干预，五岁被迫离开抚养她的祖母布什，与生母汉娜生活；后因汉娜的暴力倾向，被迫离开，在不同的收养家庭中辗转；她渴望亲情，也渴望来自男人的爱，误认为男人的触摸与性是爱的表现，可一次次惨痛的失恋经历使她绝望，她年仅17岁，就陷入了情感孤独、压抑、失眠的境地，了解脸上伤疤的来历，找到母亲，成为生活的动力。在返回祖籍俄克拉荷马州随祖父母生活后，才认同印第安文化。安吉拉在寻根过程中治愈心灵创伤，在安吉拉与祖母一行从亚当勒到双城的旅行中，荒野中的艰苦劳累，迫使安吉拉集中精力应对生存需要，划船，拾柴生火，背负多拉鲁捷走过独木舟无法穿行的地带，带给安吉拉健康的疲惫与心灵上的安稳。她梦见绮丽的荒野，生机勃勃。她欲将躯体与生命融化在这充满生机的荒野里，展现了安吉拉在荒野体验中治愈精神创伤重建自我的经历。但是，当她到达了的时候，梦境里的荒野已经死亡，当安吉拉与祖母们历尽千辛万苦抵达双城，这个食膘族文化发源地与传统聚居地早已面目全非。因为大地袒露着疤痕，满目疮痍；以捕猎为生的印第安人陷入了集体的迷茫，他们喝酒、吸毒，以自残发泄内心的痛苦。安吉拉因双城死亡的气息，感到郁闷无助，她跳入冰冷污浊的水中以求摆脱痛苦。安吉拉在双城最凄惨的经历是，与母亲的沟通的无望。更可悲的是母亲汉娜的丈夫猎人厄润，在无猎物可捕的情形下，怀疑汉娜是传说中的冰鬼，他刺杀汉娜以图恢复世界的平衡。母亲的死亡激发起安吉拉的同情心，使其获得感悟与再生。面对奄奄一息的汉娜，了解她无辜被伤的惨剧，明白她的艰难处境。而图里克家成了安吉拉心中的圣地，是她治愈创伤的庇护所，目睹水电站建设工程的挖土机掘倒图里克家的围栏，安吉拉义愤填膺，奋起展开保护家园的行动。安吉拉身上燃烧着原始生命自然的力量，承载了霍根的两种表述：一是她因在双城的悲惨境遇造成的精神困境，在想象的原生态的荒野中获得了拯救；二是成为现实中拯救已被破坏自然的力量，完成了人格意义上的升华，表达了独特的生态主题。

第六阶段：女性与女巫的共同召唤。女巫和女神（wicca and goddess）把女性主义者掘进至另一向度，是女性主义运动展开"性别冲突"之战后，向男权中心社会亮出的一把宝剑，是方兴未艾的生态学意识大觉醒和妇女运动能够相互配合的必然产物。英国作家 J. K. 罗林写的《哈利·波特》系列小说，就是再造女神和女巫形象的文学标本。女巫和女神宗教的复活，给消费社会带来新鲜活力，也带来了文化的多元享受与多重信仰。

应该说，西方女作家的生态书写已经成为一个多向度的基本格局，其生成发展变化曲折，折射出西方社会、政治、文化的沧海桑田。目前西方女性生态文学正吸引着越来越多的作家和评论家的注意,为人类的生态发展做出了难以估量的贡献,事实证明女性原本也是可以改变与影响世界的。

二　中国女性生态写作:为了人类"诗意地栖居"

与西方主流较为激进的生态书写不同,中国女作家的生态书写显得有些内敛,这或许跟中国道统文化中的从容有关,一方面中国女作家打开自己的视野,吸纳西方女作家的审美生态追求;另一方面中国的女作家依然秉承着本土的生态书写。因此,才有以自然崇拜、母性崇拜与女神崇拜等的美学诉求。

1. 自然崇拜、母性崇拜与女神崇拜

作为自然性—母性基点上的原生态衍生物,敬畏、恐惧,神性的文化心理在女性这里可谓与生俱来。万物有灵的宗教情怀、母性情怀,也贯穿于女性生态写作的情绪中。"作为文学母题,山水在中国文化心理积淀中,已成为一种深在象征图式。山水之概念,表层象征指向的物质层面,不仅指山和水,且是融汇了与山水相关的大自然,如日月星宿,如云雾雨雪,如花草树木,如鸟兽虫鱼。故而山水是一段有声有色有灵有动的大自然,或是大自然的一种表征。在人类的物质生活中,几乎就是与世俗社会相对应的原始自然的那一部分。在深层次上,山水是中国人文精神的象征,是中国文化特有的观照世界的方式。其最幽深神秘的与原始生命原始宗教相联系的灵性化山水意识,孕育成长于原始艺术,进而出现山水哲学,是理性的,却也是现象的、生动的。在儒家是仁山智水,道家则是柔和虚静的水性哲学,至于阴阳五行与风水气脉之说,也都生于山水之象。"① 生态情怀的主潮是母性崇拜。按照中国传统"易经"将宇宙万物归结为"阴阳相生",而人的阴阳相生与万物的阴阳相生有内在的一致性。

在人类精神文化意义上,"天人合一"的理论诉求,在本土文化话

---

① 杨匡汉:《中华文化母题与海外华文文学》,长江文艺出版社 2008 年版,第 104 页。

语体系中开掘出一脉相承的精神源泉。我们的祖先很早就对天、地、人的关系进行深入思考，产生了"阴阳"和谐的有机自然观，无论是道家的"道法自然"，还是儒家的"天人合一"，无不是辩证自然观的体现，而中国传统文化中的"重生""贵和"等文化理念也都具有鲜明的生态意识。对传统生态文化话语资源的传承和转化是女性生态写作的保障与先决条件。

中国人文精神之于当代女性写作，也是一种潜在的影响。1962 年徐复观在《中国人性论史》中提出"忧患意识"，翌年，牟宗三先生在《中国哲学的特质》讲演中曾予阐释。之后一些学者认为"圆融"也是人文精神的一个核心存在，中国文化能顺利迎接外来的佛学，不因它的迷狂和辨析而盲从和自馁，相反却以圆融去容纳和包涵、论证和充实，并终于汇成了源远流长的、雄峙东方的忧乐圆融的中国人文精神。这种精神决定了中国人有足够的适应能力，"我们相信，正是圆融本身，可以促使它不泥于一曲，不止于故步，不扬彼抑此，不厚古薄今；可以保证它取长补短而不崇洋媚外，革故鼎新而不妄自菲薄，适应时代而不数典忘祖，认同自己而不唯我独尊"①。中国传统文化中确有两个十分显著的特点：一是高扬君权师教淡化神权，宗教绝对神圣的观念相对比较淡薄；二是高扬明道正谊节制物欲，人格自我完善的观念广泛深入人心。也就是说，传统人文精神包含着一种上薄拜神教、下防拜物教的现代实践理性精神。这种实践理性也往往左右着中国女性生态写作的取向。

女作家以多样的方式，表达对自然万物的敬畏与崇拜，回应这种文化导向。如迟子建的小说《穿过云层的晴朗》以一条通灵禀性狗阿黄曲折的经历，反观它的六个主人的悲喜人生，揭开人性的温暖与善良、荒诞与无耻。六个主人给了阿黄五个不同的名字，"阿黄""旋风""夕阳""来福""柿饼"，以及伐木主人"笨蛋""贱货"等的随机命名，同时也带给它不同的生活景象。镇长与粮店女人的"好事"

---

① 庞朴：《忧乐圆融——中国的人文精神》，《二十一世纪》1991 年第 6 期。

被"我"撞见后,"我"也遭到了禁闭两天的惩罚;一个叫李开珍的女人森林迷路被地质队员所救,她的丈夫不但没有谢意,反而怀疑她与地质队员们睡了觉。她最终也成了一个只能在路边和树洞里露宿的"疯子";在大烟坡,文医生惨遭水缸枪杀,但水缸的父亲老许却制造了文医生被黑熊咬死的谎言……阿黄有着内心的申述:"我讨厌人这么跟鸟发脾气。人对待我们这些动物,总是居高临下的,动不动就骂。"这里,狗与人是感应的生命体,如小说叙述文医生惨死的那段文字:

> 我抬头望天上的云。我永远忘不了那天的云彩,好几朵白云连成一片,一朵比一朵大,最大的那朵云像牛,居中的像羊,最小朵的像鹅。我感觉是牛带着羊,羊又领着鹅在回家。我想看看它们最终会在哪里消失,就知道它们天上的家在哪个位置了。正当我观察云彩时,突然听见一声清脆的枪响"砰——",我扭头一看,只见水缸举着枪,正对着湖心。而我的主人,他已经平躺在湖面上了!他游泳时从来不用这姿势,我猜水缸是把他当野鸭给打中了!我跳下湖,奔向我的主人!他虽然在漂动,但我知道那是水在推着他动,他的四肢不动了,胸前涌出一汪一汪的血水。他睁着眼睛,微微张着嘴,好像还想看看天上的白云,还想和谁说点什么似的。我知道他这是死了,我悲伤极了!没人看见我的泪水,它们全都落入湖水中了。我试图把他推上岸,但努力几次都不成功,我就想该回小木屋求助老许。水缸我是指望不了的,他开过枪后,一直呆呆地坐在湖畔,目光直直地望着湖水。

迟子建赋予小说里阿黄、鹿、白马、野鸭、丛林、飞雪、落叶、大河、湖泊、松林、星星、云彩等,以生命的感性与神性,体现了她对自然万物的尊重,而小说中的人物乌玛尼、梅红、小花巾、文医生、大丫等,也充满了对自然万物的温暖。女作家的生态叙写,缘自生命本体的感性,也是浸润了中国"天人合一"生态母题的影像。

2. 中国生态女作家发展阶段与主题表达

中国生态女性写作是自然崇拜的产物，是自然崇拜、母性崇拜、动物崇拜、山水崇拜，以及女神崇拜之脉络上的表述，是寻找在自然叙事、女性叙事与民族叙事之间的可能性，是向精神文化生态的推进。究其发展，也大致历经了几个主题表达的阶段。

第一阶段：自然崇拜与世俗生活的嫁接，呈现出原乡生态图景。

中国自古代以来就蕴含生态思维与文本表达，而自现代以来，最贴近的就数萧红了。萧红留下的《呼兰河传》《生死场》和《马伯乐》等自然生态、精神生态之作，就足以对后世产生影响。萧红笔下的榆树、蜻蜓、蚂蚁、蝴蝶等构成一幅生动的自然生态图景。她关注民俗风情，对有灵性的万事万物有一种关爱怜悯之情，同时冷眼看待人情世态。其文本蕴涵原生态的文化质素。《呼兰河传》是一种澄明与启示，在现代文学史上，萧红以其独有的文学表达与述说使之成了"异数"，这不仅在于萧红的创作个性有着鲜亮的色泽与光芒，还在于她不羁个性里的飞扬与姿势，蕴含着属于大东北的气魄与豪迈，且不缺少婉约幽雅的情调。被誉为"传世经典之作"的《呼兰河传》，便是萧红对原乡自然生命形态与精神生态的叙事，澄明了一个时代的真实社会形态，彰显了作家的卓尔不群，从容中透着冷静，幽雅里容纳了机智，具有独特的审美艺术效果。

《呼兰河传》以童年视角对原乡记忆进行还原与想象，挥洒着属于东北人独有的硬朗与真气，一泻千里，以其雄迈清幽的笔调撰写了属于北方乡村生命意志与精神生态，酣畅淋漓地勾勒出属于东北的景致、风物、民生、民俗等生态图景。构思精巧而另类，确如鲁迅所说："叙事和写景，胜于人物的描写"，但故事情节简单中透着复杂，诗意中蕴含了惊魂。小说由七个独立成篇的彼此呼应、衔接的章节与一个尾声构成：从宏观上对呼兰城的生存环境总体勾勒与全景鸟瞰，写意描摹出了一幅富有时代面貌和地方特色的风俗画，突出的是呼兰河人日常生活的展示与大泥坑的描绘；落墨于风土和人情，重在对其文化精神生态的揭示，诸如对跳大神、唱秧歌、放河灯、野台子戏等精神盛举予以精致抒写;对原乡记忆中的祖父与大花园给以轻灵飘逸的唯美写照,强调人与自然的和谐;对荒凉院落的反复抒写,点缀的是院落里的惨淡人生景观,进而对原乡人物谱系进行描写:老祖父,四合院里的邻居群体等;通过令人心碎的小团圆媳妇的悲惨遭遇,来反映原乡人的精神麻木、愚昧与淳朴、简单;主要写了阿Q式的人物有二伯的狡黠与滑稽,以及朴素的生命哲学观;聚焦于磨倌冯歪嘴子的婚姻生活与困顿状态。

《呼兰河传》抖动的是原乡生活图景与连缀场景,具有现场感与生命感,将东北原乡人的无为与懒散、卑微与困顿予以展示。事实上,萧红面对原初、鲜活、旺盛、欢快、热闹和粗野、愚昧、封闭、停滞、苍凉、污秽等并存的民间底层的原乡沉疴文化有着复杂心态。因之,萧红的原乡记忆是驳杂的、素朴的与原始的。在这里,原乡的种种情状与风物存留于心,习俗、礼仪、节庆、民间娱乐等集体历史记忆,成为一种原乡的表征或象征性的转换,影响、撞击着萧红的心灵与生活,也使其有着审美感知、期待,获得精神上的抚慰的同时,也有着理性的审视与判别。

事实上,《呼兰河传》是1940年蛰居在香港的萧红,对原乡自然生命形态与精神生态的叙事。相对于《生死场》刚刚问世就名噪一时,以致后来一直被看作抗战文学的代表性作品受到称道;《呼兰河传》在当时遭受冷落,被认为是远离时代的"寂寞"之作,直到70年代末、80年代兴起了"萧红热"之后,才获得多方赞誉。或许文学的真正审美价值与社会价值,是开放的、动态的,具有永恒性、时间性与超越性。正如刘勰《文心雕龙·宗经》篇说:"三极彝训,其书言经。经也者,恒久之至道,不刊之鸿论。"阐明天、地、人的常理之"经",是永恒不变的、至高无上又不可磨灭的训导与道理的典籍。萧红在1938年4月9日《七月》编委会第三次座谈会上也说:"作家不是属于某个阶级的,作家是属于人类的。"而《呼兰河传》的美学及其实践便来源于其个性化的创造:从生态视域,聚焦底层生存现实,让民间的声音真实传达出来,从而拓展了乡土文学的视界;承继自"五四"以来鲁迅、郁达夫、沈从文等短篇小说散文化，突围文体局限，冲破长篇小说传统叙述模式的樊篱，以思想情绪流动为主线，在散淡的叙述中展示原乡记忆与想象，最大限度地体现出文学的自由精神；力图在文学现实与社会心理现实之间，拓展出一种智性而超越时代、阶级与民族，甚至是超越国家的精神理想的表达与澄明。这一切都潜在地影响着当代文学的书写。

显然，对于萧红之类的作家来说，书写走向自在之为，获得自由精神表达的通畅与明亮，在适度的优雅中，体现出人性深度的内涵与意义、文学的理想与审美价值，才是永恒追求的。然而，世纪之交，中国社会文化发生了巨大变化，伴随着新的传统伦理价值的构建，中国人有着思想与行为的冲撞、裂隙，以及行为对思想的背离甚至是背叛。这或许已经成为当代人心理现实的一大症候。与此同时，随着文学观念的更迭变化与作家的众声喧哗，文学呈现出多维立体的发展态势，同时也遭遇了新的尴尬与危机，即时代消费、需求和欲望的集中生产导致了商品化大潮的泛滥，加之多重媒介的兴起、传播，文学不可避免地受制于市场机制。结果是：一方面文学进入世俗化、大众化、批量化的生产与发展；另一方面又缺失了本应该具有的精神性、思想性与深度性。以致文学写作审美标准逐渐低于社会道德准则，无法真正诠释、超越时代精神面貌。而当代作家的匮乏，意味着他们不能够很好顺应广泛的审美需求与变化，真实表达当代人的心理现实；为迎合商业文化的整体趋势，妥协于现实，降格自己的书写品位，出离了文学精神的追随与表达。如一些作家对历史、现实重新想象与表达的时候，却受到了历史、现实本事的限制，叙事与虚构掉落到历史物质与现实欲望之阵中，直接导致了想象困境，造成了叙述障碍。当然，真正有良知的作家仍然坚守着自己，捍卫着文学的精神品格。

鉴于此，我们仍然期待更多有先知的作家，能够直面现实，伸张时代精神理性，引领文学新潮，锐意进取。或许从《呼兰河传》可以获得文学以及生命哲学的启示与意义。

想象是自由精神的翅膀。萧红的想象是现实的景象，也是历史的展演、投射，更是心理现实的集中反映。如何在叙事中容纳更多的质素，便是萧红的有效阐释与文本内涵所在。萧红也说："人类的精神只有两种，一种是向上的发展，追求他的最高峰；一种是向下的，卑劣和自私。"（骆宾基:《萧红小传》）这在小说中集中体现:从原乡自然生命形态的展示与释放中寻找与人思想情感的契合，如对花园景象里的昆虫、小动物、小花小草、树木之类的深情描绘；在对原乡风土人情的描绘中，展示原乡人的智慧与乐观的生活态度；从有二爷、冯歪嘴子等人物身上，捕捉人性精神世界的虚妄与落寞、善良与真诚等所在。

情感与思想情绪的和谐是书写的线索。对于萧红来说，原乡记忆的形态、景象的寻找与表达，是她的生活体验与认知、精神想象共同形成的自我本体与自然生命形态、精神文化生态之间的动态互动，而文本所渲染的阴冷、荒凉只是一种审美情绪的自然流露与衬托，但又理性而节制。萧红在《现时文艺活动与"七月"》座谈会上的讲话说:"一个题材必须要跟作者的情感熟习起来，或者跟作者起着一种思想的情绪。"时间的原乡、情绪里的原乡、心理的原乡、理性的原乡、文化的原乡与精神的原乡……都是萧红记忆中的原乡的想象，那里的生命简约奔腾欢快甚至是散乱平庸顽强地坚守着。"生、老、病、死，都没有表示。生了就任其然的长大，长大就长大，长不大就算了。"[1] 萧红对于原乡生命意义的追问与苦难意识的表达里，蕴含了对原乡生命意志与顽强的敬意、尊重。

思想是深度社会意识与精神理想的多重汇聚。萧红对原始生命形态与乡野，以及精神生态以生态视角的透视与看待，容纳了个体生命体验、民族体验与国家体验等，从而形成了自己的经验，但经验背后又幻化成一种高度的精神自觉与思想质素，对社会历史现实进行反思，不单表达属于一己的私人经验或身体经验或欲望。早在 1938 年武汉的抗战文艺座谈会上，萧红就提出:"现在或是过去，作家写作的出发点

---

[1] 萧红:《呼兰河传》，华中科技大学出版社 2015 年版，第 170 页。

就是对着人类的愚昧。"如对呼兰河城里的道士、跳大神等人物的表达，以及对小团圆媳妇的生命被蹂躏的描述等，深刻地揭示出了原乡愚昧的民族性格和精神痼疾。其文化批判的态度和"五四"时期的主流批判思想有某种暗合，与鲁迅揭示"国民劣根性"的启蒙思想是一脉相承的，但萧红显然有着自己的超越与想象。

可以说，《呼兰河传》定格了萧红对原乡的记忆与想象，澄明了曾经的乡土中国社会现实，具有象征指涉意义与普世价值，也带给我们诸多的生态文化与文学启示。

第二阶段：山水崇拜与反生态并存，乃知青文学中长出的奇葩。

山水崇拜其实就是对大自然的一种敬畏，而知青文学中的山水寄情，就好比是被生态撞了一下腰，是无意在城与乡的对话中获得的自然启示。在革命意识形态盛行的年代，原本这些带着青春气息的女性，是在一种征服自然与改造自然的历史背景下，融入时代潮流的，但历史有时候就是这样，个体生命的趋同，甚至是一个细节，也会形成一种暗流涌动。与其说从这里萌生的知青生态的书写，是一种不自觉的意识冲动，就好比是嫁接后生出的物种变异一样，革命意识形态为主流的社会结出了生态意识的甜果，不如说是中国大地原本就生长着这种近乎理性的感性趋同，对大自然的崇拜源自血脉里的体认。1968年当毛泽东号召知识青年上山下乡的时候，有成千上万的年轻人被历史火热之情所激荡，他们以一种豪迈开拔到了大江南北，展开了城与乡的对话，也开始了乡野生活的所有实践。自然环境中陶冶、锻炼，接受农村再教育，对这一群城市里成长起来的一代是新鲜的，但也是艰苦的，乡野土地上的质朴与愚昧共生。再说在红色的狂热年代，在革命意识形态为主流的年代，多彩多姿的乡野也被政治的红色染指了，于是，复杂的丛生故事就萌生了。很多知青成了作家，他们以笔记录了在乡野中的青春岁月。知青经验：对乡土生态的回望。张曼菱的《有一个美丽的地方》、王安忆的《小鲍庄》、乔雪竹的《荨麻崖》与《北国红豆也相思》、蒋濮的《极乐门》《水泡子》《死神手里拿的是玫瑰花》等小说，是对乡村生活的回望，是典型的文案，是知青女性反哺乡土文化的书写,从乡村生活情态、气息到人文的一种追忆式的书写。如《水泡子》里的主人公水泡子是纯朴的、善良的,也是卑微的,在工厂做着一份安稳的工作,他习惯了知青们嘲弄他为发书记的好看门狗。但为了遭受水灾的陌生女人,他解囊相助。为了心爱的金娃,他主动顶包了发书记弟弟哑巴的罪责,之后,金娃却嫁给了哑巴。当他得知这一切是发书记的算计,便毅然离开了工厂。但最终又无奈地返回了工厂,他只想能留在这厂里,挣几个钱,积起来,给那两个兄弟一人娶一房媳妇,也就对得起死去的爹娘了,他再次选择了妥协。乔雪竹的《北国红豆也相思》写了关内贫瘠平原上的少女鲁晓芝,来到大兴安岭密林深处的小镇"开拉气"投亲靠友,成为"准知青",加入到林业工人的行列,开始了生气勃勃的新生活。她热爱生活,也依恋山林,工作干得非常出色,被评为青年突击手。她和伐木工宋玉柱建立了纯真的爱情,她的这种生活状态却为有封建家长作风和世俗观念的姐夫所不容,为了攀附权贵,姐夫给她找了个干部。在这比较蒙昧落后的地方,父母之命媒妁之言是不可抗拒的。但晓芝情愿跳崖,宁死不从,在这个有"红豆"的地方,她的爱情开放在罂粟地里,有着瑰丽,却也有毒素浸入的危险,爱情也是不可抗拒的,它在顽强地、畸形地发展着。其实选择跳崖抗婚,不单是为了爱情,更重要的是她爱上了这片山林,这里留驻着她爱的萌动与体验,也支撑着她生命的追求与奉献。80年代,令文坛惊羡的张曼菱曾深入新疆地区考察民间文化,足迹遍及天山南北,写出了《唱着来唱着去》《异乡寒夜曲》《为什么流浪》,透露出不同的色泽。张曼菱的《有一个美丽的地方》也讲述了自己曾在云南德宏傣家边寨当知青对自然的热爱与记忆,小说中有这样的动人画面:

> 黄昏时分,这队人马到了目的地。我命定要在那里经历种种悲欢离合的小寨,隐藏在竹林之中。在一百米之外,我还没发现它的存在。狗吠声,缭绕于竹梢的缕缕炊烟,使那沿途伴随着我们的热带鸟的长鸣声减弱下去。走过小路的最后一次拐弯,密集

的竹丛豁然开朗。

在空地上长着一些大树。它们一棵离一棵很远。那虬伏在地面上的粗大的根茎，像终生劳作的老人苍劲的手指。而那浓郁青翠的巨伞形的绿枝，却充盈着青年人的炽热的生命力，遮天盖地，无休无止地滋长。

夕阳在大树中间投下金子般的光斑。有一棵树上缠绕着十几条红布带。它裂开的树皮像一道伤口，正在流出鲜红的血样的树液。这就是龙树。如果有一天它拔地而出，化为五爪金龙飞入云霄，霹雳暴雨就会随之而起，把这个江畔的小寨淹没。每当人们发现大树中的一棵忽然流血，就立刻用红布条把这条正在蜕变的龙给拴住。

在最初的夜晚，这些不得飞升的巨龙曾带给我多少恐怖啊！当我外出归来，手电的微光总把我引离了小路，于是那地上的龙爪便阻挡着我的脚步。停留在树根上的磷火，被人惊起，张皇地、一飘一飘地窜过树林，往田野上空飞去。滴嗒！滴嗒滴嗒！几粒圆圆的果实打在我的肩上。

"谁？是谁？"

我喊了几声，几乎透不过气来。没有人答应，只听见一阵雨点般的声音，又是一片小果子向我投下。

月光似乎一下子分明起来。我正要向亮处走去，忽看见月光中出现了一个怪物，长大漆黑，好像大狗熊。它向我招招手，还发出"唔唔呀呀"的声音来。

野兽？坏人？特务？

我抢上小路，头也不回地跑回寨子。

张曼菱以一种轻盈灵秀，给我们展示了具有南国气息的边疆傣家群落；也以《唱着来唱着去》，让我们领略到西北边镇的哈萨克牧场，她着意展示的是异域风情，浓郁、醇厚、摇曳、浪漫，笔端跳荡着兄弟民族特有的生活情禅，也自然地有了某种传奇性。

　　此外，张抗抗、乔雪竹等都以文本践约了她们曾经的青春记忆。张抗抗在知青文学这些表现人与自然的关系的作品中，也指证了人与自然的关系是一种主宰与被主宰、征服与被征服的关系。张抗抗的小说《沙暴》展示了狂热年代里双重的生态宰制，一是政治对人的自然性的主宰，一是知识青年对草原生态的破坏。辛建生将猎杀老鹰当作荣耀，"在老鹰从天而降的那一刻，他觉得整片天空都是属于他自己的"[1]。

　　小说描写了内蒙古草原插队知青辛建生和知青们，由于缺乏对大自然的认知，缺乏最起码的生态植被常识，砍伐树木。为了获得回城的机会而猎杀草原上的鹰来送礼，猎杀雄鹰，致使草原鼠患成灾，急剧沙化，黄沙吞没了草原，围困着城市。城市成为一个精神追随的想象，诱惑着人们的向往、回归，城市化的路径上充满了对草原的伤害，构建了城与乡的残酷对话。宝力格牧场曾经是那么的美丽、空旷、宁静、祥和，"一马平川的宝力格牧场，方圆几百里，牧草如浪，肥羊遍地"。"三条银亮的小河，蜿蜒着流入夏季草场那片四周环山的盆地。盆地中央荡漾着一滩清粼粼的湖水。从小山包上望下去，湖泊便像是一面光可鉴人的镜子，将天边层层叠叠凝固不动的浓云收入其中。灰绿的芦苇已纱帐般地蔓延开去。太阳西斜时，便有丝丝缕缕白烟似的水雾，在湖面上悠悠浮荡。雾气从那些一直站在水中纳凉的棕红色的马群中间穿过去又穿过来，经久不散。"辛建生与同学，两人一同下乡，同在一个牧场，知青队长吴吞为了当知青的先进典型，他酝酿了"一个广阔天地大有作为的宏伟计划"：为牧民办一所小学校，而且还计划在每一个蒙古包门前竖立一块黑板报，要用知青们的"知识"来改变牧民们的"愚昧"和"无知"，把宝力格牧场变成一个红彤彤的新世界。在一个天气晴朗的日子里，他带领知青们砍倒了宝力格牧场上仅有的那五棵牧民当佛爷一样敬奉的松树。有七百到一千年树龄的五棵松树生长在宝力格牧场人迹罕至的边缘地带，牧民充满了敬意，

---

[1]　张抗抗：《黄罂粟》，江苏文艺出版社2005年版，第187页。

对此，吴吞予以批判："可见愚昧与落后是那么的顽固，我们要建设一个新牧区，而牧民却在祈求神灵的保佑，不彻底破坏并砸烂旧世界，又怎能建设一个红彤彤的新世界呢？"为了打通上大学招工返城的各种关系，又无视牧民对草原鹰的感情及草原鹰对草原鼠的制衡作用，知青们以各种名义疯狂地猎杀宝力格牧场上空的老鹰。因为据说，鹰爪是治疗风湿性关节炎的上好良药。吴吞想要鹰爪就会故弄玄虚地指责鹰如何吃小羊，煽动人们猎杀雄鹰，从中得到了一大包鹰爪。而同为知青的辛建生，射杀老鹰不是为了用鹰爪去换钱或者当作珍稀贵重礼物去打通上大学招工返城的关系，而是一方面是受了吴吞的蛊惑，将老鹰和希特勒纳粹与旧社会欺压牧民的牧主等同，辛建生和其他知青一样，毫不怀疑地开始将无辜的老鹰当成了要讨诛的敌人；同时也是一种征服的欲望。他充满了对老鹰复杂的情感，认为老鹰是草原的骄傲，"永远离群索居，独来独往，傲然凌驾于万物和苍天之上"，"成为草原千年万年的世袭的统治者"。自从和老鹰那"透着一种来自太阳的威严金光"的锐利眼神对视后，他就"格外敬畏老鹰"。所以用射杀和降服老鹰的行为，来证明自己的伟力和无敌。当他"打下老鹰的瞬间，他觉得整个天空都属于自己"。"在这种思想基础之上，人类渐渐养成了一种习惯：以征服自然为荣，以征服自然取乐，而且越是难以征服的对象就越能给人征服的乐趣和荣耀。"① 《沙暴》的知青体现出了反生态的行径，一种近乎"与地斗，其乐无穷；与天斗，其乐无穷；与人斗，亦其乐无穷"的疯狂。屠戮五棵松树、诛杀老鹰、烹煮小鹰、掏老鹰蛋时没有丝毫的疑虑、恐惧、愧疚和不安，而是心安理得地做这一切。庄子倡导的对自然生命的敬畏，"天地与我并生，而万物与我为一"及"同与禽兽居，族与万物并"，荡然无存。

最后，随着老鹰数量的急剧减少，草原鼠开始惊人的繁殖，宝力格牧场成了草原鼠的天下。草原沙化便像一场可怕的瘟疫，渐渐地吞噬着往昔翡翠般的绿草地，牧场的三条小河逐渐干涸，水泡子被风沙

① 王诺：《欧美生态文学》，北京大学出版社 2003 年版，第 172 页。

淤死。牧民们不得不离开了草原。"扔下已经用了上百年的甜水井,赶着一群群瘦骨嶙峋的牲畜,迁徙到很远的深山里去了。"

随着时间的推移,那段荒诞的历史结束了,然而它却在辛建生的潜意识中留下隐痛。作为知识青年,下乡时却没有学到什么知识,以至于干了那么多破坏植被、破坏生态环境的事还误认为是为草原人民做贡献。在改革开放的时代,吴吞却没有任何悔改之意,他提议要成立一个"草原经济开发联谊会",用来协助当地牧民发展畜牧业、农副业的深加工,为牧区做一点新贡献。其实,他这是在说服辛建生这个神枪手为他猎鹰,鹰爪的收购行情令人垂涎。"老鹰的爪子,去弄它个百十对,不费什么劲,一次就能赚几万啊。"① 老鹰从知青时代的获利的政治筹码,到消费时代再次成了他获取金钱的筹码。

张抗抗的情感世界构成,来自城与乡的切换中捕捉到的经验世界。1993 年发表的中篇小说《沙暴》,是对知青曾经以革命的名义无情践踏生命尊严和残酷破坏草原生态环境行为的反思和批判。20 世纪 90 年代初期的中国,《沙暴》体现了对人类中心主义思想的批判,其所体现出的生态思想具有现实意义,也深具前卫性。

如果说乔雪竹的《北国红豆也相思》是一幅动人的自然—人和谐的生态图的话,那么《荨麻崖》就是在自然景观里发出的一种不和谐的杂音。《荨麻崖》叙说的是女知青(小说中的副连长)以自己的灵与肉被凌辱被摧残为代价,去换取党票和打通回城上大学之路的悲惨故事。在"文化大革命"那个疯狂的岁月里,"副连长"来到了茫茫的大草原上,被连长要求"单独执行任务"后,就沦为连长的"性奴",从此,她经常来到沙滩边,让连长在她身上发泄性欲长达 5 年,具有撞击性、撕裂性和荒谬性。《荨麻崖》从气度、境界来看,背景阔大、气概非凡,蕴藏着一种悲剧沉郁的美。作品触及了红色年代里人的灵魂,也触及了赤裸裸的性,不是对文化、哲学乃至人性本能地去考察,而是把性与政治联结在一起,具有历史、时代的鲜明印记。

---

① 张抗抗:《黄罂粟》,江苏文艺出版社 2005 年版,第 170 页。

第三阶段：母性崇拜的主题表达，在自然—母性契合点上寻找生态力量。

中国《周易》中的"乾为天，为父；坤为地，为母"，"乾知大始，坤作成物"。女性与大地、与生殖繁衍间存在隐语式的关联。鲁迅先生在《南腔北调集·关于妇女解放》一文中谈道，女人的天性中有母性，有女儿性，无妻性。[①] 这与西方女性主义学者波伏娃指出的，女性是"第二性"的，有相近性。女性的自然性、社会性成了社会学/生态学界争论点，而女性的"母性"成为女性无可取代的另一特质，既是社会性的又是自然性的，如同西苏指出的那样："母性……是对男性中心主义的一种挑战，怀孕和生育打破了自我与他人、主体与客体、内部与外部的对立。"[②] "它广泛地探讨'母权价值'——哺育、抚养、非暴力和相联性，提倡整个社会应该采纳此种价值观。女性主义批评家运用理想化的母性隐喻来寻找明示的文学母系，反对批评话语中的男性方式。……同哈罗德·布鲁姆所提议的侵略、竞争和防御的俄底浦斯诗学完全相反，美国的一些女性主义批评家设想一种前俄底浦斯的'溯源女性诗学'。溯源女性诗学依赖女儿同母亲之间的联结，代与代之间的冲突由女性文学的亲密性、宽宏大量和延续性所取代。"[③] 显然，母性的认同在中西文化界面上是没有障碍的，但是中国更为强调母性特质。中国妇女，尤其是乡村妇女，深受"三纲五常"的禁锢，她们对男性由人身依附到精神依附，"嫁鸡随鸡，嫁狗随狗""从一而终""一妇不嫁二男"的"节烈"主义以及"女子无才便是德""夫贵妻荣""夫在从夫，夫死从子"等，以及明代以降把女性视为"女祸""女性亡国论"等，都是中国女性悲惨命运的真实写照，而"母性情怀"是化解女性尴尬的钥匙，让女性在灾难中获得生的力量。

铁凝曾经四年的知青生活，赋予她表达她乡村母亲的自如，一如

---

① 鲁迅：《南腔北调集·关于妇女解放》，《鲁迅全集》，人民文学出版社1981年版，第597页。

② ［法］西苏：《自成一家：女权主义文学理论》，美国麦森公司1985年版，第85—86页。

③ ［美］肖瓦尔特：《我们自己的批评：美国黑人和女性主义文学理论中的自主与同化现象》，转引自王先霈、王又平主编《文学批评术语词典》，上海文艺出版社1999年版，第619页。

她游刃有余地写城市中的母亲。《麦秸垛》大芝娘的婚姻带来的后果,
就是让她成了女人,还成了母亲,而这似乎就是大芝娘丈夫的仅有的
协作,结婚对于一个乡村的平凡妇女实在是意义重大,似乎会给她一
个安稳。不承想,生活对她总是很残酷的,结婚才三天,丈夫就骑着
骡子参军走了。几年后男人回来了,说着一口端村人似懂非懂的话:
"就目前来讲,干部回家离婚的居多。包办婚姻缺少感情,咱俩也是包
办的,也离了吧。"大芝娘稀里糊涂地离婚了,可是还是不甘心。正如
她经常琢磨的:"原本应该生养更多的孩子,任他们吸吮她,抛给她不
断的悲和喜,苦和乐。命运没有给她那种机会。"于是,这个只知顺
从、接纳、容忍的女人终于反抗了。在丈夫离开村庄回省城的第二天,
大芝娘"先坐汽车,后坐火车来到了省城",出现在被"惊呆"了的
丈夫面前。"我不能白作了一回媳妇,我得生个孩子。"大芝娘如愿了,
从此,她过上了艰辛而满足的生活。在大多数人看来,大芝娘是一个
有着旧时代妇女特征的女人,铁凝却说:"我在写作中,没有居高临下
地想我来给你写个中国农民,我来告诉你中国农村的女人是什么样的。
而是在广义上,在中国的这块具体的土地上生活的这么一个人,这么
一个女人。她们身上可能有蒙昧的、麻木的、浑然不觉的那一面,但
是也很难说很多中国的城市妇女就已经超越她们了。有些中国女作家
或者男作家以他们自己解放的灵魂来表现笔下的那些女性,就以为他
们笔下的女性自然的要求自己解放自己,灵魂充满了痛苦,实际上并
不是这样。乡村女性是有一些变化,但是更多的妇女仍然处在不自知
的一种状态,没有方向感的生活。你认为她们很麻木,实际上可能是
你的自作聪明,那可能是乡村女性的大智慧,或者是中国女性的大智
慧。她们的生活目的非常小,比如大芝娘,你也很难说她就是愚昧,
当时我写她时,觉得她其实是一个圣母的形象。"① 同样,铁凝的《孕
妇和牛》有着母性苏醒的气息,显示了自然生命的力量和母性的神圣。
"孕妇从不骑黑……当她走得实在沉闷才冷不丁叫一声:'黑——呀!'

① 朱育颖:《精神的田园——铁凝访谈》,《小说评论》2003 年第 5 期。

她夸张地拖着长声，把专心走路的黑弄得挺惊愕。黑停下来，拿无比温顺的大眼睛瞪着孕妇，而孕妇早已走到它前头去了，四周空无一人。黑直着脖子笨拙而又急忙地往前赶，却发现孕妇又落在了它的身后。于是孕妇无声地乐了，'黑——呀!'她轻轻地叹着，平原顿时热闹起来。孕妇给自己造出来一点儿热闹，觉得太阳底下就不仅是她和黑闲散地走，还有她的叫嚷，她的肚子响亮的蠕动，还有黑的笨手笨脚。"这里，人的生命和牛的生命都是通过孕育完成的，而且彼此获得了尊重。铁凝无疑是在呼唤自然母性情怀，体现了女性与自然动物的生命同一性。女人孕育生命恰如大地上开放的花朵一样，只要能够延续自己的生命，就是延续自己的希望。

这或许就是女人的自然本性使然。斯普瑞特奈克说过："大地和子宫都依循宇宙的节奏"①，由于妇女和自然界在创造生命方面有本原的联系，妇女孕育生命哺养后代的性别角色使她们与养育万物的大自然有特殊亲近的关系。因此她们也更容易地接受和践行这种新型的生态发展观。

第四阶段：母体文化的崇拜，在"血缘"契合点上，有着精神生态的忧虑与重建民族文化与精神的回归渴望。

其中，《我们家族的女人》是赵玫的一部融历史与现代的场景中凸显女性生存状态与精神状态的长篇小说。在历史与现实的交替、更迭中，宿命与抗争的纠缠是家族女人的共同命运。即便是"我"，一个离婚的中年女性，是"以青春和爱，以生命中最纯净最响亮的那部分色彩为代价"来应对爱情，但得到的仍是"永久的期待和忍耐"。这种宿命是对奶奶、姑妈、小姑、嫂嫂等女人故事的承接。为什么女性的命运总在演绎着同一首歌？为什么避不开生存的陷阱？赵玫发出了感叹。虽然这个有着贵族血统的后裔，女人们无一例外地承受着命运的锤打，她们都义无反顾地采取了顽强的、抗争的态度：奶奶信奉了基督教，以回避的态度完成了对爷爷纳妾的抗争；姑姑选择了离婚，回敬了姑

---

① ［美］查伦·斯普瑞特奈克：《生态女性主义哲学中的彻底的非二元论》，李惠国等：《冲突与解构：当代西方学术叙语》，社会科学文献出版社 2001 年版，第 63 页。

父的忘恩负义、另有新欢;小姑以长达半生的沉默来面对时代的悲剧。
她说:"我身后总有一个强大的超越了宁静空间的家庭集团。我的最亲
爱的人们。她们支撑着我。我便依赖着。要息息相通,伸手便可以触
到,便才能孕育出我的写作。给我灵感和激情。""我写作,当然女性
独立的意识是有的。"正如作家说的那样,"这其实不是一部小说。什
么也不是。不是以往的任何形式所能包容的。只是一些文字一些诉说,
还有一颗太烫的心"。女性们对爱情超越后的母性的豁达、宽容和善良
的天性,传统的美德,超然的宽慰和宗教般的宁静,在家族女性身上
体现出了一种圣洁之光。作家的心灵之声对"我"及我们家族女人的
命运给以关注,在历史与现实的对接中,实现对女性自我救赎的思考。

　　《我们家族的女人》在历史与现代的叙事中,作家基于民族历史、
家族记忆与个人体验,探寻"穿越家族的历史岁月和一页页的流血心
史",指向自我对民族的"认祖归宗",同时审视了满族女性命运的一
部长篇小说。《我们家族的女人》可以说是作家对民族认同的一个最具
有分量的作品。赵玫是一个浸润在以汉文化为主导的文化氛围中的满
族女性,她所有的对民族文化的认同是体现在家族记忆上的。"在生活
中的一个必然时刻,我像悟天机一般悟出了满族女人的命运",这是必
然的对本民族文化的体认,但也是基于对家族女人的认识,于是,叩
问家族女人的心灵史开始了对本民族文化的进一步体认,在对民族的
不断体认中,也重新认识、定位了自我。"那是神秘而又古老的一段血
液的故事",在对肖氏家族的人员的整体命运探求溯源的时候,深入女
性历史心灵深处,在历史与现实中,展现了满族民族孕育出来的女性
的努力与抗争及对其精神品格的赞扬。"血脉是永远存在的一条暗蓝色
的线,那么神秘。从那个精子和卵子相撞的那个瞬间开始,一切就都
已经决定了。"作家指向的是血脉、是家族,乃至是对整个中华民族的
女性命运的思索,也是对民族文化心理的理性看待与判别。

　　女诗人葛根图娅有着强烈的民族忧患意识与使命意识,面对现代
文明侵袭下蒙古族古老辉煌的精神文化的日渐衰落,渴望民族文化与
精神的回归。"听那些滚圆的鹅卵石/低沉的歌唱/这样我又重新看见

了/那片迷人的海子/诱来只只天鹅/翩翩落脚栖息//我知道鹅卵石/将把这个内容/一直唱到地球重新沉入混沌/并使用神力/让每一个跨入戈壁的人/作与它同样的梦/我是人类最早一个/与鹅卵石作同样梦的人"（《坐在空空荡荡的戈壁》），"从我一出生/沙漠就残忍地/注入了我的血液……我已长大成人/象一匹纯种的蒙古马/对青草具有永不枯萎的/敏锐和感激……在我的肉体和灵魂/最显赫的位置/站立着缔造我的主——蒙古/蒙古是这样的缔造我/一半是用沙漠/一半是用草原"（《蒙古这样缔造我》）。一方面表达了与本民族的"血缘"契合，另一方面也渴望生态环境能够改变。

第五阶段：女神崇拜，在"道法自然""天人合一"的文化接续上，寻找原始母性精神。

这一点似乎与西方女作家文本中对"女神"的呼唤有异曲同工之妙，但是相较于西方"女神"的世俗女性化，中国的女作家则更倾向于"女神"的母性化。

满族女作家尼阳尼雅·那丹珠（白玉芳）的《秋霄落雁女儿情》，是一个典型意义上的神话故事与女性情绪的有机结合。女神形象历来被人们所关注与景仰，原因在于其生命所具有的原创力、母性力量。作品从女性神话到现实生活的延续，其内在机制的联系在于女性本身的柔韧，将神性与女性有机结合，让女性的情绪始终依托在神性的立场，而对女性神话故事的讲述，是对现实女性命运的有机回应，这样，整个小说叙述贯穿着丰沛的诗性：

阿不凯恩都哩天神的三女儿白云格格为了解救地上的生灵，宁可受尽苦寒，也不向父亲认错。最后在雪地里变成了一棵洁白的树木，永远停留在大地上，这就是白桦树。正是诸如此类的女性神话浸润现实中女性的心灵，并支撑着她们，进入了生命的坚守中。

佛库伦仙女的故事就有此功效。佛库伦仙女吞下了神鹊口中的红果，生下了布里·雍顺，她怀抱着孩子走出绵延千里的长白山后，不忍离去自己的孩子，做出了反复的吟唱，她婉转动听的歌儿在草原上飘荡。

……

　　我留恋着这美丽的人间巴衣波罗

　　让我走过的草原格外丰美巴衣波罗

　　让我走过的森林格外茂盛巴衣波罗

　　让我走过的土地格外肥沃巴衣波罗

　　让我走过的河水格外充足巴衣波罗

……

　　颂天神求神母巴衣波罗

　　我的心留在了人间巴衣波罗

　　让我的孩子丰衣足食巴衣波罗

　　让我的孩子幸福安康巴衣波罗

　　让我的孩子子孙兴旺巴衣波罗

　　让我的孩子传世万代巴衣波罗

　　佛库伦仙女一咏三叹的歌唱正好契合了雁子的情绪波动，故事的场景烘托她在心上人离开自己后，对爱情的坚守、执着，以及她的情感、她的渴望、她的奉献、她的真诚在寻找一个精神的皈依。某种程度上来说，神话的故事激励着她，使她在神话的故事里渴求着自己生命的展开与继续，她想着，"她成为了一个火中的凤凰，开始人生的裂变！"雁子为了心中的爱，勇敢地"殉情"；为了爱，抚养张海明的养子朝鲜族的"孤儿"。作家之所以将这种行为在神话中展开，这也是作家寓意所在：对女性精神品格的崇敬与赞美。女性最伟大的特点是母性，的确，雁子的情感有着母性、神性的双重性。

　　对女神文明在 21 世纪的复兴，叶舒宪在谈到中国的优势时这样说："从比较文化的视野看，中国的儒、道、佛三教都具有阴性化的倾向，从儒家君子理想的温柔敦厚说，到老子的'知雄守雌'和'上善若水'说，都在倡导一种成熟驯化的、克服了阳刚文化的攻击性和野性的人格理想。从文化渊源上看，阴性文化与女神文明有着最直接的承继关系，这在道家神话的诸多女性和母性原型中表达得十分明显。

在全球化加速到来的当今时代，这种过去被认为落后保守的阴性化的文化价值取向，比西方那种以阳刚为特色的尚武文化，更加适合为未来的 62 亿人类在这个日益变小变挤的星球上和睦相处而提供最基本的人生指导。"① 而中国文学的母体文化，由中国各个民族的文学所共同构成。每个民族作家的文学创作，包含着其自身民族的发展历史、社会结构形态、生活习俗、生产方式、民族性格以及地域自然环境等方面的影响，它们最终构成了这个民族所特有的民族精神和民族文化形态，也很自然地就成为民族作家所拥有的独特性文学基因。同时，各民族之间的文化借鉴也在移动中融合，尼阳尼雅·那丹珠（白玉芳）就是这样的一个满族作家，她的写作就呈现了文化的多元性，既有北方地域性的满族文化，又有南方地域性的壮、苗、瑶、侗等多民族文化，还有华东地区满汉融合文化。2001 年，她的第一本长篇小说《秋霄落雁女儿情》就广为民族文化界学者赞赏：通过满族普通民众的生活去记录历史，这是对历史的重新塑造。她激情、素朴、原始意味的叙事方式充满生命质感，女性孕育了整个人类，也孕育了整个民族，孕育了整个社会历史，女性生命具有坚韧与不羁性，更具有永恒性。自然、追求、切近民间寻找女性的存在有其积极的意义。自此，白玉芳的文学创作没有停步，她以文学创作＋学术研究的独特思维彰显了自己的书写能力，跋涉在寻找满族生命灵魂的文学创作之路上。历十多年的田野调查，民间采风和艰辛笔耕，白玉芳以 500 万字积累 14 部著作，其中《中国海洋萨满女神系列》完成了人类初年文明的中国海洋萨满女神文化学术追求及文学创作的写作。她终于完成的既有世界性的海洋萨满女神文化，又有满族先民原始文化，还有现代民族文化交往、交流、交融文化的《中国海洋萨满女神系列丛书》创作，皆为探索民族、文化、历史、艺术等的诠释。

如果在全球生态视域来看中国女作家的生态写作的话，她们的生态意识是一个将带动宗教和伦理、法律和民俗、哲学和文学艺术一起

---

① 叶舒宪：《略论当代"女神文明"的复兴》，《江苏行政学院学报》2005 年第 1 期。

转动变化的原动力,反映人与自然和谐发展的一种新的价值观念,在追求个性生态发展的同时,也放下暂时与男性的纠缠,与男性协同面对人类的生态危机与精神危机。她们追求尽可能地让自己笔下的人物的性格描写与分析体现生态伦理中的生态意识。事实上,这也暗合了西方深层生态学的基本准则之一:每一种生命都有生存与繁荣的权利。而这恰恰与几千年前中国古代道儒家提出的"天人合一"的思想不谋而合。

第四章

女性生态写作的形态与内在切换

20世纪80年代以来中国女性文学呈现出这样的内在轨迹：1978年后，伴随着中国的拨乱反正，这一时期的女性文学并没有形成自己的个性，只是随着主流意识形态来进行着合唱。到了80年代的中期，逐渐有了萌动，女性文学开始了向内在的反思，并开始有了自己主观意识的侧重。进入90年代以来，女性写作对个人经验和命运的抒写和重写已成了其内在的共同特征，而且她们的作品也呈现出更为强烈的个人化色彩。相应的女性神话（意指女性理想）和"现代女巫"（意指女性颠覆男性中心文化）并置，共同拆解着以男性为中心文化的通则。同时，在社会现实面前，她们转向了对性别意义的拷问，并将女性自我的体验，转化为种族、群体的生存经验。从新世纪女性创作态势来看，一方面，消费时代衍生的生活方式、价值立场与学术方式，使女性在思想上和心理上都缺乏准备和过渡，无法自由地穿行；另一方面，女性写作已然置换了套用的男性书写模式，用自己真正的方式开始书写属于自己的故事，以及故事外的所有感触。套用一句老话：越是民族的，越是世界的；那么，女性书写似乎也可以说，越是女性的，越是本土的。在这里，"女性的"已经是契合女性精神本质的存在，并不是迎合男性中心文化的献媚。

在性别认同问题上出现了这样的趋势：由激越的迎合到冷静的拒绝。在中国，近年来一直流行这样的看法：女性写作＝女性主义写作。事实上，很多女作家拒绝这样的提法，原因在于作家本人认为：女性不再是一个弱势集团，中国女作家完全可以在平等基础上与男作家竞争、抗衡。不打"女性主义"旗帜，不自贴标签，同样可以创作有深度的作品。虹影这样说：如果我作品中有女性特征，属于女性主义，那我也不反对。男作家也一样有男性主义。这样回答你的问题：我本人生错了性别，既然为女的，我一些小说中的第一人称叙述者就很自然是女的，她会从女性角度看待世界，所以，我的女性主义完全是性格使然，不必有意为之。长篇《阿难》如果有女性意识，也是这个意义上的。《阿难》是女性经验的写作，也是一个对现实社会的思考，应该是作家心灵之作，探讨在经济的社会中，每个人的灵魂如何安置的问题。虹影的话代表了一些女作家的心声。在她们理解中，女性的就是社会的，也是现实的，也是中国的。女性的视域不仅仅只在女性。及此，女性文学已经从狭窄的自我表述进入关注社会深层次的思考，女性逐渐走出了困境。

一　走出困境之后的繁华

回溯整个女性文学的历程，一个显著的特点就是消费文化渗透在文学表达中，另一个就是生态特质的呈现。可以说，自 20 世纪 80 年代以来，中国女性生态写作有这样的内在轨迹：1978 年后，伴随着中国的拨乱反正，这一时期的女性文学并没有形成自己的个性，只是随着主流意识形态来进行着合唱；从 80 年代的女作家着力在社会生态环境中考察女性的生存现实与情感状态的张洁、铁凝、王安忆等，到 90 年代后期乃至新世纪，诸如叶广芩、蒋子丹、方敏、王英琦、迟子建、素素、林白与陈染等，以温和、激越的姿态进入了女性—自然—社会—历史生态叙事；而少数民族女作家白玉芳（满族）、空特乐（鄂伦春族）、萨娜（达斡尔族）、梅卓（藏族）等，则着力于对原生态文化精神的寻觅、对接。

进入 21 世纪，女性写作呈现出宏阔、开放的姿态。女性的视域也不仅仅只在女性，女性是社会的、历史的，也是现实的。相应地，女性写作发生了内在的悄然转变，即回到中国本土现实与历史叙事中，在大历史的背景下开始理性地审视，将目光由对男性文化的批判与剥离，转向了对整个生存状态与生命形态的考察，审视女性自我所置身的自然、社会与精神环境，逐渐从狭窄的自我表述延展到对社会进行深层次的打量，将女性自我的体验，转化为种族、群体的生存经验，并以自己的审美生态方式开始了新的续写，开启了女性主义文学创作的一个崭新的起点。一些女作家采取了有意味的转身，以鲜活的姿态进入了女性生态叙事，从生态视角对自然、社会与精神界面做出价值判定与表达，强调女性追求个性发展，也恪守与男性、社会还有自然和谐的生态美学原则，展示出冷静的女性生态写作的主体姿态，体现了审美生态追求的多样化。

进入 21 世纪以来，尤其是市场经济主导下的文化，女性似乎面临两种选择：一是走进消费文化中，让自己尽情释放；一是保持清醒的生存理性。尤其是在所谓的后个人主义时代，一个属于个体极力表达与实现的时代，尽管身处多元文化背景与多重价值观之下，但显著的一点就是把自我实现同物质享受绑定在一起，结果是：一方面人们挣扎于享受物欲、精神欲和权力欲；另一方面精神匮乏、被掏空。与此同时，在混沌的相对多元化时代，文化社会现实意义上的几重矛盾交织在一起，共同对女性的生存产生作用。可以说，市场经济下的大众—消费文化，已经置换了 20 世纪 60 年代、70 年代、80 年代、90 年代的主流意识形态，并使其边缘化，也潜在影响着女性文化生成，似乎思维与话语层面的觉醒中止于行为实践之中，因而体现在精神实质上是纵欲的、反审美的。

值得注意的是，进入 21 世纪以来，一些先觉的女作家的书写由物及人，由自然及社会，由生命及精神。应该说，女作家开始了有意味的叙事转身，表征着女作家视野的延展已经触及了自然、社会、女性、男性、动物等关键词，几乎各个代际的女作家都参与其中，共同构成了女性生态叙事。应该说，女作家从生态学视角，而不只是拘泥于生态学科领域的理论视角，立足本土，秉承中国的天人合一的文化精髓，突破本土的视野走向世界。反思人类与自然在整体生态系统中的信仰、伦理和审美生存的诗学特征，最终建构人、人类文化与自然、自然环境和谐关系的新人文精神，最终目的是探寻和揭示导致生态危机的思想与文化根源，也在寻找着女性在自然、社会中的重新定位。

　　20 世纪 50 年代出生的女作家在 21 世纪依然活跃着，诸如方敏的《熊猫史诗》采用了多种文学表达手段，讲述了大熊猫物种 300 万年的演化史，记录了众多性格鲜明的人物和大熊猫，讲述了大熊猫从发现到保护的整个过程，更独家披露了许多不为人知的、大熊猫与人类之间生死攸关的惊人内幕；叶广芩的小说《老虎大福》叙写一个地区某一个物种被人类灭绝的悲剧；在《黑鱼千岁》中，讲述了人与自然对抗的故事，显示了人在自然面前的无力；蒋子丹从先锋的荒诞到写实的动物书写，以《动物档案》和《一只蚂蚁领着我走》逼近自然与人类纠葛，围绕人与动物的关系展开的有关人类社会生态文明、动物伦理等问题的深入思考，明显具有社会学、伦理学等人文学科的学术色彩；铁凝的《笨花》超越一切性别的限制，变成一个叙事者，回到原乡世俗生态进行写作与经验叙事，将笔触深入到了深厚文化背景的乡野，触及了深层的社会底蕴，叙事是在乡村生态景观里展开，但也延展到中国乃至中国人的生存的历史与现实，也将单纯的女性视角视线守住，打量起厚实的华北土地，象征性地指涉了一个放大的中国景象。王英琦以散文《愿地球无恙》发出了这样的呐喊："让我们怀着虔诚之心，向地球母亲深深忏悔吧！让我们恢复对神圣的太阳、月亮、星星的敬畏感吧——让我们挚爱每一棵树，每一根草，每一条河流，每一寸土地，每一个有情众生吧！愿'生态宗教'，成为全人类的共同宗教。"[1]《有一个小镇》则充满了原生态古朴民风乡情，以及纯朴小镇人的赞美。

　　20 世纪 60 年代出生的女作家从 80 年代开始注重苦难经验的书写，到 90 年代一些女作家习惯把女人与个人同时作为主题词，进入写作的表述世界，成为她们自己阐释的对象，开始了融入群体性的红色经验

---

　　① 王英琦：《愿地球无恙》，高桦主编：《碧蓝绿文丛·散文卷》，中国环境科学出版社1997 年版，第 7 页。

之后的对女性自我经验的拯救与回复，更加强调主体性；另一些女作家却热衷于过度渲染女性特质，追随于身体欲望的疯狂写作。新世纪以来，女性写作相对走向了沉稳，开始对女性本体与历史、现实的真实处境有了重新的审视，逐渐走出女性褊狭，超越个人—历史—现实经验，超越形而上或下的限度，更倾向于在大视域中，承担对生命—世界的客观、冷静认知，平实朴质，且充满了阳光般的欣喜、跃动与欢腾。素素散文集《独语东北》以大气磅礴的气势去寻觅属于原乡记忆中的东北沃土上曾经有的历史痕迹与脉动，开始了具有原始真味的寻找，从都市向乡野推进，从历史到现实，对东北多民族生息迁移与文化精神理性进行了有意味的追索。徐坤的小说《野草根》从喧闹的都市迁移到了寂寥的外省城郊和乡村，《野草根》是她继《狗日的足球》和《厨房》之后，自己比较满意的作品，因其表现了中国女性生生不息、坚忍不拔的生命哲学。在之前，迟子建以一部《北极村童话》走上了文坛，之后《白雪的墓园》《树下》《雾月牛栏》《清水洗尘》《草地上的云朵》等洋溢着自然风情的主题，延续了人与自然关系的主题，一种和谐的抒情的美。迟子建说："故乡和大自然是我文学世界的太阳和月亮，照亮和温暖了我的写作生活。"她习惯用温情来武装自己的文本，并让这种文本不折不扣地传达出种种的人生回味。她的《额尔古纳河右岸》更是被评论界誉为是中国生态文学的一部经典。迟子建借助那片广袤的山林和游猎在山林中的这支以饲养驯鹿为生的部落，写出人类文明进程中所遇到的尴尬、悲哀和无奈，还有眷恋，充满诗意与想象，有一种苍茫的气象。小说里行将消失的鄂温克部落蕴含着悲情色泽，浸透着作家对历史的思考，当然这种对历史的思考不是孤立和割裂的，它与现实还是有着很大的关联。在女性生态散文方面，皮皮的散文《重回拉萨》叙说着记忆与想象中的拉萨，那里是属于一群人梦想的开始、中断与继续的地方，曾伴随他们的青春飞逝而成长。我们依稀地看到这样的景致画卷，走动在那里的有边巴、刘志华、扎西达娃、色波、贺中、龚巧明、刘伟、嘉措等，由他们构成的世界，充满温暖与关爱，也充满着精彩与活力……在拉萨的街道上，同样游

荡着属于皮皮曾经的梦，作家穿行其中，以安然的姿态，平静真实地
面对了过去与现在，寻找着时间的对接，生命的承续，也感受着生命
里的感动，可这只是生命中的暂时停顿，因此，有了无限的感伤与生
命悸动。"我知道，我又回到了拉萨，我也知道，我还要离开，回到秩
序的生活中，回到月亮和水泥的城市。"周晓枫的散文《哑言之爱》充
满童话般的叙述，由美人鱼与王子的故事，引发出一个古老而崭新的
话题，即爱与背叛与逃离，甚至死亡，以及肉体与精神之爱的博弈，
充满着哲理与思辨，同时又是一种潜在的隐喻，指涉到女性的身体与
精神之爱的分裂。这里，能够捕捉到作家对爱的美好向往与趋同，同
时也有着对失落之爱的慨叹。"人与神的爱存在差别。人对神的爱是专
注的，紧张的，乞求状态的，唯恐失去神的恩宠；而神对人的爱，是
散慢的，从容的，可收可放的，好恶随时都在掌握之中，不会失控。
尽管如此，人的爱并不卑贱——他的爱更像爱。人习惯于爱，倾向于
唯一的对象；神习惯于被爱，他的感情普施众生。小人鱼是神，但她
颠倒了秩序：以人爱神的方式，去爱一个尘世的人。"①

　　20 世纪 70 年代出生的作家卫慧、棉棉的"欲望化写作"曾经成
为消费女性的旗帜。卫慧的《上海宝贝》、棉棉的《糖》、木子美等渲
染着都市里的繁华、落寞、性感与混乱，瑞典人称之为出卖下意识，
日本人说是私人小说。但在十年后，"疯狂的一代"几乎选择了集体沉
默，单剩下卫慧，以《狗爸爸》再度亮相。而同样是 70 年代出生作家
鲁敏、金仁顺、乔叶、娜仁琪琪格等人，却将目光投射到充满人文景
致的小镇或故乡。魏微的《大老郑的女人》《尖叫》，对小城的移风易
俗、道德秩序都有思考，对复杂而又与传统道德交叉冲突的社会现实
怀着善意的宽容和人道的理解，同时不无困惑。鲁敏的《思无邪》《纸
醉》，则传达了乡村生活最朴素的情感与包容力，高贵、纯粹、鲜活、
自然。

　　值得一提的是，"80 后"女作家也在践行着自己的生态理想。王

---

① 周晓枫:《哑言之爱》，选自《仙履》，《青年作家》2010 年第 11 期。

萌萌的小说《米九》是她亲历藏北无人区、雅鲁藏布江大峡谷采访之后的真实写照，从东部沿海的湿地来到海拔 5000 多米的藏北草原，再从神秘的雅鲁藏布江大峡谷来到成都郊区的小动物救助站。其间，她曾走进平均海拔 4500 米以上、人迹稀少的藏北羌塘，还曾徒步进入被称为人类最后的秘境，在极端恶劣的雅鲁藏布江大峡谷，她遭遇山体滑坡，经历命悬一线的惊险……她看到了这样的现实：逐渐破坏着的生态环境，迫使牧民和野生动物向海拔更高的无人区迁徙，牧民养着牛羊，但家畜吃草物，和藏羚羊等土著的野生动物争夺栖息地。"一路走来，我曾经为环保现状面临的种种问题和严峻形势而焦虑，也曾经为环保工作者们的全身投入和真情流露而感动流泪，旅程不仅为我的创作提供了丰富的素材和最真切的体验，还影响并改变了我的思想和生活方式。"安宁的长篇叙事散文《呼伦贝尔草原的夏天》以呼伦贝尔草原上的锡尼河西苏木小镇为标本，用日记的形式，对蒙古族牧民真实生活及人生悲欢做了完整记录和探知，对蒙古族及其他北方少数民族当下真实的草原生活做了最真诚细腻的描摹与抒写。

二　审美生态追求的多样化展示

某种程度上来说，女作家以自觉不自觉的姿态，对原始生命形态与历史形态的追索，这在当代文学被经济大潮逐步边缘化，呈现出非主流文化的特征，对文学认识仍旧滞留于古老而淳朴的遗风，采取了对现代化当中反文明的回应和抵抗。承载着她们对民族悠久文化的传唱，对世界和生命轮回式的古老解说，当人们的灵魂迷失方向时，从辽远的原乡记忆中获得找到回归精神家园的途径与方略。迟子建《额尔古纳河右岸》、白玉芳《神妻》、葛水平《甩鞭》《地气》《空地》《天殇》《喊山》，以及素素散文集《独语东北》等，以近乎"原生态"的方式，为我们展开了一幅描绘乡土生命原色的生态图景，他们的悲欢离合，喜怒哀乐，小说触及乡村的底色与本质，揭示了最原始的人性，情义与果敢、自私与贪婪。展示了深居在底层和边缘乡村群体状态与精神状态，在封闭、荒芜和时间凝滞的山乡，原始的生命展示与冲动构成了他们的人生，也展示了他们粗放的原始生命力，以及在与现代对接所呈现出的生态新生力量，展现了对原始生命形态的寻找：自我生命本体与原乡自然生命形态的容纳与契合；女性寓言：母性生命形态与女神的原始精神追随；当然，也表达了女性—自然生命的合一性，女人作为生育的工具：生命的孕育与绵延，以及自然乡村法则生态秩序。

1. 原始生命形态的寻找：自我生命本体与原乡自然生命形态的容纳与契合

在现代文学史上，萧红以其独有的文学表达与述说使之成了"异数"。这不仅在于萧红的创作个性有着鲜亮的色泽与光芒，还在于她不羁个性里的飞扬与姿势，蕴含着属于大东北的气魄与豪迈，且不缺少婉约幽雅的情调。《呼兰河传》便是萧红对原乡自然生命形态与精神生态的叙事，在原乡记忆中的生态图景的展示里，也澄明了一个时代的真实社会形态，彰显了作家的卓尔不群，从容中透着冷静，幽雅里容纳了机智，具有独特的审美艺术效果。

美籍华裔作家陈香梅女士，也流露出对原乡记忆的无限眷恋。在《万朵烟花忆旧游》中她写道："比方说在北海划船就比在密西西比河游历有趣，逛东安市场就比到纽约第 8 街买东西有味，到西山或北戴河避暑比到瑞士滑冰还够诗意。……每个人都不免对某人、某时、某地、某物有点偏爱，我对儿时的居处总有一种无可解释的偏爱，是一种诗人所谓：'君自故乡来，应知故乡事，来日绮窗前，寒梅着花未'的心情，是一种初恋般的回忆。"①

葛水平的《甩鞭》就是一个展现自我本体与原乡生命形态融合的典型文本。小说女主人公王引兰在她生命的原生态的场景中，葆有自然与人的呼应：

爹爹生前喜欢敲鼓，惊蛰那天是驴的生日，这天晚上总要爆

---

① 陈香梅:《陈香梅自选集》，黎明文化事业股份有限公司 1980 年版，第 84 页。

出如豆如炸如度岁的鼓声。爹腰里扎着红绸，一口气灌下三碗黄酒，到一个山头上去擂鼓，那鼓声惊天动地，爹爹说，鼓声敲响了冻土，把春天召唤来了。

根植在王引兰成长记忆的是对自然生命、对土地的眷恋。而窑庄里对春天的邀约，同样也令王引兰着迷。小说中有对自然风物的描绘，也有对时间的尊重，以生命仪式的方式呈现，比如甩鞭，是太行山区的一种风俗，是一种敲响冻土，迎接春天的仪式。窑庄的人每到过年的时候都要甩鞭，乡民们在震天动地的鞭声里祈福，求得一年的好收成。甩鞭的习俗，唤醒春天，预示年景好坏。同时，蕴含着人—自然的和谐存在。

> 铁孩说："解放了，上边送下来鞭炮，就不甩鞭了。"
> 王引兰说："怎么能不甩鞭呢，春天就是要用鞭声来叫醒，叫醒了的年会布满土腥气，五谷才好生长。"
> ……
> 王引兰和新生激动地走出老窑，点燃明火，渐次高耸的山峰和渐次传来的鞭声生生从耳边扬起，而后没入夜空。在坚执的仰望中支棱起耳朵听，舒展于空山之上的鞭声，如春云浮空，还有什么比这永世绝响的鞭声更接近幸福的日子？鞭声拖拽着王引兰的梦巍巍峨峨，绵延不绝又荡起了她对春天的希望。①

甩鞭是对春天的呼唤，也是王引兰对美好生活的希望，鞭声是自然—女性—大地的连接。王引兰天然地对土地充满了依恋与热情，她渴望种油菜花的景象，也陶醉在油菜花的境地中，享受着旺盛的庄稼农田的乐趣，她期待来年的丰收，做着一个村妇的田园梦。体现了人—自然—女性生命的共栖，"躲到油菜地田埂上做一些与春天有关的事，

---

① 葛水平：《甩鞭》，《黄河》2004 年第 1 期。

那才有意思，才叫别致的春色"。她享受与老财主麻五油菜地的疯狂，也与第二任丈夫李友三在自然的天地中释放自己生命的热情，具有纯朴的革命性的浪漫主义情调：

> 顺手揪下那捧山菊花，朝着那金黄的软垫躺下去，酥酥张开双臂。阳光从疏密不一的高粱叶子空隙漏下来，空气里浮游着细碎的金点子，地上山菊花发出湿软的沙沙声，她看到有一只大鸟俯冲下来。几朵云彩如棉花一样开放，她闻到了青草香味、野菊花香味、泥土香味。想，和一个人在油菜地田埂上做事就是好，只是这不是油菜花也不是春天。

同样，《空地》充满了对自然万物生命的敬畏与珍视，蕴含着原乡人对这种原始生命秩序的尊重与敬畏，如张保红过年主持迎喜神的精彩画面呈现：

大年初一，各家各户往出赶牲畜来迎喜神，迎喜神迎的不是哪门子神仙，是乡下人的五畜六禽，这是老祖宗留下来的一个活传统，也是关于生命的事情。五畜六禽和人一样，一年开始了，一年的开始是简单、自然，也是喜庆的，五畜六禽一年给人带来了福，人也要敬重五畜六禽。大年初一就该五畜六禽吃"岁"了。家家户户把五畜六禽赶到一个大的空地上，各自提了篮子，篮子里装了最好的吃食。迎喜神等于是大年初一给五畜六禽过大年，要它们来年里继续给人带来福气，因为乡下人敬重它们都是一等一的壮劳力。这是一种对原始生命力的礼赞。当锣鼓敲响、唢呐声响起时，传达出的是静谧山区对于生命的崇敬。

葛水平在《写作是我另外一生的开始——我的自述》中，讲述身为乡村教师的葛水平的母亲，怕女儿不好养，按照乡村俗念，在女儿7岁的时候将女儿寄养给石碾碡。"在太行山的乡村，为了我的成长，我母亲把我许给一个石碾碡做干女儿。风把那个石碾碡风化得早已看不出它身上的凹槽，它竖在村口的一棵杨树下，树空心了，因为经了年月，有孩子们在树洞里捉谜藏。……就这样，我知道它是我干大，我叫它，他不应，或者，它压根就不知道我叫它，虽然有点儿遗憾，但也让神秘弥漫了我的童年。"① 原乡人持有的对宇宙、自然、生命、大地等的神秘敬畏，恰恰是一种原生力量，绵延着中国乡土的文化根脉。

2. 女性自然性征的强调：作为性与生育的工具

葛水平的《甩鞭》展现了窑庄上一个女人与三个男人的情感纠葛故事。16岁的王引兰是晋王城里李府的一个丫头。不堪忍受李老爷和太太的凌辱，主动勾引送碳人麻五带自己逃离，之后做了麻五的妾，因为是处女之身还有灵动受到麻五的宠爱。但在土改运动中，麻五遭到对王引兰垂涎已久的长工铁孩暗算，这个麻五用两张羊皮换来的铁孩，艳羡、向往、痴情，每当他听到麻五与王引兰的男女之事，都要和母羊发生关系，发泄兽欲。后来，当王引兰改嫁李三有，铁孩以"激将法"将李三有引入了死亡的悬崖。铁孩由爱导致了人性变态，进而对母羊实施疯狂的兽欲。母羊成了他对王引兰性幻想的替代品，将王引兰导入了"虐羊"的境地，在想象中展开了意淫。这是一段他与王引兰的情景对话：

> 我说我为了你就是为了你。当然，我不说谁也不知。今儿说了是我想和你说，都和你说了吧。你不知道我有多想你。为了你什么都敢干。我要真说了？还是说了吧，不说怕什么事也干不成。你以为给麻五坠蛋容易？我是费了一番心思的，我说麻五你日能啊，为了两张羊皮你要我给你当十年长工，我不干了，他哄我说，你等着啊铁孩儿，我要到城里搞一个粉娘回来，我先要她，要是她早被破了身，肚里有了旁人的种，就让给你。我等啊，麻五这个老王八死龟孙咬住你就不放了，让我夜夜空想，我也是人，我和麻五没有两样，他想干的我也想干，和谁？谁不知道我是寡汉条子，窑庄女人多，哪个有你好？没奈何我就和羊。羊让我尽兴，

---

① 葛水平：《写作是我另外一生的开始——我的自述》，《小说评论》2011年第4期。

羊不是你,羊是畜生啊!……①

窑庄迎来了土地革命,铁孩通过斗争,分了麻五的堂屋,但铁孩并不满足这些,他觊觎王引兰由来已久,便采取以恶治恶,对地主麻五反抗与报复,但这种报复又蔓延到无辜的贫下中农李三有身上,他身上散发出的狡黠、阴暗与凶残,让王引兰震惊,毁灭了王引兰对生活的所有希望。王引兰是一个有情义、有侠义的女性,她不仅感恩地主麻五把她带入了想象的乡村镜像,陶醉在原乡殷实的生活状态中,对李三有也是有情有义。王引兰亲手杀了带给她无尽痛苦而又爱她到人性丧失的铁孩,以这种方式,她守住了内心对于人、对于爱的界限。显然有别于台湾李昂《杀夫》的林市。《杀夫》小说中的贫穷女子林市,长期遭受屠夫丈夫陈江水的精神与性虐待。陈江水行使着兽性与血腥的夫权统治,吝啬于食物又不允许林市有经济来源,逼迫林市目睹杀鸭崽、杀猪,一步步刺激林市对血液、杀戮的恐惧;加之以阿罔官为代表的市井流言家、看客,偷窥并传播其夫妻之事,编派林市母亲的遭遇,嘲讽、中伤,并以礼教卫道者自居阻碍林市向神灵祈求庇佑,致使林市精神恍惚中,挥刀砍向陈江水。"在象征意义上,可说是代表了对于女性遭受物化的反抗与控诉,将女性分崩离析、饱受切割的自我主体,投射到男性的肉体上。"② 林市是处于跟猪一样动物的情境之中的反抗,而王引兰却是因为丈夫的被杀而复仇,还为失去乡村美好田园生活与希望。王引兰意识到,原来她的生命里是没有春天的。她原本充满了对自然、生命、生活的期待,在她生命的原生态的场景中,葆有对自然、土地等的呼应。

葛水平的《裸地》从晚清一直写到土改后的新中国,故事的主人公盖运昌,一个为香火延续困惑的男人。盖运昌不同于普通的乡间商人、财主,是当地少有的秀才,他饱读儒家经典,是传统儒家文化的忠实信

---

① 葛水平:《甩鞭》,《黄河》2004 年第 1 期。

② 张惠娟:《直面相思了无益》,郑明娳:《当代台湾女性文学》,台北时报文化出版企业有限公司 1993 年版,第 55 页。

徒。盖运昌在子嗣传承方面煞费苦心，却无奈、痛苦，尽管盖运昌有巨额的财富，妻妾成群，又有上好的滋补身体的秘方良药，却不尽如人意，四太太好不容易生下个"带锤锤的"儿子盖家生，还是一个弱智。

《裸地》中的群体女性便印证了这样一个事实存在，人伦秩序下的女性，要么彻底成了男人的附庸，被儒家的"三纲五常"彻底捆绑，要不逆转这种秩序，活出自己的境界。祖母辈的盖运昌母亲春红不能够与其生父明媒正娶，只能苟合。母亲辈的盖运昌四方太太也不过是生育的工具，她们并没有精神意义上的独立与自主：大太太原桂枝是明媒正娶，原家也是大户人家，没生儿子，底气就不足，备受嘲讽，夫人的派头也就拿不出来，成了吃斋念佛的人；二房武翠莲因一双小脚被盖运昌看中，娶了回来，没有一男半女，盖运昌对她心就淡了，因冷落与孤独导致了癔症，最后，在一个雷雨之夜，跌在外面往窑上去的路上；三太太李晚棠是戏子"六月红"，盖运昌看她水灵，收了做三房，她为盖运昌生了盖招男、盖招弟两个女儿；四房梅卓倒是生了个儿子，可儿子根本是个废物，带来了更多的痛苦。女儿辈的命运也难逃劫数：盖运昌大女儿盖秋苗，作为联姻的工具嫁到原家，成了丈夫的出气筒，实在忍受不了奇耻大辱，自杀身亡；二女儿盖腊苗对爱情的幻灭，最后皈依了上帝；三女儿盖爱苗嫁了外地人耿月民；何柳成了傻子盖家生的媳妇。这些女人不是出离，就是死亡，或不能自主地活着。女人的性与孕育的被强调，置换了女性精神性的延展，或者说，女人在原乡人伦秩序中，一方面会以母性、神形的光环反照，另一方面也因生育被遮蔽与嘲讽。"母系文化的特点是强调血缘关系，人和大地的联系，并被动地接受一切自然现象。相反，父系文化的特点是尊重人为的规律，追求理性思维和改造自然的能力。……在母系社会的观念里，所有的人都是平等的，因为他们都是母亲的孩子的同时，也同是大地母亲的子女。……在父系社会中，我们看不到平等原则的影子，相反我们所能找到的只是宠爱的概念和森严的等级制度。"[1] 从

---

① ［美］弗洛姆：《被遗忘的语言》，国际文化出版公司2000年版，第151页。

母系社会到父权制社会,女性逐渐沦落为生育的工具与中介,沦为从属性别的原罪。

同样,葛水平的《喊山》也是一部充满乡村伦理、道德的小说,揭示了女人被压制的真实生命状态。哑巴红霞的丈夫腊宏不小心踩中韩冲装的捕獾器被炸意外身亡,韩冲出于愧疚照顾哑巴,而红霞坚持不要他的赔偿金;随着故事情节的展开,整个故事出现了翻转,原来腊宏是一个逃犯,已将前妻殴打致死,红霞为了自保而假装哑巴;警察带走了韩冲,多年装哑的红霞喊出"不要"。这里有哑巴喊山中的一个小片段:

> 哑巴听着就也想喊了,拿了一双筷子敲着锅沿儿,迎着对面的锣声敲,像唱戏的依着架子敲鼓板,有板有眼的,却敲得心慢慢就真的骚动起来了,有些不大过瘾。起身穿好衣服,觉得自己真该狂喊了,冲着那重重叠叠的大山喊!找了半天找不到能敲响的家什,找出一个新洋瓷盆……脸盆的底儿上画着红鲤鱼嬉水,两条鱼儿在脸盆底快活地等待着水。哑巴就给它们倒进了水,灯晕下水里的红鲤鱼扭着腰身开始晃,哑巴弯下腰伸进手搅啊搅,搅够了掬起一捧来抹了一把脸……①

哑巴红霞是一个被拐卖的女人,她被以极为野蛮的方式剥夺了说话的权利,达十年之久,整日生活在沉默和恐惧中,最后终获解脱和自由。这个压抑了多年、小时被拐、婚后因家庭暴力不敢说话的妇女在丈夫死后,提着脸盆走到了山脊上,举起火炷,敲响脸盆,将一声声的"啊——"从山屹梁上送出去。这个叫红霞的哑巴,精神受到极度压制的女人,终于发声,可是她也只发出了绝望的呼声。

小说构筑了一个自足的北方原生态文化村落,守着老祖宗的宗法秩序,无论对于性、情感、纠葛还是逸出法理的事情,统统用一个乡

---

① 葛水平:《喊山》,《人民文学》2004 年第 11 期。

约伦理来化解。同样,《喊山》也抖落了原乡人的赤裸性欲与情事。岸上坪的韩冲和发兴媳妇琴花有男女私情,但韩冲为给炸死腊宏之事做赔偿,去找琴花借钱,琴花与丈夫沆瀣一气夫唱妇随断了韩冲的念想,印证了韩冲与琴花的情事与性事,只是一种赤裸裸的性与物的交换。不可否认,中国传统社会土壤中生长出来的乡村秩序里,是一个自足的精神世界,而女性个体,视男人为天,在与现代文明的对接中,却永远滞后。《喊山》的探寻意义或许就在这里。

3. 女性寓言:母性生命形态与女神的原始精神追随

在早期西方女性主义那时,母性是被忽略的,有悖于批判男性中心主义,妨碍实现妇女的彻底解放。但事实上,"所有那些包含在快感和痛感之中的女性经验的复杂性(而非丰富性)的发现,与母性密不可分"[①]。戴锦华就曾这样谈论铁凝,认为"她是当代文坛女性中绝少被人'赞誉'或'指斥'为女权(性)主义的作家,但她的作品序列,尤其是 80 年代末至今的作品,却比其他女作家更具鲜明的女性写作特征,更为深刻、内在地成为对女性命运的质询、探索"[②]。以女性经验、女性感受和女性生存本相为其表现对象,是包括铁凝在内的女性写作的最为重要的标志。如铁凝的《玫瑰门》里,宋竹西对大旗的接近,含有源于母性的生殖和呵护的欲望,超越性爱的母性展示,充满了母性与爱。其实,20 世纪的东西方文化的冲突归结到男女关系上,还是性与内心的冲突。但在冲突的过程中,女性也以女性的母性来面对男性。如赵玫的《偿还》,张欣的《爱又如何》《掘金时代》《此情不再》《今生有约》《你没有理由不疯》,池莉的《你以为你是谁》《午夜起舞》《来来往往》,王小妮的《很疼》,殷慧芬的《纪念》,赖妙宽的《消失的男性》,甚至铁凝的《何咪儿寻爱记》等,都或多或少、直接间接地接触到这一母题。而进入 21 世纪后,女作家们一方面,是从世俗母亲挖掘传统本质意义上母性的内涵,如从铁凝《大浴女》里

①　[法]朱莉亚·克里斯多娃:《妇女与时间》,张京媛主编:《当代女性主义文学批评》,北京大学出版社 1992 年版,第 364 页。

②　戴锦华:《真淳者的质询——重读铁凝》,《文学评论》1994 年第 5 期。

母亲章妩到《笨花》中的母亲同艾,比照出传统母亲角色与现代母亲
角色的迥异,章妩改写传统母亲符号,表现出极度的自私、懒惰,与
女儿尹小跳对立,而同艾具有传统美德和现代意识,爱丈夫、子女乃
至邻居和村里的乡亲们;另一方面,则是试图将母性与女神的原始精
神契合,女作家的想象往往是在女性—母性—神性的链条上进行的,
赋予女性以多重角色,并有机地吸纳了神话、神歌、神词、神舞等因
素进行民族叙事,展示民族的深层内涵。更为精妙的是,作家显然更
愿意通过几个女性故事的讲述获得自己完整的叙述,以体现民族文化
的精髓。可以说,在白玉芳的《神妻》中,女儿性—母性—神性的转
换体现了作家对女性的全方位认知与解读。但有意思的是作家好像故
意逃避"妻性"这样一个女性角色,女罕是单身女性,莴萝格格也以
逃离终结了,母亲芍丹的妻性模糊,女儿芍丹缺少现实的妻性,也只
能在神化里被命名、完成。让我们感到了女性的充分力量与凄美的悲
剧色彩。显然,女作家从宏大叙事剥离出来一种积极的向自我本体回
归的叙事,将女性叙事与民族叙事妥帖地结合起来,强调对民间、民
族的关注,标志女性叙事不再是一种浅吟低唱,可以说,从女性主体
意识的侧重到对民间、民族叙事的有意识地表达,体现了中国女性文
学叙事在走向成熟。素素的《独语东北》以女性视角进入东北原乡记
忆,试图解读原乡原始精神与女性契合的神秘性,充满了对庄严的母
性与神性的景仰与追随,同时,也将原始女神形象与女性母性有机地
结合起来。素素指出裸露的辽西竟然潜藏着一座女神庙遗址、积石冢
群,还有美轮美奂的玉器,标示着辽河文明早于黄河文明,中华文明
史由 4000 年改写成 5500 年。辽西是母性的,哺育出妩媚鲜润的女神。
母性的辽西,赋予了它的子民先知般的智慧。充满母性的东北大地有
着自己的厚重与存在方式,使作家真正找到了东北的自信与自豪。

4. 日常生活场景展示:女神形象与女性母性的有机结合

女作家对世俗生活的表达充满热情,在日常生活场景的展示中,
获得对生态伦理与道德的体认,同时也在自然人化、人自然化与人性
神化的诗意中构筑美好的生态环境。迟子建的《原始风景》《到处人间

烟火》《清水洗尘》《东窗》等小说，是对日常性、自然性、民本性内涵的叙述，《香坊》《秧歌》《旧时代的磨坊》是对民间文化记忆的挖掘，《穿过云层的晴朗》《额尔古纳河右岸》是对原生态的渲染……将生活的日常性与自然性、民间生态联系在一起，不仅具有原乡气韵，同时也更具生活气息。笔下的人物有着对万物生命的敬畏，小说《芳草在沼泽中》中老刘解释说："芳草，那不过是人骗自己好好活着的借口！"而我呢？"我不能玷污刚刚树立在心中的有关芳草的神话，因为我看到的现实是流着肮脏恶心的脓血的，所以我宁愿相信神话。在我看来，神话也是一种理想和信仰。"① "……吃了它，就没有烦恼了……这草看上去和其他草没有什么不一样的，只是它中意了什么人或是动物，它就发出香气，你循着香气去找，就能找到它。"② 迟子建表达了自然神性与人的神性是契合的，换句话说，人的神性是在自然场域中，被揭发出来的。

对于迟子建来说，自然已然是生命本体的一部分。"我觉得大自然就是一种宗教，从一棵树，一朵花，一块石头上，我们就会自然而然产生一种天然的敬畏。"③ 自然中的万物都具有生命和灵性，日月星辰、山河岁月、故乡云朵，以及动物、植物等，都具有神性的光泽。自然是世俗人生活的精神之所，《亲亲土豆》中的秦山在家乡的大地上获得生命释怀与皈依，《世界上所有的夜晚》中的"我"在城市中受到伤害在自然中获得拯救，《酒鬼的鱼鹰》中的刘年躲在属于他一个人的荡漾的水波、清香的稻草，最善解他意的自然中他才会有回归自我的感觉。小说《穿过云层的晴朗》以一条狗的视角看待跟随过的六个主人：勤杂工小哑巴、上海女子梅红、来自大城市的文医生、酒馆女老板赵李红等，表达了对人的牵念与痛苦。这里有着自然与人的共栖，也有着与人的割裂。《额尔古纳河右岸》，以批判的眼光，探及原始生命形

---

① 迟子建：《芳草在沼泽中》，《钟山》2002 年第 1 期。

② 同上。

③ 迟子建：《要把一个丑恶的人身上那唯一的人性的美挖掘出来——迟子建访谈录》，《山花》2004 年第 3 期。

态，从万物有灵的多神崇拜、天人合一的生态和谐之美、万物因缘聚合等多方面体现出了对人与自然、民族文化与人类文明之间关系所做的深层的思考。

迟子建善于在平凡的人性中发现黯淡，也在黯淡处捕获神性的光泽。而迟子建所理解的人"不是庸常所指的按现实规律生活的人，而是被神灵之光包围的人，那是一群有个性和光彩的人。他们也许会有种种的缺陷，但他们忠实于自己的内心生活，从人性的意义来讲，只有他们才值得抒写"①。正如汉娜·阿伦特所言："即使是在最黑暗的时代中，我们也有权去期待一种启明，这种启明或许并不来自理论和概念，而更多来自一种不确定的、闪烁而又经常很微弱的光亮。这光亮源于某些男人和女人，源于他们的生命和作品，它们在几乎所有情况下都点燃着，并把光散射到他们在尘世所拥有的生命所及的全部范围。"②

迟子建在日常性、自然性与母性和神性之间构筑现实的神话，塑造了众多在世俗生活中被圣灵照耀的女性群体:《北极村童话》中的"老苏联"和猴姥、《鱼骨》中的旗旗大嫂、《逝川》中的吉喜、《秧歌》中的小梳妆、《采浆果的人》中的苍婆婆、《额尔古纳河右岸》中的最后一个女酋长……这些光彩夺目的精灵式的人物，她们有着素朴的生活理性，与自然相伴，与天地容纳，与人温暖，体现了人性的神性—母性光泽，蕴含着生命的自由精神，叙写着生命日常里的神话。迟子建在生活的日常性、自然性与母性和神性之间所建构的神奇张力，是北中国生活生长出来的原乡母性与文化根性。

可以说，原乡的历史就是嵌入女性的历史，而原乡原始精神与女性母性与神性的契合，就成为一个历史史实的存在。女性的生命样态就是一个历史的过程与构成，某种程度上可以说，女性的历史事实就是一个民族、社会的历史，以女性独有的叙述方式和话语构造，不再对历史做一个真实的还原，而是要以一种理性对历史做出审视，而这

---

① 迟子建:《寒冷的高纬度——梦开始的地方》,《北京日报》2001 年 9 月 17 日。
② 汉娜·阿伦特:《黑暗时代的人们·序》,江苏教育出版社 2006 年版。

种中介就是以女性的视角进入历史与现实里的人生景致，感悟更深的人生意味。

三　生态切换：在城市与乡野之间

自20世纪80年代以来，中国女性写作，一直游走在城与乡的书写中，而城乡书写的切换，则在20世纪90年代以降、21世纪初，这一方面跟女作家所处的处境、视域、场域等外围条件有关，另一方面也跟女作家的生活经验、习惯、审美有关。应该说，城乡切换迎合了两个流行主题：乡村城市化的改造与城市内部结构的变化，前者涉及乡村整体上向城镇化靠拢，随之经济、文化、观念、思维等都发生改变，而后者则是乡村人口向城市蔓延，进入城市生活发生改变，同时以一种服务介入了城市，也直接构成了对土著市民生活的冲击，改变着城市生态。而城乡的互动、融合带来了新的文化景观，也直接影响到女性写作。

事实上，总起来看，城乡书写的切换，来自两个理由：被动与主动。具体如下。其一，书写外环境的变化：中国城市与乡村的转型，使得城市与乡村文化结构、经济结构、心理结构等发生变化，当下中国乡村正发生着"城镇化""非农化"变革，农业人口转向城市（特别是大城市）从事非农业生产，成为现阶段中国社会现代化进程的重要表现。据国家统计局发布的《2015年农民工监测调查报告》显示，2015年农民工总量为27747万人，其中女性占33.6%。城镇化、非农化进程带来了农民生活方式和价值观念的巨大变化，也影响到城市的变化，并呈现出城与乡的交织、含混性、对流性。其二，内环境变化：女性书写回到本土书写的逻辑层面，也就是说女性写作20世纪80年代末90年代初受到西方理论包括西方女性主义理论的影响，21世纪逐渐回到了本土话语书写的路径上来，也从狭窄的一己书写辐射到群体、社会、历史等层面。其三，新媒体时代，城乡对流的可能性增多，城与乡的差异也在缩小，就网络书写平台来说，资源是同一的，比如21世纪以来出现了诸多的农民女作家，如余秀华、刘富琴等，挣脱代言，依存新媒介进行表达，存在从网络书写到印刷文本的转换。

可以说，女性书写城乡切换来自精神资源、生活资源、社会资源等的移动，也来自女作家们依靠自身的知识、阅历的不断增长，做出的审美选择。自然，女性城乡切换书写主体，从述她、转述到自述，呈现出多样化的趋势，体现出自在书写轨迹、模式与意义。

（一）城乡切换的轨迹

80 年代女作家的乡土书写，基于知青的经验，是一种回到城市后对乡土文化的反刍，也是一种精神文化的反哺，如张曼菱式对盈江的热爱，体现在小说《有一个美丽的地方》，云南德宏边陲的纯净、和谐、温情、尚美、多样性等构成了山水人物画卷，与人生图景驳杂的城市相比，显得更加圣洁、美好。当然，这种美好，就当事人来说，是确然的；但对另外的处境的人来说，却是恐慌的，王安忆《小鲍庄》是回城后的体验和感受，是对乡村群像间的复杂关系和同类群像的表现，是中国乡村生态乃至民族生态的缩影。

> 那年夏天，我去了江淮流域的一个村庄，那是与我十五年前插队的地方极近的，除了口音和农田作物稍有区别。一下子勾起了许多。在我离开插队的地方以后，就再没回去过，人也没回去，信也没回去。许是插队时太小了，或是太娇了，那艰苦，那孤寂，尤其是那想家，真是逼得人走投无路。虽说才只两年半，其中有半年以上还是在家里的，可感觉却是十年、二十年。因此我无法象很多人那样，怀着亲切的眷恋去写插队生活，把农村写成伊甸园。但时间究竟在抹淡着强烈的色彩，因而纠正了偏执，也因为成熟了，稍通人世，不敢说透彻，也明了了许多；还因为毕竟身不在其中了，再不必加入那生存的争斗，有了安全感；或许也还因为去了美国数月，有了绝然不同的生活作为参照。总之，静静地、安全地看那不甚陌生又不甚熟悉的地方，忽而看懂了许多。脑海中早已淡去的另一个庄子，忽然突现了起来，连那掩在秋秋叶后面的动作都看清了，连那农民口中粗俗的却象禅机一样叵测

的隐语也听懂了。①

　　这就是知青历史经验的两面性，一个是令精神得到抚慰的原乡回味，一个是滋生贫穷、落后、愚昧的乡土，是要逃离的处境。文化的两面性、乡土人文的选择性，是 20 世纪 80 年代的产物。城乡的巨大差异带来了文学图景的不一表述。可以说，在大文本的想象构建中，乡土意味着落后、荒芜、杂乱，而城市意味着文明、前卫与现代，这也基本上表征了 20 世纪 80 年代人们对城乡的粗浅认知。

　　90 年代城乡差异仍然存在，但对抗开始趋于缓和。女作家笔下呈现出城乡的不同表达，有以徐坤专注于知识分子精神情状的聚焦，迟子建式的围绕乡村"小人物"的乡村民谣式的书写，还有范小青城市"小人物"的"城市民谣"式书写，各自表述生活情状，苦乐相伴的世俗人生。而这期间，不可忽略林白、陈染的"个人化书写"，风头正健，颠覆了传统女性写作的模板，更有卫慧、棉棉等身体写作的女作家，构成了 90 年代多元共生的景象，90 年代后多数女作家选择了归于世俗，进入现实的书写。

　　但 90 年代末直至 21 世纪这一状况渐渐得到改变。尤其是 21 世纪以来，出现了一个有意思的现象，即城乡生存环境一方面共同受到了来自消费经济的冲击，出现了文化的断裂、伦理道德体系被撕裂；另一方面两者也发生了强对流，乡村与城市开始了置换。确切地说，中国的城乡的转型，促动了整个社会内部结构的变动，其中一个标志就是城镇化改造，以及农民工群体进城，城市与乡村交融、对流加剧。加之新媒体时代，互联网把城市与乡村的空间、心理距离的沟壑填平，城乡对话基础日渐夯实，而这一切都显现在中国女性的写作中。

　　城乡切换成为新世纪女性文学的书写主潮，由城到乡、由乡到城是双向的，而乡土女性生态书写比重更是陡增，以迅猛之势，蓬勃发展。女作家大举进入乡土叙事，并形成三个阵营：其一，以乡土叙事

---

　　①　王安忆：《我写〈小鲍庄〉》，《光明日报》1985 年 8 月 15 日。

著称的迟子建、孙惠芬、邵丽等坚守乡土叙事的同时,也将视域拓展到城市,如迟子建的《踏着月光的行板》《晚安玫瑰》、孙惠芬的《民工》《歇马山庄》、葛水平的《喊山》、邵丽的《明慧的圣诞》等;其二,以城市书写为主体的女作家铁凝、王安忆等转向了乡土女性生态的书写,如王安忆的《喜宴》《富萍》《上种红菱下种藕》、铁凝的《笨花》、林白的《万物花开》《妇女闲聊录》、方方的《奔跑的火光》、严歌苓的《第九个寡妇》《谁家有女初长成》、范小青的《赤脚医生万泉和》《城乡简史》、魏微的《大老郑的女人》《乡村、穷亲戚和爱情》、北北的《寻找妻子古菜花》、盛可以的《北妹》等;其三,21世纪涌现出了诸多农民女作家,凭借多重媒介,介入乡村现实与女性现实,也将笔触延展到城市,表达对城市的期盼、热望与疏离。如姜兰芳的小说《婚殇》《乡村风流》、刘富琴的小说《山沟沟里的女娃》等。只是由于众多农民女作家缺少宏阔视域、大的格局,整体良莠不齐,尚没有形成强劲声势。

在城乡切换的模式中,女作家的书写展演出不同色泽,也涵盖了多重表达。诸如乔叶、魏微专注于乡村女性进入城市的变异,对城市的批评多于对城市生活的认同,未能够发掘人性深度温暖与热情。魏微的小说《回家》《异乡》,讲述的是有关乡村女性在乡与城、温暖与悲凉中的徘徊与游离,是乡土社会伦理变迁的缩影。《异乡》讲述了漂泊在外的子慧在城与乡的不被信任与歧视,就连她的家庭、她的父母也对她怀疑,最后她连自己都不信任,她离家三年,本本分分,却总疑神疑鬼,担心别人以为她是在卖淫。《回家》里在城市中做妓女的小凤等,被警察遣送回家,但家乡和故土并不接纳,母亲也不容忍。无奈的小凤带着另一个姐妹李霞共同离开,重新堕入风尘。乔叶的小说《我是真的热爱你》,则更为透彻地揭示了冷红沦落为妓的各种现实社会原因,写出了一个清纯的农村姑娘在城市中被迫走上卖淫道路的社会心理逻辑。她的长篇小说《底片》则写出了刘小丫在南方城市当妓女的几年里由被动到迎合,逐渐安于苟且和惯于苟且;另一方面,她回到家乡从良嫁人后,想拒绝苟且而不可得。其实,女人的性跟自身所处场域、处境无关，关涉自我的认知。相较而言，迟子建的《晚安玫瑰》、范小青的《我是你想象的那个人》等小说，在繁杂的城市中捕获温暖，也将批判与讥讽蕴含在温暖的笔调中，反映了人们对物质的需求成了主流生活，精神的困顿在积聚。林白的《妇女闲聊录》则是基于城市视点来回切、回望乡村镜像，把乡村的凋敝、破败展现得淋漓尽致。

（二）城乡切换模式

这里，特别要提及的是，城乡的切换不仅仅作为一个场景、场域、处所、空间等处置，完成书写内容与形式的合一，切换也基于人物的游走与跨域，关涉到的是人在不同处境中的多种生命样态展示。其间，城乡生态发展逻辑的叠合、冲撞也出现在切换中。大体来看，女作家城乡书写的切换模式主要有三种：由乡村到城市的日常经验书写、转述，由城市到乡村的逆转，城乡混搭等模式，蕴含审美批判性、反思性与现实性。

迟子建是以乡土生态书写开始的，《北极村童话》《秧歌》《旧时代的磨坊》《原始风景》等，从乡村日常中汲取生命经验，也从民间、自然资源中寻找到自己的精神原乡与生命动力。依托乡土叙事逻辑的迟子建，热衷于人性温暖与生命力的颂扬，而不刻意去拯救人性，挖掘人性的深度。

1995 年的《晨钟响彻黄昏》是一个特例，这是迟子建第一部反映都市知识分子题材的长篇作品，大致表现回到哈尔滨对都市以及知识分子的感觉。但这次尝试并不奏效，繁乱都市里挣扎、撕裂的人物走向，与生活环境错位，使作品被质疑。之后陆续有《亲亲土豆》《踏着月光的行板》《白雪乌鸦》《伪满洲国》《黄鸡白酒》《晚安玫瑰》等城市书写作品，作家在情感上逐渐融入这座城市，与笔下的人物是并行的，没有凌驾其上。表达日常，但与生活葆有一定距离，完全靠想象去构筑，以城市作为背景、场域，来烘托小人物的悲喜命运。《踏着月光的行板》是介于城市和农村之间"边缘人"民工的生活写照，《亲亲土豆》中的城市只是一个场景，拉伸了对故乡的依恋，城市不能够完成对丈夫秦山身体、精神的拯救，而乡村才是他们最后的家园。

迟子建的《晚安玫瑰》试图写出哈尔滨城市里两位弑父女人的心灵救赎。小说中居无定所的克山乡村私生女赵小娥，是出版社的校对员，自卑、执拗，这有别于迟子建以往笔下女性人物的温情、祥和。迟子建在对赵小娥故事的讲述中，显得有一些走板，她让面容丑陋的赵小娥，屡遭情感的抛弃，叠加她的丑陋与粗放。但另一方面，迟子建又想铺设自己的温馨笔法，让赵小娥尽可能优雅，与小资犹太后裔老太太吉莲娜一起浪漫享受西餐厅的美味与时光。似乎这优雅画风只适合犹太后裔，却与赵小娥不相及，身体在哈尔滨都市里，而灵魂与思维还没有跳出乡野的悬而未决的身份纠缠，精神困顿，不堪重负。而迟子建叙述节奏与风格，与她笔下人物身份、内心的紧张也极不相称，甚而是错位的。随着故事的掀开，赵小娥意外地遇到了猥琐、卑微的生父穆师傅，并预谋认作干父，展开了替母复仇、弑父，结果父亲在她的刻意同游的船上，明白她的意图后，给赵小娥留了7万元的银行卡，自己跳入水里。惶恐、焦虑中赵小娥把真相告诉了犹太后裔吉莲娜，竟然获得理解，同样遭受过日本人凌辱的吉莲娜愤然毒死继父，终其一生未婚，她身后把洋房留给了赵小娥。自此，赵小娥在哈尔滨终于有了自己的居所，也获得了男友的认可，这本是一个喜感的结尾，但是一场晚宴的等候，得到的却是男朋友齐意外死亡的讯息。赵小娥的生活仍是清冷的，但她撕裂亲情、伦理之后逃脱了惩罚，获得了物质的恩赐，并为之坦然。可以说，这是一篇不可信的中篇小说，故事里嵌入了谋杀、强奸、婚外情、死亡等喧闹的质素，逸出了迟子建原本温情脉脉的乡村传情、叙事。这一切不可信，甚至反差。

这就是来自迟子建的切换。原因在于，她离开乡土逻辑表达，沿用惯用的日常经验，进行温和的批判，但在强调城与乡的对峙时，却难以将主人公赵小娥在城市环境中完全塑形，其自身内心的挣扎，以及与城市环境、乡村环境的对立没有充分表达，笔下的女性人物未能立体化处理，拯救也是失败的。"虽然我写了关于哈尔滨的系列小说，但我的故乡在我的生活和写作世界中依然占据着不可撼动的位置，我还会写它。只不过我的笔以往只游走在一个区域，现在区域扩大了而已。比较而言，城市人'疗伤解痛'，可能比乡村人要艰难。因为大自然是隐形的心理医生，而我们在城市缺乏这个。"①

走出"北极村"的迟子建，在充满异域风情的哈尔滨穿梭，流连于松花江畔、大教堂前、中央大街等地，但她的精神原乡世界一直携带着故乡的山水风物，即便是书写城市，迟子建精神上仍然是乡土的，体现了一种背离之后的反抽、回转。

对于林白来说，北京不是一个血肉的北京，它是个抽象的北京，是个符号化的北京，是有被排斥感的。"北京这个城市，对我来说始终是别人的，它是个异乡。我在那里虽然生活了十几年，还是分不清楚东南西北。我在北京生活得越久，异类感就越强烈，虽然有自己家庭，还时不时地感到流离失所，内心有一种惨痛和伤怀。在北京我的生活很空旷荒凉，始终没有自己的社交圈子，面对北京这样一个巨大的城市，呆得越久越觉得冰冷坚硬。"②《一个人的战争》可以说近乎自传，是林白内心独白与生命的注脚。主人公多米不断从边区北流，到武汉，又到北京，她渴望单纯的爱情与性爱，遭遇男性，却屡屡被骗，甚至是被强暴，身体与精神极度受挫。林白的《说吧，房间》《玻璃虫》《北去来辞》等，始终纠缠在自己固有的叙事模式中，解析作为一个女性，在面对生活、世俗、男人等的慌乱与挫败，在城市中的陷落。

某种程度上说，林白与城市是隔膜的。与其说，林白是从城市进入乡村的书写，倒不如说是从个人书写走向了民间。《枕黄记》中对黄河民间的采访、记录，接近了乡村。《万物花开》有了外倾，描写了当下的民间状况与生活形态。《妇女闲聊录》是真实的口述实录，由一个叫木珍的乡村女性在北京的讲述构成，显得别致。林白剑走偏锋，选择了乡村女性生态图景，充满朴质、活泛，由城市到乡村，应该是有效的切换。木珍作为辐射点，从北京辐射整个湖北木榨村庄的人，以及由村庄扩散而去的武汉、北京、天津等地，呈现了一幅乡村到城市

---

① 孙若茜：《迟子建和〈晚安玫瑰〉》，《三联生活周刊》2013 年第 19 期。
② 林白、陈思和：《〈万物花开〉闲聊录》，《上海文学》2004 年第 9 期。

流动的长卷,同时也有对具体人物聚焦式的特写。在碎片化的故事里,传达出的是乡村生态在凋敝,乡村的素朴正被一种怪诞的气氛所渲染。乡村女性出走城市,要么凭借实力去打拼做打工妹,要么就是选择了做二奶、妓女,男人也离开了土地,他们厌倦了种植土地,相反开始了抢庄稼、偷捕鱼等,乡村不再是田园式样的旧有模式,而是充满了躁动与焦虑。小说中木珍的原型是林白的保姆小云,她来自湖北浠水,一个"二流子村"。小说展现的民间生活状态,触目惊心的现实,是南方景象之一种,散发着的,是乡土民间的自然欲望。改革开放以后,这种原始欲望跟商品经济相结合,变成另一种"跳开放"①,变成性与暴力两种生命形态的展示。这折射了一个现实:一方面,民间生命获得了自由,情感、性等得到释放;另一方面,面对城市冲击,农村传统伦理秩序崩溃,新的伦理秩序却没有构建起来,因而乡村一片凌乱。《妇女闲聊录》切入乡村的现实,让文学直接介入现实,散发出了原汁原味的乡土气息。

　　《妇女闲聊录》无意纠缠在对传统文化、性观念、伦理道德观的崩溃,以及城乡差别等的过多诠释,它就是一片欢腾的场景与场景、生命与生命的碰撞,乡村与城市的对接。作家也由一己的个体走向群体、出内走向外,由城市进入乡村,另一种文学伦理和另一种小说观,饱含颠覆的冲动与生命的自由绽放。

　　但林白介入乡村的表述,近乎转述,以城市的眼光看待粗鄙的乡村生态,缺失厚重的质地,白描式样的勾勒,稍显粗率。在精神上与乡土没有完全契合,乡村呈现出了一副颓废、凋敝之态,作家批判有度,但人物形象模糊。凌乱、碎片化的格式,显得杂乱、轻佻。但并不否认这或许是林白的有意为之,在跨"域"书写的理性诉求里,蕴含解释乡土女性现实的内驱力,并行之有效。

　　范小青的切换,却是另外一种模式:城乡混搭。范小青苏州人,习惯展示苏州地域风情、地域色彩和人物符号,还有对人性的挖掘、

---

① 　湖北乡村俗语,原指一种暴露的舞蹈,后引申为对生活作风、性开放的描述。

内在的精神冲突的揭示。1980 年处女作短篇小说《夜归》发表之后，有《小巷尽头》《小巷静悄悄》等作品，充满江南气韵。1997 年《百日阳光》开始将小说注意力向乡镇企业伸张，《女同志》写出了万丽在官场的进取和挫折，以及她对现实的温柔反抗。《我的名字叫王村》折射了中国社会变革中隐含的一系列问题，包括农村干部的竞选、绿营蒜厂的内幕、土地流转的交易等现实。小说《我就是我想象中的那个人》写出了进城务工的胡本来，因购买到盗卖的自行车而受到惊吓，以致自己一直生活在惶恐与不安中，精神的迷走让这个老实巴交的乡下人出离了自己的本体，在假象中错位自己，直到真正的同乡被抓捕，才得以恢复到正常。

从写苏州的精神、情状，到对农民工的书写，由城地市井转向了群体的民工，是因为涌入苏州的大量农民工、快递、中介、安装工等，进入了范小青的视域，不同的人物对象和不同的内容等，导致了视角的变化，城市碎片化的经验，也经由空间得到转换。范小青触碰到的是，现代社会发生的巨变，以及它影响到人类所发生的剧变和巨变。"无论是乡村还是城市，无论是中国还是全球都在发生这样的事情，全人类都面临同样的难题。而把这样的故事，人物以及通过它们所呈现的意义，放在乡村，是因为我觉得，在小说的艺术表达上，更能让形式与内容较大程度地融合，能够更符合我的创作个性，从而更准确地表达出我对现代社会的一些想法。"① 范小青的选择又是一种主动，她有意地调整自己的书写方式，也在城乡的切换中获得了对生命意义本身的思考与解释。在城乡的混搭模式中，有对笔下人物尴尬心理的刻画，但"隔"的事实也凸显了作家与人物内心的距离。

女性生存经验仍然是切换的主题，体现在几个方面：表达作为一个现代女性内心的诉求，对接消费时代的秩序，体现自身的价值，以及挣脱现存束缚，获得自由体认；传达转型中的女性对现实困境的妥协、无奈，甚至是迎合；乡土中国的大地上，坚守原乡精神气脉的女

---

① 范小青、舒晋瑜：《写作慢慢走向自由王国》，《上海文学》2016 年第 1 期。

性,仍然依托在大地,在自我、女性、社会、乡土、现代等交织中,勃发温柔与坚实的力量,以自己的方式绵延着中华民族气脉,守护着一份安然静默。

(三) 城乡切换的意义

当然,女性书写城乡切换存在有短板:一是女作家跨域的表述,依然固守自己的思维、立场、场域等,执着于情感表达的偏好与主体意识的思考,不能够结合变动中的城市、乡村现实,从哲学、美学角度看待女性生存经验,发掘女性与城市、乡村共生的内蕴力量,仅仅停留在描述女性困境的表象上,未能探及纵深,存在介入现实的无力与尴尬。一是由于文化处境、生活环境的改变,二是由于缺失审慎的主观性。如王安忆在《读〈小鲍庄〉》一文中,认为把生活印象转变为艺术画面、场景的叙事才能,包括语言与结构方面,是她的优势,但也存在不足,她对社会的印象大于对社会客观的认识,对仁义的观念之偏爱,有形无形地限制着她对生活的深入开掘。"这主要是:作家感受并吸收生活印象的能力似乎超过了她主观上认识并剖析这些生活印象的能力。"[1] 但即便是根植于乡村的作家,诸如回族女作家马金莲,出版有小说集《父亲的雪》《碎媳妇》《长河》,她的《金花大姐》《四儿妹子》《杏花梁》,以及系列短篇《1987 年的浆水和酸菜》《1990年的亲戚》《1992 年的春乏》《1986 年的自行车》《1988 年的风流韵事》,长篇小说《马兰花开》等,以其浓郁的生活气息,反映西海固贫困山区农村妇女生活以及乡村的变迁,也面临着新的困惑,"我的小说,重复着苦难的主题,表现苦难对人精神的考验和磨难是没有错的,只是我表达得有些肤浅,需要再往深处挖掘,从更深意义上表现生存的伟大意义。"[2] 女作家的想象与思维滞后于变动的社会现实,缺少观察与大胆的构想与预判。但城市与乡村已背离原乡的形态,不再是作家最初生长、生活、熟悉的那个城市或乡村,城乡随着转型,已经携带了复杂的质素,深层的道德秩序、世态人情、伦理情态等发生着隐

---

① 曾镇南:《缤纷的文学世界》,中国文联出版社 1988 年版,第 162 页。
② 马晓雁:《静处的梦想——宁夏回族青年女作家马金莲访谈》,《大家》2012 年第 2 期。

秘变迁，同时掺杂了污垢的成分，这也影响到女性作家的书写。

　　但城乡切换表达的意义在于：在急剧变动的城乡转型中，切换是一种叙述方式，是一种书写策略，更是生活场域的调适；切换作为视点，聚焦了女性的生存现实与社会现实，也体现了女性文学的自我书写逻辑与本土文化实践，指证了女性的生存关乎城市、乡村的转型，也在整个过程中重新被"塑形"，如何坚守自我生命价值与尊严的守护，以及守卫原乡精神文化，是时代赋予女性的使命。在消费经济疯狂逼迫，价值失衡、伦理重构的当下，思索困惑女性的桎梏，是生存场域的变动，是来自性别的束缚，还是整个社会发展必然的伴随，是消费时代对人的身心的侵蚀、撕裂，还是另有缘由？这一系列问题，不仅关涉女性本身，也警示社会界面包括文化、思想界要以怎样的方式，洗涤我们心灵的尘埃，剔除欲望与不安的焦虑，回到简约、安然与静默的日常生活节奏中。而寻找心灵精神深处的安放、静默姿态的方式，以及导致女性生存困惑的元凶及深层的社会分析，尽管没有能够立体地透析，但也获得了我们的尊重。

　　女作家城乡书写切换的思想资源，来自成长经验，也来自日常生活经验，更重要的是她们精神上原乡精神情结：迟子建对城乡接合部的反映，林白在城市窥探乡村，范小青聚焦城市民工生态，乔叶关注乡村女性到城市的变异。乔叶小说里的女主人公，有着城市与乡村的无奈，她们的出走与回归，不是城市诱导诱惑了乡村，也不是乡村改变了女性，而是自我精神的落寞与消极，是享受心理作祟，放弃对自我生命的尊严的尊重。物化的不只是身体，还有精神无处安放，这是可怕的。当《魂断蓝桥》里的女主角误以为未婚夫战死，无奈地卖身，换来的是读者的同情与理解，而对乔叶、魏微笔下的妓女，我们该秉持什么态度？这不仅是一个价值判断问题，也是一个时代情态与感知的问题。这不单单是女性个体的生存事件，也拨动、引发我们对这个时代繁华背后的惊心与惶恐。

　　可以确认，在城乡切换的女性文本表述中，城乡的处境的尴尬与精神的皈依是同一的。即自我的疏离与切近，自我的放逐与追随。城乡的切换、对话，在于把握与透视不同场域中的人性与生态，寻找同一与差异。女作家以自己的方式，思考了城市与乡村的不同景观里的世态人情，勾勒了时代的感知力与情绪，反映了时代、社会的变迁中伦理文化的断裂，蕴含了对中华民族精神文脉承继的呼唤，以及对文明精神因子渴望的激情与意志。其城乡切换的内涵在于：在不同场域，检视人的行为与心理，诊脉、剥离当下社会现实的弊病与污垢，寻找女性精神、文化的支撑点。

文学的功能不仅是解释、表达，更重要的是切中肯綮的诊脉、引渡。就此意义来说，她们的切换书写是行之有效的！

四 乡村原生态模式的呈现

21 世纪以来，随着城乡的交融、互动，城乡生活模式、生命形态逐渐趋同，尤其是新媒体时代，城乡交流因多媒介的存在，变得更为便捷，乡村女性视域拓宽，生活视界逸出了乡村场域，她们走出固有生活环境，挑战传统文化秩序与道德束缚，改写属于自己的命运，寻找与实现着自我存在价值。相应地，随着社会的变迁，乡村女性的精神资源、生活资源、社会资源等的移动，涌现出大量的农民女作家，开始了挣脱代言的自述，呈现出粗放、简约、率直的个性，开始了中国乡野女性自我、乡土、社会、现实、自然等多方位的表达，并体现了自我特质：乡土女性经验含混性与多样性、新媒介革命下的依存与释放，以及坚持书写自我本性的尴尬。从而，以别样的方式来呼应着主流女作家的生态书写。

（一）乡土女性经验含混性与多样性

应该说，21 世纪女性书写的一道亮丽风景，就是出现了众多的来自乡村带着泥土气息的农民女作家，诸如姜兰芳、李勇坚、张晓娟、周春兰、刘富琴、土家族宋庆莲、回族单小花与马慧娟等，开始了自我生命经验的书写。她们采用多种书写方式，或沿用传统书写方式，或以新媒介的方式，表叙乡村生态景观与女性现实生活，她们笔下有对素朴乡村的原乡追忆，也有对现存乡野凋敝的慨叹，有对自我处境的反抗，也有对因袭传统的固守，不一而足。她们以自己的方式展现了多样的乡村生态与精神追随，而留守与抗争仍然是她们选择的主题。如回族女作家单小花的《口口》《一个女孩的故事》《卖甜醅的女人》《啥什穆的出世》《梅之死》《磨难的岁月》等散文，表述了内心的悲喜感悟。周春兰的小说《谁能与我同行》《秋之吟》《静夜思》《冬日落雪》《胎儿带》《风向口》《那路弯弯》《尘埃》《孤独的灵魂》《七情六欲》《盛夏》都充满乡村情调与特质，周春兰在《折不断的炊烟》中描述的一个乡村社会，以一种文学化的平静赘述，道出了一介村妇的世俗自扰；短篇小说《尘埃》反映了她从广州打工回来后带着一种伤痛。石淑芳的小说《山女的世界下着雨》是一位山村女性倾诉对日子的看法。王海燕的小说《女人的红尘》是对乡村女性命运的如实写照，显示了不同的艺术个性。刘向梅的散文《晚秋女人风景》《睡在身边的是娘》《睡在老宅的最后一夜》《父亲的冬天》《粘鞋底的娘》，带有乡土的温情与气息。廖富香的长篇小说《守望幸福的女人》描绘了军人和红颜知己的情感故事，美丽善良的姑娘阿雯少女时代遇上了青年军人程一民，两人在热恋时，程一民去了北部边疆执行抢险救灾任务。阿雯在家乡遭到当地公社书记的侵害以后离开了家乡，公社书记为了报复阿雯在邮局封锁了她的一切信件。作家控诉了乡村性暴力对女性造成的损害。土家族女作家宋庆莲创作的小说《米粒芭拉》《蓝三色水珠》属于童话世界展示。黄润妹的散文集《点辣椒长不出萝卜》有亲民清廉的县委书记，有助民、扶民的农商行，还有乐于奉献的"花心廖爷"等社会底层人物，记录了淳朴的炎陵风情世态。李勇坚的短篇小说《鸳鸯失伴》、长篇《泷江情结》叙写了新农村的变革，尤其是《泷江情结》以一种宏大的叙事，反映了粤西山区在改革开放的大好形势下，贫穷落后的山区农民在基层政府部门和干部的带领下，走奔康致富的道路，终于改变了家乡的面貌，迎来了丰收的喜悦，等等。

　　在众多乡村女作家中，挣脱代言的自述，最为典型的是姜兰芳。这位陕西省咸阳市秦都区安谷村的普通农村妇女，1967 年生在咸阳市吊台镇郭村农户人家，由于家境原因，高中二年级退学，曾经在 2010

年由中国文联和北京市委宣传部发起,央视、新浪等全国 15 家网站联手举办的大赛中,以网络小说《婚殇》居"首届网络小说创作大赛"人气榜首,出现在央视网站的网上文摘参赛作品的人气排行榜上,《婚殇》以 3178 点的指数遥遥领先,一时引发轰动。姜兰芳聚焦的是驳杂的征地、拆迁、打工等,书写着农村日新月异的变化,感悟人性的光彩与阴暗。她的长篇小说《婚殇》《乡村风流》《血色女人》《风雨残红》等,表达了城镇化过程对乡村的冲击,在乡村牧歌的情调中影射出了乡野文化的凋敝与女性的放纵。《婚殇》描述了陕西瑞河岸边一个叫作葫芦村的农村妇女金雁的悲剧人生,葫芦村人因袭"打老婆是分内事"的传统观念,打媳妇不仅是一种常态,而且常常被男人们炫耀,为了不让娘家人担心,金雁一直忍气吞声,直到被打得颅内损伤复发后死亡,揭露了家庭暴力给农村妇女带来的巨大伤痛;而继《婚殇》之后正式出版的另一部写乡情乡事的小说《乡村风流》,写村妇翠花以出轨、不羁的放纵,来抗争命运、主宰自己情感的无奈,也写出从农妇到总经理到劳模的田雪的自强不息。乡村女性的生存现实发生了改变,女性作为生命主体,也在寻找着自己的释放,她们开始大胆穿过世俗的樊篱,挑战男人与传统的秩序,随着改革开放以来的市场经济,她们能够走出固有生活环境,投入新的生活场域中,打工或留守给她们的生活提供了不同的色泽,同时也因为性别的阈限而遭受不平等的对待,甚至以原始生命的性作为资源,换取生存环境改变的筹码。她们的抗争与屈辱、放纵与坚守,成就了时代给予她们的选择。姜兰芳近乎赤裸的书写方式,将乡村女性的性与精神一起撞击在复兴或凋敝的乡村现实里,发出了清响。而在散文《从设法逃离到不愿离开》中,则表达出她对土地的眷恋与精神上的依存。

乡村农民女作家的迅速崛起,并呈现出勃发之势,原因如下。其一,生活场域的变化。乡村女性通过各种渠道大量涌入城市,适应城市生活,而这基于中国城市与乡村的转型,使得城市与乡村文化结构、经济结构、心理结构等发生变化,当下中国乡村正发生着"城镇化""非农化"变革,农业人口转向城市,特别是大城市,从事非农业生产，加剧了城乡的互动，也成为现阶段中国社会现代化进程的重要表现。据国家统计局 2016 年 4 月 28 日发布的《2015 年农民工监测调查报告》显示，2015 年农民工总量为 27747 万人，其中女性占 33.6%。城镇化、非农化进程带来了农民生活方式和价值观念的巨大变化，也影响到城市的变化，并呈现出城与乡的交织、含混性、对流性。其二，自身精神成长。乡村女性自身鲜活的成长经验与生命体验的积累，加之在乡村现代化的过程中，乡土传统、现代的交织，日新月异的生活样态，激发了乡村妇女自我意识的萌动，逐渐摆脱传统父权文化的束缚，开始挑战传统文化秩序与伦理道德束缚，追寻自我尊严与生命价值的实现。其三，农民女作家生产方式多样化，多渠道的生产模式的共存。首先，农民女作家沿用传统书写方式，加上政府的扶植，获得出版机会，1998 年李勇坚带着 370 页的长篇书稿《康庄大道》，到罗定市文联求助，但因写作的技巧、修辞、语法等方面都没达到出版水平，此事未果，搁置三年。2003 年，李勇坚创作的短篇小说《鸳鸯失伴》获得了"龙岗杯"2002 年罗定人小说创作大奖赛三等奖。同年，李勇坚捧着她的手稿，到云浮市文联寻求帮助。时任云浮市人大常委会副主任、云浮市作家协会主席的叶沃森当场拍板："要大力支持李勇坚出书，圆她作家梦。如原作还未达到出版水平，要找专人修改达到出版水平，出版经费由我联系落实。"罗定市文联专门请了专业人士对作品进行修改、润色。2004 年 3 月底，书稿终于改完了，字数已由 15 万字变成 20 多万字，书名最后定为《泷江情结》。之后，由云浮市文联把书稿寄到中国戏剧出版社出版。其次，农民女作家凭借网络媒介提供的有效平台，成为她们生长的中介，从而进入了由网络书写到印刷文本生产的产业链。新媒体时代，城乡对流的可能性增多，城与乡的差异也在缩小，就网络书写平台来说，资源是同一的，比如余秀华的书写，原来就是从博客、贴吧开始的，从网络到印刷文本的转变，基本上与流潋紫的书写方式一致。最后、农民女作家依靠社会、民间力量自筹资金出版，比如刘富琴、姜兰芳等。可以说，传统与新媒介力量，以及民间资本力量的共同助力，为农民女作家的写作提供了物质基础；

而更重要的是来自乡土女性自我精神资源的促动,她们充满激情地表述自己的生命渴望,也渴求描绘出乡村景观的新样态。

(二) 新媒介革命下的依存与释放

新世纪以来的媒介之变改写了女性文学生态,也影响到乡村女作家的书写。论坛、博客、微博、微信等自媒体载体为她们的书写提供了自由空间,挑战传统的写作秩序与方式。网络媒介成了一个最好的表述平台,使乡村留守女性的孤寂、热辣与火爆的情感得以释放,也传达出她们对美好生活的热望。乡村生活片断与场景,成了乡土生活的真实表达,而对远方生活的描摹、构想也在她们的表述中,城市与她们是间离的存在,而喧闹的、闭塞的、荒凉的、惊心的乡村,才是她们生活的本真现实与生活场域。

余秀华就是一个典型的例证。她 1976 年出生在湖北钟祥石牌镇横店村,是网络诗人。她的诗歌集有《月光落在左手上》《我们爱过又忘记》《摇摇晃晃的人间》等,诗歌有《在打谷场上赶鸡》《如何让你爱我》《我爱你》《井台》《梦见雪》《致雷平阳》《那些秘密突然端庄》《打谷场的麦子》《我们在这样的夜色里去向不明》等。1998 年,余秀华写下了她的第一首诗《印痕》,到目前为止,至少已写了 2000 多首诗。从 2009 年 8 月 3 日余秀华在新浪上开通自己的博客之后,更是势头迅猛。《诗刊》编辑刘年因为朋友的推荐,浏览了余秀华的个人博客,并将其作品《在打谷场上赶鸡》在 2014 年第 9 期的《诗刊》上发表,2014 年 10 月 14 日《诗刊》的微信公众号推出她的诗选和短文《摇摇晃晃的人间———一位脑瘫患者的诗》,诗文选的点击量就突破了 5 万。而《穿过大半个中国去睡你》的诗歌在微信里转发,并冠以"脑瘫""女诗人""农民"等标签增加噱头,引发了大众媒体和普通网友的追捧。"其实,睡你和被你睡是差不多的,无非是/两具肉体碰撞的力,无非是这力催开的花朵/无非是这花朵虚拟出的春天让我们误以为生命被重新打开/……当然我也会被一些蝴蝶带入歧途/把一些赞美当成春天/把一个和横店类似的村庄当成故乡/而它们/都是我去睡你必不可少的理由"。无疑,这是一首惊世骇俗的诗歌,《穿过大半个中国去睡你》有着对远方的想象，是虚幻里的真情流露，直白、简约而富有张力，充满女性的挑战性。当然，媒介与读者对此，褒贬不一，有人指责她格调低下，一些则认为余秀华粗放的自我想象喷涌勃发，大胆的构想与表达，惊涛骇浪。乡村在这里不再是静谧的，而是狂野的，超越了城市、乡村的界限，是乡村生态点缀着后现代梦幻一样的嫁接。而在《如果万物都有与你相关的部分》里，她传达了一种冲出生活氛围的挣扎："它们在这深秋的黄昏里呼吸的模样/它们在水里荡漾的时辰/包括星群出现时，它们一惊的颤抖/我必将被这村庄更深地陷进去，如泥潭陷进泥塘"①。"村庄荒芜了多少地，男人不知道/女人的心怎么凉的/男人更不知道"（《子夜的村庄》），"村庄不停地黄。无边无际地黄，不知死活地黄/一些人黄着黄着就没有了/我跟在他们身后，土不停卷来"（《九月，月正高》）。在《在打谷场上赶鸡》里，描绘了一幅画卷："然后看见一群麻雀落下来，它们东张西望/在任何一粒谷面前停下来都不合适/它们的眼睛透明，有光/八哥也是成群结队的，慌慌张张/翅膀扑腾出明晃晃的风声/它们都离开以后，天空的蓝就矮了一些/在这鄂中深处的村庄里/天空逼着我们注视它的蓝/如同祖辈逼着我们注视内心的狭窄和虚无/也逼着我们深入九月的丰盈/我们被渺小安慰，也被渺小伤害/这样活着叫人放心/那么多的谷子从哪里而来/那样的金黄色从哪里来/我年复一年地被赠予，被掏出/当幸福和忧伤同呈一色，我乐于被如此搁下/不知道与谁相隔遥远/却与日子没有隔阂"②。充盈的收获、粮食，未能带来精神的丰盈，乡村透着单一、重复、老调，这里有乡村生态图景里的内心的荒原般的写照，也有虚无、无奈。同样，在《一座城，一盏灯》里："一座城的灯光只能远望/一个身子走进去，影子太多，形同绝望/不能说出的是/还有一盏灯，于千万灯火里/让我还没望过去/就已经泪湿眼眶"。③ 余秀华将城市与灯联结，也就是城市与希望、绝望绑定，城市与乡村的间离、生命的

① 余秀华：《如果万物都有与你相关的部分》，《我们爱过又忘记》，新星出版社 2015 年版。
② 余秀华：《在打谷场上赶鸡》，《诗刊》2014 年第 9 期。
③ 余秀华：《一座城，一盏灯》，《青春》2016 年第 1 期。

遥寄与阻隔，表述得率直、惊心。

　　宁夏回族"80后"农民女作家马慧娟，高中学历，2001年跟家人一起，从固原市泾源县移民搬迁到红寺堡区红寺堡镇玉池村，与其他20多万移民在罗山脚下、黄河岸边的一片荒漠上扎下根来，种田、养牛、养羊、打工成为她的生活常态。为了排遣、救赎自己的孤独，2010年以网名"溪风"，开始在QQ空间抒发自己的怀乡之苦，打工的回族女人、剪羊毛、相亲、红寺堡的风等，都进入她的视线、场景中，庸常与快乐、欣喜与苦痛，都被她写进网络空间中，并与网友展开互动，他们经常给她留言，对她的写作给予评价。6年来写出了近50万字的作品。原乡的记忆与回望成了她书写的主题，而有关原乡的一草一木、人与动物都是她要表意的对象，"黑眼湾"成为永远的怀乡，时间、距离剔除了曾经的懈怠，那山，那水，那驴，那村庄的一切，都已成了记忆中的风景。"那里是泾河的发源地，泾河水却弃他们而去奔向甘肃陕西，那里有厚重的历史文化，人文景观，却并没有让它成为边塞要地。那里只是个山清水秀的小地方，是一个纯回族聚集地，那里的人既不富足也不过于贫穷，只是在土地上自给自足的生活着，民风淳朴，与世无争。……我知道我们都回不去了，无论是老人还是我们，或者我们的孩子，都将在这片土地上安身立命，直到有一天如我的父亲一样融入这片土地中，永远扎根于这片土地。但是远处的那个老家，我们要用多久来割舍它，用多久才能挥去它带给我们的惆怅和念想……"①生命的驻留与迁移携带了原乡的精神因子，也注入新的栖息地。打工的生活枯燥而漫长，她和她的搭档们在繁杂的劳作与精神的追索中挣扎、坚持，她们或者一直承受家庭暴力，或者男人常年在家要靠她们来讨生活，或者用自己微薄的收入供养上学的孩子，或者一身病痛却要继续劳作……她笔下的回族妇女，任劳任怨，每天揣着一个梦想去劳作，每天都盼着明天会更好。她们以自己的方式绵延着乡土根脉。《我是这个城市匆忙的过客》写出了对城市的陌生与疏离，

―――――――――

①　马慧娟:《乡愁》,《黄河文学》2015年第5期。

"一个转身，城市的一切又将和我无关"。她的散文近乎小说，有故事性、有细节、有画面感，始终在关注人、描摹人、刻画人。《野地》中撒不出直线的高玉宝、实习生小郭，《被风吹过的夏天》中的工头大个子等，这些人物着墨不多，却都栩栩如生。2014年网友们帮她把稿子投在《黄河文学》《朔方》上，陆续在文学刊物上发表散文20余篇，之后引起媒介关注。"我不图什么，就是想把抓人心的人和事写下来，我想发掘回族妇女眼睛里、生活中那些积极向上的东西。"① 2016年散文集《溪风絮语》出版。马慧娟的散文不仅表达了生态移民后的生存经验，也展现了回族妇女以自己的方式绵延着乡土根脉，在繁杂的劳作中精神追索的场景。

同样，"50后"刘富琴是河北蔚县一位女农民工，只有初中学历的她，2009年，把整理出来的有关自己苦难的回忆录陆续发到网上，从2011年起她利用业余时间构思写作《山沟沟里的女娃》。最开始，刘富琴将52篇书稿依次传到网上。网友建议刘富琴将作品转到专业的写作网站，曾任"风起中文网"的主管"红荆"，看到刘富琴在"一起写网"发表的连载小说《山沟沟里的女娃》点击量已达7万多，就邀请刘富琴去安徽马鞍山市参加笔会，并希望能与之签约。2013年5月26日，刘富琴跟风起中文网签约，也真正意识到书写已不单单是一个自我表达的形式，兼具社会性与影响力，也增强了信心。2015年刘富琴自筹资金出版《山沟沟里的女娃》。小说展现了乡野的温暖与素朴，也反映了乡土中人性的复杂。农民刘金虎收养弃婴山娃的曲折故事，起伏动荡，为了养育山娃，善良的刘金虎、秀莲夫妇历经苦难，刘金虎错过了几桩婚事，直到遇到秀莲，才过上了安稳的生活。山娃两次堕崖，给这个家又增加了巨大的负担，加之为了挽救患病的刘金虎，秀莲不得不数次卖血。刘金虎苦苦寻找了18年的山娃父母，终于走进了大南山。然而，山娃谢绝了跟亲生父母去北京深造的机会，毅然决定留在乡村，为大南山的父老乡亲建一座曙光田园，而山娃的爱

---

① 马俊、艾福梅：《马慧娟："拇指文学"记录移民百态》，新华社，2016年3月7日。

情也在复杂的纠葛中，获得了圆满。

新媒体时代提供了多重的便利，使得城与乡的间离在逐渐弥合，女性书写也不再是割裂的，而是一个通体叙述，乡村女性挣脱了被人叙写的境地，开始了大胆、粗率与肆意的自述，体现出独有的激情样式。农民女作家凭借媒介力量，开始了从网络文本到印刷文本自在的生产模式，并摆脱资本力量的控制，依照自我乡土逻辑在书写，体现了对乡土社会的贴近，表达了与自然的共栖，蕴含多层意义：包容、滋润万物的母性力量与爱，守护着大地与乡间文化，绵延着乡土根脉；觉醒的自我自主意识，反抗来自传统男性文化的粗暴，增强自我生存能力；走出内心、乡野的封闭，凭借现代媒介的力量，表达自我—乡土—自然—社会的同一；自我粗放的生长与积累，蕴含着活的激情、生的勇气。可以说，乡村女作家书写涵盖了多种质素：自然、女性、世情、伦理、生命、植物、动物，等等。而对原乡场域的文化追随、乡土情缘、精神脉动等的叙写，仍然是乡村女作家的主调，她们在自己的土地上打转，也在打量着自己的命运连同乡村的命运。而城乡的转型、连接，使得城、乡处境的尴尬与寻求精神皈依，却是同一的命题。乡村作为她们生命的处所、成长的依托，其灵魂已进入了乡村生活的骨髓里，浓浓乡情滋养着她们。而现代化、城镇化造成她们与原乡的割裂，引发了来自失去土地、失去家园的恐慌。时代的症候在于，当人们渴望回到精神的原乡里，原乡却随着城镇化改造在消退，原乡素朴的乡土人文、伦理秩序与精神，也在凋敝与飘散，复兴与重构。

（三）书写自我本性的尴尬

寻找民间文化与经验的表达，有效甄别浮华表象与深邃文化基底，这不仅是在文学的界面讨论，也是在社会现实与时代语境中的问题申述。如何介入乡土现实，找寻本土的文化艺术实践，成为女性表达、乡土表达的共同使命，即要体现出足够的原乡性、现代性，同时也具有社会、审美价值的批判性与反思性，是 21 世纪女性写作的时代命题。20 世纪 90 年代末、21 世纪以降，乡土女性生态书写比重陡增，更以迅猛之势，蓬勃发展。一方面以乡土叙事著称的迟子建、孙惠芬、邵丽等，坚守乡土叙事的同时，也将视域拓展到城市中的乡村女性，如迟子建的《踏着月光的行板》、孙惠芬的《民工》《歇马山庄》、葛水平的《喊山》、邵丽的《明慧的圣诞》等；另一方面以城市书写为主体的女作家铁凝、王安忆等，转向了乡土女性生态的书写，如王安忆的《喜宴》《富萍》《上种红菱下种藕》、铁凝的《笨花》、林白的《万物花开》《妇女闲聊录》、方方的《奔跑的火光》、严歌苓的《第九个寡妇》《谁家有女初长成》、范小青的《赤脚医生万泉和》《城乡简史》、魏微的《大老郑的女人》《回乡》、乔叶的《我是真的热爱你》《底片》，等等。女作家代言乡村女性，讲述她们在乡与城、温暖与悲凉中的徘徊与游离，是乡土社会伦理变迁的缩影，但由于她们与乡村女性生活现实有一定距离，代言不可避免地出现了"隔"的现象存在。

相较于男性乡土作家和以乡村叙事著称的女作家，农民女作家不可能从哲学高度去揭示本质社会问题；也缺失社会理论资源的累积，更不会像一些极端的女性主义者，恪守性别理论导向。但没有刻板的书写模式与理论导引，挣脱代言的自述，反而获得了自由表达。其书写的社会实践意义体现在：一方面申诉作为女性个体生命尊严与生存价值的渴求，改变女性自身对男性的经济、精神层面的过度依赖，将自己的生活对接乡土现实、社会现实；另一方面逐渐提升自己的生存能力，改变自我认知与社会认知，包括对性别意识、解放意识、家庭暴力、弱势群体等的素朴领悟与反思，从与男性的矛盾冲撞，从两性对立逐渐走向性别和谐求同，这也暗合、顺应了乡土变革与人类历史发展的时代大潮。她们的立足点是自然万物，而不是理论，从自然、民间、生活场景汲取、获取书写资源，艺术直觉与情感都从生活本身获得。从不同角度、立场，叙述、描摹生活，但作者与人物保持适度的距离，自己置身其间，在场与虚构，双重表达，再现生活，自我与笔下人物共生交融，共同构成叙事主体，推动了故事演进。农民女作家以实际行动践行女性主义理论资源的精神指向，而不是高蹈对理论的膜拜与亦步亦趋，在女性—自然的维度上找寻到生命的契合，与自然互为同体，共同承纳着生命的滋养与孕育；贴近乡村生活，带来了一股鲜活的经验,保持了与乡土生活场域的高度吻合,自我书写与现实生活逻辑、乡土生态发展逻辑基本保持一致性,尽管两者有间隙。并且没有被资本的介入而导致偏离自我本性;葆有生命的激情与勇气,发掘、释放着原初母性力量,抗衡着世俗的偏见与质疑。

农民女作家以一种近于"野蛮"的自然生长的力量,肆意表达。体现作为一名女性的主体性是她们内心的诉求与理性表达,但是自身在消费时代的价值、整个乡村革命性的改变,以及乡村转型中的文化留存与流失等,却不是她们所能企及的,甚至说是超越出了她们思索的阈限,显然,她们更要思索的是贴近生活、困扰生活的现实与困顿之处,以及如何能够摆脱这种困扰的良方,是她们所要表达的文学现实。

其实,乡村随着转型,已经携带了复杂的质素。于是,农民女作家会陷入两难的语境中,一方面,乡村的原乡情结犹在,支撑着乡村文脉的绵延,力求表达变革中的乡村现实、历史现实,但粗放的线条与直白的情感外露,缺乏美学层面上的含蓄美,也未能从多维角度展现人们复杂的内心世界,挖掘其社会、历史根源与本质,因之缺乏社会深度与厚度;另一方面,在城乡转型、切换过程中,由于生活视域窄,社会资源贫乏,农民女作家过多依靠生活经验、直觉与感知力,超过了她们理性剖析变动中的本质存在的能力,致使书写存在着强行的主观性。此外,农民女作家创作整体水平良莠不齐,自我探索性、表达盲目,发展空间仍然很大。

此外,大多数农民女作家更大的书写尴尬在于,虽然在精神上独立,但经济上还不能自食其力,加之书的出版难度等因素存在,一些农民女作家需要自筹、自费出版作品,这一切给创作都带来了不小的压力。鄂州农民女作家陈家怡,原名陈移生,笔名平凡。1982 年生于湖北省鄂州市梁子湖区太和镇马龙村,创作出《宝藏奇缘》《出路》《歌戏人生》《一家有女百家求》《痴心一生》《琴声》《一个由成功走向堕落的人》,以及《热血男儿》等长篇小说,共 200 多万字,其中两部已经出版。她 12 岁辍学,仅上过 4 年半的小学,凭着顽强自学和常人难以想象的毅力,默默耕耘 10 年,但写作 10 年来,根本没有什么收入，一度还靠 60 多岁的父母养活。此事经《楚天都市报》报道后，武汉市关山中学伸出援手，陈家怡校园上岗，担任学校办公室文秘。"80后"鄂州"保姆"女作家梅子，原名邓元梅，曾经以小说《陷阱——官场女人弄权记》而受到关注，据新浪网读书频道显示，点击量 300 多万人次。一周内，其日排行榜、周排行榜均名列首位。自 2003 年在《中国作家》发表处女作《祸水女人》以来，辞掉了之前在报社打字员的工作。7 年来，她出了《祸水女人》《请别这样爱我》《我是谁的灰姑娘》《陷阱》等五部长篇和一部长篇报告文学，还发表了几十万字的中短篇小说，可她的生活状况并无改观。《祸水女人》发表后每一部长篇税后收入只有几千元到一万多元，不得不重新选择打工维持生计。2011 年，签约武汉作协，保留原身份，可享受每月 200 元创作补贴。

乡村经验的书写，在城乡转型过程中，是一种契机，也是一种挑战。生活场域的改变，生存现实的变异以及生命形式的改变，都移动着书写的场景与人性，作为乡村女作家，她们大多于打工、务农、家务等事务的间歇中，去书写自己的生命感受，她们有的延续传统的书写方式，有的对接新媒体时代的新介质，诸如手机、网络等书写，传播着自己的文学梦，但在资本市场的今天，她们的文学生产还远远不能够带给她们结实的物质满足，与余秀华、马慧娟等书写传奇与经验相比，她们绝大部仍然在精神的劳作和与之相对的获得中，不能够获得满意的平衡。

尽管如此，农民女作家仍然坚守阵地，以粗放、雄浑、简约的姿态，经历了从他述转为自述，从网络文本到印刷文本，她们蘸着乡土浓汁，挥洒着生命的激情与意志，成就了乡土经验的另外表达，印证了中国女性书写在本土有效的别样文化实践。自然，厚实的乡土大地上必将以更精彩、丰盈的回馈给予这些耕耘者。

五　城市女性写作中的生态考量

城市作为关键词，对于 20 世纪 80 年代的人们是充满诱惑的字眼，比如 1982 年路遥的小说《人生》里的高加林就是一个典型，他对城市充满了宗教般的敬仰与热望。城市相对乡土，意味着是现代的、前卫的与时尚的，高加林对农村的逃离和对农村恋人巧珍的抛弃，喻示了他对传统文明的道别和奔向现代文明的决绝。而城市最后对高加林是予以拒绝的，高加林被取消公职，被打发回农村，恋人黄亚萍也与其分手，被他抛弃的巧珍早已嫁人，高加林失去了一切，回到了家乡的黄土地上，人生开始黯淡。显然，城市价值无疑优越于乡村。《人生》表述了80年代乡村与城市的距离，也印证了城乡呈现出不同的生态与镜像。

但自改革开放，一方面中国的城市化在日渐迅猛发展，另一方面城市化的过程中，也暴露出了诸多的问题，随着城乡转型与切换，大量的农民工涌入城市，城乡对流加大，城市的构成，已经基本由单一的城市市民转变为土著市民、外迁市民与乡土人，这样城市本身就是一个复杂的构成，也注定其内涵不断演绎。具体而言，城市在21世纪以来，已经不再是充满神秘的地域性的存在，而是一个充满尴尬的空间构成。正如芒福德在《城市发展史》中所说："有史以来从未有如此众多的人类生活在如此残酷而恶化的环境中，这个环境，外貌丑陋，内容低劣。"[1]而城市文化中的独立性也日渐被打破，取而代之的是兼容性更加日甚，比如现代性、传统性与乡土性等的糅合，这一切使得城市表达呈现出了新的特质。具体而言，城市自身发展带来的困境，诸如生态环境问题、资本对城市的挤压、城市人精神危机等，优势已经发生逆转，都市人开始了对精神原乡的想象与追随。

这一切的变化都体现在女性写作的表达中，城市作为女性生活场景，指涉了女性内在生命的驱动与行为轨迹，也承载了时代的更迭与变迁。20世纪80年代的城市女性文学同时拥有两个书写路径：一方面女作家们将笔触伸及至乡土背景上，去对接乡土人性，如王安忆的《小鲍庄》、铁凝的《哦，香雪》等揭开乡村女性的生活现实；另一方面深具现代性特征的是对人性张扬的书写，刘索拉的《你别无选择》

---

① ［美］刘易斯·芒福德：《城市发展史——起源、演变和前景》，宋俊岭、倪文彦译，中国建筑工业出版社2005年版，第487页。

所表达的文化情绪，有自我放逐的精神特征，残雪的《黄泥街》呈现了城市混乱、荒诞气息，张辛欣的《我在哪儿错过了你》《在同一地平线上》《最后的停泊地》，张洁的《方舟》和张抗抗的《北极光》等城市女性小说，主要体现在情感的纠葛上，凸显了女性与男性在情感上的差异与冲突，以及她们无法摆脱的人生枷锁和新的困境，更为强调的是女性撤退男性阵营之后的主体性的不确定与飘忽性。

而 90 年代新写实小说的带动，衍生了城市民谣式样的小说，典范性的"城市民谣"体小说主要有范小青的《城市民谣》、池莉的《冷也好热也好活着就好》等，侧重了对小市民生活情态的书写。范小青的《城市民谣》描述的是一个具有古典情韵的江南小城"小市民"钱梅子，从她的"下岗"待业，她的怅然若失，到后来在其初恋的情人沉默而有力的支持下办起饭店，她以平实来面对生活的变化。小说涉及了下岗、炒股、经商等热门现象，但一切都静谧地容纳到生活本身中去，连同负载着"历史"意韵的古老长街万年松、桥上石狮子、默默流淌的小河，构建了"城市民谣"。铁凝小说《午后悬崖》中的张美方因为受不了神经质的知识分子丈夫的谩骂和毒打，决然离婚，陷入了经济和精神的双重深渊。王安忆自述她的长篇小说《长恨歌》，"写王琦瑶，是想写出上海这个城市的精神"。张欣触摸的是城市感觉，《爱又如何》《掘金时代》《岁月无敌》等，描摹经济转型中的生存竞争与城市世态。《岁月无敌》讲述了身为母亲的歌唱家方佩，当知道自己得病后，拿出全部积蓄，断然带女儿去广州闯世界，要立身歌坛，但现实是残酷的，她不得不到夜总会去唱通俗歌。方佩教诲女儿，一切荣辱都会被时间湮没，岁月无敌，锻炼抗拒诱惑的能力，坚持诚实正直的能力、独立的生存能力，健康愉快地生活。叮嘱女儿在烦嚣中尽可能地守住了自己。都市与欲望的胶合与割裂也成了女作家表达的主题，赵玫的随笔集《欲望旅程》充满了男女之间的和谐与隔离，相互的忠诚与背叛，以个体的经验和他人的故事，多角度、多层面地诉说爱恨情仇的话题，探讨了男人和女人在性别关系中所遭逢的种种文化的精神的制约，体现出文化的含量和反叛的精神，如《夜晚的那个电话》《有一幅画是关于她的》《一张稳定的床》《她可能毕生都会怀念那个人》《希拉里的心情》《她终于找到了能够背叛忠诚的方式》等。90 年代城市文学的内在转变轨迹：从对物化力量及其形式的理解，越过了直接的经济关系表现，深入到人的存在意识、心理、感觉等隐秘世界，探索精神生态，表征着一个时代的价值选择与精神取向。

21 世纪以来的"城市文学"日渐繁盛，并呈现出城与乡的交织、含混性与对流性，一方面城市文学应运而生就是要表达城市的变迁、处境等，当然城市的主角还是城市里存在的人群，是城与人的对话，如张翎移居海外后，小说与现实存在疏离感，但张翎小说中依然存留着故乡记忆中的实相。如《流年物语》中的故土、记忆、城市、场域等，依然在中国。张翎在移动中，换另一种视角看待，再现城市记忆。《流年物语》写到主人公刘年居住的西角贫民窟，几乎可以数得出那条街从街头到街尾每一座房子的样式，想得起各路人马在那些院落和街道上进进出出的样子。经验世界中温州记忆的清晰、具象与质感，而非现实中的混乱、模糊的温州故土，审美审视的距离感与现存世界的变异，在别离故土与故土记忆重述的矛盾中，展开书写。另一方面城市中人们也对乡村的自然、人性、历史、现实等，进行回望与描述、展望。蒋韵的《行走的年代》①，回溯聚焦的是 80 年代人们的精神、社会气象，大四学生陈香偶然邂逅诗人莽河，充满了高不可攀的膜拜和发自内心的景仰，义无反顾地以身相许。之后，伪诗人、伪莽河，从此一去不复返。有了身孕的陈香只有独自承担后果；而行走在黄土高原上真正的莽河，遇到了有艺术气质的社会学研究生叶柔，她深爱莽河，却死于意外的宫外孕大出血。当真正的莽河出现在陈香面前时，一切都真相大白。陈香坚持离婚，最后落脚在北方的一座小学。诗人莽河在新时代放弃诗歌，走向商海人潮。黄蓓佳的《所有的》从"文化大革命"到当下经济大潮的时间跨度里，对女性生命与人性本质进行双重解读，进而诠释了作家对爱情、权利、生命禁忌等的理解与体

---

① 蒋韵：《行走的年代》，《小说界》2010 年第 4 期。

悟。进一步说，作家以唯美的情调与多重视角，诗意地讲述了女性生命与精神成长里的所有梦想与困顿，即女性在政治与男性权力中妥协；商业经济下的女性心理暗流演变；女性从圣洁的想象到世俗里的沉落。

城市化演进对女性造成的压力，来自诸多因素，诸如政治与男性合谋、资本力量、精神乡土等对女性精神生态的塑形以及反冲力的形成，是一个城市女性生态书写所要面对的。事实上，城市民谣、乡土生态、城市生态、精神生态等已经混同于这种文化事实，涉入，并且在多重界面，展开了书写。

（一）政治、男性合谋对女性精神生态的塑形

政治、男性合谋共同对女性造成身体、精神的伤害，从乔雪竹的知青小说《荨麻崖》中就早已表达了这种女性经验。严歌苓的《陆犯焉识》、赵玫的《秋天死于冬季》，都已经表述了在特定的疯狂年代，在革命＋政治的逻辑中，女性的身体作为一种筹码被征用、僭越。

事实上，在中国身体所指涉的因"人性"而生长的欲望，体现了女性的存在首先是一种自然的人性；在这样的基础上展示她们的精神追求，体现出了她们作为"社会性"的自我与社会认同。但女性臣服于社会和历史，也是女性文学"现代性"转向"革命性（社会性）"的内化过程。"五四"时期女性向"人性"靠近，20世纪三四十年代女性向"民族性"靠近，50年代女性向"阶级性"接近，六七十年代向"政治性"接近。1978年中国的改革开放，对女性的觉醒起到了关键性作用，在恢复"五四"精神的同时超越了历史，不仅从外部世界来进行剖析和观照，还对女性自身的内部审视和认同。与此同时，西方的各种文化思潮大量涌进。在这历史转型时期，女性文学正与社会同步，经历着旧的裂变与新的生长，并奇妙地回复着"五四"新文学以来的种种文化命题。而80年代女性逐渐回归本位，体察自己的处境。到90年代女性文学向男权中心挑战，以建构自己的主体性：对自我的关注，对历史、道德价值的拒绝，以及对男性话语体制和审美追求的疏离。这对女性挣脱男权社会的束缚，有积极的作用，但不能否认，她们以决然的方式对男性拒绝，独自在自恋与自闭中守望。其

实女性精神个性的解放依赖于自身，也依赖于社会及男性，与社会及男性的偏离只能导致女性再一次的狭窄，再次将自我迷失。显然从以上的女性与社会对接的轨迹来看，女性的自然本性在包括革命、政治、男性等外在社会因素的诱因下，已经变成为一种扭曲的欲望样态出现。

大体来说，人类有两种本能：一种是自我本能或自存本能；另一种是性爱本能或性欲本能，这些本能构成了需要和爱欲的生命基础。美国社会学家贝蒂·弗里丹在《女性的困惑》中曾提出："文化不允许女人承认和满足她们对成长和实现自己作为人的潜能的基本需要，即她们的性角色所不能单独规定的需要。"作为女性性活动的中心点，女人的身体一直是男性操纵、占有和榨取的对象，也是不被人重视的，女性传统上一直在性活动中扮演被动的角色。

赵玫的长篇小说《秋天死于冬季》撞击着有关生命、死亡、爱情、欲望、革命、政治等语词，表达了女性在爱欲与性、信仰与自由、精神与理想等方面的矛盾冲突。故事围绕一对夫妇和他们各自的爱慕者展开，作为研究生导师的西江有着学术的威望，而妻子青冈是一位高贵得体的女作家，但平静的生活里却隐藏着纷纭变动，西江和学生的偷情渐渐浮出了水面，而青冈也与旧情人邂逅而展开了新的情感纠葛。青冈意识到对丈夫已经没有了性与情的期待了，唯一的就是占有欲，但即便如此，她还是让自己保持外表的平静。就是这样的一个女人，经历了"文革"的突变，在突变中，她为了狂热地对革命的追随，参与逼死了迷恋肖邦音乐的母亲；而为了见到父亲，她又选择了以身体作为交易，得到了另外一个男人的帮助，那就是后来重逢的情人卫军。在这里，女人的情感与革命成了孪生般的关系，这在以往的文本里屡见不鲜，但《秋天死于冬季》显然不只是要呈现这一点，还有着另外的反思，那就是叙述一个女性的身体在政治的"革命性"中出位。

《秋天死于冬季》里的男女情感与性爱被男人把持与掌控，女人属于迎合与被动的地位。在男主人公西江的生命中，有多少女人为他献身，甚至是将生命也付出了。在"文革"中，纯真的青年教师麦穗喜欢小提琴，她的美丽几乎成了欲望与议论的中心，她没有想到，有一天自己被批判，身体在不断受到疯狂虐待的同时，脖子上竟然还背着厚厚的琴谱。在西江的理解中，他一直认为这场运动是不会针对麦穗这样的年轻教师的。他觉得麦穗的被批斗不符合这场"文化"运动的宗旨。他本来维护这场革命，他早已厌倦了沉闷的学校生活，然而现在的改变却击垮了他生命的所有信念，泯灭了他青春的美丽梦想。他见证了麦穗的被批斗。麦穗甚至被扒掉了衣服，以裸体示众，那引得多少男生迷醉的身体就裸露在阳光下，在众目睽睽中，麦穗以自己的身体与美丽作为保护自己的武器，保持女性最后的尊严。她原想成为一个好女人，以自己的智慧，在这个男人的世界中安身立命。但是人们已疯狂剥夺了她成为一个好女人的理想与可能。在牛棚里，西江终于有机会跟这个所谓的坏女人近距离接触，他甚至觉得为了麦穗，能够牺牲掉自己的一切。他也想如果现在就有人要求他在革命和麦穗这两者之间做出选择，如果选择麦穗就意味着死路一条，他也会毫不犹豫选择后者。为了一个女人西江宁可背叛自己的信念。之后，西江迷恋上了麦穗的身体，开始了激情的欢愉。这个女人身上孕育了西江的孩子，可是为了西江的平安与好，她选择了结束生命，在一个疯狂的年代里，她用自己的性命拯救一个希望：希望不要破坏一个男孩关于女人的梦想。或许麦穗的极端又合理的自杀方式，完成了麦穗对西江的人格塑造。

　　而另外一个女性似乎以另外的方式完成了自己在革命与性之间的置换，甚至使性成了参与革命的筹码。青冈在年轻的时候，以自己的狂热书写了生命的激情，她对"文革"期间发生的事情，有着精神上的幻想与缅怀，她的母亲迷恋肖邦的音乐，是一个充满资产阶级情调的女人，她的父亲也被关押，现实的处境里，作为渴望美好期待进步的她，很快释然了自己的行为，她与教化他的进步青年卫军之间的肉体接触与爱，是一种生命本能，也是作为一种对革命献祭的方式。当卫军和青冈紧紧拥抱的时候，他告诉青冈要有破坏旧世界建立新世界的心声与勇气,青冈需要一个革命者的拯救。青冈在革命的教诲中,服从了卫军,"那是一个正在成长的年代,所以她没有明确的是非观念,可以向左,也可以向右。信仰是可以在后天确立的。错对自然也可以被重新认识。那个时代所提倡的道德标准,就像是一场被孩子们玩错了的混乱的游戏"①。父亲告诫她不要反叛到善恶标准都没有了,连良心都丢失了,可是青冈却一意孤行,她全部的心灵还有她的身体都皈依了卫军。青冈相信她这样做绝不是为了自己,而是为了心中的那个男孩子,以及他所怀抱的远大志向,以至于不惜伤害母亲甚至伤害自己。一个细节很好地反映了青冈的决绝,她用脚踩在了母亲极力要保护肖邦唱片的手上,尽管她看到了母亲目光里的绝望。显然青冈认为卫军连同革命是值得她牺牲与献身的。而母亲为了自己的理想,忍受不了无端的羞辱,尤其是对女儿盲目追求革命的彻底绝望;或许还有对现实的无奈,她选择了死亡。面对母亲的自杀,青冈虽然有过难过,有过泪水,却也平静。为了见到父亲,她选择了出卖身体才换来了和父亲见面的机会。为了见到父亲,为了父亲得到保护,她和卫军的关系一直坚持了很久,在"受难者"和"变节者"之间来来回回,往返穿行。或者这不单是为了追逐卫军的理想,那应该也是自己的愿望。卫军则因为认为自己背叛了自己的革命信仰,觉得罪恶,但是他还是看到了青冈的裸体,和青冈偷吃了禁果。

西江与麦穗、卫军与青冈对革命都有近乎痴迷的狂热,但他们在革命的狂热中又注入了另外的狂热,那就是身体的狂热,于是有了革命与情感的胶结,在革命与情感的纠葛中,精神与信仰被身体消解也使身体进入生命本体的欲望,但同时又在激昂的情境中,主体的自主性被碾碎或丧失,这时候,作为个体的人到底还拥有什么?他们在狂热的冷静间歇中开始怀疑革命的狂热与自身的生命权利,作为女性的身体是主宰自己的存在,还是成为革命过程的伴随,或是生命本体的欲望冲破一切外围的束缚的表现,这或许就是作家对"文革"历史与

---

① 赵玫:《秋天死于冬季》,四川文艺出版社2006年版,第116页。

人的主体性的反思与刻意要阐述的，并将自己的思索投射到小说里的人物身上。

而虹的身体就成了她自我生命故事讲述一个绕不开的关节点，甚至说是身体的陷落导致了她生命的最后丧失。虹一直想要一场轰轰烈烈的爱情，她与西江是不伦之恋，更确切地说是纠缠于身体与欲望的迷恋，虹本来喜欢的是师兄余辛，但是余辛却不得不回到未婚妻所在的老家去，于是她在一个偶然的停电夜晚，跟导师西江有了身体的交媾，她虽然没有疯狂地爱着西江，但是至少她是崇拜西江的，她最大限度地容忍西江的双手在她的身上为所欲为，或许是出于对余辛的报复。她的研究课题是有关昆德拉的性爱小说的研究，对性欲与私生活的大胆出位的描述成了昆德拉对集权制度的攻击方式，虹与导师却将小说里的故事进行了真实的演绎，性成了虹对男人绝望的发泄方式。

在西江的理解中，女人将永远是他生命中的一部分。那个翅膀一样的一部分。那个飞的工具。虹日后怀了西江的孩子，却无奈地嫁给了彼尔，她知道自己在告别情感生活，并满怀希望去追逐自己的婚姻。这时候西江却仍然希望她回到他的身边，虹明确地回答道：我知道，你是要我的身体回到你的欲望中。西江反问道，这有什么不好，我们彼此需要就足够了。虹很清楚他们之间的关系与秩序，但是她还是听任于身体，直到她在和西江的最后疯狂中难产而死。而作为西江妻子的青冈对丈夫的性早已无动于衷，但是她依然爱他，只是她躲避着他的性期待。她其实一直是那种激情饱满的女人，甚至曾经要求自己为爱情而活，到死。但是伴随着光阴荏苒她终于慢慢修正了自己，因为她发现自己其实早已哀莫大于心死了。她已经丧失了所有的去爱一个新的男人的激情与勇气。她对西江的激情早已不存在，嫉妒却依旧时时在困扰着她。但另一方面，她又很轻易地周旋在西江和彼尔还有日后重逢的卫军等人之间。

赵玫将"文革"高压中的人性扭曲与叛逆，以一种更写意、模糊的方式呈现，她不仅试图以个体还原"文革"历史的真实，也揭示从"文革"时期到当下现实生活里女性群体的命运多舛，她们为了集体的信仰、真理，甚至牺牲了属于自我的亲情、爱情，生命的本性被集体的思维修改、塑造。女性群体精神生态，在绝望的深渊中，有过拯救，但也在沉沦中放逐自己的情感与爱欲。

（二）隐秘的城市世俗力量、资本力量对城市女性的双重控制

美国《欲望都市》小说和电视剧，写出了几个城市女性的特征，曾经疯狂地吸纳了世界的眼球，而中国本土的书写中，还没有形成一个火爆的气候，但是城市环境与精神处境是女性城市文学的一对孪生性的关键词，已经注入了女性文学，女性与城市的关系，从仰望到出离，表征着城市与女人的关系构成中正发生着变化，也表征着时代里女性面对外围环境的选择。应该说，这也是批判性的思维在发酵。其次，精神危机的揭露与人性关系构成的审视，是一个批评界面。如鲁敏的《惹尘埃》①，是一篇典型的书写都市生活的小说：肖黎的丈夫两年半前死在了城乡交界处的"一个快要完工、但突然塌陷的高架桥下"，成为大桥垮塌事件唯一的遇难者。而施工方在排查了施工单位和周边学校、住户后，没有发现有人员伤亡并通过电台对外做了"零死亡"的报道。事件败露后，他们给出荒唐的解释："这事情得层层上报，现场是要封锁的，不能随便动的，但那些记者们又一直催着，要统一口径、要通稿，我们一直是确认没有伤亡的"；"您的丈夫'不该'死在这个地方，当然，他不该死在任何地方，他还这么年轻，请节哀顺变……我们的意思是，他的死跟这个桥不该有关系、不能有关系"；"你丈夫已经去了，这是悲哀的、也不可更改了，但我们可以把事情尽可能往好的方向去发展……可不可以进行另一种假设？如果您丈夫的死亡跟这座高架桥无关，那么，他会因为其他的什么原因死在其他的什么地点吗？比如，因为工作需要、他外出调查某单位的税务情况、途中不幸发病身亡？我们想与你沟通一下，他是否可能患有心脏病、脑血栓、眩晕症、癫痫病……不管哪一条，这都是因公死亡……"肖黎的精神被彻底击垮，自此，肖黎对外界开始怀疑，开

---

① 鲁敏：《惹尘埃》，《人民文学》2010 年第 7 期。

始了极度的"不信任症"："对目下现行的一套社交话语、是非标准、价值体系等等的高度质疑、高度不合作，不论何事、何人，她都会敏感地联想到欺骗、圈套、背叛之类，统统投以不信任票。"肖黎开始拒绝一切，她拒绝来自忘年交年过七十的徐医生徐老太太的善意，刁难以卖给老年人保健品为生的落魄青年韦荣。《惹尘埃》写出了城市当下生活的无奈与荒唐，触及的问题几乎就要深入到社会最深层的精神生态问题。

商业带来的价值观念冲击着日常生活，考量着女性的生存理想。随着经济的发展，城市日益都市化，并且把传统的质素一起挤压出去，导致工业性、金融性的城市化日益加剧，批量化的生产成了一个文化、生活秩序的力量，致使人们接受着缺失个性化的塑造，而高成本的生活、情感的不确定性、文化隐性的杀手——视觉性的极度发展，导致城市人的生存处境成为一个重要显在的指标。城市的发展，带来的是物质的呈现，而城市与资本的联结，也在逐渐刺激着人的主体性警觉，六六的《蜗居》就是一个典型的案例。小说由郭海萍与丈夫苏淳购房展开情节的推进，郭海萍夫妻购房的艰难与曲折，道出了都市人生存的普遍困惑，房子、婚姻、情感、工作等压力充斥生活空间。购房作为因果链条中的中介，勾连出了动态的都市生活情状。折射了当代人存在的尴尬、背离与冲突，极具现实性。六六抓住了一个资本时代的题材，女性妥协于男性、金钱的合围中，资金与金钱颠覆人的精神价值：从小说到电视剧，都迎合了市场对女性的"塑形"。现代性的过程，促使女性走向了精神独立，但也容纳了资本主义的介质，而这成了女性精神、生存的障碍，也是妥协的根源。现代知识女性郭海萍，被物质彻底打败，面对生活重压和丈夫软弱的双重困境，发出消极的感叹："什么样的男人决定你有什么样的命运，嫁给什么样的男人你就是什么命。"事实上，"男主外，女主内"的传统文化心理、家庭模式仍然在作祟，她对丈夫说："我能干有什么用？我希望你能干，我才心里踏实。"为买房缺钱和丈夫爆发无数次战争后，爱情也让位于物质，导致了她进一步对性别角色、情感等重新看待："爱情那都是男人骗女人的把戏。……男人若真爱一个女人，别净玩儿虚的，你爱这个女人，第一要给的，既不是你的心，也不是你的身体，一是拍上一摞票子，让女人不必担心未来；二是奉上一幢房子，至少在拥有不了男人的时候，心失落了，身体还有着落。"

（三）城市与女人的对话：阶层女性的本质记忆联结

伴随着20世纪90年代以来城市文化的发展，城市文化的"物质性"向人的生活方式及心理方式进行全面渗透。一些女作家从日常生活经验中发掘时代的变迁，诸如程乃珊、须兰、陈丹燕、朱文颖、卫慧、棉棉、任晓雯等，更有铁凝的《永远有多远》、王安忆的《长恨歌》、徐坤的《北京候鸟》、范小青的《城市民谣》、池莉的《冷也好热也好活着就好》、程青的《啊！北京》等佳作，引起广泛关注。而最为典型的恐怕就是王安忆的城市女性生态书写，将笔触伸展到城市生态环境对女性的异化与隐性伤害。

1985年王安忆以《小鲍庄》开始了她的"寻根文学"之旅；之后，她将笔锋转向对"性"这一敏感话题的探索，创作了"三恋"；90年代初期，王安忆的《叔叔的故事》寻找了新的视域，90年代中期《长恨歌》《纪实与虚构》等又在城市与女性之间寻找关联性。《长恨歌》精细地描摹了上海的弄堂、流言、闺阁、女孩等上海俗世的日常。王安忆试图捕获缜密的上海生活，但是上海既是可触摸的，又具有潜藏性，于是王安忆采取了一种构想："我真的难以描述我居住的城市，上海。几乎所有的印象都是和芜杂的个人生活掺和在一起……现实的日常生活却是如此的绵密，甚至是纠缠的，它渗透了我们的感官。感性接纳了大量的散漫的细节，使人无法下手去整理、组织、归纳，得出结论，这就是生活得太近的障碍。听凭外乡人评论上海，也觉得不对，却不知不对在哪里。它对于我们实在是太具体了……"[①]

于是，王安忆选择了两个叙事策略：一是她将王琦瑶与上海建立了一种互文性的对接，上海是王琦瑶的注脚，而王琦瑶又是上海都市

---

① 王安忆：《寻找上海》，上海学林出版社2001年版，第4页。

记忆的重要载体。但王琦瑶似乎被定格在了上海格调的气韵中，王安忆认为，"这个故事就是在写脆弱的布尔乔亚和壮大的无产阶级"①，而"脆弱的布尔乔亚"是以都市形态存在的上海，"壮大的无产阶级"则是被意识形态话语改写了的上海。王安忆确立了时间与王琦瑶的对接展现，比如1946年是中国现代史上抗日战争结束、内战尚未爆发的年份，1948年是新中国成立前的一年，1957年是"大跃进"开始的前一年，1965年则是"文革"开始前的一年。但这些重大事件，只构成了叙述的背景，也不是王安忆重点渲染的，显然，王琦瑶的生命节奏与律动，才是王安忆精神构想的一部分，也就是说王安忆以一种现代想象，把王琦瑶放置在新中国成立前后，完成她宿命的转接。但王琦瑶还是终结了自己的生命旅程，也与城市构成了一种乌托邦的想象。王安忆曾在接受采访时谈到她对上海都市的理解，谈到她钟情于用日常生活的递进连缀起上海都市历史的发展："上海是座有意思的城市。在这个舞台上上演着无数故事……有人说我的小说'回避'了许多现实社会中的重大历史事件。我觉得我不是在回避。我个人认为，历史的面目不是由若干重大事件构成的，历史是日复一日、点点滴滴的生活的演变……因为我是个写小说的，不是历史学家也不是社会学家，我不想在小说里描绘重大历史事件。"② 有论者指出王安忆的城市生态书写的局限在于，"处在某种生存状态中的人对这种生存状态朦胧模糊的自我体验和自我意识，尤其是从这种体验和意识中生长起来的烦躁不宁又无可奈何的所谓王安忆式的情绪骚动……当情绪培养到一定程度时，所有那些形容、环境和故事都给遮掩了"③。但关于产生"上海小姐"的旧上海和《长恨歌》主人公王琦瑶的命运的关系，其间逻辑关系，王安忆表述得足够清楚，"在那里面我写了一个女人的命运，但事实上这个女人只不过是城市的代言人，我要写的其实是一个城市的

---

① 陈婧祾记录：《理论与实践：文学如何呈现历史——王安忆、张旭东对话》（下），《文艺研究》2005年第2期。

② 王安忆：《我眼中的历史是日常的》，《王安忆说》，湖南文艺出版社2004年版，第155页。

③ 郜元宝：《人有病，天知否？》，《说话的精神》，山东文艺出版社2004年版，第118页。

故事。"① 王安忆说:"女人是天然属于城市的",城市为女性提供了物质平台,也囚禁了女性的精神。《长恨歌》里的王琦瑶在与李主任的交易中,获得了安然的生活方式,但最终所有走近她的男人,都选择了逃离,金钱、情感、性,连同男人,都不是永恒的,而具有讽刺意味的是王琦瑶的生命活泛来自李主任,也终结于李主任——金钱,被长脚残害。马来西亚《星洲日报》将设立的"第一届世界华文文学奖"授予王安忆。李欧梵教授代表 18 位评审在致评审词时说:"王安忆的《长恨歌》描写的不只是一座城市,而是将这座城市写成一个在历史研究或个人经验上很难感受到的一种视野。这样的大手笔,在目前的世界小说界来说,仍是非常罕见的。它可说是一部史诗。"② 这个极高的评价,再一次说明了王安忆在当今世界范围内用汉语写作的作家中的突出地位。上海从 20 世纪 40 年代到 90 年代这段历史的发展变迁,对应着王琦瑶的悲喜人生。寻常人家的王琦瑶在青春时代机缘巧合成为"沪上淑媛""三小姐",结识了有钱有势的李主任,毅然抛弃了深爱她的程先生,成了浮华、寂寞的情妇。而李主任飞机失事死亡后,在外婆家又与阿二开始了姐弟恋,但无疾而终。回到上海弄堂,做起了自食其力的打针护士后,结识了富家子弟康明逊,以为找到了归宿,谁知怀孕后,被康明逊抛弃,王琦瑶只好做了未婚妈妈。之后又想嫁祸于萨沙,但萨拉也归国。程先生对她情深意长,即使她有了孩子,依旧不离不弃,可最终还是未得王琦瑶芳心,最后在无望的生活中选择了自杀。女儿长大后嫁人出国,王琦瑶又与老克腊等各色人混在一起,炫耀着自己过往的浮华。一个叫长脚的小混混混入她家,图财害命。王琦瑶就这样走完了她悲剧的一生。"上海的繁华其实是女性风采的,风里传来的是女用的香水味,橱窗里的陈列,女装比男装多。那法国梧桐的树影是女性化的,院子里夹竹桃丁香花,也是女性的象征。"③

王琦瑶对城市是有期待的,不甘心平凡,希望获得传奇,王琦瑶

---

① 齐红、林舟:《王安忆访谈》,《作家》1995 年第 10 期。
② 参见陆梅《解读王安忆》,《中国文化报》2002 年 8 月 5 日。
③ 王安忆:《长恨歌》,南海出版公司 2003 年版,第 47 页。

对城市的切入自下而上，自边缘向中心，意味着她要凭借男人进到上流社会。如果说当年她凭借青春资本与处女之身为筹码，做了李主任的情妇，是物质与情感的双重需要，而之后与老克腊的交往更多的是寂寞中的慰藉。王安忆避开历史在城市的遗痕中发掘王琦瑶的内心轨迹，王琦瑶的浮华想象是她构建幸福乌托邦的根由，索性把历史这层面纱褪掉，直接让王琦瑶的内心世界成就她的日常生活里的殷实，更何况王安忆主观上避开对历史的铺陈，也就是说她并未把王琦瑶放置在历史场景中去刻画，她一直让王琦瑶活在日常的梦想中，在梦想中幻灭，也在幻灭中梦想，构成了她对浮华幸福的期待。即便是老年的王琦瑶也沉迷在曾经奢华的享乐回味中。

　　王琦瑶与城市是共生的，但与城市的本质关系，应该是城市滋生了她的梦，但现实却击碎了。城市只是王琦瑶的生命伸张的背景，并不能够构成一种生命张力，王琦瑶只把眼界放置在几个猎物——男人的身上，她无心穿过形形色色的男人，去窥见世相，窥见城市的全貌，窥见整个世界。"鸽子"做到的，王琦瑶做不到，而她也本不想做。王琦瑶的视界与格局一直同金丝鸟一样，缩在狭窄的空间里，却不能够凭借自己的能力博一个属于自己的春天。

　　城市是物欲充斥的地方，或许是为了增加城市的自然性，在叙述中，王安忆特意以绵长的情绪描绘"鸽子"，以"鸽子"作为视角，鸟瞰尘世中的上海。鸽子是这城市的精灵，是这城市的主宰，是俯瞰这城市的活物，进入鸽子视野的是上海的弄堂、流言等世俗的丛生。"站一个制高点看上海，上海的弄堂是壮观的景象。它是这城市背景一样的东西。街道和楼房凸现在它之上，是一些点和线，而它则是中国画中称为皴法的那类笔触，是将空白填满的。当天黑下来，灯亮起来的时分，这些点和线都是有光的，在那光后面，大片大片的暗，便是上海的弄堂了。"[1] 鸽子见证了王琦瑶堕入物欲的虚幻，在挣扎中幻灭。"等到天亮，鸽群高飞，你看那腾起的一刹那，其实是含有惊乍的表

---

[1]　王安忆：《长恨歌》，作家出版社 2000 年版，第 3 页。

情。这些哑证人都血红了双眼，多少沉底的冤情包含在他们心中。"[1]
在物欲的城市中，没有被城市玷污的"鸽子"成了王安忆的叙述中介，
也成了城市与女性的补缺。

　　类似地，2004 年徐坤的《爱你两周半》为文坛增添了亮光，显
然，在模糊的文学景致里我们希望有亮光照射。她的充满随意格调的
叙述，在她所有的文学表达叙事中屡见不鲜，只是，那种拨掉一切装
饰的泼辣、直白的语言，附着在所要讲述的故事本身中就具有了切近。
于是，日常生活中风月与规范、守卫与放纵就成了作家叙述的主题，
并得到了真实的表述。

　　徐坤在小说里，从现代都市中年男女的两桩恋情写起，顾跃进与
于姗姗有闲阶层的逢场作戏，梁丽茹和董强身体欲望的相互贴近。通
过这两个女性的生活态度，展示了女性欲望的另一种表达与实现，即
通过性欲望的实现来达到人格的修复与尊严的捍卫。尤其是梁丽茹，
在她的理解中，性与爱的分离，是自身挣脱枷锁的一种反叛。她通过
和董强的关系，体会到这一点，就如同她的丈夫一样。在这里，她实
际上是对自己男人对待生活的另一种版本的模仿，并没有得到精神上
的超越。事实上，梁丽茹放弃了最开始的对爱情、对生活的极端的信
仰与理解。打破日常的遵守，是一种真正意义上的自身解放，还是另
一种程度上的对生活的妥协？这一切，显然并不在她的考虑之内。偶
然的与习惯生活的偏离，已经成了人们不再坚持的理由与结果，也是
她内心精神变化的痕迹。

　　从此种意义上来说，《爱你两周半》重在表述欲望在女性生活所承
担的作用，以及女性在实现身体欲望、精神欲望的寻找与探索的过程。
其实，具有讽刺意味的是，梁丽茹并没有实现真正的欲望，她只是在
严谨的生活格式中选择了一次"性"的放纵与释放。这里，我们不禁
要思索，女性的"性"的放纵在人性的个性发展时，是有意义的，还
是走入了另一种误区？而欲望的意义就在于发现了人的本能，身体与

---

[1]　王安忆：《长恨歌》，作家出版社 2000 年版，第 375 页。

精神上的欲望，体现了人的自然性与精神层面的诉求。

（四）精神乡土的追怀

与城市背离：时间与空间被乡土置换，城乡融合、混淆，在城市中叙写乡土，比如王安忆、铁凝、迟子建等的小说，驻守在城市中，却演绎着乡土的叙事。主体叙述者的文学表达，蕴含着一种叙述场景、情节的习惯，源自生活经验的移动。

张曼菱的《有一个美丽的地方》体现了一种文化意义上的反哺，成为80年代女性叙写的典型文案，体现了知青女性回归城市之后的精神怀想，从正思维的视角去看待乡村记忆与生态。80年代迟子建以一部《北极村童话》走上了文坛，之后《树下》《雾月牛栏》《草地上的云朵》《亲亲土豆》洋溢着北国的自然、乡土风情，延续了人与自然关系的主题，90年代迟子建转向了城市叙事，有人认为《晚安玫瑰》《满洲国》是城市题材，对此题材的划定，迟子建是持有异议的，她认为《白雪乌鸦》既是城市的，又是乡土的，女作家性别特质的包容、爱、美与诗意，给艰辛的底层生存带去了温暖。在迟子建笔下，城市失去了血色和温度，变成冷冰冰的钢筋水泥堆就的怪兽。她描绘说："房屋越建越稠密，青色的水泥马路在地球上像一群毒蛇一样四处游走，使许多林地的绿色永远窒息于它们身下。"① 城市空间挤压了原属自然的生态空间，而环境污染则更加剧了作家对城市的集体反感，就像迟子建所说："工业污染的痕迹几乎从每一座城市永远仿佛在雨中灰蒙蒙的天色上可以痛切地感觉到。"② 迟子建的《额尔古纳河右岸》，带有强烈的反思、批判，以鄂温克人的民族经验、资源，来揭示人与自然、民族文化与生态之间关系的关联，展示着原始生态正在城市化进程中凋敝与离散。迟子建的小说不管涉及的是城市还是乡村，是历史还是现实，都与乡土有关。而现实的乡土，凝聚为精神上的乡土，才是作家企及的书写境界。

20世纪90年代以后，随着城乡转型、融合，王安忆、林白等一些

① 迟子建：《北方的盐》，江苏文艺出版社2006年版，第242页。
② 同上书，第22页。

女作家将目光转向了城市中的移民,如王安忆专注于对现实中的市民和进城打工者的底层关怀写作,发表和出版了《富萍》《妹头》《发廊情话》等长、中、短篇小说,《妹头》的内容简介中有这样一段话:"当妹头准备移民到布宜诺斯艾利斯去时,这个平凡的爱情故事突然走出了真实,因为它失去了上海。"这正是王安忆试图描述的中心。王安忆最擅长的,就是在对极细小琐碎的生活细节的津津乐道中展现时代变迁中的人和城市。林白的小说《妇女闲聊录》是城市中对乡村的回切。张抗抗散文《在故乡在远方》中,充满了对知青岁月中的北大荒的怀想,"更多的时候,我会凝神默想着那遥远的冰雪之地。想起笼罩在雾霭中的幽蓝色的小兴安岭群山。踏着没膝深的雪地进山去,灌木林里尚未封冻的山泉一路叮咚欢歌,偶有暖泉顺坡溢流,便把低洼地的塔头墩子水晶一般封存,可窥见冰层下碧玉般的青草。山里无风的日子,静谧的柞树林中轻轻慢慢地飘着小清雪,落在头巾上,不化,一会儿就亮晶晶地披了一肩,是雪女王送你的礼物。若闭上眼睛,能听见雪花亲吻着树叶的声音。那是我 21 岁的生命中,第一次发现原来落雪有声,如桑蚕啜叶,婴童吮乳,声声有情。"[1] 张抗抗在散文《城市的标识》中,表达对了城市自身的陷落的担忧:

> 拥挤熙攘,高楼林立的城市中,如今,唯有属于那个城市树,如高扬的旗帜和火炬,从迷途的暗处闪现出来,为我们引领通往故乡的交叉小径。
>
> 我们曾经千姿百态、各具风韵的城市们,已被钢筋水泥、大同小异的高楼覆盖,最后只剩下了树,在忠心耿耿地守护着这一方水土;只剩下了树,在小心翼翼地维持着这座城池的性格;只剩下了树,用汁液和绿荫在滋润着这城市中芸芸众生干涸的心灵。在冷冰冰的建筑物和街道中,它是最有耐心与人相伴的鲜活生命;在日益趋同的城市形状中,它是唯一不可被替代的印记,不可被

---

① 张抗抗:《故乡在远方》,《新世纪文学选刊》2008 年第 3 期。

置换的标识。

也许有一天，树就成为城市的灵魂。①

城市的演进、工业化的结果，早已将乡土吞噬，也阻隔了乡土在城市的蔓延与生长，而存留在城市的精神乡土的回味，成了作家的一种精神构想。英国学者吉登斯在《现代性的后果》中曾说："生态威胁是社会地组织起来的知识的结果，是通过工业主义对物质世界的影响而得以构筑起来的。它们就是我所说的由于现代性的到来而引入的一种新的风险景象（risk profile）。"② "还催生了哲学和文艺批评的城市话语。"③ 城市生态维度的转变蕴含女性的生活态度与信仰转变，体现为一种女性立场。而现代城市生态的隐喻式批判话语，在女性城市生态写作中已初见端倪。

事实上，城市女性生态美学的构建其实不仅仅涉及环境的改变，更在于城市的内涵、人的境界的提升，而政治、男性合谋对女性精神生态的塑形，隐秘的城市世俗力量、资本力量对城市、女性的双重控制，显示了城市作为一个场域的存在，有着与女性对话的基础，但事实上，女性只有拥有足够的精神自足空间，才能够超越城市带给女性的阈限与束缚，还有诱惑。

---

① 张抗抗：《城市的标识》，《绿叶》2000 年第 4 期。

② ［英］安东尼·吉登斯：《现代性的后果》，田禾译，译林出版社 2011 年版，第 96 页。

③ ［德］海因茨·佩茨沃德：《符号、文化、城市：文化批评哲学五题》，邓文华译，四川人民出版社 2008 年版，第 76 页。

第五章

女性生态写作的主体姿态

21 世纪女作家从不同方向对女性生态书写进行了探索、拓展，理性地把握了这样一个尺度，即一方面要尊重女性文化的存在，不能持男人的尺度；另一方面也不能过分地自恋，女性主义不单纯是女性的问题，也涉及了男性文化，女性与男性要建立一种"多元文化，异质互补"的关系，尊重性别差异；异质互补的客观存在，还关涉到了社会、自然等因素，是多重系统整体和谐的关系。女性写作在生态文化视域下呈现出了多种姿态，并趋向多元。而依据女作家所呈现的主体姿态，大致有激进的生态意识女作家群、温和的生态意识女作家群与原生态主义女作家群。

一 激进的生态意识女作家群

激进的生态意识女作家群一个显著的特点就是，注重理论先行与文本实践，代表有王安忆、张洁、叶广芩、蒋子丹、方敏等。文本大多表现为生态审丑，生态审丑所审的就不一定是自然物，而更多的是人造物或人类行为。她们投射的不仅是自然生态界面，也触及了女性两性生态与性爱伦理等界面。叶广芩短篇小说《老虎大福》通过描述 20 世纪 60 年代最后一只华南虎被猎杀的历史场面，写出了大自然被现代化过度地透支，各种自然生命纷纷凋零，环保主义者和生态关怀者深度的忧心焦虑。"乱枪齐射，大福一个趔趄，在半坡停顿了一下，在那刻的停顿中，人们清楚地看到了大福那双清纯的，不解的，满是迷茫的眼睛……"华南虎最后被杀时的壮烈：

> 凄厉痛苦的吼声震撼着猎杀者的心灵，石头后的人许久都没
> 有动弹，他们显得十分无力，没有胜利者的喜悦，更没有复仇的
> 快感，他们的头脑是一片空白。是上苍注定了他们几个要听到大
> 福这一声最后告别吗，他们的子孙后代，后代的后代，永远永远
> 的听不到这种声音了，听不到了……①

《老虎大福》展现的是少数山民的愚昧贪婪行为，叶广芩极力抑制
着自己的愤怒，隐忍着自己对人类中心主义残酷与无知的批判。人对
自然应该有一种呼唤，但这里看到的却是那些秦岭山民为保卫山民人
身和财产安全而猎杀最后的华南虎时，如何高高兴兴地瓜分秦岭这最
后一只华南虎的肉体。人们既没有对自己无知而卑劣的行为感到懊悔，
也没有对大自然因为丧失最壮丽的生灵而留下的可怕的虚空而悲伤，
他们想到的只是用虎血沾脑门求求福气，或者瓜分它的内脏、肉和油，
充满着愚昧的疯狂。其实，大自然本应有自己的完美的生态系统，由
草原、野兔、老鼠、鹰、狼等，而由于人类肆意打破生态系统的大法
则，造成了生态系统的崩溃。短篇小说《狗熊淑娟》中的狗熊淑娟小
时遭母熊丢弃，被地质队捡到，抚养了一段时间后，又转交给动物园，
二十几年，衰老时就被动物园卖给了马戏团。饲养员林尧得知狗熊淑
娟被卖后，就四处寻找它。最后找到时，黑熊已经被烧红的铁条折磨
得奄奄一息，在林尧接近它时，它一时性起，挥掌击死了他，自己也
被杀，而熊掌成了要领养它的企业家餐桌上的一道美味。叶广芩的短
篇小说《黑鱼千岁》叙述了一个叫儒的人对猎取野物有着异乎寻常的
热情，山坡上有嘎嘎鸡，竹林里有竹鼠，坟圈里有獾，麦田里有兔，
凡是天上飞的，地下跑的，只要被他发现了，他绝不会放过。小说细
致地描绘了那条被困浅水的神奇黑鱼和儒猎杀它的经过：

---

① 叶广芩：《老虎大福》（小说集），太白文艺出版社 2004 年版，第 22 页。

儒看到了鱼的眼睛,那双大而黑的眼睛满是湿润,不知是水还是泪。鱼身是纯黑色的,背脊的鳞甲泛着蓝光,在夕阳的辉映下反射出殷红,淡紫,橘黄……彩色斑斓,如同雨后的虹。鱼的嘴圆圆的,像是他的小侄子吮奶水的模样,粉嫩的唇边伸出两根弯曲的须,很可爱很滑稽的须,须和唇沾满了泥,有一种落难的凄惨。儒有些心软了,他看着鱼,鱼也看着他,儒想,要是它眨一眨眼,或者稍稍给他一个暗示,他就换一种处理方式,将这条鱼拖到主流去,去与它的同伴会合。

但那条鱼自始至终眼睛也没有眨一下。

鱼是不会眨眼睛的。

鱼的倔强惹怒了儒,儒举起锄头照准鱼头砸下去,在锄头落下的刹那,他看见了黑鱼扬起头部,上半身跃起,腹腔里发出"咕咕……咕咕……"的声音。

像是临死的呐喊,也像是与同伴的告别,更像是对猎杀它的人的无情诅咒。这声音使儒的心里充满恐惧,这是他几十年与野物较量中所没有过的。经验告诉他,这种时刻不能犹豫,必须打死它!打死它!

儒永远是猎人。

鱼头发出了"喀嚓"的碎裂声,儒的锄头一下一下击在黑鱼的脑袋上,黑鱼没有躲闪,任着头部在重重的敲击下开裂,任着脑浆在水中崩散,它那美丽的流线型的身体在抽搐、扭动,变挺变直。[①]

生态思想者克鲁奇曾说:"为了运动而杀生,这是形而上学家们时常在寻找的那种纯粹罪恶的完美典型。大多数恶劣行为的出现,都是由于作恶者以为这能给他带来某些好处。……这些人通常都不是为了罪恶而作恶。他们是自私或无耻的;但他们的行为却不是无缘无故的

[①] 叶广芩:《老虎大福》(小说集),太白文艺出版社 2004 年版,第 43 页。

罪恶。然而，为了运动而杀生者却没有这样复杂的动机。打猎者喜欢死亡胜过生命，喜欢黑暗胜过喜欢光明。他一无所获，除了心满意足地说，某些想活下去的动物死了。"① 动物保护主义者雷根曾说：整个造物界都在我们人类施加给这些沉默而孤弱无助的动物的罪恶的重负下呻吟。是我们的心灵，而不是我们的大脑，要求结束这一切，要求我们为了它们而扫除那些支持我们对它们的全面压迫的习惯和力量。②

蒋子丹的《动物档案》《一只蚂蚁领着我走》，结合新闻事件有感而发，对宠物、家养动物、野生动物、人与自然的关系进行了探讨。她认为动物与人的关系涉及现实社会、道德伦理以及历史、宗教、科学、心理、行为、情感、常识等。从广度上说浩如烟海，从密度上说盘根错节，从深度上说直抵世道人心。蒋子丹的理解是这样的：动物所有的问题其实都是人的问题，不管是残酷虐待动物还是病态宠爱动物，都是人出了问题；关注动物的生存状态与真相，是现代社会每一个公民不能回避的事情，自然，也是女作家应有的主体担当。

同样，陈染散文《我们的动物兄弟》有来自对动物无情杀戮的隐痛和矛盾，这种隐痛延续着哈姆生、海斯密斯、高尔泰、尼采他们的矛盾，或许他们探讨的话题一定是：生命的孤独与万物的平等。陈染以超越人类世俗欲望与单纯之爱的生态意识，高度警觉，并以另一种方式告诫人们，在这个世界，我们存留，还有与我们享有共同居住权的动物们，那些充满灵性的天然使者，当然地生活于世。没有谁能够大胆地宣称，这个世界必然是人类高贵地对自然进行统领般的主宰，如果有此妄念者，必然遭受来自大自然的惩戒。为了自己，为了未来，我们应该以友善以慈爱与我们的动物朋友们和睦为邻。显然，陈染触及的，看似是一个脱离现实的问题，实际却是一个迫切的现实问题。

（一）王安忆"三恋"：性爱伦理的反思

20 世纪 80 年代中后期，文学创作已经完成了从爱情主题到性的转型，"性"逐渐变成了女性叙事的主题，随之，小说的性描写由道德判

---

① 何怀宏主编：《生态伦理：精神资源与哲学基础》，河北大学出版社 2002 年版，第 407 页。
② 同上书，第 409 页。

断、社会的批评走向艰难的审美选择，并以其对人性深层的解剖，人类生存困境的关注和思想的深度而显示出涉性小说的发展已逐步成熟，拓展了女性叙事的历史叙述的审美空间。王安忆在 1986—1987 年发表的《小城之恋》《荒山之恋》和《锦绣谷之恋》（统称为"三恋"）以及 1989 年发表的《岗上的世纪》等性爱小说，把对女性生命行为的审视放在社会、历史、传统、文化等大环境中，站在女性的叙事立场来看待"两性关系"中女性的性状态与境遇，一方面，揭示了女性生命的原生态与被动态；另一方面，又凸显了女性对自我身体价值的醒悟与对性权利的主张，自然，女性的这种自我意识衍生出的性行为，对男子的性霸权构成了巨大的挑战。我们不妨通过对王安忆性欲文本的分析，来对这一点详加说明。

1. 性禁忌的突围与性权利的复归

80 年代初期，王安忆凭早期小说"雯雯系列"作品，以清新的姿态进入伤痕文学惨雾愁云的文坛。1985 年的《小鲍庄》标志着作家从社会反思到文化反思，进入到自觉写作的状态，评论家一致认为是寻根文学的经典之作。正如许多批评者所指出的，《小鲍庄》是王安忆小说写作发生重大转折的标志性作品，它表明其小说叙事方式发生了根本性变化，即取材于个人经验的叙事转变为建基于深广社会生活现实的叙事。80 年代中后期，王安忆的"三恋"，对性爱文化的反思大胆描写了两性之间性爱的巨大力量，是女性原始本能与现代性爱意识的一种复调重奏，诸多批评者也把"三恋"一股脑纳入流行的"性文学"讨论范畴，热衷于议论"性题材"的处理技巧、"性描写"的分寸，却不同程度忽略了隐身于原初情事中作家的心灵探险。其实，"三恋"的写作动机恰恰延续了以《小鲍庄》为发端的理性求索，只不过将历时的文化溯源，转换为对共时的文化具象载体个体生命的理性思考，并将这种思考沉降到人性最隐蔽然而又是最活跃的性心理区域。

"三恋"将细腻的笔触深入女性隐秘的内心世界，展现她们对爱与性的追逐，相比较男性的软弱、被动与纠结，她们更加浓烈与率真，尽可能地释放自己的身体的欲望与想象。《小城之恋》展现了同在剧团的青春男女，身体的萌动使他们冲破禁忌，在恐惧与惊慌中获得了身体的欢愉与微妙的快感，但他们并不懂什么叫爱情，只知道互相有着无法克制的需要。他们爱得过于拼命，过于尽情，不知收敛与节制，消耗了过多的精力与爱情，竟有些疲倦了。为了抵制这疲倦，他们则更加拼命，狂热地爱。身体所受的磨炼太多太大，便有些麻木，需更新鲜的刺激才能唤起感觉与活力。他们尽自己的想象变换着新的方式。然而，互相稔熟地渐渐失去了神秘感，便也减了兴趣。可他们还是欲罢不能，彼此都不能缺少了。但随着时间的推移，情感与身体的肆意释放带来的却是深深的罪恶感，他们觉得自己终是个不洁净的人了。于是，性爱的欢愉与丑陋同时交织在一起，共同刺激着他们，身体的极度放纵与理性的规约，使两人最终分道扬镳。男人面对所爱的女人孕育的两个孩子，选择了沉默、逃离，而女人面对世俗的艰难，却极为担当与承受。当他们分开的时候，灵魂却相依了。

《荒山之恋》展示了一段有关大提琴手和金谷巷女孩的婚外情故事。金谷巷的女人早熟、富有激情，她懂得与各种男人周旋调情，也与丈夫有着爱欲的较量，但这一切都无以摆脱内心的孤独与焦躁，渴求再遭遇一个值得自己爱的男人，看自己究竟能爱到什么程度。当遇到了心智不成熟，懦弱、依赖性强的大提琴手，她主动挑逗、引诱他，并想方设法不顾一切与之幽会。他们的欲念"犹如大河决了堤，他们身不由己……忘了一切，不顾羞耻，不顾屈辱……"他明知她是逢场作戏却不由自主地被牵引动了心；她与大提琴手从开始的逢场作戏到弄假成真后的生死之恋，意味着她"灵魂和欲念的极深处的沉睡，被搅乱了"。但这种激情似火的性爱却不能够在社会道德、家庭伦理中顺利滋生，在这里，性爱已经不单单是个体的事件，而是关乎社会对性爱的规约。小说性爱演变成为一个男人与两个斗争的女人，为了一个软弱的、怯懦的配不上她们的挚爱的男人，两个女人开始了较量。作为妻子的她，为了自己的幸福而斗争，做着无声的较量，挖空心思要把未曾谋面的另一个她与丈夫拆开，认为必须在客观上将他们分开，才能够阻止他们。两个女人之间的争斗便不单纯定义为情感的纠葛，还蕴藏着社会伦理、道德审判，甚至还有性的政治性。正如凯特·米利特在《性政治》中认为，两性之间的关系也是一种支配与从属的关系，是一种政治关系。社会舆论将他们的身体隔离，却激发了他们精神上的潜在反叛性，但他们在世俗生活里的挣扎、隐忍与克制，在现实里的道德牵制、外围干扰，在领导与妻子面前的供认自己的偷情，击碎了他最后的尊严，心里充满了无限的羞耻和屈辱；而她也承受着来自丈夫的殴打与折磨，性爱的私人性被道德的社会性彻底瓦解，结束生命无可挽回。最后两人相约自杀，女人采取了敢爱敢恨，并且决绝，而男人也在现实无奈中做出了回应——殉情。

《锦绣谷之恋》则是消弭在内心的一种畸形爱恋故事，女编辑参加"庐山笔会"，遇到了男作家，产生了短暂的情感碰撞，激起了她潜在的对性爱的激情与渴望，她像不认识自己似的，重新地好好认识一番自己，笔会后，她又被湮没在日常生活中，沉寂在平静生活中。与丈夫之间，就如同路两边的两座对峙了百年的老屋。他们过于性急的探究，早已将对方拆得体无完肤，他们互相拆除得太过彻底又太过迅速，早已成了两处废墟断垣，而他们既没有重建的勇气与精神，也没有弃下它走出去的决断，冷漠相向。因此，她宁可将笔会邂逅的他埋葬在雾障后面，她绝不愿将他带入这漠漠的荒原上，与他一起消磨成残砖碎瓦，与他一同夷为平地。时间与距离消散了激情的冲动，燃烧起来的希望又逐渐熄灭，她淡然面对自己婚姻的宿命，她选择了一种精神的守望，曾经的激情、性爱沉默在自己的内心深处。王安忆为她的女主人公做出了这样的解释，"其实她并不真爱后来的男子，她只爱热恋中的自己！她感到在他的面前自己是全新的……"

如果说《小城之恋》《荒山之恋》性爱释放伴有明显的外界介入因素的阻挠，那么《锦绣谷之恋》相对而言就属于"自作自受"的心理驱使，与其说是情感、性爱的放纵让位于理性的把持，还不如说是情感激情式样的游戏，是庸常生活里的点缀，更是泯灭自我性爱的再一次潜水。《小城之恋》《荒山之恋》中男女有着身体的交媾、碰撞，《锦绣谷之恋》充其量也就是女编辑精神的出轨，一次对庸常婚姻的柏拉图式的出离，更多的是一次压抑情绪的宣泄，而她的性爱也只存留在精神幻想中，笔会期间偶遇迸发出的激情也被消散在日常的恬淡生活中，甚至流露出一种近似嘲讽的平静。

无疑，"三恋"成了 80 年代对性爱表达的一种有效的印证，女性文学触及了一直被遮蔽的话题，女性对性爱的呼应与对接，显示了女性对新时代欲望的全方位诉求，以及最终屈服于社会世俗伦理重压，采取了逃离与规避，充满了不可逆转的悲剧性。而"三恋"最终又回到了最基本的和最痛苦的心理问题上，已然置换了"性爱"主题，成了对社会伦理系统的指涉。诚如王安忆所说，"性却完全是人所私有的，而不是社会的"，"性不再是一种丑恶的现象，而恰从生命的产生到生命的延续的重要过程，是人体不可缺少的正常的又是美好的现象"。[①] 王安忆认为，"只有从性爱这一角度，才可能圆满地解释'三恋'中发生的事情，如果从历史原因、社会原因去解释，答案则是不能让人信服的"[②]。"三恋"从性爱视角对女性性欲求、性心理乃至性行为作了酣畅淋漓的书写，也揭开了隐秘在性爱背后的无法救赎的女性灵魂，以及她们追逐性爱的狂热、尴尬与困境。这确实是王安忆对80 年代小说的一大贡献。有论者认为："王安忆勇敢地涉足性爱这一领域，她的'三恋'（《荒山之恋》、《小城之恋》和《锦绣谷之恋》）正是以性爱为聚集点，集中透视在纯粹的情与欲的纠葛中，人，特别是女人本体的生命意识和文化内涵。在《小城之恋》中，王安忆为我们讲述了一个女人经过热烈情欲的骚动与洗礼后，在母性的皈依中圣化自己，达到对男人、对本我的超越，充分表明了王安忆对性爱之于女性人生重要性的一种深刻理解。女性在性爱面前比男性更注重、更强烈需要的不在于性本身，而在于一种关系的体悟。王安忆是将人的性欲作为一种本体，一种核心，一种存在，一种动源来描绘，借以探索社会化了的人的自然本质。她在宗族血缘关系为正统观念的近似中世纪田园景象的背后，展示出一个似乎只是由于现代人探讨人类性饥

---

① 陈思和、王安忆：《两个 69 届初中生的即兴对话》，《上海文学》1988 年第 3 期。
② 王安忆：《王安忆看"三恋"》，《当代文坛报》1986 年 12 月 18 日。

渴的命题才有的世界。"①

　　"三恋"着实震动了80年代中期的文坛,被认为是新时期冲破"性禁区"的代表性作品,也是探索女性欲望与欲望的虚妄的重要作品之一。"三恋"性意识体现在以女性为本位的两性关系的书写,呼唤着女性性权利的复归,对作为性别主体的女性自我的建构具有重要意义。"三恋"具有女性本体的内省意识,标示着一种女性叙事视点发生了转折:女性对自我的认识开始由第一阶段女性主义叙事中对外部处境、命运的关心探索,转移到从人性意义上的生命本体与文化造就对女性灵魂的深层叩问,这对女性本体觉醒是必不可少的。

　　正是这种生命中的母性原欲使得女人把自己从另一种原欲中剥离出来,升华自我,超越了男人,也正是这种母性原欲使女人在万劫不复的生命轮回中重复自己的悲剧命运。这无疑是女性人性探寻的一次深入抵达。如果说《小城之恋》中更多的是以男人为参照物,对女性生命形态进行本体的观看和质询,那么,《荒山之恋》则探询了女性对爱的痴迷的心理奥秘,通过对女性隐秘的性爱心理的书写,展露女性深层生命体验和精神生长。在《锦绣谷之恋》中的她并不真爱现实生活中的男人,爱的只是自己,她实际上是自己和自己谈恋爱,并在这种自恋式的精神漫游中复苏自己作为性别主体的全部激情,拯救在庸常中日益沉沦的精神自我。自然,这种虚幻的爱成为女性活着的理由与动力,甚至超越了性爱本身。然而,女人为性爱的付出,最终都无法逃脱性政治文化中的悲剧命运。在这里,女性主体在"自寻"性欲满足的同时,肉体被视为形而下之物,而精神抽象地属于形而上。显然,女性仍然缺乏性爱的基本权利。

　　2. 审美旨归:向女性文化心理突进

　　王安忆是一位女性性心理探索者,真实地反映了女性的性欲形态,以及性欲背后的社会文化伦理对女性心理的束缚与捆绑。如果说王安忆在创作中不自觉地流露出了女性意识的觉醒,是以审美的眼光去透

---

① 邝金丽:《性爱意识与我国现当代女性文学创作》,《河南师范大学学报》2001年第3期。

视女性隐秘的世界，向女性文化心理突进，那么，在性描写中无不渗透进深沉的文化批判意识、人类生命的体验和对人性深层的审视，则是作家对传统文化心理的突进。其审美意识具有强烈的现代特点，即"向内转"，重在对女性生命本位进行思考，以描写人的内在真实为中心，尽可能挖掘人物的焦虑感、失落感、迷惘感、分裂感等精神性格。显然，性的背后所隐藏的历史、文化元素才是作家所要探索追求的要义。

"三恋"正是以性爱为聚集点，集中透视在纯粹的情与欲的纠葛中，女人本体的生命意识和文化内涵。《荒山之恋》里的这一对婚外恋者，在罪孽与叛逆中演绎着爱恋的故事，最后难以割舍，决定殉情。《小城之恋》里，女主人公性欲无法控制，最后怀孕、生产，之后便没有了身体的渴望，性欲也就在这种孕育中泯灭。《锦绣谷之恋》里，女人性欲的满足带来的是遥遥无期的等待，期盼的爱情没有到来，最终爱情的神话也就变得没有了声息。王安忆在《锦绣谷之恋》里，把女主人公在婚后重新渴望浪漫激情又自我幻想自我陶醉的心理，剖析得淋漓尽致。婚外激情带来了主人公对于自己和他人的全新认识，但"性爱"依然是一种意识形态性质的文化代码，它主要呈现出精神性的光辉，并作为诗意的美好的精神存在，同现实生存的丑恶、扭曲、变态形成了鲜明的对照，而非本体论意义上的"性爱"，它更多地属于"爱"而忽略了对"性"的表现。当然，王安忆肯定了爱情中的"性"的合理性和美好性，并结合特定的文化和政治背景对畸形扭曲状态下的"性"进行了形象、心理和人性层面的认真探索，从而对"性"作为一种必然的生命状态的合理性给以肯定，认定女性在性爱面前比男性更注重、更强烈需要的不在于性本身，而在于一种关系的体悟与理解，在于精神与性的同一性。但由于王安忆具有浓烈的伦理色彩和意识形态话语性，也在某种程度上妨碍了小说对"性爱"本身各个层次的深入探讨。

王安忆的"三恋"通过对男女两性关系的书写，也触及了家庭、婚姻等方面，当解构了性爱、精神之爱以及理想化的婚姻、情爱之后，洞察了男女之间的性别本质，这种本质的关系的背后潜藏着伦理文化、女性矛盾的心理状态与生活状态，弥散不去的依然是悲剧意味。弗洛伊德的研究表明，在人的一切本能中，最基本的、最核心的就是性本能。性本能是与生俱来的自然属性。王安忆曾经这样说过："要真正地写出人性，就无法避开爱情，写爱情就必定涉及性爱。而且我认为，如果写人不写性，是不能全面表现人生的，也不能写到人的核心，如果你是一个严肃的有深度的作家，性这个问题是无法逃避的。"① 桥爪大三郎认为："人类所体验的'性'，并非自然现象。不能将人类的性爱行为归结为单纯的条件反射的反复，它实际是一种社会现象。"② 他认为性爱以社会现象的资格与性爱以外的社会现象共存。在性爱的内涵里面，确实包含着人体的生理反应，但这种生理反应的承认和肯定却来自外部。王安忆的"三恋"，把"性"作为一种特定的生命状态来书写，这就使"性"的地位不仅从爱情的精神化传统中凸显出来，而且尽可能地脱离"性爱"的伦理化和意识形态的控制，完成走向独立话语的必然历程。当然，承载了太多中国文化传统的王安忆注定不可能完全抛开伦理性和意识形态认识去对"性爱"作纯粹生物学、哲学和美学上的观照。

3. 性爱主题的凸显与两性关系的审定

王安忆以审美的眼光对男女两性关系中相互间难以理喻的纠葛进行审视，对女性的性心理、性意识、性感觉敏锐地捕捉，凸显了性爱主题的作品流露出一定程度的女性自主意识。英国学者吉登斯认为，只有当女性将"性"与生育等分割开来，女性才在"性过程"中与男人一样享有平等："女性解放始于性愉悦，他说男人的性愉悦与生俱有。女人的性与怀孕相连，怀孕又跟死亡相邻。在恐惧的阴影下，女人的性活动没有快感可言，处于一种压抑的状态。性压抑是女人社会压抑的基础。当性和生育分离，割断了与死亡的联系纽带，也就是说，女人的性行为不再出于传宗接代的目的，女人才有了性过程中的愉悦

---

① 陈思和、王安忆：《两个69届初中生的即兴对话》，《上海文学》1988年第3期。
② ［日］桥爪大三郎：《性爱论》，马黎明译，百花文艺出版社2000年版，第50—51页。

感，女人才有可能和男人形成一种相互尊重、平等相待的纯粹关系。"①

　　事实上，我们虽然看到了"三恋"中的女性在两性关系中表面上的主动性，但其实"性"充当了两性性别游戏的中介，"性"不是单纯的自然本体的行为，被赋予了更多的内涵与意义。《小城之恋》中的女主人公不但在性爱中富有进攻性，而且她的未婚女性的母亲角色本身就是对传统道德、法律的反叛。王绯认为，"女人经过热烈情欲的骚动与洗涤，在母性的皈依中圣化自己，达到从未有过的生命和谐，是《小城之恋》最有深味的一笔"②。《荒山之恋》中的金谷巷女孩"喜欢在与异性的调情中实现自身感受，达到自我肯定"，她"鄙薄文化习性，在两性关系的各种周旋中玩乐人生，聪明地驾驭男人"。在爱情的游戏中喜欢扮演积极主动的角色，表现出较强的征服欲望。在《荒山之恋》中，作者写道，"女人爱男人，并不是为了那男人本身的价值，而往往只是为了实现自己爱情的理想。为了这个理想，她们奋不顾身，不惜牺牲"。《锦绣谷之恋》中的女编辑与作家之间的婚外恋情充满诗情画意，超越了世俗之爱，"真心真意地爱，全心全意地爱，专心专意地爱，爱得不顾一切"，她与其说是爱婚外恋情本身，不如说是爱超越世俗的自我实现。王安忆甚至这样表述女性宣言："女人实际上有超过男人的力量和智慧，可是因为没有她们的战场，她们便寄托于爱情。她愿意被他依赖，他的依赖给她一种愉快的骄傲的重负，有了这重负，她的爱情和人生才充实。"③ 如此，女编辑在想象中进行着恋爱，在恋爱中找到了被平庸生活所掩埋的那个更美好的自我，但随着笔会的结束，这段恋情无疾而终，一切又回到正常的轨道，更像是一场性别与心灵的游戏。有论者指出："在两性关系的描述上，王安忆达到十分犀利的程度。当她解构了性爱、精神之爱以及理想化的婚姻情爱之后，王安忆对于男女之间的性别关系的理解，变得更加客观和冷静，她洞

---

　　① 参见［英］安东尼·吉登斯《亲密关系的变革：现代社会中的性、爱和爱欲》，社会科学文献出版社 2000 年版。

　　② 王绯：《女人，在神秘巨大的性爱力面前——王安忆"三恋"的女性分析》，《当代作家评论》1988 年第 3 期。

　　③ 王安忆：《荒山之恋》，《十月》1986 年第 4 期。

察了男女之间的性别本质，这种本质的关系可以理解为一种包含着诸多规则和条件的游戏，它是现实社会的生产关系的一种体现。这种游戏的关系是冷酷的、自私的，又是包含了温情和人类的基本情感或精神需要的，可以说，是物质和精神的统一。而在现实的男女交流场景中，这一切又是充满了痛楚、不幸和反讽的喜剧意味。"①

在这里，两性的关系成为一种游戏的场所，是女性精神诉求的变异，性别的本质就成为一种蕴含着诸多社会现实与主观理念相冲突的事实，更是社会现实里生产关系的体现。事实上，"三恋"等性主题小说的意义在于，是女性对"性权利""性自主"与人格独立的积极捍卫，这标志着女性创作领域的进一步拓展。也有论者提出不同意见，认为性与婚姻的结合是性行为绝对必要的前提，女人在性行为上的被动性，是中国传统文化的规约。

我们可通过对作品的种种评介来反观一下当时文化视域里的众说纷纭。围绕着"三恋"的主题，评论界颇有争议，主要有以下几种观点。

其一，"性"仍然是一个比较含混的语词，并认为"三恋"中的"性"主题在写作中并未正确地展开，具有模糊性。作为人性里不可或缺的"性"，尤其是对于其中的性爱描写的字句上，仍然不具有形象性。"三恋"在写作上存在的问题之一是对于"性"，"是历史地加以技术的表现，还是以某种抽象观念为根据作自然主义的描绘"②。

其二，从"性"主题的角度，肯定了王安忆的"三恋"等，"在她的小说里，性不是别的，乃是性本身。作者每每把性视为一种本体、一种存在、一种核心、一种动源来描绘，一切因它而发生，一切又因它而变化，从来不曾打算通过性去说明点其他什么，恰恰相反，而是通过各种其他什么的描写，来审视性本身，看它到底是什么"③。

显然，持这种观点的人认为在"三恋"等作品中，人物形象具有

① 吕幼筠：《试论王安忆小说中的性别关系》，《广东社会科学》1999 年第 3 期。
② 嵇山：《性——一个令人困惑的文学领域：关于"三恋"的思考》，《社会科学》1987 年第 9 期。
③ 邵建：《从情到欲：还原的实验——说王安忆〈岗上的世纪〉等性爱小说》，《钟山》1989 年第 4 期。

原型的意义。王安忆对女性的生存与心理的探索是复合在对"人性"的探索之中的，不具十分明显的女性视点，但她已经是将人的性欲作为一种本体，一种核心，一种存在，一种动源来描绘，借以探索社会化了的人的自然本质。也有论者认为拘泥于一种生理学意义上的设定，其实没有能够洞悉男女性别表征的文化构成。因此，尽管王安忆没有高擎着女性主义的大旗去从事创作，尽管她对女性的探索，掩盖在对"人性"的探索之中，还没有明显的女性视点，但这并不妨碍我们从女性批评的角度来阐释她的作品。"女权主义的写作在西方是伴随着自觉的妇女运动或庇荫于女权主义运动之下的。而王安忆的写作既缺乏这种大的女权运动的文化背景，也没有一种鲜明极端的性别立场。……王安忆的确在写作中触及了两性命运中的女性经验和处境，但是，她的这种写作成果的获得更多的来自她的个体经验和对于现实生活中两性命运的思考。在这一意义上，王安忆具备了比较鲜明的性别倾向，她以忠实于自我的方式，完成了对于经验的清理和总结，并以诚实的写作态度将其表现出来。"①

其三，从女性主义角度去解读"三恋"，有论者认为："'三恋'写的是一位'女性中心主义'的目光是如何审视情爱、性爱与婚姻中的男人与女人。"② 两性关系是王安忆小说作品的重要主题之一。"王安忆只有在此时此刻才变成了一个女性作家在写作，在她眼里男女位置倒错，传统的男女秩序被颠覆了，传统的男人粗暴地蹂躏女性的场面没有了。在这里，女性完全变成了动因，女人的性欲不再以一种被缺乏的人格被动地去接受，女人的性欲反客为主地将男性塑造了。"③显然，王安忆在20世纪80年代所表述的"性"带有时代的理性诉求，正如陈晓明所言："'新时期'关于情爱的主题一直是思想解放运动的注脚，80年代中期，性爱主题显然携带着思想的力度走向文坛的中间

①　吕幼筠：《试论王安忆小说中的性别关系》，《广东社会科学》1999年第3期。

②　程德培：《面对"自己"的角逐——评王安忆的"三恋"》，《当代作家评论》1987年第2期。

③　刘敏：《天使与妖女——生命的束缚与反叛：对王安忆小说的女权主义批评》，《文学自由谈》1989年第4期。

地带。80 年代后期,中国文学(创作)已经完成了从爱情主题到性的转型,先锋派和'新写实'小说不谈爱情,而'性'变成了叙事的原材料。它们若隐若现于故事的暧昧之处,折射出那些生活的死角。进入 90 年代,性爱主题几乎变成小说叙事的根本动力,那些自称为'严肃文学'或'精品'的东西力不从心承担起准成人读物的重任。这股潮流迅速波及'真正的'严肃文学,当然也就迅速抹去严肃/通俗的界线。理性的深度和思想的厚度早已在小说叙事中失去最后的领地,而欲望化的表象成为阅读的主要素材,美感/快感的等级对立也不复存在,感性解放的叙事越来越具有蛊惑人心的力量。更年轻的一批作者,以他们更为单纯直露的经验闯入文坛,明显给人以超感官的震撼力。"①

在"三恋"中,两性关系的表述充满了复杂的矛盾,"性"是连接男女主人公的重要纽带,但是作家并没有对此做出更多夸张性的描述,但即便如此,由于王安忆写作了大量有关两性间的含有性别意识的作品,尤其自"三恋"和《岗上的世纪》发表以来,有的评论家将王安忆的写作纳入鲜明的女性性别立场,她被称为女权主义作家。

(二)《方舟》:两性生态的考量

80 年代初期,在意识形态环境逐渐宽松的氛围中,随着"人"的发现,女性的生存处境也同时成为女作家们关注的对象。虽然部分女性创作仍表现出对"民族寓言"或宏大叙事的继续认同,但是随着西方女性主义理论的引介,从总体上看,女性创作开始有意识地疏离"社会政治"话语,表现出对"女性性别"话语的自觉追求。张洁以《方舟》凭自己女性的敏感,直觉到了中国妇女所处的压抑的地位,以女性人物为主人公,写女性感伤、细腻而富于利他精神的恋爱心理以及单身女性所面临的社会问题。其主题鲜明地触及了极为敏感的社会问题,即社会进步和妇女解放。这两大问题与现实生活中的每个人都有着极为密切的关系,在当时引起注意和争论也就不足为奇了。

今天,在生态文化视域下来看待张洁的书写,我们并没有发现有

---

① 陈晓明:《过渡性状态:后当代叙事倾向》,《当代作家评论》1994 年第 5 期。

任何套用理论之嫌，她以两性关系在爱情、婚姻之上的纠葛，在看待了约定俗成的社会生态环境下，女性的抗争与超越、选择与困惑。张洁以自己的实践对接了生态文化现实。

1. "怨妇"情结的存在

张洁的《方舟》被一些评论家认为是女性主义写作的典型的文本，三个同病相怜的女性因为不能忍受没有爱情的婚姻，先后放弃了正常的婚姻家庭生活，她们确认以感情作为唯一基础的时候，才能获得精神上的解放和自由。在"诺亚方舟"里的境遇，喻示着当代女性生存的困境，以及她们对男性的失望和排弃。这与同样是表现女性寻找自主地位与价值的张辛欣有异曲同工之妙，但也有人提出不同的见解："张洁小说中的女性意识比张辛欣更深入，她不再愿意为了所谓的爱情去迁就男性，而是以更为强烈的反抗来表现她的女性意识。她发表了一系列具有女性意识的小说，如《方舟》《祖母绿》等。张洁对女性的处境看得更加清楚，她的反抗也比张辛欣更为激烈。"[①]

张洁笔下的女性以决绝的方式，拒绝了"妻性"，却也失去了"社会性"，因为家庭与社会本身就是一个以男性为主导的链条，女性自我超越后的尴尬，就在于她们是在传统与现代的夹缝中存活，而不可避免地女性的自身弱点也在困境中暴露无遗。"似乎为了和传统观念相对抗，张洁有时甚至还故意夸大这些奋斗女性外表的丑和'雄性化'的一系列特征。可以说，张洁较多强调了男女之间的对抗与隔膜，而漠视了二者的和谐与理解；过分强调了一些男人的丑陋，而忽略了另一些男人的优秀；过分强调了生活的理想色彩，而忘记了再美好的生活也难免会有雨雪冰霜，阴晴圆缺。这是张洁的偏颇，也是张洁作品引起争论的重要原因。"[②]

她们对男人的失望表达得淋漓尽致，也一起反抗着男性对她们的刁难、报复、嘲弄甚至性骚扰。作品中的男性几乎无一不是目光短浅、玩弄权术、冷酷自私，又无法对社会和家庭承担责任的。女性在寻找

---

① 杨彬：《新时期女性主义小说的困惑与出路》，《当代文坛》2005 年第 5 期。
② 翟传增：《妇女解放的漫漫征途——张洁的女性文学创作》，《当代文坛》2001 年第 3 期。

精神自我出路的时候,把男性当作敌对的阵营,加以批判、指责。因此,陈晓明认为女性的迷失,具有不可规避性:"当代女性在寻求'自我'的道路上注定要迷失是理所当然的,因为作为个体的男性已经给先验地阉割了,女性试图战胜男性来实现自我,她除了在那个已经被阉割的"空缺"中再手刃一刀,什么也不会得到。"①

由于她们对男人乌托邦式的爱情的彻底陷落,女主人公对自己生命的价值和生活的意义产生疑惑,从而产生哀怨甚至怨愤的情绪。梁倩是"苍白,干瘪,披头散发,精疲力竭,横眉立目"的;柳泉是"想得太多,活得太拘谨"的。荆华的外表是"趿着拖鞋,穿着睡衣,蓬头垢面"的。梁倩则认为,"就算保持住自己美丽的容貌又有什么意义?总得为着一个心爱的人"。在经济不能够独立的古时的妇女的确是应该哀怨的,失去男人,她不仅是失去了爱,而且也失去了生活的物质来源。而梁倩们走出了男人的"屋子",却又回过头到男人那里寻找定位,当然只有惨淡了。荆华们感受到的现实压力,是弥漫在生活空间将女人视为异物的旧势力。对此,牛玉秋有不同的看法,她指出《方舟》里的女主人公尴尬的症结所在:"荆华她们虽然事业小有成就,却得不到相应的社会承认,反而因其女性身分招致猜疑和嫉妒。造成她们这种艰难处境的原因,既不在于她们的性格,因为她们中既有强悍如梁倩,亦有柔弱如柳泉,还有坚韧如曹荆华;也不在于社会制度,因为社会制度不仅为她们事业有成提供了保障,而且创造了条件。她们面对的是看不见的敌人,那就是几千年源远流长的男尊女卑的传统观念。这种观念认为,男人是女人的主宰,女人只能依附于男人,做男人的玩物和传宗接代的工具。这种观念在新中国成立后虽然受到了批判,丧失了公开的市场,却远远没有肃清,还有不同程度地隐藏在很多人——其中也包括女人在内——的头脑里。……在这样一个社会文化环境中,象荆华她们那样受过高等教育的职业女性既享受着社会进步的成果,也承受着传统文化的压力。然而无论如何,她们认定自

---

① 陈晓明:《反抗与逃避:女性意识及其对女性的意识》,《文化月刊》(石家庄) 1991 年 11 月 11 日。

身价值的实现，是她们安身立命的根本，是不能放弃、不可交换的原则。这也是张洁妇女观的最基本的观点。"①

　　女性在反抗男尊女卑的过程中，逐渐发现自己的能力和优点，发现女性不比男性差，甚至在很多方面还比男性强。"比起男人，女人也许是一个更健全、更优秀的人种？"导致她们感觉与思维上时常不由自主地出现矫枉过正的倾向，即下意识地过分抬高女性并贬低男性。并把男性排除在她的视野之外，着重对女性生活进行单性的展示。对此，丁帆/齐红却持有不同的见解，理性地指出："只要人（男人和女人）仍然没有实现彻底的解放，以一种全面的方式'占有自己全面的本质'（马克思语），两性的完美合作便不可能实现。张洁很清楚这一点，所以她的早期作品中有很多'无家可归'的知识女性，钟雨如是，荆华、柳泉、梁倩如是，曾令儿也如是。她们或是不能与所爱的人共建家庭（钟雨、曾令儿），或是根本找不到一个可以与之共建家庭的爱人（荆华、柳泉、梁倩），只有孤独一生，漂泊一生。但张洁似乎不甘心（或许是不忍心）让她的知识女性们在灵魂的孤独无依中流浪终生而一无所获，所以她总是无法自制地为她们（其实也是为自己）安排一个精神的归宿，这归宿就是女性自身的完善人格。《方舟》中张洁曾强调女性的解放不仅仅要靠政治地位和经济地位的解决，更重要的是要靠'对自身存在价值的自信和实现'。这一观念无疑具相当程度的真理性，但当她把女性自身的'自信'与'自尊'强调到近乎偏激的程度时，她所提供的'解放'途径便稍稍偏离正轨。张洁对女性人格的韧性与完美表现出特殊的青睐。"②

　　女性主义小说的出发点是反抗男尊女卑的社会、文化现实，因此女性主义作家们首先是反抗男权霸权，展示女性在现实生活中被男性压抑的现实。其实，女性唯有重新寻求自身人格的定位，重新衡定婚姻在女性人生中所占的比重，才能走出"怨妇"的历史阴影。

---

　　①　牛玉秋：《对妇女解放问题的痛苦思考——张洁小说论之一》，《小说评论》1995 年第 4 期。
　　②　丁帆、齐红：《永远的流浪——知识女性形象的基本心态之一》，《山东师范大学学报》1994 年第 6 期。

2. "男女平等"神话下的选择与困惑

毋庸置疑，新中国的成立为女性的基本生存权利提供了有力的保障。然而，男女平等的法律权益，没有也不可能从根本上消除男女两性的社会差异。女性在传统与现代杂糅的时代，存在现代女性角色与传统女性模式的冲突，以及这样的现实对女性形成的生活压力和精神压力。《方舟》不仅通过荆华、柳泉、梁倩的前夫们和领导们表现了这种无所不在的压迫和压抑，而且通过街道贾主任一类的"解放脚"的窥视和流言表现了男性中心文化对离经叛道女性的全景式监控。小说里的男人们将曹荆华、柳泉和梁倩她们或当作生孩子的机器，或是性的对象，或是当花瓶。女性对自身权利的声张和女性生存的困境形成了极大的反差。"对于传统女性来说，家庭往往是囚禁她们的牢笼，是衡量其价值的永恒标准和出发点，同时她们也往往沦为丈夫淫欲的奴隶和生孩子的简单工具。因而，在世界范围内，妇女解放的首要一步总是'打出幽灵塔'，女性自我意识觉醒的标志也总是对父权、夫权的否定与反叛。"①

面对传统文化主导思想与中国的现实社会环境的压制，女性内化于心理深处成为一种极端的反叛意识。这些文本一方面表现了她们为自身价值的实现，独立人格的确立，面对现代社会的各种挑战自强不息的精神；另一方面描写了奋斗途中所付出的沉重代价，事业与生活相矛盾所带来的烦恼和痛苦。这也是张洁女性意识的不彻底性表现所在，她小说中的许多女主人公在内心深处总还幻想着一个可以依赖的男人。荆华她们和一切女人一样，需要男人的保护和爱惜。柳泉"仿佛一张没人精心保管的，被虫蛀损了的，被温度、湿度、酸碱度都不合适的空气剥蚀得褪了颜色的好画"。荆华们在骨子里透着种种的渴望。"她多么愿意做一个女人，做一个被人疼爱，也疼爱别人的女人。""她现在多么需要一双有力的胳膊。可是，在那儿呢？也许今生今世那个人也不会出现，荆华将永远不会知道被男人疼是一种什么滋味儿。"

―――――――――

① 张兵娟：《论新时期女性文学创作中女性意识的演变》，《中州学刊》1996 年第 6 期。

当钱秀瑛"浑身上下，每个毛孔里，都流露出一种对享受丈夫疼爱的满足，对被丈夫娇纵的炫耀"时，"柳泉明明知道这是女人的浅薄，然而，她心里却强烈地渴望着这种浅薄的满足"。荆华们的内心彷徨，也引来了一些论者对此的批评。有的论者认为女性的周遭一切，是整个社会意识的落后，也在于女性自我意识存在退避性。"张洁的创作以两性关系为重，反对女性在历史中被书写的处境，再现了女性于现实中丧失话语权力的遭遇，直接延续和发展了'五四'新文学史上丁玲们对女性解放道路探寻的主题。当然，女性意识发展到这里并不是一种完成态。因为女性解放的本质，除了使女性在政治、经济、文化等方面享有同男性平等的权利外，还应具有开发自身性别潜力、擦亮自身性别魅力的特征。而这也正是张洁作品中女性意识的最主要欠缺。"①

牛玉秋就指出《方舟》无疑是张洁最深刻的作品之一，也是她全面表现自己的妇女观的作品之一，其妇女观本身已经向世俗观念提出了挑战，但其妇女观却有着不彻底性："荆华等人对男性既失望又渴望的复杂心理，实际上反映了张洁妇女观的不彻底性。张洁妇女观的不彻底性还表现在，她小说中的许多女主人公在内心深处总还幻想着一个可以依赖的男人。……可惜指责《方舟》的人并没有重视这篇小说既渴望男人保护、又对男人失望的复杂心理，更不可能认识到这是张洁妇女观的又一内在矛盾。而是在更低一层的水平上为男性辩护。作家当然不可能从这些批评中得到多少有益的收获。"②

从女性主义的角度看，男性中心社会男女性别的不平等，主要体现为男女性别之间形成了事实上的男尊女卑的差序格局，女性在社会地位、经济收入、文化权利等方面均低男性一等，生理的需要、安全的需要、爱的需要、尊重的需要、自我实现的需要得不到正常的满足，男性中心文化对女性形成了全方位的无所不在的压迫和压抑。而另外的一些评论却认为："张洁采用了清醒的女性意识指导之下的全新视点——女性审美视点。它体现了女性作为人的主体意识的觉醒，更

---

① 胡玉伟：《激进与犹疑——张洁小说女性意识评估》，《沈阳师范学院学报》2001 年第 1 期。
② 牛玉秋：《对妇女解放问题的痛苦思考——张洁小说论之一》，《小说评论》1995 年第 4 期。

体现出她们作为人类一半的女性的自觉。这一视点以女性的自审意识为基础,用自觉的女性眼光,以女性的立场和姿态,描写女性的生活,揭示其生存的困境,展示其奋斗的风采。"① 王光明和荒林认为《方舟》确立了女性的自信,妇女解放问题也成了作家要探索的命题:"随着社会转型与写作推进,社会理想表达偏位向两性关系思考,妇女解放问题从人的解放问题中抽离出来,张洁的《方舟》成为中国女性写作真正起点。女性写作以两性关系为重心,反对妇女在历史中被书写的处境,和现实中丧失话语权力的遭遇。张洁在她的小说中借人物之口喊出了'为了女人,干杯!'这是女性写作自觉的信号。妇女解放问题在女性写作中从此成为探索重点。"②

张洁的《方舟》戳穿了以往笼罩在我们生活中"男女平等"的神话,小说对于女性生存困境的揭示令人深思。注重表现现代女性与传统的男性中心观念、封建意识的决绝,因而作品的锋芒所向显得异常明晰、果敢而尖锐。张洁的写作实践表明,女性写作进入一个新阶段,女作家不再局限于比较狭窄的女性生活范围,而是将目光伸向更广阔的世界,旨在说明女性若要战胜这些现实、雾障和痼疾,必得付出沉重的代价。"对觉醒中的女性来说,要争取自身的独立摆脱对男人的依附,就必须承担起所有的后果。女性作为一种独立的个体既向往着独立,又难以承受独立而带来的严重后果。在打破整个男权社会秩序的过程中,女性也是与男性一样丢失了以往种种责任、义务和某些角色内容,在男权社会中女人也享有一些既得利益,随着推倒男权主义的压迫,女人也不能再坐享其成地在物质和精神上要求男人的'关照'和'庇护'了。"③

3. 从对男性的崇拜系统中寻找自我

精神分析学家海伦·多依奇在《妇女心理学》中认为:女性人格

---

① 贺萍:《困惑与寻求:知识女性的精神探索——兼谈女性文学女性意识的历史发展轨迹》,《社会科学战线》1999 年第 3 期。

② 王光明、荒林:《两性对话:中国女性文学十五年》,《文艺争鸣》1997 年第 5 期。

③ 刘慧英:《走出男权传统的樊篱》,生活·读书·新知三联书店 1995 年版,第 118—119 页。

中最显著的三个特征是被动性、自我虐待和自恋。可是她并没有拿出充足的理由向人们解释为什么女性一定是被动的，为什么会出现自虐和自恋，更无法理解普遍存在于女性中的"神经症"。实际上，这种"生物决定论"学说，只是为男性社会提供了一个对女性实施压迫的合理性佐证。在这一"科学"论断中，他们将女性地位等同于女性生态，认为都是大自然的产物。这样就使人们相信，男人世界造就的女人只不过是大自然早已造就了的，而女性得到的也只是支持她们承认自己作为弱者、他者存在的证据，于是"生物决定论"等男性学说就成为这个父权制的代言和巩固男性霸权的有力工具。① 正如比尔·普克（Bill Puka）在《关怀的解放》中所说："女人懂得（在男性权利结构之内）她在哪里可以发挥自己的长处、兴趣以及承诺，在哪里她又可以更好地顺从这个男性权利结构，必须方方面面精巧地平衡，以求能在这里生效。"鲁宾·摩根（Rubin Morgan）在《姐妹情谊跨全球》一书中认为："生理性别和社会性别制度（sex/gender system）是一个控制性的文化机制，它把生理学意义上的男性和女性转化为分离的、阶层化的社会性别。"由于男性意识形态的钳制，女性仍然被禁锢在女性意义的范围，是一种被控制，男性凌驾于女性之上，无法分享男性界面的话语与思维方式等，性别有了阶层之隔。正如存在主义女性主义者西蒙娜·德·波伏娃所强调的："如果人的意识中没有包括这种渴望……控制'他者'的原始渴望，那么即使发明了青铜工具，这也不会导致对妇女的压迫。"正如朱迪斯·巴特勒（Judith Butler）在《性别烦恼：女性主义和身份的颠覆》一书中所指出的：作为一种身份，社会性别并没有本体论意义上的实体，而是通过表演和模仿不断建构出来的。因此它实际上是不一贯的（incoherent）、不连续的（discontinuous），"社会性别是一种持续不断的模仿，这种模仿被当成是真实的事物"。性别结构中男性主体与女性客体，其内在本质就是男人以思维、价值观、话语等控制着女性的精神。亚里士多德认为男性是主动

---

① 王虹：《女性意识的奴化、异化与超越》，《社会科学研究》2004 年第 4 期。

的，是生命的提供者，女人只是生命的载体。

所以，张洁塑造的现代性女性始终逃不出男性的魔掌。当 1982 年张洁以《方舟》解读女性的精神生态的时候，众多的女性还处于懵懂状态，即便是《方舟》后来被认为是新时期最具有原始的女性主义意识的文本，小说揭示了现代女性的生存处境。《方舟》中张洁曾强调女性的解放不仅仅要靠政治地位和经济地位的解决，更重要的是要靠"对自身存在价值的自信和实现"，在《方舟》里，张洁塑造了三个个性刚硬、独立自强的女性，曹荆华从事理论研究工作，梁倩是电影导演，柳泉精通外语，是一家外贸公司的翻译。柳泉渴望能够去爱，但她腾不出时间和精力去弥补情感上的缺憾；梁倩既没时间照顾儿子澄澄，也没心思修饰与保养自己的容颜；至于曹荆华就连生孩子、睡觉、居家过日子都不在行。而她们聚在一起，抽烟、喝酒、骂人，似乎比男人更像男人。她们的行为本身隐含着向男权主义倾斜：要平等，就要像个男人，因为女人不像男人；但同时她们不惜与男人决裂，也不屑来自社会带给她们的压力，一心想追寻女性真实完整的自我，走向女性自我生态，但事实上，就连曹荆华这个让很多"男子汉"都佩服的"非常女人"，也陷入了困境。张辛欣《在同一地平线上》的"女导演"走出家门时所需要克服的就不仅仅是外部的压力，还有来自内心深处的依附意识。几千年的文化传统使得两性关系的固定模式（女性依附男性）已经成为一种深层的心理积淀，对这一模式的反叛无疑意味着心灵深处的一次巨大变革。走出家庭的"女导演"们固然成为"自我"的主宰，但传统依附意识却往往使她们在生存的艰难之中重新向往与迷恋那种古老的被动的然而轻松的生活状态，她们内心依然有着对男人的向往与崇拜。所以，张辛欣早期小说中的知识女性们常常在返归家庭与走出家庭的临界点上久久地徘徊。《无字》是张洁倾心的一本小说，她从 1989 年便开始了书写，张洁究竟想说什么，显然她要说的太多，是对于一个世纪甚至几千年女性人生的经典描述。故事里的吴为的母亲叶莲子一生所期待、守望的，就是那个婚姻中的具体的男人，那个叫顾秋水的男人，除了在结婚一两年中给过叶莲子一些共处人生的经验之外，给予她们母女的只有抛弃和虐待。然而叶莲子一辈子没有走出过这个男人一步，即便是在影子里存活。吴为也希望能够超越母亲，却一生在精神上期待、守望着一个叫胡秉宸的男人，吴为把胡秉宸想象为"他们这个阶级里的精品"，最终得到了对方的爱情并有情人终成眷属，可是胡秉宸并没有满足她的愿望却带给她致命的打击，因为他只是想换一个女人而已，为此，吴为几近疯狂至死。女人把自己的生命耗散在对男人的爱情守望中，而这个男人却是不负责任、疲软、苟且和无能的。张洁展露出了女性对男性的极度崇拜，而在这种对男性崇拜里又充满了滑稽与嘲讽。

张洁用审视的目光打量着千百年来令女性仰视的对象，从而更鲜明地擎起了确立女性独立人格的现代旗帜。"但张洁并未停留在女性是'人'而不是'性'的简单取舍上。张洁在她全部创作中，确乎是回避了具体的'性'描写的，她也许放弃了从'性'的深度寻找男女本质，但她对于'人'的深度把握，却达到了一个前所未有的高度，不是一般地肯定女性首先是'人'，而是具体地展现，女性首先作为人，在社会中能做什么和怎么做。这里不但存在女性自我定位的问题，更涉及能否到位的问题。"[1] 张洁作为当代文坛上女性作家的先锋，她虽然一再表白自己不是一位女权主义者，且在 20 世纪 80 年代女性文学里，张洁或许并非一个女性主义者，她的作品也并非自觉的女性写作，但她却是最早在创作中表现出强烈女性意识的作家。我们可以从她与德国记者的对话中，体悟一些她的内心："我不认为这个世界仅属于男性，也不认为它仅属于女性，世界是属于我们大家的。……在妇女中有这么一类人，在她们看来，如果男人离开了她们，世界就完了；要是男人不爱她们了，她就会丢掉自己的尊严，千方百计地围住他，不让他走。也有的妇女对自己的能力缺乏信心，她们不懂得，只要锲而不舍为之斗争，并投身于实践，自己的价值也能得到社会的承认，她

---

① 荒林：《女性的自觉与局限——张洁小说知识女性形象》，《福建师范大学学报》1995 年第 2 期。

们总以为男人终究要比女人强。"①

不管张洁有什么样的理性认同与主张,我们的确看到了她为女性生存现实的尴尬做出了自己的努力,这在 80 年代是难能可贵的。

(三)从《动物档案》到《一只蚂蚁领着我走》

1952 年度诺贝尔和平奖得主阿尔贝特·施韦泽在《斯特拉斯堡布道》一文中这样阐述人的行善:当你想行善的时候,你感受到的是可怕的无能为力,不能如你所愿地帮助其他生命。接着你就听到了诱惑者的声音:你为什么自寻烦恼?这无济于事。……你能做的一切,从应该做的角度来看,始终是沧海一粟。但对你来说,这是能赋予你生命以意义的唯一途径。……如果你在任何地方减缓了人或其他生命的痛苦和畏惧,那么你能做的即使很少,也是很多。保存生命,这是唯一的幸福。

进入 21 世纪之后,全球气候加速变暖的温室效应,引起了世界范围内的恐慌。迫使越来越多的人开始关注自然生态了。甘地有一句名言,自然界的资源可以满足每个人的需求,但却不足以满足每个人的贪欲。这或许也是蒋子丹的深刻体悟。

蒋子丹的优雅转身是一个生态写作的有效案例。在大家的印象中,她是一位先锋派小说家,20 世纪 80 年代中后期和 90 年代初,小说《黑颜色》《左手》《桑烟为谁升起》等都反响不凡,但也很快就被 20 世纪 80 年代兴起的先锋文学浪潮湮没了。按照常规理解,先锋派作家比较注重抽象的人性,热衷于死亡、荒诞、异化之类的主题,但新世纪以来,她重现江湖,连续发表了一些关于动物的小说、随笔,而动物保护、动物与人类的关系,应该说是非常复杂、非常现实、非常具体的问题。2004 年之后她便开始了以动物关怀为焦点的生态散文写作,这些都集中在《动物档案》和《一只蚂蚁领着我走》两本书中。前者主要是纪实性的关于动物保护的人物、事件、动物故事(档案),后者则是围绕人与动物的关系展开的有关人类社会生态文明、动物伦理等

---

① 转引自《张洁接受联邦记者访谈录》,《文学报》1986 年 2 月 13 日。

问题的深入思考，明显具有社会学、伦理学等人文学科的学术色彩。就文本而言，《动物档案》《一只蚂蚁领着我走》与蒋子丹以前的作品截然不同，完全是另一种文本式样，包含小说、散文、随笔、论文、报告文学、采访记录甚至咨询资料等各种形式，其中一章还是诗歌。蒋子丹自称为交叉文体。写成这个样子并不是事先刻意安排的，而是顺势而为的结果。有关动物的观念和现象纷纭复杂，不大容易理清和表达，为了更好地调动读者的感觉，有时需要记叙，有时需要抒情，有时又需要用比较理性的方法来分析，这就决定了不能只采用某一种单一的文体来完成。让文体服从于表意的需要，可以让写作获得更多自由。从先锋的荒诞到写实的动物书写，蒋子丹采取了迅速的转身，在一次接受采访中，她给出了答案，"我觉得首先需要厘清一个概念，那就是先锋文学不怎么关心现实社会生活。我的印象中，上世纪初现代派文学的产生、形成和发展，与当时西方社会的剧烈变迁，与民众经历的巨大灾难有直接关系。危机四伏的社会现实，使作家们陷入了精神深渊，正如卡夫卡所说的：'目的虽有，却无路可循，我们称作路的东西，不过是彷徨而已。'有的人走向了幻灭，有的人走向了反叛，先锋派作家基本上属于反叛一族，其中的佼佼者几乎都是以针砭社会、关怀底层、表现小人物生活见长，只不过他们的表现手法个性差异极大，给读者留下的印象是非常自我的。所谓先锋派作家只注重抽象的人性，或者说只注重内心活动与个人化生活的结论，恐怕是对他们的一种误读。包括我自己在内，上世纪八十年代接触到西方现代文学经典作品的时候，特别着意于他们新颖的小说技法，对这个文学潮流的内在精神气质并没有太深的领会。"① 如果顺着这样的逻辑来看《动物档案》和《一只蚂蚁领着我走》的话，作家确实是从生态现实、从人类生存现实的角度来切入生活的。可以说，诱使作家去进行写作实践与调整，一个充分的理由就是：关注他者的存在——动物的生存方式，以及与人类的互动。

① 李少君：《蒋子丹对话：写作直抵世道人心》，《羊城晚报》2007 年 6 月 8 日。

1. 被戕害者

从生态视界来看，《动物档案》和《一只蚂蚁领着我走》是作家理性地将目光锁定在了动物的生存处境上，并把其作为弱势群体来看待的。实际上，人与动物共栖于自然中，本该是一个有序的链条，但是，动物已经被视为人类的附属，甚至处于任由践踏的地位，更有甚者认为这是遵循自然界生存法则。我们从蒋子丹的《动物档案》和《一只蚂蚁领着我走》中找到了反证。《动物档案》侧重写人与宠物的问题，通过一系列的动人故事，在描摹动物命运的同时，渗入了她对人性缺陷的批评性思考。《一只蚂蚁领着我走》探讨宠物、野生动物、人与自然的关系，其中有虚构的故事，也有真实的报道和探索评论性文字。蒋子丹的写作缘由竟然与自己家养的一只老猫有关。"这只猫已经跟我一块儿生活了 20 年，是我母亲留给我的。母亲 10 年前去世了，它还陪着我。在母亲刚去世的那些日子，我时常能从它的眼睛里读出悲戚。"不过，老猫只为她的写作提供了一个契机，真正让她竭尽全力去写的动力来源于她对更多动物——被遗弃的伴侣动物、被猎杀的野生动物、被虐待的农业动物、被残害的实验动物、被奴役的娱乐动物的了解。它们处境之悲惨远远超出了蒋子丹的想象，各种遭遇让人揪心。她只想把自己所知道的呈现出来，希望引起人们重视。在《动物档案》成书之前，蒋子丹在动物保护者张吕萍的小动物收容基地住了两个多月。在搜集了大量素材后，她写出了许多有关猫狗遭遇的悲惨故事，比如因病被遗弃的狗，因思念主人忧郁而死；被虐待致伤的小花猫辗转几个人家，依然难逃被弃命运；大批猫经贩卖后被屠宰，变成了串在竹签上的"羊肉"。与此同时，蒋子丹还颇费周折采访了上海的一位屠猫人，披露了他的生活状况。除去附录的访谈部分，那些有关小动物的故事完全是一些独立的短篇小说，虚构的成分占了 95% 以上。蒋子丹在一次接受采访时透露：要说实，这里边的小动物都实实在在被遗弃过，又实实在在被救助过；要说虚，当然是它们坎坷飘零的身世。小动物不会说话，不能向我痛说家史。我给它们安排各种各样年龄和身份的主人，让它们曾经生活的场景遍布社会的各个阶层各个角落，通过它们反映人类对待动物的种种态度和行为。①

在《一只蚂蚁领着我走》中，蒋子丹结合新闻事件有感而发，对宠物、家养动物、野生动物、人与自然的关系进行了探讨。带有一种对动物的亲和力，作家笔下散发着充溢的对动物的爱，这种爱意，经由随意的叙述，有效地表达了接近自然的方式，人—动物—自然链条中，动物成为人类关怀、亲近自然的中介。如在《大自然神性》中以"龟"和"雪原上的狼"的案例来写出了自然里隐秘着的神性的超验存在，也道出了人与自然界的动物的和谐共生存在。十年前母亲想吃而买到的"龟"在她举起菜刀的一瞬，那灵性的眼神，让她改变的初衷，十年后收养同事老郑的"龟"融入了家居生活，甚至可以乖巧地在主人淋浴的时候，趁洗澡，打扫个龟卫生，"用前脚洗头，后脚洗尾，身上的硬壳洗不到，它会爬到莲蓬头下边等着你放水来冲"。"雪原上的狼"则是讲述了旅居西藏的乌云因要回内地过冬，又恰逢生病，但临行前夜，却大雪纷飞，想要独自下山的乌云，遭到了旺堆活佛的拒绝，于是乌云和活佛等一行十几人一起下山，但在雪原中却迷了路，正当活佛也在为迷路皱起眉头的时候，一个如同神话的场景奇迹般出现了：

> 从铺天盖地的白色里，钻出来三个小灰点，逐渐向他们靠近。等到大家看清楚那是一大两小三只狼时，活佛和师傅们全都松了口气似的面露微笑。同骑的喇叭告诉乌云，藏传佛教认为狼是一种懂得护法的灵性动物，它们肯定是看到活佛迷了路，特意赶来为我们领路的……
>
> 当时，活佛让大家都下了马，沿着狼的脚印慢慢往前走。整整五六个小时的路程，那匹母狼带着它的两个孩子，在前边走走停停，分明是要让他们紧紧跟上，直到一队人马全都通过了山隘栈道，上了出山的大路，三只狼才掉转身子，按来路原道返回。
>
> 旺堆活佛朝着狼归去的方向，正冠肃立，拈珠合十，口念六字

---

① 卜昌伟：《〈动物档案〉：关照动物惨境》，《京华时报》2008年3月24日。

箴言,目送它们小小的影子消失在风雪里,才吩咐大家继续起程。

蒋子丹以精细的笔法描述了这个人与动物之间的性灵的相通故事,同时也在反思着人关心动物的悖论存在与尴尬。与动物保护者张吕萍的对话,彰显了作家的理性诉求,但也有责难:几乎所有从事动物救助、倡导动物福利和动物权利的人,都会遭遇这样的责难:"战争和恐怖袭击不止,艾滋病和饥荒蔓延,眼看着人类自身有多少让大家头痛的问题无法解决,你们还有闲心有闲钱去管动物。"该救动物还是该救人?对善良的人来说,是个看似庄严深刻的假问题;对于不关心也不愿意关心动物的人来说,却是一个欲盖弥彰的好借口。先解决人类的问题,再解决动物问题,实际上是永远不去关心动物,永远把动物问题置之度外的最好托词。蒋子丹的理解是这样的:动物所有的问题其实都是人的问题,不管是残酷虐待动物还是病态宠爱动物,都是人出了问题;关注动物的生存状态与真相,是现代社会每一个公民不能回避的事情。

2. "他者"关怀

审视道德缺失个案,是这两部小说的核心所在。《动物档案》侧重于人与宠物的问题,展示了故事里主人公北京张吕萍动物收容基地的几十只猫、狗,它们被遗弃、遭虐待或者病残老迈,作家用拟人和虚构的手法描摹了它们的遭遇和命运,渗入了对人性、人与宠物关系、社会问题等的批判性思考。而《一只蚂蚁领着我走》的视域更为宏大,盛宠时代、宠物经济、动物解放、打狗队、虐猫事件、动物福利、素食者、人象生存空间争夺战、保护藏羚羊、捕鲸⋯⋯对人与动物的现实关系做出了清晰的勾勒。在《一只蚂蚁领着我走》中她发出这样的感叹:"涉及动物时,我们的生活方式、文化训练、意识形态、宗教①传统中的某些因素,会妨碍我们去相信这些传闻。⋯⋯自启蒙运动以来,人是万物之灵长、自然界之冠冕、宇宙之中心的人类中心思想深

---

① 在这里,主要是指西方基督教。

人人心，让我们很难心甘情愿地承认，自己在哪方面不如某种动物，这涉及人不可冒犯的尊严"；"西方文化中犹太—基督教传统的深刻影响，已远远超出了教派范畴，在大多数现代人的意识和潜意识中，《圣经》确立的动物地位，是神造的低等动物，属于人的资源，几乎不容置疑。"这些感悟，体现出了阿尔贝特·史怀泽提出的"敬畏生命"的伦理学，他认为只涉及人的伦理是不完整的，人类必须将道德的范围扩大到所有生命。但面对动物，存在悖论，背后深处有着来自伦理、法律、观念、习俗等各方面的元素，挑战着作家的良知，纠结着内心，陷入了感伤的困惑。比如金沙江某一段水域建立水电站时，因为没有预留鱼道而导致多种珍贵鱼类灭绝；在毛乌素大沙漠里，每年被沙土吞噬的湿地远比植树造林消灭的沙漠面积要大很多。在《双向的沉重》的跋里，借助于一个自杀的研究生的回忆，蒋子丹讲述了正在发生的惨剧：一所著名大学的一位研究生，以救助小猫为名，从动物保护人士手中骗取 30 多只猫崽，作为自己发泄病态情绪的对象，一只只猫被残害致死，而他的家人和媒体对话的时候，还一再强调这个孩子学业如何出类拔萃。还有，某省电视台以科普教育作幌子，将 3 只小猫从四层楼的高度抛向地面，为的是要证实一下猫在空中的应急能力……在《悭吝的人道》中，蒋子丹将疑问指向了立法机构："二十世纪六十年代，由于屠杀海豹的照片和录像不断被公开，激起公众义愤，作为对公众呼声的回应，加拿大立法规定杀死小于两个星期的白毛小海豹为非法行为，并实行了一项'眨眼测试'法规，要求在动手剥离海豹皮之前，测试它们是否还会眨眼，如果眨眼，则表示它们还活着。"而在此之前，人类从来都是活剥海豹皮的。这个规定保护的是猎杀者的利益，显得更为残忍和虚伪。在一系列让世人警醒的"人道主义"缺失面前，以笔为旗，为动物们呐喊，带领我们进入的是一个又一个向世人逼问的真相，这些关乎人类内心的逼问，让我们了解人类的贪婪和暴戾、自私和轻薄、残忍和伦理缺失的精神世界。"动物与人的关系，原来是一个如此敏感并充满挑战的话题，它所涉及的现实社会、道德伦理以及历史、宗教、科学、心理、行为、情感、常识等方方面面，从广度上说浩如烟海，从密度上说盘根错节，从深度上说直抵世道人心，这是我事先没有预料到的。而且更要命的是，当我们抱着深深的同情去关注动物时，我们潜意识中的人类中心主义，现实生活中的消费主义意识形态，特别是我们身体里与生俱来的生理局限，都会成为障碍和干扰，使我们思绪纷繁，瞻前顾后，顾此失彼。这常常会使我们陷入双重的绝望：一边要面对人类对动物愈演愈烈的利用、剥夺、虐待和残杀；另一边要面对自身根深蒂固甚至是无法超越的物种、基因以及精神的局限性。这使得写作过程格外艰难，这种挑战性在我看来是非常诱人的，也是可遇而不可求的。如果其中存在着你所说的创作重心转移，那也是在不知不觉中完成的，没有刻意的计划和安排。"① 应该说，她的笔下充溢着要对动物展开富有同情心的描摹与想象，反思着人与动物、自然的关系，具有生态警示、反思批判精神。直面人性深处的道德和情感缺失，在这个意义上，关怀动物何尝不是一种道德和情感的自我救赎？

3. 爱的生态哲学

应该说，蒋子丹是一个变异中的女作家，有人将她比作文学界中的"妖"，盖因"妖"还有形式的多样性，其实，早在她出道不久，女批评家王绯就欣赏于这个女作家摒弃了作品中的"性角色"。在《没颜色》《绝响》中她似乎是女人，在《圈》与《左手》中她又俨然像是男人。单从小说的文体上看，已难辨作者是雌是雄，这可能还只不过是形式上的表层上的，更重要的是内心。在创作心理的层面上，蒋子丹不乏这样两种倾向：一是坚决排斥传统女性角色，二是奋力抗拒男人一统天下，两种倾向又不过是一口利剑的两道锋刃。美国文论家桑德拉·吉尔伯特将 M. H. 艾布拉姆斯名著《镜与灯》中的"灯"换作了"妖"，换作一位高擎着文学之灯的"女妖"，撰文《镜与妖》来反思女权主义文学批评运动。在她看来"妖氛"首先表露在女性小说家作品中的"雌雄同体"现象中。在笔者看来，蒋子丹在变化中，却

---

① 李少君：《蒋子丹对话：写作直抵世道人心》，《羊城晚报》2007 年 6 月 8 日。

始终秉持着一种直率与踏实，体现在直面现实的勇气与能力，而这种能力的兼具在于她能够接纳西方的理论导引，但同时有辨析的思维，在中西的交汇中，寻找自己的表达与叙述。正如吉尔伯特所说的："女妖象一个黑影，潜伏在镜子的另一面，表现出反对法律和规定的天启的革命欲望"，女人的行为，"使灵魂成为自己的叛徒"，"成为它自己的引渡人，成为一种活动"，于是，"镜子变成了灯"。① 而新世纪，蒋子丹以生态秩序之镜，看待大自然中动物的神性。将"镜与动物"作为一种隐喻，直面动物的生存状态，来反观人类自身的处境，她自己是这样表述的，"不能否认，现代社会人与人之间相互关系的冷漠、疏远甚至紧张对抗，导致了人类的情感面临前所未有的空虚和无可寄托的巨大危机，使不少的人将情感转移至动物。爱动物胜过爱同类，或者说只爱动物不爱同类，甚至连自己的亲人也不爱，成了一种时髦的社会病，并且是一种难于辨别的疑难杂症。只爱动物不爱人类的作为，实际上是通过爱动物来爱自己，只爱自己不爱他人"②。

其实，许多动物与人的故事，体现了处于不同生存状态下的动物的境遇，实际上反映的却是当代人社会生活的方方面面，动物的问题说到底是人的问题。而现代世界上流行的动物保护的观念，在向人类中心主义宣战的同时，也存在着工具理性论的二元对立误区，经过长时间阅读之后，蒋子丹终于在中国古代的哲学经典中，佐证了中国生态情结并不"超前"，因为中国文化从来就不缺少对动物的关注，从庄子"子非鱼"的典故，到弘一法师的遗嘱，以及民间更多见的类似"劝君莫打三春鸟，子在巢中盼母归"的古训，就是明证。中国古代大儒王阳明说："大人者，以天地万物为一体也……"天地万物一体之仁，是一种人间关怀，更是一种自然关怀，体现着人与自然界的和谐，我们老祖宗的境界似乎并不比西人低。大人之爱，完全可能达到"弥漫周遭，无处不是"的境界。蒋子丹正是从古代文化哲学中，找到了

① ［美］拉尔夫·科恩主编：《文学理论的未来》，中国社会科学出版社 1993 年版，第 196、209 页。

② 摘自蒋子丹《一只蚂蚁领着我走》，生活·读书·新知三联书店 2008 年版，第 356 页。

对人与自然和谐相处的更全面的理论，并据此对西方式的动物保护观念展开了讨论，甚至于向一些权威人士提出质疑。

蒋子丹有着自己的伦理文化策略，著名学者张岱年先生就说过："在文化系统中，伦理道德是对社会生活秩序和个体生命秩序的深层设计。伦理道德是中国传统文化的核心，也是中国文化对人类文明最突出的贡献之一。"① 深厚的伦理文化，必然潜移默化地影响了蒋子丹小说中的伦理意识。小说中既有传统伦理文化的浓厚根基，又有现代伦理文化的鲜明意识。所表现出的文学审美态度，是我们这个古老民族审美文化在当代人身上的映射与延伸，是伦理文化与现代审美观念双向作用下的复合体。它是个人出于精神发展与完善的内在需求，而使自己的行为保持在文明规范水平上的自律精神。一般来说，人的内部伦理行为的含义就是文化上的努力。施诸他人的伦理行为的含义就是从文化上促进他人。苏珊·朗格说过："艺术品是将情感（指广义的情感，亦即人感受到的一切）呈现供人观赏，是由情感转化成的可见或不可见的形式，它是运用符号的方式把情感转变成诉诸人的知觉的东西。"小说中的伦理情感是以潜隐和浸润的方式呈现出来的，这种潜隐和浸润的方式就是古典审美意蕴的皈依。"以宇宙人生的具体为对象，赏玩它的色相、秩序、节奏、和谐，借以窥见自我的最深心灵的反映，化实境而为虚境。创形象以为象征，使人类最高的心灵具体化、肉身化。这就是艺术境界。"② 记得冯友兰说过人生有四种境界：自然境界、功利境界、道德境界、天地境界。小说着重表达人生的道德境界和天地境界，因此在作品中，蒋子丹通过她笔下的人物来表达那种既尊重自己又考虑自身社会责任及与他人关系的自觉人生与那种宇宙人生融洽一体的境界。

（四）《狗爸爸》：拯救、中介与同盟

我觉得前卫。国内人说起前卫可能还停留在"酒吧，奇装异

---

① 张岱年、方克立主编：《中国文化概论》，北京师范大学出版社 2004 年版，第 210 页。

② 宗白华：《美学散步》，上海人民出版社 1981 年版，第 70 页。

服，性，时尚"之类的，我觉得这里的"前卫"与否，是指一种说故事的风格，写作潮流。用英文讲，《狗爸爸》是有点"new age"的，属"fantasy"小说，或者说"spiritual"的小说。国内这类的书至少我还没注意到，所以我认为这本书很前卫。

———卫慧

2007 年，卫慧经过了几年的沉寂，以《狗爸爸》再现文坛，走出公众视域的卫慧，以另外的方式重拾曾经的炫丽，人们带着对卫慧写作的所有记忆，去重新审视这位在中国文坛的另类，但事实上，这一次，让很多"卫慧迷"诧异不已，也让评论界异常讶异。因为卫慧不再非常强力地展现女性本该隐秘的性意识以及性展示，卫慧不再以消费自我的姿态出现了。迅速的转身的原因只有卫慧本人最为清楚，但是卫慧依然认为自己是前卫的，只是这一次她改变了方式：从身体的前卫，到精神的前卫。她以《狗爸爸》试图描述自己的心灵状态：

多种生活格局，淡静、激进……

这可以说是卫慧自己对自己的表述，但事实上，通过对文本的解读，我们看到了更为复杂的卫慧现象：从自我纵欲中回归传统现实，但在回归中仍然存在着尴尬与间歇。

如果以《上海宝贝》作为比较，《狗爸爸》的内容很不前卫，可以说是她转型的作品。小说应该还算是爱情题材，狗是故事中潜伏的主线。上海女子魏在心绪混乱中拒绝了深爱男友哲的求婚后，哲突然出走，魏带着露风禅（一条流浪狗）千里迢迢寻回爱人。途中魏历经千辛万苦，一路上奇遇不断。在挽回自己爱情的过程中，魏也经历了内心的跋涉与探询。《狗爸爸》实际上就是女主人公带着男友送她的狗上演了一出"千里寻夫"的故事，只有一只会说话的狗，没有性。主旨是宣扬"善良，勇敢，正直，信念"，还有"原谅"。狗在这里被赋予了多种文学与叙述元素：拯救、中介、同盟等。

1. 情色故事与文化消费

卫慧是引领中国时尚的女作家，是标准的"70 后"，她的出现，

标志着中国女性写作的多样性存在，她也是近年来颇为引人注目又备
受争议的女作家，在国内外有较大的影响。在国外，她的部分作品被
译成 30 多种文字，并登上日、英、意、德、法、美及西班牙、阿根
廷、爱尔兰、新加坡的各类销售榜前十名；在国内，有关卫慧的争议
一度引起不同阶层人们的关注，涉及范围已远远超出了文学界。《上海
宝贝》被禁后，卫慧的创作迟缓了许多，除 2004 年推出的长篇小说
《我的禅》和 2007 年的《狗爸爸》，文本又呈现出另外的"卫慧现
象"：以青春的男女为核心描述对象，闪烁着时尚的光芒。他们大多生
活富足，以享乐者的姿态频繁出现在都市各种声色犬马的消费场合中。
卫慧第一篇公开发表的小说《梦无痕》，"我"出生在一个家境优越的
环境中，"家宽敞而干净，充满了松爽的阳光""父亲总有应酬的饭
局"；《爱人的房间》中，主人公是"自从父母双双毁于一场坠机事件
后，生活就再没有出现过一丝的波澜。航空公司的赔款加上父母毕生
的积蓄使她觉得自己除了钱就一无所有"；《上海宝贝》里，天天的生
活方式是"在床上看书、看影碟、抽烟、思考生与死、灵与肉的问题、
打声讯电话、玩电脑游戏或者睡觉，剩下来的时间用来画画、陪我散
步、吃饭、购物、逛书店和音像店、坐咖啡馆、去银行，需要钱的时
候他去邮局用漂亮的蓝色信封给妈妈寄信"①。纵观卫慧的作品，这类
人物形象反复出现缺少变化。《上海宝贝》中的倪可、《艾夏》中的艾
夏、《像卫慧那样疯狂》中的"我"、《我的禅》中的美女作家等，无
不是带着迷惘的、困惑的，体现出的是"某种惊人的自足性与浮泛性，
即在现代都市生活肢解下灵魂的自我放逐状态、理性价值大面积失位
情形以及由此而自觉形成的情绪化、表象化的叙事特征"②，如此，卫
慧的叙述就是一种自我情绪的流动，充满着自我焦虑，而"性"细节
的过度渲染，湮没了卫慧作品原本想去做的美学思考，给读者的感受
是，卫慧沉迷于性，而止于性。这种性的痴迷表述迎合了男性视域，

---

　　① 卫慧：《上海宝贝》，春风文艺出版社 1999 年版，第 4、98、71、72 页。
　　② 洪治纲：《灵魂的自我放逐与失位——我看七十年代出生的作家群》，《南方文坛》1998
年第 6 期。

性与男性权力的合谋，使女性处于被看的境地。从美国返回至中国香港的查建英曾经这样说："20 世纪 90 年代末，从意识形态到生活方式到道德观念，中国这条古老的大船终于驶到了新旧交替循环并存的阴阳界。这是真正混浊的世纪末，满街处处有老树开新花的妖娆之气，好比老年人久病之后施行整容术，那光鲜的外表下隐藏着深刻的恐怖和悲哀，而战胜大限难逃的无奈感的有效办法便是及时行乐。'上海宝贝儿'们是一族玲珑剔透的行乐高手。从老主流的角度看，他们当然是道德败坏自私自利的叛逆。从新主流的角度看，他们则是附丽其上尽领风骚的晶莹泡沫。他们一边标新立异，一边占尽便宜。"① 她写男主人公天天的生活：

> 对外面世界本能的抗拒使他有一半的时间在床上度过，他在床上看书、看影碟、抽烟、思考生与死、灵与肉的问题、打声讯电话、玩电脑游戏或者睡觉，剩下来的时间用来画画、陪我散步、吃饭、逛书店和音像店，坐咖啡馆、去银行，需要钱的时候他去邮局用漂亮的蓝色信封给妈妈寄信。②

"这种生活就是消费文化塑造出的废人生活，这种生活的后果不单单是人的全面溃败，更是大自然的全面溃败，因为这种生活需要从大自然中掘取数不胜数的资源。当卫慧展示出这种种生活场景，甚至有扬其波而汩其泥之势，她就明显地具有反生态特色。"③

应该说，性展示背后的原因在于：消费文化在化解着女性单纯的爱情故事，也深刻影响到了女性写作，作家笔下的故事多与物欲、性爱、商海沉浮有关。故事的背景大都离不开酒吧、夜总会、歌舞厅以及各式各样的"PARTY"。《上海宝贝》中作者干脆给中国男人天天一个性无能的角色，对德国富商马克则给予喋喋不休的赞赏。"每次见到

---

① 查建英（笔名：扎西多）：《都市"恶之花"》，《读书》2000 年第 7 期。
② 卫慧：《上海宝贝》，春风文艺出版社 2000 年版，第 5 页。
③ 汪树东：《生态意识与中国当代文学》，中国社会科学出版社 2008 年版，第 248 页。

他，我就想我愿意为他而死，死在他身下"，以至于马克的狐臭都让"我"赞叹不已:"头靠在马克的肩上，嗅着来自北欧大地的花香和淡淡的狐臭，这种异国的性感体味也许是他最打动我的地方。"① 消费本身是"作为意义，主要和符号价值相关"② 来体现的，另外一种被看，即女性依托消费获得了自我价值的认同，而女性精神的考量是不予考虑的。"高雅"成了虚空的另外一种形式。《我的禅》中美女作家追求和享受生活的理念是这样，《狗爸爸》中"我"的生活情趣也是如此。硬性地把西方塑造都市生活的刻画方法移植到中国都市社会的书写中来，不仅缺失了真实性更丧失了对都市叙写的深刻性。在她的作品中，你很难看到社会责任、社会道义以及传统文学观赋予文学的重负。她消解了宏大叙事的模式和传统的写作观。③《狗爸爸》故事围绕着对物质女人的琐细描述。其实，女性不仅仅是肉身的，更应该是精神理性的兼有者。

2. 动物的爱与中介

卫慧经过了生死劫后，由衷地说:"我现在不想写，不想畅销，不想太多事情了。"卫慧最想做的是什么呢? 笔者想套用笔者曾经的一篇文章去表述:爱与温暖，还有更多。而这种爱与温暖对应的是情感的持衡，还有就是对男性精神呵护的渴望，更有的是依托现实的力量与文化背景。一句话，卫慧想要的是现世的安稳，但她还是不能够掩饰自己狂热过的内心，还滚烫着激越的自我释放。2004 年卫慧以《我的禅》寻找宁静的心灵皈依，但《我的禅》依然持续着"卫慧范式"的烙印:性暴露从不避讳，非常精神自虐、自恋，是卫慧在美国生活中的记忆与感想，日本恋人、美国艳遇、变性朋友、晚宴、旗袍，甚至是走进她生活里的琐细，尽可能平和中予以展示。还穿插了她在美国对中国禅学的"古训"，或许卫慧笔下的人物正经受着置身东方传统和生活着的西方社会两种截然不同的文化背景的冲撞所带来的精神煎熬

① 卫慧:《上海宝贝》，春风文艺出版社 1999 年版，第 4、98、71、72 页。
② [英] 西莉亚·卢瑞:《消费文化》，张萍译，南京大学出版社 2003 年版，第 63 页。
③ 参见吴义勤《现代中国文学论坛》第一卷，中国华侨出版社 2010 年版。

与心灵痛苦。光怪陆离时尚之都纽约，并没有提供卫慧以宁静的心理空间，在经历了爱情与性爱、享乐与自由的种种体验之后，依然对自己的人生充满了迷茫。她决定重新回到东方，试图在东方文化传统中寻求身心的释放。《我的禅》中有"性与逃离""厨房里的性与禅""她的忧郁""性空法师与慧光""他诱人，但有毒""一部分的爱在布市消失了""做爱需要理由吗？""性欲的果实"……禅宗作为中国佛教的重要宗派，是印度佛教与中国传统文化长期交融渗透的结果。禅宗的功能所在就以觉悟众生心性的本源为主旨，强调不立文字，教外别传，心性本无，佛性本有，明心见性，顿悟成佛。禅宗本质上是一种生命哲学，强调从人生角度入手，对人的生命价值、本质、善恶、道德、觉悟以及修养途径，提出了自己理性的主张，从而构成自己的伦理框架，如人格本体论、心性修养论、道德实践原则及其方法。禅宗伦理的核心在于提升生命本体超然物外、追求一切皆真的生命境界，注重自然、和谐、灵性、气韵生动的生态意境。禅宗主张佛心不二，自性即佛。佛性既被解释为最高伦理实体和理想道德境界的体现，又被理解为人的真正本性和内在道德要求。禅宗认为达到超越生死成佛的境界就是以"无念为宗"，"无念"为其教义的宗旨。"无念"并非"万物不思，念尽除绝"，而是在接触事物时心不受外界的任何影响。

在消费化的浮躁的现代社会，禅作为一种终极的形而上的追随，是排斥极端的物质享受的，但在卫慧的理解中，她并不囿于物质的约束，她认为物质与禅没有多大联系，"我眼中的禅不一定是抛开一切去深山老林隐居，你照样可以穿时髦的衣服住在繁华都市里（所谓'大隐隐于市'），但你的内心一定要有一种致远的宁静，与对这世界的宽容与慈悲"。所谓"佛在心中莫浪求，灵山只在汝心头。人人有个灵山塔，只向灵山塔下修"。她"精心的修禅，让自己的内心保持一种致远的宁静与对世界的宽容与慈悲"，以期获得快乐而健康的生活。

应该说，禅宗思想对卫慧的欲望伦理也产生了不可忽略的影响。此前，卫慧宣称"热衷于一切时尚而且前卫的事物，也有足够的兴趣和能力，可能的话，我努力做一条小虫，像钻进苹果一样钻进年轻孩子的时髦头脑里,钻进欲望一代的躁动而疯狂的下肢,我为她们歌唱"。她呈现了现代年轻女性身处大都市下欲望化的生命本真状态。《我的禅·性与逃离》中,卫慧开篇就借用老子的言论点题:"如果没有欲望,你能领略到事物的奇妙的本质,但如果被欲望控制,你只能看到事物的表象。""用无言去教人,用无为去存道。"这是道家的思想,也是禅宗的表达,即"存在性虚无"。在《我的禅》中,作者还描述了102岁的性空法师的指引:"不停地离开固然需要勇气,但守住一个地方不再离开,那才需要更大的智慧与勇气。"而《狗爸爸》《我的禅》被评论界认为有着一定的异质性,即卫慧从多以描写性的文风走向了禅宗的极端,但卫慧将禅宗世俗化、人性化,在一定程度上颠覆了神圣,消解了崇高,让一切回归本质,回到普通大众的生活中。在《狗爸爸》里,"我还不止一次的闭眼自问:若生活是我们需要穷尽一生理解的谜……以近乎完美的姿态如神启般走向永恒的欢乐,不生不灭,万物凝固,那里的世界不再有谜与阴影"。或许这样导致故事中的女主人公能够坦然地面对生死,父亲跟和尚都是因车祸而死,但两个人死得都很安详,没有一点畏惧死的心理。父亲死了,但他的灵魂一直伴随着女儿。事实上,《我的禅》和《狗爸爸》充溢着禅宗意识,禅宗思想对卫慧的生命伦理、欲望伦理产生了不可忽略的影响。

　　但卫慧的机智或许是无奈,她选择了禅宗作为自己心灵的拯救,《狗爸爸》里很有禅意的"露风禅"是一个动物伙伴,作为她精神空虚里的填充。其实,她对爱与温暖的期待,依然继续,并且更加渴望。《狗爸爸》里有这样的描述:

　　　　哲离家出走的时候,我还在昏睡。那是个飘着毛毛雨的清晨,天色呈玉般的青灰,气压低低的,四周飘着浓郁的花香,香樟、冬青、玉兰都在绽放花朵,一树树的白花,除了白色还是白色……

　　　　几个小时过去了,我虽然已不是完全地入睡,但也不愿轻易地醒来。似睡非睡、似醒非醒的时刻,向来是我的最爱。

　　　　直到一连声的狂吠,震得我耳鼓不适起来。平静的流淌被打破，慢慢地睁开眼，眼前的一个黑影却使我惊叫一声，一下子坐起来。

黑影也往后退几步，我再定神一看，原来是昨天哲带回家的一条上了年纪的大狗。对狗一无所知的我们都辨不出这条白色带褐色花纹公狗的品种，大概是条杂种犬吧。

这会儿，狗与我对视的眼神里，充满了惊惧与迷惑。

而我的眼睛里应该是同样的神情。特别是当我进一步意识到床的另一边是空的，哲在枕头上留了一张告别的纸条时。纸条上是简单的一句话：我暂时地离开些日子。

我茫然地捏着这张纸，眼光落在床边的狗身上。

它是昨天哲偶然地在停车场入口处发现的。哲一边开着车一边留意着，发觉它一直在充满危险的人群与车流中跟着他，大约过了五六条街区后，哲最终决定收留它。当天晚上，他回到家里就郑重地把这条略带病容的狗介绍给我，事实上，是作为求婚的礼物送给了我。

不清楚他是在半夜还是凌晨离开的。我裹着睡袍站在露台上怔怔地盯着楼下，原本停着他那辆 Volvo 车的地方空空的。我的大脑也是空空的。

总之，在我拒绝了他的突然求婚以后，哲，也随即突然地消失了。

而一条陌生的流浪狗则取而代之。

"我"给狗取名为"露风禅"，因为它时常坐卧，犹如修禅，更因为它就像一尊具有灵性的佛，守护我，指引我朝着佛国的方向前进。狗成为主人魏精神的依恋，也是魏成就爱的中介。女性与动物天然的联结，在这里淋漓尽致地体现了。

3. 回归传统与折射现实

如果说《上海宝贝》诱发的效应，是前卫与传统的一次最成功的撞击，卫慧是这场大爆炸的受益者。那么，《狗爸爸》却是一个回归传统的故事。故事应该说并不复杂,"我"因一时冲动拒绝了男友哲的求婚,导致了男友哲的负气出走,于是"我"带着一条老狗——露风禅远赴哲的家乡追寻男友。在追寻的过程中,"我"经历了一系列的奇遇、波折,最终在父亲亡灵的指引下悟到了人生的真谛,长大成人,与哲走进了婚姻的殿堂。这部作品可以作为一部成长小说来看待,展现在读者面前的是主人公"我"经过了受骗、斗擒歹徒、见证死亡之后领悟到了"人生的四条真谛:善良、正直、勇敢、信念"。实质上,这个领悟的过程就是"我"在父亲的指引与陪伴下长大成人的过程。"我"成长的引路人——父亲逐步把"我"带到了既定的社会规范和价值标准中,启迪"我"承担责任与使命,并以他的智慧和睿智的思想让笔者认同了他的价值观,在"我"面前是一个启蒙者和引导者的形象。有了父亲的存在,"我"的成长不再迷惘、灵魂不再漂泊无助、心灵不再孤单,它深层次透露出的是写作者对既有规范与秩序的认可,对已有文化价值观的潜在认同,更直接地标示着卫慧叛逆、张狂、另类写作姿态的被改写。《狗爸爸》中卫慧一反往日的叙事模式。不仅"我"在父亲的引导下自然顺畅地融入了社会,而且生活中的异性也不再是女性鄙视的对象,他们参与了女性的成长。"我"从女孩到女人的关键一步就是在男性——一个外号"老虎"的酒吧老板的帮助下完成的。"当时父亲去世,母亲远嫁,祖父母年迈体弱,我身边空无一人,只有他。他使我那段充满麻烦的青涩岁月得以有惊无险的渡过。他为我开启了一道通往全新的成人世界的门。"① 在这里,男性与女性的冲突不再是纠缠于性的游戏,而是充满着谐和性,《狗爸爸》的叙事不再是冲突的和撕裂的,而是洋溢着一种内在的和谐,较之卫慧以往的创作是一个大的飞跃。尽管从《狗爸爸》中找到了"旧日的痕迹":和《上海宝贝》里天天一样,魏的爸爸"多年前死于车祸"。从《上海宝贝》时期的迷惘到《我的禅》中皈依渴望,再到《狗爸爸》中的向父性文化中"男人"的认同,标志着卫慧的精神回归,即从叛逆、另类

① 卫慧:《狗爸爸》,作家出版社 2007 年版,第 31 页。

的写作向社会规范和文化所认可的写作方式的回归。精神危机实际上
一直是卫慧的困惑，无论是在中国本土还是西方旅居，都无法摆脱这
种焦虑，于是选择了皈依，但是还不能够完成拯救，卫慧自己这样说：
"2004 年底，我写了《我的禅》，不是我一生最好的作品，但是我最重
要的作品，意味了我作为一个作家的重大转折，从青春期的愤怒向成
熟期的神灵性（spirituality）的过渡。不敢说，这种过渡已经全部完
成，但至少每一天，我在尝试，在学习，在克服自己。"① 卫慧也认为：
《狗爸爸》中确实有"自我确认"的成分，带着一种坦然与自信。至
于这种蜕变是如何发生的，笔者想从 2001 年起在欧美的生活给了笔者
巨大的思想空间，特别是在纽约包罗万象的文化浪潮中，笔者第一次
认真地思考起自己作为中国人的身份定位，以及我们的传统文化背景
在我身上的烙印，这种烙印在中国时被掩盖了，但一离开中国却清晰
无比地显示出来。在中国时并不觉得自己是中国人，但一离开中国，
笔者的视野却豁然开朗，在纽约笔者爱上中国与中国传统文化，还有
古老的佛学智慧。尽管卫慧的小说文本《我的禅》与《狗爸爸》传达
出了中国传统伦理生态思想对女性自我精神生态构成的潜在影响，但
女性消费化的欲望依然强势，使得女性在超越生存现实的可能上，因
缺少坚实的人文关怀及高度的理性支撑，难于摆脱情欲世界里的精神
迷失，并一再失落。

　　笔者以为，在生态视域下的"70 后"女性写作，是对现代新都市
人精神危机和道德取向的进一步批判和溯源、反省与自首。世纪之交
物质的丰富和挥霍、欲望的沉迷和放纵、个体身份的无羁和自由，并
不能掩饰她们精神上的空虚、孤独和痛苦。精神生态作为文艺批评的
一种新思想范式，不仅是对外在自然宇宙的绿色忧思，更是对人类内
部精神的支撑和维护。聚焦"70 后"的女性写作，目的是重温女性文
学应有的荣光，从精神的层面上揭示出她们逐渐走向绝地或边缘的精
神困惑，以及她们在自我消费之后的茫然和调适。从生态文明的高度，

---

① 卫慧：《圆满地说再见》，《中国青年报》2007 年 8 月 9 日。

推动女性写作以圣洁的名义，捍卫女性的精神健康、心灵的高贵和生命的尊严。

　　显然，生态批评除了关注人与自然的关系，还关注人类自身。鲁枢元先生一直很重视精神生态，他在著作《生态文艺学》中曾经提到："在强大的技术力量统治下，社会的精神生活和情感生活被大大简化了，日渐富裕的时代却又成了一个日渐贫乏的时代。"① 消费时代中的女性，并没有成为精神贵族。对此，王岳川有精辟的解释："在西方现代性的引导下，无论是亚洲人还是非洲人，他们正在走向'理论翻新时代'和'肉体体验时代'。于是，升级、突破、扩展、肉身感、消费主义就成为这代人的精神轨迹。"② 人类在面临严重的自然生态危机的同时，还面临着严重的精神生态危机：精神空虚、道德沦丧、人情淡漠、压力过大等。因此，在关注自然生态问题时，关注人类的精神生态问题，是女作家必修的功课。

二　温和的生态意识女作家群

　　温和的生态意识女作家群，更多的是将生态理念容纳在文本里，并传达自己的生态理想。这类的代表有张抗抗、铁凝、乔雪竹、黄蓓佳、林白、周晓枫、娜仁琪琪格等。林白曾以女性宣言一般的《一个人的战争》引起人们足够的兴趣，文坛"双栖"的徐坤认为《一个人的战争》无疑是一个具有革命意义的女性文本，不光是由于它的奇特的文本生成方式，它的关于女人成长史、关于女性隐秘心理及其性感体验的大胆书写，还由于它所引起的巨大的争议……所有这一切，都使它成了一项"运动"，而不再是单纯的一本书的出版……然而，一旦沧桑淡定，林白自己却逆流而动，抖落了属于自己所有的繁华，进入了乡间，回到了平实的土地，并在那里找到了自己的鲜活。从《万物花开》到《妇女闲聊录》是一个人融入万物的飞翔，带有生命原创的书写，散发着乡土气息与生命力。《万物花开》的后记中说："原先我

---

① 鲁枢元：《生态文艺学》，陕西人民教育出版社 2000 年版，第 10 页。
② 王岳川：《当代西方最新文论教程》，复旦大学出版社 2008 年版，第 471 页。

小说中的某种女人消失了，她们曾经古怪、神秘、歇斯底里、自怨自艾，也性感，也优雅，也魅惑，但现在她们不见了。阴雨天的窃窃私语，窗帘掩映的故事，尖叫、呻吟、呼喊，失神的目光，留到最后又剪掉的长发，她们生活在我的纸上，到现在，有十多年了吧？但她们说不见就不见了，就像出了一场太阳，水汽立马就干了。"要知道林白在 20 世纪 90 年代的写作始终关注着个人内心的欲望世界，关注个人在社会诸种关系中体验到的悲凉、凄美与孤寂。因此，相对"个人性""私人性"的生存经验，包括女性的躯体感受、性欲望等感性内容，成为其文学表达的重要内容。

周晓枫的散文《哑言之爱》不仅仅是一个童话故事的讲述，更触及了多重生态世界，"我认为，海的世界太非凡，几乎有着想象也难以企及的完美。……是海底世界让我确认，朴素并非自然的唯一形式，华丽也是，并且是自然更具诱惑的一种。"① 娜仁琪琪格在喧嚣的现代文明中追随着原朴的草原气息，"那一夜的奶茶美酒蒙古人的好歌喉/把她带到了辽阔的草原带到了那个/远离的故乡忧伤让她在马头琴的曲调中/起伏同族妹妹的体贴入微/这些母语的暖流将一个放逐天涯的女子/迎回家然后又一次看她走向远方"（《雪》）；而遥远的辽西，拒马河、大凌河和香磨村就成为诗人身体和内心河流深处幽幽的梨花，"把青蛙的叫声还给了青蛙/把我还给了我/我是一只鸟儿么回归了山林/我是一滴水珠么回归了河流/我是一抹绿色么回归了青草/我是一颗小星星么回到了天上/多好啊拒马河还有那些连绵的群山/它们能做到这些/把青山还给了青山/把绿草还给了绿草/把鸟鸣还给了鸟鸣/把风还给了风/把简单还给了简单"。

张抗抗、铁凝、乔雪竹、林白等以一种温情进入生态书写，没有呼喊，也没有高调，而是将故事延展在一个充满唯美的情景中，让故事里的人物贴着女性—男性—自然—社会的真实在走，呈现出了一种朴质的气象。

① 周晓枫：《哑言之爱》，选自《仙履》，《青年作家》2010 年第 11 期。

（一）《北极光》：女性—自然契合点上的生命意象

有人说，张抗抗是中国当代女性生态写作的第一人，对此，我们先不做追究，但是张抗抗应该是一个最具有朦胧生态意识的作家，自20世纪80年代始，随着整个社会对个性精神的呼唤与复归，女性的生存状态与心理状态也逐步成了女作家所要表述的对象。张抗抗的小说《淡淡的晨雾》《夏》《北极光》《塔》《红罂粟》《白罂粟》《隐形伴侣》等，在更加广阔的社会背景上，揭示女性的内心的创伤和追求，寻找女性作为社会人的自我价值。但不可回避的是，她对"人性"本体价值的关注超越了对"女性"的关注，体现了与男性作家相同的思考世界和言说世界的方式。其1981年发表的代表作中篇小说《北极光》就是一个很好的注解。但重读《北极光》，却会惊喜地发现，张抗抗是在构筑了想象的自然，把自己的生命理想投射到这个意象上，并且寻找自我与"北极光"的同一，甚至将"北极光"当作一个考量男性的一个指标。同样，张抗抗的《北极光》里蕴藏着对自然与精神的双重虚幻的期待，即便还带有幻想的成分，而到《作女》的时候，张抗抗已经浮出了对自然朦胧诗意的勾勒，直接将女主人公卓尔和同样向往自然的阿不投放到大自然中，她们最终都隐逸到荒山茂林，致力于森林的保护和垃圾回收等环保工作。从生态倾向来看，《北极光》无疑是为其后的小说《作女》埋下的伏笔。

1. 生态审美意象的隐喻

"北极光"对于陆芩芩来说，究竟是一种自然、一种想象、一个记忆，抑或是一种精神？其实蕴含很多，"北极光"源于陆童年里的一个悲伤记忆，舅舅要去漠河考察北极光之前，与她有过一个有关"北极光"的对话，令她神往；然而，舅舅为了自己的梦想而去，从此便消失了，因为他在那里遇到了暴风雪。让我们回到那场对话的情景中：

> "比如说，舅舅这次去漠河，去呼玛，就是去考察——噢，观测北极光，懂吗？一种很美很美的光，在自然界中很难找出能和

北极光比美的现象，也没有画笔画得出在寒冷的北极天空中变幻无穷的那种色彩……"

"北极光，很美很美……"她重复说，"它有用吗？"

舅舅笑起来，把大手放在她的头顶上，轻轻拍了一下。

"有用，当然有。谁要是能见到它，谁就能得到幸福。懂吗？"

为了能够看到想象中的"北极光"，18 岁的时候，她主动申请去漠河兵团，但最后无奈去了绥化的一个农场。她问过许多人，他们好像连听也没听说过。诚然这样一种瑰丽的天空奇观是罕见的，但它是确实存在的呀。存在的东西就一定可以见到，她总是自信地安慰自己。然而许多年过去了，她从农场回了城市，在这浑浊而昏暗的城市上空，似乎见到它的可能性越来越小。这样一个忙碌而紧张的时代里，有谁会对什么北极光感兴趣呢？"北极光"已经成了她生命里的真实自然存在，也成为困扰她生命的现实存在。

小说一开头就以雪进入，雪花的忘我与陆芩芩的欣喜是一致的：

它们曾经是一滴滴细微的水珠，从广袤的大地向上升腾，满怀着净化的渴望，却又重新被污染，然后在高空的低温下得到貌似晶莹的再生——它们从茫茫的云层中飘飞下来，带回了当今世界上多少新奇的消息？自由自在，轻轻飏飏，多象无忧无虑的天使，降落在电视台那全城瞩目的第十四层平台上，覆盖了学院主楼前那宽大的花坛、废弃的教堂六角形的大层顶、马路边上一排排光秃秃的杨树，以及巍峨的北方大厦不远低矮的简易工棚……整个城市回荡着一曲无声的轻音乐，而它们，在自己创造的节奏中兴致勃勃地舞蹈，轻快、忘我……连往日凛冽而冷酷的北风也仿佛变得温和了。它耐心而均匀地将雪花撒落在各处，为这严寒的冰雪城市作着新的粉饰……

陆芩芩拉开二号楼那厚重的大门，望着外面漫天飞舞的雪花，惊喜得叫了一声。尽管在漫长的冬天里，雪花是这个城市的常客，她仍然象孩子一样对每场雪都感到新鲜,好奇。

第二小节仍然有雪花的飘飞的描述,把雪花的飘忽不定与自己对前途的渺茫映衬起来:雪在小说里成了张抗抗反复描述的对象,但这远不是简单的自然场景描述,而是指涉着自己内心的意象:

> 雪还在无声地下着,漫天飘飞,随着风向的变化不断改换着自己的姿态。时而有一朵六角形的晶莹的雪片,象银光似的从她眼前掠过,一闪身不知去向。大概它们也不愿就此落入大地,化作一滩稀水。可它们这样苦苦挣扎,究竟要飞去哪里呢?芬芬莫非也象它们一样:飞着,苦于没有翅膀,也毫无目标;而落下去,却又不甘心……
>
> 她突然觉得心里很难过。雪地的寒意似乎化作一股无可名状的忧伤,悄悄披挂了她的全身。那暖烘烘的小屋里充满了牢骚,夹杂着那么多的废话,使她厌倦、烦恼。可是她自己,不是连未来的生活应该是什么样子也答不上来么?业余大学,她为什么要去念那个业余大学呢?赶时髦?还是希望?如果是希望,究竟希望什么?谁能告诉她呢?

这里雪花的描述远不只是自然环境中的简单书写,而是融合了自己或纠结或茫然的情愫。

第三小节是冰凌花—北极光的描述:

> 是冬老人从遥远的北极带来的礼物么?圣洁、晶莹、透明,当早晨第一线阳光缓缓地从窗棂上爬过来,透过一层薄明的光亮,它们变得清晰而富有立体感了……它会象南海清澈的海底世界,悠悠然游动着热带鱼,耸立着一丛丛精致的珊瑚,飘浮着水草和海星……它会象黄山顶峰翻腾的云海,影影绰绰地显现出秀丽的小岛似的山峰;它会象白云飘过天顶,浩荡、坦然;会象梨花怒

放，纷繁、绚烂……呵，冰凌花，奇妙的冰凌花，雪女王华丽的首饰，再没有什么能与你媲美的了……

你真象小时候玩耍过的万花筒，每天都在变幻着姿势，无穷无尽地变幻。你带给人多少美丽的想象呵，从夏天雨后草地上的白蘑菇，到秋天沼泽地上空飞过的一群群白天鹅……可你是严寒的女儿，是冰雪的姐妹。你在寒夜里降临，只在早晨才吝啬地打开你的画卷，那么短暂的一会，不等人从那神奇的图案中找到他们所寻求的希望，就急急地隐没了。可今天你为什么竟然还留在这儿？一直留到这昏暗的傍晚。是因为你知道芩芩要来吧？还是因为你知道这是一个星期天，清冷的教室里没有人会来注意你呢？

无疑，对于陆芩芩来说，"北极光"就是生命中的光亮，能够把现实中的苦闷消弭了。这里作家显然隐含了一种文本倾进的策略，她把陆芩芩放置在一种理想与现实的纠葛中加以审视。张抗抗在《我们需要两个世界》一文中曾经强调："妇女解放不会是一个孤立简单的'妇女问题'。当人与人之间都没有起码的平等关系时，还有什么男人与女人的平等？所以我们如果总是站在一个妇女的立场上去看待社会，正像中国古诗所说'不识庐山真面目，只缘身在此山中'。那个社会只是平面和畸形的。"[①] 正是基于这样的创作理念与追求，张抗抗试图以《北极光》对女性角色进行重新定位，对女性价值进行重新审视，希望在现实与理想的夹缝中裂变出完整的、更符合人性的女性"自我"。

《北极光》里的陆芩芩对传统女性恋爱、婚姻之途进行反叛，渴望通过扩展自己的公共生活空间来逃避传统婚姻的宿命。她对现有的婚姻形式本身有着清晰的认识，明晰生活里有着无爱的不合理的婚姻形式。她曾经这样描述妈妈："三十几年前一顶花轿把你抬到爸爸那儿，你一生就这么过来……除了我的父亲再没有接触过别的男人。"而女友们的出嫁意味着，"对一些人来说，结婚只是意味着天真无瑕的少女时

---

① 张抗抗：《我们需要两个世界》，《文艺评论》1986 年第 1 期。

代从此结束，随之而来的便是沉重的婚姻的义务和责任。欢乐只是一顶花轿，伴送你到新房门口，便转身而去了"。对于陆芩芩这样的女性，面对婚姻荒谬、爱情难寻的现实，无力改变现状的她只有用拒绝的姿态一边反抗，一边继续沉浸在白日梦中的童话世界里，构筑有关爱与婚姻的精神想象。自然，小说里的"北极光"成了回城知青陆芩芩期待的审美意象，美丽而遥远的"北极光"，是一种作为精神而存在的理想主义的召唤，也是一种对生命期待的隐喻。象征着一种真实而缥缈的生命精神，超越世俗而充满情趣，蕴含着女性对两性爱情、婚姻等的企求与热望、幻境。事实上，就意象而言，它是主观情思与客观物象在艺术作品中相应契合、交融统一的产物，意象的功能在于象征性。"北极光"意象一方面蕴含着女性对自身命运的抵抗与自我拯救，另一方面又表现出女性生命之光的心理，以及在虚幻的两性和谐图景中沉迷不能自拔的真实情状。张抗抗用童话作为隐喻性的修辞手段揭示了陆芩芩较为隐秘的内心世界和精神欲求。

毫无疑问，《北极光》通过陆芩芩寻找爱情的故事，构成了一个理想与现实矛盾冲突的故事。通过女主人公的幻觉、白日梦展现了她潜意识的心里索求，企图对人的内质在比较中进行审视和表现。从另外的一个角度也反映出在新旧交替的时期，"十年浩劫"所遗留下来的种种"后遗症"，导致人们生活与精神的矛盾冲突，尤其是青年一代，他们处于自我否定与重新确立自我的思考、迷茫、彷徨的混乱状态。尽管《北极光》里的政治道德标准的痕迹仍然明显，但透露出的属于个体生命意向脉动的个人话语，超越了当时主流文学对人的"反思""伤痕"，喜剧化地将爱情处理成了从理性出发的理想化选择。小说里有这样一段描述陆芩芩内心的"北极光"的想象：

......

"那么，这面象什么呢？"她问自己，是的，这块玻璃上的图案很特别，象一团团燃烧的火焰，又象是一片滔天的巨浪从天际滚向天顶。它的花纹是极不规则的，整个画面呈现出一种宏大磅礴的气势……

　　"北极光！"她的脑海里突然掠过一个奇特的想象，"也许，北极光就是这样的呢！"她为自己的这一重大"发现"激动得连呼吸也急促起来，"为什么不是呢？假如它呈银白色，天空一定就闪烁着这样的图案。呵，一点不假，它再不会是别的样子，我可见到你了——"

　　她伸出一只手想去抚摸它，猛想到它们在温热的皮肤的触摸下会顷刻化为乌有，又缩回了手。她呆呆地站着，心海的波涛也如那光束的跳跃一般颤动起来……

　　陆芩芩渴望拥有自己的爱情与生活，但是现实里的她却不得不面对生活的困境。陆芩芩在满世界的市侩、虚荣、虚无、软弱里竖起了理想与青春的光辉旗帜，觉得"理想是云彩，而生活是沼泽地"。但是她没有退缩，历经不懈的努力，寻找生活中的"北极光"。这也预示着历经磨难尚惊魂未定的那"十年浩劫"结束之初，个性张扬的时代已经到来，而爱情首先成了人们生命追求的聚焦点，正如林丹娅所说："张抗抗的小说《北极光》把萌芽于新时期的女性对理想对象的寻找追求意向，做了诗化象征与集中体现。[①]"从陆芩芩的形象塑造中还可以看出，作者还试图通过陆芩芩的爱情描写，来阐发自己对恋爱与婚姻生活的一些看法。即作者认为：男女的婚姻必须以爱情为基础，如果爱情一旦消失，当事的双方就可以不受婚姻与家庭所承担的责任和义务的约束，而任凭感情的放纵去另选配偶。[②]

　　与其说陆芩芩是在寻找一个能同自己一同承担命运的自由恋人，毋宁说她是在寻找一个可以实现自己理念的被动替代品，精神上的"救世主"，她一直在苦苦寻觅一种高于凡俗的人生信仰，并把对这种信仰的寻找放在了对理想爱情的追求中。她与插队同伴现在的三级技工傅云祥已办了结婚登记手续，然而她突然厌烦起他，世俗生活中的

---

① 林丹娅：《当代中国女性文学史论》，厦门大学出版社 2003 年版，第 252 页。
② 杨治经、王敬文：《论张抗抗的小说创作》，《北方论丛》1982 年第 5 期。

琐细使她厌倦了傅云祥的物质性,"这白菜多少钱一斤?""结婚礼服便宜一半价钱"。与大学生费渊生发感情,他的高谈阔论、愤世嫉俗,吸引了她,可是不久后感情又冷漠了,因为他对世事的冷淡使她生畏,他的"自我拯救"的哲理使她听不懂。直到水暖工曾储出现,他忧国爱民,对经济改革充满了理想,芩芩觉得他的每句话都在启迪自己,使陆芩芩找到了生命里的质朴的"北极光",能够照亮她寻找外面新世界的道路。其实,陆芩芩的内心一直在想:"我想知道人都在怎样地生活,和自己做一个比较,如此而已。"她不仅渴望获得真正的爱情,更重要的是寻找到生命的光亮、价值,还有生活的勇气。

2. 女性精神追求的虚妄与幻象

女性文学作为语言符号的选择、排列和构筑,其本身也属于一种社会符号,因而具有不可忽视的文本意义和社会意义,同时具有象征指涉意义。而张抗抗的《北极光》预示着女性走出生命束缚,渴望寻找到自由意义上的情感与精神等。可是,有论家指出 20 世纪 80 年代女性文学存在的事实:"女性意识写作是不自觉的,女性常常是被借用的一个外壳,盛的是中性或无性的内核。"① "自由是现代精神的核心与灵魂,自由的本质在于人的内在超越性:人对物的超越和'我'从'非我'的超越。前者超越表明人对摆脱物的奴役和追求,后者超越表明人力图摆脱群体、社会、共性对个人、自我、个性的压迫和奴役。自由观念的产生过程正是人类一步步地实现超越的过程,其标志仍是自我意识、主体意识的产生。"②

从这个意义上说,陆芩芩还不具有完全的主体意识,女性想象也只是一种精神迷恋式的幻想,缺少理性的认识,并未达到对物性的超越与对"非我"的超越,更不用说是对自我的超越。陆芩芩面对爱情的反复抉择,不仅昭示她对现代性理想的向往,同时也标明其极力寻求精神自由的态度,但事实上,她的行为本身注定了陆芩芩依然是一

---

① 张抗抗、李小江:《女性身份:研究与写作》,《文学、艺术与性别》,江苏人民出版社 2002 年版,第 15 页。

② 参见李广良《"现代性"之根与中国精神的追寻》,《文汇读书周报》2000 年 12 月 9 日。

个世俗中游离的女性，也并没有达到精神上的自由。对此，有论者可谓一语中的："'北极光'虚幻性的突出，把两性关系的和谐图景虚化了，美丽炫目的理想之光遮蔽了两性间的巨大差异及女性在找到理想伴侣后面临的新的困惑。'北极光'承载了爱情、婚姻、政治理想、美好生活等多种人生命题的象征意义，但作家这种追求理想生活前景的坚定信念，只完成了对庸俗社会学和市侩人生的反拨，女性更为关切的生命追问和情感体验悄然隐没在宏大叙事之中。"①

《北极光》极其真切地表现出女性自我与他人、自我与社会的紧张关系。"北极光"的生命意象与陆芩芩的生命追求本身体现为矛盾性，甚至具有浓郁的反讽意味，生成了强大的艺术张力，并给人强烈的心灵震撼。"北极光"成了陆芩芩生命的依托，也成了寻找生命力的支撑，甚至成了她衡量爱情的标准，充满精神的虚幻性。她先后与三个男人有关"北极光"的对话的场景，诠释了她的内心世界的追求与情感的选择的印证。她与傅云祥有关"北极光"的对话成了感情的彻底决裂的导火线。

> "你见过它吗？你在呼玛插队的时候，听说过那儿……"她仰起脖子热切地问他。他们坐在江边陡峭的石堤上，血红色的夕阳在水面上汇集成一道狭长的光柱。
>
> ……
>
> "那全是胡诌八咧，什么北极光，如何如何美，有啥用？要是菩萨的灵光，说不定还给它磕几个头，让它保佑我早点返城找个好工作……"他往水里扔着石头。

陆芩芩觉得自己突然与他生疏了，陌生得好像根本不认识他了，这个恋爱一年已经成为她未婚夫的人。竟然如此看待她心目中神圣的北极光吗，一个这样看待生活的男人，不是她想要接纳的。傅云祥的

---

① 顾玮：《女性自审意识的衍进和文化批判的局限——论张抗抗三个时期的女性写作》，《当代文坛》2006 年第 5 期。

世俗世界不能够接纳陆芩芩的精神世界,同时,也破坏了她心中的梦想与追求的动力和勇气。

而另外一个场景却是她和费渊之间的有关"北极光的"对话:

> "你见过北极光吗?"她突然问。问得这么唐突,这么文不对题,连她自己也觉得有点儿莫名其妙。
>
> ……
>
> "出现过?也许吧,就算是出现过,那只是极其偶然的现象。"他掏出一把精致的旅行剪开始剪指甲,"可你为什么要对它感兴趣?北极光,也许很美,很动人,但是我们谁能见到它呢?……不要再去相信地球上会有什么理想的圣光,我就什么都不相信……嗬,你怎么啦?"

费渊的答复,令陆芩芩觉得眼睛很酸、很疼,好像再看他一眼,他就会走样、变形,变成不是原来她想象中的他了。费渊也让她失望了。

与曾储的"北极光"的对话:

> "你知道北极光吗?"
>
> "北极光?"他有点莫名其妙。
>
> ……
>
> 他眯起眼睛,亲切地笑起来。
>
> "无论你见没见过它,承认不承认它,它总是存在的。在我们的一生中,也许能见到,也许见不到,但它总是会出现的……"

曾储的答复与她的心灵追求是契合的,她确信了"北极光"是会出现的,"也许谁也没见过它,但它确实是有过的。也许这中间将要间隔很久很久,等待很长很长,但它一定是会出现的"。陆芩芩是一个充满矛盾的女性,她期待具有生命意象希望的"北极光"出现,但是她的内心世界却是黯淡的、犹豫的。陆芩芩是凭借"北极光"充满了对生命、生活的美好期待，但她耽于幻想，彷徨多于行动，并没有汇入当代真正沸腾着的社会改革和社会进步的巨流。即便是世俗的实际生活也并没有进入她的视野，周遭的一切，在她看来，是"暗夜里隔着一条河对岸的火光，可望而不可即"，唯一果敢的就是她从照相馆中逃出，与未婚夫傅云祥决裂。她对费渊、曾储的先后爱慕，是为自己与傅云祥决裂寻找勇气和支撑。她的生活的光亮似乎来自他人，比如费渊那种诅咒现实生活的阴暗、错误的看法，陆苓苓却认为是尖锐、深刻、入木三分的社会解剖。但这个男人却在她和傅云祥决裂后退却了，害怕承担破坏别人婚姻的责任。曾储那种近乎狂妄和空洞脱离现实生活、脱离具体历史的带有强烈救世主色彩的关于正义与真理、善与恶、目的与手段、东方文明与西方文明等言论，深深吸引了她，她之所以最终选择了曾储，是因为曾储在生活情趣上与她相投，曾储懂得"北极光"、会堆雪人、欣赏冰灯、打冰球等，而且在暗中成了她和傅云祥决裂的后盾和保护人。"虽然也经过那黑云滚滚的年代，但她远离着漩涡的中心，生活经历比较平淡，因此，她的精神世界还浮游于孩子时代常常受到影响的童话的海洋里。她很单纯，也好幻想。于是，她和那包围着她的市侩的、庸俗的生活环境便发生了尖锐的矛盾。可是，因为这个矛盾仅仅是童话世界与现实世界的矛盾，因此她就无力去摆脱这种市侩、庸俗的生活环境对她形成的压力和包围，只能长期苦恼、痛苦，而又长期维持着家庭和社会给她安排的她与傅云祥的关系；只是在她遇到了费渊，而主要是遇到了曾储以后，生活为她打开了大门，使她看到了包围着她的环境以外的世界，才使她有了真正的力量。"[1]

陆苓苓这样的女性，其本身是矛盾的、阴暗的，表里不一具有反讽意味的。作家用"北极光"这一意象来象征"十年浩劫"后渴望新生活却又茫然的同类型的人，由此引发我们对民族命运的关注和思考，对遮蔽的历史现实的客观思考与发现，进一步，体现了作家对人类的生存状态、精神探索和世界整体性的思考。

---

①　梅朵:《她在振翅飞翔了——读〈北极光〉》,《上海文学》1981 年第 11 期。

3. 困惑的女性心理现实

其实，陆岑岑的要求并不多，她需要一个能够读懂她的人，一个能够进入她的精神幻想中的人，能够与她一起融入想象中的"北极光"中，实际上，她在女性—自然—男性的链条上渴望获得整体上的圆满，圆满里有自己的梦想、爱情，还有想象。所以，她曾经有过这样的内心独白："我不要怜悯。我要人们的尊重、理解和友爱，而不要别人的怜悯。何况，你自己呢？你满怀热忱地向别人伸出手去，好象你有多大的能量。我向你诉说我心中积郁的痛苦，可你所经历过的那些不为人知的苦难又向谁去诉说？水暖工，你这个卑微而又自信的水暖工，你能拉得动我吗？我不相信，那些闪光的言辞和慷慨激昂的演说已经不再能打动我的心了，我需要的是行动、行动……"

女性想象本质上是一种精神的自由的追求，包含理性的色彩。而文学作为一种审美艺术，理应是充满流动的想象，对现实提炼、升华和超越而创造出新的世界，但又基于现实的真实性。直面与关注人群的生存状态与存在的价值，具有批判的理性精神。就女性文学而言，则必然要反映女性自身心性的追求与心理倾向等，体现女性超越现实障碍的精神自由的追求与向往，体现出女性与现代性的契合，强化女性的世俗化的欲望存在与世俗化的话语，并以此为要求，获得尊重，具有此岸性。

张抗抗的《北极光》试图审视社会对人的压抑，予以表达，也将目光转向了女性内在自我进行审视。比如作家对陆岑岑优柔寡断的性格剖析，就可以看出特定历史时期的矛盾冲突。陆岑岑向往爱情，但对爱的选择依然彷徨，她对傅云祥的情感纠葛的反复无常，滋生与其结合的世俗力量，是使陆岑岑在净化的渴望中重被污染的世俗环境造成的。傅云祥似乎爱得很是热烈、很会体贴，但是他并不理解对方，他也不想理解对方，他只是为了要找一个对象，而并不是为了寻找爱情，一旦所谓的爱情破裂了，他也苦恼，却是因为丢了面子，无法在人面前做人。而陆岑岑行动与思想的分裂导致了，虽然有了行动的力量，但她依旧还是陆岑岑，解决问题的方法还只能是陆岑岑的方法。

她的经历，她受过的教育，都没有给予她处心积虑解决问题的能力，日常盘旋在她脑子里的童话世界的人物和故事，只能给她从照相馆一逃了之的幼稚、可笑的方法。应该说，陆芩芩跟随傅云祥去照相馆拍照，内心里充满了痛苦与挣扎。但是，作家并没有将笔触伸入女性自审的层面去。"张抗抗这一时期的作品仍然没有脱离'伤痕'、'反思'文学的窠臼，视野往往拘囿于知青生活、知青命运自身演进轨迹的封闭性框架之中，对'文革'中的左倾路线仅作政治性的单项批判，而未能审视历史现实进行自审性批判。"①

　　张抗抗更多的还是在理性层面上以启蒙者的姿态表现出对人类正义感、崇高感、价值感的追求。陈晓明认为："张抗抗的《夏》、《北极光》等作品，对个性和人性的寻求，无疑显示了女性的隽永风格。但是女性对自我的朦胧意识为'文学是人学'的时代母题所抹去，女性特征在那个时候只能为更庞大的知青叙事所消解。"②

　　评论界肯定了张抗抗在创作上的主要成就在于提出一部分青年的精神生活追求中所面对的问题，但同时指出她对于人物的追求理想的热情肯定有余，而指出她们面向现实生活的精神准备则显得不足。在艺术表现上的问题，也引来了20世纪80年代初期的批评家的不同意见："张抗抗从她发表的作品中，显示出她的思想活跃而敏感，但在艺术表现上却存在着某些以概念出发，演绎概念、主题先行的痕迹。……以她艺术表现上来讲，对于她的缺点，我归结为，一曰粗，二曰露。"③"从张抗抗的整个创作、特别是近年来的创作来看，她的小说之所以在概括生活和形象塑造上，出现了一些不当之处，既有主观原因，也有客观因素。从客观来说，是与当时社会思潮的影响有关；从主观来说，是由于自己的生活积累越来越少了，政治思想不够成熟。"④

　　但即便如此，张抗抗笔下的女性形象依然勾勒出了特定时代女性

---

① 参见张岚《地域·历史·自我——张抗抗小说审美形态论》，《文艺评论》1999年第3期。
② 张清华主编：《中国新时期女性文学研究资料》，山东文艺出版社2006年版，第75页。
③ 李子云：《有益的探索——张抗抗的小说读后》，《文艺理论研究》1982年第2期。
④ 杨治经、王敬文：《论张抗抗的小说创作》，《北方论丛》1982年第5期。

的生命困惑与追求，其理想主义的精神品性由于有着充满希望和面向
未来的重要特点，也为具有独立性的身份形象的树立和话语体系的创
造提供了足资依赖的精神前提和精神动力。通过《北极光》女主人公
陆芩芩不屈不挠地追寻"北极光"的执着态度，可以看到一代青年对
美好理想的追求，闪耀着新的时代精神，也反映了当时知识青年的境
遇和内心思想而引起了广大读者的共鸣。而张抗抗的朦胧的生态意识
也成为 80 年代一朵别致的奇葩。

可以说，张抗抗在《北极光》里的期待，在《作女》的故事里得
到了实现。

于是，我们在 2002 年的长篇小说《作女》里，看到在繁华都市里
对遗失于工业文明中的"天人合一"的生命境界的理性渴望与展示:

> 天空蓝得透明，湖水绿得发亮，山高得令人窒息，树林里除
> 了斑斑点点猩红色鹅黄色的花朵，满目都是绿色，连同绿色的空
> 气，让人分不清树和林中的路。无论走到哪里，头顶上总有小鸟
> 的歌声，热烈的浪漫的激越的抒情的，吟颂宛鸣起伏跌宕。那些
> 歌声永远在森林的深处回荡……

于是在南方那个远离尘嚣、万物蓬勃的山林中，在男人、女人与
自然和谐共振的生命激情里，卓尔感到:

> 壁画上那个飘飘欲仙的飞天，定是经历了这样的时刻后，才
> 能抵达那个境界。
> 银色的海豚破浪出水，在空中抛出优美的弧线，是为了卸去
> 它满腔的激情。
> 两片云在空中相逢相遇相撞，击起巨大的雷声，终于交织成
> 惊天的闪电。
> 鹧鸪、黄鹂、鸳鸯、杜鹃、百灵、云雀、画眉、缝叶莺、冠
> 斑犀鸟、黄胸织布鸟、翡翠鸟你们都飞吧，扇着翅膀舒缓地、轻

灵地、勇猛地、激越地飞起来、飞起来、飞起来……

（二）《麦秸垛》和《玫瑰门》：母性情怀

从 80 年代早期的《哦，香雪》《没有钮扣的红衬衫》，到中后期的《麦秸垛》《棉花垛》与《玫瑰门》等，铁凝的审美意识逐渐向历史的纵深处拓展，对女性存在的历史文化予以深度反思。1989 年问世的《玫瑰门》，更是开始了对女性本体欲望的自审，挖掘女性深层的文化心理与图式，旨在探悉女性生存困境产生的缘由，以及女性自我文化痼疾的存在。中篇小说《麦秸垛》和长篇小说《玫瑰门》，正好印证了这样一个事实：铁凝以独有的女性视角对女性生存予以揭示，从传统母性到叛逆母性的表达，显示了作家对女性内在心理轨迹的探寻，并通过类形象化的女性人物揭示了一个时代的缩影。

1. 对传统母亲形象的审视

在女性文本里，传统文化意义上的"母亲"往往是被父权制的一整套意识形态和文化塑造加以严重固化的角色。也就是说，深得传统文化浸润的女性的命运总是由男人控制着。对于这样的"母性形象"的解读，正是铁凝获得传统女性被压制的历史缘由与生存现实的途径："我渴望获得一种双向视角或者叫作'第三性'视角，这样的视角有助于我更准确地把握女性真实的生存境况。在中国，并非大多数女性都有解放自己的明确概念，真正奴役和压抑女性心灵的往往也不是男性，恰是女性自身。当你落笔女性，只有跳出性别赋予的天然的自赏心态，女性的本相和光彩才会更加可靠。进而你也才有可能对人性、人的欲望和人的本质展开深层的挖掘。"① 铁凝所要做的这种努力，标志着女作家对自我本体进行理性审视，以期获得自我拯救的出路："意味着女性写作开始将视野转向自身的内宇宙，在对男性文化'内化'的层层剥离中使真正的女性本我得以呈现，那是一个惟有女性自己才能书写的世界。……'自审'主题的着眼点是让被扭曲被异化的女性自泯得

---

① 铁凝：《写在卷首》，《铁凝文集·玫瑰门》，江苏文艺出版社 1996 年版。

以康复,使其生长与完善,这就走出了男女对抗的封闭式思路,就有可能使现存的两性对抗向着两性和谐的方向发展,从男女对抗走向了女性自救。"①

《麦秸垛》把笔触伸向女性心灵深处,揭示女性生命的母性原欲心理,以及她们对生命顽强的把守与热忱。通过大芝娘这一形象书写了原始母性的震撼力,真实地呈现了在传统母性重负下女性生命意识的残缺与生存的窘境,以及在母性光环遮蔽下被压抑、遭损害的可悲现实。大芝娘有着健壮、丰盈、瓷实的身体,"黑裤子里包住的屁股撅得挺高""胸脯分外地丰硕",充满了生命活力,可是结婚三天丈夫就离开了她,并在几年后被抛弃。她非但没有怨恨,和城里当了干部的丈夫办了离婚手续后又追上去要求与丈夫"再好一次"。"我不能白做一回媳妇,我得生个孩子。"对她来说,能有一个孩子就不算"白做了一回媳妇",就有了活着的希望和信心。果然,她像"滚落下一棵瓷实的大白菜"似的生下女儿,大芝娘一颗心才感到彻底踏实了,她一手将孩子拉扯大。在困难时期,她能照顾前夫,热心接纳取代自己位置的人。若干年后长大成人的女儿死于非命,她又以博大、宽厚的母性情怀接纳了本村孤儿五星、知青沈小凤,以母爱给予滋养、安抚。她的母性本能与情怀获得了乡村里的人们的尊重,而作为女人,从一而终的贞操观却使大芝娘对生命欲望决然拒斥,失去了追求正常婚姻生活的勇气,极度地抑制了自己正常的女性生命欲望。大芝娘是一个具有典型传统女性形象的村妇,母性本能弥漫在生活周遭,在她身上投射有社会历史、文化的阴影。

同样,在这块土地上,女知青沈小凤对并不爱自己却与自己有过一次性关系的男知青提出同样的要求,从而使自己处女代价的付出不至于落空。"性"成了女性"母性"行为实现的有效途径。法国作家莫罗阿说:"在如此悠久的历史中,人类之能建造如此广大复杂的社会,只靠了

---

① 参见田泥《走出塔的女人——20 世纪晚期中国女性文学的分裂意识》,中国社会科学出版社 2005 年版,第 62 页。

和生存本能同等强烈的两种本能，即性的本能与母性的本能。"① "性的
意义是很开阔的，有大的母爱和母性的东西在里面。……我在大芝娘
身上强调更多的是母性的一面。土地、庄稼和女人之间紧密联系在于
亘古不变的母性，她滋养着我们，哺育着我们，我们在最危难的脚步
不稳的时候感到她们的踏实和可以依靠。"② 女性的生殖功能被强化的
同时，女性的"性"成为"母性"的必然的实现的途径，也昭示出女
性＝母性的模式存在，这种古老的妇女性态度、性行为的轮回无疑有
它滋生的文化温床，也绵延着女性的古老、落后生存方式。在这里，
母性的行为又成了第二性的女人自我实现和价值认定的唯一可能。从
大芝娘的悲剧命运到知识青年沈小凤对古老的妇女性态度和性行为的
轮回，我们看到，在生存环境的残酷剥夺和压抑之下，她们都表现出
强烈的生命欲望、生命痛楚，以及与痛楚相伴随的挣扎和对民族的生
存发展所做出的牺牲和奉献。如果说，母性心理包含着女性的本能，
与文化传统心理的定式对女性的影响有深刻关联，那么，女性的自我
认同里潜藏着隐忍、无私的母性心理，也导致了女性悲剧的生命状态
与轮回。

在《麦秸垛》中，我们看到这样描述麦秸垛："从喧嚣的地面勃然
而起，挺挺地戳在麦场上"，"春天、夏天、秋天的雨和冬天的雪……
那麦秸垛湿了又干、干了又湿，却依然挺拔"。这一象征意象与女性用
乳房哺育一代又一代生命有着何其的形似和神似，它那勃起的力和生
生不息的永恒，不仅是女性所代表的土地、生命力和文化的象征，同
时更是女性命运轮回的象征、欲望的象征。王绯认为：铁凝让沈小凤
在这种冒傻气的性幻觉彻底破灭之后，一下子从《麦秸垛》生存的空
间消失。王绯由此引出一串诘问：它预示着这个轮回永远的结束还是
继续？意味着妇女在性态度和性行为上反叛轮回的新选择还是无可救
药的绝望？王绯在这里发现了需要填补的"意义的空白"：企望这涉及
处女观念、女子性爱与婚姻等诸多方面复杂又可怕的轮回不再驾驭中

---

① ［法］安德烈·莫罗阿：《人生五大问题》，傅雷译，北京大学出版社1995年版，第112页。
② 赵艳、铁凝：《对人类的体贴和爱——铁凝访谈录》，《小说评论》2004年第1期。

国妇女永世的命运。①

2. 消解母性模式

老子说:"无,名万物之始;有,名万物之母。"② 可见我国古代的论"道",非常强调它是万物之母的属性,显然,在道的追索中有母性的力量支撑与想象。事实上,母性逐渐生发为一种象征意义,体现了人们对女性母性的敬仰。心理学认为"在妻子——母亲的传统性别角色中,母亲的角色大概是女性传统角色中最令人满意的了"③。也就是说,母性成为女性角色中最有特色的价值体现。在我国,对女性母性的崇尚由来已久,有关母性的赞扬与颂歌自古以来也是源源不断的,从叙述母性的神话到几乎所有的优秀的文学作品,都尽可能地展示了女性的母性景观,因此,原始的、神话的、永恒的、基本的母性,贯穿着女性命运的始终。

铁凝在《麦秸垛》里的母性意识是一个含混的矛盾的统一体。在母亲身上,母性意识自然表现为对下一代的呵护与关怀,这是女人的自然本性,也应该是后天建立起的一种情感寄托。母亲应该是高贵、优雅、孤独、痛苦、满足的矛盾代名词,铁凝母性意识里既有讴歌赞美母性的美好一面,也有审视中国传统女性的模式中女性母性的角色与母性倾向。作家传达出的母性意识具有双重性,一是认为母性是女性生命本体的性质,又超出生长和增殖本身,母性的这种性格不仅达成了生命的生变,而且在生命间建立起爱的联系。母性是一种温柔,一种献身,它不只是具有母亲身份的女人具有的特质,也不仅仅是代际的爱恋,也可以是两性爱恋中的母性爱,甚至是宇宙之间的大爱,具有大地一般的包容与博大性。二是认为母性意识也正好暗合了传统文化对女性之妻性、母性的塑造,而对于女性的精神地位的不可或缺与实际权力的架空,正是作为女性在历史里的出位根源。

---

① 王绯:《铁凝:欲望与勘测》,《当代作家评论》1994 年第 5 期。

② 老子:《道德经》第一章。

③ [美] 珍尼特·希伯雷·海登、B.G. 罗森伯格:《妇女心理学》,云南人民出版社 1986 年版,第 117 页。

如果说《麦秸垛》里的"母性"是一个传统道义上的母亲，带有乡土保守性质意义符号的母亲，那么铁凝小说《孕妇和牛》更是印证了女性厚重的母性情怀，是典型生态意义上的母亲形象，具有乡土中国的生命力量。

被汪曾祺称为："这是一篇快乐的小说，温暖的小说，为这个世界祝福的小说"的《孕妇和牛》以温情的笔调写出了一位目不识丁的怀孕村妇面对一个有字石碑的心境，为了不让孩子失望，她艰难地描下了那十七个海碗样的字，准备回村请教识字先生。早先，俊女子凭着自己"俊"，在家得到父母的宠爱，出嫁后又得到公婆、丈夫的喜爱。一向很满足的她，从远处背书包的孩子们想到自己腹中的孩子，一种对自己生命的遗憾从心底油然而生。她要获得改变，为了孩子也需要做出这样的努力，她心中充满了热望与期待，迎接新生命的欣喜与平和。

孕妇与一头叫黑的怀孕的黄牛做伴，相互招呼着、关心着，悠闲地从集上回来，走在回村的乡间土路上。孕妇平和宁静的心态氤氲于字里行间，使人感受到女性创造新生命的幸福与自豪，感受到女性的宽容、悠闲，以及她对周围一切事物无边的爱，表现了我们文学中久违的天人合一、人与周围环境和谐一体的美丽意境：

> 孕妇和黑在平原上结伴而行，像两个相依为命的女人。黑身上释放出的气息使孕妇觉得温暖而可靠，她不住地抚摩它，它就拿脸蹭着她的手作为回报。孕妇和黑在平原上结伴而行，互相检阅着，又好比两位检阅着平原的将军。……她检阅着平原、星空，她检阅着远处的山近处的树，树上黑帽子样的鸟窝，还有嘈杂的集市，怀孕的母牛，陌生而俊秀的大字，她未来的婴儿，那婴儿的未来……她觉得样样都不可缺少，或者，她一生需要的不过是这几样了。

铁凝曾坦告其写作原则："我想起十九世纪一些批评家曾经嘲讽乔

治·桑的小说不是产生在头脑里，而是产生在子宫里。我倒觉得假如女人的篇章真正地产生在子宫里也并非易事。那正是安谧而热烈的孕育生命之地，你必得有献出生命的勇气才可能将你的'胎儿'产出。"①女性是生命的孕育者、抚育者，她忠实于自己的身体经验，也因此对自然界的一切生命都拥有贴肤般的感受。正如德国哲学家西美尔指出的女人更强烈地扎根于自然："女人比男人更紧密、更深刻地同自然幽暗的原初根据联系在一起，女人最本质、最富个体性的东西同样比男人更强烈地扎根于最自然、最普遍的保障类型统一的功能。"②而精神生态女性主义代表人物斯塔霍克认为，女性可以通过自身身体的独特经验（如月经、怀孕、生育和养育等）来了解人类与自然的同一性，来体会人类生命与自然生命的一体和相融。因此与男性作家凭借精神和理性创作不同，女性往往更凭借感知和身体来写作。

《玫瑰门》同《麦秸垛》相比，对于女性自身心理文化痼疾的揭示更为淋漓尽致。某种程度上，铁凝以《玫瑰门》对《麦秸垛》《孕妇和牛》的母性形象进行了彻底的颠覆，这也正是80年代中国女性写作对张爱玲"母性形象"塑造的一个承接与超越。80年代女性书写对"传统女性"的颠覆是通过女性分裂形象的对照来实现的，二者的区别在于前者显示传统伦理价值，后者重在对女性"终极关怀"与不可能性的存在的揭示，是基于女性精神价值标准。对传统女性形象的颠覆实质上基于作家的两点写作诉求：一是作家在日常生活中的切身经验；二是作家心中的精神个性准则。对传统艺术形象的否定与颠覆越激烈，意味着对人类文化的困境暴露与挑战越激烈。

《玫瑰门》将笔触聚焦在母亲司漪纹身上，并通过以司漪纹为代表的庄家几代女性的命运书写，揭示女性生存现状、历史和社会秩序之间的深刻矛盾。作家没有拘囿于婚姻家庭的狭小空间，把司漪纹等推到了更广大的世界中来写她们性格的变异和可悲的结局。司漪纹的一

---

① 铁凝：《女人的白夜》，上海文艺出版社1992年版。
② ［德］西美尔：《金钱、性别、现代生活风格》，顾仁明译，上海学林出版社2000年版，第8页。

生都在不择手段力求进入传统家族和现代社会秩序，却不断地被排挤和拒绝，她所做的所有努力只能使自己变成一个令人厌弃的势利、冷酷之人。她几乎是所有过程的积极参与者，表面上她与外部世界极其和谐，实际上由于在爱情与性的问题上受到压抑，她无时不在将这种压抑转化成一种隐晦变态的报复和发泄的形式。她的一生与中国几个重大历史阶段息息相关，少女时代的司猗纹有着对革命的热望和对爱情的向往，于是革命加恋爱的故事产生了，她爱上了革命者华志远，但在必须顺从的传统体制面前，她牺牲了爱情，无私地将自己的身体奉献给华志远后，嫁到了门当户对的庄家。丈夫庄绍俭在新婚之夜就对司猗纹进行玩弄和凌辱，婚后花天酒地的他带给司猗纹的更是屈辱的性病。司猗纹在这样的折磨下终于对做个好妻子、做个好儿媳的愿望绝望了。一次次将庄家拯救于苦海的司猗纹在这个家庭中并没有得到丝毫尊严，于是她在庄家开始用自己的女性之躯来惩罚男人，以对公公恶作剧般的乱伦来实现她的报复，对儿媳竹西、外孙女苏眉以变态方式进行习惯性虐待，最终她由受虐者变成施虐者。在社会空间里，为了获得生存尊严与安全需要，尤其是在"文革"时期，司猗纹用她的小伎俩骗取革命的罗大妈的信任，司猗纹几乎是做了罗大妈的一条狗，无论上交家具和金条，向罗大妈请教某道菜的做法，还是司猗纹上演的"亮屎"事件、捉奸事件，她寻找一切机会表现自己，渴望能够进入历史舞台，希望因此而得到革命一方的认可，但事与愿违，她无论在哪一个历史时期都是历史的被动者，她进入不了革命，也无法走进历史，她的奋斗与嘶喊只能是在历史边缘，最后被历史中心的声音所吞没。

《玫瑰门》几代女性共有的宿命般的处境，使她们从自己的经历中看到了司猗纹的影子。而生命力旺盛的竹西虽然不断用身体欲望的满足来带给自己欢愉，但最终对生育的排斥反映出她对女性身体苦难的恐惧。早熟的苏眉虽然生下了女儿，但女儿头上同外婆司猗纹一样的新月形疤痕，是否象征了某种女性命运的轮回。无论是司猗纹，还是姑爸、竹西，都是被历史的重负和现实的压力挤压得扭曲变形的女性的灵魂，在特定年代的文化生活环境与心理导致了女性心灵的麻木、扭曲与无奈。铁凝本人也认为，《玫瑰门》真实地展示了"一种女性的状态，女性的生存方式和一种生命过程"。从《麦秸垛》到《玫瑰门》里的女性命运轮回，在不同历史时期里却有命运的同一性。小说中对女性生存命运缘由的追索，被评论界所认同，戴锦华认为："铁凝所关注的，不是，或不仅是社会的性别歧视与不公正；因为她不曾仰视并期待着男性的崇高与拯救，所以她也不必表达对男人的失望与苛求；她所关注的，是女性的内省，是对女性自我的质询。"①

从《麦秸垛》《孕妇和牛》到《玫瑰门》小说，铁凝有着对具有内在生命力量的母性的讴歌，也有对具有扭曲母性本质意义的批判，呼唤小说里的"缺席"的男性存在，被当作"内省"和"自我质询"的必不可少的参照物。铁凝不单单要有着与"男性中心"的对立和对抗的表达，其实更倾向于"女性的内省"和"对女性自我的质询"。

3. 母性叙事的意义

从《麦秸垛》里的母性意识的呈现到对《玫瑰门》里母性模式的消解，铁凝真实揭示了传统文化心理对女性的戕害，对女性自身的文化痼疾做出了理性的批判。而这本身已超越了它自身的意义，以其所富有的历史、文化的内容、人生意味和人性的意蕴而获得一种艺术世界中的审美价值。在这里，作家重要的是对母性模式的消解，重新审视、确立了母性意识的含义：一是女性对于母性本能的认知；二是女性对母性角色的认知。在中国，"母性"被看作美德与苦难的象征。其间，确实存在着某些封建色彩，母亲们遏制儿女们的自由精神；但也不应否认，其间到底还保存着以爱为中心的天伦和生命真谛。"母亲"这个神圣的文化符号淡出的真正缘由，在于传统文化结构对女性的压抑与塑造，形成了角色的规范；也在于女性对自我的审视，肆意冲出遮挡在自己身上的文化痼疾。而只要传统男权文化结构模式存在，女性就不可避免地遭受代际的女性命运的承接或复制，同时又有着代际的

---

① 戴锦华：《真淳者的质询——重读铁凝》，《文艺争鸣》1994 年第 4 期。

冲突与矛盾。对女性角色之间进行协调与和解，需要女性自身的努力，更需要男性的参与，也有待于整个社会文化环境的进步与改善。

铁凝的《玫瑰门》的文本意义与社会意义在于："铁凝对女性人性的拓展、对女性宿命的沉思以及对女性解放的呼唤推动了女性文学的发展，尤其在揭示女性欲望、探讨女性价值方面为 90 年代女性文学的发展作了功不可没的铺路作用。"① 铁凝独特的叙事意义，也为评论家所肯定，谢有顺就给出了这样的评述："铁凝写作中的性别特征其实并不显著，如她自己所说，她的写作还有意回避了单一的性别视角，'一直力求摆脱纯粹女性的目光'，而更多的是在描绘人类的某种普遍性——普遍的善，普遍的心灵困难，普遍的犹疑，以及人性里普遍的脆弱。我有意说到人类性和普遍性，并不等于宣告铁凝的小说就一定是在解决宏大的命题，也不等于她笔下的人物都向往'生活在别处'，而听不进任何尘世的消息；恰恰相反的是，铁凝的小说有着非常实在的生活面貌，在她所出示的事实框架里，我们可以轻易地辨别出它的气息来自北方的乡村还是城镇，她所安排的人物活动，白天和晚上泾渭分明。……叙事的意义就在这里凸现出来了。叙事既是经验的，也是伦理的，被叙事所处理的现实，应该具有经验与伦理的双重品格，这才是小说中最高的现实。我感觉，铁凝的小说是很注重经营这种双重性的。现实是经验的基础，伦理是现实之上的人性关怀，这二者的结合，保证了铁凝小说中的现实没有成为一种现实事象学，而是成了更具生存意味的现实处境学。"②

铁凝从自然与女性、社会与文化的双重生态视角对女性生存的历史与社会现实进行了挖掘，展示了女性作为类存在的生命本相，如果说王安忆倾向于建构以男人为参照物言说女性独特生命与文化意义，铁凝似乎更倾向于对父权制文化系统及系统内对女性主体的再生产的双重解构。"《玫瑰门》从社会学、文化学、女性人类学的不同角度，

---

① 张霞：《女性宿命的演绎与突破——〈玫瑰门〉的女性世界及其在 20 世纪晚期中国女性文学史上的意义》，《四川师范学院学报》（哲学社会科学版）1999 年第 6 期。
② 谢有顺：《铁凝小说的叙事伦理》，《当代作家评论》2003 年第 6 期。

进入了历史的叙事。在 20 世纪 80 年代这样一个历史的点上,在超越了一段对历史常有的激动或局限之后,相对冷静的心境中,对历史情境中历史存在、生存过程、生命状态重新体验、重新审视。这不仅是有距离的审美,还是一种长距离的审美。无论是客观的时间距离,还是作家全体审视历史存在客体的心理距离,都赋予作品一种极为冷峻的表达式。铁凝则像一位拷问女性灵魂的铁面无私的严峻的法官。"①

铁凝的《玫瑰门》问世,走出了张洁小说《方舟》中男女性别对抗的模式,增强了对女性缺陷的自我审视和批判意识,呈现出女性世界的复杂和女性人性的本相,旨在揭示这样的意义:除女性自身的觉醒外,女性的真正解放还有赖于她们所置身的整体社会环境架构的生态文化精神与整个社会文化心理的良性发展。

(三)《北国红豆也相思》与《荨麻崖》:青春的挽歌

中国当代女性生态书写,乔雪竹是一个奇迹,她不受文学框架的束缚,也冲破了时代的羁绊。

乔雪竹的短篇小说《荨麻崖》与《北国红豆也相思》,带有明显的"知青"印记,这不仅在于她以动人的笔法触及了那一段属于知青们的蹉跎岁月,走进充满原始自然的环境中,展现了女性的性与情感,还有与政治等因素的纠葛。在以革命意识形态为主流的社会,再加上男性为中心的传统文化心理结构,共同对女性的生存给以规约,应该说,这其中有着对过往的岁月的理性的辨析,包含了作家对青春岁月的诸多省思,更进一步说,就是把对知青女性的性、心理、情感、自由精神等的解读,放置在一个特殊的充满狂热的年代里,以凸显她们的生存焦虑与无奈,传达了作家对时代对集体女性命运的历史反省。以今天的眼光来看,乔雪竹的生态审美眼光具有超越性。

1. 融入自然的生命叙事

1984 年乔雪竹写出了《北国红豆也相思》,这应该是一个真正意义上的生态书写。

---

① 任一鸣:《抗争与超越——中国女性文学与美学衍论》,九州出版社 2004 年版,第 243 页。

《北国红豆也相思》有效地书写了一个近乎静态自然中的动态心理故事，应该说历史给乔雪竹提供了一个很好的机遇，作为知青从城市进入农村的她，开始进入了自然环境，在这里，她能够感受到融入自然的美好与希望，燃烧着火一样的激情，而这在《北国红豆也相思》里得到了充分体现。小说写了关内贫瘠平原上的少女鲁晓芝，为生活所迫，来到林区姐姐家里，过着寄人篱下的生活，来到大兴安岭密林深处的小镇"开拉气"投亲靠友，成为"准知青"，加入到林业工人的行列，开始了生机勃勃的新的生活。但就是这个有血性与活力的姑娘，承受着巨大的生活和精神压力，凭着自己的坚韧，读完了中学，进林区当了工人。她热爱生活，也依恋山林，工作干得非常出色，被评为青年突击手，她和伐木工宋玉柱建立了纯真的爱情，她的这种生活态度却为有封建家长作风和世俗观念的姐夫所不容，为了攀附权贵，姐夫给她找了个干部。在这比较蒙昧落后的地方，父母之命媒妁之言是不可抗拒的。但晓芝宁死不从，在这个有"红豆"的地方，姑娘的爱情也是不可抗拒的，它在顽强地、畸形地发展着。在跳崖被救后，面对别人的质询，她发出了"为了自由"的呼喊。她不单是为了爱情，更重要的她是爱上了这片山林。《北国红豆也相思》中有伐树的描述：

……大树嘎吱嘎吱地倾倒了。倒下时，冰雪飞扬、山林摇曳、天旋地转，发出的巨响，就象捐躯的勇士最后的悲壮的呼啸。

然后，又是沉寂。

沉寂的山林，好象从来没有发生过什么，倒下的大树，好象几千年就睡在那里、只有树墩，那新鲜的截面上，密密匝匝的年轮里，悄悄地渗出了一滴松脂——一滴告别的眼泪。

大树旁边，宋玉柱几乎是赤条条地站在冰雪中。晓芝捂着脸跑开了，躲在一棵树墩下，她吃不住劲了，扑在雪地上，呜呜地哭着，怕这哭声被玉柱听见笑话，她把嘴贴在地上，大口大口啃着雪，那雪酸甜酸甜的，雪里藏着过冬的牙格达，红宝石的碎屑一样晶莹，正是乔老师讲过的越桔——兴安红豆。

……

　　"你当我迷信是不？我也是个年青人哪！我不过是敬重山林的意思。我爹说，是林子养活了走投无路的人，这林子可是有情有义的！"

　　这里，宋玉柱与晓芝已经将自己的生命的激情与追求都融入了山林，这片土地是属于他们的。晓芝的哭有惊恐后的喜悦，有对大树的不舍，还有对男性身体的恐慌……乔雪竹在这里语焉不详，留给我们很多想象，但有一点是真实存在的，那就是山林让他们从革命意识形态中释放出来，让他们能够松弛地表达自己的情感。

　　2. 女性的异化

　　在内蒙古草原上有一种能蜇人的草——知青人人知道，它就是"哈勒海"，能烫人的草。中国名是荨麻科的荨麻（念"千麻"）。春天牧民小心翼翼掐下尖与白面和在一起做"哈勒海汤"，俄罗斯小说中王公贵族用荨麻抽农奴……乔雪竹的反映内蒙古兵团的小说《荨麻崖》，是否也是别有意味？

　　如果说乔雪竹的《北国红豆也相思》是一幅动人的自然—人和谐的生态图的话，那么《荨麻崖》就是在自然景观里发出的一种不和谐的声音。一个女子为了离开茫茫草原，把"性"当作中介，来改变自己的生活处境，压抑着自己的精神世界。内心情感世界的分裂与表达，这在知青文学中应该说是司空见惯，但乔雪竹显然更愿意在"文革"语境中展示女性的"性"与情感的内心分裂，这在当时应该是具有惊涛拍岸的气势的。

　　1985年前后，随着作家文学观念的更新、对人类自身认识的加深、视野的开阔，女性作家在性描写上普遍表现出一种勇敢无畏的探索精神。乔雪竹的《荨麻崖》不单就性做出表达，更主要的是探索在特定的红色年代里的性与政治、性与权力的关系。《荨麻崖》叙说了一个北京女青年远离家乡劳动锻炼，在茫茫的大草原上，身体被农家出身的连长长期糟蹋蹂躏，作为副连长的她以自己的灵与肉被凌辱被摧残为代价，去换取党票和打通回城上大学的路的悲惨故事。在"文化大革命"那个疯狂的岁月里，"副连长"来到了茫茫的大草原上之后，被连长要求"单独执行任务"后就沦为连长的"性奴"，从此，她经常来到沙滩边，让连长在她身上发泄性欲。这种日子一直持续到她要离开连队去上大学。在他俩最后见面的那个晚上，连长恼羞成怒地对躺在沙滩上的她吼道：

> "给我来一次真的""老子要一次真的！""你没有属于过我，一次也没有过，你只不过让我压在身子底下，你那份心一直高高在上，你连眼皮都没眨过。……你那颗心，我拿什么也换不来。"

在这里，性与爱是严重分离的，而性之所以能够完成，就在于"性"成为女性获取利益的凭借与中介，连长虽然可以像野兽一样蹂躏女性的身体，但却获得不了她的真心；副连长虽然可以与之发生性关系，但却不奉献自己的感情。美国社会学家贝蒂·弗里丹在《女性的困惑》中曾提出："文化不允许女人承认和满足她们对成长和实现自己作为人的潜能的基本需要，即她们的性角色所不能单独规定的需要。"作为女性性活动的中心点，女人的身体一直是男性操纵、占有和榨取的对象，也是不被人重视的，女性传统上一直在性活动中扮演被动的角色。"在一个男性支配的社会系统中，文化规约的合法性决定了女性主体的现实性原则，它赋予价值结构以某种合理的性歧视的力量，并为这种歧视提供了一种道德的神圣依据。"①

显然，乔雪竹的《荨麻崖》在对人物的性描写中渗透进对文化与时代的反思与批判，尤其是对"副连长"双重人格里的隐秘心理加以揭露。"副连长"在大庭广众之下是一个积极上进的角色，但是在暗地里却同现役军人"连长"保持有五年之久的性关系，她戴着面具生活，在大庭广众中扮演的是先进分子的角色，也有着内心的焦虑与不安。

---

① 郭洪纪：《颠覆爱欲与文明》，中国社会出版社2000年版，第93页。

当她发现"上士"和"小陶"的恋情之后,竟然主持了对他们的批判。作为特殊历史与政治时期的受害者,"副连长"又扮演着迫害者的角色,其本身就是畸形人格的体现。但她的内心并没有完全麻木,她也有着对美好爱情与生活的期待,在她以性的方式获得了上大学的机会的时候,她终于发出了对"性政治"反抗的呼喊:

> "我再不假惺惺的了。"她望着上士。一只手拉着他肩膀上的枪背带,轻轻地说。
>
> 突然她一跃而起,将枪从上士肩上猛地扯了过来,疯狂地倒退了十几步,站住了,
>
> 一边用枪瞄着连长,一边大声地喊着:
> "我——再——不——假——惺——惺——了!"

"副连长"在两难境地中最终作为一个真正的人站立在荨麻崖下,体现着寻找作为"人"本体的合理的欲求。乔雪竹也想通过一个人性被扭曲的形象,不仅在心理上被扭曲而且在生理上也受到扭曲,来反映一个可怕的时代。同时,旨在说明这样的事实,如果说自身的性意识还是只产生、存在于省思者主体,那么,自省的动机、行为及效果亦终究决定于自省者的自发、自动、自觉与自主。

乔雪竹的《荨麻崖》揭示了畸形的政治运动造成了畸形的灵魂这样的事实,这是知青小说对人性反拨的最基本的东西。我们说,当"人"不再被当作人来看待,呼唤人性尊严和肯定人的价值也意味着对那种非人现实的批判。在"这整个儿是个假的年代"里,兽性披着政治的外衣代替了人性,合理的人性没有了,人完全被异化为阶级的象征、工具。根据马克思早期人的异化理论,劳动异化是导致人异化的根源,人们用劳动创造了许多事物,但人又同时被这许多事物所困惑,人们在自己劳动创造的环境中丧失了自己。而政治导致人的异化,更加残酷,人的精神与梦想不仅在现实中坍塌,人的行为在残酷的现实面前也完全变了形,心灵面临着无形的压力。人性却处于这种尴尬的

境地，所有希望逐渐转换成了绝望，也丧失了自己最初所有的梦想与期待，甚至回归到最初动物本性上去。

《荨麻崖》小说表现了在和谐的生态环境中不和谐的人际关系，瞒和骗换来了虚假的肉体占有，"连长"和"副连长"的肉体关系是一种政治掩盖下的占有与被占有，这里的"性"也总是在异常环境中以扭曲的形式出现，人性向兽性蜕化，在高喊政治口号的同时，"性"逐渐成了"性暴力"的一种。而真心相爱的"上士"和"大红桃"却被当作罪恶被迫处在永远的压抑之中。"上士"曾经以自己的体温救了"大红桃"，并爱上了她。谁知道两人隐秘的事情却在副连长的引导下，暴露无遗。副连长却让小陶亲自站到台上，揭开事实真相，触及灵魂，现身说法，挽救了个人荣誉，拯救了自己，也博得了组织的信任。对此，"上士"愤怒地冲着虚伪的副连长喊：

> 假仁假义的东西！她毁了，她活生生地让你给毁了，你这个妖精！你给她使了魔法，让她迷了本性，让她上台！批判！揭发！……我就知道，她其实已经傻了，痴了，没魂了，她那时候就已经死了大半个了……

然而，当"上士"愤怒地举枪相对"副连长"的时候，发现"副连长"也是一个可悲的受害者，很快将心中的怒火转向"连长"，最终以牺牲自己而拯救了弱者。这一场景或许就意味是人性的复苏。

事实上，在 20 世纪 80 年代的中国人的潜意识里，仍然延续了宋代以来的"程朱理学"的"存天理、灭人欲"的思想，并潜在地影响着人们的生活方式。人性作为一种道德化的存在，是人性集体意识里的道德精神力量，在历史与现实生活维度里，以一种终极的理念存在。在疯狂的"红色年代"里，男人主宰的主流意识形态更以各种强有力的方式，使思想意识受到侵略的女性心甘情愿受其奴役，男性与政治的合谋使女性对男人屈从，结果是使大多数女人的思想被奴化，从内心接受了这样的现实。西蒙娜·德·伏波娃说："因为男人是世界上的统治者,他认为他的强烈欲望是他统治权的表征;性能力强的男人被说成是强壮的、有势能的——暗示着活跃和超越。但在女人一方,因为她只是件'物品',她被形容为'温暖'或者'冷感',也就是说,她表现的将永远只是被动的性质。"①

精神分析学家海伦·多依奇在《妇女心理学》中认为:女性人格中最显著的三个特征是被动性、自我虐待和自恋。可是她并没有厘清女性受虐的充分理由。男性压迫女性并不是合理的自然生态的结果,而是父权制与男性霸权社会对女性的压制。"性"的背后自有其深刻的社会根源与背景,只有在女性觉醒的情况下,才能够辨别清楚自己的处境,获得自我的拯救。"一旦女性充分意识到了自我的真实存在,拒绝男性社会赋予女性的种种意义后,在重新整合自身的意识行为,并以足够的自信和勇气向旧有的话语秩序、向深藏于意识中侵占和排挤了她的自我意识的男性虚假意识挑战的基础上,通过自由选择自身的意义、本质和价值,自主控制自身意义的产生和塑造,实现消解、超越男性霸权话语对女性的控制作用,颠覆男性中心的概念秩序,摆脱女性意识被异化、奴化的现状。那时,女性受奴役、被控制、为男性牺牲的历史就将走向终结。"②

乔雪竹的《荨麻崖》小说揭示了女性在知青岁月里的双重尴尬,屈从于政治和男性的共同存在。这里,性作为与男性掌控的权力的交易,虽然是潜在进行,却透露了赤裸裸的权色交易的肆无忌惮;女性作为受害者,但同时又是戕害者,其人格与内心存在着极度的分裂。

3. 女性性意识的逻辑起点

《你好,忧伤》同样是一个充满忧伤的爱与性分离的故事,乔雪竹试图以女性身体的"性"来揭示社会压制女性的历史与现实。"'身体书写'一般都是与'性'有关联的'身体'部分的书写,当然也包括精神、欲望、感觉和自然肉欲方面的描述。'身体书写'的目的在于张扬女性的社会的自在价值,其情况有三:一是表现赤裸裸的政治;二

---

① 〔法〕西蒙娜·德·伏波娃:《女人是什么》,中国文联出版公司1988年版,第172页。
② 王虹:《女性意识的奴化、异化与超越》,《社会科学研究》2004年第4期。

是以身体代'政'，表层看写的是'政治'，是一种隐蔽的'政治'；三是'纯粹'的身体书写，其一为强性的'女性意识'之张扬，其二只是软性的'女性意识'的表现。"①

　　故事里的女主人公从青春少女遭遇了乱伦与乱性的生活后，性变得无所顾忌，甚至成了生存的必然交换媒介。在动乱的"文化大革命"还没有开始的时候，她已经把她作为女人的一切和魔鬼作了交换。起初是在家里，在垂危的母亲的病榻后面，她的劳改释放的继父奸污了她，之后，她从继父的口袋里掏出了钱，给母亲买了药，并且给自己买了一件花布衫。母亲为此被气死，但她并没有觉得对不起母亲。然后就是"文化大革命"，她的继父被红卫兵打死，她觉得他死了活该。之后，她无牵无挂地走向了社会，并学会了厮混。当造反派把她当牛鬼蛇神抽打时，她只觉得感官上的苦和痛，轻松而沉重。她的感情已经麻木了，她的肉体却在蓬蓬勃勃地长成。她的生存原则就是一种性与生存欲望的交换："谁有一片房瓦，我用我的身体来换，行吗？谁有一块面包，我用我的身体来换，行吗？换一个大的不行的话，换一个小的行吗？不过，还是把大的面包换给我吧！"即便是后来遇到真正爱她的采购员，也已经不能够唤醒她，她只懂得交换，不懂得爱情。她给采购员生了孩子，却选择了分手。直到她的身体的复苏，那根植于潜意识中的理想也复苏了；随着时代的安定，她的本性又骚动起来。她一次次地发生着生命的蜕变，最后却跟另外一个男人说，任何一个女人的最终理想都是一个家庭。

　　乔雪竹冷静地刻画出一个特殊时代扭曲的灵魂，在内心与行为上的冲突，外在的堕落与内在高贵的坚持，性的放浪形骸与对真爱的企及。显然，乔雪竹想要在复杂的人性内涵展示中获得女性自我的体悟与提升，同时揭示人性的本质与女性生存的本质要义："她似乎习惯于把所要表现的题材当作哲学思考的对象来把握一番，她更感兴趣的不是题材本身作为一种生活现象的生动性、传奇性、对生活本质透示的

①　阎纯德：《20世纪中国女作家研究》，北京语言大学出版社 2000 年版，第 11 页。

深刻性,而是它所内蕴的哲理,她喜欢从思辨王国的上一层来俯视生活,把具体的题材当作反映了人类及其生活本质的某一方面的例证来把握。她也致力于对生活本质的揭示,但她所热衷于表现的不是作品中人物的命运,造成作品中生活现象的现实必然性,不是这种充满此岸性的'社会本质',而是在更高(确切的说更为抽象)的层次上充满必然性和永恒特征的'人生本质'。"①

关于人性的本质与内涵,历来存在争议,依照马克思的论述:"人的本质并不是单个人所固有的抽象物。在其现实性上,它是一切社会关系的总和。"② 评价人的一切行为、行动和关系,等等,首先就要研究人的一般本性,然后研究在每个时代历史的发生了变化的人的本性。"人直接地是自然存在物……人有现实的、感性的对象作为自己本质的即自己生命表现的对象;或者说,人只有凭借现实的、感性的对象才能表现自己的生命。"③ 约翰·杜威给出的阐述是:"我不相信能证明人们固有的需要自有人类以来曾改变过,或在今后人类生存于地球上的时期中将会改变。我所谓'需要',是指人们由于其身体构造而表现的固有的要求。例如饮食的需要和对行动的需要,等于是我们存在的一部分,因此不可设想在任何情况下,这些需要会停止存在。有些倾向是人的本性的不可分割的部分;如果这些倾向改变了,本性便不再成其为本性了。"④ "人性不变的理论是在一切可能的学说中,最令人沮丧的和最悲观的一种学说。如果逻辑地贯彻它,它将意味着个人的发展在其出生时即已预先决定的一种学说,其武断性将赛过最武断的神学的学说。"⑤

"人性本位"与"人性"恒常性成为20世纪80年代小说着力要表达的主题,而乔雪竹的小说《北国红豆也相思》,着力描写生活在密林深处的鲁晓芝冲破束缚,追求爱情的率真奔放的性格,描写了现代文

① 龚平:《乔雪竹小说构思中哲理意识的渗透》,《钟山》1985年第5期。
② [德] 马克思:《德意志意识形态》。
③ [德] 马克思:《1844年经济学哲学手稿》,人民出版社2000年版,第105—106页。
④ [美] 约翰·杜威:《人的问题》,上海人民出版社1986年版,第150页。
⑤ 同上书,第155页。

明对她的强烈吸引，同样刻意在寻找女性人格意义上的存在与追求。也有论者认为，尽管乔雪竹的《北国红豆也相思》凸显的是女性把握爱情命运的种种努力，但并不空乏。"《北国红豆也相思》所揭示的本质具有更多的永恒色彩，是对鲁晓芝命运所反映的社会本质的提炼和纯化。这种提炼和纯化显示了'人生本质'追求以'人'为本的倾向，因此它与概念化的演绎、图解是完全不同的。"①《北国红豆也相思》体现出了在人性逻辑起点上，女性自主性意识的萌动，同时，以人性的解剖与深度挖掘，来突破传统审美观念、呈示理性的思索与反省。

而就《荨麻崖》《北国红豆也相思》与《你好，忧伤》而言，小说所表达的人性复归与高扬，则体现了 80 年代女性文学表现的女性的生存现实与内心追求、理想的冲突，也标志着女性自主的生活逻辑、人性逻辑的起点与主题存在。女性在自然的情景中有着和谐，却很期冀与男性文化和谐相处，凸显了女性作为真正意义上的"人"的生存现实里的尴尬与无奈。

其实，乔雪竹的书写是开放在罂粟地里的玫瑰。

在自然中生息，在自然中展示女性命运与追求，历史给乔雪竹提供了一个机遇，让她能够开始城与乡的对话。在反自然生态的潮流中，她有着天然的人—自然的和谐的生态书写，也有深藏在大自然中的人性卑劣与文化诟病。于是，爱、生命、情感就不单单是个人的行为，有时候是时代的表征。

某种程度上说，《荨麻崖》《北国红豆也相思》与《你好，忧伤》应该是一种超越社会现实、自然现实与历史现实的表达，甚至还超越了文学现实本身。

乔雪竹以自己的灵动捕捉到生息在山林、草原上的青春记忆，也是一曲挽歌。

她如划在天际的那一流星，承担了历史的表述人物之后，选择了

①　龚平：《乔雪竹小说构思中哲理意识的渗透》，《钟山》1985 年第 5 期。

从写作营地撤退。

　　(四)《所有的》:家庭生态的展演

　　在中国女性文学里,黄蓓佳以其独有的文学表达与述说使之成了别一个,她的心中一直荡漾着青春之梦与想象,寻找着生命的摆渡与方向。如果说最开始的《小船小船》《遥远的地方有一海》是充满向往的儿童梦,到《雨巷》有着淡淡忧郁的青春,《请与我同行》《这一瞬间如此辉煌》则显示了追求梦想的执着,而《夜夜狂欢》的叙述方式更以情绪为主调,以人物的主观感觉为主导,从而有了人物情绪心态长时间嬗变的轨迹、过程。到了《仲夏夜》与《冬之旅》后,她把笔触伸向了更为广阔复杂的社会人生。黄蓓佳也始终是人们心中最具美好与想象,并构筑近乎精灵故事的"那一个",只为她轻灵的叙事与美丽的童话般的故事,还有那故事里传达出来的韵致与圣洁的情意。直到2008年,她的《所有的》问世,我们又见证了这样的黄蓓佳,她乘着圣洁的想象帆船到世俗,呈现出了应有的响亮与精彩,还有另外的景致。

　　《所有的》这部小说,横跨几个大的历史时段:"文革"、新时期、改革开放,以及当下经济大潮,作家在一个大的时间跨度上对女性生命与人性本质进行双重解读,有关爱情、权力、生命禁忌等也都在作家考察范围之内。作家以唯美的情调与多重视角,诗意地讲述了一个家族生态里女性生命与精神成长里的所有梦想与困顿,即女性生存在政治与男性权力中妥协;商业经济下的女性心理暗流演变;女性从圣洁的想象到世俗里的沉落。

　　1. 唯美情调与多重视角

　　《所有的》的故事延续了同《小船小船》一样的儿童视角,但它又超越了单纯的儿童视角,叙述是按照孪生姐妹生命成长来完成的,也就是说是在时间的维度上,完成了几个重大事件的讲述,同时,反映出了从"文革"到当下经济大潮中的男人和女人们的异化与宿命,内心的挣扎与艰难。

　　黄蓓佳的叙述极具唯美的情调,唯美的情调和着陈年的旧事,散发着真切的历史味道与人间冷暖甚至是沧桑，还有深邃的时间，当然那里面的故事同样是诱人的，即便是充溢着荒凉的气息。

> 时间是一口深潭，站在潭边，低下头去，穿过漆黑的潭水，不要用你的眼睛，用脑子看，用前额正中的第三只眼睛，时间之眼，直抵深处。你会发现，从前经历过的一切：城镇、街道、房屋、树木、水井、甚至曾经用过的一只绑了铅丝的淘米箩，一条趴在屋顶瓦楞草中的脊背灰黄的猫，它们都还存在，无声地静立在潭底，被穿过水面的光线折射，发出幽幽的微光。如果风吹潭水，水波荡漾，潭底的风景会跟着摇曳生姿，有了声色气味，炊烟尘土，城镇和街道仿佛活起来了一样。①

在唯美的语调中，我们看到了一对孪生姐妹的情感故事，以及故事背后惊心动魄的历史与现实的背景。而我们在这里也看到了一种综合的内容，女性、历史、政治、爱情、心灵、性、男人、欲望等，黄蓓佳想找出其中的关联，但最终却在男女有关爱的模式里，让自己笔下的女性，存活在爱情理想中，也消亡于爱的期待中。有论者认为，自20世纪80年代以来，中国女性文学有如下的类型：

> 女性作家的文学创作包括三种类型：一是有"性"的，即女性意识强烈的一类，作家以女性立场、女性视角、女性意识、女性话语看待历史、社会、生活和人生；二是无"性"的，即女性意识较少或者根本没有的那种文学创作，追求"人"和社会的主体价值；三是作家追求作为"人"和作为"女性"价值的双重自觉，即"人"的自觉和"女人"的自觉的统一，就是说作家在创作中既不偏重于"为人"的社会意识，也不偏重"为女人"的性别意识，而是从以上两个视角来考量社会历史，塑造人物形象，

---

① 黄蓓佳：《所有的》，江苏文艺出版社2008年版，第12页。

描述人生。①

　　如果以此来看的话，显然，黄蓓佳的《所有的》涵盖了这几层意义，也已经超越。故事里的女性经历过历史动荡与世俗困顿，她们的完整的内心，理所当然会携带有历史的痕迹与自身的设防，尤其是像艾早这样的女性的内心犹如深渊一样，很难窥探出她内心深沉之处的困扰与致命感伤。正因为此，最让人揪心的恰恰就是女主人公艾早，她承受着生活也支撑着内心的沉重，在坚韧地过活。童年里因为遭受到别人的嘲笑，她与弟弟妹妹合谋抛弃了患有脑瘫的小弟弟艾多，导致了弟弟的死，这如同梦魇一样折磨她的内心。中学早恋意外怀孕，被实习医生带到乡下做手术致使不能够再孕，这也成了她生命里的遗憾。而更为出格的是，若干年后，她嫁给了表姨夫。这显得荒诞，但却是事实。艾早和张根本一起生活了六年时间，一起在海南创业，打江山，之后转战深圳，把公司业务做得红红火火，双双跻身于深圳的富豪行列，居有房，出有车，食有肉，曾经为人羡慕，而选择分手却是艾早的动议，她终于决定放张根本一马，让他步入老年之前娶妻生子。离婚十年后，她却把张根本杀了，令人匪夷所思，尤其是让妹妹艾晚惊异。

　　艾晚奇异的童年近乎是在一种颠簸中度过，但也不乏鲜活，动荡的"文革"年代生活本身就不同寻常，而成了张根本家的养女给她的生活带来另外的生存样式，她在张根本与妻子李艳华之间充当着"眼线"的作用，她有节制地讨好李艳华，如实汇报张根本的行踪，但也在张根本一次次的风流韵事中，为他打着折扣。而在她的成年中，更让她瞠目结舌的是，她看到了尘世里的混乱与无秩序，近乎一个乱伦的故事在她的姨夫与姐姐之间上演，或许是姐姐为了守护家族里的酱园，做出必要的牺牲；或许是姐姐已经厌倦了自己青春记忆里的爱情与向往；更或许是一种恋父一样的情结；或者是对这个曾经对

---

　　①　阎纯德:《论女性文学在中国的发展》,《中国文化研究》2002 年夏。

自己家庭有敌意的男人的报复，她在婚姻的维持中，反复地从精神上给他以折磨，直至在离婚后亲自把他杀掉。这样一些事件，从表面来看，姐姐对政治＋男人权力中心采取了颠覆性的反抗，她以极端的方式造就了自己生命的传奇，也以自己的毁灭完成了自己想象中唯美之花。姐姐从童年就显得与众不同，而近30岁的时候更是以惊人之举选择了表姨父张根本，一直被家人唾弃与不解。即便是妹妹艾晚也不能够接受她这种反常行为，而这里或许隐藏着一个更大的石破天惊的秘密。

小说在唯美的笔调中，追索姐姐的成长、家庭的变故与世情的诸多变化，以人物成长过程的多重视角变化，来折射生活本身，隐藏着女性生命叙事与故事的张力，也隐藏着女性生存的诸多秘密与无奈。《所有的》从社会学、文化学、女性学的不同角度，进入了女性—历史的叙事。黄蓓佳在社会、政治文化、生命、女性视角下审视女性命运，并通过这种书写探寻女性群体历史存在的必然与特殊性，从而开始了对社会文化进行反思。在这里，叙事既是经验的，也是伦理的；既是社会的，也是女性的。被当作叙事主体的女性本身携带着社会的特质、经验与文化，黄蓓佳也很注重被叙事所处理的社会历史现实，也在寻找女性与社会对接处的统一与冲突。

2. 女性在政治与男性权力中的妥协

从艾早成长的特殊年代看，张根本走进了艾早的生活似乎是一种历史必然，也是艾早生命里的大限所在。张根本因为娶了艾早的表姨妈李艳华，才住在了艾家酱园的侧园，为日后逐渐走进酱园提供了可能，而"文革"里造反派在酱园里发掘出了子弹，也导致了这样的事实存在。艾忠义和妻子在张根本夫妇的运作、策动与提醒下，认定了这酱园只有出身好的张根本夫妇住才是安全的，而艾忠义夫妇搬到张根本他们的侧院，就此平息了风波。"文革"也使这个农村贫农出身的张根本，有了底气成了青阳城里不大不小的人物。在青阳城的多少年里，张根本就是一个魅力十足的男人，是条汉子，也是个异数。他做什么都显得光明磊落，大大咧咧，不拘小节。他从公安局的科员成为公安局长后，就是一个权力的中心与充分利用者。他会凭借着他在公安的权力和关系，全心全意地为那些女人们办事：孩子上学、老公调工作、单位里评先进、房子维修、买了几斤计划外红糖，等等。风流成性带着一种草根的质朴，群众能够接受他，而他喜欢女人，却从来不玩弄女人。青阳城里人人都知道他拈花惹草，人人都知道他怜香惜玉。他跟表姨妈的婚姻中，充斥着种种的偷情，更是情理中的事情。可就是他的风流成性，最终却害死了她的老婆李艳华。即便如此，艾早却还是选择了当时已经是 50 岁出头的这样的男人，一个在青阳具有适度权力的男人。

　　张根本几乎在艾家危难的时候都能够出现，扮演着救场的角色，尽管艾家人从来没有瞧得上这个乡下来的"泥腿子"。他内心深处也是瞧不起艾家的，尽管他住上了艾家的房子，用着艾家的家当。他的内心世界是复杂的、有深意的。

　　　　那么，很多时候他顾着艾家，把家里人置于他的保护之下，鞍前马后侠胆义心，是出于强者对弱者的怜悯，还是心机深藏的另外一种形式的报复？①

　　但不能够否认张根本往往都会出现在艾早每一个生命关节点：八岁的她误剪印有毛主席照片的报纸，惹来惊魂，是张根本救了她；艾早跟实习医生偷吃禁果，被带到乡下做手术，几乎命丧，是张根本把她从乡下医疗室抱出来，送到附近的大医院，救活她一条命的；而若干年后艾早心中所爱陈清风，因为过失杀了侮辱蹂躏他女儿的语文老师后，又是张根本力挽狂澜把陈清风送出了国；张根本娶艾早也做好了绝后的准备，但随着事业、产业的扩大，他需要有一个承继香火的后代，艾早为此选择了离婚，成全了他。但对于艾早来说，最根本的原因却是为了心中的所爱陈清风，她期待以干净的自己，迎接陈清风

---

　　①　黄蓓佳：《所有的》，江苏文艺出版社 2008 年版，第 143 页。

的归来，并有一个完满的结局，可生活却总是偏离着艾早的梦想轨道。

> 生活就是一个投降的过程，一个鄙视自己、说服自己、把自己从顶端降到零度的过程，因为你如果不想被现实杀戮，就只能乖乖举手。①

艾早与张根本的所有关系的转折点都成了时代更迭背景的注解，也成了她向生活一次次妥协的见证。从"文革"到新时期到改革开放再到当下经济大潮，张根本左右了艾早的命运。孪生姐姐艾早杀死张根本的企图同嫁给她的表姨夫张根本同样也是一个谜。她的生与之关联，而她的死也同样与张根本脱不了干系。其实张根本得不治之症必然的死，却成就了艾早的死亡预谋，她用张根本找来的毒药"杀"了他，而后制造了假象，只是想获得给妹妹与陈清风的私生子艾飞一笔300万元的巨额保险。艾早把死亡看作生命获取最后价值的方式，这本身具有讽刺意味，甚至是荒唐。看起来，她预谋死的目的是为钱，其实，是艾飞的出生导致了艾早精神的崩溃，她心中圣洁的爱至此在心底彻底坠落，生命于她已经不再有意义；而陈清风的死，更使她万念俱灰。之后，她多次赴澳门豪赌，输得血本无归，对生活再无期待。艾早的生与死表面来看与张根本关联，而其实却维系在另外一个男人身上，这就是她的宿命。在商业经济下的女性心理的暗流掩盖下，她在欲望与自我救赎中挣扎，只为她内心里对绝望的爱的守护与捍卫，以致最终的生命沉落。

3. 从圣洁想象到世俗沉落

《所有的》里的姐姐艾早对爱有着唯美的期待与圣洁的想象、膜拜，有着近乎宗教一般的沉迷，爱作为一种精神想象，成了生活本身，并给生活平添了唯美的气息与色泽。她对陈清风的痴迷，对虚幻爱的追随、坚持到消亡，就是女性从圣洁想象到世俗里的沉落的象征。艾

---

① 黄蓓佳：《所有的》，江苏文艺出版社2008年版，第284页。

早是一个向爱而生与向善而行的女性,早年由她引发脑瘫弟弟艾多的死,虽然在她幼小的心灵中,有着阴影,但她认为那是为了父母得到解脱。艾早对爱的理解与行为中,有善的成分。向善向爱背后是存在价值的期待的,尤其是爱的价值并不会因自在而具有价值,而是需要得到爱的对象化主体的回应与感受,才具有爱的真正价值。然而,艾早知道了妹妹私生子的秘密后,才知道,她的爱只是属于圣洁的想象,存在于宗教般的界面,而遭遇现实与世俗的真切的时候,所有的爱、期待与想象化作了坠落中的尘烟。

"我知道艾早从来没有舍弃过他,她这么多年不谈爱情,是因为视线被一个身影完全地遮蔽了,她没法把他推开,去考虑和接受另外一种选择。""她是一直在想念着他的,付出生命、永远都不求回报的那种想念。"艾早不能够接受的事实还在于,陈清风那最后的爱情留给了妹妹这个事实。她从中学时候就爱上了他,是拿他当作神灵来爱的。为了他,她选择了无爱的婚姻,付出了青春与代价,这一切只因为,"她很早就在心里筑了一个神坛,陈清风一直被她供奉在坛顶,这里面几乎带着宗教情感"。结果神坛却被妹妹的夺爱以及妹妹的生子所打碎,背叛自己的竟是亲妹妹,对爱期待的落空成了她致命的杀手。

> 无法想像艾早当时心里的幻灭,绝望,痛楚,死寂。
> 是我摧毁了她生活中的一切。是艾飞的出生和长大,他越来越酷肖陈清风的神情和面容,在艾早和陈清风之间拉起一道漆黑的帷幕,把她的信念阻隔了,把她赖以存活的最后一点快乐也阻隔了。①

作家在《所有的》的审美架构中,不再是感性的触摸与领受,而是试图理性地看待芸芸众生世相与背后的缘由存在。小说中的女性形象充满着对爱情守望的绝望,还携带对世俗里的混乱、错位,人性的

---

① 黄蓓佳:《所有的》,江苏文艺出版社 2008 年版,第 311 页。

污浊等的厌倦。而故事中弥漫的悲哀始终挥之不去，一直伴随着她们，影响着她们的过往、现在和未来。她们为了爱，最后不是死亡就是流浪。故事里的孪生姐妹有着相似的童年，却在成年经受了不同的痛苦。在爱的道路上，她们狭路相逢，姐姐艾早与妹妹艾晚始终爱着一个叫陈清风的已婚男人，而日后他在异国意外的死导致了姐姐艾早形容枯槁，心如枯井，也导致了妹妹艾晚的尴尬人生，她不再想爱，而是选择了继续流浪。姐妹俩以自己的方式成就了对爱的理解与追寻，甚至是坚守。而表姨妈李艳华为了守护自己的家庭与婚姻，命令养女张小晚也就是艾晚跟踪丈夫等办法，使尽了浑身解数，没有挽回风流的张根本，却与他的情妇打斗，最后为之付出了生命。

　　而故事里的男人不是采取逃避，就是退缩，与姐姐早恋导致姐姐最初不幸的实习医生莫名其妙地退出了姐姐的生活；父亲艾忠义经过"文革"的修理已经懂得了如何平庸漠然地接受生命的种种打击；陈清风在杀人后领受了姐姐艾早的无私奉献，得以出逃，并在躲藏的过程中，与妹妹艾晚苟合；张根本放走了陈清风，作为交易乘人之危娶了姐姐艾早……故事里的男性，要不以猥琐出现，要不以阴谋出场，要不以逃离收场，走进走出女性的生活，而男女两性鲜明对比的存在方式构成了黄蓓佳小说视域里的男女人生。或许这也正是黄蓓佳小说的偏颇之处，但这也并不影响她对小说视野的拓展，体现出了她对世俗关怀的力度与心理要求；同时对人性的平凡里透出的怪异与驳杂，有着自己的理解与看待。一个作家能够直面人生里的惨淡，是需要有心理勇气的，对此，她做到了。

　　《所有的》以哀婉的笔调讲述了这样的事实，当女性把对爱的意义，视为生活存在的全部的意义的时候是片面的，甚至是会伤及生命本身；而把自己的生命意义建立在对他人的期待上，也是致命的。这或许就是黄蓓佳对女性的新的体悟，也是她小说新的走向，而有人认为黄蓓佳的早先的《玫瑰房间》已经发生了重大转变："可以说既是黄蓓佳从'主观'向'客观'的转变，也是她作为作家从经验型向想象型的转变。……而现在的黄蓓佳变得冷漠与客观，以无动于衷、见怪不怪的态度叙述故事，她的想象体现出一种女性的悲观，充满迷惘、困惑。她也许想以死亡来对生命意识进行张扬，但留给我们更多的感觉则是梦幻中的黄蓓佳寻求自我，现实中的黄蓓佳失落自我。以前，黄蓓佳以沉痛的笔调写并不沉痛的事，现在却以不沉痛的笔调写确实沉痛的事，这是一个多么巨大的反差!"①

如果说我们在《玫瑰房间》中多少还可以看出作者对于婚外恋的困惑与批评的话，那么，黄蓓佳在《所有的》中，已经有了更为美丽的转身，审美趋向从对梦想的追逐回到了世俗人生，而笔下的人物内心追求也体现了从想象进入现实界面，爱不再被看作存在于宗教般境地的想象，只是唯美想象的沉落。如此，作家的写作就达到了一种兼美效果。在这里，《所有的》带着一种淡淡的哀伤近乎中庸态度般的讲述，潜在其中的内涵却是具有多重意义的。黄蓓佳并没有有意烘托"文革"疯狂年代里人们的狂热造就人生悲剧，也没有浓墨重彩地描绘经济大潮中的人生实相，只是在幽远的背景上舒缓有致地讲述着人物的命运的起落沉浮与悲欢离合，以及他们内心世界里的期待与无奈。作家或许有意在喧闹动荡的世俗人群中，辟一块心灵领地，在静默中完成着对惊心动魄过往的体味，个中杂味，也只有作家更解其中味。但我们可以肯定地说，《所有的》作品内涵的丰富性与不确定性实际上是作家文学审美观念，发生转变走向更加多元化的必然结果。

黄蓓佳小说写作的意义在于将人性里的复杂与内心的纠葛呈现，同时，仍带有一种美好，在凡尘，寄予人们以美好的期许与理解。某种程度上，黄蓓佳的小说理想的主张与她自身恰如其分地叠合，在想象—现实的生命层面上，黄蓓佳的审美追求就是将圣洁的生命理想带到凡尘，以智慧之光投射世俗人生，获得生命沉落的缘由，并试图予以拯救。

三　原生态女作家群

这一群作家的主体姿态是向旷野靠拢，向原生态亲近，让生态审

---

① 杨靖:《论黄蓓佳〈玫瑰房间〉及创作风格的转型》,《苏州市职业大学学报》2005 年第 5 期。

丑与审美共在，迟子建、张曼菱、鄢然、素素等基于本土的生态书写实践，在本土根脉上寻找原始文化的生命力，体现出了两个向度上的精神诉求。

其一，寻找民族文化、精神生态资源的生长点，进而通过对人类生存问题的认识，传达出作为独立女性和独立个体的坚实声音。

如鄂伦春女作家空特乐的《鄂伦春风情剪画》，是鄂伦春民族民间剪纸艺术与散文的完美结合，具有原始部落文化的色泽，闪烁着宗教和自然的光芒，以及对生命和文化原型的歌颂，其价值远远超越了地域，为我们提供了重要而独特的文化生态资源。当然，也尽显空特乐对自己的民族，对生养她的土地、森林深怀眷恋之情。

藏族女作家拥塔拉姆则善于以小见大，透视民族文化精神深层内涵，她的散文集《无恙》中的《舔碗》娓娓道来藏人的日常生活习俗，"那时我们总喜欢熬一壶浓浓的奶茶，一边喝茶一边舔卡迪，这是一个很传统的饮食习惯，也就是盛半碗以糌粑为主加有酥油和奶渣等混合的粉末（称为卡迪），并把卡迪在碗内压紧后在上面倒上奶茶，喝掉茶以后舔食浸湿的部分，重复喝茶与舔食直到碗内无物。这是一种非常简便又可以随意延长的聚餐，吃到最后，我们总是笑话没有把碗舔干净的人"。"在聚会或做客时，如果谁家的小孩饭后不把碗舔干净，就会被视为家教不严，大人会为此感到羞愧的。"小时候养成的舔碗习俗，不仅成了一种童趣，也是一种家教。"饭后舔碗是高原民间的一个传统的卫生习俗。""习惯于餐后舔碗的我，出门在外时，总是视适时而为之，当然，有时也免不了自然地流露，但在众目之下少了往日的那种随意，同时内心却会多出一份隐隐的不安。"作者追问道："我们的祖先为什么要留下这样一个不成文的规矩，并且以此为荣呢？我想，这首先可能与艰苦的环境有关，高寒地区，一年只能生长一季粮食，在大自然无常的变换中，人们深深感知了粮食与生命的依存关系。所以，即使是对残留在碗里的食物人们也不会忽略不计。"她进而分析道："居住在高原的人们，心里很明白自己居住在大江大河的源头，而水的源头在藏族人心里是非常神圣的，他们深深信奉源头的污染会遭致不尽的罪恶,所以用水慎之又慎。不管是大河还是小小泉眼,只要是源头,人们都不敢在此洗涤脏污,特别是忌讳把带有血腥的东西倒入水中。所以这里的人们少有频频洗刷的行为。由此看来,舔碗这一小行为不失为'谁知盘中餐,粒粒皆辛苦'的友好作答,而且祖先们对大自然的崇拜与敬畏,就在这伸舌舔碗的瞬间便窥斑见豹了。""那么,为什么古时候的人们认为很卫生的行为,今天看来又觉得是极不卫生的行为?是什么原因造成这样颠倒的认识呢?或许,这与人们容易忽略本质的东西,而更加注重表象的东西有直接的关系。"① 舔碗而不轻易洗刷的习俗的历史原因,是为了沿河下游人们的洁净健康,我们不得不为藏族人的生态意识,肃然起敬。

其二,尴尬的呼喊与行动。

一些原生态女作家习惯在现实语境中寻找原生态自足文化的脉动,也在发掘其蕴含的素朴的精神力量,但是回到原初的冲动与想象,在遭遇无情的现实撞击之后,却成了一种一厢情愿的精神期待,因此,她们的呼喊与行动有时又显得无力与尴尬。

萨娜作为一个达斡尔族作家,20 世纪 90 年代就开始写作,新世纪萨娜的《流失的家园》《额尔古纳河的夏季》《黑水民谣》《达勒玛的神树》《诺敏河》《巴尔虎草原》构成了她独特的"达斡尔原乡叙事",她笔下既有尚未开垦的拉布达林小村落,奔腾不息的诺敏河,也有代表神圣与伟岸的伊克沙玛峰和接近于人类原始生活的自然风物。萨娜以独特的审美眼光描摹了达斡尔族独有的风俗人情,对民族文化传统表达出一种强烈的认同感,特别是在"万物有灵"观的引领下,萨娜小说充溢着奇幻、神圣、崇高和荣耀的色彩。萨娜通过对达斡尔族日常生活的描述,传达了在粗粝的生存环境下,达斡尔族所具有的坚韧的抗衡力,诸如传统渔猎的生活方式,达斡尔族"介"式结构的金灿居所,还有令艾乐如醉如痴的老木克楞房子,竟蕴含着无数丰富的传奇故事,还有睥睨世俗的萨满,都具有无限的生命力。

---

① 拥塔拉姆:《无恙·舔碗》,作家出版社 2009 年版,第 121—122 页。

事实上，萨娜的小说一方面表现了传统文化与现代文明相融合的部分，在着力挖掘达斡尔族民族文化优势的同时，也描写了都市小人物庸常、琐屑的日常生活，表现出对现代化、商业化的一种接受与认同。如《蓝蓝的天上白云飘》就是通过对一个天使般的贝西女孩的成长写照，来印证边缘少数族群随着商业文化的冲击，往昔集体的荣誉感被破坏，传统伦理的堤坝遭到金钱的诱惑与生存压力的挤压。霍罗河虽然清澈如昔，但在做生意的途中，贝西经不住商人陈福亮的诱引，不能够守住自己的底线，尽管存在着心理的矛盾和痛苦，然而命运却无法控制。

但萨娜的小说也在对现代化做出冷静的思索：文明在消费时代也混杂了多种价值内涵，如何获得精神需求的满足与文化支撑，成了她主动思索的对象，而在原生态民族文化精神的追随中，却遭遇了尴尬。如《达勒玛的神树》中萨满教虔诚的信徒达勒玛老人，对赋予灵魂的万物都充满了敬畏，在她的潜意识当中会对自己或他人背叛自然的行为感到恐惧和不安。她渴望自己死去的那一天，能够安稳地躺在风葬架上，顺着安格林河流的指引，到达理想的天堂。而面临着汹汹而至的砍伐浪潮，与森林相依为命、和谐共存的达勒玛老太太无能为力，想着死后的归宿被斧斤的利刃搅扰破坏而忧心忡忡。绝望中，老太太和她的伙伴耶思嘎居然天真地想着去破坏伐木工人的工具，在路上挖坑阻挡运木头的车辆。这种举动当然无法阻挡工业化和商业逻辑昂首迈进的步伐，达勒玛最终只能选择一个人躲进大树的洞里，以求得心灵的皈依和宁静。在《伊克沙玛》中萨娜更是把现代文明定义成"现代化就是膨胀，就是加快速度消耗资源，就是从森林里砍光树木，从河水里捕光鱼群，在地面上支起许多高耸入云的冒出浓浓黑烟的烟囱"。中篇小说《蛇》中的主人公老木，关于蛇的梦幻，亦真亦幻，贯穿全文的始终，这些故事不但吸引读者的阅读兴趣，而且对于小说情节的展开，亦凸显了萨娜小说的生态思维。

显然，萨娜透露出明确的原乡意识，有着对于传统民族文化在现代性冲击下的矛盾心境。对于达斡尔族这样人口较少的少数民族来说，萨娜的作品就带有了浓郁的挽歌意味。不过，她的挽歌却并没有过多的哀伤，而充盈于作品中的是一种大气磅礴的恢宏感和直趋情感内核的力度，还有光亮的色泽。

（一）《额尔古纳河右岸》：笔尖上的天使栖居

有人说，如果说西方的《寂静的春天》是生态批评的原典作品，那么，在中国《额尔古纳河右岸》是中国生态文学的一个经典，具有里程碑意义。

笔者相信没有人不会同意这样的表述。

　　我是雨和雪的老熟人了，我有 90 岁了。雨雪看老了我，我也把它们给看老了。①

这是迟子建进入文本叙事的开始，也成了人们乐道的优雅方式。

《自然与权利》一书中引用了一位印第安酋长的话："我们赖以为生的肉食动物都用四条腿奔跑，而追赶四条腿的我们却只有两条腿。"②这句话很是意味深长。值得我们去回味与思索。同样，《额尔古纳河右岸》的优雅表述也值得我们去深思，因为，这也是一部涉及自然、人类、文化、现实、宗教等多个层面的小说。

《额尔古纳河右岸》一经出现，就好评如潮，评论界从多角度多层面去解读，当然，它被视为生态经典叙事，对此，笔者并不否认。《额尔古纳河右岸》是迟子建一贯创作的延伸，她喜欢以故乡的花朵与人物，还有山河、清风来进行叙事。20 世纪 80 年代迟子建在以一部《北极村童话》走上了文坛，之后《白雪的墓园》《树下》《雾月牛栏》《清水洗尘》《草地上的云朵》洋溢着北国的自然风情，延续了人与自然关系的主题，蕴含一种和谐抒情的美。迟子建说："故乡和大自然是我文学世界的太阳和月亮，照亮和温暖了我的写作生活。"③ 她习惯用温情来装点自己的文本，并让这种文本不折不扣地传达出种种生态回

① 迟子建：《额尔古纳河右岸》，北京十月文艺出版社 2008 年版，第 3 页。
② 转引自胡殷红《与迟子建谈新作〈额尔古纳河右岸〉》，《文艺报》2006 年 3 月 10 日。
③ 张守仁：《苍凉的伤势》，《光明日报》2006 年 11 月 17 日。

味。《北极村童话》中的灯子对田地上各种植物近于痴迷，与傻子狗也心息相通。《雾月牛栏》中因继父的失手导致宝坠不小心成了弱智儿童，但是他仍然将温情与爱传递给牛，在大雾天放牛出去吃草时，他摸着叫作花儿的一头牛的说："今天你要慢点走，外面下雾了，你要是摔倒了，肚子里的牛犊也会跟着疼。"《酒鬼的鱼鹰》中的酒鬼刘年充满对鱼鹰的热爱，并为惨遭冷冻命运的鱼鹰怅然若失。《稻草人》中爱鸟的生荒，苦苦盼望着南方鸟群的到来，不惜烧掉村庄的稻草人。《夜行船》中原来无恶不作的小泥猪，竟然能够觉醒，放走了鸭子，不想让鸭子再进他们家的罐子。小说《逝川》中包含了迟子建对神奇灵动的泪鱼晶莹剔透的婉约之爱：

> 这种鱼被捕上来时双眼总是流出一串串珠玉般的泪珠，暗红色的尾轻轻地摆动，蓝幽幽的鳞片泛出马兰花色的光泽，柔软的腮风箱一样呼哒呼哒地翕动，渔妇们这时候就赶紧把丈夫捕到的泪鱼放到硕大的木盆中，安慰它们，一遍遍地祈祷般地说着："好了，别哭了；好了，别哭了；好了，别哭了……"从逝川北打捞上来的泪鱼果然就不哭了，它们在岸上的木盆中游来游去，仿佛得到了意外的温暖，心安理得了。①

迟子建为我们奉上一幅幅充满田园牧歌般的生态图景，也勾画出迟子建精神原乡的理想栖息地。正是基于如此的积淀，才会有《额尔古纳河右岸》的爆发力。在《从山峦到海洋》的短文中，迟子建说出了写作的动因："我就是在那片土地出生和长大的……家乡对我来说，就是催生这部长篇（即《额尔古纳河右岸》）发芽、成长的雨露和清风……没有大自然的滋养，没有我的家乡，也就不会有我的文学……若是没有对大自然深深的依恋，我也不会对行将退出山林的鄂温克部落有出格的同情，也不能写出《额尔古纳河右岸》。"② 的确，原乡经

---

① 迟子建：《逝川》，长江文艺出版社1996年版，第236页。
② 迟子建：《额尔古纳河右岸·跋》，北京十月文艺出版社2006年版。

验与记忆成就了迟子建,而这一次,迟子建将自己的图画放置在了人类历史发展的大背景上了,并且在历史、民族的命运长河中,寻找其兴衰缘由。一个卓然的作家,显然有一种宏大的历史意识与生命意识,还应该具有生态意识,在人类的绵延历史上思索困境与出路,并承担责任,为时代感言。在此意义上,迟子建是把思索对接到人类自身获救的路径上了。

如此,也使她的叙述能够在一种宏大的生态主流叙事上,妥帖地安放她擅长的小格局故事的经验讲述。当然,迟子建有她的表达方式,她唯美、缥缈而细腻的笔调,能够将一个奔涌着历史血脉的宏大故事温情地降落到颇有现实意味的叙述情境里来,而由此产生的内在反差,充满了生命的律动与张力。

当然,她的如水的叙述着实让我们感动,那是源于故事里密匝匝地缝制着她的真情与美好期待。按说,《额尔古纳河右岸》应该是她作品的极致,但笔者认为,这部小说存在着生态叙事的慌乱与无序,一句话,这部小说的编码程序出了一些小小的问题。当然,这与生态叙事的主观意图有关,与迟子建进入生态叙事的程度有关。这里,先不就此追究。

迟子建的笔触触及了大地的神经,在世界生态主潮的烘托下,她也在追赶着属于生活在她身边的有关故乡山河与花朵的故事,在本土生态文化的发掘中获得启示。这一次,她主题鲜明地亮出了自己的底牌。她要以笔来展示与拯救人类家园的消退。这跟迟子建以前的温情书写方式,显然有别。如果说之前的迟子建将书写视域集中在个体淡淡的命运与情调上,这一次却呈现出了博大与壮观,也就是说迟子建更愿意将笔触伸展到具有象征意义的原始文化界面,以探寻能够支撑中国本土乃至全人类发展的生态文化根脉与精神力量。

1. 原始文化元素的展示

应该说,《额尔古纳河右岸》是迟子建切入中国本土生态文化的一次实践,而她之前做了种种的铺垫,从《树下》中骑小白马的鄂伦春小伙子,到《微风入林》中的猎人孟和哲,再到《伪满洲国》中的鄂伦春族群，逐渐汇聚到了《额尔古纳河右岸》的人物画廊中，让这些具有原始生命力量的人物构成了鄂伦春族民族史诗性的叙事。故事是从鄂温克族酋长妻子一个 90 岁老妇人一天的回忆展开的，由"清晨""正午""黄昏"以及尾声"半个月亮"连缀而成，以四代鄂温克女人为典型、以原乡小人物日常叙事生活为主体表达，构成了从清朝末年到 20 世纪 90 年代百年的沧桑史。迟子建以自己惯常的艺术手法，从日常经验、生活习俗导入对鄂温克人生活场景的叙写，不追求历史的真实，但尽可能地渲染出对历史情态、氛围的表达，倾心对颇带原始生活状态的集体围猎大动物、参与部落事务、宗教仪式等情境的营造，以及通过对生活细节的描绘，展示酋长、妮浩、林克、达玛拉、达西、拉吉达、瓦加罗等原乡人的人性之美，才是着力点，而他们所遭受的异族入侵、"文革"、合作社等只作为历史背景渲染，并不是叙述的重点。因为在迟子建看来，聚焦多样性的日常生活，更能够捕捉到散发着人性柔软的感人气息与温情力量，而温情足以稀释外部环境的荒蛮和残酷。小说中鄂温克人粗犷、善良、厚道、隐忍、笨拙、小气，可是他们能够释放 3 个偷驯鹿的人，而且认为因饥荒而产生的偷，是可以原谅的。当他们离开营地的时候，还给这 3 个人带了一些肉干，让他们路上吃。这就是来自民间温暖与善的力量。

严格意义上说，《额尔古纳河右岸》是将原乡人的日常生活经验放置在历史场域中来讲述的。正是这些个体构成了原汁原味的原乡记忆，而这些原乡记忆中走动的小人物携带着神秘的宗教情愫，还有善与真、温暖与爱。他们在艰难中迁徙、游猎，在严寒、猛兽、瘟疫等自然的侵害下求繁衍，遭受外来的入侵、蹂躏，一代代地生老病死、悲欢离合，又在种种现代文明的挤压下求生存，承受着生命的无奈，几乎丧失了自己的生息之地，但生命里的韧性与不屈，还有所信奉的萨满教等原始文化精神支撑着他们，令他们一直顽强地生存着。

原乡人宗教、习俗、生活方式等具有原生态文化元素的展演，构成了小说的叙述，也成为迟子建讲述故事的支撑点——民族魂。

《额尔古纳河右岸》贯穿着浓厚的原始的萨满教，盛行于北方的少数民族的民间信仰萨满教在鄂温克部落里被渲染到极致,是他们生活法则里不可或缺的精神给养。萨满教集自然崇拜、图腾崇拜、灵魂和祖先崇拜于一体,"相信万物有灵和灵魂不死,故崇拜自然神和祖先的神灵;认为萨满是神巫,能往返于神、人之间,代神行事,是氏族的保护人,具有消灾求福、保佑平安的功能。"① 小说里作为"萨满"符号的妮浩,是最富有奉献精神的神性附体的女性,她一次次地拯救他人,却在另一场灾难中丧失掉自己的亲生骨肉。妮浩挑战了世俗里的母性,也超越了人性的表达。为了拯救被大火点燃的森林,开始了祈雨、跳神,最终在雨水中彻底倒下。萨满妮浩把不息的天道、生命的想象、价值认同,内化于生命的实践中,昭示了鄂温克民族千百年来与森林共进退、与驯鹿共存亡的内在生命指向与力量。在迟子建对萨满的认同中,是将其作为理想主义和浪漫主义的化身,这契合迟子建心性的追求,也容纳了她对生命、自然、超自然的敬畏、体悟。

在《额尔古纳河右岸》中,有很多原始生命仪式的展示,带有神秘气息,比如有为林克举行风葬的仪式展示:

> 尼都萨满用桦树皮铰了两个物件,一个图形是太阳的,一个是月亮的,把它们放在父亲的头部。我想他一定是希望父亲在另一个世界中还拥有光明。……尼都萨满还是让哈谢带来一只驯鹿,把它宰杀了,我想他是想让父亲在另一个世界还有驯鹿可以骑乘。跟着父亲一起风葬的,还有他的猎刀、烟盒、衣服、吊锅和水壶。②

妮浩在为熊做风葬仪式时爱唱一首祭熊的歌,也在氏族里传唱,充满了鄂温克族的"人"与"自然之物"统一的朴素表达,具有神性的敬畏:

---

① 牟钟鉴:《中国宗教与中国文化》,中国社会科学出版社 2005 年版,第 172—173 页。
② 迟子建:《额尔古纳河右岸》,北京十月文艺出版社 2008 年版,第 55 页。

熊祖母啊，／你倒下了。／就美美地睡吧。／吃你的肉的，／是那些黑色的乌鸦。／我们把你的眼睛，／虔诚地放在树间，／就像摆放一盏神灯！①

显然，宗教不仅是生命本体的获救，而且宗教的最终目标是要达到真正的悲天悯人之境，写作则是一种具有宗教情怀的精神劳作。在迟子建的笔下，妮浩作为一个文化想象"人与神的同体存在"的符号，栖居在她的精神世界中，承载了原始的文化精髓，也是绵延民族生息的源泉，或许这就是迟子建的生态理想，即文明社会的道德认知与坚守是人类社会的良药，也是社会发展必然需要具有的共同的底线。

2. 自然与人的和谐共栖

迟子建构筑的原乡生态记忆中，集中地体现了人与自然的和谐，这也可以说是她美学追求的体现，从《岸上的美奴》《逝川》《亲亲土豆》等，都蕴藏着素朴的大自然中的人性之美，如果说之前的小说还属于生态小图景是"作坊式"的描绘，那么《额尔古纳河右岸》则进入了"大格局"叙事，在一个宏大的叙述体系中，勾勒出理想的生态图景与现实的对抗。

《额尔古纳河右岸》呈现了与自然共栖的集体生活图景与原始共产的经济状态，由于自然的恶劣，人们在林中饲养驯鹿，并随之逐水草而居。风、雨、雷、电、火、太阳、月亮、山、树木等都是他们膜拜的对象。他们崇拜雷神，认为雷神一公一母，掌管着人世间的阴晴。他们崇拜火，营地里的火从来不熄灭，搬迁的时候"玛鲁神"（鄂温克族祖先神）走在最前面，走在第二的就是火种，因为他们相信只要火种不灭，光明和温暖就会伴随。他们有着对火神的禁忌，不能往火塘里面吐痰、洒水，也不能扔一些不洁的东西，还要向火中扔一些动物的肉，抹一些动物的油到火上，这是对火的一种祭祀和奉献。猎人行猎时见到刻有"白那查"山神的树不但要向它敬奉烟和酒，还要摘

① 迟子建：《额尔古纳河右岸》，北京十月文艺出版社 2008 年版，第 130 页。

枪卸弹，跪下磕头，狩猎后还要对山神进行祭祀和奉献。"白色的驯鹿在我眼中就是飘拂在大地上的白色云朵"，"驯鹿一定是神赐予我们的，没有他们，就没有我们"①。信奉"万物有灵"的鄂温克部落，对自然极端崇拜，认为大自然中的一花一草、一石一木都是有生命和有灵魂的：

> 额尔古纳河右岸的每一座山，都是闪烁在大地上的一颗星星。这些星星在春夏季节是绿色的，秋天是金黄色的，而到了冬天则是银白色的。我爱它们。它们跟人一样，也有自己的性格和体态。有的山矮小而圆润，像是一个个倒扣着的瓦盆；有的山挺拔而清秀地连绵在一起，看上去就像驯鹿伸出的美丽犄角。山上的树，在我眼中就是一团连着一团的血肉。②

对自然生态环境中所有生命圣洁的敬畏，赋予万物以神的地位，也作为生命中的共体，这就是鄂温克族朴素的生存哲学。这个从贝加尔湖迁徙而来的民族，历经磨难，他们穿着皮衣、划着桦皮船、以打猎为生，他们拥有茂密的森林和丰沛的河流，更有爱吃苔、石蕊和蘑菇的驯鹿等；他们生活在天地、山水、动植物中间，与大自然和谐存在，真正达到了"天人合一"的境界。显然，与自然共存是人类栖居的另一种方式，守护着有别于城市文明的另外一种文明。正如 1974 年加拿大著名的土著领袖提出"第四世界"理念，认为由仍然保持着狩猎收集型的生活方式为主，大多生活在世界边缘，游离在现代文明之外的一个非主流群体构成，本身就具有文明的价值。

然而，栖居遭受到了践踏，由于俄罗斯军人的占领，鄂温克族被迫迁徙右岸，还有日本人、狡猾的商人、砍伐森林的外来者、偷盗驯鹿的汉人等，展开了对鄂温克族人聚集地的不断侵犯。家园遭受到无情的破坏，他们内心有着呼喊，瓦罗加说："他们不光是把树伐了往外

---

① 迟子建:《额尔古纳河右岸》，北京十月文艺出版社 2008 年版，第 17 页。
② 同上书，第 170 页。

运，他们天天还烧活着的树，这林子早晚有一天要被他们砍光、烧光，到时，我们和驯鹿怎么活呢？"鄂温克人愿意固守林海，与自然共栖。他们是原始生态的守卫者，当有人动员他们离开森林，下山生活，他们是这样回答的：

> 我们的驯鹿，它们夏天走路时踩着露珠儿，吃东西时身边有花朵和蝴蝶伴着，喝水时能看见水里的游鱼；冬天呢，它们扒开积雪吃苔藓的时候，还能看到埋藏在雪下的红豆，听到小鸟的叫声。猪和牛怎么能跟驯鹿比呢？①
>
> ……
>
> 我很想对他说，我们和我们的驯鹿，从来都是亲吻着森林的。我们与数以万计的伐木人比起来，就是轻轻掠过水面的几只蜻蜓。如果森林之河遭受了污染，怎么可能是因为几只蜻蜓掠过的缘故呢？②

也许这就是人类最原始的认知自然的方式，也是他们固守原始生态秩序的方式。事实上，固守原生态的鄂伦春人已被现代文明逼到边缘处，他们为此深感恐慌，这也是迟子建为之担忧的，人类正迷失在自己构建的文明之中，并以毁坏自然来营造世俗的繁华与享乐，而原始生态文化也难逃厄运。迟子建的文本价值在于，一方面表达出消费时代对人类文明的践踏的焦虑，对肆无忌惮地攫取和占有自然的愤慨；另一方面勾勒了一个适合我们想象与描摹的精神处所，将百年的鄂温克民族独特的语言、森林、动物、歌舞、仪式等浓缩成一个梦幻般的空间，承载了重大的历史变迁、跌宕，蕴含原始文化质素，更是作家理想的存放，表达了作家对尊重生命、敬畏自然、坚持信仰等被现代性所遮蔽的精神追求。

3. 文明之镜

其实，从《树下》《伪满洲国》《越过云层的晴朗》《额尔古纳河

---

① 迟子建：《额尔古纳河右岸》，北京十月文艺出版社 2008 年版，第 205 页。
② 同上书，第 247 页。

右岸》《白雪乌鸦》等，透着北中国的清冷、厚重、苍茫、清冽，迟子
建展开了与现实的对话，以笔兑现一个作家对文化和历史的使命和承
诺，在历史场景中刻意书写小人物的命运、情态，以人的心灵视界，
穿过大自然，完成现实世界和心灵世界的碰撞。进一步说，迟子建习
惯贴着固有的想象经验，来构筑自己的文学叙事，而《额尔古纳河右
岸》正是在过往想象经验之上的再度出发，优雅婉约的叙述语言，将
一个梦幻般的故事情境置放在我们面前，借助那片广袤的山林和游猎
在山林中的这支以饲养驯鹿为生的部落，写出人类文明进程中所遇到
的尴尬、悲哀和无奈，还有眷恋，诗意而苍茫。小说里行将消失的鄂
温克部落蕴含着悲情色泽，浸透着作家对历史的思索，当然这种对历
史的思考不是孤立和割裂的，它与现实还是有着很大的关联。在迟子
建的主体想象中，蕴含着具有现代思维的近乎天使般梦境的期待，而
这个理想对应着现实，在她的理解中："我总觉得仅仅凭吊历史是没有
多大的意义的。能把历史作为'现实'来看待，作品才会有力量。在
我眼中，真正的历史在民间，编织历史的大都是小人物。因为只有从
他们身上，才能体现最日常的生活图景，而历史是由无数的日常生活
画面连缀而成的。"① 的确，迟子建试图把携带原乡文化色泽的历史个
体，拉伸到我们的视线里，让我们看到了历史想象中人们真实的生息
样态与尴尬存在。

而迟子建的本意并不仅限于此，《额尔古纳河右岸》涉及了一个人
类共性中的主题，原生态文化危机。"可以用'悲凉'二字形容我目睹
了这支部落的生存现状时的心情。人类文明的进程，总是以一些原始
生活的永久消失和民间艺术的流失作为代价的。从这点看，无论是发
达的第一世界还是不太发达的第三世界，在对待这个问题上，其态度
是惊人相似的。好像不这样的话，就是不进步、不文明的表现，这种
共性的心理定势和思维是非常可怕的。……其实真正的文明是没有新
旧之别的，不能说我们加快了物质生活的进程，文明也跟着日新月异

---

① 胡殷红:《与迟子建谈新作〈额尔古纳河右岸〉》,《文艺报》2006 年 3 月 10 日。

了。诚然，一些古老的生活方式需要改变，但我们在付诸行动的时候，一定不要采取连根拔起、生拉硬拽的方式。我们不要以'大众'力量，把某一类人给'边缘化'，并且做出要挽救人于危崖的姿态，居高临下地摆布他们的过程。如果一支部落消失了，我希望它完全是自然的因素，而不是人为的因素。大自然是美好的，也是残忍的。我相信有了这样感慨的他们，一定会在这美好与残忍中自己找到生存的出路，比如能恰当地解决动物的驯化等等面临的问题。我向往'天人合一'的生活方式，因为那才是真正的文明之境。"① 这或许就是迟子建真正解码的底牌。她选取了鄂温克部落进入叙述，容纳了她对现代文明与原乡文化、宗教、古老民俗的冲撞的理解与体悟。

《额尔古纳河右岸》是迟子建跨族别文化的体验与激情的呈现，逸出了消费时代的商品意识，飘动着属于自己精神构想的原乡生态记忆与想象，对鲜活原始文明充满了敬仰，从万物有灵的多神崇拜、天人合一的生态和谐之美、豁达本真的生死观、万物因缘聚合等多方面体现出了自己的审美价值取向。在本土生态文化实践中，以中国集体经验中的鄂温克人的民族经验、资源，来揭示人与自然、民族文化与中国生态文明之间关系的关联。

《额尔古纳河右岸》呈现出了一种大美，但是由于迟子建原始生态文化叙事上的编码问题的存在，让我们看到了些许的混乱，究其原因，在于迟子建沿用了自己的单纯故事叙述的方式，而这种故事的讲述已经成为一种定式，优雅的叙述风格与品格也一直为大家认同。《额尔古纳河右岸》将复杂奔涌的原始生态文化景观倾泻到叙述中，在这一情势的惊扰下，复杂的故事情节让位于唯美沉稳的格调，因此，有了叙述的驳杂与混乱，还因为叙述成为一种复杂情感宣泄的方式，"他们所经历的四季风景变化、白灾（雪灾）、瘟疫等我都能理解，所以写这篇小说是我灵魂深处对鄂温克部落这种情感的集中爆发，是一个宣泄口"。② 这里，宣泄情感湮没了作家客观冷静的理性，叙事节奏与故事

---

① 胡殷红：《与迟子建谈新作〈额尔古纳河右岸〉》，《文艺报》2006 年 3 月 10 日。
② 转引自丁杨《迟子建：写我所爱乐此不疲》，《中华读书报》2006 年 4 月 12 日。

性讲述的固有模式发生冲撞。确切地说，叙述逻辑因叙述人物的承载在导出"母本"的过程中，打了折扣，叙述者本身的生命体验难以涵盖整个博大的鄂温克部落历史的底蕴、风情、习俗等，而只有20多万字篇幅的《额尔古纳河右岸》也难以容纳鄂温克的一个部落近百年的历史，时代印痕诸如"文革"、合作社等隐匿、飘浮在人物的穿行中，人性的撕裂也以温情化解或规避，更为重要的是，隐藏在作家心底的对生态文化之问题的焦虑，并没有真正在具有原始生命文化形态的载体上充分体现出来。迟子建尚没有以充分理性、自觉的生态意识为指导进行文学创作，但是她的《雾月牛栏》《额尔古纳河右岸》等小说还是有意无意地表露出了动人的生态意识。更有意味的是，这种生态意识还影响了她对小说人物的塑造、小说主题的选择等。① 一句话，迟子建触及了生态危机，但是不同文化的碰撞性、精神危机的矛盾性却并没有深层进入。或许这就是以现代文化视角进入原始文化生态的尴尬，因为文化"隔膜"的存在，文本呈现出了模糊—混沌的一面。

或许，这也就是当下文学介入现实、介入历史的一个共同尴尬与症结所在，现代意义上的历史发展演进本身有时会以偏离、丧失传统为代价，而历史想象本身与历史真实之间自然也存在有惊人的间隙与留白。

但迟子建承接本土生态女性话语的写作实践，很具有先锋性，她避开单纯套用西方理论包括西方女性主义理论话语等对中国本土现实的直接影响与对接，按照自己的叙述逻辑与经验来进行书写，以文学展开与现实、历史、生命的对话，在现代、传统的潜在关联上，在本土文化谱系的民间文化资源中掘进，寻找生态文明生长点，不仅具有现实意义，对中国女性文学乃至当代文学的经典建构与生产，起到了不可或缺的作用。

（二）民族生态：激情的样式

20世纪80年代，张曼菱以独特的方式，确立了她的文学书写，但

---

① 参见汪树东《生态意识与中国当代文学》，中国社会科学出版社2008年版，第411页。

她并不安心固守一隅，从《有一个美丽的地方》（1984）改编为《青春祭》，轰动一时，到深入新疆天山南北进行民间文化考察，发表了小说《花儿为什么这样红》（1984）、《唱着来唱着去》（1987），声震文坛；90年代她又赴海南，涉入影视文化产业，制作了电视剧《天涯丽人》，到新世纪《北大才女》（2001）、《中国布衣》（2010）、《北大回忆》（2014）等随笔集问世，以及担纲制作了历史文献片《西南联大启示录》，抢救与昭示了中国民族文化史上的重要史实。之后，张曼菱似乎渐渐淡出了人们的视线，但她对民族生态文化的考察，以及独有的激情样式，显示出她的卓尔不群，不仅丰富了中国的文学地图，也让我们见证了一个作家介入现实的勇气与能力。

张曼菱是一个异数，她的生活经历颇具传奇，而她又把这种传奇刻意渲染，致使有人指责张曼菱另类极端，但有一点，她在文学的向度上传达了她对自然、民间文化、初民精神的热忱，透出了真挚的情感，而她情感编码里植入的理性思索让位于原初的感性对接，在纷争的岁月里，这些情感经验弥足珍贵。曾经，张曼菱穿行在云南边陲、新疆热土上，以激情洞穿民族文化"隔"的樊篱，将互文性嵌入了小说情绪结构，在中华民族文化的根脉上，寻找民族多样化与人性基点经验的同一辩证，成就了自己独特的文学想象与表达。

1. 激情洞穿民族文化"隔"的樊篱

张曼菱从不到20岁，便开始了自己跨民族的生存体验。如果说早年云南边寨的知青生涯，是历史的选择与政治的行为，而之后对新疆的考察，则属于自由性灵之旅，是契合20世纪80年代理想人性呼唤与期待的社会思想主潮之下精神追随的体现，当然，深刻动因却是青春记忆里的初民情结使然，还有中外文学的浸润使青春浪漫的张曼菱内心充满野性的荒原情怀。因此，当我们梳理张曼菱的新疆民族文化体验的同时，需要有一个对张曼菱民间文化经验的先行透析。

这要从《有一个美丽的地方》开始谈起。1980年冬，沉浸在恋爱中、在小说的运筹帷幄中的张曼菱，突然在一夜之间改变轨迹。一幕壮观的历史大戏突兀上演，北大展开了轰轰烈烈的"民主竞选"。新的潮流吸引了她。她成为第一个"女竞选者"。在竞选运动中提出"东方美""女性与社会生活""男性雌化、女性雄化"等引起争议诸问题。其间，张曼菱张扬的个性，也成了焦点与热点话题，最终，张曼菱竞选海淀区人大代表未果。在《北大回忆》中张曼菱有这样的自述："作为当时第一个女竞选者，我受到强烈关注。加之我个性自由，平时口出狂言，爱唱爱跳，剪了一个男孩子的'寸头'，为当时一些同学所不容，不是传统中的'代表'形像。……中文系 78 届，我的同班人以'大多数革命群众'的名义，贴出大字报，把我的恋爱和宿舍夜话甚至上课早退等'劣迹'公诸于众；正在社科院读研的男友，也与我分手了。"① 竞选运动结束后，她发起成立"北京大学中国女性研究会"。带着竞选之后的压抑和失恋，遥远的时空距离，开始反观自己生活过的云南傣族边地，重新思考这个青春旺盛的民族。"我的云南边地虽处偏僻，质朴的内心是自然和包容的。云南的生活样式是多样的，这种多样性在这个时代有一股生命力和价值。"② 德宏傣族记忆成了她精神困顿的缓冲地，也成为她获得精神滋养的源泉。她也说："在人类的精神趋于病态时，应该向大自然求助。"③ 应运而生的《有一个美丽的地方》，有别于大多主题惨淡的知青题材，这是张曼菱云南边寨的温暖记忆，她将笔触伸到了傣族民众真实的生活中，展现了知青—傣族乡民的和谐共栖的生活景象。自然，傣族原乡人构成了她情感表述的对象：放牛的老哑巴布比，以其对别人无微不至的关心显出他圣洁的灵魂；勤劳的大爹以慈父般的心关怀着女青年；伢在女青年身上倾注了全部祖母般的情感。……这些正直善良质朴的傣族人，在那苦难的岁月里，慰藉了她阴郁的心灵。父亲被迫下放劳动，母亲也被疏散离城，城里家的拆分，痛苦阴霾在这里消散，傣族边寨成了她释放现存生活重负的场所，她由一个局外人变成一个地地道道的傣家女郎，并重新感受了到家的温暖。至此，张曼菱开始了对所受教育、家庭环境以及整个

---

① 张曼菱：《北大回忆》，生活·读书·新知三联书店 2014 年版，第 116 页。
② 张曼菱：《我的北大"寒窗"》，《博览群书》2016 年第 3 期。
③ 同上。

时代的美学观念予以反叛，在自然、民间中发掘存在的力量，而在自然与祥和的人性中获得精神的慰藉，滋养了她日后的生命、生活信仰。在《北大才女》中张曼菱有这样的描述：

> ……我们怀着新时代的愚昧，流落于荒野，伶仃到村寨。我们曾被生活开除，进入疯狂的社会游戏中；后来又被社会所开除，而无可去处。命运使我们像一群中邪却无辜放逐的羔羊，家庭父母，谁也不能帮助我们。

> 这时，有一个美丽的地方，却张开了慈爱的臂膀，拥抱和抚摸了我们这些狂野的心。在那里，人性，青春，美丽，爱，大自然的清流绿树，繁花甜果，黄昏时的情唱，黎明时的牧歌，抗洪抢险，秋收喜乐，宽容慈和，良善迁就，我们竟得到了这样的生活。生命如从黑房里拖出来晾晒在太阳底下，启开了它的真谛。

> 虽然失去了功业进取，城市物质，血缘天伦。生命却宛若流水，放慢了它的步伐，也舒展了它的无余的焦灼。我们获得了像野草一样的生机和幸福。我们尝试到天地间初民的那种清新的欢乐。

> ……

> 这已经远远地超出了"知青"这个命题。这是一个人类寻觅自己的归宿的恒久命题。①

云南盈江的知青生活，没有政治歧视，充满人情，赋予了张曼菱精神上的抚慰与美好。"经历'文革'的我们这一代人，对许多历史的反思都带着极强的否定性。那个时代，把我们的很多纯真热情引向深渊。可是我在德宏傣寨的这种感受具有永恒性。"② "令人惊讶的是：在那场肉体的放逐中，我们却有一种灵魂的回归。"③ 1996 年 8 月 6 日张曼菱在"盈江知青大聚会"上演讲："……想到我们那种无悔的青

① 张曼菱：《北大才女》，金城出版社 2001 年版，第 204—205 页。
② 张曼菱：《感谢那个美丽的地方》，《今日民族》2003 年第 12 期。
③ 张曼菱：《让心再跳一次》，《青春祭》，武汉大学出版社 2013 年版，第 370 页。

春，既美丽又渗淡。我们幸喜得到了大自然的爱抚，得到了傣族同胞
宽厚的好心肠，使得我们在那里，能够从自然、从劳动、从艺术、从
歌声里面找寻，拼命地追随我们那失去家园的青春。盈江、傣寨，使
我们的人生蒙上一层外地知青没有的浪漫、美丽、仁爱的色彩。这对
我们后来走上社会，对我们的一生，有深刻的意义。"① 知青记忆成了
她青春的见证与生命的基石，构筑了她精神的资源，也是她寻找民间
文化资源的动力。

　　显然，张曼菱激情样式里容纳的民本性，即初民原始本性、情性
与多样性的体现，是蕴藏着对朴质的自然、人性乃至人类自我精神崇
尚为旨归的。在 20 世纪 80 年代进入改革开放新时期，中国思想界掀
起了"文化热"，其核心在于人道主义与启蒙主义的争论，主要围绕所
译介的西方学者萨特、弗洛伊德、尼采、韦伯、罗尔斯等的观点，宣
扬西方现代文化，漠视传统价值，并重在批判。而张曼菱积极挖掘初
民文化精神，是贴近人性的，也是在中国传统文化谱系中寻找自身的
民族生长因子与质素。事实上，张曼菱的知青经历，独特的青春经验，
蕴含了她在"文革"混乱年代中历史提供的一个人性空间，这里葆有
人们的善良、真诚、宽厚、淳朴、美好、温暖、关爱，没有政治对人
性的压制、撕裂，傣乡恰恰在纷乱年代中接续了这些。换句话说，"文
革"政治撕裂的人性，逐渐背离了人的最基本的底线，恰恰在边地被
打捞与捕捉。而民间里滋生的人性里的信任与单纯的爱，无疑滋养与
净化了张曼菱焦虑的内心，也为她日后创作确立了自己独特的美学追
求。张曼菱在云南边陲捕获到质朴、自然的人性力量，而边陲生态的
多样性，勃发出一种生命力与精神价值，吸引着她。因此，《有一个美
丽的地方》是一篇歌颂大自然和人性美的作品，不属于对"文革"的
控诉。而《云》《星》等小说多是片段式写作，也形成了张曼菱最初
的风格。小说由若干的片段构成，意象和情节之间没有过渡，没有多
余的铺垫。而这一时期，张曼菱受艾特玛托夫的《红苹果》《查密莉

---

① 张曼菱：《知青之魂》，《大家》1996 年第 6 期。

雅》等新意小说影响，突出不妥协的人物个性，对于背景生活与时代变迁的特征却没有太在意。

> 我不喜欢"伤痕文学"，一时也来得太多了。看着那些亲情厮杀的回忆，人很痛苦，仿佛失去思考的能力，痛苦得都麻木了。"伤痕文学"承担了时代急迫的"控诉"任务，列举出很多的社会案例，但是多数缺乏文学的意趣，其实讲的都是一些常态和常识。
>
> 面对中国社会的病态畸形，"伤痕文学"有"拨乱反正"的功效。然而作者与社会来不及思考更加深刻的东西，所以整体"伤痕文学"的深度与对人类的价值，无法与陀斯妥耶夫的《罪与罚》《被侮辱与被损害的》等名著相提并论。①

张曼菱的独特就在于她在特定时期，以一种反思维、逆思维在社会生活中，进行生命的挖掘与勘探，展现民间底层人物的精神世界，而正是他们构筑了生生不息的民族魂、中国魂。"寻找民间"是初民精神的继续追踪，也是张曼菱的心性追求，民间文本的生活情态、道德情感的再度释放，以及民间文化的反哺成了张曼菱小说的特质。带着这种精神情愫，张曼菱北上寻觅，穿行在新疆，"新疆，比起我的家乡云南，另具一种色彩与气势。这就是一种跨文化的交流格局。欧洲视此地为'东方'，内地则把它当作通往西方的通道。西域历史是世界两个文化中心的交叉地带。历史与民风像波涛一样地翻腾不息。……两度西行，极大地影响了我的文学观和写作方向。历史的厚重积淀，现实的社会变迁，成为我笔下的'底色'，改变了以往那种幽格风范。为新疆写的这些创作，使我接上'地气'，证实了自己具有在文学之路上长途跋涉的潜能。"②

《花儿为什么这样红》纪实小说，记述了作家赴新疆乌鲁木齐、塔

---

① 张曼菱：《我的北大"寒窗"》，《博览群书》2016 年第 3 期。
② 张曼菱：《北大回忆》，生活·读书·新知三联书店 2014 年版，第 268 页。

什库尔干县城、喀什等地的印象，通过一些真实的故事，展示了民族文化的融合、趋同。"新疆的性格，正象是一个伟男子，一个奇男子，既有雄谋，又有柔情。有不可限量的历史传统和不可限量的光辉前程。他曾被自然和社会不公平地遗忘和冷淡过。今天他将急步跨过差距，向着全新的世界去。他多么需要爱，去发展他那本来就丰厚的天性，而不需要那种无情的面目全非的改造。在他的身边没有平安和庸碌，他将迎接充满机会和风险的挑战。爱他，会使你的年华变得粗糙，沉重，但是更加温暖有力。他能使你的爱上升到那样崇高和美的境界，得到那样舒展的巨大幅度。他能焕发你全身心的热力。……我们中华民族的文化，自古就是一种混合文化、一种丰富多彩的精神交融。大汉的气魄，盛唐的风流，凡是我们中华兴盛的历史，无不是各民族文化荟萃一堂的历史。"①

应该说，张曼菱 20 世纪 80 年代的新疆行，是一个单纯个人行为，也是介入社会现实的一种有效方式，更是一种释放生命激情的样式。张曼菱的新疆之行，延续了西南边陲的情怀，但与西南边陲的生活经验不同之处在于，6 年的德宏生存经验是叠合在民间的生活样式里，基本是融入了日常性、生活性，因此更具有深刻的印记，而在日常中捕获到精神的获救与皈依，是日常生活中回归内心的寂静；3 年新疆的行走，携带着她对这片土地的激情，契合自己自由奔放的精神个性，近距离地介入哈萨克族、塔吉克族、维吾尔族等人民的日常生活，开始了对他们日常生活经验的捕捉、观察与传达，来展现其价值趋同与内心认同，民族文化的皈依与选择困惑，成了表达的主体，也成了张曼菱新疆记忆的核心所在。而相同的激越的情感是张曼菱进入民族体验，并洞穿民族文化隔阂界限的有效方式。

2. "互文性"嵌入了小说情绪结构

张曼菱从 1982 年开始，历时 3 年赴新疆考察，走遍天山南北，之后写出了对新疆的咏叹《花儿为什么这样红》《唱着来唱着去》，小说

---

① 张曼菱：《花儿为什么这样红》，《当代》1984 年第 5 期。

的一个显著特点就在于小说文本与民歌等形式的互文性，将采风中获得的塔吉克古典诗歌、传说，以及哈萨克民歌等直接或经整理后融入，"参互成文，含而见文"，渗透到情感的直接宣泄与表达中。1984 年张曼菱发表的纪实小说《花儿为什么这样红（新疆旅行漫记）》，是对行走在乌鲁木齐、喀什、塔什库尔干等地的记录，张曼菱穿越戈壁、雪水河，到了帕米尔高原，丝绸之路中国的最后一站等地做了考察，也是在历史、现实与文化中穿行。小说里诸如塔吉克人司马义、县委办公室主任米尔扎伊、县宣传部年轻的副部长莫尼、维吾尔族热术吐拉和他来自上海的支边青年妻子小杨、叶城县委的组织部长孜乃提和喀什女市长阿依仙木等，也成了此行的人物画廊与风景。

　　驶过吐曼河，吉普车跑进了戈壁滩。大约两个多小时后，我们钻进了峭壁峥嵘的帕米尔山。一条哗啦啦的雪水河从高高山峰上淌下来。……这连骆驼都逃跑的石头山，据说，只有塔吉克人能在这儿生活。他们是祖国西北疆土的最前哨卫士。游牧的人们比边防哨卡更接近国境，形成第一道防线。塔吉克民族忠诚于祖国。……

　　在高高的帕米尔高原有唐代古迹"公主堡"和多处温泉。古代"丝绸之路"的南路就从这里通西亚。现在这里仍是中巴往来的一条捷径。

　　……

　　《西域记》上还载有"公主堡"之事，言汉公主嫁往波斯的途中，葱岭发生战争，于是迎娶人将公主安置在一座孤峰上。不料公主与太阳神结合生子，迎娶人遂不敢回波斯、便在此地拥戴公主建国。这个故事说明塔吉克民族与汉族在古代有很深的血缘关系。民间还有别的传说，但大同小异。总之，这里居住过一位美慧的汉族公主并成为塔吉克人的祖先。①

---

① 张曼菱：《花儿为什么这样红》，《当代》1984 年第 5 期。

　　张曼菱重走"丝绸之路",领略了帕米尔高原上塔吉克的美丽,也感受到这里的人民热情奔放,他们充满力量,像草原一样仁厚,像冰山一样纯洁。这里的人们喜欢赛马、叼羊、打猎、跳刀郎舞等,但凡是有生命的东西塔吉克人都喜欢。严峻的大自然培养了生长在这里的人们对生命的执着和热爱。在帕米尔一切都变得珍贵起来。

　　　　班的尔啊,是个多么美丽的村庄,
　　　　你的清水,给人生命的力量。
　　　　著名的克什米尔,也比不上你。
　　　　在这个故乡人人愉快,生活美满。①

　　帕米尔高原上塔吉克古典诗歌,充满了瑰丽,使严寒的帕米尔鲜花怒放,也使这里的人们精神丰裕:

　　　　瓦罕的少女啊,你要眷恋故乡,
　　　　你是玫瑰,只能在故乡的怀抱里放光。
　　　　我漂流异乡,异乡人叫我流亡
　　　　天啊,我何时有机缘吻吻故乡的土壤?
　　　　啊,百花丛中的玫瑰你走了。
　　　　啊,含情脉脉的眼睛你走了。
　　　　你的离去给我带来很大的痛苦,
　　　　因为你是我们村庄的明灯。②

　　张曼菱游走新疆,深入当地人的日常生活场景中,参加婚宴、叼羊、摔跤、"抢棍子"游戏、舞会等,尽情地领略塔吉克族、维吾尔族人的生活,也被他们的单纯、热情、奔放、自然、真实所感染,扫荡了封存在心中的阴霾:"文革"中的所有不幸遭际造成的创伤,亲人的

---

① 摘自塔吉克的"五书",张曼菱:《花儿为什么这样红》,《当代》1984 年第 5 期。
② 张曼菱:《花儿为什么这样红》,《当代》1984 年第 5 期。

离散，1976 年她在昆明组织纪念周恩来的活动被打成"反革命分子"，被看押、送到农场劳动，为此第二年考上了复旦但也失去了上学资格，直至考上北大后，才被平反；1980 年竞选风波的苦闷，诸如此类的个人际遇与情感失意，多年的自信、坚韧里夹杂的隐忍、孤寂、压抑，在这里，再次获得了释放，也找到了精神的皈依。

　　哦，刀郎舞之夜，它荡涤了我人生的悲痛辛酸，它使我象一个初生的婴儿那样欢畅！很多年前，我曾是一个"战士"，一个"红卫兵"，后来是一个被命运遗弃的知青。进了大学，仍是一个带着伤痕的受创者。今夜在麦盖提我终于获得了那迟来的少女时代。我落进了如此健康、如此生机勃勃的土壤里。在这里，男人就象男人，女人富于魅力。个个健壮，心灵从眼睛里往外张望。人生充满了温暖。①

　　有意思的是，正是与新疆美丽的生命邀约、邂逅，张曼菱写出了风情万种的《唱着来唱着去——献给我永恒的情人》，这是一部充满浪漫情调与激情的诗性小说，由异乡人、阿勒泰母亲、天鹅的海、重逢之路组成。阿勒泰是张曼菱留恋驻足的地方，这里容纳了她对多民族的聚集地的情感体验，阿勒泰有回族、汉族、哈萨克族、俄罗斯人、乌兹别克人等，他们人性里透出的质朴、善良，都让人钦佩不已。俄罗斯人塔赛娅妈妈，女儿走散，丈夫又欲抛弃她，她是有国难回，有家，将破裂，她一生虽漂流异国，仍是按自己的文化方式生活，活得有尊严，死得也有尊严；一个陌生年轻的哈萨克人每天为一个老妇人无偿地挑水，仅仅因为她曾和小伙子母亲在一个桌上吃过饭；英勒克的牧人丈夫外出了，牧人朋友木拉提借宿时向他妻子调笑，牧人归来，得悉此事时却一笑而过，以后，朋友木拉提来了，照常被安置在帐房内留宿；林林生母一生隐忍与生命旺盛，而宽容的继父答应母亲死后

---

① 张曼菱：《花儿为什么这样红》，《当代》1984 年第 5 期。

与生父合葬;拜依对洪水冲走的初恋情人鲍尔卡的怀念,丝毫不会引起妻子的嫉妒。这里的人性宽厚、博大,没有被社会属性制约着的人与人的契约关系所干扰,人与人之间真诚、自然、亲密,是自然的常态与情态。"那些在大民族地区居住的少数民族,总是格外的强悍,优秀,也格外的痛苦。他们生活在人类的边缘文化之间,一面在融合,一面在独创,英勇自拔,卓而不群。他们的命运具有那种不为人知的价值。事实上,他们在证实着人类的善的相通。"① 这些人物零散的携带着真挚的情性,构成了塔吉克族、哈萨克族、维吾尔族等民族整体丰沛的情感交融。

张曼菱善于将这种情感,直接借助于新疆特有的艺术形式来表达,并妥帖地融合在一起,形成了互文性,也就是说在小说情绪结构中,注入了新疆民族特色的诗歌、民歌或传说等,强化了人物内心的波动与情绪的表达:

> 你好象是一首歌,
> 从这边看从那边看都是一首歌。
> 你好象太阳刚落的时候,
> 天空上红彤彤的金星。
> 你的面容在我的心的花园里。
> 我的花园日落后也不会黑暗,
> 因为你是永远明亮的。
>
> ——哈萨克民歌②

故事中,自幼生长在哈巴河的"我"——林林,考进了新疆民族歌舞团后,又回到阿勒泰,在哈萨克人中间学习民歌,与赛尔江相识在哈萨克的大海中。"我"的初恋如此强烈有力。因为我一面在爱赛尔江,一面爱上了哈萨克。是哈萨克民族给了"我"丰富多彩的力量去

---

① 张曼菱:《花儿为什么这样红》,《当代》1984 年第 5 期。
② 小说中的哈萨克民歌均系张曼菱于伊犁、阿勒泰等地收集整理所得。

爱赛尔江。是哈萨克那明澈的智慧，启迪了"我"那原来闭锁的汉族丫头的心房。

> 你是一团热情的火，
> 我是一块洁白的羊脂油。
> 在你的身边，
> 冰冷的羊脂油也要融化。
> 我被你化成了水。①

可是，赛尔江与"我"遭遇了命运的作弄，赛尔江无奈地选择了与已经分手却孕育他后代的乌孜别克族的赛娜娃儿在一起。林林则嫁给了一个来自浙江的阿克苏骑兵营长。这成了赛尔江与林林共同的隐痛。

生殖与孕育，似乎成了横亘在赛尔江与林林之间的一道鸿沟。更具有讽刺意味的是，日后，命运似乎又再一次作弄了他们，赛尔江在林场意外受伤导致丧失了生育能力，失去恋人。林林也因为河里淘金丧失生育能力，林林悔恨年轻时候的拘谨与怯懦，她发出了这样的感叹：

> 水流过去，
> 明天的水流不再是它。
> 太阳下去，
> 明天的太阳是另外一个太阳。
> 生命过去，
> 过去的生活永远不再回来。
> 我的爱情、青春，
> 象太阳和水流一样向前去了。②

赛尔江，一个爱情里的"落跑者"，却得到林林的理解与尊重，林

---

① 张曼菱：《唱着来唱着去》，《当代》1987 年第 1 期。
② 同上。

林以一种超然的方式结束了他们的爱情。他们的情感已经超越了世俗、族别、阶层、宗教，彰显了人性的厚实、朴质，剔除了私欲、狭隘。张曼菱饱蘸着深情的笔墨，将两人的情感交错，以一种吟唱的方式表达出来。

赛尔江不仅为个人情感困惑，身上也交织着民族的身份困扰，他为自己回族人的命运而悲愤，体现出一种英雄气质与宗教情怀，为了保存自己民族的传统和血统，他英勇地抗争了一生，付出了自己个体的全部代价，包括爱情、自由。"赛尔江以毕生价值维护的东西，具有一种现实的人看不见的重大意义，具有一道穿透岁月年代的光辉。"①赛尔江塔里木劳改十八年后回到了家，发现赛娜娃儿为了母亲和儿子，离婚不离家，又跟别人相继有了两个孩子。赛尔江的自尊受到了挑战，但在母亲的指点下，他选择了原谅，在母亲去世后，把赛娜娃儿送回娘家，然后，按照新婚的一种仪式，重新迎娶赛娜娃儿。洗清过去的一切，有尊严地重建生活。赛尔江把哈萨克的宽容精神和不屈不挠的回族个性奇妙地融合了。虽然他失去了爱情，可是他没有失去，作为一个回族人的存在。而对于赛尔江，一个人，只有承继了他本民族的文化，他才能成为一个"人"。而"我"同样为赛尔江的理想，付出了自己。"我"渴望以自己的方式抚慰他的灵魂，而没有选择怨恨。小说里有着对情感的超越表述：

> "也许，对于女孩子，爱情可以高于种姓、民族和宗教。"
> 在草原上我冷冷清清地坐着，
> 等着你，你出现了，
> 在静静的大自然中，
> 你象一盏高举的灯，
> 亮了我的眼睛，亮了我的心。②

① 张曼菱：《唱着来唱着去》，《当代》1987 年第 1 期。
② 同上。

"哈萨克创造出了这样的歌，象孕含万物的春天，象永恒的少女。她抚爱所有的人，跨越了种族、文化的界限。"① 阿勒泰曾经赋予了林林生命和爱情，就像山上的红松、河里的金沙。而失去爱情的林林，在阿勒泰深博的怀抱里，渐渐地又恢复了对生活的公正的尺寸。生活的法则使人必须自重和乐观。赛尔江和林林不是一个孤立的故事。他们同属于亲爱的阿勒泰，属于它那唱不完的幸福和痛苦。

小说中互文性的表达，强化了个体情感、情绪的释放，充满诗性，也体现了一个民族理性的控制与精神诉求，更是一个民族优雅的文化脉动。

3. 文化的根脉：民族多样化与人性基点经验的同一辩证

张曼菱的新疆体验，容纳了对民族理性与日常生活的考量，而这种文化的体认中，有与新疆现实生活的直接对接，也有在心灵生活中付出了的真切投入，如此，才精准地把握了一个民族的精神气脉，展示他们对民族精神的坚守与热爱，以及文化底蕴的厚实。斯大林指出："民族是人们在历史上形成的一个有共同语言、共同地域、共同经济生活以及表现于共同文化上的共同的心理素质的稳定的共同体。"② 张曼菱力求挖掘隐藏在民族心理结构中的内核，并从中揭示一个民族生长中的根脉所在与文化依存。《唱着来唱着去》就是一个例证。

《唱着来唱着去》不是单一的爱情表述，隐含着更深刻的文化寓意，是通过一个爱情故事来演绎作家对民族生存、认同的体验表达。小说里赛尔江就是一个典型人物，身为回族、哈萨克的混血，有着来自母亲哈萨克民族的骄傲与自谦，但也不甘父亲的回族血统被湮没。赛尔江生长在哈萨克的大海中。他从这大海中获取肉身和心灵，他却要摆脱它，寻找回自己做一个回族人的使命。他从一出世就受着这宿命的折磨。赛尔江对婚姻有他的最高准则——延续和维护回族的传统。赛尔江与未婚妻乌兹别克的赛娜娃儿家族，因为民族的趋向问题而分手，又结识了汉族姑娘林林，但之后意外得知赛娜娃儿已为他孕育了

---

① 张曼菱：《唱着来唱着去》，《当代》1987 年第 1 期。
② 《斯大林全集》第二卷，第 294 页。

后代，最终选择了与赛娜娃儿结婚，这对于他和林林是心理的考验，"男人应该和那孕育他后代的在一起。每一个善良的人都这样认为"①。他们又宽容地接受了对方的选择，这就是爱的放手与给予。"从血统上虽然难以回复他的理想，但从今后家庭生活的精神观念上，却可以脱离他与父亲世代所感受的威胁——哈萨克大海的淹没。乌兹别克在阿勒泰也是少数。赛尔江娶了他们的女人，可以按照自己的传统建造一个回族的家庭，而不因担心家族被强大的母系吞没。"② 赛尔江与汉族姑娘林林的爱情故事为主线的故事，让位于民族血脉繁衍的趋同。从赛尔江的个体命运，来透视一个民族为了坚守自己的文化之根与生存尊严，而所付出的所有努力与克制。对于个体而言，或许这是一种隐忍、妥协中的精神皈依，但对于整个民族文化来说，也许就是一种绵延的方式。

显然，在张曼菱的小说表达中，渗透着对捍卫本民族文化根脉行为的赞同。事实上，张曼菱有着对新疆民族文化的认同，也有着对哈萨克族等民族的生活习惯与习俗的展示：

> 吃羊的各个部分都有讲究：羊的盆腔骨给亲家吃，表示血亲关系。羊胸叉子给女婿吃，表示他是贴心人。羊肚皮给儿媳妇、弟媳妇吃，表示祝福生育。羊前腿和肩给平辈的朋友吃，表示亲近。羊后腿给贵客吃、表示丰厚的情意……
>
> 凡是好的东西，诸如马肠子、马臀、马胯下的肉也是给贵客吃的。
>
> 这样来分吃一只羊是多么有意思啊！每个人得到的不仅是一块肉，而是他（她）在人们中的身份和位置。③

张曼菱跨族别的文学表达，有着对民族文化精髓的体悟，是在日

---

① 张曼菱：《唱着来唱着去》，《当代》1987 年第 1 期。
② 同上。
③ 同上。

常生活经验中发现美学意义，在交往的理性中容纳了对民族文化的思考。"在城市繁文缛节无法解决的伦理难题，在哈萨克那里有自然而然的答案，使人生幸福的答案。正如一句俗语说的：'从天上寻求的，却在地上找到了。'阿勒泰山不是一座无知野蛮的山谷。这里生活着忌讳最少，最坦荡，最富于宽容精神的人民。因此，他们也是最接近人类先进文化的人民。"①

　　小说通过对民族日常经验、场景的表达，捕捉到的是深层次的内视样式，展示他们人性的真诚与袒露，是原生态民族文化精神、心理的展现，同时也是直抵灵魂深处的交融。但另一方面，张曼菱敏锐地感受到他们身处的小镇也正处于一种文化的纠葛与流失中：

　　　　小镇风气与草原的风格迥异。在小镇上，人际关系的表现更多的是干涉而不是亲昵。小镇居民喜欢这样那样的流言。倒不是他们存心恨谁，而是因为小镇太紧窄偏僻，失去了草原的流动的活力。流言在这里变成了人们的午点夜宵，并且调整着那杂居的民族关系。流言可以划出许多道鸿沟，维持民族与民族间的距离。流言简直成了无形的家规，族规和镇规。

　　　　哈萨克的性格是从草原母亲那里获得的。小镇的出现，造成了一种新的性格。镇上的生活当然比草原上南迁北移的游牧要舒适和有保障得多，从时尚的文化角度上看高了一筹。但在性格上，小镇人却象破落户。从哈萨克的独特的文化角度看，他们正在失去宝贵的传统。这种传统也许并不使人致富，或者建功立业，或者征服别人，但是它能够使日益权势化无情化的人际关系有松弛自由之时，使孤寂的荒漠生涯带上爱的温馨。

　　　　……

　　　　可是，就性格、风气和文化方面而言，小镇和草原的冲突似乎是一种永恒的冲突。②

---

① 张曼菱：《唱着来唱着去》，《当代》1987 年第 1 期。

② 同上。

在张曼菱纵情的笔调中，蕴藏着深深的文化焦虑，现代城市文明已经蔓延到充满原始活力的新疆某些群落，随着居住地的迁移，现代化的发展带来了生活质量改变的同时，也在逐渐影响着这里的人们的生存方式与思维方式。或许，这是张曼菱深切忧虑的，她希望葆有民族文化的精神个性与立场能够永远别样存在。

张曼菱的小说故事浪漫、飘逸，不失为一种情感的守真，这里，没有文化中心、边缘之分，也没有地域与中心之差异，更没有族别的差异，恰恰是一种开放的拥抱姿势，当张曼菱走进新疆的时候，她深深被吸引，人文景观与历史缘由使得她心向往之，但是另一方面被人性的魅力所趋同，在她的理解中，多样的民族在人性的高度上是同一的，在人性的基点经验上也是辩证同一的。

可以确认，20世纪80年代张曼菱书写的精神资源来自两个方面：一是德宏的知青经验；一是新疆多民族体验。而这种经验使得张曼菱能够介入民族交叉的文化中，当年《花儿为什么这样红》《唱着来唱着去》小说发表后，深得新疆当地人的认同与好评，新疆作协的负责人充分肯定这些小说，他们认为汉族作家没有一个人敢像张曼菱这样写得这么深入的。哈萨克族人说，张曼菱是真正懂他们的。几十年后，在张曼菱的《北大回忆》三联发布会上，时任《中国作家》主编、哈萨克作家克拜尔·米吉提，一开头就代表他的民族感谢这部小说。

而张曼菱能够轻松对接这种民族经验，还源自她身上有一种荒原式样的浪漫情调与精神，《花儿为什么这样红》《唱着来唱着去》是游走、深入新疆之后的文学表达，张曼菱进入新疆，真正能够放下自己。在新疆深入生活的时候，她曾经日夜住进帐篷，领略当地风情、习俗。参加了阿肯弹唱会等，获得众多民歌。加之她本人自幼学习俄语，也成了一种理解的途径。俄罗斯文学对张曼菱有很深的影响，如屠格涅夫《猎人笔记》中的《白净草原》、普希金的《高加索俘虏》等，正是这些，使得具有青春浪漫的张曼菱在德宏知青乡野生活中，寻找原野的美丽。当年在盈江的荒原上纵情歌唱俄罗斯歌曲。在那里，获得了一种荒原精神，为新疆行打下了基础。喜爱歌舞和探险的野性，也使她接近了他们。

从云南傣族的日常经验，到新疆多民族的有效观察体验，容纳了她对生长在那片土地的鲜活的人们的情感趋同与热爱。张曼菱以一颗自由心灵拥抱新疆，并与之妥帖地结合在一起，写出了水乳交融诗一样的小说，律动着民族的魂。事实上，张曼菱跨族别的激情样式，有着对民族文化精神的追随，但又超越了单纯的民族经验，获得了人性多样化的表达。

张曼菱 20 世纪 80 年代的新疆的穿行与记录，颇具前卫性。张曼菱小说情感的浓烈性与现实干预性，在今天仍具有先锋话语意识。尤其是在新媒体时代，女性文学生产中的由于资本力量的进入，深刻地影响与改写了女性写作自在的发展逻辑，女性书写逐渐向影视化倾斜，对身体本身的书写投入了更多的热情，而社会干预性减弱，女性以及女性书写日渐成了消费的符号。张曼菱却以一种豪迈的姿态介入多民族的生活现实，并记录了这些民族在一个时代里的狂放与坚守。张曼菱也自述："女性作者也必需是要参预流动的。这种流动是一种实质，真正地参预这个时代和历史的流动。从行为上参预或是从文化上参预，要有内质的流动。如身在深闺却能神游八极的李清照。"①

张曼菱是表征 20 世纪 80 年代的一个文化符号，她从民间生态视角去寻找民族的根脉，也在寻找与原初素朴人性的对接，以一种率性、张扬、激情的样式，去表达生命中的感悟与体认，汪洋恣肆而又张弛有度。对此，张颐武曾经有过这样的表述："其实张曼菱始终是 80 年代的精神象征性人物。她是我们的学长，整个学长有一个最大的好处就是始终把 80 年代那种自由的精神贯彻得非常彻底。她这个人不被任何束缚局限，不断开拓新的领域新的空间，老是不断变化自己的角色。但她有一点始终不变，就是 80 年代'青春祭'的精神，这种精神就是从一种束缚中间，从一种压抑的环境里挣脱出来以后，那种无拘无束，很大胆的个性力量。"②

① 张曼菱：《女人——流动气息》，《文学自由谈》2001 年第 1 期。
② 转引自张曼菱《北大回忆》，生活·读书·新知三联书店 2014 年版，第 412 页。

张曼菱以文学介入社会、现实、民族、历史,在传统、现代的交汇中发掘人性的底色与基石,体现了自己的文化精神追随,也是对多重民族文化景观的展示与探寻。在文化的演进过程中,张曼菱式的先锋人物他们已经在先行,其文本价值乃至行为本身,在当下仍然具有非常重要的现实意义。

(三)《角色无界》:自然生态到精神生态的生命秩序

某种意义上说,鄢然是有跨族别倾向的女作家,她独特的表达方式与体悟方式,成了文坛的别致风景,她的叙述里潜藏着一个奔涌的近乎天然的由生命感悟汇成的激流,但是她又本能地运用了自己多年吸纳的诸多文学理性、生命理性,加以有效控制,因此,一方面她的文本能够酣畅淋漓地表达她的精神指向,但另一方面她又受制于某些潜在的规范,如此鄢然会陷入一种叙述上的被动,诸如她有十多年的西藏生活经验,这成就了她日后文学创作的基石,也影响到她小说文本的走向。而鄢然的生态思维形成,与她在西藏的最初生命体验有关,也跟她的精神追随有关。鄢然 1982 年于西藏民族学院毕业后进藏,先后做过秘书、编辑等,1990 年调至成都,这段经历反复被描绘在她的散文随笔集《半是藏雪,半是川土》的《后记》中:"我的青春我的好年华都是在西藏度过的,但我人生的最后归宿将是有着天府之国之称的川西平原。我是从成都进藏的,我也早已从西藏回到了当初的出发地。人生就像是在画圆,圆周的两个一半对应的便是我的两个半圆:四川与西藏。而我的西藏生涯似飘纷的雪花化成一片追忆的思念,就像风过留痕,雁过留声。因此,我的无论是中短篇小说,还是长篇小说,乃至散文、随笔、剧本等,有一部分定是与藏区有关联的内容。毋庸多言,我的下一部长篇小说也仍将是有关西藏方面的书写。"[1] 鄢然最美好的八年青春年华是在西藏度过的。而"藏地生态体验"容纳了自己的生命与激情:《此情悠悠》有进藏时的失望、迷茫、留恋等复杂情感;《泽当:我生命的驿站》《相遇在雪域》讲述了对爱情、友情

---

[1] 鄢然:《半是藏雪,半是川土》,沈阳出版社 2013 年版,第 286 页。

的憧憬与际遇；《圣山之恋》《有关"麻风村"的零散记忆》呈现了对神秘藏地的探奇觅胜、寻踪觅影；《关于"葵"与"狼"的一般见识》《鱼的故事：迷人的和凄美的》是对藏地风物的感知及日常生活情趣的记述，……诸多篇什从不同角度展示了属于鄢然及那一代人的"藏地生态体验"，容纳了自然—精神的合一。正像她通过文中人物之口朗诵的那样："西藏是一杯琼浆，将我醉倒，在我思想里永远燃烧。"① 她期望其遭际能够像索尔仁尼琴和许多"倔强的孤独者，每个人都凭荣誉感和良知写作，写出他们对我们时代的了解，写出什么是主要的真理"。② 可以看出，她的文学追随是在藏汉文化交汇中生成，并内化于生命的体验中的，她有自己的叙述源泉与精神指向。

确切地说，曾经在西藏生活的经历成了鄢然写作的原始动力，她的"藏地体验"厚重、绵长，幻化成了她文学创作的主流气脉，但鄢然还没有完全释放出她本应该有的储备与能量。充盈的故事背后却因另外的一种质素遮挡，致使她的小说在精神碎片般的穿行中丢失了原本应该兼具的一种浑然天成的神韵。遮挡的质素究竟又是如何发酵，而又以怎样的方式改了文本的行径，从而导致了鄢然叙述上的另类，这是笔者想要探究的。

鄢然在文本叙述上遭遇的最大尴尬，在于鄢然的生态思维有近乎英雄主义式的献身的冲动，而单一的激进却撼不动世俗里的欲望与疯狂，这或许就是当下中国现实的真实处境，人们在追求进步中展开了对自然社会无限的掠夺，并承受着由此而来的恶果；另一方面精神的困顿却又将自身陷落在疲惫的挣扎中。作家的书写不得不在冒进中行进，而小说中人物的生活惯性永远滞后于作家理性的引导，而作家的文本或心灵逻辑程序上的叙述难以改变人物命运的逻辑走向，也难以撼动社会秩序中的痼疾存在，任生命悲情流失。从《昨天的太阳是月亮》到《角色无界》，鄢然都以浓烈的笔法倾注了她对男人与女人所置身的世界的关注，不仅对他们的内心世界尽情展示，也对他们与自然、

---

① 鄢然：《半是藏雪，半是川土》，沈阳出版社 2013 年版，第 60 页。
② 同上书，第 220 页。

社会的关系进行了冷静的描述、剖析。

《昨天的太阳是月亮》在跨越几十年的时间里描写人们命运的遭际、情感历程，以及他们在变动不居的时代浪潮里，为了追求欲望而背离自己情感、身体、生命的故事，又是叠伏在时代发展过程中，诸如20世纪50年代十八军"背着公路"进藏、90年代人们下岗上岗的生存竞争、西藏野生动物的保护与猎杀、成都报刊行业的大战，等等，都囊括在现代演进中，透着无尽的悲凉。小说里鄢然对西藏热土上人们生息的关注多于生态环境的担忧，是穿插在西藏热土上生命本体命运的写照，小说的生态主题隐含在文本故事的叙述中，如让欧阳飞这样的男主人公承担了主题的佐证与拓展，从自身打猎到中止狩猎再到禁止他人捕猎，乃至为此献出了生命，其生态意识的走向，揭示了人们从不自觉到自觉的一个过程。同时也以几对男女的情感纠葛与命运遭际，来反映现代化社会中他们精神的尴尬与坚守，小说中剧作家臧翔因新婚妻子在车祸中丧生，打定主意只爱不婚，他先与女演员戴晓娜、藏族姑娘旺姆之间或游戏或真情或无奈地交往，后遇到离异的女编辑蓝白，本来情投意合，却因狩猎误伤了蓝白的女儿，由此导致了他与蓝白的分离；戴晓娜为了跻身演艺界，以身体为资本与管天生等进行着交易，凭靠多情与美色从内地混到香港，正在如日中天之时，却被入室劫色者所害；蓝白离异后在个人发展上苦苦挣扎，在报业界艰难地苟活，情感没有着落；蓝白的前夫欧阳飞，好不容易走出离婚的阴影，终与爱他的藏族姑娘卓嘎成婚，但在考察藏北草原制止偷猎时，却被偷猎者刺杀身亡。这部小说看似讲述的是男人和女人的故事，女人与女人，男人与男人之间的故事。因此，表面上，自然而然地，由蓝白、戴晓娜、欧阳飞、臧翔等，成为鄢然所讲述的这个故事的核心人物。但实际上这只是故事的表层。读完《昨天的太阳是月亮》，我们会发现，其实鄢然所要讲述的，并不是、绝对不仅仅是男人和女人的故事，故事之外所反映出来的，是其对生命本体的自然生态到精神生态秩序的警觉与思量。

而《角色无界》则以更加激越的姿势叙写了鄢然对生存环境乃至

人们的精神处境的忧虑，她以直接的女性视角来打量这个世界，在女性精神生态与自然生态秩序的内在关联点上，来思索社会生态的发展，但两者的生态思维是一致的。

显然，鄢然的长篇小说《角色无界》是一个具象的生态叙事文本，印证了她的生态叙事倾向与精神，也在试图回避人物命运与世俗的直接碰撞，但是却再次将生命陷落在了更深广的背景中。小说通过一个女性成长的故事，为我们展现了社会的动态变化与人们的内心轨迹及精神的落寞，同时对原生态文化的凋落以及乡土文化与都市文化的冲撞，抱以深层的叹息。因此，故事并不单纯，传达出了丰富的内涵与意义：在生命秩序的慌乱中，寻找真实；在精神虚妄的世界中寻找自由；在自然生态里反思原初生命的力量与根性。因此，与其说这是一部女性视角的小说，不如说是对自然——人的生态的思索，或者是一种理性的情绪主张在流动。作家试图尽可能地在生态视域下，强调生命形式的多样性，体现在对自然生命、人本生命的同等尊重上，重视其原始生命形态的自然性、真实性，并试图寻找自然——人之生命之间的彼此互动、和谐存在。这种原始意识里，充满着道德关怀，对自然、社会、人类予以综合考量。而作家对人与自然共同存在的哲学体认与看待，以自己的审美方式加以表现，对诸如人的精神困境、自然的生态环境改变的可能性和现实性等问题的思索，这一切都是有意义的。

1. 原初生命形态与秩序的慌乱

其实，《角色无界》聚焦的是一个名叫三江源的半原始状态的小村寨，这是青藏高原上汉藏交界和融合的地区，会聚了来自内地的淘金汉子，他们率直、豪放，相会在这块弥布着浓厚粗朴气息的大地上；他们有着素朴的生命悸动与渴望，简单的劳作与生息，并不能够遏制他们内心对生命欲望的渲染与起哄，散发着野性的色泽与魅力。在野性的"三江源"村寨，也并非都是温婉的影像，其中除了鲜花、黄狗和花猫，还有欺诈、杀人、嫖赌和交合……喧闹平静的土地上，实在是了无生趣，于是男人和女人之间的插科打诨就成了消磨无聊的最好方式。如因菊花引发的争风吃醋和斗殴，为此一个汉子被另一个汉子打成肉饼，这两个打架的汉子，一个被打死，另一个则因此被法庭判处了死刑，这样的故事，充满了无限的悲情与无奈，甚至还有唏嘘。这里没有道德的批判，善良与恶劣这样简单的语词似乎已不足以做出评判，只是故事本身的讲述，足以给我们深思与感叹，究竟是什么导致了人性里的天然争斗与狂放？或许，自然生命的力量造就了人的本能的行为，隐含着生命的无奈的发泄，已经超越了伦常的规约。而有关雪珠的继父与菊花所演绎的野合，也蒙上了唯美的色泽，显得纯粹简单，不单是肉体的交合，更重要的是心灵连同肉体的重叠释放，适合生命个体的本能与意志。这样的描绘刺激着故事本身的滋生与发展。

相比较男女两性纠葛的描绘，雪珠对林梦影一厢情愿的同性情感就显得无足轻重，甚至有一些勉强意味，但我们可以理解这是作家的一个叙述圈套，这不仅仅是一个同性恋的题材，因为小说本身呈现的多元性，让我们透过现象去寻找另外的真实存在与可能。鄢然说，她在《角色无界》中，想要做的，是以一个有同性恋倾向的年轻女歌手作为这部小说中的一个重要人物，并通过她心灵的眼睛来关注当代社会中某类人的生存状态。虽然，这让我们从表面上看到了这样一种结果：小说是在写一个性别和性取向错位的女性雪珠的人生故事，但事实上，透过事实本身，我们却发现，作家驻足的并不是一个同性恋的故事。她实则表现的是：人的内心的扭曲与天然释放之间的矛盾，以及存在的自然与社会现实之间的多重纠葛。我们看到，在雪珠的成长之旅中，继父与其生母的肌肤之亲，继父与菊花的野合过程，成为一道她成长的阴影，母亲过早离世后雪珠女扮男装的经历也使她自己有了潜在地模仿男性的冲动，这样由此奠定了雪珠的性别取向。成年之后的雪珠在都市生活里遭遇了与林梦影情感的错位与纠葛，乃至于最后的决然变性，都是一种心理扭曲的使然。雪珠同年遭遇了继父粗暴的耳光之后的哭泣记忆，以及母亲的怜爱，都是一种爱的缺失后的强化心理。母亲在这时候无疑就是她要寻求的力量与呵护。其实，性别的趋向与现实存在根本不是影响雪珠生命价值的趋向，事实上，她生命里缺失的仍然是对母性的依恋。这就是小说的吊诡之处。

生命秩序里的混乱源于无常，还是无奈？这就是摆在我们目前的现实。男女越轨的精神与肉体之爱，超越性别的同性之爱，还有精神意淫般的爱，这一切不能够归咎于现实里的贫困，还更多的是人们精神的虚妄与贫困，陷入了困顿之爱的"怪圈"。

2. 精神想象的虚妄

《角色无界》中，雪珠母亲在三江源头的出现本身就是一个尴尬，严格意义上来说，她是带着梦想逃离一个纷乱的世界的，雪珠的母亲试图在想象的世界里，来滋生自己的梦想。在雪珠的记忆中，她的母亲是一个备受粗暴蹂躏的女性，在"破四旧"的荒唐年代，母亲因演蜀剧，遭到红卫兵批斗，被丈夫林丹楠——也就是雪珠的亲生父亲狠心离弃；在青藏高原上"三江源"处的村寨，粗暴庸俗的"继父"与高贵貌美的"妈妈"极不般配，更不般配的是他们精神世界的不一。因此，三江源头的记忆，并不全是原始生态的单纯与美丽，它还是被淘金者以及现代文化日益渗透的地方，在这里，母亲的理想始终处于寻找中，当初，母亲随着继父来到这里的时候，以为能够摆脱世俗里的精神折磨，然而在这里并没有唤醒母亲日渐沉睡的心情与悲哀。一开始的景象我们或许就可以捕捉到雪珠母亲的迷茫：

> 继父湖水般深沉的两眼闪闪发光。他用一种镇静的声音掩饰着黑里透红的脸上的窘迫神态，露出被香烟熏得发黄的牙齿讪笑道：
> "你不是要寻找一块没有纷争的净土吗？你瞧，这里有多安静，远离尘嚣，不是世外桃源是什么？你想要的人间天堂就是在这里呀。等我淘金发了财，有许多的钱，今后你就是要天上的星星，我也可以给你摘。"

《角色无界》赋予女性以尽可能的梦想色彩，但却又冷静地使她们的梦想在现实大地上化为乌有。当然，这包括她们的情感、爱情与事业的追求等，几乎无不是如此。比如林梦影与金安的情感维系根本在于交易，而林梦影与另一个男人高华山的情感纠葛却不同，有着一种精神上的追求。高华山显然是林梦影心系的一种理想的智性男人，但高华山不是不喜欢林梦影，只是有色心没色胆罢了。从《蜀剧艺术》到《生活潮》的变脸，赢得市场的青睐，最后却遭受到质疑，高华山在他的事业上遭受到了一连串的挫折，这种事业上的不顺或许会影响到他的情感表达，所以他对林梦影的感情暗示迟迟不敢回应，这导致了林梦影从他身边离开。而金安的出现，使林梦影在金钱、名利、女色、情感的混杂中，获得了心理平衡与满足。林梦影同金安频频约会，在郁金香花园金安的床上，沉浸于激情与欢乐之中。对于林梦影来说，金安不是她的第一个恋人，却是她的第一个男人。是金安把她变成了一个真正的女人，品尝了性的美妙，品尝了一个女人应该得到的肉体和情感的快乐。而此前，除了精神上柏拉图式的对高华山的爱情，是一种安慰与虚幻的存在，她只是一门心思地扑在了演戏上，想出人头地，淡薄了感情。最后有了名气，却失去了爱情。而金安弥补了她失去的东西，她无论在肉体还是感情上都感到充实和快乐。更重要的是，林梦影最后选择了金安，他还能够帮她实现更大的梦想。但具有讽刺意义的是，林梦影的梦想永远地中断在了追逐中。显然，对于母亲来说，精神的想象是空缺的，对于林梦影来说，精神的想象同样寄予男人的身上，这两代女人的命运，都是在为自己的表演事业的理想追求中而消亡的，一个死于对向往的不可能中，另外一个死于接近梦想的行为中。

鄢然关注人类的"精神生态"，在《角色无界·后记》中这样说：

我知道真实的秘密同我讲述的秘密也许相差甚远，我更知道，虚构的秘密和真实的秘密本来就不是一回事。我要做的，就是通过我的故事来关注一些群体。因此，我在小说中，讲述了一个生活在西部某城市及青藏高原三江源一带的汉族青年女歌手和她的姐姐、母亲、朋友之间发生的催人泪下的故事，并通过某地方戏剧团及其地方戏研究部门等的实际生存状况的艰难与辛酸，来反映当今戏剧人面对市场经济的尴尬与无奈。其中涉及两代戏剧演员人生命运的交织、内心的困惑和人性的挣扎。这部小说，既有现实生活的困扰，又有历史遗留的沉淀，笔触在现实与历史的交替中进行，将剧团演员的生活和"三江源"淘金人的生活交织在一起，叙事上采用了"半魔幻"的描写手法。希望读者能够感兴趣。

其实，两代女性的命运具有相似的悲剧性，这一切归咎于母亲时代的政治的介入与女儿时代商业的渲染，政治对人的异化与商业对人的控制，同时，还有男性与政治、商业的合谋；事实上，还不仅仅如此，其实，这是一个时代里的必然要经受的。当价值体系在重新构建的过程中，对原有价值观的颠覆与人性的异化和欲望的过度膨胀等精神因子间关系的失衡与冲撞，才是根本所在。相应地，一个时代里精神生态的困境及危机在于：人类精神世界趋向于萎靡、困顿、盲目、焦虑、虚无、扭曲、变态等，唯美、诗意、优雅与从容，甚至是理性，都被膨胀的欲望冲刷，导致内在自我日渐异化，与外界冲突亦难以和谐。这远比自然生态和社会生态更具危险性，是生态危机的根源。

米兰·昆德拉在《小说的艺术》中说："小说审视的不是现实，而是存在。"审视和理解现实里的存在，并做出尽可能的探索与表达，这就是小说家应该承担的责任。诺贝尔文学奖得主伊姆雷·凯尔泰斯说过："我们必须顺从自己的命运，我们也必须从中得出相应的结论，不论这种结论多么让人痛苦。会有这样的情况，我们走在前往自主自由的道路上，最终却到达不了任何地方。"在自由与困境之间，还有更长的路途与变数。而人类的悲哀不仅仅在于精神的想象萎靡在现实的选择上，还在于生命本身终结在自由之路上。这或许也是鄢然想要表达的。而人们如何挣脱精神困境，让精神与灵魂获得救赎，作家显然没有更进一步的指认，这或许正是我们共同面临的难题，也是需要我们思索的社会命题。

3. 自然生态的记忆

在鄢然的精神世界里，构设了一个梦幻般的仙境，就如同雪珠的母亲当年憧憬的一样，以为在这个世界上能够寻找到一块能滋生梦想的乐土，而这存在于作家的想象中，也存在于雪珠曾经生活的世界中，"草原上没有玫瑰，山谷里也没有玫瑰。可三江源头那个村落周围的山谷里、森林中有的是鲜花，各种各样比玫瑰还要好看的鲜花"。这里交织着记忆中的画面，引领着我们的视界展开：

> 青青的草地上，立着一顶褐色的帐篷，像一朵巨大的黄蘑菇在晨曦下一动也不动。它的旁边倚着一群活动的牲畜，白的是绵羊，黑的是牦牛，还有两匹一棕一黑的骏马，全都安静地埋头吃着脚下的青草。绿色的玻璃丝般的青草闪烁着亮晶晶的露珠，红色的火球般的太阳放射着金灿灿的霞光。……毫无疑问，森林里的动物也醒来了，短尾猴精神抖擞，身手敏捷地在树丫上荡秋千；雄锦鸡围绕雌锦鸡连蹦带跳地频频起舞，挺起头上鲜红的冠羽，张开脖子上一片片朱红、金橙、天蓝、翠绿、橘黄的华丽羽毛，向雌锦鸡表示着美丽的爱情；啄木鸟、戴胜鸟看得出了神，忘记了梳理自己的毛发；岩羊和盘羊站在高高的崖石上，眺望着山脚下延伸的草原……高山上的飞禽走兽全都忙活起来，而蘑菇般的帐篷里悄无声息。

> 森林里的鲜花同草地上的鲜花完全不一样。草地上开着一片片白色黄色紫色的小花，似一团团五色的云彩坠落在蓝天白云下，一望无际。森林里则开着姹紫嫣红的杜鹃花，有的枝干矮小，伏地而生，叶小如碎米；有的树形高大，巍然挺立，叶大似枇杷。除了怒放的杜鹃花，森林还盛开着蓝花绿叶的鸢尾、清雅淡紫的丁香、胭脂般殷红的海棠，与各种深红紫红浅蓝橘黄白色的山花争奇斗艳。森林里的鲜花像孔雀开屏，显示出诱人的魅力。

昔日美好的记忆仍然存留，但那些曾经美丽的生态画面在现实中却逐渐不复存在。当贪婪的采金船搅得三江源头的山谷不得安宁，留下一片乱石裸露没有青草的土地，当淘金人的小木屋越来越多而三江源头的森林一天比一天少时，雪珠的母亲惊恐地注视着这个地方的改变：人们不约而同涌到村寨的南端，风尘仆仆地扔下他们的行囊，然后又风尘仆仆地扛着斧头刀锯，扑向雪珠家后面那些层峦叠嶂的大山，从绿缎带般缠绕着的雪山之腰的森林里砍下一棵棵大树，拖到山脚下，在寨子里那些已经外表陈旧长着绿莹莹毛茸茸青苔的小木屋之间，开始搭建一座座新的小木屋。因此，从雪珠家栅栏内看出去，虽然看不到陌生面孔疯狂砍伐树木的身影，却能够听到刀锯切割树干的霍霍声和斧头砍向树身的铮铮声。

　　　　母亲忧心忡忡地望着颤抖的森林，担心倒地的大树砸坏了破土而出的小草，和那些姹紫嫣红的杜鹃。逝去的岁月中，每当雨季来临，母亲坐在床沿上愁眉苦脸一个人自言自语："花儿怎么受得了这雨季的摧残？老天爷呀别再下雨了……"这一次，母亲自言自语的台词是："花儿怎么受得了这些野蛮人的作践？老天爷呀，别让他们砍树了，阻止他们吧。"母亲不再坐在床沿上，而是站在我家木屋外的院子里。

　　母亲惊恐的形象也早已像三江源头的森林和雪山尘封在雪珠的记忆中，成了一个注脚，表征着一个时代里人性的肆意扩张与癫狂，尽可能地对自然生态—女性精神生态的践踏与破坏，以满足自己的存在欲望。

　　作家试图表叙自然、女性—男性之间的潜在关联性，自然作为被征服的对象与女性作为男人控制的同等命运。母亲无力阻挡美丽被践踏，只感受着被侵袭摧残后的悲伤和凄凉。无疑，菊花一样的女人应运而生的是具有旺盛生命力的存在，但对于雪珠母亲来说，三江源头的这个小村寨尽管是一个天然美丽绽放的地方，也是一个被蹂躏的地方。母亲的灵魂始终无法融入和安放于此，这里仅仅成为一个身体与精神的避难之所，却得不到她精神上的旨归。母亲最终离开这个不属于她的地方。这是宿命，也是必然。

雪珠带着情感的失意，从草原进入城市后的迷惘仍然不能够确立自己的精神支柱，带着对母亲的精神依恋投射到林梦影的身上，当得知林梦影是自己的姐姐后，陷入了绝望的境地。

《角色无界》以自己的方式，对生命、自然与精神存在做了一个鸟瞰式的问询，尽管，会有一些急迫，甚至是凌乱，但显然作家的叙述探索已经进入一个多层意义的界面。人的本质与困境之间存在何种矛盾？人到底该怎样处理这些矛盾？这显然是一个更为宏大的问题。正如苏珊·桑塔格曾经这样说："作家——我指的是文学界的成员——是坚守个人视域的象征，也是个人视域的必要性的象征。……文学是一个由各种标准、各种抱负、各种忠诚构成的系统——一个多元系统。文学的道德功能之一，是使人们懂得多样性的价值。"① 鄢然作为作家在小说中讲述着这个故事，就像许多作家在编织一个故事时那样并不是仅仅在讲述一个传奇的故事而已，她同时是想通过她所讲述的故事表达她对人生的看法，也就是说，她也是一个对时代、社会、现实以及存在进行思索的人，因此，作家考量社会本身就需要一把心理尺度与价值标准，也需要足够的敏感性与体察性。

其实，透过这样一个文本，我们发现了作家要讲述的命题：生命的意义和感觉、生命的限度与有效性价值的实现，以及人们的生存环境的困境，这似乎是一个古老永恒的话题，但在当下，当鄢然全心地讲述这样一个话题的时候，又承担了另外的使命，那就是生命的限度来自生命之外，还有更为深刻的原因，那就是商业化的今天，欲望成了生命限度本身的一个制约因素。即当人们极力地寻找自己的欲望以及为此所做出的一切努力之后，欲望本身似乎成了终极的目标，可是，当欲望成为一种现实后，又生发出了极度的恐慌，无法得到精神的皈依与解脱。在这里，生态视域所要聚焦的是自然、女性、男性、现实、历史等，已经远远超越性别层面，变为一个哲学高度的理性思考。正

① ［美］苏珊·桑塔格：《同时》，黄灿然译，上海译文出版社2009年版，第151—153页。

如伯克兰所言：生态女性主义不是反对理性，而是指出父权制的非理性，以及作为大多数主流理论和激进批判基础的虚伪的、与个人无关的男性模式。在这样的理解中，生态女性主义已是远远超越了性别的层次，而进入了更深刻的哲学理论层次。① 事实上，人类企及的理想的生态理念与发展思路，从本质上来说，是基于与自然和谐共生之上所要求的精神上的自由释放与表达，而对于个体来说，显然，内心的安稳、祥和与诗意才是应该保持的。而作家将笔触触及生命本体的精神状况和心灵处境，展示人性的复杂与弱点，才是精神生态表达的要义。

对于鄢然来说，藏地体验在城市中的陷落，才是对她构筑的生态思维最为致命的一击，在自然与工业化、城市化的过程中，人与自然、环境都无一避免地陷落在一个怪异的彼此伤害中，本雅明曾说过："大城市并不在那些由它造就的人身上得到表现，相反，却是在那些穿过城市，迷失在自己的思绪中的人那里被揭示出来。"②

其实，鄢然的藏地体验会永恒地停驻在她的追忆与回望的思绪中，而藏地天籁般的真实的生态图景则会日渐滑翔在城市化边界的喧闹里。

现实就是如此的残酷与多变，文学介入现实正是鄢然戳破人们一厢情愿营造有关世俗享乐神话的话语方式。

（四）原乡记忆：《独语东北》

如果从生命—母性—民族—历史—现实的链条上去对东北追溯的话，素素无疑是位有意识的作家，她抖落了女性的柔美，以大气磅礴的气势去寻觅属于原乡记忆中的东北沃土上曾经有的历史痕迹与脉动，开始了具有原始真味的寻找，从都市向乡野推进，从历史到现实，对东北多民族生息迁移与文化精神理性进行了有意味的追索。这在当下具有深远意义，因为社会的发展与文化的存留，本身就存在一定的矛盾和冲突；而如何面对原乡记忆的遗失与淡去，以及找回迷失了的自

① J. Birkeland, *Ecofeminism：Linking Theory and Practice*, in *Ecofeminism*, ed. by G. Gaard, Temple Univ. Press, 1993, pp. 13 - 60.

② ［德］本雅明：《发达资本主义时代的抒情诗人》，张旭东等译，生活·读书·新知三联书店 1989 年版，第 6 页。

我，更是一个重要的现实问题。在生态社会发展的意识里，文化上的原乡与精神上的原乡，充满历史与现实意义，具有素朴性、原始性与象征性特点。而就原乡记忆而言，理应是人们对自己出生并成长的那片土地之自然风物与社会关系的眷恋情怀，它所产生的心理动因相当复杂，不外乎是个人的离乡迁徙无法带走自然与人事的关系却带走了相关的记忆，于是原乡的种种情状与风物存留于心，比如方言、习俗、礼仪、节庆、民间娱乐、传说等集体历史记忆，成为一种原乡的表征或象征性的转换，影响、撞击着当事人的心灵与生活。而原乡记忆的寻找，就意味着主体主观上的审美感知与理性的期待，还有美好的想象与精神上的抚慰等。

对于素素来说，原乡记忆的寻找与表达，是她的生活体验与认知、历史记忆与想象共同形成的自我本体与自然生命形态、历史形态之间的动态互动。寻找原乡，就是寻找原始生命力与召唤精神原乡的回归，从原乡情结到原乡神话，不过是侧重对东北不同历史时期社会变迁的角度，对其想象的转变所做的精心勾勒与描摹。"独语"便是作家以独有的审美情性，对原乡记忆的追寻、感悟与寻觅，将自我本体融入东北山野大地，将原乡里存在过的一切，诸如原乡人的起源、崛起、延续、生命形态、历史画面，等等，真实地抒写、呈现出来，旨在在原乡记忆的寻找与呈现过程中，捕获一种精神气质与血脉的流动与交互。素素散文集《独语东北》里的《煌煌祖宅》《痴迷的逃亡》《永远的关外》《走进瑷珲》《消失的女人》《最后的山》等，集中体现了作家的审美追求与理性思考，具体体现在审美情性：自我生命本体与原乡自然生命形态的容纳与契合；东北寓言：母性生命形态与女神的原始精神追随；历史真味：从现实到悲情原乡记忆里的历史形态的推进。

1. 审美情性：自我生命本体与原乡自然生命形态的容纳与契合

在素素的内心里，始终有着对乡村的记忆与亲近，她甚至将乡村的记忆扩展成属于原乡的记忆——大东北的精神趋同与向往。她曾经这样说："心里有着长长的脐带，扭成一个古老的乡村情结。于是它成了整整一本书的母题，不绝如缕。……东北在我心里一片浑濛，是一些零乱的意象。"① 此时素素的"原乡记忆",是一种飘荡与充斥生命个体里的精神浮标,是向生命原始点的回归与寻找,"原乡"成了一个人的内在精神旨归,具有象征意义。在 1992 年,素素在《大东北》里这样描述:"大东北是一种图腾,一种境界,也是一种精神。大东北十分的质感,十分的写意,雄壮得咄咄逼人。""大东北有一脉相承的文化渊源,任百年又百年岁月流淌而过,灵魂不老,总是从原始的大兴安岭、黑龙江、长白山、辽河滚滚而来,凝成一道永恒的风景。"作家有着对东北地域文化的痴迷和挚爱的情愫,又有某种历史的失意和怅惘,甚至是悲情意味,东北原乡的记忆已然成为一种图腾、境界与精神,逼迫作家开始游走与穿行。素素以写意式的想象勾勒东北,直到 1996 年她开始了真正的游走与穿行,开始了对原乡记忆的真正意义上的追寻与书写。

在素素充满激情的原乡记忆的表述中,构成的元素很多,从远古时期的辽西红山古文化遗址、鲜卑族、鄂伦春族、朝鲜族等东北少数民族生存方式和文化古迹,到瑷珲、旅顺、沈阳、哈尔滨、大连、集安等文化名城中所遭受的一些历史劫难,还有生活在东北大地的自然生态,以及那里远古的人群与现世里具有顽强生命力的生命形态,都成为作家力求展示的对象与风物图。作家怀着一种天然的贴近,一种近乎圣洁的朝圣心情,即便是东北的大豆、高粱、森林、天池、村庄与山峦甚至是江河,都成了东北的生命意象,奔腾在作家的叙述里,鲜活动态,增加了审美意味。如"我走过许多村庄。它们大多老态龙钟,沉重地匍匐在黑土地上,仿佛并不害怕雪压,更害怕被风卷起。从那些村庄旁边走过的时候,即使在酷夏,也觉得它们仍在防范着严冬,那根僵硬的神经从未松弛过"。(《女人的秋千》)还有"盛夏的时候去辽西并不是有意,而是这个时候就走到了辽西。原以为冬天去辽西,辽西才像辽西。没想到夏天去辽西,辽西更像辽西。那庄稼太矮小了,遮不住辽西的山。那庄稼是季节安插在这里的过客,一场秋霜,

---

① 素素:《独语东北·自序》,北京文艺出版社 2001 年版。

它们就将踪影全无。绿色在这里显得刺眼,它的那种隔膜和匆忙,仿佛是故意来伤辽西的心。它使盛夏的辽西比冬季的辽西还苍凉。辽西的山并不高,但它们绝对是山,曲线优美,迤迤逦逦。偶尔地,也有高耸和挺拔。让我百思不得其解的是,不论它高或者低,它为什么那么光秃,石化铁化尸化一般,与阳光河流雨伞花裙近在咫尺地恍若隔世。那些没有生命的山,让你感觉辽西是赤裸着的,那些山是被榨干了乳汁的女人的胴体,她们疲惫地仰卧在辽西,死了仍然做辽西的母亲"。(《绝唱》)辽西在作家的笔下就是一汪清水,清晰地看到了裸露在历史真实里的原乡的景致,也是作家审美情性的真实投射,是作家想象里的原乡与真实的自然形态的融合,呈现着无限的美感与意趣。

而《老沟》《追问大荒》《乡愁》与《白夜之约》却是作家以生态的眼光看待东北原乡的流失,生态被肆意地人为雕琢。如《老沟》由一条河写到河中的金子,又由金子而写到淘金者的生存状态与命运际遇。为了金子,一批又一批男人和女人都带着同样的梦想围绕着这条老沟旋转,直到最后都葬身于老沟那荒凉的山坡上。《追问大荒》流露着作家对北大荒的崇敬与悲悯,从北大荒的历史源头一直写到知青的到来,以辩证的态度看待了流放者和移民者在北大荒历史上的作用,也反思北大荒这块神奇的土地里上演的种种历史劫难,并质疑北大荒被开发的后果,以及它所承受的历史苦难和将要承受的自然灾难。《乡愁》对当今鄂伦春人的生活环境现实发出了真实的慨叹与忧虑,属于野性的民族在现代化的过程中,因为生态环境的原因,被迫离开属于自己的山林,丢失了本应该属于自己的生命特质。然而在他们的内心却有着精神皈依的趋近与认同。"一个与山林相依为命的民族,经受的是无根的悲哀,走到哪里,也挡不住他们怀想过去。""依然野性的猎人啊,此刻你们在哪条河边思念你的山岭呢?"而在《白夜之约》里已经抽离了属于原乡的本质,童话也只是作家凭借感受和情绪来完成对那个北极村童话世界的世俗表现。一种被世俗化置换的现实带给人们无尽的感伤和悲悯。

素素的原乡记忆里有作家主观上的认同与美好的期待,因此,原乡的流失、驳杂和粗糙带给作家以焦虑。我们也不得不承认，在时间的维度上，自然生态的发展演变常常让位于人类的生命形态、历史形态的发展，这一点，东北也未能够幸免。

2. 东北寓言：母性生命形态与女神的原始精神追随

素素对原乡记忆的追寻，近乎是对东北寓言的揭示，她以女性视角进入东北原乡记忆，试图解读原乡原始精神与女性契合的神秘性，充满了对庄严的母性与神性的景仰与追随。"裸露的辽西却怀揣了一个旷世的秘密。本世纪七八十年代，考古学家在这里发现了一座女神庙遗址和积石冢群。在这些遗址和冢群下面，有美仑美奂的玉器，那玉器以它墨绿色的晶莹，雕刻出自己的光芒。红山文化宣布的是一个最新消息，辽河文明早于黄河文明，中华文明史由四千年改写成五千五百年。"辽西更古老的还是它的艺术的创造，也深深吸引了素素，她更钟情于辽西的红山女神："她让我一下子望见了中华民族早期原始艺术的高峰，望见了原始宗教庄严而隆重的仪式。也让我第一次看到了五千五百年前的人们用黄土塑造的祖先形象。原来，辽西是因为有了她，而成了一条更大的河之源。"素素对辽西乃至大东北有了更深刻的理解与发现，她说："辽西真的是母性的。只有母性，才会把那么久远的美丽完好地庇护到现在。只有辽西，才会哺育出这样一位妩媚鲜润的女神。在那之前，人们还在崇拜自然，突然间就崇拜了人自己，而且是崇拜自己所爱的女神。母性的辽西，赋予了它的子民先知般的智慧，让他们总是走在历史的前头，向世界发出文明的曙光。"（《绝唱》）充满母性般的东北大地有着自己的厚重与存在方式，使作家真正找到了东北的自信与自豪。

充满母性粗犷而豪放的东北，在素素的寻找中，已不再抽象，它因有了酒、烟、球、歌谣、逃亡、火炕等物质外壳，而使东北成为一个生命实体；而生活在那里的女人不仅仅是一种点缀，作家笔下以唯美的笔调写出了女性生命力与东北母性大地的精神气质的一致性。如《女人的秋千》《烟的童话》《纵酒地带》等写出了东北原乡里的女人们的现实生态。《女人的秋千》以朝鲜族的秋千叙述了这种民族的女性生活,并从这种生活方式中体悟到某种女性生命的浪漫特质和纤柔的韵致,"女人在秋千上放纵情感,张扬生命之尊,其实是对旧有的超越和背叛……当秋千将矜持的女人托起,她们便风情万种,用身体触摸风,触摸云,触摸无限和空,于是发现了生命最原始的秘密"。《烟的童话》里写东北女人与烟,"关东女人抽烟,绝不是为了思考,关东女人抽烟就是抽烟,不会弄姿,不会矫情,抽烟是日子里的实质性内容,个个显得老辣。她们距离城市太远,只属于乡土。走近抽烟的关东女人,你感觉是走近纯朴的祖先,走近自己的家园"。《纵酒地带》里写出东北女人与酒的故事,那里的女人充满了野性与奔放。"那么什么是美呢?纯粹是为了爱而喝而醉而唱而泼的女人,就是最美的女人。"

然而,充满着母性的东北大地上,却有着女性的哀叹与悲伤,女性也以柔美刚毅承受、支撑了这片土地。《留在江边的故事》《无家的萧红》《女人的秋千》《消失的女人》则是贴近历史里的生命形态的真实描摹与精神追随。《消失的女人》讲述了中国最后一个皇后婉容的悲惨命运与悲剧根源。"婉容是一个政治符号,却不属于政治,她与这座宫殿有关,却与所有的阴谋无关,她在这里,就是为了一个故事的结局,为了一个角色的完成。"《无家的萧红》里这样描述:"她也许就站在人间或天堂的某个暗角,泪眼迷朦地望着缈远的大东北,望着家的方向,却不想向那里走近一步。"素素有着对同是东北作家的萧红惺惺相惜的婉约凭吊。而在《永远的关外》里她对昭君的悲剧命运发出了感慨。

《独语东北》以其女性叙述,将女性经验与原乡的历史的真实寻找做一个有机的结合。可以说,原乡的历史就是嵌入女性的历史,女性的生命样态就是一个原乡历史的过程与构成。而原乡原始精神与女性母性的契合,成就了女性的历史事实就是一个民族、社会的历史,这样一个历史史实的存在。

3. 历史真味:从现实到悲情原乡记忆里的历史形态的推进

如果说对原乡记忆里的自然生命形态的展示,是追索母性生命形态原始精神的寻找,而对东北原乡记忆里的历史形态,却是透露出作家对东北文化符号与背景的有意识推进。《独语东北》里有着对东北历史的追怀与感叹，对东北的土著史、风俗史与山川史的梳理与勾勒，更有对历史轨迹的寻找、梳理，人生真味的悟道与慨叹。

大东北曾经有一百多个民族繁衍生息，其中有 40 多个土著民族一直延续至今，素素对诸如鲜卑、契丹、女真、蒙古、满族等民族的兴起、辉煌与衰落甚至是消亡，进行了史诗般简约的叙述，笔下流淌着富有东北特色的雄迈的充满历史的厚重与沧桑的文化意味。素素感叹历史中的英雄人物：那个契丹人的太祖在草原上长大的耶律阿保机、那古老的额尔古纳河边成长起来的后来几乎踏平了亚欧大陆的铁木真、在商周时候就生存在大东北的游猎民族肃慎等，以及靺鞨时代的渤海国，女真时代的大金国，满洲时代的大清国，每一次的激情喷溅，都拥有足以照亮整个中国的光芒，让作家对那黑土地上的大东北刮目相看，对那些短命的马队顿起悲悯之心。"真正地贴近了东北的山林和平原，才惊心地感到它的神秘和不可思议。一路走着，突然就能拣拾到某个民族扔在历史上的那些散乱的碎片，由那碎片，就可以拼出一个不完全是喜也不完全是悲而是悲喜交加的故事。""那被匈奴追杀得无路可逃的鲜卑人，在大兴安岭密林深处自己舔干了自己的血迹……经过一代一代的跋涉，终于登上了中原的政治舞台。他们通过云岗石窟大佛的嘴角，流露了这个民族内心谁也猜不透的笑。"（《煌煌祖宅》）"这块土地，孕育了太多强悍的民族，一个一个，崛起了，又消亡了，或者被拆散之后又融合。他们的马队曾相继入主中原，却在中原的陷阱里沉落了，仿佛是一种宿命，骑射者总是将悲壮印在东北的上空。"（《痴迷的逃亡》）"它让我把目光投向了历史更深远的地方。我知道，那个地方不是很多人都能与我同行的。因为史书上并不认为瑷珲悲剧是在尼布楚的那个山坡种下的恶果。然而有那么一瞬间，我的思想流矢般的从瑷珲向遥远的尼布楚和并不遥远的卢沟桥飞去了。""瑷珲的悲哀，是中国的悲哀，也是人类的悲哀。因为这世界所发生的每一件事，都是人类共同书写的，它的过去和现在，人类都要共同面对。"（《走进瑷珲》）素素把瑷珲作为一个历史的凝聚点，以一种近乎悲愤的心绪对曾经的王朝的懦弱做出了批判,也对原乡曾经遭遇的蹂躏感慨。

属于东北的历史记忆里有恢宏的气势,但也近乎悲壮。因此,素素的情感世界里有着难以割舍的痛切,但素素又是理性的,即便是对独特的"匪"文化根源的客观审视,也有着作家的惋惜与慨叹,"东北太特殊了,既是日俄两强觊觎的肥肉,又是关内移民者谋生的沃土,这片原本属于游牧者和猎人的领地一下子变成了被外扰与内患挤逼的夹缝。移民者本是最有生命气息的人群,但移民者内心裹藏的那种绝望,又使他们最具破坏力。在他们还没有扔下手中的讨饭棍,生存状态还非常严峻时,做土匪便成了一种极端的人生选择。……生的本能驱使着他们,东北于是被追逐和洗劫,喧哗和陷落。"(《黑颜色》)作家通过对东北巨匪座山雕生存老巢夹皮沟的考察和衍说,从生存环境和历史沿革中对土匪再一次进行了文化分析,多次的战争灾难、大量的关外移民被外忧与内患挤逼,构成了东北盛产土匪这一宿命的历史。在《空巢》里,她也对张作霖奇特的生存状态与生命局限做出了合理的解释。

而《移民者的歌谣》《笔直的阴影》《最后的山》《绿色稀薄》以及《煌煌祖宅》等,更体现出来的是作家对历史的深切感伤与对现实的强烈忧患。如《移民者的歌谣》由东北的"二人转"写到移民张代五家,又由张代五家延伸到整个东北的移民身世,并从这种移民者的歌谣中体味到无家可归的悲凉。素素把历史记忆幻化成为自己对东北命运思索的线条,勾勒出属于东北原乡人文生态、世态的变迁与宿命,以辩证的姿态,以其女性独有的叙述方式和话语构造,不仅对历史做一个真实的还原,更以一种理性对历史事实做出审视,以女性的视角进入历史与现实里的人生景致,以感悟更深的人生意味。

在历史长河里,历史与现实就是一个回环,无论是个人、群体,还是社会整体,都有着饱满的生命激情与冲力。而东北土地上曾经滋生出的故事、民族、英雄,以及曾经的辉煌与亮泽如一抹抹的云彩淡去了,却又真实地存在于属于原乡的记忆中,现实的东北大地依然以雄浑的气势，呈现别样的样态。素素的《独语东北》以大气磅礴、婉然绰约的风格，一任情感的倾泻，写出了属于东北自然形态、生命形态与历史形态构成的东北的故事与传说，写出了东北的生命气韵与精神内核；沉寂而豪迈的东北正因为有素素这样的东北人的忧虑与追思，变得更加深沉与有意味。可话又说回来，东北的寓言和故事又岂是仅仅属于东北的原乡记忆呢？对于未来，当现实的碎片遭遇我们记忆的原乡时，是消融为过去，还是获得另外的变异？我们无法企及有多美好，但是我们有信心期待。

第六章

生态与资本博弈:女性生态美学及经典的建构与流变

自 20 世纪 80 年代末 90 年代起,乃至新媒体时代,女性书写在跨界的多层发展中,获得了自己的发展路径,同时,也陷入了多重资本与媒介的围剿,也就是说女性书写除了依附自身的发展逻辑外,还遭受到了经济资本力量的侵入,并展开博弈式的对抗与妥协、迎合与拒绝,从而影响了女性小说、散文、诗歌等自身发展的轨迹。

在此背景下,女性生态美学及写作经典的建构,乃至建构的机制在哪里?图像化时代女性书写的支撑点位在哪里?这一系列问题,都是我们考虑女性写作的文化环境、遭遇尴尬、生产核心,以及女性书写自身的优势承载能力的时候,所必须考察的。

女性生态文化、文学经典及美学建构要求满足三大要素:多样性或差异性、环境选择压力与变异力。也就是说,女性生态书写要有多样性、差异性的同时,还需要有内在的求异创新能力,体现女性书写主体性、批判性、反思性与现实性的美学品格与形态。那么,多媒体时代提供给女性生态书写的是怎样的一个媒介场或场域呢?我们可以把视线推进到女性生态写作发展的路径上来。

20 世纪 80 年代末 90 年代初期,女性文学激进地承接西方女性话语资本的渗入,涌现出诸多的作家,也呈现了多样化发展的态势。尤其是在 90 年代后期乃至 21 世纪以来,女性书写逐渐归向现实主义秩序靠拢,即女性写作开始回归自我本土书写逻辑,试图扭转 90 年代初对世界的割裂与隔离,在自我世界里的沉迷与弥漫,摒弃"小我"境界,女性文学主潮也呈现出从模仿到自创、从主观意识到客观意识、从个体到群体等转变的一个趋势。也就是两个向度上的搏击,内环境与外环境,前者涉及女性自身的文学自觉意识以及与环境匹配的现实情怀,后者营造与内在精神相关联的社会文化环境,而体现其主旨的就是现实精神,相应地,本土性意味与现实性成了女性新文学生态最主要的建构元素,表现出响应的特质:从模仿回到自身的探索、现实主义精神强化及多重精神资源的掘进与表达,最终完成一个良性的文学、伦理、道德秩序文化构建。但同时一个更严重的干扰因素在发酵,即市场商业的介入,导致了消费与自我消费。从八九十年代到当下,女性写作发生了双向背离:一方面,逐渐走出西方女性话语资本的导引,而进入了中国自身语境的话语资本中;另一方面,一个潜在的消费资本力量却又悄然介入女性写作,进而引发了文化资本的再分配等问题。确切地说,消费资本改写了女性写作模式,导致其进一步分化,并呈现出多元发展态势。

其实,"文化资本"(cultural capital)这个概念,最早是由法国社会学家皮埃尔·布迪厄提出的。1986年,布迪厄撰写了《文化资本与社会资本》,认为"文化资本"是一种表现行动者文化上有利或不利因素的资本形态,有嵌入状态的文化资本、客观化的文化资本与体制化状态的文化资本。而事实上,文化资本涉及了场域的问题,比如在分析"文学场"时,布迪厄更注重的是"文本之外的生产、流通、消费等社会条件和一定的客观社会关系;并进而将目光投向使文本成为可能的复杂的社会关系网络,更强调的是文学场的自主性"。这里,延伸布迪厄对文化资本内涵的阐释,笔者以为文化资本基于两层意思:一是存在有向经济资本过渡的可能性、开放性;二是文化资源的补足性与建构性,也就是说其本身蕴藏着文化秩序的积淀与量能的储备。因而,文化资本本身无可挑剔,本质上是中性的,具有某种迁移、覆盖与趋同性。

在此意义上说,女作家面临的场域、媒介环境是驳杂的,具体而言,她们正经受着书写的革命,从传统的书写方式到网络媒介时代的书写,逐渐向自我书写界面挺进,开始探寻自我的意义、自我与社会、自然的关联等,当然,不可回避地还要受西方话语资本、中国主流意识形态与女性主义本土话语建构等的影响,致使这一革命的过程经过了三大潮流的洗涤,即主流意识形态话语、西方话语本土化与自由消费话语。事实上,女性存在连同女性书写的尴尬,在于赋予女性以当代自主意识与价值的同时,女性却仍然滞留在一个历史、文化、经济、资本等多种场域所构成的系统中,面临着来自当代历史语境与社会场域中阶层、性别与话语等歧视、牵引。诸如受生产方式、条件、流程、资本运作等方面的制约,加之主体性、精神性、独立性、视觉性、资本性等因素的选择不同而导致文本生产的不同,女性文本信息、市场性、增殖性也成为文化资本再生产的考量参照,而文化资本的形成与分配也涉及了女性文本的生产与消费,并日渐影响着女性小说的再生长与演进方式。

一　建构与流变:女性书写阵营

如此,中国的女性写作所秉持的立场、态度,也因资本力量等的干扰,被拆分成若干阵营。

首先,是"自我书写"模式。铁凝、方方、蒋子丹、王安忆、徐坤、迟子建等的小说写作,表达对现实的思考,并致力于女性生态美学及写作经典的建构使命。在建构女性文化与女性媒介、文化资本与消费资本博弈中,这些女性作家,坚持一贯的书写逻辑,立足本土现实、回到自身经验,在历史、生命的长河中,追索、探寻生命意义与价值,并形成反消费逻辑的文化力量,具体而言,就是反消费反经济资本的文化力量,拒绝筹码交换,坚持本土女性写作的建构,生态女性写作美学建构的一个特质:回归本我的自在书写。

确切地说,在经历了狂热的西化之后,进入 21 世纪,先知的女作家们便有意地开始了回归到自我本土的转换,即向中国的现实主义挺进,与之前的文学尝试相左的是,已经不仅仅满足于表达女性遭遇社会—家庭的双重挤压所采取的极端的反抗与报复，或是自我沉溺与放纵，而是通过女性所遭遇的种种不平，来反映社会对女性造成的伤害与控制，也在反思女性自我文化痼疾的存在，以一种理性审视女性生存现实。而向现实回归的路径有两种：一是通过女性的命运写照来影射社会现实里的驳杂与阴暗面，女性叙事的主角不再是单一的女性，也不单是要追求女性尊严、自由与性灵的书写，而是叠合着社会众生的生命样态；二是开始将笔触伸展到了社会大视界中，以宏大的叙事取代单一的近乎自恋的私人写作与家族叙事写作，回到中国本土现实与历史叙事中，在大历史的背景下理性地审视，并寻找普通人生的世俗样态与心灵轨迹。超越单纯的女性叙事，将叙述视角扩大到了全方位；从书写层面深深触及社会的历史与现实的交汇处，挖掘人性的本质与复杂性；以独特的表述确立了个性化的表达与叙述，具有中国本色。对此，徐坤的《野草根》与铁凝的小说《笨花》向现实土壤掘进，典型地体现了写作的这种审美趋向与表达，并表现出属于自己个性化的追求。而王安忆以《长恨歌》写出了弄堂女儿王琦瑶的本质生活，对抗市井里滋生出的物质性，以及抨击着人性的扭曲。王安忆说："真正的流行、时尚都在这条路上，一个女孩子生活在这个地方，如果对时尚、潮流、物质没有抵抗力，就会很痛苦。我的抵抗力就是这样培养出来的。"① 王安忆试图在小说世界里重塑一个想象的上海，一个具有精神气质的城市。欲望与城市应该是背离的，而不是妥帖、无间离的。方方在 21 世纪本土化的书写建构中，体现自己的现实主义情怀，一改 20 世纪 90 年代《风景》零度情感介入，2016 年的《软埋》苦难的再现，沉重哀伤而不缺失力度，与严歌苓的《陆犯焉识》一样，对一个失忆女人的情感历程与生命存在追索，但相较于严歌苓笔下的女主人公，尽管在心理现实存在自我缺失，但女性始终是在场的，也是反抗的。更重要的是，方方选择了直面历史，而不是回避。《软埋》在两种视角里进行有序表达，一种是现存的，一种是过去的、历史的。

---

① 王安忆：《〈长恨歌〉不是我最好的作品》，《解放日报》2014 年 10 月 16 日。

而一个失忆女人丁子桃，也就是曾经的胡黛云在这里穿梭。《软埋》揭示了这样的问题：真实的苦难再现仍然是振聋发聩的。苦难中对正义、伦理、道德的坚守，以及个体尊严生的难以维系与尊严死的坚持，当然，遗忘中对伤害的回避，引领反思与批判，重审历史，体现了作家在哲学、美学意义上，对道德、政治、意识形态、正义、崇高等多重复杂主题的追索。方方曾经这样表述自己的倾向："土改的历史进展时间并不长，但影响了中国整个社会的生态，尤其是农村，因土改而改变命运的人，何止是千千万万！无数人在这个运动中有着惨烈的伤疼，不愿意记忆，或是不想述说，几乎成为经历者的共性。其实我们如了解基本的人性便能理解到这种不想。喜欢向后人讲述的几乎都是自己的光荣历史，而自己的伤痛，则都想急速翻阅过去，永不被人提及，也无须让后人知道。当然，努力让自己忘记，拒绝回想，以及保持缄默，都是经历者的共同特征，达成这样的共识，也与我们的社会生活相关。因为我们特殊的社会背景，而导致有类似经历的人根本不想让这些历史包袱留给后代继续背负。所以，他们通常选择不让他们知道。……所以在写这部小说的时候，我也会觉得那些对于个人十分惨痛的往事，普通人选择忘记是对的。这社会本就是由平庸者组成的。不必让他们沉溺在旧事中，让自己一直怀有痛。他们不去想，自有道理。"① 但方方却有意导入了人们对灾难历史的回避与警觉，其实也从另外的视角，获得了明证，苦难对个体精神的毁灭，铸成了对社会生态的挑战与破坏力。

而蒋子丹的《动物档案》、迟子建的《额尔古纳河右岸》、鄢然的《角色无界》、萨娜的《多布库尔河》等以生态书写，展示了消费时代不仅对生态环境造成严重的破坏，也切断了人类原初文明的延续，并影响到人类的精神生态，形成一种对抗的文化力量，彰显出女作家拒绝消费主流意识，勇于承担责任的使命意识。她们在本土生态文化实践中，以中国集体经验中的中华民族的经验、资源为范本，来揭示人

① 方方：《当代》，《长篇小说选刊》2016 年第 3 期。

与自然、民族文化与中国生态文明之间的关联，寻找精神生态文明的支撑点，很具有先锋性、开拓性。她们按照自己的叙述逻辑与经验书写，拒绝消费文化资本的诱惑，以文学和理性展开与现实、历史、生命的对话，在现代、传统的潜在关联上，寻找精神生态文明生长点，其文本价值不仅具有社会现实意义，而且，也为中国女性文学乃至当代文学的经典建构与生产，起到了筑堤、夯实的作用。应该说，她们的写作已成为新媒体时代反消费的女性写作的核心力量，也是固守女性气质经典文化本源或女性文化资本的守卫者，发出了正义之声。

其次，摇摆于市场性和介入性之间的"写作模式"，代表性作家有严歌苓、李碧华、张翎、池莉、六六等。在生产与传播的过程中，多媒介的交织进入了女性书写，出现了"混搭"，也就是说在女性小说逻辑日渐被影视、戏剧逻辑侵入，并在此过程中接受市场资本，同时，还能够兼具承担女性小说问询、质疑、反思社会的一种思考。她们介入市场，同时还保持着深层次的女性—社会—历史—现实的思考。但这种葆有女性质素的思考最终屈从于资本文化逻辑，并在此纠葛中义无反顾地卸下了文化思考的重负。如在这一写作模式中，因为影视作用于女性小说的资本力量，女性小说被市场诱惑，进入"媚影视"式的小说创作，与影视构成了"文本互涉"，进入了文化资本生产链条中。视觉女性形象作为消费社会的一种主导性文化形态，也被刻意地打造，甚至连同女性身体资本也转换为经济或文化资本。这一切现象，我们以李碧华、严歌苓、池莉的创作为案例做出分析。

香港作家李碧华的小说文本与影视文本存在有典型的"文本互涉"，她的《青红皂白》《胭脂扣》《霸王别姬》《纠缠》《秦俑》《诱僧》《青蛇》《生死桥》等文本小说能够满足影视所需求的文化消费与大众审美心理要素，具有鲜明的影视性，也就是说她的小说本身具有极强的视觉性，在表达情感上注入了画面、色彩元素，因此颇获影视界青睐。但同时也以人性追索为要义，李碧华能够讨巧地在商业与文学之间游离，有学者指出："她的写作有着引人深思的边缘性，既不在纯文学的中心苦思，又不在消费文化阵营盘桓过久，尝试走一条中庸之道——其作品既不严肃到无人问津，又不俗到走火入魔，而是熔二者于一炉。不走极端，好处是兼容并蓄，探众家之长，雅俗共赏，但往往不容易把握，难以界定。"① 而最为典型的则要说是《霸王别姬》了。小说贯穿了半个世纪一代名伶程蝶衣和段小楼的爱恨情仇。历史、政治事件只是背景，"戏子无情，婊子无义"是其主旨表达，而由编剧芦苇和李碧华改编、陈凯歌执导成为 20 世纪 90 年代最为经典的电影《霸王别姬》，其主题在两位主人公程蝶衣/虞姬和段小楼/霸王分别代表的"迷恋"和"背叛"之间的对立和冲突中展开，迎合了西方观众的各种元素，如京剧、同性恋、太监、妓女、鸦片、"文革"等。美国学者珍·库瓦劳就认为："作为一部商业制作，它把京剧和同性恋作为两个卖点，以迎合中国观众的恋旧和西方观众的好奇。"② 但《霸王别姬》因其深远的历史内涵与对人命运的深切勘查，也深得观众及媒介的认可。菊仙作为一个旧时代走出的女性视觉形象，为电影注入了近乎焦点式样的灵魂脉动，不仅提供了有效的女性视角资源，也推动了她与段小楼、程蝶衣"三角恋"式的情感纠葛，从而推动了整个故事的发展。陈凯歌认为："《霸王别姬》的原著作者李碧华是一个很聪明的作家。她给你提供的东西第一不是思想，第二不是情节，第三不是故事。最重要的一点是她提供了一种人物关系。所有的东西都是从人物关系里升华出来的。"③《霸王别姬》是李碧华一个不断切换版本的脚本或母本，于 1981 年为导演罗启锐写过《霸王别姬》的电视剧剧本，并于 1985 年改写为小说出版，而 1993 年又为导演陈凯歌改写成电影剧本，在电影轰动后再依据电影故事，重新修改出版《霸王别姬》，完成了电视剧本—小说—电影剧本—小说之间的文本转换，不断调适以适应视觉需求，而文化资本的借力，成就了李碧华的写作，也成为资本诱导文艺再生产的模本。应该说，《霸王别姬》有效地将女性形

① 刘登翰:《香港文学史》，人民文学出版社 1999 年版，第 496 页。

② ［美］珍·库瓦劳:《〈霸王别姬〉——当代中国电影中的历史、情节和观念》，《世界电影》1996 年第 4 期。

③ 李尔葳:《直面陈凯歌》，经济日报出版社 2002 年版。

象、经济资本与文化资本叠合在一起,也成了小说与视觉彼此容纳的有效经典范式。

严歌苓的写作近年颇受争议,但她仍然是一位在影视中大咖地位级别的女作家、编剧,严歌苓是站在影视的门槛上书写着她的故事,几乎可以弥合影视与小说的间离。因此,她成了影视界的"宠儿"招牌,某种程度上,她的书写本身就是资本运作的一个开端,同时能够自我闭合性地回馈到创作本身——从生产到消费的密匝合缝。小说的视觉质素,还有视觉"噱头",具有卖点潜质与效应。如她的《陆犯焉识》小说,就是一个女性失语、沉默地在场,放弃了本能的女性意识抗争,故事混杂着影视的逻辑,即强调故事直观性与可视性,放弃了深度人性与主题的尽可能的探索。她这样描述自己的双栖:"文学是我的宗教生活,而影视是我的世俗生活,我作为一个写作家也会进行影视创作,因为我有世俗的一面。"有媒体人披露,她的小说作品影视剧版权卖出的最高价将近 2000 万元,其他作品影视版权的出售起步价也达到 1000 万元。① 严歌苓小说数字版权运营的收益是惊人的。比如,在电影上映后的一个月里,仅在中国移动手机阅读平台上,小说《金陵十三钗》的数字版权收入超过了 100 万元。严歌苓多部小说的版权经纪工作由北京新华先锋出版科技有限公司(以下简称新华先锋)负责,小说版权资源的全媒体互动,除了为作家量身定制出版规划外,新华先锋还对严歌苓小说的包装、营销和推广,实现了全媒体的互动,最大化利用版权资源。新华先锋在出版图书时,帮助作家做影视产品和数字产品等衍生品的开发,围绕图书版权进行多元化经营,让一个作家在这个平台上实现价值最大化。②

不可否认,《金陵十三钗》从小说到电影的成功,是一次成功的商业模式运作,成功归结于新华先锋的经营,也在于从小说到电影转换中的文化资本的增值。《金陵十三钗》女性小说的主题、女性立场,被

---

① 严歌苓公开声称,"关于 2000 万的版权费完全是误传,没有这种事情。"见《楚天都市报》2014 年 11 月 28 日。

② 参见毛俊玉《严歌苓作品版权运营幕后故事》,《中国文化报》2013 年 4 月 6 日。

商业文化道德置换。严歌苓力图以虚构的方式，去呈现写实的意义，小说讲述了在日军屠城的背景下，困在某天主教堂里的一群女学生、13位妓女和5位中国伤兵寻求庇佑而不得，在绝望的情境下妓女们决心以死抗争的彰显民族精神与气节的故事，也有她对自己民族那段苦难的反思与追问；而电影则置换成了是一群秦淮河上的妓女、一群中国士兵和一位外国"伪神父"拯救一群女学生身体的故事。作为一群特别的女性——妓女，躲避在教堂，意外承担了拯救教堂女学生与大兵的责任，而以她们最为卑贱的方式去奉献。在这里，民族大义恰恰提供给一些色情女人，这与原作大相径庭。电影《金陵十三钗》以女人身体的承担，完成拯救。其实是潜藏着一个人危险的价值判断。消费暴力潜在与影视化逻辑的植入，结果是指向大众的暴力的揭发与警惕，被回避或渲染与淡化，回避指向女人的性暴力与精神暴力。女性的身体性让位于精神性，被刻意强调，而民族苦难被娱乐化，消费历史、民族苦难。女性小说被商业产业"潜规则"，受到控制，毫无知觉地成为谋利的工具，体现了时代快乐、身体快乐，显示出了民族政治、历史真实的冷漠。2014年11月27日旅居欧洲的严歌苓在接受全国媒体微信群访时，"妓女救处女"是否得当的争论再度被提及，她直言那是"误读"和"误看"，"在我这不是两个女性群体贵贱的互换，是成年女性保护未成年女性的选择"。女性主义电影认为："在男权化的意识形态中，电影更是通过它特有的视听语言、语法和修辞策略，使女性的视觉表象成为社会主体的色情消费对象。"① 应该说，导演意图给观众的是一部别样视角看待妓女群体的电影，但妓女的商业文化道德叠合在市场要求的符号上，导致电影并没有超越其角色本身，相反强化了她们身份的写真与身体的表达。实质上，这里蕴含着身体资本—经济资本—文化资本的转换，布迪厄（Pierre Bourdieu）有过这样的表述，"身体是一种资本，而且是一种作为价值承载者的资本，积累着社会的权力和社会不平等的差异性。或许，正是在身体成为资本的这种

① 〔美〕劳拉·穆尔维:《视觉快感与叙事电影》，周传基译，见李恒基、杨远婴《外国电影理论文选》，上海文艺出版社1995年版，第567页。

现代图景中，身体资本转化为经济资本，也可以转化为一种文化资本。在这个意义上，身体就是资本，也是象征的符号；身体是工具，也是自身控制和被控制、被支配的'他者'（other），身体是一种话语的形式，在现代性的状况中，在身体和社会之间，具有多种不平等的权力关系"①。叙事逻辑转变导致的主题置换，实质上是商业性票房绑架了女性文本表达，而小说对艺术理性的诉求，难以对抗商业资本的控制，参与《金陵十三钗》小说改编的严歌苓却无力拒绝这一趋同。商业性已经植入艺术的现实与历史的表达中，艺术之于女性，甚至是性与身体，成了视觉表述的大胆渲染的中心点。严歌苓复述张艺谋邀请她做编剧的初衷，"他说想让我把女性叙述的声音，这种女调的视角放进去，因为小说本身是从一个小女孩的视角出发，他说严歌苓你来做这个工作，我就把这种我比较擅长的叙述视角、语调再放进去。"②但结果是，对小说的强行改编，女人的外在色相被强调、渲染，导致女性叙事逻辑混乱、低俗，小说文本内涵、尊严与含蓄被消解。严歌苓置于宗教、历史的拷问，未能有效地解释一个女人的生命存在与尊严命题。编剧严歌苓曾讲述了写《金陵十三钗》的初衷，"我们作为华人小说家，只能是以小说的形式面向世界，让日本人承认，还让世界记住我们能为我们国家做点什么"。事实上，电影叙事逻辑的转变导致小说《金陵十三钗》的主题置换，也使严歌苓小说的精神追索成为一个反讽，她本人也声称：任何一个优秀的编剧都能洞悉原著的精神内核。

　　小说与影视的"文本互涉"现象，在六六的创作中也是典型的。小说《蜗居》由郭海萍与丈夫苏淳购房展开情节的推进，郭海萍夫妻购房的艰难与曲折，波及、交织在妹妹郭海藻与小贝、宋思明之间的情感纠葛中。购房作为因果链条中的中介，勾连出了动态的都市生活情状。六六强调人物冲突、矛盾，淡化了人物心理的叙写，以物质考验人的精神价值取向、情感、道德等，折射了当代人存在的尴尬、背

---

　　①　引自王岳川主编《媒介哲学》，［法］布迪厄（Pierre Bourdieu），河南大学出版社 2004年版，第 6 页。
　　②　见《凤凰网娱乐》2011 年 12 月 15 日。

离与冲突，极具话题性、现实性、视觉性，深具画面感：

> 海藻送小贝到火车站，跟他吻别。
> 宋思明和太太到机场接小舅子一家。
> 满大街都张灯结彩，眼见着春节就到了。
> 海藻在海萍家的电话里跟准公婆拜年，电视里春节联欢晚会
> 正在上演。①

小说在 2007 年出版，由六六改编的同名电视剧于 2009 年底播出，之后带动原著小说的热销，原因在于两点：一是六六抓住了一个资本时代的题材，女性妥协于男性、金钱的合围中，资金与金钱对人精神价值的颠覆；二是从小说到电视剧，都迎合了市场对女性的"塑形"。

现代性的过程，促使了女性走向精神独立，但也容纳了资本主义的介质，而这成了女性精神、生存的障碍，也是妥协的根源。现代知识女性郭海萍，被物质彻底打败，面对生活重压和丈夫软弱的双重困境，发出消极的感叹："什么样的男人决定你有什么样的命运，嫁给什么样的男人你就是什么命。"事实上，"男主外，女主内"的传统文化心理、家庭模式仍然作祟，她对丈夫说："我能干有什么用？我希望你能干，我才心里踏实。"为买房缺钱和丈夫爆发无数次战争后，爱情也让位于物质，导致了她进一步对性别角色、情感等重新看待："爱情那都是男人骗女人的把戏。……男人若真爱一个女人，别净玩儿虚的，你爱这个女人，第一要给的，既不是你的心，也不是你的身体，一是拍上一摞票子，让女人不必担心未来；二是奉上一幢房子，至少在拥有不了男人的时候，心失落了，身体还有着落。"获取物质能力的匮乏与经济的尴尬，导致一个现代知识女性独立精神向无自主的回流。

可见，在以男性为主导的媒介文化资本力量的干预下，女性小说里的自我独立意识以及反叛意识荡然无存，又回归到男性中心话语系

---

① 六六：《蜗居》，长江文艺出版社 2007 年版，第 149 页。

统中。而这符合市场消费逻辑,以及满足大众消费的意识形态,从社会心理的角度看又切合男权主义的意识形态。女性小说建构起来的价值判断、女性自主意识,等等,又在女性小说乃至衍生品的转换中,被过滤、稀释与消解。

从以上几位女作家的书写经验来看,她们有机地将小说、影视的界限模糊,而女性的形象、身体、精神气质成了弥合两者之间的中介或黏合剂,当然,这里包含作家被动的妥协与退让,也就是市场价值置换了女性—美学—伦理—社会价值的追溯。从小说文本到视觉文本已经成功地完成了商品化的蜕变,但是一个文化产品所应该具有的精神内在品质与文化指向,却在精美的形式之下流失。影视文本本应该挖掘小说被作家隐藏在文本里的有意识、无意识的思想与情绪,延伸文本更深层内涵。事实上,影视文本无法承担这一转换。影视文化直接影响女性写作的叙事逻辑。进入女性文本的资本力量的吊诡之处,在于影视文本又逆袭着女性文本的创作,致使女性写作立场在文化资本与商业资本的对抗中,发生了位移,也就是说女性书写已经植入了浓重的商业因素,而这严重地制约了女性写作回归现实、干预社会现实的能力,也影响到女性文学的自身发展逻辑。

最后,以明晓溪、桐华、流潋紫、艾米、鲍鲸鲸等网络女性写作,面临女性生产条件的制约,其写作场域或直接环境要求她们的书写本身就是在资本的运作中产生,"卖点""看点"等推进了"写手"的文本构成,可以说,市场的需求与自身的存在是一种共生共栖,而在图像化的时代,她们接受了消费逻辑强行注入,并顺畅地对接了消费文化资本的塑造,从而将被动消费自然地成了主动消费,女性作为一个自我消费符号,进入了女性小说的生产中,风生水起地展开了与消费文化现实的接洽,成了由网络走向视觉艺术的成功的新生代网络女作家。由于低成本、题材资源丰厚、女性体验、收视率能够保障等原因,自 2000 年逐渐进入影视猎头的视线,尤其是 2008 年成为一种风潮,逐渐得到影视界的青睐,匪我思存的《佳期如梦》与《来不及说我爱你》、明晓溪的《泡沫之夏》、唐欣恬的《裸婚时代》、桐华的《步步惊心》、流潋紫的《后宫·甄嬛传》、艾米的《山楂树之恋》、鲍鲸鲸的《失恋 33 天》等一大批网络小说改编为影视作品,也催生了众多的"80 后""90 后"网络女作家转型为编剧,与消费文化资本结合,为大众消费直接提供脚本资源。西格尔认为:"一本畅销书的读者可达百万,如果是最畅销的书,则可达四五百万。一出成功的百老汇舞台剧可有一百至八百万观众,但一部电影如果只有五百万观众,则被视为失败之作。如果一部电视系列剧只有一千万观众,它就要被停播。电影和电视剧必须赢得巨量观众才能赢利。小说的读者和舞台剧的观众档次较高,所以它们可以面向比较高雅的市场。它们可以重在主题思想,可以写小圈子里的问题或采用抽象的风格。但是如要改编成电影,其内容必须符合大众的口味。"① 如电影《失恋 33 天》是以两个现代女性的故事展开的:一个是自我意识强烈的黄小仙,一个是物质女性李可。然而,失恋后的黄小仙反思自我,疯狂追赶着陆然乘坐的出租车,带着忏悔,抹去女性的自我,去弥合失去的爱情,显然是符合父权意识的,女性要温婉、贤淑,而不是强势。李可的拜物,到了无以复加的程度,而这恰恰赢得了男人的赏识,因为对于男人来说,物质女性更为现实、踏实。显然,这样的现实女性,与日常生活的某些女性是吻合的。同样有意思的是,为了捕获大众,由王迎执导的电视剧《亲爱的翻译官》,却是对缪娟原著小说《翻译官》的多重"洗白",打造成为职场的青春偶像励志剧,该剧讲述了法语系硕士乔菲在翻译天才程家阳的指导下,成长为高级翻译,两人也从欢喜冤家变成了互相扶持的亲密爱人的故事,而励志的形式下包装、容纳了老套的爱情交错。其实,电视剧背离了原作者缪娟《翻译官》的初衷。缪娟的《翻译官》故事一开始就是女大学生乔菲以 6 万元出卖初夜,而买主则是失恋的外交部部长兼公务员程家阳,经手人是程家阳的好友旭东,为了答谢他获得项目的酬劳。其间,乔菲遭情敌陷害、堕胎,充斥着火爆的激情描写。小说围绕的是性与金钱、欲望与爱情纠葛,大胆表

---

① [美] L. 西格尔:《影视艺术改编教程》,苏汶译,《世界文学》1996 年第 1 期。

达了当下金钱对人性的僭越与腐蚀。可见，网络女性小说与影视构成了互利模式，联手完成了文化资本—消费资本的转换。

　　事实上，新世纪网络文学赢得了资本市场、学术界、主流意识机构以及政府的多重关注，逐渐切入主流话语叙事，拓展了自我生长空间，也逐渐扭转了人们对网络写作曾经的"轻慢"。而网络女性小说几乎成了影视改编的主战场，题材涉及穿越、玄幻、言情、历史、现代等，贴近日常生活的常态性、经验性与隐秘性。在生产过程中，网络女作家充分利用网络社区、博客、微博等新兴媒介与网友互动沟通，受众会积极参与评论，提出各种走向建议，作家有时会有意识地采纳其意见，迎合市场创作，在交流中不断地修改自己的小说，正是在交流中，培养了上百万网络阅读群的支撑，显然，网络女性小说写作中的个人行为与主体意识的强调，开始走向个人化的情绪表达，导致与社会现实的间离与冷漠，而经济利益、文化追求或者虚弱的心，刺激了书写，在虚化中肆意物化，从网络小说到影视文本再到印刷文本出版，基本移动了这种写作样式。在图像媒体时代，一个不可回避的文化现实，就在于女性文本的逆生长现象，也就是从网络女性小说到印刷文本再到影视等链条，是一个互逆过程，甚至是"逆袭"。显而易见，最直接的因素首要的是影视商业逻辑的因素，《后宫·甄嬛传》就是一个典型参照电视剧摹本而构想的案例。借助于网络点击量，与读者互动性，获得了"大神"地位，也成为《甄嬛传》上位的制胜法宝。以类型小说《后宫·甄嬛传》《后宫·如懿传》，再到电视剧《甄嬛传》编剧，写出了王和他女人的故事，进入历史的女性叙事，以一种"架空历史"的写法，即坚持"尊重历史，而非还原历史"来创作，回到历史的讲述中，与当下现实保持距离，但却体现出了当代生存的价值观，并将对现实生活的一种消极抵抗，物质生存观与斗争哲学充斥小说中，按照编剧原则有主题—类型—人物—情节的逻辑。但是，《甄嬛传》似乎是充满着一种极度虚幻的"报复"，更强调人物与人物的冲突，绝望对抗的类似情节、故事反复推动、上演，女人与女人的对抗，女人与皇帝权力的对抗，而这种对抗性拓展着电视剧情节的推进,增强了尽可能的戏剧效果,郑小龙班底《甄嬛传》视觉制作以最豪华阵容对其精心打造,形式上追求华美与奢华气质,加上刘欢高端的音乐制作,给以唯美享受的宫廷剧,而视觉性带来的就是井喷的收视率,提升卖点,达到电视消费最大值,获得了商业性的制作的巨大成功。

据统计《甄嬛传》的消费者主体是女性,对抗着男性的社会,在虚幻道德虚构的历史场景中,以华丽的"古典盛装"出现的女人们,挑战了"王"的权威、对抗了旧时代的男权,却回避现实中的尴尬。《后宫·甄嬛传》到电视《甄嬛传》,作为成功的网络小说再到热播剧,有形式上刻意的精心制作,却最终因为意义的含混、历史的模糊与不可信、时代内涵的缺失,以丧失为代价,渲染女性对抗激发出人性恶之花的肆意绽放,展示了商业成功背后的流俗与尴尬。《芈月传》同样也是赚足看点的电视剧,尽管没有大众期许的华丽与起伏跌宕,但是因为注入了家、国情怀的视域,一改《甄嬛传》的女人围绕一个男人的对抗,而让位于家、国的利益守护的驱动,事实上,女性在这里成了家、国的筹码,政治的筹码。

在文化资本运作中,催生了网络女性小说改编成影视剧的热潮,也催生出新的产业链模式:"网络小说—影视—印刷文本""网络小说—影视—音乐—游戏"与"网络小说—影视—话题"的完整产业链模式。《甄嬛传》的电视剧的成功引爆了对原著小说的"追文"现象,还有《甄嬛传》的热播引发了"追风",比如甄嬛体的流行、音乐、服饰等。艾米的网络小说《山楂树之恋》经2010年张艺谋改编诉说了一个知青时代的爱情故事,改编后的《山楂树之恋》以"史上最纯净的爱情"进行网络宣传与传统媒体宣传相结合,达到了1.6亿元的文艺片票房纪录。在电影上映时,同步发行了电影纪念版、精装本、口袋本、平装本的书籍。唐欣恬的小说《裸婚时代——80后的新结婚时代》与现实生活直接对接,揭示当下生存现实、处境,以及内心的尴尬。改编后的《裸婚时代》由著名导演滕华涛担任总导演,众多实力派演员加盟。该剧一经播出,掀起收视热潮,由于本身的话题性,备受关注,在社会上引起广泛讨论。

二　女性生态秩序与消费资本的博弈

新媒介时代大量女性网络写手进入消费市场,带来了女性文学的产业化生产,同时艺术融入日常生活经验表达,挑战了女性生态秩序,成为一种新常态,即女性生存体验直接对接生活现实,降格、稀释了书写的艺术水准。陈晓明这样认为:"尽管中国 20 世纪的历史经历了不断激进化的过程,感性经验不断地让位于巨大的历史抱负,但这种激进历史无法进行到底,它必然要回到现代性的自然进程中去。这就有了九十年代以后中国社会的审美普遍化,其内里涌动着的是感性经验的广泛分配,也就是'日常生活的审美化'。"① 朗西埃则认为,"媚俗其实是说艺术融入了所有人的生活中,变成日常生活经验场景和装饰"。"……文学的民主化并不只是描述多样化的格局,它意味着标准的民主化,也就是文学等级、优劣、高低的体系的失效。"② 文学被降格为众生狂欢的菜肴,而不是思想精神的盛宴。女性生态美学及写作的经典建构的流变成为事实。

德国哲学家本雅明先验地指出了大众的消遣的力量具有颠覆性与稀释经典性,"大众式促成一切的新母体,他们改变现今面对艺术作品的惯常态度,并让这些态度获得了新生。这是一个典型的从量变到质变的过程:极其广泛的大众参与,就会引起参与方式的变化,这种参与首先以声名狼藉的形态出现,有关这一点,不应该把那些特定的观赏者弄迷糊。可是,这里某些人恰恰是极度热衷于事物的那些表面现象"③。资本消费媒介蛊惑下的大众,剔除审美价值的追求与守护,超然于艺术品,去审美、去崇高,只是沉浸在自我的消遣中。

新媒体时代,新闻传播的介质全媒体化导致新型的文化生产模式下的网络小说生成,影视商品、小说再出版,阅读群扩散,游戏、话

---

① 陈晓明:《感性分享与审美的民主化》,《文艺争鸣》2016 年第 12 期。
② 同上。
③ 〔德〕本雅明:《单向街》,陶林译,江苏凤凰文艺出版社 2015 年版,第 102 页。

题等存在彼此滋生,文化作为消费成为现实力量,并拓展到海外市场。网络女性小说在整个商业链条中,只是作为一个文化产品消费点来发散,而女性主体意识、精神价值的追寻,却被忽略。无疑,女性写作与消费资本的对接,也就意味着女作家以文化的方式参与其中,小说作为文化资源,提供给影视进行文化产品生产,参与到文化资本—经济资本的过渡中。在资本效应模式中,获得回馈与影响力。但与之相随的是,妥协与退让,女性立场、意识的退却,在交互过程中,是有资本增值的,同时获得经济利益满足,同时,也获得了抒写自由。在商业价值与文本审美价值的博弈中,她们欢欣雀跃地倾斜前进。但不可否认,进入市场以后,网络小说女作者逐渐挣脱主流意识形态的束缚,进入自我消费模式,经济杠杆,写作的方式得以创新,书写、运送过程,不再是孤寂的行为,走出书阁,走向芸芸世界,将自己交付市场,交往的互动,文化资本在市场作用,读者、影视互动,作家—读者群—影视是一个共生—共栖—共契的资本链条。在这种过程中,女性网络小说的生产与消费群构成一个自足的小系统,推进着进程,便于生产、供需的平衡,生产与消费在书写中几乎是同一的,扭转了传统模式中著者与读者构成终端的两极的局面,同时,书写也因点击、打赏等"绑架"式的共栖行为而失去自主的空间,书写相对"自由"被过度强化的同时,也弱化了自我精神价值的求索。随之,女性小说的经典建构也淡出了视线。

我们看到,对照 20 世纪 80 年代末 90 年代初,女性文学是被追随、模仿的,女作家写作实践并非以对抗性的姿态出现在文学场域,而是基于逐渐建立起来的性别自觉,女性写作多是涉及女性主体意识的探寻,属于现实主义题材的写作,承担了社会的推进,也参与了社会运动思潮的反思、寻根、改革等;新媒体时代,女性写作对抗的是视觉性、商业性,大多数女作家采取了跨界的迁移。跨界的迁移,也为女性写作的视觉表达提供了有效资源的尽可能应用,对抗性、视觉性与商业性使视觉不再仰望小说。如果说理论界面上女性写作乃至影视文本承载着对自由、责任和社会流动性的不可遏制的要求,而女性消费者在一个相对特殊的空间，一个可以建设和探讨女性自我的空间，来满足自己心理与社会的需求，事实上，这一时期女性媒介已由具有社会性别意识和政治倾向转向了以消费娱乐为主。这似乎构成了当下女性书写向消费模式发展的趋势与力量。

新媒体时代，新媒体的边界不断变化呈现出媒介融合的趋势。女性作为消费群体，适应着市场提供给女性的文化消费资源，比如电影、电视等文化消费形式，同时女性自身也成为消费符号被消费，诸如女性的欲望、身体的展演、畸形心理等，也成了被看的客体，如此，消费与被消费就构架成一个多层次多内涵的共生的消费结构，而相应地，女性、消费文化、新媒介之间的互动也构成了彼此滋生的统一与矛盾的多维关系。

如此说来，三个阵营的共同语境，基本无从改变，而从经典建构的过程来看，从第一阵营到第三阵营，呈下降曲线，而获得市场资本，成就文化资本的积累上，却是逆向的，置此境地，都遭遇了逆文本现象、追文现象的发生，也就是说女性写作在新媒体时代，遭遇了黑洞般的资本市场洗礼，同时作为文化资本的女性写作本体，也在浸入其中，潜水中或沉浮，或挣脱，或漂移，皆是行为艺术。

严格意义上说，新媒体时代中的女性写作发展自身也存在诸多问题，在满足市场青睐的同时，介入现实、干预现实的能力弱化，对社会现实开始疏离、冷漠，反映时代情绪与情感不力，回避女性—现实—历史的矛盾，女性写作自身资源库匮乏，思维也滞后于现实发展思维，更不能超越当下社会现实，这种短板效应连锁，致使女性小说到影视文本品质逐渐下移，反过来，影视文本的市场性、女性符号化又对女性写作存在着冲击。

女性书写也因多媒体时代使然，而具多样性。当女性的写作，处在与现实对话、对抗、妥协、迎合的过程中，女性书写也在文化资本运作中，做出了自己的选择，无论哪种选择，都无可指责，因为与文化现实的资本力量交锋本身就是一种书写态度，一个作家伟大与平庸的区别在于，前者能够抵制诱惑，而后者经不住诱惑。而新媒体时代，女性文本理应是女性主体性的最终产物，而非创作的基础。在与资本博弈的过程中，建构成为自己的经典，成为自己的表达方式才是写作的使命。

女性文学作品的声望作为文化资本随之受到评估，作为一种文化形式，女性创作文本与文化资本之间存在限定关系，文化资本的再分配是一个真正的革命过程。由于男性中心权力的介入，女性文学生产的条件与社会差别形成关联，而抑制女性文学生产的条件，除了自身的原因，还要归咎于整个社会消费环境的制约，申诉男性文化中心与商业消费中心的合力，以及资本与性别伪联姻，也就是女性参与到文化资本和经济资本的运作中，但是以丧失女性主体意识为代价，而至关重要的是女性创作主体在艺术为物质或为精神的美学追求中，是否能够秉持一种理性选择，以对抗或顺应消费时代的发展逻辑。

当然，依照现有女性文化资本秩序，女性书写乃至整个女性文学的发展正走在一个节点上，也就是审美价值与商业价值的选择，成了其分野，而女性文化资本的自发机制迫切需要女性小说的经典建构，在女性伦理秩序与自由精神释放、审美价值与商业资本之间，寻找一种智性的原则、表达。

可以确认，女性生态美学及书写的经典建构与流变，以及女性文化心理结构的重塑、女性主体意识的强化，也取决于此。而本土性话语、女性自主意识与现实精神等，仍然是其核心元素，是女性文学与理性的诉求。女性文学自我表达秩序乃至文本固化中所要规避的现实问题，仍然是一个既存现实，进一步说，新世纪中国女性文学在一种社会环境的转型与文学自我转型中，遭遇或迎合了两种力量：一方面视觉化膨胀、消费暴力在侵袭；另一方面文学的自觉者，重归传统与秩序的现实主义潮流的逆回潮。因此，女作家的书写，立足于中国本土的经验、精神体验与资源，回到自我书写逻辑与节奏，挣脱消费暴力与影视逻辑的植入，获得媒介时代的自由表达，才会走向女性自我生态美学与生态秩序的构建。

三　女性生态美学建构与悖论

生态之于女性,就在于女性与生态之间的张力。要在审美生态中获得释放与提升,与外界环境之自然、社会、他者获得共栖,内环境的自我也获得安然,同时,在生态化的过程中,坚持自我的特质、差异性。女性生态美学的建构就在于在生态与女性的博弈中,消除模糊、隐喻存在,获得尽可能的耦合与契合。实际上,20世纪80年代末90年代初以来,生态美学在中国逐渐兴起,注重从传统文脉中获取生态文化、精神资源。但在文学乃至女性写作领域,真正意义上的涉及"自然""环境"等生态书写的态势及特点,还没有形成规模效应。而女性写作与生态之悖论体现在:女性自身在本土化生态美学的建构中,精神上存在诸多的背离与间离,还在于整体社会环境大众文化与消费逻辑的合力,对女作家的牵制。

中国处于转型与过渡中,社会文化发生了巨大变化。伴随着新的传统伦理价值的构建,女性有着思想与行为的冲撞、裂隙,以及行为对思想的背离甚至是背叛。这或许已经成为当代人心理现实的一大症候。与此同时,随着文学观念的更迭变化与作家的众声喧哗,文学呈现出多维立体的发展态势,同时也遭遇了新的尴尬与危机,即时代消费、需求和欲望的集中生产,导致了商品化大潮的泛滥,加之多重媒介的兴起、传播,文学不可避免地受制于市场机制。结果是:一方面文学进入世俗化、大众化、批量化的生产与发展;另一方面又缺失了本应该具有的精神性、思想性与深度性。以致文学写作审美标准逐渐低于社会道德准则,无法真正诠释、超越时代精神面貌。而当代女作家的匮乏,意味着她们不能够很好顺应广泛的审美需求与变化,真实表达女性的心理现实;为迎合商业文化的整体趋势,妥协于现实,降格自己的书写品位,出离了文学精神的追随与表达。20世纪90年代以来的中国,消费主义文化对国民日常生活不断渗透,大众文化与主流意识形态相互渗透。一些女作家对历史、现实重新想象与表达的时候,却受到了历史、现实以及自身限制,叙事与虚构掉落到物质与现实的欲望之阵中，直接导致了想象困境，造成了叙述障碍。当然，真正有良知的作家仍然坚守着自己，捍卫着女性写作的精神品格与生态走向。具体体现为以下几方面。

1. 矜持一种和谐的生态法则与女性原则的共济。重新审视人与自然的关系、人与世界、人与人的关系。就其本质，生态女性美学有多重建构属性，既是"生态"的，又是"女性"的，同时还是"审美"的，致力于解决深层的生态危机和性别冲突，反抗控制与暴力，倡导圆融和谐，体现自我—自然—社会契合的美学形态与追求。女性要与自然、社会与男性构建一个和谐的共同体，在多种文化的移动与移植过程中深化接受、结合，消除模糊的生态认识与理解，能够站在前沿，发现生态现实与历史问题，并能够积极思索问题、解决问题，建构符合中国本土现实的生态美学书写与批评。而纵观中国女性的成长史，女性及女性文化的塑形，基于两个维度：一是以男权文化为主导的主流意识形态；一是消费主义本质的资本文化，体现为媒介文化对女性、性别的塑形。事实上，就女性而言，是一个自足的生态本源体，完全能够支撑女儿性、妻性、母性等特质的共生，也足以成为自然性、社会性与神性的共体，进一步说，女性本质就是一个生态因子，兼具生态性精神特质。也有论者指出：主客互构、天人合一正是生态化思维的基本特征，生命之间的平等、共生、相互依存正是生态化伦理的基本指向，人与自然共在于生态整体中，正是深层生态主义的核心命题。女性的生命存在即是生态化的，因此，女性主义与生态主义的结合具有自然的合理性。女性与生态有天然的联结，从人类学的视角看，女性与自然生态系统的神秘联结，起始于母系文明诞生，也绵延在整个人类发展与文化记忆中，而就女性的历史命运遭际而言，是父权制为主导的主流意识形态与社会文化逻辑，把女性变成了自然生态的同盟。

2. 对局限的自觉祛除

当代女性写作要直面物质现实世界的纷杂与混沌，要持有与时代共栖的感知力与感觉，还要有美学意义上的书写蜕变，应该是对女性—

社会—自然三位一体的立体审视，更具可行性，但现存生态书写倾向于三点。

其一，目前女性生态书写事实上存在一些局限：把原始生态文明的破坏简单地归咎于现代化的发展，存在把它简单化、概念化的弊病；把自然生态与社会生态对立起来，存在着鲜明的自然主义倾向。叶广芩的小说《山鬼木客》里表达的一厢情愿地回到原始生态的逻辑，也是一种精神上的生态乌托邦。那样主张人抛弃文明回到自然是不可能有出路的。人与自然的关系不能够简单化处理。马克思曾说："人们对自然界的狭隘的关系制约着他们之间的狭隘的关系，而他们之间的狭隘的关系又制约着他们对自然界的狭隘的关系。"①

其二，镜像实录与历史虚像，以池莉、方方20世纪90年代的新写实的镜像实录为代表，如方方的《风景》里俗常的日常琐事，池莉的《烦恼人生》《懒得离婚》《不谈爱情》对爱情、婚姻和家庭的逃避与屈从，显示了主体性精神的撤退，与现实构成了镜像实录，缺失再现日常生活的美学追求。90年代末乃至新世纪，王安忆、赵玫、严歌苓等女作家习惯以日常经验取代历史想象，生活场景与文学场景的切换，或依据想象描摹历史真实，这种主观性强势介入，产生直接的后果：被艺术化的日常经验以艺术的形态出现在文本中，缺失历史的厚重，更显作家主观上的肆意构想、表达，忽略客观化文化事实与历史事实的存在；文本主要是女性情绪的流动，而不能够理性地看待主流意识形态，对自然及女性造成的共同损害，甚至被主流意识形态现实或商业消费主义所取代。尽管在现实主义表达中，审美绝非独立存在的自由之地；基于空间转化和写作介入社会的思路，将虚构与日常经验糅合后，模糊日常经验的生态边际，却不能拓展生态写作空间与边界，以原生态主义、西方女性主义、集体主义的复归，作为对都市现代化中个人消费主义的有力反叛。

其三，女性主体意识的逆回流，体现为作家主体性撤退、缺失。

① ［德］马克思:《德意志意识形态》，《马克思恩格斯选集》第1卷，人民出版社1981年版，第35页。

福柯的知识考古学理论提出，话语的真理性不仅在于它说什么，而且还在于它怎么说。当代中国女性在 17 年期间，主流女性叙事话语与男性话语共同建构了宏大叙事，20 世纪 80 年代中期女性意识萌动，尽管女性写作汇入了主流意识形态，但书写基本切合时代逻辑，80 年代后期，女性写作逐渐回归内心，到 90 年代已然是一个自我身体、经验的全方位的书写，女性叙事始终与民族构成某种对话，但女性的内在性或者说内心生活显示出了对男权社会的义无反顾的拒绝。20 世纪 90 年代末乃至 21 世纪体现为回归到本土化的美学实践，关注现实女性的生态经验与困惑，同时有女性主体意识的逆回流。如张洁的吊诡之处在于，她把两性生态纳入自己的视野进行了考察，并有了自己坚实的怒放，很多人也把她列入开启女性主义时代的先锋，可是，张洁几乎是以大义凛然的姿态对此提出了自己的鲜明拒绝。她认为自己是一个本土开放的散发着土壤味道的作家，她甚至并不愿意强调自己的女性身份。确切地说，单就张洁决然拒绝女性身份的态度来看，似乎并没有多少奇怪，因为张洁骨子里透着 20 世纪 50 年代、60 年代、70 年代的历史痕迹，她的理性驱赶着她前行在 80 年代，但是她的身体停留在过往，所以，张洁在思潮活跃的 80 年代充当女性代言人的时候，她的书写依然沿用男性的思维、男性的范式、男性的手势。她呼喊女性意识的背后依然有着对过往的精神痴迷，更确切地说，她对两性深层的社会秩序应该没有本质上的异议。这种情绪一直弥漫到 20 世纪 90 年代甚至是 21 世纪，到《无字》的时候彻底现出了原形，她公然在文本叙述里不加掩饰地充满了对男人的极度崇拜。

3. 女性生态视界：审美之维

进入新媒体时代，女性写作不断地调适自己的方式，以适应市场与价值秩序的更迭要求。而在整体文化、文学的流变与转调中，应该固守怎样的自我本性，亦即文学的根性，则是一种历时性、共时性的存在。文脉关涉到女性文学内在的秩序性与空间性，还在于精神内涵上的求证与依托，是属于女性写作形式与内容上如何得以延续、衔接的重要命题。当下当代女性文学的发展现实，也在于寻求女性写作在多媒体时代的被资本市场诱惑之后的背离，在机遇与挑战中如何再度选择与发展。

　　女性生态美学的建构，不仅仅关涉女性自身的问题，也涉及了道德深度问题、伦理问题等的介入，还有精神向度的进一步追问。在自然与人之间寻找一个有益于观察的距离，而审美提供了一个理性的维度，要求作家以生态的审美态度去对待自然生态与现实生活，这些理性思考要契合文学现实，也要关乎"传统"的当代走向，以及向世界延伸的支点，体现为一种文脉性、贯通性、创新性与道德性。而一个核心所在，正是女性文学的当代性乃至文脉的发展逻辑。在传统与现代的交汇中如何葆有独特的转调样式，才是属于女性文学自身的蜕变，并在这种蜕变中拓宽女性生态写作边界。

　　明代徐渭《奉答冯宗师书》有云："如入此一段，则大梗文脉矣。"其实，文脉（context）最早来源于语言学的定义，指局部与整体之间的内在关系。有论者指出文脉主义有三个层次，文脉统和（unification）、文脉连续（continuance）、文脉并置（juxtapose）。其核心就在于要求各种艺术形式要有内在的规约与衔接，引用到女性文学，则强调女性文学之内在的文化、历史、传统、现代性，也是时代性与时间性、地域性与整体性的统一和延续。而女性文学的流变与转调，如同音乐一般，脱离原来的调性而进入另一调性，是通过合理的和声进行来完成的。文学转调必须借助积极的多种文化质素与有识之士来合力完成，否则文学一样被视为离调。而文脉之心是文学转调中的守恒。文脉之心兼济一个社会的道德、精神指向，也是一个知识分子的操守与责任。中国文脉弥久不衰，正是有志之士对传统文化根脉的坚守与延续，同时站在历史的高度统摄有效吸纳外来文化，兼容并蓄。批评家的清醒声音，历来就是在尘世里的澄明与照亮，是文脉心像之呈现。

　　中国古代的人文思想，就是女性生态美学建构的母体，据《尚书》记载，周武王伐殷，师渡孟津，作《泰誓》三篇。誓词的开头两句："惟天地万物父母，惟人万物之灵！"昭示了人与万物天地一体为尊，人是万物之价值最高的存在。《管子·水地篇》："人与天调，然后天地之美生。"《国语·楚语》:"夫美也者,上下、内外、大小、远近皆无害者,故曰美。"《管子·君臣下》认为:"圆者运,运者通,通则和。"意为人与天地一样圆融与中和,才是美。《礼记·中庸》:"中者,天下之大本也;和者,天下之达道也。致中和,天地位焉,万物育焉。"《淮南子·说山训》:"是故不同于和而可以成事者,天下无之矣。求美则不得美。不求美则美矣;求丑则不得丑,求不丑则有丑矣。不求美又不求丑,则无美无丑矣,是谓玄同。"这是说美以善为准,所以在古代文献中"善恶"亦曰"美恶"。道家的"玄同"就是儒家的"中和"。"道在万物之奥,善人之宝,不善人之所保;美言可以市尊,美行可以加人。"①"道"对于"美"是一种解放;美学上的自由境界。中国古代哲学思想重视感性体验,注重着天人、知行、情理三个合一,表现为超理性的混沌。

但就中国本土生态资源与话语来看,一方面,中国传统文化里蕴含着生态女性主义精神因子,体现阴/阳、天/地等为生态的整体性、兼容性与系统性;但另一方面性别差异、男尊女卑等社会人伦秩序又颠覆了生态秩序最为基本的要求,即人与自然的统一、人与生态的和谐,因此,造就了中国传统文化中对生态表述的模糊性、含混性与矛盾性。剔除男性中心主义对女人的指认,同时也从传统的束缚中,解放自己的思想,这成了女性建构生态美学的必然行动。

事实上,对现代化消费文化的批判与反思,以及消弭女性本体存在的局限,从古代东方容纳的智慧中获得启示与救赎,已经成了女作家恪守的一种生态女则。而中国本土的思想资源、美学资源与语言资源,成为考量当代人精神价值的一个坐标,也成为女作家思维的生发源。在古典的向度里寻觅当代生长的因子,思考的是传统与现代的关联所在,以及女性在文化转型间歇中的承纳态度与精神指向。女作家在中国本土脉络上,寻找文学资源的深度开掘,同时也将目光投向了世界性的文学维度上去,寻求女性写作生态获得发展的可能性。

---

① 老子:《道德经》第53章。

结　语

女性生态写作的路标

从 20 世纪 80 年代延至 21 世纪，女性写作逐渐从狭窄的自我表述延展到对社会进行深层次的打量，将女性自我的体验，转化为种族、群体的生存经验，目光也由对男性文化的批判与剥离，转向了对整个生存状态与生命形态的考察。审视女性自我所置身的自然、社会与精神环境，并以自己的审美生态方式开始新的续写，开启了女性主义文学创作的一个崭新的起点。应该说，女作家从生态学视角，立足本土，秉承中国的天人合一的文化精髓，突破本土的视野走向世界，恪守与男性、社会还有自然和谐的生态美学原则，展示出冷静的女性生态写作的主体姿态，体现了审美生态追求的多样化，旨在探寻和揭示导致生态危机的思想与文化根源，也在寻找着女性在自然、社会中的重新定位。

应该说，当代女性文学的小说叙事方式发生了根本性变化，即取材于个人经验的叙事转变为关注自然—社会的生态叙事。就此一阶段的小说叙事内涵而言，由于生态理性之光的烛照而显得格外单纯执着，那就是由自身而及同类，立足个体生命，着眼人类群体共同的精神处境。小说叙事的意蕴内涵体现在对自我本体的拓展与超越，并将理性跋涉还原为一种超感性的体认。女性叙事表现的是一个解压的过程，即从主流意识形态话语或男性话语中挣脱出来，逐渐具有了生态女性叙事的优势。生态女性叙事视点的转折：体现为从外部探求女性对自我的认识开始的由女性主义叙事，到女性本体自我生命与精神的深层叩问。但这不是一种简单的循环，并不意味着作家叙事简单地回复到初期的经验感悟，而是较前一阶段精神探索的螺旋攀升。就深层创作动机而言，依托女性经验，触摸到复杂的民族、人性精神内核，体现了女性话语的某些特质。即从身体的关注逐渐转入了对社会、民族、历史等的关注，并寻找之间的秘密。

但女性写作的主体艺术转向，包含了复杂的内涵，也存在诸多的遗憾，具体体现为女性意识与主流意识，以及消费意识的暧昧与含混。其间，包括女性文学的几次转向的承继，包括"文革"后的向内转，即 20 世纪 80 年代初期逐渐由虚无转向写实，开始发掘自然生命本体力量与初民精神，而 80 年代中后期书写开始了向内转；至 90 年代的走向个体表达的极致，同时出现了对本土生态的反思；21 世纪以来，整体上女作家关注生态的表达日盛，但也蕴含遗留的问题，生态意识与理性并没有得到深化，且演变为另外的潜在方式，影响到女性生态写作的走向。

女性写作一直纠缠在建构与反建构的图式中。而女性文学与生态之间的背离在于：女作家会游离、间离生态意识与理性，甚至会被主流意识形态现实或商业消费主义所取代；注重日常生活场景的审美化，不能进一步深层次地挖掘其本质内涵，体现确然的生态美学形态。不可否认，考量女性文学的尺度，艺术的审美、意识形态与市场带来的产业，是解释女性文学的基本路向。女性写作发展有多种面向与选择：从先锋到大众、商业化的剥离与切近；写作生态环境的焦虑与伸张的受限。于是，女性写作拆分为几个阵营：一方面女性现实主义精神高扬，开始本土生态实践；另一方面女性写作贴近市场、产业化进行生产，主题、标准与模板依照大众、市场的选择而定。

当代女性写作要直面物质现实世界的纷杂与混沌，要持有与时代共栖的感知力与感觉，还要有美学意义上的书写蜕变，应该是将女性—社会—自然三位一体的立体审视，更具可行性，针对当代全球性的、由以往父权文化发展观所造成的生态危机，以及女性自身生态美学建构与悖论的存在，诚如玛丽亚·狄巴蒂斯塔所言，"目前迫切需要倡导一种崭新的生态发展观。这种生态观肯定人与自然系统的所有部分一样都有一定的价值，世界的各种有机体、个人、社会都彼此平等地在同一个生态关系网上生存。各部分都是相互联系的一个利益整体。基于此，应将爱护、关怀、信任、包容、友谊、平等及可持续性等价值置于优先地位。以协同取代冲突，以关联取代分离，以爱护取代权利和责任的道德领域"①。要避免简单地以原生态主义、西方女性主义、集体主义的复归，作为对都市现代化中个人消费主义的有力反叛。同时，关注现实女性的生态经验与困惑，警惕体现为作家主体性撤退、缺失的女性主体意识的逆回流。其实，任何一种事实的存在与改变，最根本的应该是践行，而不是呼喊，行动是最简单直接的逻辑。

处于现在这样一个失去了某种所谓核心或者主流的世界里面，女性写作作为一种艺术，如何体现自我意义与表达，女性生态写作的承担及其时代意义？女作家承担一种先行者角色也好，还是对时代的跟进也好，无论怎样，决定了女作家必然要有一种合前卫的理性与承担责任的勇气，这也就是说不裹挟在潮流中，迎合任何一种潮流，而是拥有内心的真诚与用心，潜入大千世界中的人流涌动中，去发现去感应。一种新女性现实主义，意味着女性写作要承担起对历史的审视与对现实的问责，更要有一种反思精神与反省意识。女作家们以生态女性视角、以本土生态文学实践构建了自觉的美学，在文学与生态之间形成一种文化张力，触动女性写作向纵深处延展，不仅审视女性与自然、社会、男性、动物、植物之外在环境，还要审视女性自我内环境—心理结构，剔除自我不合理的成分。

显然，作为女作家，要坚持某种艺术和审美的维度，以生态大视野的标准，凭借女性智慧，去挖掘去引领，冲出大众化主流意识形态的围堵。在混杂激荡的时代氛围中，在文化与消费政治、女性与生态之间辟出自主性空间的自觉选择，是女性生态写作的承担与干预现实的能力体现，在生态大视域下，寻找西方经验借鉴，更重要的是对本

---

① ［美］玛丽亚·狄巴蒂斯塔：《到灯塔去——弗·伍尔夫的"冬天的故事"》，瞿世镜：《伍尔夫研究》，上海文艺出版社 1988 年版，第 400 页。

土有效的生态文化根脉的承继,以及体现女性现代意义上的独立精神。

新女性现实主义精神,在于关注社会现实与女性现实生态,体现为当代性的美学实践与变革。新现实主义生态书写,基于两个判断:一是现实性表达的书写态度;二是审美生态、道德伦理秩序的构建。女性生态书写所面临的问题是,在美学、哲学意义上的追随是否保持切合时代的感觉、情感与感受力,付诸这些的实践,体现为美与现实的兼济,成为一个女性文学生产的重要标准。同时,意识到女性生态美学的构建,依仗的不仅仅是社会环境,还在于女性自我的精神体认与认同,与社会、他人、自然,甚至是与自我内心的和谐,才是有效的方式。

其实,生态是一个动态系统的延伸。个体—群体—群落,无论是在自然界,还是在社会界,或是精神界面,都存在某种通约性。生态书写理性基点是解释女性、自然、社会、乡土、秩序、伦理等共置的一个大系统里,女性存留在这个世界的意义,以及她们的生存处境与精神处境,因为视角的不同才生出不同的景致来。而在借助生态资源里的语汇来抵达中国本土女作家的叙事的时候,女作家不能只用自然和女性的双重视角来看待。探寻女性写作由性别的极端反抗到身体隐秘体验的展示,由疯狂的消费自我到智性,进入一种相对平实的现实里的所有真,在讲述着有关自然、生命、社会、精神、历史与现实种种故事,所呈现出的尴尬与困惑。

文学与生态之间获得间性智慧的表达,在于女性摒弃了自我建构的乌托邦,回到理性与知性,成就自足的表达,体现在推翻所有建构的幻象与不切实际:与主流意识形态做出审慎性的切割;遏制自我终极意义上对女权主义秩序的膜拜与趋同;避免庸俗的回到母本社会的动念,在原始生态经验中构筑现实的空中楼阁;拒绝身体成为反击的中介,体现在以身体展现为中心点,而女性自主性撤退,夸张性的身体及欲望书写,忽略人的精神探索与心灵思索,女性自然性、生物性性征的强化,身体经验夸张性地展现;去除历史虚无主义,要有在场、场域的定位……如此,女性主体介入,而不是主观的进入,使得思维与创作资源物化为自己的精神资源表述及其本身的一部分，而不被分解或消弭，在移动、融合与固化中重铸自我—生态的精神契约性，拓展女性—生态表达空间与边界，在自然、社会、人性、女性、道德、现实、原始等生态元素的多维聚合系统中，体现生态女性与主体性：新女性现实主义精神，反思性生态伦理与自然人性的合一。在审美生态高度深刻地反省、检讨和表达当下的社会与女性生活现实，关心内心对现实世界的理解与感悟。

女作家试图探寻更圆融的书写，而不仅仅是停留在混沌—模糊的书写中。事实上，当女性写作要建立一种全新的生态文化理念，必须具备三个条件：一是反思精神；二是忧患意识；三是超越意识。秉承一种圆融、智性的生态书写，原本也不仅仅是一种潮流，而是一种永恒意义上的追索。这种承担，在行动的征途中，匍匐精进。

女作家的路标，其实还在于女性自己。

参考文献

一 中文

杨匡汉、孟繁华主编:《共和国文学50年》,中国社会科学出版社1999年版。

杨匡汉主编:《惊魂一瞥——文学中国:1949—1999》,陕西人民教育出版社1999年版。

鲁枢元:《生态文艺学》,陕西人民出版社2000年版。

[美] 罗斯玛丽·帕特南·童:《女性主义思潮导论》,艾晓明、朱坤领等译,华中师范大学出版社2002年版。

曾繁仁:《生态美学导论》,商务印书馆2010年版。

《马克思恩格斯选集》第4卷,人民出版社1995年版。

《中国女性文化》,中国文联出版社2000年版。

《马克思恩格斯全集》第32卷,人民出版社1975年版。

禹燕:《女性人类学》,东方出版社1988年版。

陶东风:《社会转型与当代知识分子》,上海三联书店1999年版。

陈惠芬:《神话的窥破》,上海社会科学院出版社1996年版。

王岳川:《中国镜像——90年代文化研究》,中国编译出版社2001年版。

[英] 玛丽·伊格尔顿编:《女权主义文学理论》,胡敏等译,湖南文艺出版社1989年版。

[挪威] 陶丽·莫依:《性与文本的政治》,林建法等译,时代文艺出

版社 1992 年版。

［法］西蒙娜·德·波伏娃：《女性的秘密》，晓宜等译，中国国际广
　　播出版社 1988 年版。

［英］弗吉尼亚·伍尔夫：《一间自己的屋子》，王还译，生活·读书·
　　新知三联书店 1989 年版。

［英］弗吉尼亚·伍尔夫：《伍尔夫随笔集》，孔小炯等译，海天出版
　　社 1995 年版。

［英］玛丽·沃斯通克拉夫特、约翰·斯图尔特·穆勒：《女权辩护·
　　妇女的屈从地位》，商务印书馆 1995 年版。

周宪等编：《当代西方艺术文化学》，北京大学出版社 1988 年版。

王逢振等编：《最新西方文论选》，漓江出版社 1991 年版。

［美］拉尔夫·科恩主编：《文学理论的未来》，程锡麟等译，中国社
　　会科学出版社 1993 年版。

张京媛主编：《新历史主义与文学批评》，北京大学出版社 1993 年版。

鲍晓兰主编：《西方女性主义研究评介》，生活·读书·新知三联书店
　　1995 年版。

李小江：《女人，一个悠远美丽的传说》，上海人民出版社 1989 年版。

谢玉娥编：《女性文学研究》，河南大学出版社 1990 年版。

黄梅：《女人和小说》，浙江文艺出版社 1991 年版。

刘思谦：《"娜拉"言说》，上海文艺出版社 1993 年版。

李小江等主编：《性别与中国》，生活·读书·新知三联书店 1994 年版。

康正果：《女权主义与文学》，中国社会科学出版社 1994 年版。

林树明：《女性主义文学批评在中国》，贵州人民出版社 1995 年版。

陈顺馨：《中国当代文学的叙事与性别》，北京大学出版社 1995 年版。

刘慧英：《走出男权传统的藩篱》，生活·读书·新知三联书店 1995
　　年版。

林丹娅：《当代中国女性文学史论》，厦门大学出版社 1995 年版。

［英］特里·伊格尔顿：《当代西方文学理论》，王逢振译，中国社会
　　科学出版社 1994 年版。

［美］乔纳森·库勒:《论解构:结构主义之后的理论与批评》,天马
　　图书有限公司1993年版。

盛宁:《二十世纪美国文论》,北京大学出版社1994年版。

李小江:《夏娃的探索》,河南大学出版社1988年版。

潘绥铭:《神秘的圣火》,河南大学出版社1988年版。

杜芳琴:《女性观念的衍变》,河南大学出版社1988年版。

李小江:《告别昨天——新时期妇女运动回顾》,河南人民出版社1995
　　年版。

李银河:《女性权力的崛起》,中国社会科学出版社1997年版。

周裕新主编:《现代女性心理》,上海社会科学院出版社1998年版。

王政:《女性的崛起——当代美国的女权运动》,当代中国出版社1995
　　年版。

邱仁宗:《中国妇女与女性主义思想》,中国社会科学出版社1998年版。

李小江:《解读女人》,江苏人民出版社1999年版。

周华山:《阅读性别》,江苏人民出版社1999年版。

［美］贝蒂·弗里丹:《女性的奥秘》,程锡麟等译,北方文艺出版社
　　1999年版。

谭正璧:《中国女性的文学生活》,(台湾)庄严出版社1982年版。

谭正璧:《中国女性文学史》,百花文艺出版社2001年版。

陈晓兰:《女性主义批评与文学诠释》,敦煌文艺出版社1999年版。

任一鸣:《中国女性文学的现代衍进》,(香港)青文书屋1997年版。

朱寨、张炯主编:《当代文学新潮》,人民文学出版社1998年版。

洪子诚:《中国当代文学史》,北京大学出版社1998年版。

钱中文:《文学理论:走向交往对话的时代》,北京大学出版社1999
　　年版。

盛英:《二十世纪中国女性文学史》(上、下),天津人民出版社1995
　　年版。

李小江等编:《主流与边缘》,生活·读书·新知三联书店1999年版。

［美］阿尔·戈尔:《濒临失衡的地球》,陈嘉映等译,中央编译出版

社 1997 年版。

［以色列］艾森斯塔特：《反思现代性》，旷新年等译，生活·读书·新知三联书店 2006 年版。

［美］莱斯特·R. 布朗：《生态经济》，林自新等译，东方出版社 2002 年版。

［美］欧文·拉兹洛：《布达佩斯俱乐部全球问题最新报告·第三个 1000 年》，王宏昌等译，中国社会科学出版社 2004 年版。

［美］蕾切尔·卡逊：《寂静的春天》，吉林人民出版社 1997 年版。

［美］赫尔曼·戴利、肯尼斯·汤森编：《珍惜地球》，马杰等译，商务印书馆 2001 年版。

［美］戴斯·贾丁斯：《环境伦理学》，林官明、杨爱民译，北京大学出版社 2002 年版。

［美］奥尔多·利奥波德：《沙乡年鉴》，侯文蕙译，吉林人民出版社 1997 年版。

［美］查伦·斯普瑞特奈克：《真实之复兴》，张妮妮译，中央编译出版社 2001 年版。

［美］伊·普里戈金等：《从混沌到有序》，曾庆宏、沈小峰译，上海译文出版社 1987 年版。

［美］霍尔姆斯·罗尔斯顿：《哲学走向荒野》，刘耳等译，吉林人民出版社 2000 年版。

［美］霍尔姆斯·罗尔斯顿：《环境伦理学》，杨通进译，中国社会科学出版社 2000 年版。

［德］汉斯·萨克塞：《生态哲学》，文韬、佩云译，东方出版社 1991 年版。

［美］大卫·雷·格里芬编：《后现代精神》，王成兵译，中央编译出版社 1998 年版。

［美］大卫·雷·格里芬编：《后现代科学》，马季方译，中央编译出版社 1998 年版。

［美］唐纳德·沃斯特：《自然的经济体系》，侯文蕙译，商务印书馆

1999 年版。

[法] 莫斯科维奇:《还自然之魅》,庄晨燕等译,生活·读书·新知三联书店 2005 年版。

[法] 阿尔贝特·史怀泽:《敬畏生命》,陈泽环译,上海社会科学院出版社 1996 年版。

[英] 汤因比、[日] 池田大作:《展望二十一世纪》,荀春生译,国际文化出版公司 1984 年版。

[法] 彼得·拉塞尔:《觉醒的地球》,王国政译,东方出版社 1991 年版。

[美] 艾恺:《世界范围内的反现代化思潮——论文化守成主义》,贵州人民出版社 1991 年版。

[美] 纳什:《大自然的权利》,杨通进译,青岛出版社 2005 年版。

[捷克] 米兰·昆德拉:《小说的艺术》,董强译,上海译文出版社 2004 年版。

[美] 卡洛琳·麦茜特:《自然之死》,吴国盛等译,吉林人民出版社 1999 年版。

[美] 巴里·康芒纳:《封闭的循环》,侯文蕙译,吉林人民出版社 1997 年版。

[俄] 弗兰克:《俄国知识人与精神偶像》,徐凤林译,学林出版社 1999 年版。

[巴西] 卢岑贝格:《自然不可改良》,黄凤祝译,生活·读书·新知三联书店 1999 年版。

[德] 马克思:《1844 年经济学哲学手稿》,人民出版社 2000 年版。

[美] 莫里斯·梅斯纳:《毛泽东的中国及其发展——中华人民共和国史》,张瑛等译,社会科学文献出版社 1992 年版。

周海林等:《人类生存困境——发展的悖论》,社会科学文献出版社 2003 年版。

杨通进等主编:《现代文明的生态转向》,重庆出版社 2007 年版。

何怀宏主编:《生态伦理:精神资源与哲学基础》,河北大学出版社

2002 年版。

刘湘溶：《人与自然的道德话语》，湖南师范大学出版社 2004 年版。

方东美：《生命理想与文化类型》，中国广播电视出版社 1990 年版。

余谋昌：《生态哲学》，陕西人民教育出版社 2000 年版。

雷毅：《深层生态学思想研究》，清华大学出版社 2001 年版。

叶平：《回归自然——新世纪的生态伦理》，福建人民出版社 2004 年版。

曹孟勤：《人性与自然：生态伦理哲学基础反思》，南京师范大学出版
　　社 2004 年版。

贺雪峰：《新乡土中国》，广西师范大学出版社 2003 年版。

蒙培元：《人与自然——中国哲学生态观》，人民出版社 2004 年版。

袁行霈：《中国文学概论》，高等教育出版社 1990 年版。

曹文轩：《中国八十年代文学现象研究》，北京大学出版社 1988 年版。

王又平：《新时期文学转型中的小说创作潮流》，华中师范大学出版社
　　2001 年版。

丁帆主编：《中国西部现代文学史》，人民文学出版社 2004 年版。

王喜绒等：《20 世纪中国文学的跨学科研究》，中国社会科学出版社
　　2004 年版。

王诺：《欧美生态文学》，北京大学出版社 2003 年版。

［美］亨利·米勒：《北回归线》，袁洪庚译，敦煌文艺出版社 1993
　　年版。

［法］劳拉·阿德莱尔：《杜拉斯传》，袁筱一译，春风文艺出版社
　　2000 年版。

［日］村上春树：《挪威的森林》，林少华译，漓江出版社 1996 年版。

［德］费尔巴哈：《宗教的本质》，上海三联书店 1962 年版。

秋浦：《萨满教研究》，上海人民出版社 1985 年版。

［美］摩尔根：《古代社会》，商务印书馆 1977 年版。

乌丙安：《神秘的萨满世界》，上海三联书店 1989 年版。

贺绍俊：《作家铁凝》，解放军出版社 2009 年版。

戴锦华：《涉渡之舟——新时期中国女性写作与女性文化》，北京大学

出版社 2007 年版。

［法］阿纳托尔·法朗士:《贞德传》,桂裕芳译,译林出版社 2003 年版。

［美］佩吉·麦克拉肯主编:《女权主义理论读本》,广西师范大学出版社 2007 年版。

［英］克莱夫·庞廷:《绿色世界史》,王毅等译,上海人民出版社 2002 年版。

［英］吉登斯:《现代性的后果》,田禾译,译林出版社 2000 年版。

［美］阿尔文·托夫勒:《第三次浪潮》,潘琪等译,生活·读书·新知三联书店 1984 年版。

［美］马泰·卡林内斯库:《现代性的五副面孔》,顾爱彬、李瑞华译,译林出版社 2015 年版。

［英］鲍曼:《现代性与大屠杀》,杨渝东等译,译林出版社 2002 年版。

［德］莫尔特曼:《创造中的上帝》,隗仁莲等译,生活·读书·新知三联书店 2002 年版。

［美］加勒特·哈丁:《生活在极限之内》,戴星翼等译,上海译文出版社 2001 年版。

［美］彼得·辛格:《一个世界——全球化伦理》,应奇等译,东方出版社 2005 年版。

［英］舒马赫:《小的是美好的》,李华夏译,译林出版社 2007 年版。

［美］芭芭拉·沃德、勒内·杜博斯:《只有一个地球》,吉林人民出版社 1997 年版。

［德］埃里希·索伊尔曼:《帕帕朗基》,王泰智等译,海南出版社 2004 年版。

［美］艾伦·杜宁:《多少算够》,毕聿译,吉林人民出版社 1997 年版。

［美］戴维·埃伦费尔德:《人道主义的僭妄》,李云龙译,国际文化出版公司 1988 年版。

张岩冰:《女权主义文论》,山东教育出版社 1998 年版。

郭洪纪:《颠覆爱欲与文明》,中国社会出版社 2000 年版。

[法] 西蒙娜·德·波伏瓦：《第二性——女人》，湖南文艺出版社 1986 年版。

瞿世镜：《伍尔夫研究》，上海文艺出版社 1988 年版。

叶舒宪主编：《性别诗学》，社会科学文献出版社 1999 年版。

廖文：《女性艺术——女性主义作为方式》，吉林美术出版社 1999 年版。

[德] 马克斯·舍勒：《价值的颠覆》，生活·读书·新知三联书店 1997 年版。

方生：《后结构主义文论》，山东教育出版社 1999 年版。

王逢振编译：《性别政治》，天津社会科学院出版社 2001 年版。

戴锦华：《犹在镜中》，知识出版社 1999 年版。

张京媛主编：《当代女性主义文学批评》，北京大学出版社 1992 年版。

陈晓明：《仿真的年代》，山西教育出版社 1999 年版。

郑敏：《诗歌与哲学是近邻》，北京大学出版社 1999 年版。

谢有顺：《活在真实中》，中国电影出版社 2001 年版。

李小江：《女性？主义》，江苏人民出版社 2000 年版。

孟悦、戴锦华：《浮出历史地表》，河南人民出版社 1989 年版。

白烨选编：《2000 中国年度文论选》，漓江出版社 2001 年版。

宋兆霖主编：《诺贝尔文学奖文库·创作谈卷》，浙江文艺出版社 1998 年版。

刘小枫主编：《人类困境中的审美精神——哲人、诗人论美文选》，东方出版中心 1994 年版。

二　英文

Feminist Literary Studies：*an Introduction*，K. K. Ruthven，Cambridge：Cambridge University Press，1984.

Sexual/Textual Politics：*Feminist Literary Theory*，Toril Moi，London：Methuen，1985.

Feminist Criticism：*Women as Contemporary Critics*，Maggie Humm，New York：St. Matin's Press，1986.

The New Feminist Criticism, Elaine Showalter ed. New York: Pantheon Books, 1985.

Sister's Choice: Tradition and Change in American Women's Writing, Elaine Showalter, Oxford: Clarendon Press, 1991.

Sexual Subverion: Three French Feminist, Elizabeth Grosz, London, Georag Allen and Unwin Publishers Ltd. , 1989.

Naess, Ame. "Ecosophy T: Deep Versus Shallow Ecology", *Deep Ecology Edited by Michael Tobias* (Santa Monica, CA: IMT Productions, 1985) .

Guttman, Naomi. "Ecofeminism in Litemry Studies", *The Environmental Tradition in English Literature.* Burlington: Ashgate Publishing Ltd, 2002.

Paul Brooks, *The House of Life*; *Rachel Carson at Work*, Boston: Houghton Mifflin, 1972.

White, Lynn. "The Historical Roots of Our Ecological Crisis", *Science*, Vol. 155, 1207 (March, 1967) .

Murdy, William H. "Anthropocentrism: A Modem Version", *Science*, Vol. 187 (October, 1975) .

Schweitzer, Albert. *Civilization and Ethics* (London: Black, 1923) .

后　记

秘密的边界

我一直认为，大千世界里大到宇宙，小到尘埃，都蕴藏着神秘与秩序，万物的实相与日常生活逻辑并行不悖。同样，女性生态书写也是在不断解释生命秩序，而寻找、解码当代女性生态书写的秘密及隐秘边界，从中寻找内在节奏与轨迹，是我近十年的思想与学术行为。

早在二十多年前我与女性文学结缘，其间有过质疑与反思，女性文学的本质与书写向度，究竟该以何种方式存在，以及女性文学何以傲然于世？这一切一度困惑我，也让我徘徊不前。但终究又回到了这个轨道，而回归的直接动力，即来源于我的生态视角与思维。这一尝试，激活了我所有的热忱与自信，为我洞开了一条宽阔的道路，并且遥望广阔的空间。我开始了新的勘探与探索，而每一次的探索，就是一次化蝶为蛹的过程，也是思想上的跋涉，当然，其间也有茫然与惶恐。但我从来没有一丝想要放弃的念头。

我惊异地发现，先验的女性书写一直合拍着民族故事与本土策略，在生活场景、民间、乡土、城市经验中获取资源，而不是以包括西方生态女性主义等理论为支撑，在精神的构想与世俗的结合点上，发掘生命故事。似乎在文化聚合中，显得保守与自足，但她们的本土实践契合着中国文化自身的逻辑，也契合着自我书写逻辑，当然，其间也在抵抗着资本力量的渗透，抵抗着消费主义逻辑与粗鄙化影视的改写，以自己的方式呈现出多样化的审美追求，并体现出自己的色泽。

这种探寻也蕴含了我对女性—自然—社会等的生态思考，寻找突破现有禁锢的女性精神资源，以及本土女性建构的理论支撑，在大中国文化脉络中寻找，剔除不合理质素，获得真正能够支撑的力量。同时，在大文学构架下看待女性写作的处境、现状、趋势、形态、姿态等，以及自身存在的混沌、无序与模糊，这一切不仅仅需要激情、意志、理性，还需要一种沉静与静默，以使我能够在安然、静谧的氛围里，获得清晰的反思与判断，女性在自然—社会上的欹斜，以及女性自然生命本体力量的勃发，还有女性—母性—神性上的生态秘密，所有的这一切，我都以虔诚以敬仰来审视。

我遵从女性生态书写本身的诉求与自在逻辑，也尊重作家在文本里的申诉与宣泄，因为构成生命本身的精神探寻，不只是身体的旅行，而且是一种凝结着生命智慧的劳作，抗击着世俗的秩序与规约，也就是说，女性写作挑战了传统，也坚守着自己的精神追随，去发现生命及伦理秩序与混乱中的秘密，依存于自然—社会法则的规范，挣脱中国古代哲学中侧重对人伦秩序而轻视自然法则的规约，并对整个世界言说，以温情、激越或沉郁。这本身也是宇宙结构的组成部分，而不是人为主观上的规约与设定。

《博弈：女性文学与生态》尽可能地尊重史实，在中西、传统与现代的大视域下，考察女性生态书写的真实存在。而女性生态书写的秘密，与我所探寻、寻找的秘密，会有叠合、交锋，但也会有间离与间隙，我以自己的方式接近，接近她们的沉静与坦然，于是，这一切变得生动而有意义，并且具有价值。

《博弈：女性文学与生态》是对女性生态书写秘密的找寻，也是浮着尘埃的心灵轨迹的发现，更是精神体验的记录。

我愿意以此作为经验的分享，以飨同道，不仅博慧心一哂，愿共享日月、天地与山河，更愿一同驻留我们生命里的所有春秋与美好。

我感谢那些给我精神支撑与分享智慧的良师益友，他们给予我无私的帮助与扶持，尤其是我的导师杨匡汉先生，多年来一直给予我学业上的给养与教诲，付出了很多心血，我由衷地表示感谢！还有中国社会科学出版社我的同学郭晓鸿女士，给予我精神上的鼓励，为此著付出了精心劳作，在这里一并谢过！

田　泥

2011 年 9 月—2016 年 9 月三稿

2016 年隆冬修订于北京